Anita Shreve
Die Frau des Piloten
Verschlossenes Paradies

SERIE PIPER

Zu diesem Buch

Zwei meisterhaft komponierte Romane der Bestsellerautorin Anita Shreve, voll hintergründiger Spannung und Poesie. Zu niemandem hatte Kathryn je ein so inniges Verhältnis gehabt wie zu ihrem Ehemann Jack, dem Piloten bei einer großen amerikanischen Fluggesellschaft. Bis zu seinem plötzlichen Tod durch einen mysteriösen Flugzeugabsturz, denn auf einmal tut sich für sie ein Abgrund an furchtbaren Vermutungen auf, und nichts bleibt, wie es war. – Als der erfolgreiche Werbeberater Andrew anläßlich eines Begräbnisses in seine Heimatstadt zurückkehrt, erwachen in ihm die Erinnerungen an das entsetzliche Verbrechen im Nachbarhaus, als seine Jugendliebe ihr Augenlicht verlor und ihr Vater ermordet wurde. Erst jetzt wagt er, den Ereignissen auf den Grund zu gehen, und stößt auf ein erschreckendes Geheimnis.

Anita Shreve gehört zu den auch international erfolgreichsten Schriftstellerinnen der USA. Sie lebt mit ihrem Mann und ihrer Familie in Massachusetts und lehrt am Amherst College. Ihre vielfach preisgekrönten Erzählungen wurden unter anderem in »New York Times«, »Cosmopolitan« und »Esquire« veröffentlicht. Auf deutsch erschienen außerdem die Romane »Gefesselt in Seide« und »Eine gefangene Liebe« sowie die Bestseller »Das Gewicht des Wassers«, »Olympia«, »Im Herzen des Winters« und »Der weiße Klang der Wellen«.

Anita Shreve
Die Frau des Piloten
Verschlossenes Paradies
Zwei Romane in einem Band

Aus dem Amerikanischen von
Christine Frick-Gerke und Heinz Nagel

Piper München Zürich

»Die Frau des Piloten« wurde von Christine Frick-Gerke übersetzt,
»Verschlossenes Paradies« von Heinz Nagel.

Von Anita Shreve liegen in der Serie Piper vor:
Das Gewicht des Wassers (2840)
Eine gefangene Liebe (2854)
Gefesselt in Seide (2855)
Verschlossenes Paradies (2897)
Die Frau des Piloten (3049)
Gefesselt in Seide / Eine gefangene Liebe (Doppelband, 3320)
Olympia (3350)
Im Herzen des Winters (3098)

Taschenbuchsonderausgabe
Dezember 2002
© 1989, 1998 Anita Shreve
Titel der amerikanischen Originalausgaben:
»The Pilot's Wife«, Little, Brown and Company, New York 1998,
»Eden Close«, Harcourt Brace Jovanovich, New York 1989
© der deutschsprachigen Ausgaben:
1998, 1999 Piper Verlag GmbH, München
Umschlag / Bildredaktion: Büro Hamburg
Isabel Bünermann, Julia Martinez /
Charlotte Wippermann, Katharina Oesten
Foto Umschlagvorderseite: Keith Schofield / m4 models gmbh
und Heinrich Bauer Carat KG / Redaktion MAXI
Foto Umschlagrückseite: Norman Jean Roy / Edge
Satz: Uhl + Massopust, Aalen, und Druckerei Siebel, Lindlar
Druck und Bindung: Clausen & Bosse, Leck
Printed in Germany   ISBN 3-492-23734-7

www.piper.de

Die Frau des Piloten

FÜR CHRISTOPHER

TEIL EINS

Sie hörte ein Klopfen und dann ein Hundegebell. Ihr Traum brach ab, schlitterte hinter eine Tür, die sich schloß. Es war ein guter Traum, warm und nah, und sie bedauerte es. Sie kämpfte mit dem Wachwerden. In dem kleinen Schlafzimmer war es dunkel, hinter den Jalousien noch kein Licht. Sie tastete nach der Lampe, fingerte am Messingfuß und dachte dabei: *Was? Was?*

Das beleuchtete Zimmer erschreckte sie, wirkte unnatürlich, falsch, wie ein Notaufnahmeraum um Mitternacht oder ein einzelnes Büro in einem verdunkelten Wolkenkratzer. Sie dachte in schneller Reihenfolge: Mattie. Dann: Jack. Dann: Nachbar. Dann: Autounfall. Aber Mattie lag im Bett, oder? Kathryn hatte ihr Gute Nacht gewünscht, hatte ihr nachgesehen, wie sie durch den Flur ging, in ihr Zimmer, und die Tür fest schloß, beinah zuknallte, eine eindeutige Aussage, haarscharf an einer Ermahnung vorbeigezielt. Und Jack – wo war Jack? Sie kratzte sich seitlich am Kopf, fuhr sich durchs schlafzerdrückte Haar. Jack war – wo? Sie brauchte einen Moment, bis sie sich an den Dienstplan erinnerte: London. Zurück heute nachmittag um halb zwei. Sie war sich sicher. Oder hatte sie es falsch in Erinnerung, und er hatte wieder seine Schlüssel vergessen?

Sie setzte sich auf und stellte die Füße auf die eiskalten Dielen. Sie hatte nie verstanden, wieso Holz in einem alten Haus im Winter so vollständig auskühlte. Die schwarzen Leggings waren ihr die Waden hochgerutscht, und die aufgerollten Ärmel des Oberhemds, in dem sie geschlafen hatte, ein altes weißes Oberhemd von Jack, hatten sich selbständig gemacht, die Manschetten hingen ihr über die Fingerspitzen. Sie hörte das Klopfen nicht mehr, und sekundenlang dachte sie, sie habe es sich nur eingebildet. Habe es geträumt, wie sie manchmal Träume hatte, die ineinander übergingen. Sie griff nach der kleinen Uhr auf dem Nachttisch und blickte darauf. Zehn nach drei. Sie betrachtete das schwarze Zifferblatt mit den Leuchtziffern aus der Nähe und stellte dann die Uhr so fest auf die Marmorplatte, daß das Batteriefach aufsprang und die Batterie unters Bett rollte.

Jack war doch in London, sagte sie sich wieder. Und Mattie war im Bett.

Dann klopfte es wieder, dreimal schlug es hart auf Glas. Ein kleiner Schreck fuhr ihr von der Brust in den Magen und blieb dort. In der Ferne begann der Hund wieder, ein kurzes, rauhes Gekläff.

Vorsichtig ging sie Schritt für Schritt über den Boden, als setze eine zu schnelle Bewegung etwas in Gang, das noch nicht begonnen hatte. Sie öffnete die Schlafzimmertür, das Schloß klickte leise, und dann ging sie die hintere Treppe herab. Sie dachte an ihre Tochter oben und daß sie vorsichtig sein sollte.

Sie durchquerte die Küche und warf durch das Fenster über der Spüle einen Blick auf die Auffahrt, die ums Haus herum führte. Sie konnte einen dunklen Wagen erkennen. Sie bog in den engen hinteren Flur, wo die Fliesen noch kälter als die Dielen waren – eisig unter den Fußsohlen. Als sie das Licht über der Hintertür anknipste, sah sie durch das kleine Oberlicht in der Tür einen Mann.

Er ließ sich die Überraschung durch das plötzliche Licht nicht anmerken. Langsam drehte er den Kopf zur Seite, mied den Blick durch die Scheibe, als wolle er nicht unhöflich wirken; als spiele Zeit keine Rolle, und es sei nicht frühmorgens um zehn nach drei. In dem grellen Licht wirkte er blaß. Er hatte staubig blondes Haar, kurz-geschnitten und an den Seiten zurückgebürstet; schwere Augenlider und leichte Geheimratsecken. Er trug einen Mantel mit aufgestelltem Kragen und zog die Schultern hoch. Nur einmal bewegte er sich eilig auf der Schwelle, stampfte vor Kälte mit den Füßen. Sie schätzte ab: das schmale Gesicht, irgendwie traurig, vielleicht kam es von den schweren Augenlidern, eher groß, gut angezogen, ein interessanter Mund, geschwungene Unterlippe, voller als die Oberlippe – ungefährlich. Sie griff nach dem Tür-knauf und dachte: Kein Einbrecher, kein sexueller Ge-walttäter. Ganz bestimmt kein Gewalttäter. Sie öffnete die Tür.

»Mrs. Lyons?« fragte er.

Und da wußte sie es.

Wie er ihren Namen gesagt hatte, die Tatsache, daß er ihren Namen überhaupt kannte. Es stand in seinen Augen, ein aufmerksamer, rascher Blick. Das schnelle Luftholen.

Sie wich vor ihm zurück und knickte vornüber. Sie griff sich an die Brust.

Er streckte ihr seine Hand entgegen und berührte seit-lich ihren Rücken.

Die Berührung erschreckte sie. Sie versuchte, sich auf-zurichten, aber es gelang ihr nicht.

»Wann?« fragte sie.

Er setzte den Fuß über die Schwelle und schloß die Tür.

»Heute morgen«, sagte er.

»Wo?«

»Etwa zehn Meilen vor der irischen Küste.«

»Im Wasser?«

»Nein. In der Luft.«

»Oh...«

Sie bewegte eine Hand zum Mund.

»Beinah mit Sicherheit war es eine Explosion«, sagte er
schnell.

»Meinen Sie wirklich Jack?«

Er blickte beiseite, sah sie dann wieder an.

»Ja.«

Er fing sie an den Ellenbogen, als sie fiel. Einen Moment
schämte sie sich, aber es änderte nichts, ihre Beine versagten. Sie hatte nicht gewußt, daß der Körper einen Menschen im Stich lassen konnte, einfach nicht funktionieren
konnte. Er hielt sie an den Ellenbogen, doch sie wollte ihre
Arme zurückhaben. Behutsam half er ihr zu Boden und
hockte sich neben sie.

Sie senkte das Gesicht auf ihre Knie und legte die Arme
um ihren Kopf. In ihrem Innern war ein weißes Rauschen,
und was er gerade sagte, konnte sie nicht hören. Sie nahm
sich vor, einzuatmen, Luft zu holen. Sie hob den Kopf und
sog die Luft in großen Schlucken ein. In der Ferne hörte
sie ein eigentümliches Röcheln, kein wirkliches Weinen,
denn ihr Gesicht war trocken. Von hinten schob ihr der
Mann seine Hände unter die Achseln.

»Ich hole Ihnen einen Stuhl«, sagte er.

Sie schwenkte den Kopf hin und her. Sie wollte, daß er
sie losließ. Sie wollte in die Fliesen versinken, im Boden
versickern.

Ungeschickt hielt er mit seinen Händen ihr Gewicht.

Sie ließ sich aufhelfen. Er griff ihren Arm, hielt sie aufrecht.

»Ich ...«, sagte sie.

Schnell schoben ihre Handflächen ihn fort, und sie
stützte sich an der Wand ab. Sie hustete und würgte, doch
ihr Magen war leer.

Als sie wieder hochblickte, sah sie sein besorgtes Gesicht. Er nahm sie am Arm und half ihr um die Ecke in die
Küche.

»Hier ist ein Stuhl«, sagte er. »Wo ist der Lichtschalter?«
»An der Wand.«

Ihre Stimme klang rauh und schwach. Sie stellte fest, daß sie zitterte.

Er tastete nach dem Schalter. Sie hob eine Hand vor ihr Gesicht, um das Licht abzuhalten. Sie wollte nicht gesehen werden.

»Wo stehen Gläser?« fragte er.

Sie deutete auf einen Schrank. Er goß Wasser in ein Glas und reichte es ihr, aber sie konnte es nicht gerade halten. Er stützte ihre Hand, und sie trank einen Schluck.

»Sie stehen unter Schock«, sagte er. »Wo finde ich eine Wolldecke?«

»Sie sind von der Fluggesellschaft«, sagte sie.

Er zog Mantel und Jacke aus und legte ihr die Jacke um die Schultern. Er half ihr, die Arme in die Ärmel zu stecken, sie fühlten sich überraschend seidig und warm an.

»Nein«, sagte er. »Von der Gewerkschaft.«

Sie nickte langsam, versuchte zu verstehen.

»Robert Hart«, stellte er sich vor.

Sie nickte wieder, trank noch einen Schluck. Ihr Hals war trocken und wund.

»Ich bin hier, um behilflich zu sein«, sagte er. »Es wird jetzt nicht leicht für Sie. Ist Ihre Tochter da?«

»Sie wissen, daß ich eine Tochter habe?« fragte sie überrascht.

Und dann dachte sie: Natürlich.

»Möchten Sie, daß ich es ihr sage?« fragte er.

Kathryn schüttelte den Kopf.

»Sie haben immer behauptet, die Gewerkschaft wäre zuerst hier«, sagte sie. »Ich meine, die anderen Frauen. Muß ich sie jetzt wecken?«

Er warf einen Blick auf seine Armbanduhr, dann auf Kathryn, abwägend, wieviel Zeit ihnen noch blieb.

»In ein paar Minuten«, sagte er. »Wenn Sie können. Lassen Sie sich Zeit.«

Das Telefon läutete, ein gellendes, schrilles Geräusch in der stillen Küche. Sofort ergriff Robert Hart den Hörer.

»Kein Kommentar«, sagte er.

»Kein Kommentar.«

»Kein Kommentar.«

»Kein Kommentar.«

Sie beobachtete, wie er den Hörer zurück auf die Gabel legte und mit den Fingern seine Stirn massierte. Er hatte breite Finger und große Hände, Hände, die für seinen Körper zu groß wirkten.

Sie blickte auf das Hemd des Mannes, ein weißes Oberhemd mit grauen Streifen, doch sie sah nur ein unwirkliches Flugzeug in einem unwirklichen Himmel, das in der Ferne in tausend Teile zerschellte.

Sie wollte, daß der Mann von der Gewerkschaft sich umdrehte und erklärte, er habe sich getäuscht: Er habe sich im Flugzeug getäuscht; sie sei die falsche Ehefrau; so, wie er gesagt hätte, sei es gar nicht gewesen. Sie empfand beinah die Freude darüber.

»Gibt es jemanden, den ich anrufen soll?« fragte er. »Der kommen soll?«

»Nein«, sagte sie. »Ja.« Sie dachte nach. »Nein.«

Sie schüttelte den Kopf. Sie war noch nicht bereit. Sie blickte hinab, fixierte den Schrank unter der Spüle. Was stand darin? Cascade. Drano. Dow Badezimmerreiniger. Pine Sol. Kiwi Schuhwichse. Jacks schwarze Schuhwichse. Sie biß sich in die Innenhaut der Wange, ließ ihren Blick durch die Küche wandern, sah den Tisch aus Kiefernholz mit dem Sprung in der Platte, dahinter den Herd mit den Schmutzstellen, den milchiggrünen Küchenschrank. Es war keine zwei Tage her, daß ihr Mann sich in diesem Raum die Schuhe geputzt hatte, den Fuß auf eine Schublade gestützt, die er zu diesem Zweck hervorgezogen hatte. Das hatte er immer zuletzt getan, bevor er zur Arbeit ging – seine Schuhe geputzt. Sie hatte dagesessen und ihm vom Stuhl aus zugesehen, und in letzter Zeit war es fast ein Ritual geworden, ein Abschiedsritual.

Für sie war es immer schwer, daß er fortging – egal wieviel Arbeit sie hatte, egal wie sehr sie sich darauf freute, Zeit für sich zu haben. Nicht, daß sie Angst gehabt hätte. Sie war eigentlich nicht ängstlich. Sicherer als Autofahren, sagte er immer und legte eine selbstverständliche Zuversicht an den Tag, als ob Sicherheit kein Thema sei, nicht der Rede wert. Nein, um Sicherheit ging es eigentlich nicht. Es war das Fortgehen an sich, Jack, der sich von zu Hause entfernte, was immer schwierig gewesen war. Oft hatte sie – wenn er mit seiner sperrigen prallen Flugtasche in der einen Hand, sein kleines Handgepäck in der anderen, die Uniformmütze unter den Arm geklemmt, aus der Tür ging – das Gefühl gehabt, er trenne sich von ihr, tiefgreifend. Und das tat er natürlich. Er verließ sie, um ein 170 Tonnen schweres Flugzeug über den Ozean nach London oder Amsterdam oder Nairobi zu steuern. Das Gefühl war eigentlich nicht verwunderlich, und Augenblicke später war es verflogen. Tatsächlich war Kathryn gelegentlich in seiner Abwesenheit so mit sich beschäftigt, daß sie eine leichte Abwehrhaltung einnahm, wenn mit seiner Rückkehr ihre Routine abrupt wechselte. Und dann, drei, vier Tage später, fing der Kreislauf wieder von vorn an.

Sie glaubte nicht, daß Jack das Kommen und Gehen jemals so empfunden hatte wie sie. Verlassen war schließlich nicht das gleiche wie verlassen werden.

»Ich bin nur ein besserer Busfahrer«, sagte er oft.

»Und so viel besser eigentlich auch nicht«, fügte er oft hinzu.

Sagte er. Sie bemühte sich, die Tragweite des Satzes zu

begreifen. Sie bemühte sich, zu verstehen, daß Jack nicht mehr existierte. Doch sie sah nichts als Rauchwolken, Qualmbälle wie in einem Comic, explosive Zacken in alle Richtungen. Sie ließ das Bild vergehen, so schnell es gekommen war.

»Mrs. Lyons? Steht irgendwo ein Fernseher? Ich würde gern einen kurzen Blick draufwerfen«, sagte Robert Hart.

»Im Wohnzimmer«, sagte sie und zeigte nach vorn.

»Ich muß nur hören, was sie in den Nachrichten sagen.«

»Gut«, sagte sie. »Gern.«

Er nickte, schien aber zu zögern. Sie sah ihm nach, als er das Zimmer verließ. Sie schloß die Augen und dachte: Ich kann es auf gar keinen Fall Mattie sagen.

Sie konnte sich ausmalen, wie es sein würde. Sie würde die Tür zu Matties Zimmer öffnen, wo an der Wand ein Plakat der Gruppe Less Than Jake und ein Extrem-Ski-Plakat aus Colorado hingen. Auf dem Boden würden in kleinen Haufen ihre Sachen aus den letzten zwei, drei Tagen liegen, so wie sie sie ausgezogen hatte. In einer Ecke standen Matties Ski und Skistöcke, ihr Snowboard, ihr Hockey- und Lacrosseschläger. An ihrer Pinnwand hingen Cartoons und Fotos von ihren Freundinnen: Taylor, Alyssa und Kara, fünfzehnjährige Mädchen mit Pferdeschwänzen, das Haar vorn in langen Strähnen. Mattie würde unter ihrer blauweißen Decke liegen und sich schlafenstellen, bis Kathryn zum dritten Mal ihren Namen riefe. Dann würde sie sich mit einem Ruck aufsetzen, zuerst verwirrt über die Störung, verwundert, daß Kathryn im Zimmer war, daß es Zeit für die Schule sei. Sandig rotschimmerndes Haar würde Mattie über die Schultern auf ihr lilarotes T-Shirt mit dem Aufdruck Ely Lacrosse vorn über ihren kleinen Brüsten fallen. Sie würde ihre Hände hinter sich auf die Matratze stemmen, um den Oberkörper abzustützen.

»Was ist, Mama?« sagte sie.

Nur das.

»Was ist, Mama?«

Und dann noch einmal, gleich mit hellerer Stimme.

»Mama, was ist?«

Und Kathryn müßte sich neben das Bett hocken und ihrer Tochter erzählen, was geschehen war.

»Nein, Mama!« würde Mattie schreien.

»Nein! Mama!«

Als Kathryn die Augen öffnete, hörte sie leises Stimmengewirr aus dem Fernseher.

Sie erhob sich von dem Küchenstuhl und ging ins langgestreckte Wohnzimmer mit seinen sechs Paar großen Fenstern, die eine ganze Wand einnahmen und von denen aus der Rasen und das Wasser zu sehen waren. Beim Anblick des Weihnachtsbaums blieb sie auf der Schwelle stehen. Robert Hart saß vornübergebeugt auf dem Sofa, und auf dem Fernsehschirm war ein alter Mann. Sie hatte den Anfang verpaßt. Er hatte CNN eingeschaltet oder vielleicht CBS. Robert Hart warf ihr einen Blick zu.

»Wollen Sie das wirklich sehen?« fragte er.

»Bitte«, sagte sie. »Lieber so.«

Sie trat ins Zimmer und ging auf das Fernsehgerät zu.

Wo der alte Mann war, regnete es, und später erschien der Name der Stadt unten auf dem Bildschirm. Malin Head, Irland. Sie hatte keine Ahnung, wo sie den Ort auf der Landkarte fände. Sie wußte nicht einmal, in welchem Irland. Dem alten Mann tropfte der Regen über die Wangen, und seine Tränensäcke waren groß und hell. Die Kamera machte einen Schwenk und zeigte einen Dorfplatz, von säuberlichen weißen Fassaden umgeben. Das Hotel dazwischen sah traurig aus, und sie las den Namen auf der schmalen Markise: Malin Hotel. Um seinen Eingang standen Männer mit Tee- oder Kaffeebechern in den Händen, die scheu den Fernsehleuten zuschauten. Die Kamera zeigte wieder den Mann, sein Gesicht in Großaufnahme. In seinen Augen stand der Schreck, und sein Mund hing offen, als fiele ihm das Atmen schwer. Kathryn betrachtete ihn auf dem Bildschirm und dachte: So sehe ich jetzt aus. Grau im Gesicht. Die Augen starren auf etwas, das nicht einmal da ist. Der Mund locker wie ein Fischmaul am Angelhaken.

Die Reporterin, eine dunkelhaarige Frau mit schwarzem Schirm, bat den Mann zu beschreiben, was er gesehen hatte.

»*Es war Mondschein, und das Wasser war dunkel*«, sagte er stockend.

Seine Stimme klang rauh, sein Akzent war so stark, daß der Wortlaut als Textband unten auf dem Bildschirm lief.

»*Lauter Silberstückchen fielen vom Himmel und landeten überall um das Boot herum*«, sagte er.

»*Die Stückchen flatterten wie.*«

»Vögel.«

»*Verwundete Vögel.*«

»*Die herunterfielen.*«

»*Kreiselten, wie Spiralen.*«

Sie ging zum Fernseher und kniete auf den Teppich, ihr Gesicht war auf der gleichen Höhe wie das des Mannes auf dem Bildschirm. Der Fischer fuchtelte mit den Händen, um seine Worte zu verdeutlichen. Er formte einen Kegel und bewegte die Finger auf und ab, und dann machte er eine Zickzackbewegung. Er erklärte der Reporterin, daß keines der eigenartigen Stückchen direkt in sein Boot gefallen sei und daß sie verschwunden oder im Meer versunken seien, bis er die Stelle erreicht hatte, und er keines habe auffischen können, nicht mal mit seinen Netzen.

Die Reporterin sah in die Kamera und nannte den Namen des Manns, Eamon Gilley. Er war dreiundachtzig, sagte sie, und der erste Augenzeuge. Niemand sonst hatte gesehen, was der Fischer gesehen hatte, und nichts sei bisher bestätigt. Kathryn hatte das Gefühl, der Reporterin liege daran, daß sich die Story als wahr erweise, nur notgedrungen stellte sie dies in Frage.

Aber Kathryn wußte, daß sie wahr war. Sie konnte den Mondschein auf dem Meer sehen, wie er zuckte und funkelte, das Silberglimmern, das vom Himmel fiel, fiel und fiel, wie kleine Engel, die zur Erde schwebten. Sie konnte das kleine Boot im Wasser sehen und den Fischer, der am Bug stand – sein Gesicht dem Mond zugewandt, die Hände ausgestreckt. Sie konnte sehen, wie er kippelte, um die Flatterteile zu fangen, in die Luft griff wie ein kleines Kind, das in einer Sommernacht nach Glühwürmchen schnappt. Und sie dachte dann, wie eigentümlich es war, daß ein Unglück – ein Unglück, das dir das Blut erstarren ließ und dir die Luft nahm und dir immer und immer wieder ins Gesicht schlug – manchmal so etwas Schönes sein konnte. Etwas Wunderbares sogar, und Furchtbares.

Robert langte herüber und schaltete das Fernsehgerät ab.

»Geht's?« fragte er.

»Wann, sagten Sie, ist es passiert?«

Er stützte die Ellenbogen auf die Knie und faltete die Hände.

»Ein Uhr siebenundfünfzig. Unsere Zeit. Sechs Uhr siebenundfünfzig ihre.«

Über seiner rechten Augenbraue war eine Narbe. Er muß Ende dreißig sein, dachte sie, eher so alt wie sie als wie Jack. Er hatte blondes Haar und braune Augen mit rotbraun gesprenkelter Iris. Jack hatte blaue Augen, zweierlei verschiedene Blau – ein verwaschenes Blau, fast durchsichtig wie ein Aquarellhimmel; das andere strahlend, ein tiefes Königsblau.

Sie dachte: Ist dies sein Beruf?

»Da kam der letzte Funkspruch«, sagte der Mann von der Gewerkschaft so leise, daß sie ihn kaum verstand.

»Was war der letzte Funkspruch?« fragte sie.

»Routine.«

Sie glaubte ihm nicht. Was konnte an einem letzten Funkspruch Routine sein?

»Sie wissen«, fragte sie, »was Piloten meistens sagen, zuletzt, vor dem Absturz? Natürlich wissen Sie das.«

»Mrs. Lyons«, sagte er und sah sie an.

»Kathryn.«

»Sie stehen noch unter Schock. Etwas Zucker würde Ihnen guttun. Haben Sie Saft im Haus?«

»Im Kühlschrank. Es war eine Bombe, stimmt's?«

»Ich wünschte, ich könnte Ihnen mehr sagen.«

Er stand auf und ging in die Küche. Sie bemerkte, daß sie nicht allein im Zimmer bleiben wollte, also folgte sie ihm. Sie warf einen Blick auf die Uhr über dem Spülbecken. Drei Uhr vierundzwanzig. Waren wirklich erst vierzehn Minuten vergangen, seit sie auf die Uhr oben auf dem Nachttisch geschaut hatte?

»Sie waren schnell hier«, sagte sie und setzte sich wieder auf den Küchenstuhl.

Er schüttete Orangensaft in ein Glas.

»Wie haben Sie das geschafft?« fragte sie.

»Wir haben ein Flugzeug«, sagte er ruhig.

»Nein. Ich meine, erzählen sie. Wie schafft man das? Steht das Flugzeug in Alarmbereitschaft? Sitzen Sie da und warten auf den Absturz?«

Er reichte ihr das Glas Saft. Er lehnte gegen die Spüle und fuhr mit dem Mittelfinger seiner rechten Hand senkrecht über seine Augenbraue, von der Nasenwurzel bis zum Haaransatz. Er schien etwas zu beschließen, zu entscheiden.

»Nein«, sagte er. »Ich sitze nicht da und warte auf den Absturz. Aber wenn es geschieht, dann gibt es einen Aktionsplan. Wir haben eine Maschine auf dem Washington

National Airport. Die bringt mich zum nächsten größeren Flughafen. In diesem Fall Portsmouth.«

»Und dann?«

»Und dann wartet da ein Wagen.«

»Und Sie brauchten...«

Sie addierte die Zeit, die er von Washington, D.C., dem Sitz der Gewerkschaft, nach Ely, New Hampshire, an der Grenze zu Massachussetts brauchte, mit dem Wagen fünfzig Minuten nördlich von Boston.

»Etwas unter einer Stunde«, sagte er.

»Aber warum?« fragte sie.

»Weil ich zuerst hiersein wollte«, sagte er. »Um Sie zu informieren. Um Ihnen beizustehen.«

»Das ist nicht der Grund«, sagte sie schnell.

Er dachte eine Weile nach.

»Zum Teil schon«, sagte er.

Sie strich mit der Hand über die gesprungene Oberfläche des Kiefernholztischs. An Abenden, wenn Jack zu Hause war, hatten Jack, Mattie und sie im Umkreis von drei Metern um diesen Tisch herum gelebt – hatten Zeitung gelesen, Nachrichten gesehen, gekocht, gegessen, saubergemacht, Mattie bei den Hausaufgaben geholfen, und wenn Mattie im Bett war, hatten sie geredet oder nicht geredet, und manchmal, wenn Jack nicht wieder fahren mußte, hatten sie zusammen eine Flasche Wein ausgetrunken. Am Anfang, als Mattie klein war und früh ins Bett kam, hatten sie sich machmal bei Kerzenlicht in der Küche geliebt, wenn einen von ihnen die Lust oder die Zärtlichkeit gepackt hatte.

Sie neigte den Kopf zurück und schloß die Augen. Der Schmerz reichte vom Bauch bis in die Kehle. Sie empfand Panik, als sei sie zu dicht an einen Abgrund geraten. Sie holte so heftig Luft, daß Robert zu ihr hinüberblickte.

Bilder verfolgten sie. Sie spürte Jacks Atem an ihrem

Nacken, als flüstere er ihren Knochen zu. Der schnelle, verrutschte Kuß auf ihren Mund, bevor er zur Arbeit ging. Der Arm, den er um Mattie nach ihrem letzten Rasenhockeyspiel legte, als sie verklebt und verschwitzt weinte, weil ihre Mannschaft acht-null verloren hatte. Die blasse Haut innen an Jacks Arm. Die ein wenig narbige Haut oben zwischen seinen Schulterblättern, ein pubertäres Überbleibsel. Seine merkwürdig zarten Füße; er konnte am Strand nicht ohne Schuhe gehen. Die Wärme, die er auch in den allerkältesten Nächten ausstrahlte, als glühte in seinem Innern ein Ofen. Die Bilder türmten sich, überschlugen sich, verdrängten einander. Sie versuchte, sie abzustellen, doch es gelang ihr nicht.

Der Mann von der Gewerkschaft stand an der Spüle und beobachtete sie. Er rührte sich nicht.

»Ich habe ihn geliebt«, sagte sie, als sie sprechen konnte.

Sie stand auf und riß ein Papiertuch vom Halter ab. Sie putzte sich die Nase. Die Zeitebenen schienen durcheinandergeraten. Sie überlegte, ob die Zeit eine Hülle aufreißen und sie verschlingen würde – einen Tag oder eine Woche oder einen Monat oder womöglich für immer.

»Ich weiß«, sagte Robert.

»Sind Sie verheiratet?« fragte sie und setzte sich wieder.

Er steckte seine Hände in die Hosentaschen und klimperte mit dem Kleingeld darin. Er trug eine graue Anzughose. Jack trug fast nie Anzüge.

»Nein«, sagte er. »Ich bin geschieden.«

»Haben Sie Kinder?«

»Zwei Jungen. Neun und sechs.«

»Leben sie bei Ihnen?«

»Bei meiner Frau in Alexandria. Exfrau.«

»Sehen Sie sie oft?«

»Ich gebe mir Mühe.«

»Warum wurden Sie geschieden?«

»Ich hatte aufgehört zu trinken«, sagte er.

Er sagte es ganz selbstverständlich, ohne Erklärung. Sie war sich unsicher, ob sie es verstanden hatte. Sie putzte sich die Nase.

»Ich muß in der Schule anrufen«, sagte sie. »Ich bin Lehrerin.«

»Das hat Zeit«, sagte er. »Dort ist sowieso noch niemand. Alle schlafen noch.« Er sah auf seine Armbanduhr.

»Erzählen Sie mir von Ihrer Arbeit«, sagte sie.

»Da gibt es nicht viel zu erzählen. Hauptsächlich Öffentlichkeitsarbeit.«

»Wie viele solche Sachen hier mußten Sie bisher erledigen?« fragte sie.

»Solche Sachen?«

»Abstürze«, sagte sie. »Abstürze.«

Er schwieg eine Weile.

»Fünf«, sagte er schließlich. »Fünf wirklich große.«

»Fünf?«

»Und vier kleinere.«

»Erzählen Sie mir davon«, sagte sie.

Er blickte aus dem Fenster. Dreißig Sekunden verstrichen. Vielleicht eine Minute. Wieder hatte sie den Eindruck, er komme zu Einschätzungen, treffe Entscheidungen.

»Einmal bin ich zu der Witwe nach Hause gekommen«, sagte er, »und habe sie im Bett mit einem anderen Mann gefunden.«

»Wo war das?«

»Westport. Connecticut.«

»Was dann?«

»Die Frau kam im Bademantel herunter, und ich habe es ihr gesagt, und dann zog sich der Mann an und kam herunter. Er war ein Nachbar. Und dann standen er und ich

in der Küche der Frau und sahen zu, wie sie zusammen-
brach. Es war chaotisch.«

»Haben Sie ihn gekannt?« fragte Kathryn. »Meinen
Mann?«

»Nein«, sagte er. »Leider nicht.«

»Er war älter als Sie.«

»Ich weiß.«

»Was hat man Ihnen noch von ihm erzählt?«

»Elf Jahre bei Vision Airlines. Vorher bei Tiger Cargo,
drei Jahre. Davor Santa Fe, zwei Jahre. Zwei Jahre Vietnam, DC-3-Bomber. Geboren in Boston. Holy Cross College. Ein Kind, eine Tochter, fünfzehn. Eine Ehefrau.«

Er dachte eine Weile nach.

»Groß«, sagte er. »Eins neunzig? Körperlich fit.«

Sie nickte.

»Gute Akte. Ausgesprochen gute Akte.«

Er kratzte sich am Handrücken.

»Tut mir leid«, sagte er. »Leider weiß ich alles mögliche
über Ihren Ehemann und habe ihn überhaupt nicht gekannt.«

»Hat man Ihnen auch etwas über mich erzählt?«

»Nur daß Sie dreizehn Jahre jünger wären als Ihr Mann.
Und daß Sie hier mit Ihrer Tochter wären.«

Sie betrachtete ihre Füße; sie waren klein und weiß, als
sei kein Blut mehr in ihnen. Die Fußsohlen waren nicht
sauber.

»Wie viele waren an Bord?« fragte sie.

»Hundertvier.«

»Nicht voll besetzt«, sagte sie.

»Nein, nicht voll besetzt, nein.«

»Überlebende?«

»Sie suchen noch…«

Andere Bilder drängten sich ihr auf. Ein augenblick-
liches Wissen – Wissen? –, wie es im Cockpit war. Jacks

Hände am Instrumentenbrett. Ein Körper, der durch die Luft wirbelt. Nein. Nicht mal ein Körper. Sie schüttelte unsanft den Kopf.

»Ich muß es ihr allein sagen«, erklärte sie.

Er nickte schnell, als wäre das von vorneherein klar gewesen.

»Nein«, sagte sie. »Ich meine, ich will nicht, daß Sie im Haus sind. Niemand soll dies sehen oder hören.«

»Ich setze mich in meinen Wagen«, sagte er.

Sie zog die Jacke aus, die er ihr gegeben hatte. Wieder läutete das Telefon, doch beide rührten sie sich nicht. In einiger Entfernung hörten sie, wie sich der Anrufbeantworter einschaltete.

Auf Jacks Stimme und die vertraute Nachricht war sie nicht gefaßt, die tiefe, liebenswerte Stimme, den leichten Bostoner Akzent. Sie vergrub ihr Gesicht in den Händen und wartete, bis die Nachricht zu Ende war.

Als sie hochsah, spürte sie, daß Robert sie beobachtet hatte. Er wandte seinen Blick ab.

»Ich soll nicht mit den Journalisten reden«, sagte sie. »Deshalb sind Sie hier.«

Ein Wagen rollte in die Einfahrt, knirschte auf dem Kies. Der Mann von der Gewerkschaft sah durchs Fenster, nahm ihr die Jacke ab und zog sie an.

»Damit ich nichts sage, was nach menschlichem Versagen klingt«, sagte sie. »Ihr wollt nicht, daß menschliches Versagen im Spiel ist.«

Er nahm den Hörer vom Telefon und legte ihn auf die Anrichte.

In letzter Zeit hatten Jack und sie sich kaum noch in der Küche geliebt. Sie hatten auf Mattie Rücksicht genommen, die nun älter war und jederzeit in die Küche hinunterkommen konnte, um eine Kleinigkeit zu essen. Meistens hatten sie, selbst wenn Mattie zum CD-Hören oder

26

Telefonieren in ihr Zimmer gegangen war, nur am Tisch gesessen und Zeitschriften gelesen, selbst der Abwasch oder ein Gespräch war ihnen zuviel gewesen.

»Ich sage es ihr jetzt.«

Er zögerte.

»Verstehen Sie, lange können wir da draußen nicht bleiben«, sagte er.

»Die sind von der Fluggesellschaft, oder?« fragte sie und spähte durchs Küchenfenster. Mit Mühe konnte sie draußen zwei Umrisse erkennen, die aus einem Wagen stiegen. Sie ging zur Treppe.

Sie schaute die steile Treppe hinauf. Es waren fünfhundert Stufen, mindestens fünfhundert Stufen. Sie wollten nicht enden, fast eine Unendlichkeit. Sie begriff, daß etwas in Gang gesetzt und nicht mehr aufzuhalten war. Sie war sich nicht sicher, ob sie bis ganz oben durchhalten würde.

Sie warf dem Mann von der Gewerkschaft einen Blick zu. Er ging durch die Küche, um die Haustür zu öffnen.

»*Mama*«, sagte sie, und er drehte sich nach ihr um. »Meist sagen sie *Mama*.«

Was ihr zuerst auffällt, sind die Schaukelstühle aus Flechtwerk und die breiten Dielenbretter, die von den Jahren verwittert und wie geschmirgelt sind. Sie steht am Geländer, schaut über den Rasen hinunter zum Strand, wo das Wasser über die Felsen brandet, als ob ein Leuchten sich verdichte, verströme, verdichte, verströme, und dann zurück ins Meer falle.

In der Ferne liegt ein Dunst auf dem Ozean, ein frischer, reiner Dunst, den es nur an schönen Tagen gibt. Die Inseln kann sie nur unklar erkennen; einmal sind sie da, dann nicht, und dann wieder schweben sie über dem Wasser. Zu einer Seite des Rasens befindet sich eine Wiese; zur anderen Obstgärten mit kleinen Birnbäumen und Pfirsichbäumen. Vor der Veranda gibt es einen verwilderten Blumengarten, eigenartig, im Bogen angelegt, ein Rechteck mit angrenzendem Fächer. In dem Bogen steht eine Bank aus weißem Marmor, die von Weinreben überwachsen ist.

»Es steht leer«, sagt sie, als er sich neben sie stellt; im Gegensatz zu ihm weiß sie, daß das Haus früher ein Kloster war, dann ein Sommerhaus, seit Jahren unbewohnt, und daß es nun seit endlosen Zeiten zum Verkauf steht. Von Osten kommt plötzlich ein Wind auf und bläst über die Veranda, bringt Feuchtigkeit und Kühle mit wie fast immer. Gleich, weiß sie, werden Schaumkronen auf der Brandung schaukeln. Der Ostwind kommt wie gerufen, wie ein Glas Eiswasser. Der Tag war fast unerträglich heiß, eigentlich untypisch heiß für den Frühsommer. Gemeinsam steigen sie die Verandastufen hinab und gehen hinunter ans Wasser. Mitten auf dem Rasen hält sie inne, dreht sich um und wirft noch einen Blick zurück auf das Haus. Einen Augenblick geht er ohne sie weiter, bis er bemerkt, daß sie stehengeblieben ist. Er geht auf sie zu.

»Schönes Haus«, sagt er. Er legt seinen Arm um sie, es ist das erstemal, daß sie sich berühren.

Das Haus hat zwei Stockwerke, weiße Schindeln und dunkelgrüne Fensterläden, so dunkel, fast schwarz. Das obere Stockwerk ist mit Zedernholzschindeln abgedeckt, alt und verwittert; das Dach macht einen flachen Schwung, als hätte jemand einen Streifen herausgeschnitten. Der Dachboden hat Fenster, gleichmäßig verteilt, so daß einem beim Betrachten behaglich ruhende Schläfer einfallen. Wenn sie aus der Stadt hierherkommt, denkt sie immer an alte Hotels, alte Strandhotels.

Er zieht mit seinem Finger eine Spur über ihren Rücken, hinauf, hinunter. Sie trägt Jeans, ein rotes ärmelloses Oberteil und alte Ledersandalen. Ihr Haar hängt lose und feucht bis auf den Rücken. Wenn sie zu ihm hochsieht, errötet sie übers ganze Gesicht bis zum Hals. Er hockt sich hin, um seinen Schuh zuzubinden, und sie nimmt seine muskulösen Oberschenkel wahr, den langen angespannten Rücken, die Stelle, wo sein Gürtel einschneidet. Sie registriert die Achselklappen seines weißen Hemds. Militärisch, dachte sie im Laden, als sie seinen Beruf noch nicht kannte.

Sie klettern über glitschigen Stein und hüpfen auf den Strand. Sie schwimmen angezogen, so wie sie sind. Das Wasser ist eiskalt, aber die Luft ist heiß, und der Gegensatz ist köstlich. Als sie aus dem Wasser kommt, steht er da, Hände in die Hüften gestemmt. Seine Sachen triefen vor Nässe und hängen an ihm herunter, und sein Hemd läßt die Haut durchscheinen. Sie will nicht wissen, wie ihr Oberteil aussieht.

Ich weiß, wo der Schlüssel liegt, sagt sie zitternd.

Sie nimmt ihn mit ins Haus. Sie durchqueren die Küche, einen großen Raum mit großem Kamin und Sims. Der Fußboden ist dunkel gefliest, kühl unter ihren Fußsohlen, und diese Kühle lindert die Hitze in ihrem Kopf, ihre Stirn fühlt sich fiebrig an. Sie führt ihn ins Wohnzimmer, einen langen Raum, der sich über die gesamte Ozeanseite des Hauses erstreckt, ein wunderschöner

Raum mit sechs Paar schmalen Fenstern, die vom Boden bis zur Decke reichen. Die Tapete an den Wänden ist verblichen gelb, an den Rändern gewellt. Die Jalousien vor den Fenstern sind ein Stückchen hochgerollt, erinnern sie an die Rollos in alten Klassenräumen.

Sie durchquert das Wohnzimmer, geht zur Treppe und streckt dabei ihre Hand aus, er greift danach, dieser Fremde, den sie kaum kennt, dieser Mann, der eine beängstigende Anziehungskraft auf sie hat. Der Laden war stickig gewesen, die Luft zwischen ihnen voll schwebender Staubteilchen. Sie standen sich gegenüber vor einem Labyrinth aus verzierten Tischen aus Mahagoni- und Walnußholz, Lampen und altem Leinen und Büchern, die muffig rochen. Sie hielt einen Lappen in der Hand. Sie hatte ein Regal blankgerieben. Als er eintrat, sah sie zu ihm hoch. Auf den ersten Blick hielt sie ihn für jemanden, der dienstlich unterwegs war, oder jemanden, der sich verlaufen hatte und nach dem Weg fragen wollte. Er trug ein weißes Hemd mit kurzen Ärmeln, die wie dünne weiße Fähnchen von seinen Oberarmen abstanden. Eine schwere marineblaue Hose. Er trug Schuhe wie ältere Männer, gewichtige, enorm große, schwarze Schuhe. Er bewegte sich in dem Lichtstreifen, den die Sonne durch das runde Fenster über der Tür schickte, und sie bemerkte die winzigen Fältchen in seinen Augenwinkeln; und daß seine Zähne nicht perfekt waren. Sein Haar war kurzgeschnitten wie beim Militär, fast schwarz, lockig, wenn es länger gewesen wäre. Das Haar war rundherum flachgedrückt, als hätte er gerade eine Kopfbedeckung abgesetzt.

Anfang dreißig, schätzt sie jetzt. Nicht direkt stämmig, aber kräftig. Er hat breite Schultern, und sie findet nichts Schwächliches an ihm. Sie wundert sich über sein eckiges, glattes Kinn, seine irgendwie ulkigen Ohren, deren Spitzen abstehen. Irgendwas stimmt mit seinen Augen nicht, findet sie.

Oben an beiden Seiten des Gangs liegen viele Schlafzimmer. Sie huscht in eins hinein und er folgt ihr. Die Wände und die Täfelung sind leuchtend limonengrün gestrichen. Die Liege an der einen Wand hat einen geblümten Bezug. Doch der auffälligste Gegenstand ist ein roter Stuhl, ein einfacher Küchenstuhl, so rot lackiert wie ein Feuerwehrauto. Der Stuhl glänzt in der Sonne – der rote Stuhl vor dem Limonengrün und dem blauen Ozean im Fenster –, und wieder fragt sie sich, in welcher Laune wohl der unbekannte Maler diese auffallenden Farben gewählt hat.

Wortlos standen sie im Zimmer. Sonst bin ich nicht so, will sie ihm beichten. So entgegenkommend.

Sie kreuzt die Arme über der Brust, kann ihr Zittern nicht unterdrücken.

»Deine Augen haben zweierlei Farben«, sagt sie.

»Das liegt in meiner Familie. Väterlicherseits.«

Er hält inne.

»Die Augen sind beide echt, falls du das wissen willst.«

»Wollte ich, wirklich.«

»Dein Haar ist wunderschön«, sagt er.

»Das liegt in meiner Familie«, sagt sie.

Er nickt und lächelt.

»Aha. Welche Farbe?« fragt er.

»Rot.«

»Nein, ich meine...«

»Das hängt vom Licht ab.«

»Wie alt bist du?«

»Achtzehn.«

Er ist überrascht. Erschrocken.

»Warum?« fragt sie. »Wie alt bist du?«

»Einunddreißig. Ich dachte...«

»Dachtest was?«

»Daß du älter wärst, ich weiß nicht.«

Der Altersunterschied liegt zwischen ihnen, die dreizehn Jahre.

»Also«, sagt er.

»Also«, sagt sie.

Sie zieht ihr Oberteil über den Kopf. Einen Augenblick scheint er erstaunt über ihren Mut. Sie legt sich auf das Bett und sieht zu, wie er sein Hemd aufknöpft und zu Boden auf ihr Oberteil fallen läßt. Seine Schultern sind massig, und sie denkt, wie anders er ohne Hemd aussieht – um Jahre jünger, lockerer, wie einer von den Fabrikarbeitern, mit denen sie früher gegangen ist. Er beugt sich über sie und leckt das Salz von ihrer Haut. Vor Hitze ist ihr schwindlig. Ihr Mund schmeckt seine aromatische Haut, die seidigen feinen Härchen.

Die Finger seiner linken Hand bleiben in ihrem Haar verhakt, langsam bewegt er seine Rechte über ihre Brust, ihren flachen Bauch. Er legt die Hand zwischen ihre Beine, und sofort fühlt sie sich leicht, leichtgliedrig und offen, als zöge jemand an einem Faden und trennte sie auf.

Sie liegen auf dem Bett, bis er gehen muß. Er schläft, und sie beobachtet, wie die limonengrüne Wand ihre Farbe verliert, der rotlackierte Stuhl sienabraun wird. Sie versteht, wie sie mit ihren achtzehn Jahren selten verstehen durfte, daß sie in diesem Augenblick alles in ihrer Hand hat, sie kann ihre Finger darumlegen, es festhalten und nie wieder loslassen, oder sie kann ihre Hand öffnen, ausstrecken und es freigeben. Einfach freigeben, einfach so.

Statt dessen empfindet sie reines, ungetrübtes Glück. Jetzt fängt alles an, und sie weiß es.

»Mrs. Lyons?«

Kathryn wandte sich vom Fenster ab. Rita, eine kleine blonde Frau mit bräunlich geschminkten Lippen und Lidstrich steckte ihren Arm in den Mantelärmel.

»Ich gehe jetzt ins Hotel.«

Die Frau aus dem Büro des Chefpiloten war den ganzen Tag im Haus gewesen, seit halb vier morgens, dennoch war ihr Gesicht taufrisch, ihr marineblaues Kostüm kaum zerknittert. Der Begleiter der Frau, ebenfalls von der Fluggesellschaft, ein gewisser Jim, den Nachnamen hatte sie vergessen, hatte vor Stunden das Haus verlassen, aber wann, wußte Kathryn nicht mehr.

»Robert Hart ist noch da«, sagte Rita. »Im Arbeitszimmer.«

Kathryn starrte auf den schnurgeraden Scheitel in Ritas glattem Haar. Rita, fand sie, glich erstaunlich einer Fernsehnachrichtensprecherin in Portland. Zuvor, tagsüber, hatte Kathryn sich eine Zeitlang innerlich gegen die Fremden in ihrem Haus gesträubt, doch dann hatte sie schnell eingesehen, daß sie allein nicht zurechtkam.

»Wohnen Sie im ›Tides?‹ fragte Kathryn.

»Ja, wir haben dort mehrere Zimmer.«

Kathryn nickte. Außerhalb der Saison war das Hotel »The Tides« froh über jedes Paar, das sich übers Wochenende einmietete, doch jetzt war es verständlicherweise bis aufs letzte Zimmer mit Leuten von der Presse und der Fluggesellschaft besetzt.

»Geht's?« fragte Rita.

»Ja.«

»Kann ich noch irgend etwas für Sie tun, bevor ich gehe?«

»Nein«, sagte Kathryn. »Mir geht's gut.«

Die Behauptung war absurd, dachte Kathryn und sah Rita nach, die aus der Küche ging. Lächerlich sinnlos. Wahrscheinlich würde es ihr nie wieder gutgehen.

Es war erst Viertel nach vier, doch beinah schon dunkel. So spät im Dezember kamen die Schatten schon nach dem Mittagessen, und den ganzen Nachmittag war das Licht dünn und langgestreckt gewesen. Die Farben waren so sanft und federweich wie seit Monaten nicht mehr; sie nahmen den Dingen ihre Vertrautheit. Die Nacht würde den Bäumen, dem tiefen Himmel, den Felsen und dem gefrorenen Gras, den frostig weißen Hortensien die Farbe nehmen wie langsam einsetzende Blindheit, und im Fenster bliebe nichts als das eigene Spiegelbild.

Sie verschränkte die Arme und lehnte sich gegen den Spülsteinrand, blickte durchs Küchenfenster hinaus.

Es war ein langer Tag gewesen, ein langer, schrecklicher Tag – ein Tag, so lang und so schrecklich, daß er sich schon vor Stunden von jeder vertrauten Wirklichkeit entfernt hatte. Sie hatte das eindeutige Gefühl, daß sie nie wieder schlafen würde – daß sie heute frühmorgens mit dem Aufwachen einen Zustand verlassen hatte, in den sie nie mehr zurückkehren können würde. Draußen, am Ende der langen, schmutzigen Auffahrt hinter dem Holztor standen Leute, die zum Haus sahen, und andere Leute, die sie fernhielten. Aus dem Wohnzimmer nebenan dröhnte unaufhörlich der Fernseher.

Auf dem Tisch neben der Küchentür standen mehrere Fotos in Holz- und Silberrahmen. Kathryn nahm ein Foto von Jack und Mattie, die auf den Felsen angelten. Jack trug eine Baseballmütze und Mattie ein leuchtendrotes T-Shirt. Mattie, mit Zahnklammer, hielt stolz den Fisch. Kathryn schloß die Augen, ihr Magen krampfte sich zusammen, wenn sie an den Moment dachte, als sie es Mattie gesagt hatte.

Es war viel schlimmer gewesen, als Kathryn es sich vorgestellt hatte.

Noch bevor sie oben war, hörte sie Mattie ins Badezimmer gehen. Jeden Morgen wusch sich ihre Tochter ihr schönes naturgelocktes Haar und föhnte es sorgfältig glatt. Es war kein angenehmer Anblick, wenn Mattie ihr Haar föhnte; Kathryn kam es immer vor, sie bekämpfte – wenn sie ihr Haar so mit Gewalt bändigte – eine Seite von sich, die erst mit der Pubertät zum Vorschein gekommen war. Kathryn wartete darauf, daß Mattie diese Phase hinter sich brächte, und hatte in letzter Zeit eigentlich jeden Morgen gehofft, sie käme endlich zur Vernunft und ließe der Natur ihren Lauf. Dann wüßte Kathryn, daß alles gut würde mit Mattie.

Mattie hatte womöglich die Wagen gehört, dachte Kathryn. Vielleicht hatte sie auch die Stimmen in der Küche gehört. Ans Aufwachen im Dunkeln war Mattie gewöhnt, besonders im Winter.

Kathryn wußte, daß sie es Mattie im Badezimmer nicht sagen konnte. Das war nicht der richtige Ort.

Vor der Badezimmertür hörte Kathryn, daß Mattie die Dusche aufgedreht hatte, aber noch nicht darunter stand.

Kathryn klopfte.

»Mattie«, sagte sie.

»Was?«

»Bist du angezogen? Ich muß dich sprechen.«

»Mama…«

Wie vertraut Mattie klang in ihrem leicht genervten Quengelton.

»Ich kann nicht«, sagte sie. »Ich dusche.«

»Mattie, es ist wichtig.«

»Was?«

Die Badezimmertür öffnete sich mit einem Ruck. Mattie hatte ein grünes Handtuch umgewickelt.

Meine wunderschöne Tochter, dachte Kathryn. Wie kann ich ihr dies antun?

Kathryns Hände begannen zu zittern. Sie verschränkte die Arme über der Brust und schob die Hände in die Achselhöhlen.

»Zieh dir einen Bademantel an«, sagte Kathryn den Tränen nahe. Sie weinte nie vor Mattie. »Ich muß mit dir sprechen. Es ist wichtig.«

Mattie nahm ihren Bademantel vom Haken und zog ihn gehorsam wie ein Lamm über.

»Was ist, Mama?«

Der Verstand eines Kindes faßte es nicht. Der Körper eines Kindes konnte eine so sinnlose Tatsache nicht aufnehmen.

Mattie warf sich zu Boden, wie von einem Schuß getroffen. Sie schlug wie wild mit den Armen um den Kopf, und Kathryn dachte an Bienen. Sie versuchte, Mattie bei den Armen zu greifen und festzuhalten, doch Mattie schob sie mit einem Satz beiseite und rannte davon. Sie wischte aus dem Haus und hatte den Rasen zur Hälfte überquert, als Kathryn sie einholte.

»Mattie, Mattie, Mattie«, sagte Kathryn, als sie neben ihr stand.

Einmal und noch einmal und noch einmal.

»Mattie, Mattie, Mattie.«

Kathryn nahm Matties Kopf in ihre Hände und drückte ihr Gesicht dicht an ihr eigenes Gesicht, drückte ganz fest, um zu ihr durchzudringen. Sie mußte zuhören, sie hatte keine Wahl.

»Ich sorge für dich«, sagte Kathryn.

Und dann noch einmal.

»Hör gut zu, Mattie. Ich sorge für dich.«

Kathryn legte die Arme um ihre Tochter. Zu ihren Füßen war Frost. Mattie weinte jetzt, und Kathryn meinte, ihr selbst bräche das Herz. Aber sie wußte, so war es besser. So war es besser.

Kathryn half Mattie ins Haus und bettete sie aufs Sofa. Sie wickelte ihre Tochter in Decken und hielt sie fest, rieb ihre Arme und Beine, damit das Zittern aufhörte. Robert Hart versuchte, Mattie etwas Wasser einzuflößen, doch sie mußte würgen. Kathryn bat ihn, Julia anzurufen. Sie war sich schemenhaft der anderen Leute im Haus bewußt, eines Mannes in Uniform, einer Frau im Kostüm, die in der Küche an der Anrichte standen und warteten.

Sie konnte Robert Hart telefonieren hören, und dann redete er leise mit den Leuten von der Fluggesellschaft. Sie hatte vergessen, daß der Fernsehapparat lief, aber plötzlich setzte Mattie sich auf und sah sie an.

»Haben sie ›Bombe‹ gesagt?« fragte Mattie.

Und dann hörte Kathryn die Meldung, rückwirkend; merkte, daß sie alle Worte unbewußt aufgenommen hatte; brauchte eine Weile, um sich über den Sinn des Gespeicherten klarzuwerden.

Später dachte Kathryn immer, die Meldungen seien wie Geschosse gewesen. Worte, die wie Geschosse ins Gehirn drangen und dort explodierten, Erinnerungen auslöschten.

»Mr. Hart«, rief sie.

Er kam ins Wohnzimmer und stellte sich neben sie.

»Das ist unbestätigt«, sagte er.

»Es soll eine Bombe gewesen sein?«

»Nur eine Theorie. Geben Sie ihr eine davon.«

»Was ist das?«

»Valium.«

»So etwas haben Sie dabei?« fragte sie. »Für alle Fälle?«

Julia bewegte sich durchs Haus mit der unerschütterlichen Einsatzbereitschaft einer Helferin in einem Katastrophengebiet. Trauer war ihr nicht fremd, doch vor dem Tod hatte sie keinen Respekt und ließ sich von ihm nicht in die Knie zwingen. Stabil, wie sie gebaut war, mit ihrer Pudeldauerwelle – dem einzigen Zugeständnis an ihr Alter –, dauerte es nur Minuten, bis sie Mattie vom Sofa nach oben verfrachtet hatte. Als sie sich vergewissert hatte, daß Mattie das Gleichgewicht halten und ihre Jeans anziehen konnte, kam Julia wieder herunter und kümmerte sich nun um ihre Enkelin. In der Küche kochte sie starken Tee. Sie schüttete eine ordentliche Portion Brandy hinein, die Flasche hatte sie von zu Hause mitgebracht. Der Frau von der Fluggesellschaft erklärte sie, Kathryn müsse alles austrinken, mindestens aber einen Becher voll. Dann ging Julia wieder hinauf zu Mattie und sorgte dafür, daß sie ihr Gesicht wusch. Das Valium tat seine Wirkung, und Mattie wurde stiller; ab und zu stieß sie leise Schluchzer aus, fassungslos, todtraurig. Trauer, das wußte Kathryn, machte unter anderem müde.

Julia half Mattie ins Bett und kam dann wieder ins Wohnzimmer. Sie setzte sich neben Kathryn aufs Sofa und warf einen prüfenden Blick in die Teetasse, riet, den Tee auszutrinken; fragte ohne Umschweife, ob sie ein Beruhigungsmittel habe. Robert bot ihr das Valium an. Julia fragte: »Wer sind Sie?«, und als Robert sich vorgestellt hatte, nahm sie das Mittel dankend an.

»Nimm«, sagte Julia zu Kathryn.

»Ich kann nicht«, antwortete Kathryn. »Ich hatte doch den Brandy.«

»Egal. Nimm.«

Julia fragte Kathryn weder nach ihren Gefühlen noch nach ihrem Befinden. In Julias Denken, wußte Kathryn, galt Funktionieren, egal auf welcher Ebene, als selbstverständlich. Nichts sonst kam jetzt in Frage. Tränen, Schock, Mitgefühl – sie kamen später.

»Entsetzlich«, sagte Julia. »Kathryn, ich weiß, es ist entsetzlich. Sieh mich an. Aber es hilft nichts, du mußt da durch. Das weißt du, oder? Nick mit dem Kopf.«

Kathryn beobachtete, wie Rita zu ihrem Wagen ging, ihn anließ und aus der Einfahrt fuhr. Jetzt waren sie zu viert im Haus – Mattie, die oben in ihrem Zimmer schlief; Julia und Kathryn, die abwechselnd nach ihr sahen. Robert, hatte Rita gesagt, saß in Jacks Arbeitszimmer. Was tat er da? überlegte Kathryn.

Kathryn nahm eins der gerahmten Fotos vom Tisch; Julia war darauf, ihre Großmutter, bei der sie aufgewachsen war. Das Bild rief viele Erinnerungen in ihr wach. Julia trug darauf einen schmalen schwarzen Rock, der gerade die Knie bedeckte, eine weiße Bluse und eine kurze Strickjacke. Eine Perlenkette um den Hals. Sie war schmal und dünn, und ihr glänzend schwarzes Haar trug sie seitlich gescheitelt. Ihr Gesicht war eindrucksvoll; die Leute fanden sie früher sicher hübsch. Auf dem Foto saß Julia auf dem Sofa, beugte sich vor und griff nach etwas außerhalb des Bilds. In der anderen Hand hielt sie eine Zigarette – damals eine verführerische Pose: die Zigarette lässig zwischen schönen, langen Fingern, Rauch, der sich kräuselte. Die Frau auf dem Foto war vielleicht zwanzig.

Aber jetzt war Julia fünfundsiebzig und trug ausgebeulte, immer etwas zu kurze Jeans, weite Pullover, die ihren Bauch überspielten. Die Frau mit dem schütteren grauen Haar oben bei Mattie hatte wenig gemeinsam mit der jungen Frau mit dem glänzenden Haar und der schmalen Taille. Höchstens die Augen, aber auch da hatte die Zeit die Schönheit zerstört: Julias Augen tränten manchmal, und Wimpern hatte sie kaum noch. Es war nichts Neues, dennoch war es Kathryn schwer begreiflich: Nichts blieb, wie es war, weder ein Haus noch ein schönes Gesicht, Kindheit nicht, Ehe nicht, Liebe nicht.

Draußen war es dunkel, und Kathryn bezweifelte, daß am Ende der Auffahrt immer noch Leute standen. Die Reporter und Kameraleute, die Aufnahmeleiter und Maskenbildner waren sicher mit den anderen ins Hotel gefahren. Tranken etwas, erzählten, diskutierten die Gerüchte, betranken sich allmählich, aßen noch zu Abend, schliefen. War es für sie nicht das Ende eines normalen Arbeitstages, ein Auftrag wie jeder andere?

Kathryn hörte schwere Schritte auf der Treppe, Männerschritte, und dachte einen Augenblick, Jack käme hinunter in die Küche. Doch beinah sofort fiel ihr ein, daß es nicht Jack sein konnte, Jack ganz bestimmt nicht.

»Kathryn.«

Die Krawatte war verschwunden, die Hemdsärmel hochgerollt, der Kragen aufgeknöpft. Ihr war schon aufgefallen, daß Robert Hart, wenn er nervös war, die Angewohnheit hatte, seinen Stift wie einen Klöppel zwischen den Fingern hin und her zu pendeln.

Er trat ans Fenster und schloß es. Es war kalt im Raum.

»Besser, Sie wissen Bescheid«, sagte Robert. »Es heißt: technisches Versagen.«

»Wer sagt: technisches Versagen?«

»London.«

»Können sie das schon wissen?«

»Nein. Zu diesem Zeitpunkt ist es Unfug. Eine Vermutung. Sie haben ein Stück vom Rumpf und vom Motor gefunden.«

»Oh«, sagte sie. Sie fuhr sich mit den Fingern durchs

Haar. Ihre Angewohnheit, wenn sie nervös war. Ein Stück vom Rumpf, dachte sie. In Gedanken wiederholte sie die Worte. Sie versuchte, sich vorzustellen, wie es wohl aussehen konnte, dieses Stück vom Rumpf.

»Welches Stück vom Rumpf?« fragte sie.

»Die Kabine. Etwa sechs Meter.«

»Haben sie auch...?«

»Nein. Sie haben den ganzen Tag nichts gegessen, oder?« fragte er.

»Schon gut.«

»Nein, das ist nicht gut.«

Sie blickte auf den Tisch, auf dem alle möglichen Gefäße mit Essen standen – Eintöpfe, Aufläufe, ganze Mahlzeiten in einzelnen beschrifteten Plastikbehältern, Schokoladenplätzchen, Kuchen, Kekse, Salate... Eine Großfamilie würde Tage brauchen, um alles aufzuessen, dachte sie.

»Ein ungeschriebenes Gesetz«, sagte sie. »Wenn Leute nicht wissen, wie sie sich verhalten sollen, bringen sie Essen.«

Den ganzen Tag über waren in Abständen immer wieder Polizisten mit diesen Gaben die Auffahrt heraufgekommen. Kathryn fand das einleuchtend, hatte es schon öfter erlebt, auch bei anderen Todesfällen. Sicher stand hinter dieser Geste ursprünglich die Idee, den Hinterbliebenen das lästige Kochen abzunehmen. Dabei war es eigentlich ein Wunder, daß der Körper den alten Trott ging, Schock und Trauer hinter sich ließ, Übelkeit und Leere, und Nahrung forderte, hungrig war. Ihr schien das jetzt so unpassend wie der Sexualtrieb.

»Wir hätten es den Leuten da draußen geben sollen«, sagte Kathryn. »Der Polizei und der Presse. Hier verdirbt es nur.«

»Presseleuten sollte man nie etwas geben«, warnte

Robert. »Das wäre für sie ein gefundenes Fressen. Wenn man denen den kleinen Finger reicht, sitzen sie bald hier im Haus.«

Kathryn lächelte und erschrak, daß sie lächeln konnte. Das Gesicht tat ihr weh, es war trocken, salzig vom Weinen.

»Also, ich gehe jetzt«, sagte er, rollte seine Hemdsärmel herunter und knöpfte seine Manschetten zu. »Sie wollen jetzt sicher allein sein.«

Kathryn war sich gar nicht sicher, daß sie allein sein wollte.

»Fahren Sie zurück nach Washington?«

»Nein, ich bleibe im Hotel. Aber ich komme morgen vorbei, bevor ich abfahre.« Er nahm seinen Trenchcoat von der Stuhllehne und zog ihn an. Aus seiner Tasche holte er die Krawatte.

»Oh«, sagte sie aufs Geratewohl. »Gut.«

Er legte die Krawatte um den hochgeschlagenen Hemdkragen. »So«, sagte er, als der Knoten fertig war, und rückte die Krawatte zurecht.

Das Telefon läutete. Es klang zu laut für die Küche, zu grob, zu aufdringlich.

»Ich kann nicht«, sagte sie.

Er ging zum Telefon und nahm den Hörer ab. »Robert Hart«, sagte er.

»Kein Kommentar«, sagte er.

»Noch nicht«, sagte er.

»Kein Kommentar.«

Als er einhing, wollte Kathryn etwas sagen.

»Sie nehmen jetzt eine heiße Dusche«, sagte er, bevor sie dazu kam. Er zog den Trenchcoat wieder aus.

»Ich wärme etwas auf«, sagte er.

»Gut«, sagte sie. Und war erleichtert.

Oben im Flur wußte sie plötzlich nicht mehr, wohin. Der

Flur war zu lang, es gab zu viele Türen und zu viele Zimmer. Die Zimmer machten ihr angst, denn die Ereignisse des Tages hatten bereits auf die Zimmer abgefärbt, hatten frühere Ereignisse überlagert. Sie ging den Flur entlang und betrat Matties Schlafzimmer. In Matties Bett lagen Julia und Mattie, beide schliefen fest, und Julia schnarchte leise. Sie lagen Rücken an Rücken und teilten sich das Bettzeug. Kathryn beobachtete das Heben und Senken des Deckengewirrs, sah in Matties linkem Ohrloch ihren neuesten Ohrring glitzern.

Kathryn verließ das Zimmer und ging ins Bad. Sie drehte die Dusche auf, stellte sich darunter, regungslos, ließ das Wasser so heiß wie möglich über ihren Körper laufen. Ihre Augen waren von all dem Weinen verquollen, und ihr Kopf fühlte sich schwer an. Sie hatte sich so oft die Nase putzen müssen, daß die Haut über der Oberlippe schmerzte. Seit frühmorgens hatte sie Kopfschmerzen gehabt und reichlich Tabletten geschluckt. Vielleicht würde ihr verdünntes Blut mit dem Duschwasser fortgeschwemmt.

Tage wie dieser werden viele kommen, hatte Robert Hart vorausgesagt. Nicht ganz so schlimm, aber schlimm genug.

Wie sie einen weiteren Tag wie diesen überleben würde, war ihr unvorstellbar.

In welcher Reihenfolge alles passiert war, wußte sie nicht mehr. Was zuerst und danach und später geschehen war. Was morgens oder nachmittags oder später morgens oder früher nachmittags geschehen war. Im Fernsehen hatte es Nachrichten gegeben, Nachrichtensprecher, die Worte aussprachen, von denen ihr Magen schlingerte und sich verkrampfte. *Nach dem Start an Höhe verloren... Babykleidung und ein Sitz im Wasser... Tragödie in der... In neunzig Sekunden abgestürzt... Schock und Trauer auf beiden Seiten des… Die fünfzehn Jahre alte T-900… Trümmer über… Neues von Vision Flug 384… Berichte weisen darauf hin… Ein Geschäftsreisender… Versammlung am Flughafen… Sicherheitsinspektion… Vermutung, daß eine massive…*

Und dann hatte sie die Gesichter gesehen, Gesichter – Kathryn zweifelte, daß sie sie je vergäße. Das Schulfoto eines Mädchens groß auf dem Bildschirm; der weite Ozean, darüber ein Hubschrauber, der weißen Gischt von den Wellenspitzen schlug; eine Mutter mit ausgestreckten Armen, die Hände abwehrend erhoben, als könne sie einem unerwünschten Wortfluß Einhalt gebieten. Männer in Taucherausrüstung, die angestrengt über den Rand eines Boots spähten; Angehörige auf dem Flughafen, die eingehend eine Bekanntmachung studierten. Und dann nach der Sequenz über die Angehörigen drei Fotos, eins nach dem anderen, drei Männer in Uniform, Porträtfotos mit den Namen darunter. Das Foto von Jack hatte Kathryn noch nie gesehen – keine Ahnung, zu welchem Zweck es aufgenommen worden war. Sicher nicht für diesen Anlaß. Nicht für den Fall des Falles. Aber wann sonst tauchte ein Pilot in den Nachrichten auf? überlegte sie.

Den ganzen Tag hatte Robert sie davon abhalten wollen, fernzusehen. Die Bilder würden ihr nicht mehr aus dem Sinn gehen, hatte er gewarnt, das Gesehene bliebe haften. Besser nicht hinsehen, nichts an sich heranlassen, denn die Bilder kämen wieder, bei Tag oder im Traum.

Es sei unvorstellbar, sagte er zu ihr.

Meinte: Stellen Sie es sich nicht vor.

Aber wie? Wie konnte sie den Informationsfluß anhalten, den Fluß der Worte und Bilder im Kopf?

Den ganzen Tag über hatte unablässig das Telefon geläutet. Meistens hatte Robert sich darum gekümmert oder jemand von der Fluggesellschaft; doch manchmal, wenn sie gerade Nachrichten sahen, ließ er es läuten, und sie hatte die Stimmen auf dem Anrufbeantworter gehört. Zögernde, fragende Stimmen von Journalisten. Die Stimmen von Freunden und Nachbarn, die anriefen, um Beileid zu bekunden (*Ich kann es nicht fassen, daß es Jack war...*), (*Wenn wir irgend etwas tun können...*); die Stimme einer älteren Frau von der Gewerkschaft, geschäftlich, streng, die um einen Rückruf bat. Kathryn wußte, daß die Gewerkschaft als Unfallursache kein menschliches Versagen zugeben wollte und die Fluggesellschaft weder menschliches noch technisches Versagen. Es hieß bereits, daß ein Ermittlungsverfahren eingeleitet sei. Sie hätte gern gewußt, ob auch ein Rechtsanwalt angerufen und Robert ihn abgewimmelt hatte.

Die Taucher, wußte sie, suchten nach dem Flugschreiber und dem Cockpit Voice Recorder mit den letzten Worten. Daß die Taucher letzteren fänden, davor hatte sie Angst. Sie wußte, es war die einzige Nachricht, die sie nicht ertragen würde – Jacks Stimme, nachdrücklich, kontrolliert, und was dann? Sie fand es grauenerregend und aufdringlich, die letzten Worte eines Mannes aufzuzeichnen. Eigentlich machte man das nur in der Todeszelle.

Sie trat aus der Dusche, trocknete sich ab, und so wie jemand, der ins Auto steigen wollte und die Schlüssel vergessen hatte, fiel ihr ein, daß sie sich gar nicht gewaschen hatte, nicht eingeseift und nicht die Haare gewaschen. Sie drehte das Wasser wieder an, stellte sich wieder unter die Dusche. Die Gedanken kamen nur noch vereinzelt, dazwischen – Dumpfheit, ein Gefühl wie Watte.

Zum zweitenmal trat sie aus der Dusche, trocknete sich ab und suchte ihren Bademantel. T-Shirt, Socken und Leggings, die sie tagsüber getragen hatte, lagen auf den Fliesen, aber ihren Bademantel hatte sie vergessen. Sie sah hinter der Tür nach.

Jacks Jeans hingen an einem Haken. Ausgebleichte

Jeans mit abgewetzten Knien. Sie hielt sich das Handtuch vor die Brust, dann vor den Mund. Durch den Frotteestoff rang sie nach Luft.

Die hatte er zuletzt zu Hause angehabt, dachte sie.

Sie wickelte sich das Handtuch ums Haar.

Sie nahm die Jeans vom Haken und legte sie auf die Ablage neben dem Waschbecken. Sie hörte Kleingeld klimpern, fühlte Papier. Sie griff in die Gesäßtasche und fand ein Papierbündel, leicht gewellt, vom Sitzen zerdrückt. Sie fischte die Geldscheine hervor, mehrere Ein-Dollar-Scheine und einen Zwanziger. Eine Quittung von Ames für eine Verlängerungsschnur, Glühbirnen, eine Dose Right Guard. Ein rosa Beleg von der Reinigung: sechs Hemden, leicht gestärkt. Eine Quittung von Staples, dem Schreibwarenladen: ein Druckerkabel und zwölf Stifte. Eine Postquittung über zwanzig Dollar; Briefmarken, dachte sie und blätterte weiter. Eine Quittung aus der Buchhandlung: *The Flanders Panel* von Perez-Reverte und *The Book of Irish Verse*. Seit wann las Jack Gedichte? wunderte sie sich. Eine Visitenkarte: Barron Todd, Investor. Zwei Lotterielose. Lotterielose? Sie wußte gar nicht, daß Jack Lotterie spielte. Sie betrachtete die Abschnitte. Auf einem war ein unleserliches Bleistiftgekritzel. *M. bei A.* stand darauf. Mattie bei jemandem? Aber was bedeuteten die Zahlen? Eine ganze Reihe Zahlen. Eine zusätzliche Lotterienummer? Und dann faltete sie den Papierpacken weiter auseinander und entdeckte zwei linierte, weiße Seiten. Auf einer standen mehrere Zeilen, wahrscheinlich aus einem Gedicht, mit Tinte abgeschrieben, richtiger Tinte, und in Jacks Schrift.

Hier in der engen Passage und im unbarmherzigen Norden,
ewiger Verrat, gnadenloser, ergebnisloser Kampf.
Zielloses Wüten der Dolche im Dunkel: Überlebenskampf
der hungrigen blinden Zellen im Mutterleib.

Sie lehnte gegen die Wand. Was bedeutete das Gedicht?

fragte sie sich. Warum hatte Jack diese Zeilen abgeschrieben? Einen Augenblick empfand sie Unbehagen, dann verschwand das Gefühl. Offenbar hatte Jack Interessen, die sie nicht kannte.

Sie faltete die andere linierte Seite auseinander. Einen Merkzettel. Jeden Morgen hatte Jack zu Hause einen geschrieben. Sie las: *Verlängerungsschnur, Dachdecker anrufen, Mattie Farbdrucker, Bergdorf Morgenmantel, Mail Order am 20.*

Bergdorf. Morgenmantel. Am 20.

Bergdorf Goodman? Das Kaufhaus in New York?

Mit Mühe stellte sie sich das Dezemberkalenderblatt auf dem Eisschrank vor. Heute war immer noch der 17. Dezember, auch wenn ihr der Tag unendlich erschienen war. Am 20. war der letzte Schultag. Jack wäre dann eigentlich zu Hause gewesen. Zwischen zwei Flügen.

Ging es um ihr Weihnachtsgeschenk?

Sie sammelte die Papiere ein und hielt sie ganz fest. Sie lehnte gegen die Tür, rutschte zu Boden.

Weihnachten.

Sie war bis auf die Knochen erschöpft. Ihr Kopf war bleischwer. Sie hielt die Faust mit den Papieren vor den Mund.

Der Wagen füllt sich nur langsam mit übermäßig warmer, ein-schläfernder Luft. Ihr Magen ist so voll, daß sie die Rückenlehne zurückstellen muß. Jack trägt einen cremefarbenen Pullover mit kompliziertem irischem Zopfmuster, den sie ihm im ersten Win-ter gestrickt hat. Hinten sind Fehler, die nur sie sieht. Treu wie er ist, trägt er den Pullover jedes Jahr zu Thanksgiving und Weih-nachten, wenn sie aus Santa Fe oder New Jersey kommen und Julia besuchen. Er hat sein Haar wachsen lassen, und nun ringelt es sich leicht hinter den Ohren. Er trägt eine Sonnenbrille; außer an extrem grauen Tagen trägt er sie fast ständig. Es ist immer noch kalt im Wagen, und sie steckt ihre Hände vorn in ihre Jackenär-mel, um sich zu wärmen.

»Das ist deine starke Seite«, sagt sie zu ihm.

Einmal ist er plötzlich mit ihr nach Mexiko verreist. Ein an-dermal dachte sie, er führe wegen seines Rückens mit ihr nach Bo-ston zum Orthopäden, und statt dessen führte er sie übers Wo-chenende ins Ritz aus. Heute hatte er nach dem Essen bei Julia nur gesagt, er wolle ein bißchen spazierenfahren. Nur sie beide. Mattie könne bei Julia bleiben.

»Wohin?« fragte sie.

»Wirst du schon sehen«, antwortete er vage.

Durchs Autofenster betrachtet sie die Sommerhäuser an der Küstenstraße. Zehn Monate im Jahr stehen sie leer, und Kathryn kommt es vor, als hätten sie etwas Ehrwürdiges an sich, etwas un-endlich Langmütiges, so sturmgepeinigt wie sie sind; jedes Haus ein eigenes Wesen, eine eigene Persönlichkeit. Dieses hier stolz und etwas protzig und dann, nach einem besonders grausamen Sturm, ein wenig geläutert. Dieses groß und elegant, eine alternde

Schönheit. Dieses fordert die Elemente heraus, bietet dem Wetter kühn die Stirn. Ein anderes zu still, verstockt, schmucklos, vielleicht ungeliebt.

Einen Moment schließt sie die Augen. Sie meint, sie habe höchstens minutenlang gedöst, doch als sie wieder zu sich kommt, steht der Wagen in einer Auffahrt. Einer vertrauten und überraschenden Auffahrt.

Wortlos steigt Jack aus und geht die Verandastufen hoch. Heute steht das Haus gestochen scharf vor einem wolkenlosen Himmel; selbst so verwittert und verfallen wirkt es scharf umrissen. Die Schaukelstühle stehen immer noch wie Wächter über der See, die heute lebhaft marineblau ist.

Verwirrt folgt sie Jack auf die Veranda. Sie schaut zu, wie er die Küchentür öffnet und ins Haus tritt.

»Du bist nostalgisch«, sagt sie.

»Kann schon sein«, sagt er.

Sechs Jahre sind vergangen, seit sie sich zum ersten Mal Zugang zu diesem Haus verschafft haben, sechs Jahre, seit sie oben zum ersten Mal miteinander geschlafen haben. Sie fragt sich, warum niemand das Haus kauft. Vielleicht, weil die vielen Schlafzimmer irgendwie an ein Internat erinnern, oder weil am Ende des Flurs nur ein einziges Badezimmer ist. Sie folgt Jack durch die Küche, durchs Wohnzimmer und nach oben.

Sie glaubt, als sie hinter ihm die Treppe hinaufgeht, daß er vorhat, mit ihr zu schlafen. Hier, wo es zum ersten Mal geschehen ist.

Sie betreten das limonengrüne Zimmer mit dem roten Stuhl. Der Sonnenschein fällt auf die Farbe, sie leuchtet gleißend, und Kathryn muß die Augen zusammenkneifen.

»Vision hat mich angerufen.«

»Vision?«

»Eine neue Fluggesellschaft, englisch-amerikanisch. Expandierend, in Boston stationiert. Ein paar Jahre, und ich könnte eine internationale Route fliegen.«

Er lächelt, das triumphierende, vielsagende Lächeln eines Mannes nach einer gelungenen Überraschung.

Sie streckt eine Hand vor, will auf ihn zugehen.

»Und wenn du das Haus magst, können wir es kaufen.«

Der Satz nimmt ihr die Luft weg. Sie legt ihre Hand auf die Brust.

»Du warst inzwischen hier?« fragt sie.

Er nickt. »Mit Julia.«

»Julia weiß Bescheid?« fragt Kathryn ungläubig.

»Wir wollten dich überraschen. Das Haus ist ein Wrack. Ein Haufen Arbeit. «

»Wann warst du mit ihr hier?«

»Vor zwei Wochen. Ich hatte eine Zwischenlandung in Portsmouth.«

Kathryn versucht sich zu erinnern. Sie sieht die Novembertage wie Blöcke auf einem Kalenderblatt. Seine Flüge verschwimmen ineinander. An einzelne kann sie sich kaum erinnern.

»Julia wußte hiervon?« fragt sie wieder.

»Sie haben unser Angebot akzeptiert.«

»Unser Angebot?«

Sie kommt sich lahm und dumm vor. Die Neuigkeiten überschlagen sich, sie begreift nichts mehr.

»Warte«, sagt er.

Verstört durchquert sie das Zimmer und setzt sich auf den roten Stuhl. Die Sonne scheint seitlich durchs Fenster und formt ein heißes lichtes Rechteck auf der Bettdecke. Sie möchte in das Bett kriechen und Hände und Füße wärmen.

Dies ist doch wichtig, warum ist sie nicht gefragt worden? denkt sie. Dies ist doch kein Geschenk, das man in der Kommode versteckt; darin waren zwangsläufig andere Leute verwickelt – zum Beispiel der Häusermakler. Sie schüttelt den Kopf. Sie kann sich nicht vorstellen, daß sie ohne Jack Kaufverhandlungen für ein Haus führt. Er trägt eine Flasche Sekt und zwei Gläser, als er zurückkommt. Sie erkennt die Gläser aus Julias Schrank.

»Wie schön, daß du hier bist«, sagt er. »Ich sehe dich hier so gern.«

Sie schaut zu, wie er die Flasche entkorkt.

Sie denkt: Das ist Jacks starke Seite. Er bestimmt den Lauf der Dinge.

Sie möchte glücklich sein. Noch eine Minute, denkt sie, dann habe ich die Überraschung verdaut und bin glücklich.

»Du fährst dann immer nach Boston?« fragt sie.

»Ich habe es ausprobiert. Fünfzig Minuten.«

Er war hier und hat es schon ausprobiert, denkt sie.

Er schenkt den Sekt in die Gläser auf dem Fußboden und reicht ihr eins. Sie stoßen an. Ihre Hand zittert; sie weiß, daß er es sieht. Er stellt sein Glas ab und kommt zu ihr. Er hilft ihr hoch und schiebt sie ans Fenster. Beide schauen sie hinaus. Er redet ihr ruhig zu.

»Wir haben jetzt ein Zuhause«, sagt er. »Du bist am Wasser, das hast du dir doch immer gewünscht. Mattie geht hier zur Schule. Vielleicht findest du sogar eine Stelle als Lehrerin. Julia ist ganz aufgeregt, daß du – wir – in ihrer Nähe wohnen.

Sie nickt langsam.

Er hebt ihr Haar hoch und küßt langsam ihren Nacken und den Haaransatz. Sie reagiert auf den Reiz, doch sie fühlt sich überrumpelt, noch nicht bereit. Aber sie versteht seine Ungeduld, und sie will nichts verderben, Jacks Überraschung nicht verderben – die Überraschung, die er sich ohne sie ausgedacht hat.

Er schiebt ihr den Rock hoch. Sie stellt ihr Glas auf die Fensterbank. Sie beugt sich vor, stemmt sich dabei gegen den Fensterrahmen. In der Fensterscheibe sieht sie sich und ihn als undeutliches Spiegelbild.

»Sie sollten etwas essen.«

Gegenüber am Tisch saß Robert Hart vor und aß den letzten Bissen Chili con Carne.

»Ich kann nicht«, sagte sie. Sie betrachtete die leere Schüssel vor ihm. »Aber Sie hatten Hunger«, sagte sie.

Er schob die Schüssel beiseite.

Es war spät, Kathryn hatte keine Ahnung, wie spät. Oben schliefen immer noch Mattie und Julia. Vor Kathryn standen außer dem Chili ein Knoblauchbrot, ein Salat und eine Tasse lauwarmer Tee. Sie hatte versuchsweise Brot ins Chili getaucht, probiert, aber sie bekam keinen Bissen herunter. Sie hatte frische Sachen angezogen – Jeans und einen dunkelblauen Pullover, dicke Socken und Lederstiefel. Ihr Haar war noch naß. Sie wußte, daß ihre Augen, Nase, ihr Mund verquollen waren. Wahrscheinlich hatte sie auf dem Fußboden im Badezimmer mehr geweint als den ganzen Tag über. Als je in ihrem Leben. Sie fühlte sich hohl, leer, ausgeweint.

»Es tut mir leid«, sagte er.

»Was?« fragte sie. »Daß Sie essen können?«

Er zuckte die Achseln. »Alles.«

»Sie haben einen unvorstellbaren Job«, sagte sie. »Warum tun Sie das?«

Die Frage erschreckte ihn.

»Stört es Sie, wenn ich rauche?« fragte er. »Ich kann auch rausgehen.«

Jack haßte Rauchen, hielt es nicht im Zimmer aus, wenn jemand rauchte.

»Draußen ist es kaum über Null«, sagte sie. »Natürlich können Sie hier drinnen rauchen.«

Sie sah, wie er sich umdrehte und aus seiner Jacke, die über dem Stuhl hing, eine Packung Zigaretten holte. Mit sparsamen Gesten zündete er sich die Zigarette an – eine Routinehandlung, lange schon.

Er stützte die Ellenbogen auf den Tisch, faltete die Hände unterm Kinn. Der Rauch kräuselte sich vor seinem Gesicht.

Er gestikulierte mit der Zigarette.

»Statt Alkohol,« sagte er.

Sie nickte.

»Warum ich das tue?« Er räusperte sich nervös. »Wohl, weil ich dafür bezahlt werde.«

»Das glaube ich Ihnen nicht«, sagte sie.

»Ehrlich?«

»Ehrlich.«

»Wahrscheinlich locken mich intensive Situationen«, sagte er. »Intensive menschliche Erfahrungen.«

Sie schwieg. Merkte zum erstenmal, daß im Hintergrund Musik spielte. Art Tatum. Als sie in der Dusche war, hatte Robert Hart eine CD aufgelegt.

»Kann ich verstehen«, sagte sie. Offenbar hielt sie immer noch den gleichen Löffel mit Chili in der Hand wie zu Beginn der Mahlzeit.

»Ich sehe gern, wie Leute wieder auf die Beine kommen«, fügte er hinzu.

»Kommen sie das? Wieder auf die Beine?« fragte sie.

»Mit der Zeit, die Frauen für gewöhnlich. Unglücklicherweise...« Er hielt inne. »Tut mir leid«, sagte er.

»Jeder sagt, es tut ihm leid. Es hängt mir zum Hals raus, wirklich.«

»Kinder verkraften es nicht so gut«, sagte er langsam. »Es heißt immer, Kinder seien robust, aber das sind sie nicht.

Sie ändern sich... das Unglück verwandelt sie, und sie passen sich an. Männer, die vor Kummer zerbrechen, sehe ich selten, höchstens Väter, und meist sind sie wütend, das ist eine andere Geschichte.«

»Garantiert sind sie wütend«, sagte Kathryn. Sie stellte sich Jack vor: Er wäre außer sich vor Wut und Trauer, wenn Mattie unter den Passagieren gewesen wäre.

Jack gegenüber war Mattie selten so weinerlich oder aggressiv gewesen wie zeitweise zu Kathryn. Bei Jack hatten von Anfang an andere Regeln gegolten: Sie waren nicht so belastet.

Bald nachdem sie alle drei nach Ely gezogen waren und als Mattie in den Kindergarten ging, hatte Jack sie zu seiner »Assistentin« gemacht, die ihm beim Renovieren half – anstreichen, abkratzen, Fenster reparieren. Er war ständig mit ihr im Gespräch. Er brachte ihr das Skilaufen bei, und dann unternahmen sie jeden Winter ihre Vater-Tochter-Skitouren, erst ins nördliche New Hampshire und nach Maine und dann in den Westen, nach Colorado. Zu Hause saßen sie vor dem Fernseher und sahen Baseball, die Red Socks und die Celtics; oder sie saßen stundenlang vorm Computer. Wenn Jack nach Hause kam, ging er zuerst zu Mattie oder sie zu ihm. Sie hatten eine Beziehung, wie sie zwischen Eltern und Kind am seltensten ist: Sie waren einfach gern zusammen.

Nur einmal bestrafte Jack seine Tochter. Kathryn sah es vor sich wie gestern: Jacks wütendes Gesicht, als Mattie eine Spielgefährtin die Treppe hinuntergeworfen hatte. Wie alt waren Mattie und ihre Freundin da gewesen? Fünf? Vier? Jack hatte Mattie am Arm gepackt, ihr einen gehörigen Schlag aufs Hinterteil verpaßt, hatte sie in ihr Zimmer gezerrt und die Tür mit solcher Wucht zugeknallt, daß es selbst Kathryn durch Mark und Bein gegangen war. Es geschah so instinktiv, so schnell, daß Kathryn dachte, womöglich sei er selbst als Kind so gestraft worden und hatte einfach die Fassung verloren. Später versuchte sie, ihn auf den Vorfall anzusprechen, aber Jack, immer noch mit tiefrotem Gesicht, wollte nichts davon hören und erklärte lediglich, daß er nicht wisse, was in ihn gefahren sei.

»Sie kennen sich gut aus«, sagte Kathryn zu Robert.

Er sah zur Anrichte, suchte einen Aschenbecher. Sie nahm die weiße Untertasse unter ihrer Teetasse und schob sie über den Kiefernholztisch. Er legte seine Zigarette auf die Untertasse und stellte das Geschirr zusammen.

»Eigentlich nicht«, sagte er.

»Lassen Sie mich das machen«, sagte sie. »Sie haben genug getan.«

Er zögerte.

»Bitte«, sagte sie. »Geschirr einräumen kann ich noch.«

Er setzte sich und griff nach seiner Zigarette. Sie ging zum Spülbecken und öffnete die Spülmaschinentür. Sie drehte das Wasser an.

»Ich versuche der Familie einen Schutzraum zu schaffen«, sagte er. »Sie von der Außenwelt abzuschirmen.«

»Die so absurd hereingebrochen ist«, sagte sie.

»Die so absurd hereingebrochen ist.«

»Schadensbegrenzung«, sagte sie. »Das ist Ihr Job. Schadensbegrenzung.«

»Was arbeiten Sie eigentlich?« fragte er. »Was unterrichten Sie?«

»Musik und Geschichte. Und ich leite die Band.«

»Im Ernst?«

»Im Ernst. Die High-School hat nur zweiundsiebzig Schüler.«

»Mögen Sie Ihre Arbeit?« fragte er.

Sie dachte eine Weile nach.

»Doch«, sagte sie. »Ja, doch, ich mag sie sehr. Manche

Schüler waren wirklich begabt. Vergangenes Jahr haben wir ein Mädchen aufs New-England-Konservatorium geschickt. Ich mag die Jugendlichen.«

»Der Ort sah nett aus.«

»Eine Kleinstadt«, sagte sie. »Viele Leute sind arbeitslos, weil die Fabriken dichtgemacht haben. Ehrlich gesagt, manchmal denke ich, der Ort Ely ist eigentlich nur Puffer zwischen den Arbeitern in Ely Falls und den Sommergästen in The Pool.«

»The Pool ist hier, wo Sie wohnen.«

»Die Küstenstraße.«

»Wie haben Sie Jack kennengelernt?«

»Wir haben uns im Sommer in Julias Laden kennengelernt. Ich war vom College gekommen, weil meine Eltern beide gestorben waren. Eines Tages kam er in den Laden, ich machte gerade Inventur.«

»Und das war's?«

»Das war's.«

»Tut mir leid, das mit Ihren Eltern.«

»Das ist schon lange her. Eigentlich schrecklich, wenn man das von seinen Eltern sagt, aber sie waren keine guten Eltern. Sie haben beide getrunken. Sie sind beide an Neujahr verunglückt, in Ely Falls ins Wasser gefallen und ertrunken.«

»Wie ist das passiert?«

»Sie waren natürlich betrunken. Als ich größer war, hat man mir immer erzählt, der Koreakrieg habe meinen Vater fertiggemacht. Deshalb habe er zu trinken angefangen. Wir wohnten alle bei Julia. Meine Eltern schliefen im Schlafzimmer im obersten Stock. Sie haben sich viel gestritten. Wenn Essenszeit war, mußte ich in den Ort und meinen Vater suchen. Ich habe immer gehofft, daß ich ihn nicht finde. Denn wenn ich ihn fand, mußte ich an einem Dutzend Männer an der Theke vom »Bobbin« vorbei.

Aber wenn meine Mutter ihn suchen ging, war es noch schlimmer. Dann stritten sie sich und vertrugen sich wieder und kamen erst nach Hause, wenn alle Kneipen zu waren.«

»Gut, daß sie Julia hatten.«

»Ja.«

Kathryn konnte sich an keine Zeit mit ihren Eltern erinnern, die nicht von Mangel, Not und Spannungen geprägt war. Ihr Vater war ständig fremdgegangen, und Kathryns Mutter hatte allen Grund gehabt, verletzt zu sein. Doch die eigentliche Schuld, fand Kathryn, lag bei ihrer Mutter, die das kleine Stückchen Glück für sich und ihren Mann früh zerstört hatte. Denn ihre Mutter klammerte sich zwanghaft an jenen Anfang, als sie mit einundzwanzig Bobby Hull kennenlernte; als er sich in sie verliebte und sie sich endlich lebendig fühlte. Ein Jahr lang – im ersten Ehejahr, in dem Kathryn gezeugt wurde – hatte Bobby Hull seine junge Frau auf Händen getragen, war ihr nicht von der Seite gewichen, und Yvonne hatte sich erstmalig in ihrem Leben geliebt und begehrt gefühlt – eine Droge, die sie süchtiger machte als der Alkohol, den sie auch durch Bobby kennenlernte. Jenes Jahr, zweifellos das beste im Leben ihrer Mutter, bekam im Verlauf der Zeit einen Glorienschein. Kathryn wußte darüber mehr, als ihr guttat; als Kind erfuhr sie bei jedem Streit alle Einzelheiten. Und Kathryns Vater konnte diese Zeit nicht wieder herzaubern, selbst wenn er sich reumütig anstrengte, nett zu seiner Frau zu sein. Die Tragödie im Leben ihrer Mutter war, dessen war Kathryn sich gewiß, daß Bobby Hull ihr mit der Zeit weniger Aufmerksamkeit schenkte, eigentlich ein natürlicher Vorgang – auch das innigste Paar kehrte nach und nach zum Alltag zurück, arbeitete, versorgte die Kinder. Doch indem ihre Mutter dies als Rückzug ansah, es jedenfalls so nannte – ihm ein Etikett auf-

drückte, sozusagen –, wurde dieser Vorgang ein Daseins-
zustand. Immer noch hatte Kathryn die Stimme ihrer
Mutter im Ohr, aus dem Schlafzimmer oben, gequält,
immer und immer wieder, nur ein Wort: Warum? Manchmal (und Kathryn schauderte bei der Erinnerung) bettelte
Yvonne, Bobby Hull solle ihr doch sagen, wie schön sie sei;
worauf Kathryns Vater, stur wie er sein konnte, mit seinen
Liebesbezeugungen noch mehr geizte, obwohl er seine
Frau wirklich liebte und ihr dies ohne Zwang vielleicht
auch gesagt hätte.

»Eigentlich«, sagte Kathryn, »waren sie ein hübsches
Paar. Meine Mutter war eine schöne Frau.«

»Bestimmt«, sagte Robert und sah sie an.

»Eine Ehe mit einem Piloten ist ganz anders«, sagte
Kathryn, um das Thema zu beenden. »Wie Sie wissen.«

Er nickte.

»Die unregelmäßigen Dienstzeiten«, sagte sie. »Nie wird
ein Fest am eigentlichen Tag gefeiert. Frühstück mit Jack
um sieben Uhr abends, oder Abendessen und ein Glas
Wein morgens um sieben.«

»Es hinterläßt Spuren.«

Ihr Leben war anders als das anderer Familien gewesen.
Manchmal war Jack drei Tage fort, dann zwei zu Hause,
und so ging es zwei, drei Monate. Und dann im nächsten
Monat hatte er vielleicht vier freie Tage, sechs Tage Dienst,
und Mattie und Kathryn würden sich auch daran gewöhnen. Bei ihnen gab es keine Routine wie bei anderen
Familien – sie lebten scheibchenweise. Ein bißchen Zeit,
wenn Jack zu Hause war, mehr Zeit, wenn Jack fort
war. Und wenn er fort war, verlor die Wohnung irgendwie
an Raum, sackte still in sich zusammen, fiel in Winter-
schlaf. Und egal, wieviel Aufmerksamkeit Kathryn Mattie schenkte, oder wie gern sie beide zusammen waren,
Kathryn kam es immer vor, als hielten sie sich in der

Schwebe – warteten, bis das wahre Leben wieder anfing und Jack wieder zur Tür hereinkam.

Kathryn überlegte, während sie Robert gegenübersaß, ob sie sich weiter so fühlen würde – in der Schwebe, in Erwartung, daß Jack noch einmal zur Tür hereinkäme.

»Sie haben auf der Stelle geheiratet?«

»Ich bin auf der Stelle schwanger geworden. Das war's. Geheiratet haben wir in Santa Fe.«

»Wie oft fuhr er nach Boston?«

»Von hier aus? So sechsmal im Monat.«

»Nicht schlecht. Das dauert... fünfzig Minuten?«

»Ja. Haben Sie einen gepackten Koffer im Büro stehen?« fragte sie. »Fix und fertig gepackt?«

Er zögerte. »Einen kleinen«, sagte er.

»Sie gehen heute abend ins Hotel?«

»Ja, aber wenn Sie möchten, schlafe ich hier auf dem Sofa.«

»Nein. Es wird schon gehen. Ich habe ja Julia und Mattie. Erzählen Sie mir noch etwas«, sagte sie.

»Was?«

Sie stellte die letzte Schüssel in den Geschirrspüler und gab der Tür einen Schubs. Sie trocknete sich die Hände am Handtuch ab, das am Kommodengriff hing.

»Was passiert, wenn Sie zu dem Haus kommen?«

Er kratzte sich hinten im Nacken. Er war nicht groß, aber manchmal wirkte er groß, sogar im Sitzen. Sicher war er ein guter Läufer.

»Kathryn, das ist...«

»Erzählen Sie.«

»Nein.«

»Es hilft.«

»Nein, tut es nicht.«

»Woher wissen Sie das?« fragte sie scharf. »Sind wir alle gleich, wir Ehefrauen? Reagieren wir alle gleich?«

Sie hörte die Wut in ihrer Stimme, eine Wut, die schon tagsüber gelegentlich dagewesen war. Wut, die wie Wasserblasen anstieg und zerplatzte. Sie setzte sich wieder an den Tisch, ihm gegenüber.

»Natürlich nicht«, sagte er.

»Was, wenn es nicht stimmt?« fragte sie. »Was, wenn Sie es erfahren und der Frau sagen und sich hinterher rausstellt, es stimmt nicht?«

»Das gibt's nicht.«

»Warum nicht?«

»Ich vergewissere mich vor jedem Haus per Funktelefon, daß alles absolut bestätigt ist. Vielleicht haben Sie Schwierigkeiten, dies nachzuvollziehen, aber ich erzähle ungern einer Frau, ihr Mann sei tot, wenn es gar nicht stimmt.«

»Tut mir leid.«

»Ich dachte, das hätten wir gestrichen.«

Sie lächelte.

»Stört es Sie, wenn ich solche Fragen stelle?« fragte sie.

»Ich wundere mich nur, warum Sie solche Fragen stellen. Sonst nein, es stört mich nicht.«

»Dann frage ich Sie dies: Was fürchten Sie, das ich den Journalisten sagen könnte?«

Er lockerte seine Krawatte, knöpfte den obersten Hemdknopf auf.

»Die Frau des Piloten ist natürlich emotional extrem belastet. Was sie den Journalisten sagt, wird allgemein registriert. Eine Ehefrau sagt womöglich, ihr Mann habe vor kurzem auf das Wartungspersonal geschimpft. Oder sie platzt heraus: Ich habe es kommen sehen, er hat erzählt, daß die Gesellschaft beim Mannschaftstraining spart.«

»Wäre das nicht in Ordnung? Wenn es stimmte?«

»Manche Leute sagen bei extremer emotionaler Belastung Dinge, die sie später nicht sagen würden. Dinge, die sie eigentlich nicht meinen. Aber dann stehen sie im Protokoll, und es gibt kein Zurück.«

»Wie alt sind Sie?« fragte sie.

»Achtunddreißig.«

»Jack war neunundvierzig.«

»Ich weiß.«

»Was tun Sie dazwischen, also bis einer abstürzt?«

»Sie machen sich, glaube ich, ein falsches Bild«, sagte er und rückte mit dem Stuhl. »Ich sitze nicht da und drehe Däumchen, bis einer abstürzt.«

»Sondern?«

»Ich beschäftige mich intensiv mit den Absturzermittlungen. Dann gibt es manches bei den Pilotenfamilien zu erledigen. Wie alt ist dieses Haus?«

»Sie wechseln das Thema.«

»Jawohl.«

»Gebaut wurde es 1905. Ursprünglich als Kloster. Ein Exerzitienhaus.«

»Es ist wunderschön.«

»Danke. Es ist ein Haufen Arbeit. Es ist ein Haufen Arbeit, und das Ende ist nicht abzusehen. Wenn wir an einer Ecke fertig sind, geht es an der nächsten wieder los.«

Sie hörte das *Wir*.

Das Haus war ihr ans Herz gewachsen. Es hatte viele Gesichter, je nach Licht, Jahreszeit, der Farbe des Meeres draußen, der Lufttemperatur. Selbst seine Absonderlichkeiten wußte Kathryn zu schätzen: Die schiefen Fußböden in den Schlafzimmern oben; die schmalen Wandschränke, die für Nonnengewänder gedacht waren; die Fenster mit den altmodischen Fensterläden, die mühsam jeden Herbst angebracht und jedes Frühjahr abgenommen werden mußten. (Jack hatte festgestellt, daß jeder Laden anders war, wie Schneeflocken; beim erstenmal, als er die einzelnen Flügel noch nicht gekennzeichnet hatte, war es auf der

Leiter ein Puzzlespiel gewesen.) Selbst beim Saubermachen waren es einfach schöne Gegenstände. Manchmal war es schwer, sich vom Ausblick loszureißen und wieder an die Arbeit zu gehen. Als Mattie noch ganz klein war, hatte sie oft auf Kathryns Schoß im Schaukelstuhl im langen Wohnzimmer geschlafen, und Kathryn hatte dabei nachgedacht. Besonders hatte sie darüber nachgedacht, wie leicht man sich in so einem Haus, an so einem Ort, von der Welt zurückziehen und eine einsame, beschauliche Existenz führen konnte, wie die ursprünglichen Bewohnerinnen: die Schwestern des Ordens St. Jean de Baptiste de Bienfaisance, zwanzig Nonnen im Alter von neunzehn bis zweiundachtzig, Bräute Jesu, die Armut gelobt hatten. Im Wohnzimmer stellte sie sich oft den langen Refektoriumstisch vor, die Sitzbank an der Längsseite, damit die Schwestern beim Essen den Blick aufs Meer hatten. Denn trotz des Armutsgelübdes lebten die Nonnen in einer unvorstellbar schönen Landschaft.

Manchmal überlegte Kathryn, wo die Kapelle der Schwestern des Ordens St. Jean de Baptiste de Bienfaisance gestanden hatte. Sie hatte auf den Wiesen, in den Ziergärten und angrenzenden Obstgärten gesucht, war aber nie auf Grundmauern gestoßen. War die Kapelle im Haus gewesen, in dem Raum, den Jack und sie zum Eßzimmer machten? Hatten die Schwestern von St. Jean Baptiste ihren Hausaltar abgerissen, bevor sie gegangen waren, hatten sie Madonnenfigur und Kreuz mitgenommen? Oder legten sie immer den weiten Weg zwischen The Pool und Ely Falls zurück und besuchten gemeinsam mit den frankokanadischen Einwanderern den Gottesdienst in St. Joseph?

»Sie wohnen hier seit elf Jahren?« fragte Robert.

»Ja.«

»Und wo waren Sie vorher?«

»Zwei Jahre in Santa Fe.«

»Stimmt. Und davor in Teterboro.«

»Teterboro habe ich gehaßt«, sagte sie.

Das Telefon läutet und beide erschraken. Zwanzig, vielleicht dreißig Minuten waren seit dem letzten Läuten vergangen, die längste Pause seit heute morgen. Sie beobachtete, wie Robert den Hörer abnahm.

Sie war erst dreiundzwanzig gewesen, als sie und Jack wieder nach Ely zogen. Kathryn hatte sich vor der Mißgunst der Leute in der Stadt gefürchtet. Nun hatte sie ein Haus am Wasser und einen Ehemann, der Pilot bei Vision Airlines war. Sie wohnte nicht mehr direkt in Ely, sondern in The Pool, der kurzlebigen, vergänglichen Welt der Sommergäste, wesentlich anonymer, auch wenn sie im Laden ihrer Großmutter kauften und der kleinen Stadt mit ihrem verschrobenen Charme gönnerhaft und neugierig gegenüberstanden: schlanke, braungebrannte Menschen mit scheinbar unerschöpflichen Bargeldreserven. Martha, die Geschäftsführerin von Ingerbretson's, The Pools einzigem Lebensmittelgeschäft, konnte zwar ein Liedchen von Männern in Khakishorts und weißen T-Shirts singen, die enorme Summen anschreiben ließen – für Wodka, Hummer, Pommes Frites und Marthas selbstgebackenen Schokoladenkuchen *konfektkake* –, dann pleite machten, vom Erdboden verschwanden, und als letztes Lebenszeichen ein Zu-Verkaufen-Schild vor ihrer 400 000-Dollar-Strandvilla hinterließen.

Doch das tiefe Wohlwollen, das der Ort Julia Hull entgegenbrachte, übertrug sich auch auf Jack und Kathryn. Kathryn hatte ihr Studium an der Universität von New Hampshire abgeschlossen, und als die alte Musiklehrerin in Ely starb, bekam sie deren Stelle. Jack und sie lebten sich in Ely ein, halfen Mattie durch die Schule. Jack spielte mit Hugh Rennie, dem stellvertretenden Leiter der Mittelschule, und Arthur Kahler, dem Besitzer der Mobil-Tank-stelle am Ortsausgang, Tennis. Kathryn brachte Mattie zur Klavierstunde, Ballettstunde, zum Turnen. Da Kathryn so leicht mit Mattie schwanger geworden war, war es eigent-lich verwunderlich, daß sie offenbar keine Kinder mehr bekommen konnte. Sie beschlossen, es bei Mattie, ihrem Glückskind, zu belassen und ersparten sich die umständli-chen Maßnahmen, noch eins zu bekommen.

Kathryn beobachtete Robert am Telefon. Er drehte sich einmal schnell um, sah sie an und drehte ihr wieder den Rücken zu.

»Kein Kommentar«, sagte er.

»Ich denke nicht.«

»Kein Kommentar.«

»Kein Kommentar.«

Er hing ein und betrachtete den Küchenschrank. Er nahm einen Stift von der Anrichte und schwenkte ihn zwischen den Fingern.

»Was?« fragte sie.

Er drehte sich um.

»Wir haben es kommen sehen«, sagte er.

»Was?«

»Das hält sich höchstens vierundzwanzig Stunden. Dann ist es Vergangenheit.«

»Was?«

Er sah sie fest an und atmete tief durch.

»Es heißt: menschliches Versagen.«

Sie schloß die Augen.

»Reine Vermutung«, sagte er hastig. »Angeblich sind Flugdaten aufgetaucht, die keinen Sinn ergeben. Aber glauben Sie mir, mit Sicherheit kann es keiner wissen.«

»Oh.«

»Also«, sagte er ruhig. »Sie haben mehrere Leichen gefunden.«

Sie dachte: am besten, wenn sie einfach weiter ein- und ausatmete.

»Noch niemand identifiziert«, sagte er.

»Wie viele?«

»Acht.«

Sie versuchte, es sich vorzustellen. Acht Leichen. Ganz? Zerstückelt? Sie wollte fragen, ließ es.

»Es werden sicher mehr«, sagte er. »Sie fischen noch mehr heraus.«

Englisch? Oder amerikanisch? Frauen oder Männer?

»Wer war das? Am Telefon?«

»Reuters. Die Nachrichtenleute.«

Sie stand auf, ging vom Tisch durch den Flur ins Bad. Einen Augenblick hatte sie Angst, ihr würde schlecht. Es war wie ein Reflex, daß sie nichts zu sich nehmen konnte, alles herauswürgen wollte. Sie bespritzte ihr Gesicht mit Wasser, trocknete es ab. Ihr Gesicht war im Spiegel fast unkenntlich.

Als sie in die Küche zurückkehrte, telefonierte Robert wieder. Seine Hand hatte er unter die Achsel des anderen Arms geschoben. Er redete ruhig, antwortete *Ja* und *Nein*, betrachtete sie, als sie hereinkam. *Später*, sagte er und hing ein.

Sie schwiegen lange.

»Bei wie vielen ist es menschliches Versagen?«

»Bei mehr als der Hälfte.«

»Was ist das Versagen? Was passiert?«

»Meist eine Kette von Ereignissen, eins folgt aufs andere, und am Ende heißt es, der Pilot hat versagt, weil der Pilot die wesentlichen Entscheidungen trifft.«

»Aha.«

»Darf ich Sie was fragen?«

»Ja?«

»War Jack...?«

Er zögerte.

»War Jack was?« fragte sie.

»War Jack nervös, war er deprimiert?«

Robert wartete.

»Sie meinen, in letzter Zeit?«

»Ich weiß, es ist eine schreckliche Frage«, sagte er. »Aber über kurz oder lang müssen Sie sie sowieso beantworten. Wenn etwas war, wenn Sie etwas wissen oder Ihnen etwas einfällt, reden wir besser erst darüber.«

Sie überlegte. Sicher war es für Jack schwieriger als für sie gewesen, sich in Ely einzuleben – trotz seiner anfänglichen Begeisterung, seiner Bereitschaft, die ziemlich lange Strecke zur Arbeit in Kauf zu nehmen, seiner Bereitschaft, ihr zuliebe in ein gottverlassenes Nest zu ziehen. Gelegentlich hatte sie sich gefragt, ob er den Schritt bereute.

Eigenartig, dachte sie, wie intensiv man einen Menschen kannte oder zu kennen glaubte, wenn man verliebt war – in Liebe schwelgte –, und später feststellte, daß man diesen Menschen gar nicht so gut kannte wie gedacht. Oder sich selbst nicht so wahrgenommen fühlte wie erhofft. Am Anfang nahm man jedes Wort und jede Geste des Geliebten in sich auf und versuchte, diesen intensiven Zustand so lange wie möglich festzuhalten. Aber wenn zwei Menschen lange genug zusammen waren, mußte diese Intensität weichen. So funktionierte die menschliche Spezies, dachte Kathryn, aus Verliebtheit wurde ein gemeinsames Leben, Veränderung und Anpassung, die gemeinsame Basis, ein Kind großzuziehen.

Manche Paare liebten sich zwar, schafften es aber nicht – wie Kathryns Eltern –, oder sie machten sich beim ersten unliebsamen Hindernis aus dem Staub. Sie dachte, dieser Schritt sei für sie schwieriger gewesen als für Jack.

Sie rechnete nach, wann das gewesen war, wann aus dem Liebespaar ein Ehepaar geworden war. Es hatte bei ihr und

Jack später stattgefunden als bei manchen anderen Paaren, sie hatten also Glück gehabt. Als Mattie neun war? Zehn? Jack hatte sich eine Spur von Kathryn zurückgezogen, kaum nachweisbar oder beschreibbar. Jedes Ehepaar, davon war sie ausgegangen, schuf seine eigene Spielart des Mann-Frau-Dramas. Es fand im Schlafzimmer statt oder leise in aller Öffentlichkeit oder sogar am Telefon, ein Drama, bei dem sich die Dialoge, die Bühnenanweisungen und die Körpersprache oft ähnelten. Doch wenn ein Partner seine Rolle leicht änderte oder auf manche Stichworte nicht mehr prompt reagierte, lief das Spiel nicht mehr so gut. Dem anderen Mitspieler verschlug es die Sprache, wenn er das neue Spiel noch nicht durchschaut hatte, oder die neue Choreographie brachte ihn aus der Fassung.

So, dachte sie, war es bei Jack und ihr gewesen. Er war im Bett weniger oft auf ihre Seite gerutscht. Und wenn, dann schien ihr, als fehle irgend etwas, eine Winzigkeit, als sei die Spannung geringer. Es war, als ob er ihr kaum wahrnehmbar entglitte, bis Kathryn eines Tages auffiel, daß sie und Jack sich seit mehr als zwei Wochen nicht mehr geliebt hatten. Damals dachte sie, es liege an seinem überwältigenden Schlafbedürfnis; sein Dienstplan war anstrengend, und oft war er müde. Doch manchmal sorgte sie sich auch, sie sei schuld an der neuen Situation, sie sei zu passiv, und eine Zeitlang hatte sie sich Mühe gegeben, erfinderischer zu sein, spielerischer, nicht immer mit dem gewünschten Erfolg. Am Ende hatte sie beschlossen, Jacks kaum spürbarer Rückzug sei lediglich der zweite oder dritte Akt eines langen Dramas, von dem das meiste noch nicht stattgefunden hatte.

Kathryn hatte sich geschworen, nicht zu klagen. Sie wollte sich in nichts hineinsteigern. Sie wollte nicht einmal darüber reden. Doch der Preis dieser unerschütterlichen Haltung war, begriff Kathryn bald, daß etwas verschleiert wurde: Der Schleier verhinderte, daß sie und Jack weiter ungezwungen miteinander umgingen. Und nach einiger Zeit machte es ihr Angst.

»Es war nichts«, sagte sie zu Robert. »Ich glaube, ich gehe ins Bett.«

Robert nickte zustimmend.

»Es war eine gute Ehe«, sagte Kathryn.

Sie strich mit der Handfläche über den Tisch.

»Es war gut«, wiederholte sie.

Aber eigentlich war sie der Ansicht, jede Ehe habe etwas von einem Radio, mal war der Empfang besser, mal schlechter. Gelegentlich war alles – die Ehe, Jack – für sie ganz klar. Bei anderen Gelegenheiten gab es Störungen, atmosphärische Nebengeräusche. Dann kam es ihr vor, als verstünde sie Jack nicht richtig, als drifteten seine Signale durch die Stratosphäre in die falsche Richtung.

»Müssen wir noch jemanden von seiner Familie be-nachrichtigen?« fragte Robert.

Kathryn schüttelte den Kopf.

»Seine Mutter starb, als er neun war«, sagte sie. »Und sein Vater starb, da war er im College.«

Sie fragte sich, ob Robert Hart dies alles schon wußte.

»Jack hat nie über seine Kindheit gesprochen«, sagte sie. »Eigentlich weiß ich kaum etwas über seine Kindheit. Ich hatte immer den Eindruck, daß sie nicht besonders glücklich war.«

Sie dachte, daß sie eigentlich immer angenommen hatte, Jacks Kindheit sei eins der Themen, die noch end-los Zeit hätten.

»Im Ernst«, sagte Robert. »Ich bleibe gern hier.«

»Nein, Sie können ruhig gehen. Ich habe ja Julia, wenn ich jemanden brauche. Was hat ihre Frau gemacht?«

»Sie hat im Büro von Senator Hanson gearbeitet. In Vir-ginia.«

Ob er wohl eine Freundin hatte, fragte sie sich.

»Sie haben mich doch nach Jack gefragt«, setzte sie an. »Ob er deprimiert war.«

»Ja.«

»Also, eine Zeitlang war er vielleicht nicht richtig deprimiert, aber bestimmt unglücklich.«

»Erzählen Sie«, sagte Robert.

»Wegen seiner Arbeit«, sagte sie. »Ungefähr vor fünf Jahren. Die Fluggesellschaft ödete ihn an. Ödete ihn kurze Zeit entsetzlich an. Er erwog zu kündigen, sich einen neuen Job zu suchen – als Kunstflieger vielleicht. Soweit ich weiß in einer russischen YAK 27. Oder eine eigene Firma aufzumachen. Eine Flugschule, eine Charterfirma, Flugzeuge verkaufen.«

»Mit dem Gedanken habe ich auch schon gespielt«, sagte Robert. »Ich glaube, jeder Pilot tut das irgendwann.«

»Die Gesellschaft war zu schnell gewachsen, fand Jack. Sie war inzwischen so unpersönlich. Er kannte kaum noch die Besatzung, wenn er flog. Viele Piloten waren Engländer und lebten in London. Er vermißte, daß er beim Fliegen nicht mehr alles selbst in der Hand hatte wie früher. Er würde so gern wieder das Flugzeug richtig spüren, meinte er. Eine Zeitlang kamen per Post Prospekte von merkwürdigen Kunstflugzeugen, und es ging so weit, daß Jack mich eines Morgens fragte, ob ich mit ihm nach Boulder in Colorado zöge, eine Frau dort verkaufe ihre Flugschule. Und natürlich mußte ich ja sagen, schließlich hatte er das Gleiche für mich getan, und ich weiß noch, wie ich mir Sorgen gemacht habe, er war wirklich unglücklich, und ich dachte, er brauche tatsächlich einen Tapetenwechsel. Als das Thema schließlich vom Tisch war, da war ich ehrlich erleichtert. Danach hat er nie wieder erwogen, die Gesellschaft zu verlassen.«

»Das war vor fünf Jahren?«

»Ungefähr. Ich habe kein gutes Zeitgedächtnis. Ich weiß noch, daß es besser wurde, als er die Boston-Heathrow-Route bekam«, sagte sie. »Ich war froh, daß diese Krise vorbei war, und habe nie mehr gewagt, das Thema anzuschneiden. Hätte ich es nur getan.«

»Danach kam er Ihnen nicht mehr deprimiert vor?« fragte Robert.

»Nein. Eigentlich nicht.«

Sie dachte bei sich, daß sie eigentlich nicht wußte, wie Jack mit sich zu Rande gekommen war. Offenbar hatte er seine Unzufriedenheit genauso verdrängt, wie er seine Kindheit verdrängt hatte – beide waren ein Buch mit sieben Siegeln.

»Sie sehen müde aus«, sagte sie zu Robert.

»Bin ich auch.«

»Sie sollten gehen«, sagte sie.

Er schwieg. Er rührte sich nicht.

»Wie sieht sie aus?« fragte sie.

»Meine Frau? Exfrau?«

»Ja.«

»Sie ist so alt wie Sie. Groß. Kurzes, dunkles Haar. Sehr hübsch.«

»Ich habe ihm vertraut, daß er nicht stirbt«, sagte Kathryn. »Ich komme mir betrogen vor. Hört sich das schrecklich an? Schließlich ist er gestorben und nicht ich. Vielleicht hat er gelitten. Er hat sicher gelitten, wenn auch nur sekundenlang.«

»Sie leiden jetzt.«

»Das ist nicht zu vergleichen.«

»Sie *sind* betrogen worden«, sagte er. »Sie und Ihre Tochter.«

Als er ihre Tochter erwähnte, spürte Kathryn, wie sich ihr die Kehle zusammenschnürte. Sie legte die Hände vors Gesicht, wollte ihn damit vom Weiterreden abhalten.

»Sie müssen es geschehen lassen«, sagte er ruhig. »Es hat seine eigene Dynamik.«

»Wie wenn mich ein Zug überrollt«, sagte sie. »Einer, der einfach nicht anhält.«

»Ich würde Ihnen gern helfen, aber außer Zuschauen kann ich gar nicht viel tun«, sagte Robert. »Trauer ist chaotisch. Nichts Gutes.«

Sie legte ihren Kopf auf den Tisch und schloß die Augen.

»Es muß eine Beerdigung geben, oder?« fragte sie. »Einen Gedenkgottesdienst.«

»Darüber können wir morgen reden.«

»Aber wenn es keinen Leichnam gibt?«

»Sind Sie religiös?«

»Ich bin nichts. Ich war methodistisch. Julia ist Methodistin.«

»Was war Jack?«

»Katholisch. Aber er war auch nicht religiös. Wir haben zu keiner Kirche gehört. Wir haben auch nicht kirchlich geheiratet.«

Sie spürte, wie Roberts Finger ihr Haar berührten. Leicht. Schnell.

»Ich gehe jetzt«, sagte er.

ALS ROBERT FORT WAR, saß Kathryn minutenlang allein und stand dann auf, ging durch die Zimmer unten, schaltete die Lichter aus. Sie überlegte, was menschliches Versagen hieß. Eine Linkskurve, wenn man rechts abbiegen mußte? Eine falsche Treibstoffkalkulation? Übersehene Richtungsangaben? Ein versehentlich geknipster Schalter? In welchem anderen Beruf hatte der Fehler eines einzelnen den Tod von 103 Menschen zur Folge? Eisenbahningenieur? Busfahrer? Wer mit chemischen Substanzen umging, mit atomarem Abfall?

»Es kann kein menschliches Versagen sein«, sagte sie sich. Mattie zuliebe nicht.

Lange stand sie oben auf der Treppe, dann ging sie durch den Flur.

Im Schlafzimmer war es kalt. Die Tür war den ganzen Tag geschlossen gewesen. Ihre Augen brauchten Zeit, um sich an die Dunkelheit zu gewöhnen. Ihr Bett war nicht gemacht, genau so, wie sie es am Morgen um zehn nach drei verlassen hatte.

Sie machte einen Bogen um das Bett und betrachtete es, wie ein Tier vielleicht – wachsam, auf der Hut. Sie zog die Bettdecke beiseite und betrachtete im Mondschein das straffe Laken. Es war cremeweiß, Flanell, wie die übrige Bettwäsche, weil Winter war. Wie oft hatten Jack und sie in diesem Bett miteinander geschlafen? überlegte sie. In sechzehn Jahren Ehe? Sie strich mit den Fingern über das Laken. Es fühlte sich dünn und glatt an. Weich. Zögernd setzte sie sich auf die Bettkante, probierte, ob sie es ertrug.

Sie traute sich selbst nicht mehr über den Weg, konnte ihre Reaktionen nicht mehr voraussagen. Doch als sie da saß, empfand sie nichts. Vielleicht war sie im Verlauf des langen Tages endlich gefühllos geworden. Schließlich stießen auch die Sinne irgendwann an die Grenzen der Belastbarkeit.

»Menschliches Versagen«, sagte sie versuchsweise laut.

Aber menschliches Versagen konnte es nicht sein, dachte sie schnell. Würde es letztendlich nicht sein. Menschliches Versagen.

Sie legte sich aufs Bett, angezogen wie sie war. Dies war jetzt ihr Bett, dachte sie. Ihr Bett allein. Das ganze Zimmer für sie allein.

Sie warf einen Blick auf den Wecker. Neun Uhr vierundzwanzig.

Vorsichtig – jede minimale Verschiebung überwachend – griff sie hinab und zog die Bettdecke über ihren Körper. Sie bildete sich ein, der Flanell rieche nach Jack. Möglich – seit seiner Abreise am Dienstag hatte sie die Bettwäsche nicht gewechselt. Sie besah Jacks Hemd, das unordentlich über dem Stuhl lag. Kathryn hatte sich gleich am Anfang ihrer Ehe angewöhnt, erst kurz vor Jacks Rückkehr aufzuräumen und sauberzumachen. Das Hemd auf dem Stuhl würde sie sicher nicht beiseiteräumen. Wahrscheinlich würde es Tage dauern, bis sie es anfassen, ihr Gesicht darin vergraben, das Risiko eingehen konnte, daß der Stoff nach Jack roch. Und was, wenn Jacks Spuren allesamt getilgt wären, fortgepackt, was bliebe dann übrig?

Sie rollte auf die Seite, betrachtete den mondbeschienenen Raum. Durch das leicht geöffnete Fenster hörte sie die Wellen.

Sie sah Jack vor sich, im Wasser, wie er auf den sandigen Meeresgrund aufschlug.

Sie zog den Flanellstoff über Mund und Nase und atmete langsam durch, hoffte so, die Panik in den Griff zu bekommen. Sie überlegte, ob sie nicht besser in Matties Zimmer auf dem Boden neben Mattie und Julia schliefe. Hatte sie wirklich geglaubt, sie könne die erste Nacht allein in ihrem Ehebett schlafen?

Schnell stand sie auf und ging ins Badezimmer. Sie nahm eine der Valiumtabletten, die Robert dagelassen hatte, dann noch eine für alle Fälle. Sie erwog, eine dritte zu nehmen. Sie saß auf dem Badewannenrand, bis ihr schwindlig wurde.

Sie überlegte, ob sie auf der Liege im Gästezimmer schlafen sollte. Aber als sie an Jacks Arbeitszimmer vorbeikam, sah sie, daß dort noch Licht brannte. Sie öffnete die Tür.

Im Zimmer war es übermäßig hell, nirgends Farbe – Weiß, Metall, Plastik, Grau. Es war ein Zimmer, das sie sonst selten betrat, ein wenig einladender Raum ohne Vorhänge an den Fenstern, mit Aktenschränken aus Metall an den Wänden. Ein männlicher Raum.

Hier herrschte eine eigene Ordnung – eine Ordnung, die nur Jack durchschaute. Auf dem schweren Metallschreibtisch standen zwei Computer, eine Tastatur, ein Fax, zwei Telefone, ein Scanner, Kaffeetassen, staubige Flugzeugmodelle, ein Becher mit einer roten Flüssigkeit (Matties vermutlich) und ein blauer getöpferter Bleistifthalter, den Mattie in der zweiten Klasse für Jack gemacht hatte.

Sie betrachtete das Faxgerät mit dem blinkenden Kontrollämpchen.

Sie ging zum Schreibtisch und setzte sich. Robert war hiergewesen und hatte Telefon und Fax benutzt. Kathryn öffnete die linke Schreibtischschublade. Jacks Fahrtenbücher lagen da, schwere, dunkle Bände mit Plastikrücken und ein kleineres im Hemdtaschenformat. Sie sah eine kleine Taschenlampe, einen Brieföffner aus Elfenbein, den er vor Jahren aus Afrika mitgebracht hatte, Handbücher über Flugzeugtypen, die er schon lange nicht mehr flog, ein Buch über Wetterradar. Ein Übungsvideo zur Aerodynamik. Schulterstücke aus Santa Fe. Untersetzer mit aufgedruckten Fluginstrumenten.

Sie schloß die Schublade und zog die lange mittlere Schublade auf. Sie griff nach einem Schlüsselbund, der ihr bekannt vorkam, vielleicht gehörte er zur Wohnung in Santa Fe. Sie nahm die alte Lesebrille mit Horngestell in die Hand, über die Jack mit dem Wohnmobil gefahren war. Er behauptete, sie täte es noch. Schachteln mit Büroklammern, Bleistifte, Kugelschreiber, Gummiringe, Visitenkarten. Heftzwecken, zwei Batterien, eine Zündkerze. Unter einem Paket Briefkarten fand sie ein kleines Nähetui aus dem Marriott-Hotel. Sie mußte lächeln und drückte das Etui an die Lippen.

Sie öffnete eine große Aktenschublade rechts. Akten befanden sich nicht darin, aber ein hoher Papierstapel. Sie nahm den Stapel heraus und packte ihn sich auf den Schoß. Es waren alle möglichen Papiere, offenbar ungeordnet. Eine Geburtstagskarte von Mattie, Informationen der Fluggesellschaft, ein örtliches Telefonbuch, eine Reihe Krankenversicherungsformulare, der Entwurf für einen Schulaufsatz von Mattie, ein Katalog für Spezialliteratur zum Thema Fliegen, eine Karte von Mattie zum Valentinstag vergangenes Jahr. Was sie durchgesehen hatte, klemmte sie sich vor die Brust, stöberte den Rest durch. Sie fand mehrere zusammengeheftete Bankauszüge. Sie und Jack hatten jeder ein eigenes Konto. Sie bezahlte ihre eigene und Matties Kleidung, das Essen und den Haushalt. Jack bezahlte alles übrige. (Unglaublich, dachte Kathryn, daß Julia mit nur 9000 Dollar im Jahr ganz gut zurecht kam.) Sein Erspartes, hatte er gesagt, war ihre Altersversorgung.

Sie legte die Bankauszüge mit der Valentinskarte beiseite.

Es fiel ihr schwer, die Augen offenzuhalten. Sie schob die restlichen Papiere zusammen, wollte sie zurück in die Schublade packen. Unten eingeklemmt lag ein ungeöffneter Umschlag, eine Visa-Card-Reklame. Chase Manhattan Bank. 9,9 % Zinsen. Alt, dachte sie.

Sie nahm den Umschlag und wollte ihn in den Papierkorb werfen, sah dann, daß er hinten beschrieben war. Jacks Handschrift. Eine seiner Merklisten: *Drogerie Bliss anrufen, Alex anrufen, Bank, Ausgaben März, Larry Somers anrufen: Steuer, Finn anrufen: Wohnmobil.* Finn, fiel ihr ein, war der Dodge-Plymouth-Händler in Ely Falls. Das war eindeutig alt; das Wohnmobil hatten sie vor vier Jahren gekauft, sonst hatten sie mit Tommy Finn ihres Wissens nichts mehr zu tun gehabt.

Sie drehte den Umschlag um. Unten, wo noch Platz war, hatte Jack etwas notiert: Muire, 15.30. Wer war Muire?

Sie legte den Papierstapel zurück in die Schublade. Die Dinge, die sie aussortiert hatte, legte sie oben auf den Schreibtisch. Mit dem Fuß schob sie die Schublade zu.

Sie wollte nur noch ins Bett. Aus Jacks Arbeitszimmer ging sie ins Gästezimmer, auch sonst öfter ihr Zufluchtsort. Sie legte sich auf die blumenbedruckte Tagesdecke, und Sekunden später war sie eingeschlafen.

Stimmen weckten sie auf – eine Stimme, die rief, fast hysterisch, und noch eine Stimme, ruhiger, die versuchte, den Tumult zu übertönen.

Kathryn stand auf und öffnete die Tür; die Stimmen wurden lauter. Vorn im Wohnzimmer hörte sie Mattie und Julia.

Als Kathryn eintrat, knieten sie beide auf dem Fußboden, Julia im Flanellnachthemd, Mattie im T-Shirt mit Boxershorts. Sie saßen in einem Irrgarten aus Geschenkpapier – Berge und Knäule aus Rot, Gold, Karo, Blau und Silber, dazwischen schier endlose Meter buntes Schleifenband.

Julia sah hoch.

»Sie ist aufgewacht und nach unten gekommen«, erklärte Julia. »Sie hat versucht, die Geschenke einzupacken.«

Mattie legte sich hin, rollte sich wie ein Embryo zusammen.

Kathryn kauerte sich eng an ihre Tochter.

»Ich halt's nicht aus, Mama«, sagte Mattie. »Egal, wohin ich sehe, überall ist er. In jedem Zimmer, auf jedem Stuhl, im Fenster, selbst auf der Tapete. Ich halt's einfach nicht aus, Mama.«

»Du wolltest die Geschenke für ihn einpacken?« fragte Kathryn und strich ihrer Tochter das Haar aus dem Gesicht.

Mattie nickte und begann zu weinen.

»Ich nehme sie mit zu mir«, sagte Julia.

»Wie spät ist es?«

»Ein Uhr. Ich nehme sie zum Schlafen mit nach Hause«, sagte Julia.

»Ich komme auch mit«, sagte Kathryn.

»Nein«, sagte Julia. »Du bist viel zu erschöpft. Du bleibst hier und gehst wieder in dein Bett. Mattie wird sich bei mir beruhigen. Sie braucht einen Szenenwechsel, eine Feuerpause, eine neutrale Umgebung.«

Und Kathryn dachte, wie zutreffend das Bild war; auch sie empfand die Situation eindeutig als Krieg; sie alle liefen Gefahr, als unschuldige Opfer in die Schußlinie zu geraten.

Während Julia Matties Schlafzeug zusammenpackte, lag Kathryn neben ihrer Tochter und massierte ihr den Rücken. Ab und zu lief ein Zittern durch Matties Körper.

Kathryn sang ihr das Lied vor, das sie sich ausgedacht hatte, als Mattie ganz klein war: *M heißt Mattigan,* fing es an.

Nachdem Julia und Mattie fort waren, ging Kathryn wieder in ihr Schlafzimmer. Diesmal brachte sie mehr Mut auf und kroch zwischen das warme Bettzeug.

Sie träumte nicht.

Morgens hörte sie einen Hund bellen.

Das Hundebellen klang auf seine dissonante Art vertraut.

Und dann machte sie sich auf alles gefaßt – vergleichbar vielleicht mit einer heiklen Situation beim Autofahren: Als ob sie an der Ampel im Rückspiegel ihren Hintermann ohne zu bremsen immer näher kommen sehe.

Robert hatte nasses frischgekämmtes Haar. Sie sah die Linien, die der Kamm im dünneren Haar über der Stirn hinterlassen hatte. Er trug ein anderes Hemd, blau, beinah jeansblau, mit dunkelroter Krawatte. Das Hemd für den zweiten Tag, dachte sie müde.

Auf der Anrichte stand eine Kaffeetasse. Die Hände in den Hosentaschen, ging er hin und her.

Sie sah auf die Uhr. Sechs Uhr vierzig. Warum kam er so früh? dachte sie.

Als er sie die Treppe herunterkommen sah, nahm er die Hände aus den Taschen und ging auf sie zu.

»Was ist?« fragte sie erschrocken.

»Wissen Sie, was ein CVR ist?« fragte er.

»Ja«, sagte sie. »Der Cockpit Voice Recorder.«

»Er ist gefunden worden.«

»Und?«

Er zögerte. Nur einen winzigen Augenblick.

»Es heißt Selbstmord«, sagte er.

Sie gehen zusammen auf die Flugzeuge zu, die zu klein wirken, wie Spielzeuge zum Herumklettern für Kinder. Die Hitze steht wie eine sengende Schicht über dem Boden. Dies ist eine männliche Welt, denkt sie, mit ihrer eigentümlichen Maschinerie, dem Aufenthaltsraum, dem Kontrollturm. Um sie herum ist nur Metall, glitzernd oder im Sonnenschein stumpf glänzend.

Fürsorglich hält er sie beim Gehen resolut am Arm. Es ist ein Zufall, daß sie noch nie geflogen ist, aber sie fühlt sich deshalb ein wenig rückständig. Er war überrascht, als sie es ihm gestand, das hatte sie gemerkt. Er hat das Flugzeug geliehen und ist damit nach Ely gekommen, hat sie zu einem Rundflug eingeladen. Er hat sie jeden Abend angerufen, seit sie sich vergangene Woche kennengelernt haben. Er hat ihr gesagt, daß er sie liebt.

Das Flugzeug sieht schön aus mit seinen roten und weißen Markierungen. Er hält sie an der Hand, und sie steigt auf den Flügel, klettert durch die winzige Öffnung ins beängstigend enge Cockpit. Wie kann etwas so Grandioses wie Fliegen in einem so reizlosen Umfeld stattfinden? Fliegen war für Kathryn immer etwas Unwahrscheinliches, jetzt scheint es schlicht unmöglich, und wie im Karussell oder gelegentlich im Auto mit einem schlechten Fahrer am Steuer redet sie sich gut zu, daß ja alles bald wieder vorbei ist und sie nur heil wieder herauskommen möchte.

Jack schwingt sich auf seinen Sitz. Er trägt eine Sonnenbrille mit blauspiegelnden Gläsern. Er hilft ihr, sich anzuschnallen, und reicht ihr Kopfhörer, mit denen sie sich im Fluglärm leichter verständigen können.

Sie holpern über den Asphalt. Das Flugzeug kommt ihr leicht und wacklig vor. Sie möchte anhalten, ihm sagen, daß sie es sich anders überlegt hat. Das Flugzeug gewinnt an Geschwindigkeit und hört auf zu holpern. Sie sind in der Luft.

Ihr Herz stößt an die Rippen. Jack sieht sie an, lächelt zuversichtlich und begeistert, ein bedeutsames Lächeln: Es macht Spaß, sei kein Spielverderber.

Doch sie denkt, daß es niemals Spaß machen wird. Vor ihr dehnt sich eine blaue Fläche. Was ist mit dem Boden geschehen? Sie findet, dieses Flugzeug fliegt entsetzlich hoch, schwankt leicht und fällt dann, dem Naturgesetz folgend. Neben ihr deutet Jack aus dem Fenster.

»Sieh mal«, sagt er.

Sie sind über der Küste, so hoch, daß die Brandung statisch wirkt. Der Ozean kräuselt sich in tieferes Blau. Landeinwärts kann sie dunkle Kiefern sehen, eine ganze Gegend voller Kiefern. Sie erkennt ein Boot, sein Kielwasser, dann ein Kraftwerk oben an der Küste. Portsmouth als dunklen Flecken. Die glitzernden Felsen – die Isles of Shoals. Sie hält nach Ely Ausschau, erkennt es von oben, sogar die Straße zu Julias Haus.

Er legt das Flugzeug in die Kurve, und sie hält sich instinktiv fest. Sie würde ihn gern bitten, vorsichtig zu sein, aber gleichzeitig weiß sie, wie albern es klänge. Natürlich ist er vorsichtig, oder?

Wie zur Antwort zieht er das Flugzeug steil hoch, beinah senkrecht, als stelle er alle physikalischen Gesetze auf die Probe. Sie ruft seinen Namen, doch er blickt konzentriert auf die Instrumente und antwortet nicht.

Die Schwerkraft drückt sie in den Sitz. Sie steigen in einem langen hohen Bogen, und sekundenlang, auf dem Scheitelpunkt, scheinen sie still zu stehen, Köpfe nach unten, ein kleiner Fleck, der über dem Atlantik hängt. Dann fällt das Flugzeug mit Schwung aus dem Bogen heraus, ihr Körper fällt mit, ihr Mund öffnet sich, und sie greift nach dem Nächstbesten. Jack wirft ihr einen schnellen Blick zu und legt das Flugzeug auf die Seite – wenn sie jetzt das Fenster öffnet, fällt sie ins Wasser. Sie sieht Jack zu, wie er die Kontrollgeräte bedient, seine ruhigen Bewegungen, die Konzentration auf seinem Gesicht. Sie ist verblüfft über die Tricks, die er mit dem Flugzeug vollbringt – Tricks mit der Schwerkraft, den physikalischen Gesetzen, dem Schicksal.

Und dann ist die Welt still. Zu ihrer eigenen Überraschung fällt das Flugzeug. Nicht wie ein Stein, eher wie ein Blatt, es flattert ein wenig und neigt sich nach rechts. Das Herz klopft ihr bis zum Hals, als sie Jack ansieht. Dann kreiselt das Flugzeug wie irr dem Boden entgegen. Sie drückt den Rücken durch, kann nicht einmal schreien.

Er fängt das Kreiseln ab, und sie sind keine dreißig Meter über dem Wasser. Sie sieht den Gischt, die leicht bewegte, zuckende See. Mit einemmal weint sie. Vor Erregung. Vor Freude, daß sie überlebt hat.

Sie sieht den Mann an, der mit dem Risiko spielt, diesen Mann, dem sie vertrauen muß.

»Geht's?« fragt er schnell, sieht die Tränen, erschrickt.

Sie zögert, holt tief Luft.

»Das war toll«, sagt sie von Herzen.

Im Wagen war es eisig. Kathryn hatte Schwierigkeiten, das Lenkrad zu halten, hatte in der Eile, als sie das Haus verließ, ihre Handschuhe vergessen. Wie kalt war es draußen? überlegte sie. Minus fünf, minus zehn? Ab einem gewissen Punkt war es eigentlich egal. Sie spürte die Anspannung in den Schultern, saß gekrümmt, mied es, irgend etwas zu berühren – nicht einmal den Rücksitz –, bis mit einem Stoß die Wärme kam.

Als Reaktion auf Robert Harts Mitteilung – er bestand darauf, ihr absolut keinen Glauben zu schenken – hatte sie nur noch bei Mattie sein wollen. Kathryn hatte unten an der Treppe das Männergesicht gesehen, und eine solche Sehnsucht nach ihrer Tochter hatte sie gepackt –, als hätte sich in ihr eine Schleuse geöffnet. Immer noch in ihren

Schlafsachen, war sie an Robert Hart vorbeigestürzt, hatte im gleichen Augenblick ihren Parka und ihre Stiefel angezogen und die Autoschlüssel vom Haken neben der Hintertür genommen. Mit dem Wohnmobil war sie die lange Auffahrt hinuntergerattert, vorbei an mehreren Männern, die zum Tor liefen, und eine gute Meile hatte der Tachometer fast Hundert angezeigt. Und dann war sie in einer Kurve ins Schleudern geraten und auf dem Sandstreifen an der Straße von The Pool nach Ely zum Stehen gekommen. Stumm legte sie den Kopf aufs Lenkrad.

Es konnte kein Selbstmord sein, dachte Kathryn. Selbstmord war absolut unmöglich. Es war unvorstellbar. Undenkbar. Kam nicht in Frage.

Wie lange sie so saß, wußte sie nicht, vielleicht zehn Minuten. Und dann startete sie den Wagen wieder, diesmal fuhr sie langsamer und eigentümlich ruhig – vermutlich vor Erschöpfung oder einfach Betäubung. Gleich wäre sie bei Mattie, sagte sie sich, und die Absturzursache würde sich als falsch erweisen.

Die Sonne tauchte am Horizont auf, färbte die Schneewiesen rosa, überzog sie mit den langen blauen Schatten der Bäume und Fahrzeuge. Kathryn sah Abgaswolken aus Auspuffrohren quellen. Um manche Haussimse waren bunte Lichterketten gespannt, und vor vielen Fenstern standen Weihnachtsbäume. Sie fuhr an einem blau gedeckten Küstenhaus vorbei; das große Wohnzimmerfenster war von kitschigen Glühbirnen eingerahmt. *Gebrauchtwagenhändler-Look* hatte Jack das damals genannt.

Damals genannt. Hatte genannt. Wird nie wieder nennen. Die alles umhüllende Zeit, dachte sie, hatte schon angefangen, sie zu verschlingen. Aber sie fragte sich auch, ob sie sich nicht schon, zumindest ein wenig, an die Idee gewöhnt hatte, daß Jack nicht mehr da war. Der Gedanke, daß Jack tot war, der sich fast beiläufig dem vorhergehenden Gedanken anschloß – der Erinnerung, dem Bild –, erschütterte sie nicht mit gleicher Gewalt wie am Vortag. Wie schnell das Bewußtsein sich anpaßte und winzige Verschiebungen vornahm, dachte sie. Vielleicht verinnerlichte der Körper nach einer Schockserie die Schocks, wurde immun, wie nach einer Impfung. Oder die Betäubung war nur Schonung – ein Waffenstillstand. Woher sollte sie das wissen? Diese Situation war nie dagewesen.

Sie fuhr durch den Ortskern von Ely, die Sonne beschien schon die Ladenfronten; die Erde hatte sich also um einen Bruchteil nach Osten gedreht und führte die kleine Stadt Ely gerade der Sonne vor. Sie sah im Vorbeifahren den Eisenwarenladen und Beekman's, das schlechtsortierte Billigkaufhaus, das der Konkurrenz des Shoppingcenters an Route 24 bisher standgehalten hatte. Das leere Gebäude, an dem sie vorbeikam, war früher ein Stoffgeschäft, in dem die Reste aus der Stoffabrik in Ely Falls verkauft wurden – als die Stoffabrik noch existierte. The Bobbin –, das einzige Eßlokal in der Stadt, hatte schon geöffnet. Drei Wagen parkten davor. Sieben Uhr fünf. In zehn Minuten würden Janet Riley, die Deutschlehrerin der Mittelschule, und Jimmy Hirsch, der Versicherungsagent der Metropolitan Life, dort jeder ein Brötchen essen – sie mit vegetarischem Weichkäse, er mit Ei. Manche Leute im Ort hatten so eingefahrene Gewohnheiten, man konnte seine Uhr danach stellen, dachte Kathryn, und dann den ganzen Tag nachprüfen, daß sie ihre Routine einhielten.

Kathryn wußte, was Routine wert war; in Julias Haus hatte sie das Chaos eingedämmt. Und natürlich wußte Jack, was Routine wert war – besonders in einem Beruf, der einem Mann die Präzision einer Maschine abverlangte, die auf jede Situation immer gleich reagierte. Merkwürdig, wie ungeduldig er außerhalb des Flugzeugs auf Routine reagierte. Dann liebte er die Abwechslung.

Kathryn fuhr an der High-School vorbei, die am Rande des Ortskerns lag. Ein paar Straßenzüge weit standen weiße Häuser mit schwarzen Fensterläden auf kleinen Grundstücken, manche weiß umzäunt – die meisten im Küstenstil und viktorianisch, manche aber noch aus der Kolonialzeit. Sie verliehen Ely seinen – wenn auch begrenzten – Charme. Als sie die Innenstadt durchquert hatte, wurde die Besiedlung dünner, Wäldchen oder Marschland trennten die Häuser voneinander; dann dehnte sich die Landschaft dazwischen, zog sich hin, bis schließlich am Ende einer Straße nach drei Meilen das Steinhaus auftauchte.

Wie üblich bog sie ab, fuhr den Hügel hinauf, dem Steinhaus entgegen. Nirgends war Licht; Mattie und Julia schliefen sicher noch. Sie stieg aus und stand minutenlang still da. Zwischen der Stille der vergangenen Nacht und dem Lärm des zukünftigen Tages gab es allmorgendlich einen Augenblick, in dem die Zeit einen Schlag lang innehielt und die ganze Welt regungslos schien, erwartungsvoll. Der Boden um den Wagen war schneebestäubt. Vor drei Tagen hatte es geschneit und bisher noch nicht getaut. Auf den Felsen war der Schnee zu einer dünnen filigranen Schicht gefroren.

Julias Haus stand auf einem Hügel, was manchmal lästig war – wenn man viel zu tragen hatte, zum Beispiel. Doch das Haus hatte nach Westen hin eine grandiose Aussicht, wenn einem danach war. Es stammte aus der Mitte des neunzehnten Jahrhunderts und gehörte zu dem größeren Bauernhof, eine Meile weiter. Auf einer Seite befand sich die schmale Straße; auf der anderen eine Steinmauer. Hinter der Steinmauer war ein großer Garten mit knorrigen Apfelbäumen in Reih und Glied, die, wenn der Sommer vorbei war, rosige, ein wenig rauhe Äpfel trugen.

Sie schloß die Wagentür, ging zum Haus, trat ein. Julia

schloß nie ab, nicht als Kathryn klein war und nicht einmal jetzt, wo es alle taten. In der Küche roch es vertraut – nach Orangenkuchen und Zwiebeln, fand Kathryn. Sie zog den Parka aus und legte ihn über einen Wohnzimmersessel.

Das Haus wirkte eng, trotz seiner drei Stockwerke. Als Kathryns Eltern gestorben waren, hatte Julia ihr das Schlafzimmer ganz oben angeboten. Nach einigem Zögern hatte Kathryn ihre Bücher dorthin verfrachtet und den Schreibtisch vor das einzige Fenster gestellt. Im mittleren Stockwerk waren zwei winzige Schlafzimmer, in einem schlief Julia, unten waren Wohnzimmer und Küche. Im Wohnzimmer standen die Möbel aus Julias Ehe – ein verblichenes braunes Samtsofa, zwei Sessel, die ein neues Polster nötig hatten, ein Teppich, ein Beistelltisch und der Flügel, der den ganzen restlichen Raum einnahm. Morgens, bevor sie in den Laden ging, hatte Julia manchmal darauf geübt, und abends, wenn Julia nicht zu müde war, hatte sie Kathryn Chopin, Brahms oder Mozart vorgespielt.

Kathryn hielt sich am Geländer fest, als sie die Treppe hinaufging – in ihr altes Zimmer: früher das Zimmer ihrer Eltern, jetzt das ihrer Tochter, wenn Mattie hier übernachtete, was oft geschah. Kathryn trat ans Fenster, zog die Gardinen einen Spalt auseinander. Nun konnte sie Mattie im Bett erkennen. Sie schlief, eigentlich wie immer, zusammengerollt; ihr Plüschdelphin war auf den Boden gefallen. Ihre Tochter hatte das Gesicht ins Bettzeug vergraben – Kathryn konnte es kaum sehen, doch schon ihr Haar, ihr zierlicher Körperumriß unter der Bettdecke waren ein beruhigender Anblick.

Kathryn nahm auf dem Stuhl gegenüber dem Bett Platz und betrachtete Mattie fürsorglich. Sie wollte sie noch nicht wecken, war noch nicht in der Lage, Mattie aufzu-

fangen, wenn das Wissen des Vortags wieder auf sie ein-
stürzte, so wie es früher am Morgen auf sie eingestürzt war.
Sie wollte aber dasein, wenn es geschah.

Mattie hob ihren Kopf aus den Kissen, rollte auf die
andere Seite.

Die Sonne war inzwischen aufgegangen, das Licht
drang durch die Vorhänge und warf einen hellen Streifen
auf die linke Seite des Doppelbetts. Es war immer noch das
gleiche Mahagonibett, in dem schon Kathryns Eltern geschlafen hatten, und manchmal überlegte sie, ob Ehepaare
früher öfter miteinander schliefen, einfach weil die Betten schmaler waren. Mattie rührte sich wie im Traum,
womöglich würde sie noch ein gutes Stündchen weiter-
kuscheln. Kathryn bückte sich und hob den Plüschdelphin
auf, legte ihn ans Kopfende. Einen Augenblick fühlte Kathryn den warmen, weichen Atem ihrer Tochter auf ihrer
Hand. Dann streckte Mattie sich, vielleicht hatte sie Kathryns Gegenwart gespürt. Aus einer Regung legte Kathryn sich neben sie, umarmte den schlafenden Körper. Sie
hielt ihre Tochter fest, hörte, wie sie schnell und rauh atmete.

»Mattie, ich bin doch da«, sagte Kathryn.

Mattie schwieg. Kathryn lockerte ihren Griff und strich
ihrer Tochter übers Haar. Es war dicht und lockig, zerzaust
wie jeden Morgen. Die Naturlocken hatte Mattie von Jack
geerbt, die Haarfarbe von Kathryn. Von ihrem Vater hatte
Mattie auch die verschieden blauen Augen geerbt, und bis
vor kurzem war sie unendlich stolz darauf gewesen: hatte
sich, und das mit Recht, für etwas Besonderes gehalten,
anders als die übrigen Mädchen ihres Alters. Doch mitten
in der Pubertät hatte es sie ernsthaft gestört – sie wollte
sich nicht mehr von ihren Freundinnen unterscheiden –,
und seitdem trug sie eine farbige Kontaktlinse. Im Bett
trug sie sie natürlich nicht.

Die Bettdecke bewegte sich, als zöge jemand daran. Behutsam schob Kathryn sie beiseite. Mattie hatte sich einen weißen Lakenzipfel in den Mund gestopft.

»Mattie, bitte, du verschluckst dich.«

Mattie biß mit aller Kraft auf den Stoff.

Kathryn versuchte ihn ihr wegzuziehen, doch Mattie lag steif da und atmete mühsam durch die Nase. Tränen standen ihr in den Augen, bereit, beim nächsten Blinzeln überzulaufen und herunterzurollen. Sie blickte Kathryn an, bittend, zornig, beides zugleich; ihre Mimik entspannte sich, verkrampfte sich.

Langsam entzog Kathryn ihr das Laken. Und plötzlich öffnete Mattie den Mund und riß es selbst heraus.

»Totaler Mist«, sagte sie, als sie wieder atmen konnte.

Mattie stand unter der Dusche; Julia stand am Herd. Julia trug einen kurzen, rotkarierten Bademantel über einem Nachthemd, das sicher aus den frühen siebziger Jahren stammte. Julia verfocht die Auffassung, ein Kleidungsstück sei erst dann zu ersetzen, wenn es wirklich auseinanderfiel und nicht, wenn man es leid war. Ein anderes ihrer ungeschriebenen Gesetze lautete: Ein Kleid, das man ein ganzes Jahr nicht trug, konnte man getrost verschenken.

Sie sah müde aus, und ihre Haut war kalkweiß. Kathryn war noch nie aufgefallen, daß Julia einen winzigen Buckel hatte und Kopf und Schultern eine Spur vorgebeugt hielt. Sie bemerkte es heute zum ersten Mal.

»Ist Robert Hart noch im Hotel?« fragte Julia, die von hinten wie ein weiches rotkariertes Tönnchen aussah.

»Nein«, sagte Kathryn schnell und schob den Gedanken an den Mann von der Gewerkschaft beiseite – den Gedanken daran, was er gesagt oder nicht gesagt hatte. »Er hat im Hotel übernachtet, aber jetzt ist er im Haus.«

Sie stellte ihren Kaffeebecher auf den Holztisch mit

dem Wachstuch, das stramm auf der Tischplatte lag und darunter mit Heftzwecken befestigt war. Mit den Jahren hatte nur die Farbe der Wachstücher gewechselt – rot, blau, grün –, die saubere, glatte Oberfläche hatte sich immer gleich angefühlt.

Julia stellte Kathryn einen Teller mit Rührei und Toast hin.

»Ich kann nicht«, sagte Kathryn.

»Iß. Du hast es nötig.«

»Mein Magen...«

»Du tust Mattie keinen Gefallen, Kathryn, wenn du deine Kraft nicht beisammen hältst. Ich weiß, du leidest, aber vergiß nicht, daß du die Mutter dieses Mädchens bist, egal, wie dir zumute ist.«

Langes Schweigen.

»Also bitte!«

Julia setzte sich. »Tut mir leid«, sagte sie. »Ich bin mit den Nerven fertig.«

»Eins solltest du wissen«, sagte Kathryn hastig.

Julia schaute sie an.

»Es gibt ein Gerücht. Absurd. Entsetzlich.«

»Was?«

»Weißt du, was ein CVR ist?«

Mit einem Ruck drehte Julia den Kopf zur Tür. Mattie stand da, als wüßte sie nicht, was sie als nächstes tun sollte – als hätte sie vergessen zu existieren. Die Schulterpartie ihres blauen Sweatshirts war von ihren beinah bis zur Taille reichenden Haaren ganz naß. Sie trug Jeans (Größe zwei, schmaler Schnitt), die Hosenbeine fielen weit über ihre Sportschuhe und waren unten völlig ausgefranst. Ihre Fußspitzen zeigten wie immer nach innen, eine Klein-Mädchen-Haltung in auffälligem Gegensatz zur erwachsen-coolen Haltung des Oberkörpers. Sie schob die Fingerspitzen in die oberen Jeanstaschen, zog die Schultern

hoch. Ihre Augen waren vom Weinen ganz rot. Sie warf
den Kopf herum, und all ihr Haar fiel zu einer Seite. Ihr
Mund zitterte. Nervös drehte sie ihr Haar zum Knoten,
ließ es wieder los.

»Na, was ist?« fragte sie tapfer und sah zu Boden.

Kathryn mußte sich abwenden.

»Mattie«, bat sie, als sie etwas sagen konnte. »Komm, setz
dich zu mir, es gibt Eier und Toast. Du hast seit gestern
kaum etwas gegessen.«

»Ich habe keinen Hunger.«

Mattie griff nach einem Stuhl – den von Kathryn am
weitesten entfernten – und nahm vorsichtig auf der Kante
Platz, saß leicht gebeugt, Hände im Schoß gefaltet, Schuh-
spitzen auf dem Boden im spitzen Winkel.

»Bitte, Mattie«, sagte Kathryn.

»*Mama*, ich habe keinen Hunger, verstanden? Hör auf!«

Julia wollte etwas sagen, doch Kathryn warf ihr einen
Blick zu und schüttelte den Kopf.

»Egal«, sagte Kathryn so unbefangen wie möglich.

»Also gut, vielleicht Toast«, sagte Mattie gnädig.

Julia reichte Mattie einen Teller mit Toast und eine Tasse
Tee. Mattie riß winzige Brocken von der Kruste ab –
Stückchen so groß wie Hostien – und kaute jeden langsam und lustlos. Als der Toast keine Kruste mehr hatte,
legte sie ihn zurück auf den Teller.

»Soll ich in die Schule gehen?« fragte Mattie.

»Erst nach den Ferien wieder«, sagte Kathryn.

Mattie sah blaß aus, erschöpft, kraftlos, ihre Haut teigig
weiß, rot und picklig, dort wo sie sich zu oft die Nase geputzt hatte. Sie hockte da und betrachtete den krustenlosen
kalten Toast auf dem Teller, ein unappetitlicher Anblick.

»Laß uns spazierengehen«, sagte Kathryn. Mattie zuckte
mit einer Achsel, noch herablassender als ihr übliches
Achselzucken.

An der Küchentür hing ein Wandbehang mit einem applizierten Weihnachtsbaum, den sie vor Jahren auf einem Kirchenbasar erstanden hatten und der alljährlich wieder vom Dachboden zutage gefördert und aufgehangen wurde. Julia dekorierte sparsam, aber verläßlich: Alljährlich kamen ihre Schätze wieder zum Vorschein.

Weihnachten. Ein Thema, das Kathryn weit fortschieben wollte und das in ihrem Hinterkopf wie dumpfer Kopfschmerz lauerte.

Sie stand auf.

»Zieh deine Jacke an«, sagte sie zu Mattie.

Die Kälte machte den Kopf frei, der Körper verlangte nach schneller Bewegung. Hinter dem Steinhaus verwandelte sich die Straße in einen unbefestigten Weg, der Steadfast Hill hinaufführte. Es war kein bedeutender Berg, eher eine anmutige Hügellandschaft mit dunklen Kiefern, verlassenen Apfelgärten und Blaubeerfeldern. In den späten achtziger Jahren hatte ein Investor in Gipfelnähe Luxusapartments bauen wollen, hatte schon ein Stück gerodet und ein Fundament gelegt. Doch der Mann hatte den schlechtesten Zeitpunkt erwischt, ganz New Hampshire litt unter den verherenden Folgen der Rezession, und nach einem halben Jahr mußte seine Firma Konkurs anmelden. Inzwischen wuchsen wieder Büsche auf dem Grundstück, und das Fundament mit der Betondecke diente als Aussichtsplattform. Von hier aus hatte man einen überwältigenden Blick nach Westen, auf Ely und Ely Falls, eigentlich auf das ganze Tal.

Mattie trug keine Mütze. Ihr schwarzglänzender Steppanorak stand offen. Die Hände hatte sie tief in seine Taschen geschoben. Mütterliche Ermahnungen wie: Knöpf deine Jacke zu, zieh eine Mütze auf, hatte Kathryn schon lange aufgegeben. Manchmal traute sie ihren Augen nicht, wenn sie im Winter nach der Schule Mädchen mit

offenen Flanellhemden und T-Shirts an der Straße stehen
sah.

»Mama, bald ist Weihnachten«, sagte Mattie.

»Ich weiß.«

»Was machen wir?«

»Was möchtest du machen?«

»Nicht feiern. Ich weiß nicht. Feiern. Ich weiß nicht.«

»Am besten, wir lassen uns mit der Entscheidung noch
Zeit.«

»Oh, Mama.«

Mattie blieb stehen, hielt sich die Hände vors Gesicht,
drückte die Handballen in die Augenhöhlen. Sie zitterte
am ganzen Körper. Kathryn legte die Arme um sie, doch
Mattie wand sich aus der mütterlichen Umarmung.

»O Gott, Mama. Gestern abend, als ich sein Geschenk…«

Mattie weinte jetzt bitterlich. Kathryn faßte sie nicht
mehr an, spürte, wie wund und bloß ihrer Tochter zumute
war, nahe daran, sich in Hysterie hineinzusteigern.

Kathryn schloß die Augen und wartete. Sie zählte lang-
sam, wie wenn sie sich das Schienbein an der offenen Spül-
maschine geschrammt oder beim Fensterschließen einen
Finger eingeklemmt hatte. Eins, zwei, drei, vier. Als das
Weinen nachließ, öffnete sie die Augen. Sie gab ihrer
Tochter einen Schubs vorwärts, wie vielleicht ein Schäfer-
hund ein Schaf oder eine Kuh schubste. Benommen ließ
Mattie es mit sich geschehen.

Kathryn reichte ihr ein Papiertaschentuch, und Mattie
putzte sich die Nase, holte schluchzend Luft.

»Ich habe eine CD für ihn«, sagte Mattie. »*Stone Temple
Pilots*. Er hat sie sich gewünscht.«

Laub und verharschter Schnee bedeckten die Wegrän-
der mit einer glitschigen Schicht. Der harte Boden hatte
tiefe Furchen.

»Laß uns nicht zu Hause feiern, Mama, oder? Ich glaube, zu Hause halte ich es nicht aus.«

»Wir feiern Weihnachten bei Julia«, sagte Kathryn.

»Gibt es eine Beerdigung?«

Kathryn bemühte sich, mit Mattie Schritt zu halten, die mit den Fragen kleine Atemwolken ausstieß. Wahrscheinlich hatte sich Mattie die ganze Nacht diese Fragen gestellt und fand jetzt den Mut, sie laut auszusprechen.

Aber auf die letzte Frage wußte Kathryn keine Antwort. Wenn es keine Leiche gab, gab es dann eine Beerdigung, oder hieß es dann Gedenkgottesdienst? Und wenn es einen Gedenkgottesdienst gab, sollte er gleich stattfinden, oder sollten sie lieber ein bißchen warten? Und was, wenn der Gedenkgottesdienst stattfand und eine Woche später die Leiche geborgen wurde?

»Ich weiß es nicht«, sagte Kathryn. »Das muß ich mit…«

Beinahe hätte sie gesagt »…mit Robert Hart besprechen«, doch sie hielt rechtzeitig inne.

»…mit Julia besprechen«, sagte Kathryn.

Obwohl Kathryn es tatsächlich gern mit Robert Hart besprochen hätte.

»Muß ich da hin?« fragte Mattie.

Kathryn dachte eine Weile nach.

»Ja, doch«, sagte sie. »Ich weiß, es ist hart, es ist entsetzlich, Mattie, aber hingehen ist besser als nicht hingehen. Man zieht einen Schlußstrich. Dazu bist du alt genug. Wenn du jünger wärst, würde ich nein sagen.«

»Ich will keinen Schlußstrich ziehen, Mama. Das kann ich nicht. Ich will solange wie möglich alles offenhalten.«

Kathryn wußte genau, was ihre Tochter meinte. Dennoch fand sie auch, sie müsse ihre Rolle bei Mattie genauso spielen, wie Julia sie bei ihr gespielt hatte. Wann durfte eine Mutter aufhören, vernünftig zu sein, zugeben, daß sie genauso ratlos wie ihr Kind war?

»Er kommt nicht wieder, Mattie.«

Mattie nahm die Hände aus den Taschen, kreuzte ihre Arme vor der Brust, ballte die Fäuste.

»Wie willst du das wissen, Mama? Wie kannst du da sicher sein?«

»Robert Hart sagt, es gäbe keine Überlebenden. Daß niemand die Explosion überlebt haben kann.«

»Was weiß der schon.«

Es war keine Frage.

Sie gingen eine Weile schweigend. Mattie schwenkte beim Gehen beide Arme, beschleunigte ihr Tempo. Eine Weile versuchte Kathryn, mit ihr Schritt zu halten, und blieb dann zurück. Mattie wollte allein sein.

Kathryn beobachtete, wie Mattie immer schneller ging, schließlich lief sie und bog um die Ecke, aus ihrem Blickfeld hinaus.

Weihnachten war in einer Woche, und Kathryn hatte keine Ahnung, wie sie es überstehen würden. Der Unfall hatte die Achse, um die sich ihr und Matties Leben drehten, angeschlagen, und sie waren auf eine fremde Umlaufbahn geraten – eine angrenzende zwar, aber doch anders als alles bisherige.

Mattie saß keuchend, wie manchmal, wenn sie Hockey gespielt hatte, auf dem Betonfundament, als Kathryn sie einholte. Sie blickte zu ihrer Mutter hoch.

»Tut mir leid, Mama.«

Kathryn starrte in die Ferne. Der Blick war unverändert, wenigstens das. Hinter ihnen, im Osten, lag der Atlantik. Wenn es klar genug war und sie weiter den Berg hinaufgingen, bis zum eigentlichen Gipfel, könnten sie das Meer sehen. Und es fast auch riechen.

»Komm, keine Entschuldigungen mehr, wenigstens eine Weile nicht«, bat Kathryn.

»Es wird alles wieder gut, oder, Mama?«

Kathryn setzte sich neben ihre Tochter, legte den Arm um sie. Mattie lehnte ihren Kopf an Kathryns Schulter.

»Mit der Zeit«, sagte Kathryn.

»Ich weiß, es ist auch schwer für dich, Mama. Du hast ihn wirklich geliebt.«

Mattie zeichnete mit der Schuhspitze in den Schnee.

»Ja.«

»Ich habe mal einen Dokumentarfilm gesehen. Über Pinguine. Kennst du dich da aus?«

»Nicht so sehr«, sagte Kathryn.

Mattie richtete sich auf. Ihr Gesicht glühte. Kathryn nahm den Arm von ihrer Schulter.

»Also, sie machen es so: Das Männchen sucht sich ein Weibchen aus, manchmal sind es Hunderte von Weibchen, keine Ahnung, wie er sie unterscheidet, sie sehen alle gleich aus. Und dann, wenn er sie ausgesucht hat, dann geht er los und holt fünf schöne glatte Steine, einen nach dem anderen, und legt sie ihr zu Füßen. Und wenn sie ihn mag, nimmt sie die Steine an, und sie sind für immer ein Paar.

»Lieb«, sagte Kathryn.

»Und dann, nach dem Dokumentarfilm, waren wir mit der Klasse in Boston im Aquarium. Und die Pinguine – o Mama, irre –, die Pinguine paarten sich. Und das Männchen lag auf dem Weibchen wie eine Kuscheldecke, und dann bibberte er ein bißchen und ließ sich neben sie plumpsen, und beide sahen total erschöpft aus, aber ganz glücklich. Sie beschnupperten einander Gesichter und Hälse, wie Verliebte. Und dieser Typ neben mir, Dennis Rollins, der Vollidiot, du kennst ihn nicht, macht nur doofe Witze. Totaler Mist, das.«

Kathryn strich ihrer Tochter übers Haar. Himmelhochjauchzend, zu Tode betrübt.

»Weißt du, Mama, ich habe es auch gemacht.«

Kathryns Hand erstarrte in der Bewegung.

»Reden wir beide über das Gleiche?« fragte sie langsam.

»Bist du böse?«

»Böse?«

Kathryn schüttelte bestürzt den Kopf. Langsam schloß sie den Mund.

Sie wußte nicht, was sie mehr überraschte – Matties Geständnis, oder wie selbstverständlich ihre Tochter es ablegte.

»Wann?« fragte Kathryn.

»Voriges Jahr.«

»Voriges Jahr?«

Kathryn war fassungslos. Vor einem Jahr, und sie hatte nichts davon gewußt?

»Erinnerst du dich an Tommy?« fragte Mattie.

Kathryn blinzelte. Tommy Arsenault war, soweit sie sich erinnerte, ein hübscher braunhaariger Junge, ziemlich verschlossen.

»Du warst erst vierzehn«, stellte Kathryn ungläubig fest.

»Gerade vierzehn«, sagte Mattie, als handle es sich um eine Ehre, mit fast noch dreizehn mit einem Jungen zu schlafen.

»Aber warum?« Kathryn wußte, daß die Frage lächerlich war.

»Jetzt bist du entsetzt, oder?«

»Nein, nein. Ich bin nicht entsetzt. Ich bin nur... Ich bin wohl überrascht.«

»Ich wollte es nur ausprobieren«, sagte Mattie.

Kathryn war schwindelig. Der Blick irritierte sie. Sie schloß die Augen. Matties Periode war spät gekommen, vergangenen Dezember, und seitdem erst dreimal wieder, soweit Kathryn wußte. Womöglich war sie nicht einmal geschlechtsreif gewesen.

»Einmal?« fragte Kathryn hoffnungsvoll.

Mattie zögerte. Wie oft, war eigentlich kein Mutter-Tochter-Thema.

»Nein, ein paarmal.«

Kathryn schwieg.

»Keine Sorge, Mama. Ich hab's gut überstanden. Ich habe ihn nicht geliebt oder so. Aber ich wollte wissen, wie es ist, und das weiß ich jetzt.«

»Hat es weh getan?«

»Zuerst. Aber dann fand ich es gut.«

»Und warst du vorsichtig?«

»Natürlich, Mama. Was denkst du denn, meinst du, ich überlasse das dem Zufall?«

Als ob Sex allein nicht Zufall genug wäre.

»Ich weiß nicht, was ich denken soll.«

Mattie drehte ihr Haar im Nacken zusammen.

»Was ist mit Jason?« fragte Kathryn. Jason war momentan Matties Freund. Von allen Schulfreunden war Jason gestern der einzige gewesen, der angerufen und sich nach Mattie erkundigt hatte. Kathryn hatte das Gespräch angenommen und gedacht: Was für ein toller Junge.

»Nein, wir nicht. Er ist religiös. Er sagt, er kann nicht. Mir ist es egal. Ich setze ihn nicht unter Druck oder so.«

»Gut«, brachte Kathryn heraus.

Seit Mattie kein kleines Mädchen mehr war, hatte Kathryn diesen Augenblick kommen sehen, hatte wie alle Mütter gehofft, ihre Tochter würde Sex in Verbindung mit Liebe entdecken. Welchen Dialog hatte sie sich ausgemalt? Sicher nicht diesen.

Mattie umarmte sie.

»Arme Mama«, sagte sie. Liebevoll spöttisch.

»Wußtest du«, fragte Kathryn, »daß im achtzehnten Jahrhundert in Norwegen jede Frau, die vor der Ehe mit einem Mann schlief, geköpft wurde? Der Kopf wurde dann aufgespießt und ihr Körper neben dem Schafott begraben.«

Mattie sah ihre Mutter an, als hätte sie der Schlag getroffen.

»Mama!«

»Ein Stückchen Geschichte«, sagte Kathryn. »Ehrlich, ich bin froh, daß du es mir gesagt hast.«

»Ich wollte eigentlich schon früher, aber ich dachte...« Mattie biß sich fest auf die Lippe.

»Ich dachte, du regst dich nur auf, und dann müßtest du es wahrscheinlich Papa erzählen.«

Ihre Stimme bebte, als sie ihren Vater erwähnte.

»Bist du auch wirklich nicht böse?« fragte Mattie wieder.

»Böse. Nein. Böse ist das völlig falsche Wort. Nur, es ist so wichtig im Leben. Es bedeutet etwas. Etwas Besonderes. Davon bin ich fest überzeugt.«

Kathryn wußte, sie klang banal. War Sex etwas Besonderes? Oder war es einfach etwas Natürliches, das billionenmal täglich stattfand, auf der ganzen Welt, in atemberaubender Vielfalt, manchmal monströs? Eigentlich wußte sie selbst nicht, was sie davon halten sollte. Wie oft gaben Mütter und Väter Überzeugungen als ihre eigenen aus, an die sie eigentlich gar nicht glaubten.

»Das weiß ich jetzt«, sagte Mattie. »Ich mußte es nur erstmal hinter mich bringen.«

Sie nahm Kathryns Hand. Matties Finger waren eiskalt.

»Denk an die Pinguine«, sagte Kathryn wenig überzeugt.

Mattie lachte.

»Mama, du bist komisch.«

»Das ist nichts Neues.«

Sie standen auf.

»Hör mir zu, Mattie.«

Kathryn sah ihre Tochter an. Eigentlich wollte sie ihr die Gerüchte erzählen, die entsetzlichen Geschichten, die

Mattie über kurz oder lang mit Sicherheit zu Ohren kämen.

Statt dessen zog sie ihr Gesicht heran und küßte sie auf beide Wangen. Ein wenig hatte sie dabei ein schlechtes Gewissen, wie immer, wenn sie vor ihren Mutterpflichten gekniffen hatte. Robert Hart hatte erklärt, Kathryn dürfe diesen Gerüchten absolut keinen Glauben schenken. Also, warum Mattie damit belasten?

»Ich hab dich lieb, Mattie«, sagte Kathryn. »Du weißt nicht, wie sehr ich dich liebe.«

»O Mama, das Schlimmste ist...«

»Was?« Kathryn machte sich auf die nächste Enthüllung gefaßt.

»An dem Morgen, bevor Papa losfuhr... Er kam in mein Zimmer und fragte, ob ich, wenn er wieder da wäre, Freitag mit ihm zu den Celtics ginge? Und ich hatte schlechte Laune und wollte erst sehen, was Jason am Freitag vorhat, deshalb habe ich gesagt, das würden wir dann sehen. Und ich glaube... Oh, ganz bestimmt. Er war gekränkt, Mama. Ich konnt's ihm ansehen.«

Matties Mund verzog sich. Wenn sie weinte, sah sie erheblich jünger aus, fand Kathryn. Kindlich.

Wie konnte Kathryn ihr klarmachen, daß solche Zurückweisungen immerzu geschahen? Eltern ließen sich die Kränkungen nicht anmerken, erlebten, wie ihre Kinder flügge wurden, zuerst Schritt für Schritt, dann mit atemberaubender Geschwindigkeit.

»Er hat es verstanden«, log Kathryn. »Bestimmt. Wirklich. Er hat mir die Geschichte noch erzählt.«

»Wirklich?«

»Er lästerte, daß er jetzt die zweite Geige spielt. Aber ganz bestimmt, er fand es gut. Wenn er über etwas lästert, dann findet er es in Ordnung.«

»Wirklich?«

»Ganz bestimmt.«

Zu Matties Beruhigung unterstrich Kathryn ihre Worte mit einem energischen Nicken.

Mattie schniefte. Wischte mit dem Handrücken unter der Nase entlang.

»Hast du noch ein Taschentuch?« fragte sie.

Kathryn reichte ihr eins.

»Ich habe soviel geweint«, sagte Mattie. »Ich glaube, mir platzt der Kopf.«

»Das Gefühl kenne ich«, sagte Kathryn.

Julia saß am Tisch, als sie zurückkamen. Sie hatte für beide heiße Schokolade gemacht, ganz nach Matties Geschmack. Julia sah zu, als Kathryn und Mattie das heiße Getränk vorsichtig schlürften. Kathryn stellte fest, daß Julias Augen gerötet waren. Sie war erschrocken bei dem Gedanken, daß ihre Großmutter in der Küche gesessen und geweint hatte, ganz allein.

»Robert Hart hat angerufen«, sagte Julia.

Kathryn sah Julia an, und Julia nickte.

»Ich rufe ihn von deinem Schlafzimmer aus an«, sagte Kathryn.

Julias Schlafzimmer war eigentümlicherweise das kleinste im Haus. Sie betonte immer, sie brauche nicht viel Raum: Sie brauche im Bett nur Platz für sich, und nach ihrer Philosophie war weniger sowieso mehr.

Aber so klein es war, es hatte durchaus seinen Charme – etwas Weibliches, das Kathryn mit Frauen einer gewissen Generation verband: drapierte Chintzvorhänge, ein Sessel mit pfirsichfarbenem Seidenstreifenbezug, eine rosa Chenille-Tagesdecke, und etwas, das wirklich völlig aus der Mode gekommen war – ein Toilettentisch mit Volant. Kathryn hatte sich manchmal ausgemalt, wie die junge Julia dort ihr langes, dunkles Haar frisiert und vielleicht dabei an ihren Mann und den kommenden Abend gedacht hatte.

Das Telefon stand auf dem Toilettentisch.

Eine unbekannte Stimme antwortete Kathryn nach dem ersten Läuten.

»Könnte ich bitte Robert Hart sprechen?«

»Darf ich Ihren Namen wissen?«

»Kathryn Lyons.«

»Moment«, sagte die Stimme.

Sie konnte andere Stimmen im Hintergrund hören, Männerstimmen. Sie stellte sich ihre Küche vor, voll mit Männern in Anzügen.

»Kathryn.«

»Was ist?«

»Ist alles in Ordnung?«

»Es geht.«

»Ich habe es Ihrer Großmutter gesagt.«

»Das dachte ich mir.«

»Ich komme und hole Sie.«

»Unsinn. Ich habe ein Auto.«

»Lassen Sie es da.«

»Warum? Was ist los?«

»Sie müssen mir nur den Weg erklären. Hier sind Leute, die mit Ihnen reden wollen. Dort können Sie das nicht. Nicht, wenn Mattie dabei ist.«

»Sie jagen mir Angst ein.«

»Keine Sorge. Ich bin gleich da.«

Kathryn erklärte ihm den Weg.«

»Wer will mich sprechen?«

Am anderen Ende der Leitung herrschte einen Augenblick Stille. Ihr erschien die Stille endgültig – als seien plötzlich alle in der Küche still.

»Ich bin in fünf Minuten da«, sagte er.

Mattie blies in ihre Tasse, als Kathryn in die Küche zurück-kam.

»Ich muß gehen«, sagte Kathryn. »Zu Hause sind Leute, die ich dringend sprechen muß. Von der Fluggesellschaft.«

»Gut«, sagte Mattie.

»Ich rufe dich an«. Kathryn beugte sich herunter und gab ihrer Tochter einen Kuß.

Kathryn wartete in ihrem Parka unten am Weg. Sie hatte die Hände in den Taschen, den Kragen gegen die Kälte hochgeschlagen. Der Tag würde windstill, klirrend kalt, gleißend hell und trocken. Eigentlich war dies ihr Lieb-lingswetter.

In der Ferne sah sie den Wagen, ein grauer Umriß, der sich schnell auf der Landstraße bewegte. Bald hielt Robert Hart vor ihr, lehnte sich vor und öffnete die Tür.

Sie setzte sich ihm gegenüber, den Türgriff im Rük-ken. In dem grellen Sonnenlicht sah sie sein Gesicht über-deutlich: der schwache bläuliche Schatten, der seinen Bartwuchs andeutete, auch wenn er frisch rasiert war; der minimale weißliche Streifen am Haaransatz vor den Ohren – er war kürzlich beim Friseur gewesen; das leichte Doppelkinn. Er kuppelte aus und drehte sich zu ihr, legte seinen Arm wie zur Überbrückung zwischen die beiden Vordersitze.

»Was ist?« fragte sie.

»Zwei Ermittler von der Sicherheitsbehörde möchten mit Ihnen reden.«

»In meinem Haus?«

»Ja.«

»Muß ich ihre Fragen beantworten?«

Er blickte weg, zum Steinhaus, dann sah er sie an. Er kratzte sich mit dem Daumennagel an der Oberlippe.

»Ja«, sagte er behutsam. »Wenn Sie dazu in der Lage sind.

Aber Sie können immer sagen, daß sie dazu nicht in der Lage sind.«

Sie nickte langsam.

»Vor den Absturzermittlern kann ich Sie nicht bewahren. Auch nicht vor der Staatsanwaltschaft.«

»Staatsanwaltschaft?«

»Angesichts der Tatsachen…«

»Ich dachte, es sei nur ein Gerücht.«

»Ist es auch. Noch.«

»Warum? Was wissen Sie? Was ist auf dem Tonband?«

Mit der freien Hand pochte er unten aufs Lenkrad. Im Takt zum Denken.

»Ein Techniker der britischen Sicherheitsbehörde, der dabei war, als das Tonband zuerst abgespielt wurde, hat seine Freundin angerufen, die im BBC-Büro in Birmingham arbeitet. Offenbar hat er etwas über das Band ausgeplaudert. Ich bin mir nicht sicher, warum er oder sie die Geschichte an die Öffentlichkeit bringen will, darüber läßt sich nur mutmaßen. Jedenfalls basiert der CNN-Bericht auf einem Bericht der BBC. Die Geschichte ist also aus vierter Hand, bestenfalls.«

»Aber sie könnte wahr sein.«

»Sie könnte wahr sein.«

Kathryn zog ein Bein auf den Sitz, befreite sich aus der unbequemen Position. Sie kreuzte die Arme über der Brust.

»Wissen Sie, daß Roger Martin der Kopilot war?« fragte Robert.

»Ja.«

»Und Mike Sullivan der Ingenieur?«

»Ja.«

Robert Hart zog ein glattes weißes Blatt aus der Hemdtasche und reichte es ihr. Ein Fax.

»Das ist der Wortlaut des CNN-Berichts«, sagte er.

Das Fax war schwer zu lesen. Die eckigen Buchstaben, manche verwackelt, schwammen vor ihren Augen. Sie konzentrierte sich auf den Anfang, Satz für Satz.

CNN hat soeben aus dem Kreis der Absturzermittler von Vision Flug 384 die unbestätigte Meldung erhalten, daß der CVR – der Cockpit Voice Recorder – wenige Minuten vor der Explosion der T-900 einen Wortwechsel zwischen dem seit elf Jahren für Vision tätigen Kapitän Jack Lyons und dem britischen Flugingenieur Trevor Sullivan aufgezeichnet hat. Nach gleichfalls unbestätigten Berichten soll Sullivan fünfundfünfzig Minuten nach Abflug der Maschine wegen eines defekten Kopfhörers in Kapitän Jack Lyons' Flugtasche gegriffen haben. Der Gegenstand, den er dort fand, soll die Explosion ausgelöst haben, bei der die T-900 auseinandergerissen und hundertvier Passagiere, Besatzung eingeschlossen, getötet wurden. Zusätzlich heißt es, die Aufzeichnungen der letzten Sekunden von Vision Flug 384 deuteten auf Handgreiflichkeiten zwischen Kapitän Lyons und Flugingenieur Sullivan sowie einen verbalen Angriff von Seiten Sullivans hin.

Daniel Gorzyk, der Sprecher der Sicherheitsbehörde, widersprach dieser Darstellung, die er bösartig, falsch und unverantwortlich nannte. Wir wiederholen, daß dieser unbestätigte Bericht aus dem Kreis der beim Abhören des CVR anwesenden Ermittler stammen soll. Wie bereits berichtet, wurde der CVR in der vergangenen Nacht vor Malin Head, in der Irischen Republik, sichergestellt...

Kathryn schloß die Augen und lehnte den Kopf zurück.

»Was heißt das?« fragte sie.

Robert blickte an die Wagendecke.

»Erstens wissen wir nicht einmal, ob es wahr ist. Die Sicherheitsbehörde hat dieses Vorgehen aufs schärfste verurteilt. Dem Informanten hat man angeblich gekündigt. Sein Name wird nicht genannt, und er selbst hält sich bedeckt. Und zweitens, sollte es wahr sein, beweist es nichts. Bedeutet nichts. Wenigstens nicht unbedingt.«

»Aber«, sagte Kathryn, »etwas ist passiert.«
»Etwas ist passiert«, sagte Robert.
»O mein Gott«, sagte sie.

Ein Saatkorn Unzufriedenheit treibt mit atemberaubendem Tempo häßliche Blüten. Sie hat keinen fertigen Dialog, nur Gedankenfetzen, unvollendete Sätze. Vokabular der Enttäuschung.

Vielleicht hat sie zuviel getrunken.

Sie steigt die Treppe hinauf, steht in Jacks Arbeitszimmer. Mattie ist in ihrem Zimmer hinten am Flur, übt Klarinette. Schweigend, mit ihrem Bierglas, lehnt sie am Türrahmen. Mit fragendem Blick schaut Jack hoch. Er trägt ein Jeanshemd und Jeans. In letzter Zeit hat er zugenommen, beinahe zehn Pfund. Wenn er nicht aufpaßt, wird er fett.

Er ist erst heute morgen nach Hause gekommen, und morgen früh hat er wieder einen Flug. Diesmal ist die Pause zu kurz.

»Was ist los?« fragt sie.

»Was?«

Sicher hört er den bissigen Ton in ihrer Stimme, denn er sieht sie hart an.

»Ich meine, du kommst nach fünf Tagen wieder. Ich habe dich kaum gesehen. Beim Essen sagst du kein Wort. Du sprichst kaum mit Mattie. Und dann, bingo, verschwindest du, und ich darf den Abwasch machen.«

Er ist auf diese Vorwürfe nicht gefaßt, sie übrigens auch nicht. Er blinzelt, schaut weg. Etwas auf dem Bildschirm fesselt seine Aufmerksamkeit.

»Selbst jetzt hörst du nicht zu, wenn ich mit dir rede«, sagt sie. »Was gibt's auf dem Bildschirm so verdammt Interessantes?«

Er nimmt die Hände von der Tastatur und legt die Arme auf die Armlehne seines Stuhls.

»Worum geht's?« fragt er.

»Um dich«, sagt sie. »Und mich.«

»Und?«

»Uns gibt es nicht«, sagt sie. »Uns gibt es gar nicht.«

Sie nimmt einen Schluck Bier.

»Du bist gar nicht richtig da«, sagt sie. »Du warst früher so...
ich weiß nicht... romantisch. Du hast mir ständig Komplimente
gemacht. Ich kann mich nicht erinnern, wann du mir das letzte
Mal gesagt hast, ich sei schön.«

Ihr Mund zittert, und sie wendet sich ab. Sie ist entsetzt über
sich, ihr banales Gejammer. Es ekelt sie an, aber sie kann es nicht
lassen. Seit Monaten ist Jack innerlich weit weg, als ob er nicht
anwesend wäre, ständig in Gedanken.

Das kann man aushalten, denkt Kathryn, wenn ein Ende
abzusehen ist.

»Mein Gott«, sagt sie, und ihre Stimme klingt schrill. »Wir
sind seit Monaten nicht essen gegangen. Du kommst und ver-
kriechst dich vor dem Computer. Arbeitest oder spielst rum. Egal
was. Was tust du eigentlich?«

Er lehnt sich auf seinem Stuhl zurück.

»Wem schreibst du eigentlich?« fragt sie. »Schreibst du jemandem Briefe per Computer?«

Was kann ein Mann schon antworten, denkt sie, wenn seine
Frau ihm vorwirft, er mache ihr keine Komplimente? Daß er es
einfach vergessen hat? Daß er eigentlich ständig denkt, aber nie
sagt, wie schön sie ist? Daß er sie gerade jetzt wahnsinnig schön
findet?

Das ist das Problem beim Streiten, findet Kathryn. Selbst
wenn du weißt, daß du die unmöglichsten Sachen sagst, gibt es irgendwann kein Zurück mehr. Keinen Rückzug, kein Kleinbei-
geben. Sie ist an diesen Punkt gelangt, und Jack erreicht ihn im
Handumdrehen.

»Du kotzt mich an«, sagt er ruhig und steht auf.

Kathryn weicht zurück. Hinten im Flur hört sie die Klarinette.

»Sei leise«, sagt Kathryn.

Jack stemmt die Hände in die Hüften. Sein Gesicht wird rot, selten ist er so zornig gewesen. Sonst streiten sie nicht oft.

»Du kotzt mich an«, wiederholt er. Diesmal lauter, wenn auch kontrolliert. »Ich arbeite fünf Tage an einem Stück ohne Unterbrechung. Ich komme nach Hause, um auszuschlafen. Ich sitze hier und spiele ein bißchen am Computer. Und da kommst du und beklagst dich. Ich glaube, ich höre nicht richtig.«

»Du kommst nach Hause, um auszuschlafen?« sagt sie ungläubig.

»Du weißt genau, was ich meine.«

»Das geht nicht nur heute so«, sagt sie. »Das geht seit Monaten so.«

»Seit Monaten?«

»Jawohl.«

»Was geht so seit Monaten?«

»Du bist nicht richtig da. Der Computer interessiert dich mehr als ich.«

»Du kotzt mich an«, sagt er und stürzt an ihr vorbei zur Treppe. Sie hört ihn die Treppe hinunterlaufen. Sie hört, wie er die Eisschranktür öffnet, eine Bierdose aufreißt.

Als sie die Küche betritt, kippt er das Bier in einem Zug hinunter. Er setzt die Dose auf der Anrichte ab, daß es hart knallt, sieht angestrengt aus dem Küchenfenster.

Sie betrachtet sein Profil, sein Gesicht, das sie so liebt; wie aggressiv er aussieht, denkt sie erschrocken. Sie möchte einlenken, zu ihm gehen und sagen, daß es ihr leid tut, ihn umarmen und sagen, daß sie ihn liebt. Doch bevor sie auch nur einen Schritt tun kann, spürt sie wieder die eigene Verlassenheit, und die versucht sie ihm zu zeigen (und Gott weiß, wie belastet mit Vergangenheit dieses Verlassenheitsgefühl für sie ist).

Warum soll sie einlenken?

»Du redest gar nicht mehr mit mir«, sagt sie. »Ich habe das Gefühl, ich kenne dich gar nicht mehr.«

*Er beißt die Zähne zusammen. Er wirft die Bierdose ins Spül-
becken, wo sie scheppernd auf das schmutzige Geschirr fällt.*

»Willst du, daß ich gehe?« Er sieht sie fragend an.

»Daß du gehst?«

»Klar, willst du Schluß machen?«

*»Nein, ich will nicht Schluß machen«, sagt sie erschrocken.
»Was redest du denn? Du bist verrückt.«*

»Ich bin verrückt?«

*»Ja, du bist verrückt. Ich habe nur gesagt, du sitzt nur noch
vorm Computer, und du…«*

»Ich bin verrückt?« wiederholt er, diesmal lauter.

*Als er an ihr vorbeistürzt, wieder nach oben, versucht sie ihn
am Arm zu halten, doch er schüttelt sie ab. Sie steht wie verstei-
nert in der Küche, hört seine zornigen Schritte auf der Treppe, hört
die Tür zum Arbeitszimmer schlagen, hört es poltern, Gegenstände werden verschoben.*

Er verläßt sie und nimmt den Computer mit?

*Und dann, zu ihrem blanken Entsetzen, sieht sie, wie der
Computermonitor die Treppe herunterkracht.*

*Der Monitor rammt in die verputzte Wand am Fuß der Treppe.
Graues Plastik und dunkle Stückchen des zertrümmerten Bild-
schirms fliegen durch die Luft und landen auf der Treppe und dem
Küchenfußboden. Der Knall ist spektakulär, laut und theatralisch.*

*Kathryn stößt ein leises Stöhnen aus, weiß, daß dies zu weit
gegangen ist und daß sie damit angefangen hat – daß sie ihn dazu
getrieben hat.*

Und dann denkt sie an Mattie.

*Bis Kathryn über den zerbrochenen Monitor gestiegen und die
Treppe hinaufgegangen ist, steht Mattie in ihrem rotkarierten
Flanellschlafanzug im Flur.*

*»Was ist passiert?« fragt Mattie, aber Kathryn kann sehen, daß
sie Bescheid weiß. Daß sie alles gehört hat.*

*Jack sieht Mattie, und ihm steht das schlechte Gewissen über
diese wahnwitzig kindische Tat ins Gesicht geschrieben.*

»Mattie«, sagt Kathryn. »Papa hat seinen Computer die Treppe hinunterfallen lassen. Er ist kaputt. Aber sonst ist alles gut.«

Mattie, mit ihren zehn Jahren, wirft ihnen den Blick zu, todsicher und untrüglich. Wobei Kathryn ihrer Tochter ansieht, wie hin- und hergerissen sie zwischen Überlegenheit und blankem Entsetzen ist.

Jack geht auf Mattie zu und nimmt sie in die Arme. Das sagt eigentlich alles, denkt Kathryn. Keiner braucht so zu tun, als hätte dies nicht stattgefunden. Nur besser, es nicht laut auszusprechen.

Und dann umarmt Jack auch Kathryn, und sie stehen alle drei im Flur, wankend, weinend, einander tröstend; sie küssen sich und umarmen sich und lösen sich voneinander, lachen schwach durch Tränen und laufende Nasen, und Mattie bietet sich an, Taschentücher zu holen.

In jener Nacht schlafen Kathryn und Jack miteinander wie seit Monaten nicht – mit einer Härte, als spielten sie die Szene weiter, keuchend, beißend, Widerstand leistend, überwältigend. Und die Begierde jener Nacht ändert eine Zeitlang die eheliche Atmosphäre. Manchmal auf dem Flur werfen sie sich stumme, bedeutungsvolle Blicke zu, küssen sich mit Hingabe, drinnen im Haus, draußen am Auto oder ein paarmal auch vor allen Leuten, was Kathryn gefällt. Doch auch das gibt sich nach einer Weile, und sie und Jack kehren zur Tagesordnung zurück; wie all die anderen Paare, die Kathryn kennt, leben sie ruhig dem Niedergang entgegen, werden tagtäglich kaum wahrnehmbar und ohne Qual weniger.

Was im großen und ganzen bedeutet, denkt sie, daß es eine gute Ehe ist.

SIE HATTE SO ETWAS NOCH NIE GESEHEN – nicht einmal im Fernsehen oder im Kino, wo solche Spektakel, wie sie jetzt begriff, ihre Unmittelbarkeit verloren, ihre schreienden Farben, ihre Bedrohlichkeit. An der Küstenstraße aufgereiht, noch bevor sie mit Robert Hart die Auffahrt zum Haus erreicht hatte, parkten auf dem sandigen Seitenstreifen Fahrzeuge, schwere Kombis mit breiten Rädern. Kathryn sah die Namen der Fernsehgesellschaften auf den Kombis, WBZ und WNBC und CNN; ein Mann hatte eine Kamera geschultert und lief. Dann fiel den Leuten ihr Wagen auf, und sie gafften ins Wageninnere. Robert duckte sich über das Lenkrad, als stünde jederzeit ein Angriff bevor. Kathryn zwang sich, nicht wegzusehen, nicht ihr Gesicht mit den Händen abzuschirmen.

»Das kann doch nicht sein?« fragte sie, beinah tonlos, mit unbeweglichem Gesicht.

Die Reporter und Kameraleute standen in Fünferreihen am rostigen drahtbespannten Eisentor. Das Tor war eigentlich nicht Jacks und ihr Geschmack, ein Überbleibsel aus Klostertagen. Eigentlich staunte Kathryn, daß es noch funktionierte: Jack und sie hatten es nie verschlossen.

»Wir schicken jemanden zu Ihrer Großmutter«, sagte Robert.

»Julia wird nicht begeistert sein.«

»Leider hat Julia im Augenblick kaum eine andere Wahl«, sagte Robert Hart, »und am Ende wird sie vielleicht dankbar sein.«

Er deutete auf die Menschenmenge vor dem Wagen.

»Die sind in Null Komma nichts in ihrem Vorgarten.«

»Sie sollen Mattie in Ruhe lassen«, sagte Kathryn.

»Ihre Großmutter wird ihnen schon Respekt beibringen«, entgegnete Robert. »Ich jedenfalls würde mich vor ihr hüten.«

Ein Mann schlug kräftig ans Beifahrerfenster, und Kathryn schrak zusammen. Robert fuhr langsam voran, versuchte, so nah wie möglich ans Tor zu kommen. Suchend sah er durch die Windschutzscheibe nach einem Polizisten, und beinah augenblicklich waren sie von Menschen umringt, Männer und Frauen, die durchs Glas riefen.

»Mrs. Lyons, haben Sie das Tonband gehört?«

»Ist sie das? Wally, ist sie das?«

»Mach Platz, versuch ihr Gesicht zu kriegen.«

»Können Sie einen Kommentar abgeben, Mrs. Lyons? Glauben Sie, es war Selbstmord?«

»Wer ist der Mann bei ihr? Jerry, ist der von der Fluggesellschaft?«

»Mrs. Lyons, wie erklären Sie...?«

Für Kathryn klangen die Stimmen wie Hundegebell. Münder tauchten auf, verzerrt und wäßrig, Farbflecke, die kräftiger wurden, dann verblaßten. Ob sie in Ohnmacht fiel? Unfaßbar, daß all diese Aufmerksamkeit ihr galt, ihr, deren Leben bisher so gewöhnlich verlaufen war, die unter den gewöhnlichsten Verhältnissen gelebt hatte.

»Mein Gott«, sagte Robert, als ein Kameraobjektiv gegen sein Fenster krachte. »Seine Kamera ist hin.«

Kathryn reckte sich und entdeckte hinter dem Tor Charlie Sears, einen spindeldürren, altersgebeugten Mann. Er trug nur seine Uniformjacke, vielleicht hatte er zu Hause in der Eile die dazugehörige Hose nicht gefunden. Kathryn winkte ihm zu, versuchte durch die Windschutzscheibe seine Aufmerksamkeit auf sich zu lenken, doch

Charlie stand gedankenverloren da, den Blick ins Leere gerichtet – Hilflosigkeit auf beiden Seiten des Tors. Er we-
delte mit den Händen im Kreis, langsam, unentschlossen,
als regelte er ungeschickt den Verkehr.

»Da hinten steht Charlie«, erklärte sie. »Auf der anderen
Torseite. Eigentlich ist er im Ruhestand, er ist nur heute
im Einsatz.«

»Sie fahren«, sagte Robert. »Drücken Sie das Knöpfchen
runter, wenn ich draußen bin. Wie heißt der Mann mit
Nachnamen?«

»Sears.«

Mit einem Satz sprang er, bevor die Umstehenden sich
versehen hatten, aus dem Wagen und knallte die Tür zu.
Kathryn rutschte über den Schalthebel auf den Fahrersitz.
Sie sah, wie Robert Hart die Hände in den Manteltaschen
vergrub und an den Reportern und Kameramännern vor-
beidrängte. Er rief: *Charlie Sears*, so laut, daß alle einen
Augenblick innehielten und zuschauten, wie er sich einen
Weg durch die Menge bahnte. Kathryn setzte den Wagen
in Bewegung, nutzte das Vakuum, das Robert im Gehen
schuf.

Was, wenn sich die Menschenmauer vor ihm nicht öffnen würde?

Sie sah, wie Robert das Tor entriegelte. So weit sie
blicken konnte Kameras, Frauen in Kostümen, Männer in
leuchtendbunten Anoraks, und immer noch bewegte sie
sich zentimeterweise voran, folgte Roberts Hand, die sie
in Richtung Tor einwies. Einen Augenblick befürchtete
sie, die Menge würde ihr einfach folgen, sich wie eine Prozession mit ihr auf das Haus zubewegen – eine absurde
Prozession mit der Witwe im Auto wie ein Käfer unter
einer Glasglocke. Doch ein ungeschriebenes Gesetz – ihr
neu und nicht recht begreiflich – hinderte die Menge,
Charlie und Robert zu überwältigen – was ein Leichtes

gewesen wäre –, und sie blieb hinter dem Tor. Auf der Auffahrt hielt Kathryn.

»Los«, sagte Robert und rutschte auf den Beifahrersitz. Mit zitternden Händen legte sie den Gang ein.

»Ich meine, machen Sie Platz«, fuhr Robert sie an.

Angesichts der Menschenmenge vor dem Tor hatte sie angenommen, im Haus sei sie in Sicherheit – wären sie und Robert Hart erst einmal drinnen. Aber sie begriff schnell, daß dies nicht der Fall war. Vier fremde Wagen parkten am Haus, einer immer noch mit offener Tür, mit tönender Warnanlage. Vier Wagen hieß mindestens ebensoviele Fremde. Sie schaltete den Motor ab.

»Sie müssen das jetzt nicht über sich ergehen lassen«, sagte er.

»Aber irgendwann muß ich«, sagte sie.

»Wahrscheinlich.«

»Brauche ich einen Rechtsanwalt?«

»Darum kümmert sich die Gewerkschaft.« Er faßte sie an der Schulter. »Geben Sie keine Antworten, von denen Sie nicht absolut überzeugt sind.«

»Ich bin von gar nichts überzeugt«, sagte sie.

Sie waren in der Küche und im Wohnzimmer: Männer in schwarzen Uniformen und dunklen Anzügen. Rita, die sie von gestern schon kannte, trug ein blaßgraues Kostüm. Ein dicker Mann mit ovaler Metallbrille und extrem viel Pomade im Haar trat als erster auf Kathryn zu und begrüßte sie. Sein Hemdkragen schnitt in seinen Hals, und sein Gesicht war beängstigend rot. Er watschelte, Bauch voraus, wie es dicke Männer oft tun.

»Mrs. Lyons«, sagte er und streckte ihr die Hand entgegen. »Dick Somers.«

Er schüttelte ihre Hand. Sein Griff war schlaff und klamm. Das Telefon läutete, und sie war froh, daß Robert das Gespräch nicht annahm.

»Woher kommen Sie?« fragte Kathryn.

»Ich bin Ermittler der Sicherheitsbehörde. Ich möchte Ihnen im Namen aller zu Ihrem tragischen Verlust unser Beileid aussprechen.«

Kathryn hörte im Nebenraum die leise, sachliche Stimme eines Fernsehsprechers.

»Danke«, sagte sie.

»Ich weiß, es ist eine schwere Zeit für Sie und Ihre Tochter«, fügte er hinzu.

Bei dem Wort *Tochter* horchte sie offenbar erschrocken auf, denn ihr Gegenüber musterte sie prüfend.

»Dennoch muß ich Ihnen einige Fragen stellen«, sagte er.

Auf der Anrichte in der Küche standen Styropor-Kaffeebecher, und irgendwer hatte zwei Schachteln Dunkin'-Donuts gekauft. Kathryn hatte plötzlich Heißhunger auf einen Donut, einen einfachen Donut, den sie in heißen Kaffee tauchen und der ihr im Mund zergehen würde. Sie begriff, daß sie seit fast sechsunddreißig Stunden nichts gegessen hatte.

»Mein Kollege, Henry Boyd«, stellte Somers einen jüngeren Mann mit dichten blonden Haaren vor.

Sie schüttelte die Hand des Kollegen.

Vier weitere Männer stellten sich vor, Männer in Uniformen von Vision Airlines mit Goldknöpfen und Tressen, die Mützen noch auf dem Kopf; der vertraute Anblick verschlug Kathryn den Atem. Sie kamen von der Fluggesellschaft, dem Büro des Chefpiloten, und Kathryn fand diese Begrüßung eigenartig, die Nettigkeiten, die Beileidswünsche, diese förmlichen Beileidswünsche, angesichts der spürbaren Anspannung im Raum.

Ein Mann mit aalglattem Haar trat einen Schritt vor.

»Mrs. Lyons, Chefpilot Bill Tierney«, stellte er sich vor. »Wir haben gestern kurz telefoniert.«

»Ja«, sagte sie.

»Darf ich Ihnen noch einmal im Namen der gesamten Fluggesellschaft unser aufrichtiges Bedauern und unser ganzes Mitgefühl zum Tod Ihres Ehemanns ausdrücken. Er war ein ausgezeichneter Pilot, einer unserer besten.«

»Danke«, sagte sie.

Die Worte *Aufrichtiges Bedauern* schienen in der Küche zu schweben. Warum klangen all diese Beileidsbekundungen so lahm, eine wie die andere? Gab es für Trauer keine andere Sprache? Oder lag es an der Förmlichkeit? Hatte der Chefpilot sich diese Sätze für die Pilotenwitwe vorher zurechtgelegt, hatte er vielleicht vorher geübt? Vision Airlines war so neu im Geschäft, bisher hatte sie noch keinen Absturz zu beklagen.

»Können Sie mir etwas über das Tonband sagen?« fragte sie den Chefpiloten.

Tierney verzog den Mund und schüttelte den Kopf.

»Das Tonband ist offiziell nicht freigegeben«. Somers tat einen Schritt vorwärts.

»Das weiß ich«, erwiderte Kathryn und sah den Ermittler an. »Aber Sie wissen doch Genaueres, oder? Sie kennen das Band?«

»Nein, leider nicht«, sagte er.

Aber die Augen hinter der Metallbrille wichen ihr aus.

Kathryn stand mitten in ihrer Küche, in Stiefeln, Jeans und Jacke, und alle Blicke ruhten auf ihr. Es war ihr peinlich, als habe sie einen bedauerlichen Fauxpas begangen.

»Jemand hat seine Autotür offengelassen.« Sie deutete auf die Auffahrt.

»Warum setzen wir uns nicht in Ihr Wohnzimmer?« schlug Somers vor.

Kathryn fühlte sich in ihrem eigenen Haus fremd, trat in den vorderen Raum, blinzelte in das diffuse Licht aus den sechs schmalen Fenstern. Nur eine Sitzgelegenheit war noch frei, der wuchtige gepolsterte Ohrensessel, Jacks Sessel, nicht ihrer – sie kam sich darin wie ein Zwerg vor. Der Fernseher, bemerkte sie jetzt, war abgeschaltet.

Somers war offenbar der Hauptzuständige. Er stand, während die übrigen saßen.

»Ich möchte Sie ein, zwei Dinge fragen«, sagte er und steckte die Hände in die Hosentaschen. »Es dauert nicht lang. Können Sie uns erzählen, wie sich Ihr Mann benahm, bevor er am Dienstag zum Flughafen fuhr?«

Niemand stellte ein Tonband an oder schrieb mit. Somers wirkte geradezu übertrieben zwanglos. Ein inoffizielles Gespräch also?

»Es gibt nicht viel zu erzählen«, sagte sie. »Es war wie immer. Jack duschte gegen vier Uhr, zog seine Uniform an, kam nach unten und putzte seine Schuhe.«

»Und wo waren Sie?«

»In der Küche. Ich leiste ihm, bevor er abfährt, immer in der Küche Gesellschaft. Zum Abschied.«

Das Wort *Abschied* löste Traurigkeit in ihr aus, und sie biß sich auf die Lippen.

Sie stellte sich diesen Dienstag vor, Jacks letzter Tag zu Hause. Bruchstücke von Bildern, Traumteile, tauchten vor ihr auf, wie die schimmernden Silberstückchen in der Dunkelheit. Sie erinnerte sich, daß sie, als er in seinem Arbeitszimmer saß, nach ihm gerufen hatte, damit er sich nicht verspätete – was eigentlich ungewöhnlich war. Vielleicht war er in etwas versunken gewesen, sie konnte es nicht sicher sagen. Anscheinend hatte er eine Kassette in der Jackentasche gehabt, als er das Haus verließ, eine Musikkassette für die Autofahrt.

Ihr kam es wie ein ganz gewöhnlicher Tag vor, nichts

Besonderes. Sie erinnerte sich an Jacks Fuß auf der herausgezogenen Schublade, den grünkarierten Lappen in seiner Hand. Die langen Arme, die, als er die schweren Taschen zum Wagen trug, noch länger wirkten. Er drehte sich um und rief etwas. Sie hielt den Lappen in ihrer Hand. *Ruf Alfred an*, sagte er. *Und sag ihm Freitag.*

Er putzte seine Schuhe. Er verließ das Haus. Er sei, sagte er, Donnerstag wieder da. Sie fror, als sie in der Tür stand, und war eine Spur ärgerlich, daß er es nicht selbst getan hatte. Alfred angerufen.

»Wissen Sie, ob Jack an jenem Tag mit jemandem telefoniert hat?« fragte Somers. »Mit jemandem gesprochen hat?«

»Ich habe keine Ahnung«, sagte sie.

Doch insgeheim fragte sie sich: Hatte Jack an jenem Tag mit jemandem gesprochen? Womöglich. Er hätte mit zwanzig Leuten sprechen können, ohne daß es ihr aufgefallen wäre.

Robert hatte die Arme über der Brust verschränkt. Er betrachtete den niedrigen Tisch. Auf dem Tisch waren Bücher, eine Steinschale, die Jack aus Kenia mitgebracht hatte, eine emaillierte pakistanische Dose.

»Mrs. Lyons«, fuhr Somers fort. »Fanden Sie Ihren Mann an jenem Tag oder am Abend davor aufgeregt oder deprimiert?«

»Nein«, sagte sie. »Alles war wie immer. Ich weiß noch, die Dusche war undicht, und er war ärgerlich, weil sie erst kürzlich repariert worden war. Ich weiß noch, daß er mich bat, Alfred anzurufen.«

»Welchen Alfred?«

»Alfred Zacharian. Den Klempner.«

»Und wann hat er Sie gebeten, Alfred anzurufen?«

»Kurz vor der Abfahrt. Als er zum Wagen ging.«

»Hatte Jack vor seiner Fahrt zum Flughafen irgendetwas getrunken?«

»Das müssen Sie nicht beantworten«, sagte Robert und richtete sich auf.

Kathryn schlug die Beine übereinander, dachte an den Wein, den sie mit Jack am Montag abend zum Essen und danach getrunken hatte, und schätzte die Stunden zwischen Essen und Abfahrt. Mindestens achtzehn. Wie hieß es doch? Zwölf Stunden zwischen Flasche und Flug?

»Schon gut«, sagte sie zu Robert Hart. »Nichts«, antwortete sie Somers.

»Gar nichts?«

»Gar nichts.«

»Haben Sie seinen Koffer gepackt?« fragte er.

»Nein, nie.«

»Oder seine Flugtasche?«

»Nein. Niemals. Ich habe nicht mal einen Blick hineingeworfen.«

»Packen Sie seinen Koffer aus?«

»Nein. Dafür ist Jack zuständig. Für seine Sachen ist er verantwortlich.«

Sie hörte die Worte *Ist er verantwortlich.* Gegenwart.

Sie betrachtete die Männer im Zimmer, alle studierten sie aufmerksam. Ob die Fluggesellschaft sie ebenfalls verhören würde? Vielleicht sollte sie jetzt einen Rechtsanwalt bei ihr haben. Aber hätte dann Robert nicht dafür gesorgt?

»Hatte Ihr Mann Freunde in Großbritannien?« fragte Somers. »Redete er regelmäßig mit jemandem dort?«

»Großbritannien?«

»England.«

»Ich weiß, was Großbritannien heißt«, sagte sie. »Ich verstehe nur die Frage nicht. Er kannte viele Leute in Großbritannien. Sie gehörten doch zur Besatzung.«

»Sind Ihnen ungewöhnliche Kontobewegungen aufgefallen? Hat er Geld abgehoben oder eingezahlt?« wechselte Somers das Thema.

Sie wußte nicht, worauf er hinauswollte, was dies bedeutete. Sie fühlte sich auf schwankendem Boden – ein falscher Schritt, und sie stürzte in einen Abgrund.

»Ich verstehe Sie nicht«, begann sie.

»Haben Sie in den vergangenen Wochen oder irgendwann sonst auf Ihren Konten ungewöhnliche Einzahlungen oder Abhebungen festgestellt?«

»Nein.«

»Hat sich Ihr Ehemann in den vergangenen Wochen auffällig benommen?«

Sie mußte diese Frage beantworten, Jack zuliebe. Sie wollte sie beantworten.

»Nein«, sagte sie.

»Nichts Ungewöhnliches?«

»Nichts.«

Rita, die Angestellte der Fluggesellschaft, trat ins Wohnzimmer, und die Männer richteten ihre Blicke auf sie. Unter ihrer Kostümjacke trug sie eine Seidenbluse, in der ihre Halskette gut zur Geltung kam. Kathryn konnte sich nicht erinnern, wann sie zum letzten Mal ein Kostüm getragen hatte. In der Schule hatte sie fast immer lange Hosen und Pullover an, manchmal eine Jacke, gelegentlich bei schlechtem Wetter Jeans und Stiefel.

»Mrs. Lyons«, sagte Rita. »Ihre Tochter ist am Telefon. Sie sagt, sie möchte Sie dringend sprechen.«

Erschrocken stand Kathryn aus dem Sessel auf und folgte Rita in die Küche. Ihr Blick fiel auf die Uhr über der Spüle: neun Uhr vierzehn.

»Mattie.« Sie nahm den Hörer von der Anrichte.

»Mama?«

»Was ist? Alles in Ordnung?«

»Mama, ich habe eben mit Taylor telefoniert. Ich mußte mit irgendwem reden. Und sie war ganz komisch.«

Matties Stimme klang gequetscht und hell – erste

Anzeichen drohender Hysterie. Kathryn schloß die Augen und preßte ihre Stirn gegen den Küchenschrank.

»Und ich habe sie gefragt, was los ist«, sagte Mattie, »und Taylor hat gesagt, die Nachrichten reden von Selbstmord.«

Kathryn sah Matties Gesicht am anderen Ende der Leitung genau vor sich, den unsicheren, erschrockenen, entsetzten Blick. Sie begriff, wie verletzt Mattie war, daß sie dieses Gerücht von Taylor erfahren hatte. Sicher brüstete sich Taylor jetzt – welche Jugendliche würde dies nicht –, daß sie Mattie diese Nachricht überbracht hatte. Und sicher hatte Taylor anschließend alle übrigen Freundinnen angerufen und haarklein Matties Reaktion wiedergegeben.

»O Mattie«, sagte Kathryn. »Das ist ein Gerücht. Die Nachrichtenleute schnappen ein Gerücht auf und melden es, ohne auch nur nachzuprüfen. Furchtbar. Unverantwortlich. Und es ist nicht wahr. Es ist absolut nicht wahr. Hier sind die Leute von der Sicherheitsbehörde, die müssen es doch wissen, und die sagen, daß an dem Gerücht überhaupt nichts dran ist.«

Schweigen am anderen Ende der Leitung.

»Aber Mama«, sagte sie. »Wenn es doch wahr ist?«

»Es ist nicht wahr.«

»Woher weißt du das?«

Kathryn hörte die Wut in Matties Stimme. Unverkennbar. Warum hatte sie heute morgen beim Spazierengehen ihrer Tochter nicht die Wahrheit gesagt?

»Ich weiß es einfach«, sagte Kathryn.

Wieder herrschte Schweigen.

»Vermutlich ist es wahr«, sagte Mattie.

»Mattie, du hast doch deinen Vater *gekannt*.«

»Vielleicht.«

»Was heißt das?«

»Vielleicht habe ich ihn nicht gekannt«, sagte Mattie. »Vielleicht war er unglücklich.«

»Wenn dein Vater unglücklich war, hätte ich das wissen müssen.«

»Aber woher willst du wissen, daß du einen Menschen kennst?« fragte sie.

Der Zweifel brachte das Frage- und Antwortspiel augenblicklich zum Stillstand. Kathryn spürte die Ungewißheit wie eine Blase aufsteigen. Aber sie wußte, daß Mattie jetzt keine Ungewißheit haben wollte, egal wie sehr sie ihre Mutter provozierte. Das wußte Kathryn.

»Du fühlst es einfach«, sagte Kathryn eher couragiert als überzeugt.

»Hast du das Gefühl, daß du mich kennst?« fragte Mattie.

»Und wie!« sagte Kathryn.

Und dann begriff sie, daß sie in eine Falle getappt war. Darin war Mattie gut, immer schon.

»Tust du aber *nicht.*« In Matties Stimme klangen Genugtuung und Bestürzung. »Die meiste Zeit hast du keine Ahnung, was ich denke.«

»Gut«, gab Kathryn zu. »Aber das ist was anderes.«

»Ist es nicht.«

Kathryn rieb sich mit dem Handballen über die Stirn.

»Mama, wenn es stimmt, hat Papa dann alle diese Leute umgebracht? Ist das Mord?«

»Wo hast du dieses Wort gehört?« fragte Kathryn schnell, als sei Mattie noch ein Kind und habe gerade aus der Schule oder von Freunden ein Schimpfwort mit nach Hause gebracht. Das Wort *war* obszön, dachte Kathryn. Es war schockierend. Besonders schockierend aus dem Mund ihrer fünfzehnjährigen Tochter.

»Ich habe es nirgends gehört, Mama. Aber ich kann schließlich denken, oder?«

»Komm, Mattie. Warte. Ich bin gleich da.«

»Nein, Mama. Komm nicht. Ich will nicht, daß du

kommst. Ich will nicht, daß du hierherkommst und mir eine Menge Lügen erzählst, um die Dinge schönzufärben. Ich will jetzt keine Lügen. Die Dinge sind so, wie sie sind, ich will mir nichts vormachen. Ich möchte einfach in Ruhe gelassen werden.«

Wie konnte ein fünfzehnjähriges Mädchen der Wahrheit so offen ins Gesicht sehen? staunte Kathryn. Einer Wahrheit, die die meisten Erwachsenen überforderte. Vielleicht ertrug die Jugend die Wirklichkeit besser, verbrachte weniger Zeit mit Heuchelei und Einbildung.

Kathryn zwang sich, die Ängste und Zweifel ihrer Tochter nicht zu zerreden. Aus Erfahrung wußte sie, daß sie Mattie jetzt nicht bedrängen durfte.

»Mama, hier sind Männer«, sagte Mattie. »Komische Männer. Überall auf dem Grundstück.«

»Ich weiß, Mattie. Sicherheitsbeamte, sie sollen die Presse und die Schaulustigen vom Haus fernhalten.«

»Meinst du, die Leute wollen hier ins Haus?«

Kathryn wollte ihre Tochter nicht unnötig ängstigen.

»Nein«, sagte Kathryn. »Aber die Presse kann sehr hartnäckig sein. Geh nicht raus. Ich bin bald wieder da.«

»Gut«, sagte Mattie tonlos.

Kathryn stand eine Weile an der Anrichte, den Hörer in der Hand. Die Entfernung von ihrer Tochter tat ihr körperlich weh. Am liebsten hätte sie Mattie auf der Stelle zurückgerufen, sie beruhigt, aber sie wußte, es wäre vergeblich. Bei einer Fünfzehnjährigen, das hatte die Erfahrung sie gelehrt, war es manchmal besser, klein beizugeben. Kathryn legte den Hörer auf die Gabel und ging wieder ins Wohnzimmer. Sie lehnte am Türrahmen, verschränkte die Arme und betrachtete in aller Ruhe die versammelte Runde der Ermittler und Piloten.

Robert Hart machte ein fragendes Gesicht.

»Alles in Ordnung, Mrs. Lyons?« fragte Somers, der Sicherheitsbeamte.

»Bestens«, antwortete Kathryn. »Bestens. Abgesehen von der Tatsache, daß meine Tochter zu begreifen versucht, daß ihr Vater womöglich Selbstmord begangen und hundertdrei Menschen mit in den Tod gerissen hat.«

»Mrs. Lyons...«

»Darf ich Sie etwas fragen, Mr. Somers?«

Kathryn hörte die Wut in ihrer Stimme, wußte, sie klang wie ihre Tochter. Vielleicht war Wut ansteckend, dachte sie.

»Ja, natürlich«, sagte er vorsichtig.

»Welche andere Interpretation außer Selbstmord haben Sie auf Lager angesichts dessen, was auf dem Band ist?«

Somers rang um Haltung. »Es steht mir nicht frei, dies jetzt zu diskutieren, Mrs. Lyons.«

»Oh, tatsächlich?« fragte sie ruhig.

Sie blickte auf ihre Füße, dann in die Gesichter der Besucher in ihrem Wohnzimmer. Sie leuchteten im Gegenlicht vor den hellen Fenstern.

»Dann steht auch mir nicht frei, Ihre Fragen zu beantworten«, sagte sie.

Robert erhob sich.

»Das Gespräch ist beendet.«

Sie schritt blindlings über den Rasen, den Kopf gegen den Wind gesenkt, und hinterließ im rauhreifüberzogenen Gras fiedrige Abdrücke. Minuten später gelangte sie an die Strandmauer, die glitschigen Granitblöcke. Sie hüpfte auf einen Stein, so groß wie eine Badewanne, spürte, wie sie rutschte, begriff, daß sie, um nicht hinzufallen, in Bewegung bleiben und von einem Stein zum nächsten springen mußte. Auf diese Weise gelangte sie zum »flachen Fels«. Mattie hatte ihn so getauft, als sie mit fünf die Felsen eroberte. Der »flache Fels«, etwa so groß wie ein breites Bett, war seitdem an Sonnentagen ihr liebster Picknickplatz. Kathryn sprang zwischen den Felsen hinab auf ein kaum zwei Quadratmeter messendes Sandstück – ein Zimmer draußen, Zuflucht vor dem Wind, ein Versteck. Sie drehte dem Haus den Rücken zu und hockte sich in den nassen Sand. Sie glitt mit den Armen aus den Ärmeln ihres Parkas, umschlang dann ihren Oberkörper.

»Scheiße«, sagte sie zu ihren Füßen.

Das weiße Rauschen des Wassers beruhigte sie, sie nahm es auf, es verdrängte die Stimmen und Gesichter vom Haus, Gesichter, deren mageres Mitgefühl den lodernden Ehrgeiz nicht verschleiern konnte, Gesichter mit salbungsvollen Mündern und gierigen Blicken. Kathryn hörte die Kiesel in den verebbenden Wellen klicken. Die Kiesel bargen eine Erinnerung, die auftauchte, verschwand. Sie schloß die Augen und konzentrierte sich, erfolglos, dann, im Augenblick des Aufgebens, kam sie zurück. Eine Erinnerung an ihren Vater, der mit ihr auf den Kieseln saß – beide in Badeanzügen –, und die See umströmte sie und wühlte die Steinchen unter ihren Beinen auf. Es war Sommer, ein heißer Tag, und sie war vielleicht neun oder zehn. Sie waren hiergewesen, damals, und die Kiesel kitzelten ihre Haut. Aber warum war sie mit ihrem Vater am Strand, ohne ihre Mutter oder Julia? Vielleicht erinnerte sich Kathryn deshalb daran, weil es ein seltenes Ereignis war, sie, allein mit ihrem Vater. Sie sah ihn vor sich, wie er lachte, lachte vor reiner, ungetrübter Freude, wie ein Kind – eine Seltenheit. Und sie wollte in sein Lachen einstimmen, ganz ungezwungen, aber sie war so überwältigt von dem Anblick ihres glücklichen Vaters – glücklich in ihrer Gegenwart –, daß sie eher ehrfürchtig als ausgelassen wurde und folglich ganz verwirrt. Und als er sich umdrehte und sie fragte, ob etwas nicht stimme, fühlte sie deutlich, daß sie ihn enttäuscht hatte. Also lachte sie dann, zu laut, zu bemüht, in der Hoffnung, daß er die Enttäuschung vergaß, doch der Augenblick war vorbei, und ihr Vater schaute hinaus aufs Meer. Sie erinnerte sich, wie hohl und gezwungen ihr Lachen geklungen hatte und wie er sich von ihr abgewandt hatte, schon versunken in seine eigenen Gedanken, so sehr, daß Kathryn laut rufen mußte, damit er sie hörte.

Kathryn malte Kringel in den nassen Sand. Jack und sie hatten eins gemein gehabt, dachte sie: Sie waren Waisen. Keine Waisen im üblichen Sinne, aber im Grunde doch, denn sie waren zu früh sich selbst überlassen worden, verlassen, ohne zu begreifen, was mit ihnen geschah. Kathryns Eltern waren zwar anwesend gewesen, aber emotional abwesend, unfähig, für ihr Kind zu sorgen. Jack wurde durch unglückliche Umstände zum Waisen: Seine Mutter starb, als er neun war, und sein Vater, der seine Gefühle nie besonders zeigte, wurde nach dem Tod der Mutter offenbar so verschlossen, daß Jack sich immer alleingelassen vorkam. Natürlich, Kathryn hatte Julia gehabt, die ihre Eltern in mancher Hinsicht mehr als ersetzte, deshalb hatte sie Glück gehabt. Aber als Jack und sie sich ineinander verliebten, als ihre Liebesgeschichte ihr einziger Gesprächsstoff war, waren sie auf diese Gemeinsamkeit gestoßen.

Sie schrak auf, hörte Schritte auf den Felsen oben. Robert stand das Haar vom Kopf ab, und er kniff die Augen zusammen.

»Ich hatte gehofft, Sie würden davonlaufen«, sagte er und sprang in die Nische herab.

Sie steckte ihre Arme in die Jackenärmel zurück und hielt sich das windzerzauste Haar, damit sie sein Gesicht sehen konnte.

Er lehnte sich an einen Felsen und fuhr sich mit den Fingern durchs Haar. Aus seiner Manteltasche holte er eine Packung Zigaretten und ein Feuerzeug. Er drehte dem Wind den Rücken zu, aber selbst im Schutz der Felsen funktionierte das Feuerzeug nur schwer. Schließlich glühte die Zigarette, und er inhalierte tief, schnappte den Feuerzeugdeckel mit einer Hand zu. Er steckte das Feuerzeug zurück in seine Manteltasche, und gleich blies der Wind die glimmende Spitze seiner Zigarette weg, so daß sie fast wieder ausgegangen wäre.

»Sind sie weg?« fragte sie.

»Nein.«

»Und?«

»Die kommen schon zurecht. Es ist ihr Job. Die haben, glaube ich, gar nicht erwartet, daß Sie etwas sagen.«

Sie stützte die Ellenbogen auf die hochgezogenen Knie, hielt ihr Haar im Nacken zusammen.

»Es muß eine Beerdigung geben«, sagte sie. »Oder einen Gedenkgottesdienst.«

Er nickte.

»Mattie und ich wollen Jack die letzte Ehre erweisen«, sagte sie. »Mattie will ihrem Vater die letzte Ehre erweisen.«

Und sie dachte mit einemmal, wie sehr dies stimmte. Jack hatte diese letzte Ehre verdient.

»Es war kein Selbstmord«, sagte sie. »Das weiß ich sicher.«

Eine Möwe schrie gellend zu ihnen herab, und beide blickten sie zu dem Vogel, der über ihnen kreiste.

»Als ich klein war«, sagte sie, »wollte ich immer in meinem nächsten Leben eine Möwe sein. Bis Julia mir klarmachte, wie schmutzig sie sind.«

»Die Ratten des Meeres«, sagte Robert und trat die Zigarette im Sand aus. Er schob seine Hände in die Manteltaschen, verkroch sich in seinen Mantel. Sie sah, daß er fror. Die Haut um seine Augen wirkte wie weißlicher Pergament.

Sie entfernte eine Haarsträhne aus ihrem Mund.

»Die Leute in Ely sagen: Man sollte nie direkt am Wasser wohnen. Im Winter wird man sonst deprimiert. Aber ich war nie deprimiert.«

»Ich beneide Sie«, sagte er.

»Ich war schon deprimiert, aber nicht wegen des Ozeans.«

Sie stellte fest, daß seine Augen in dem hellen Licht haselnußbraun waren, nicht dunkelbraun.

»Aber für die Fenster ist es katastrophal«, fügte sie hinzu und schaute zum Haus hin. »Das Salzwasser, das bis zum Haus sprüht.«

Er hockte sich in den Sand, wo es wärmer war.

»Als Mattie klein war, hat mich die Ozeannähe beunruhigt. Ich mußte ständig auf Mattie aufpassen.«

Nachdenklich blickte Kathryn übers Wasser, das solche Gefahr in sich barg.

»Vor zwei Sommern«, sagte sie, »ist nicht weit von hier ein Mädchen ertrunken. Ein fünfjähriges Mädchen. Sie war mit ihren Eltern auf einem Boot und ist über Bord gespült worden. Sie hieß Willemina. Ich fand den Namen für ein Mädchen sehr altmodisch.«

Er nickte.

»Ich dachte nur, wie tückisch der Ozean ist, wie schnell er einen Menschen verschlingen kann. Es geht so schnell. In der einen Minute ist das Leben ganz normal; in der nächsten nicht.«

»Das sollten Sie am besten wissen.«

Sie bohrte ihre Stiefelabsätze in den Sand.

»Sie finden, es hätte schlimmer kommen können«, sagte Kathryn. »Oder?«

»Ja.«

»Mattie hätte im Flugzeug sein können.«

»Ja.«

»Stimmt. Das wäre unerträglich. Buchstäblich unerträglich.«

Er rieb seine Hände gegeneinander, wischte den nassen Sand ab.

»Sie könnten verreisen«, sagte er. »Mattie und Sie.«

»Verreisen?«

»Nach Europa. Ein paar Wochen, bis sich der Rummel gelegt hat.«

Kathryn überlegte. Eine Europareise mit Mattie? Dann schüttelte sie den Kopf.

»Das geht nicht«, sagte Kathryn. »Sie würden alle denken, die Geschichte mit Jack sei wahr. Es sähe nach Weglaufen aus. Und außerdem, Mattie würde nicht mitgehen. Wenigstens kann ich es mir nicht vorstellen.«

»Manche Angehörige tun das.«

»Und was? Nach Heathrow reisen und in einem Motel mit hundert anderen Familien wohnen, die nicht bei Verstand sind? Oder nach Irland fahren und warten, daß die Taucher irgendwelche Körperteile finden? Nein, danke.«

Sie tastete in ihren Parkataschen. Ein gebrauchtes Papiertaschentuch. Münzen. Eine abgelaufene Kreditkarte. Ein paar Dollarscheine. Eine Rolle Pfefferminz.

»Möchten Sie eins?« Sie hielt ihm die Rolle hin.

»Danke«, sagte er.

Steif vom Hocken, setzte er sich in den Sand und lehnte sich an den Felsen. Er macht seinen Mantel schmutzig, dachte sie.

»Es ist schön hier«, sagte er. »Ein schönes Stückchen Erde.«

»Stimmt.«

Sie streckte ihre Beine aus. Der Sand war zwar naß, aber eigentümlich warm.

»Bis es vorbei ist, sind die Medien gnadenlos«, sagte er. »Tut mir leid.«

»Das ist nicht Ihre Schuld.«

»So etwas wie am Tor habe selbst ich noch nie erlebt.«

»Es war beängstigend.«

»Sie sind hier an ein ruhiges Leben gewöhnt.«

»Ein ruhiges, *gewöhnliches* Leben«, sagte sie.

Er hatte die Ellenbogen auf die Knie gestützt, die Hände gefaltet.

»Wie war Ihr Leben vorher?« fragte er. »Wie war Ihr Alltag?«

»Jeder Tag anders, je nachdem, welcher Tag war. Welchen Tag möchten Sie?«

»Oh, weiß nicht. Donnerstag.«

»Donnerstag.« Sie dachte eine Weile nach. »Donnerstags spielt Mattie Hockey. Ich habe mittags Probe mit der Band. Pizza-Tag in der Cafeteria. Abends gibt es Obst. Im Fernsehen gucken wir Seinfeld, die Comedy Show, und ER – Emergency Room.«

»Und Jack?«

»Wenn Jack da war, war er einfach da. Machte alles mit. Die Spiele. Das Obstessen. Seinfeld. Und Sie? Was machen Sie, wenn Sie nicht für die Gewerkschaft arbeiten?«

»Ich arbeite als Lehrer«, sagte er. »Ich gebe in meiner Freizeit auf einem Flughafen in Virginia Flugstunden. Der Flughafen ist eigentlich ein besserer Acker, mit ein paar ausrangierten Cessnas. Macht viel Spaß, außer wenn sie nicht runterkommen wollen.«

»Nicht runterkommen?«

»Die Schüler auf ihren ersten Alleinflügen.«

Sie lachte.

Sie saßen schweigend, unbefangen, an die Felsen gelehnt. Das schläfrige Rauschen der See hatte etwas Friedliches, wenigstens in diesem Augenblick.

»Ich sollte mir über den Gottesdienst Gedanken machen«, sagte sie nach einer Weile.

»Haben Sie eine Vorstellung, wo er stattfinden soll?«

»Vermutlich in St. Joseph in Ely Falls«, sagte sie. »Das ist die nächste katholische Kirche.«

Sie hielt inne.

»Die wundern sich bestimmt, wenn ich da auftauche«, sagte sie.

»Ach, Gott«, sagte Robert.

Kathryn dachte: Was für eine komische Antwort, als Robert hastig aufstand und sie am Ärmel griff. Verwirrt ließ sie sich hochziehen, drehte sich um, wollte sehen, was Robert gesehen hatte. Ein junger Mann mit Pferdeschwanz zielte mit einer Kamera, so groß wie ein Fernseher, auf sie beide. Kathryn sah ihrer beider Spiegelbild in der riesigen Linse.

Sie hörte das leise, professionelle Klick, Klick, Klick eines Mannes, der seinen Job erledigte.

Als sie zurückkamen, standen sie in der Küche, Somers, der ein Fax in der Hand rollte, Rita, den Telefonhörer unters Kinn geklemmt. Ohne ihre Jacke auszuziehen, kündigte Kathryn an, sie habe eine kurze Erklärung abzugeben. Somers sah vom Fax zu ihr auf.

»Bei meinem Ehemann, Jack Lyons, gab es nie irgendwelche Anzeichen von Labilität, Drogenkonsum, Alkoholmißbrauch, Depression oder sonstiger Krankheit«, sagte sie.

Sie sah, wie Somers das Fax zusammenfaltete.

»Soweit ich weiß«, fuhr sie fort, »war er körperlich und geistig gesund. Wir waren glücklich verheiratet. Wir waren eine glückliche, normale Familie in einer kleinen Gemeinde. Ich werde keine Fragen mehr ohne die Anwesenheit eines Rechtsanwalts beantworten und verbitte mir, daß irgendwelche Gegenstände ohne rechtskräftigen richterlichen Beschluß aus diesem Haus entfernt werden.

Wie Sie wissen, befindet sich meine Tochter bei meiner Großmutter hier in der Stadt. Ich untersage Ihnen jeglichen Kontakt oder Gespräche mit beiden. Das war's.«

»Mrs. Lyons«, sagte Somers. »Haben Sie mit Jacks Mutter Kontakt aufgenommen?«

»Seine Mutter ist tot«, sagte sie schnell.

Und dann, in der darauffolgenden Stille, begriff sie, daß etwas nicht stimmte. Vielleicht hatte Somers einen Hauch die Stirn gerunzelt, eine Spur gelächelt. Oder vielleicht bildete sie sich das nachträglich nur ein. Die Stille war so total, daß sie trotz der neun Leute im Raum nur das Summen des Eisschranks hörte.

»Das ist wohl nicht der Fall«, sagte Somers leise und steckte das glänzende, gefaltete Fax in seine Brusttasche.

Der Boden schwankte, als führe sie Achterbahn.

Aus einer anderen Tasche zog Somers ein Blatt, das offenbar aus einem Notizbuch herausgerissen war.

»*Matigan Rice*«, las er. »*Adam Street siebenundvierzig, Wesley, Minnesota.*«

Die Achterbahn beschleunigte, fiel zwanzig Meter tief. In Kathryns Kopf drehte sich alles.

»*Dreiundsiebzig Jahre*«, las er. »*Dreimal verheiratet. Dreimal geschieden. Erste Ehe mit Jack Francis Lyons, Dover Street einundzwanzig, Hyde Park, Massachussetts. Ein Kind, männlich, Jack Fitzwilliam Lyons, geboren am 18. Juli 1947 im Faulkner Hospital, Boston.*«

Kathryns Mund war trocken, und sie fuhr sich mit der Zunge über die Oberlippe. Vielleicht hatte sie falsch verstanden.

»Matigan Rice lebt?« fragte sie.

»Ja.«

»Jack hat immer erzählt...«

Sie stockte. Sie dachte daran, was Jack ihr immer erzählt hatte. Seine Mutter sei gestorben, als er neun war. An

Krebs. Kathryn warf Robert Hart einen Blick zu, sah, wie bestürzt auch er war. Wie überheblich, wie selbstgewiß hatte sie eben noch ihre Erklärung abgegeben.

»Das hat er offenbar«, sagte Somers.

Der Ermittler genoß die Situation.

»Wie haben Sie sie entdeckt?« fragte Kathryn.

»Es stand in seiner Militärakte.«

»Und Jacks Vater?«

»Verstorben.«

Kathryn setzte sich auf den nächstbesten Stuhl und schloß die Augen. Ihr war schwindlig, der Raum drehte sich um sie.

Die ganze Zeit, dachte sie, und sie hatte nichts gewußt. Die ganze Zeit hatte Mattie eine Großmutter gehabt. Eine Großmutter, nach der sie hieß.

Sie gehen im Dunst den Strand entlang. In der Ferne hört sie das Nebelhorn. Die Möwen schreien lauter an grauen Tagen – warum, hat Kathryn nie verstanden. Vielleicht sind sie gar nicht lauter, denkt sie, vielleicht liegt es daran, daß die See so still ist. Mattie in ihrer Red-Sox-Baseballjacke läuft voraus und sucht Krabben. Der Strand ist eben und seicht, geschwungen wie eine Muschel. Der Sand ist so braun wie verwittertes Holz, seine angetrocknete Oberfläche von Seetang wie mit einer Schrift überzogen. Hinter der Strandmauer stehen die Sommerhäuser, jetzt leer. Zu spät denkt Kathryn, daß Mattie besser die Schuhe ausgezogen hätte.

Jack zieht vor Kälte die Schultern hoch. Er trägt immer seine Lederjacke, selbst an bitterkalten Tagen, will keinen Parka, vielleicht aus Eitelkeit, sie weiß es nie genau. Ihr Flanellhemd hängt unter ihrer Jacke hervor. Sie hat ihren Wollschal doppelt um den Hals geschlungen.

»Ist was?« fragt sie.

»Nichts«, sagt er. »Mir geht's gut.«

»Du bist irgendwie bedrückt.«

»Schon gut.«

Er geht, Hände in den Taschen, Blick geradeaus. Sie überlegt, was ihn aus der Fassung gebracht hat. Sein Mund ist eine harte Linie.

»Mattie spielt morgen Fußball«, sagt sie.

»Gut«, sagt er.

»Kannst du dabeisein?« fragt sie.

»Nein, ich habe Dienst.«

Sie sagen beide nichts.

»Weißt du«, sagt sie. »Ab und zu könntest du schon dafür sorgen, daß du mehr Freizeit hast, mehr Zeit zu Hause.«

Er schweigt.

»Mattie vermißt dich.«

»Komm«, sagt er. »Mach es nicht schlimmer, als es schon für mich ist.«

Sie läßt Mattie nicht aus den Augen, aber sie ist abgelenkt, fühlt sich so stark zu dem Mann, der neben ihr geht, hingezogen – es kommt ihr unnatürlich vor. Sie sieht Mattie mit ihren Schuhen ins Wasser laufen und überlegt, ob es ihm gutgeht. Vielleicht ist er einfach müde, denkt sie. Sie kennt die Geschichten, die Statistik: Die meisten Piloten sterben, bevor sie mit sechzig den Ruhestand erreicht haben. An Streß, am anstrengenden Dienstplan. Dem Raubbau, den sie mit ihrem Körper betreiben.

Sie rückt näher, hakt sich bei ihm ein. Sein Arm ist starr. Er sieht unverwandt geradeaus.

»Jack, sag, was ist?«

»Laß, bitte.«

Gekränkt läßt sie seinen Arm los und geht weg. Mattie wirbelt wie ein Kreisel über den Strand.

»Es liegt am Wetter«, sagt er, als er sie einholt. »Ich weiß nicht.« Einlenkend. Besänftigend.

»Was liegt am Wetter?« fragt sie abweisend, will nicht so leicht besänftigt werden.

»Das Grau. Der Regen. Ich hasse das.«

»Ich glaube, keiner mag das besonders«, sagt sie gleichmütig.

»Kathryn, das verstehst du nicht.«

Er zieht die Hände aus den Taschen und stellt seinen Jackenkragen gegen die Kälte hoch. Er vergräbt sich in seiner Lederjacke, wirkt kleiner, als er ist.

Er bleibt stehen und dreht sich um, blickt auf die See.

»Du hast Glück«, sagt er. »Du hast Glück, daß du Julia hattest. Du sagst immer, du hättest keine Eltern gehabt, aber das stimmt nicht.«

Ist das Eifersucht?

»Ja, ein Glück, daß ich Julia hatte«, gesteht sie ruhig ein.

Sein Gesicht ist angespannt und rot. Seine Augen tränen vor Kälte.

»War es sehr schlimm, als deine Mutter starb?« *fragt sie.*

»Darüber rede ich nicht gern.«

»Ich weiß«, *sagt sie zärtlich.* »Aber manchmal hilft reden.«

»Das bezweifle ich.«

»War sie lange krank?«

Er zögert. »Nein, nicht so lange. Es ging schnell.«

»Was hatte sie?«

»Hab ich doch gesagt. Krebs.«

»Ja, ich weiß«, *sagt sie.* »Ich meine, welche Sorte?«

Er seufzt. »Brustkrebs«, *sagt er.* »Damals gab es noch keine gute Therapie...«

Sie legt ihre Hand auf seinen Arm.

»Ich weiß«, *sagt sie.* »Schrecklich, in dem Alter seine Mutter zu verlieren.«

So alt wie Mattie, denkt sie plötzlich und bekommt eine Gänsehaut. Welche Qual, sich vorzustellen, Mattie hätte keine Mutter mehr.

»Du hattest deinen Vater«, *sagt sie.*

Jack flucht: »Vater ist nicht ganz das richtige Wort. Mein Vater war ein Arschloch.«

Das Wort, sonst von Jack selten benutzt, schockiert sie.

Sie blickt suchend über den Strand zu Mattie, ob sie nicht im Wasser ist. Eine Welle kann ein Kind verschlingen. Sie rückt nahe an ihn, öffnet seine Jacke, umarmt ihn.

»Jack«, *sagt sie.*

Er rührt sich, zieht ihren Kopf näher heran. Es riecht nach Leder und Seeluft.

»Ich weiß nicht, was es ist«, *sagt er.* »Manchmal habe ich Angst. Manchmal denke ich, ich habe keine Mitte. Nichts, woran ich glaube.«

»Du hast mich«, sagt sie schnell.

»Ja.«

»Du hast Mattie«, sagt sie.

»Ja. Kann man an euch glauben?«

»Wenn du es zuläßt«, sagt sie.

Er küßt sie auf den Kopf.

»Na, dann«, sagt er.

TEIL ZWEI

MANCHMAL KAMEN IHR DIE ELF TAGE wie drei, vier Jahre vor. Dann wieder schien es nur Minuten her, daß Robert Hart vor ihrer Tür gestanden und die zwei Worte gesagt hatte – *Mrs. Lyons?* –, die ihr Leben veränderten. Sie konnte sich nicht erinnern, wann sich die Zeit je so überschlagen hatte, außer vielleicht in jenen ersten köstlichen Tagen, als sie Jack Lyons kennengelernt und sich in ihn verliebt hatte und das Leben eher die Minuten als die Stunden zählte.

Sie lag auf der Liege im Gästezimmer, Arme ausgestreckt, ein Kissen im Nacken, so daß sie an dem rotlackierten Stuhl vorbei auf die See hinaus blicken konnte. Als sie zum Haus gefahren war, hatte die Sonne geschienen, aber jetzt überzogen Wolkenwirbel den Himmel, als hätte jemand Milch in ein Wasserglas geschüttet. Sie zog die Schmetterlingsspange aus ihrem Haar und ließ sie fallen; sie schlitterte über die gewachsten Dielen und blieb an der Fußleiste liegen. Heute morgen hatte sie sich vorgenommen, im Haus mit dem Saubermachen anzufangen, die Spuren der vergangenen elf Tage zu tilgen, damit Mattie und sie von Julia heimkehren und wieder ihr Leben aufnehmen konnten. Eigentlich eine löbliche Absicht. Aber schon in der Küche hatte Kathryn der Mut verlassen. Überall hatten Zeitungen gelegen, auf deren Titelseite Jack, sie und Mattie prangten – eine war zu Boden gefallen, die Seiten standen wie kleine Zelte auf den Fliesen. Auf dem Tisch lagen steinharte Brötchen in einer Frischhalte-Tüte, ein halbes Dutzend leerer Diätcola-Dosen auf der Anrichte; jemand hatte vorsorglich den Mülleimer geleert, so daß es nicht so schrecklich roch, wie Kathryn befürchtet hatte. Dann war sie die Treppe hinaufgegangen, hatte die Tür zu Jacks Arbeitszimmer geöffnet, hatte die herausgezogenen Schubladen, die über den Boden verstreuten Papiere gesehen, den ungewohnt leeren Schreibtisch ohne Computer. Sie hatte mit dem Hausdurchsuchungsbefehl gerechnet, aber wann genau, war ihr unklar gewesen. Zwei Tage vor Weihnachten hatte der Gedenkgottesdienst stattgefunden. Danach war sie nicht mehr im Haus gewesen. Auch Robert Hart nicht, er war gleich nach dem Gottesdienst nach Washington zurückgekehrt. Kathryn schloß die Tür zu Jacks Arbeitszimmer und ging über den Flur ins Gästezimmer, wo sie sich aufs Bett legte.

Wie dumm von ihr, so bald zurückzukommen, aber sie konnte das Haus nicht endlos alleinlassen: Jemand mußte aufräumen. Kathryn wußte, daß Julia ihr die Arbeit abgenommen hätte, aber das konnte sie nicht zulassen. Julia war erschöpft, kurz vor dem Zusammenbruch, nicht nur der Gedenkgottesdienst und die Sorge um Kathryn und Mattie hatten ihre Spuren hinterlassen, auch die Pflichten, die sie sich obendrein auferlegte: Julia hatte unbeirrt alle Weihnachtsbestellungen erledigt, die in ihrem Laden eingegangen waren. Im stillen hatte Kathryn befürchtet, der falsche Ehrgeiz brächte ihre Großmutter um, aber diese ließ sich von ihrem Pflichtbewußtsein nicht abbringen. Also hatten sie beide, dann und wann mit Matties Hilfe, mehrere Nächte lang eingepackt, Pakete gepackt, Adressenlisten abgearbeitet. Und eigentlich war diese Arbeit eine gute Therapie gewesen. Julia und Kathryn waren erst zu Bett gegangen, wenn sie die Augen nicht mehr offenhalten konnten; und so waren ihnen schlaflose Nächte erspart geblieben, die ihnen sonst angesichts ihrer Gedanken und Ängste und unbeantwortbaren Fragen in ihren einsamen Betten gedroht hätten.

An diesem Morgen hatte Kathryn aber darauf bestanden, daß Julia im Bett blieb, und diese hatte, eigentlich nicht verwunderlich, schließlich klein beigegeben. Auch Mattie schlief, blieb vielleicht, wie seit Tagen, bis zum frühen Nachmittag im Bett. Momentan wünschte Kathryn ihrer Tochter ein monatelanges friedliches Koma – daß sie erst aufwachte, wenn die Erinnerung verblaßt sei und sie nicht wieder und wieder aufs neue diesen unsinnigen Schmerz durchlitte. Sicher schlief Mattie so lange, weil sie das schreckliche *Wissen* hinauszögern wollte – das unmögliche, unbegreifliche Wissen.

Auch Kathryn wäre gern in ein Koma versetzt worden. Statt dessen war eher das Gegenteil eingetreten: Sie bewegte sich inmitten eines, wie sie es nannte, privaten Wettersystems, war ständig hin- und hergerissen zwischen Nachrichten und Meldungen; manchmal erstarrte sie in Gedanken an unmittelbar Bevorstehendes, dann erwärmte sie wieder die Freundlichkeit der anderen (Robert, Fremde, Julia), überschwemmten sie Erinnerungen ohne Sinn für Umstände und Orte, oder sie war dem schier unerträglichen, hitzigen Eifer der Reporter, Fotografen und Schaulustigen ausgesetzt. Aber das Wettersystem hatte keine Logik, fand sie, kein Vorbild, keine Form. Manchmal konnte sie nicht schlafen oder nicht essen oder, was am merkwürdigsten war, nicht lesen – selbst einen einzelnen Artikel nicht bis zum Ende. Und nicht, weil Jack oder die Explosion das Thema waren, sondern weil sie die nötige Konzentration nicht aufbrachte. Dann wieder beendete sie im Gespräch mit Julia oder Mattie einen Satz nicht, weil sie dessen Anfang vergessen hatte, oder konnte sich nicht erinnern, was sie eigentlich gerade erledigen wollte. Gelegentlich hatte sie den Telefonhörer am Ohr, hatte gewählt und schon vergessen, wen sie anrufen wollte und warum. Ihr Kopf kam ihr vollgestopft vor, als lauere am Rande ihres Bewußtseins etwas Bedenkliches, eine Erinnerung, die sie aufgreifen sollte, die Lösung zu einem Problem, die eigentlich auf der Hand lag.

Aber schlimmer war, daß in Augenblicken relativer Ruhe sich plötzlich eine Wut breitmachte, um so verwirrender, weil diese Wut nicht immer etwas mit den entsprechenden Personen und Situationen zu tun hatte. Sie schien zusammengestückelt, winzige Steinchen in einem häßlichen Mosaik: Ärger über Jack, als stünde er neben ihr, Ärger über Nebensächlichkeiten: daß er ihr nie den Namen ihres Versicherungsagenten gesagt hatte (der übrigens leicht herauszufinden war: Ein Anruf bei der Versicherungsgesellschaft genügte); oder über die schlichte Tatsache, daß er sie für immer verlassen hatte – was sie beinah zur Weißglut brachte. Oder Zorn über Arthur Kahler, seit Jahren Jacks Tennispartner, der Kathryn in Ingerbretsons Laden wie eine Aussätzige behandelte; oder wie erbost sie auf ein Paar reagierte, das vor Julias Laden koste (dieses andere Paar, das es so gut hatte, und sie und Jack nicht) – harmlose Touristen, die von der ganzen Geschichte keine Ahnung hatten, und dennoch brachte Kathryn kein Wort heraus, als sie den Laden betraten.

Kathryn wußte, daß es eigentlich passendere und offensichtlichere Adressaten für ihre Aggressionen gab. Denen stand sie unerklärlicherweise meist stumm und hilflos gegenüber: den Medien, der Fluggesellschaft, den Agenturen und all denen, die sich den Mund zerrissen – gestörte, beängstigende Gemüter, die sie am Telefon belästigten, auf der Straße, beim Gedenkgottesdienst und einmal sogar, sie konnte es nicht fassen, auf dem Fernsehbildschirm: eine Frau, die bei einer Umfrage zum Absturz vor der Kamera Kathryn attackierte und sie beschuldigte, sie halte Beweismaterial zu der Explosion zurück.

Kurz nach ihrem Gespräch mit dem Ermittler der Sicherheitsbehörde war Robert Hart mit Kathryn zur St. Joseph-Kirche gefahren, einem dunklen Backsteinbau, dessen Fassade eine Reinigung gutgetan hätte. Es war kein offizieller Termin; er wollte sie lediglich aus dem Haus bringen, weg von Somers. Sie fuhren durchs Marschland nach Ely Falls, vorbei an stillgelegten Fabriken und Läden mit Firmenzeichen noch aus den sechziger Jahren. Robert parkte vor dem Pfarrhaus, in dem Kathryn noch nie war. Mit ihren Freundinnen war sie früher im Bus nach Ely Falls gefahren und mit ihnen samstags nachmittags zur Beichte gegangen. Damals saß sie allein in St. Joseph in einer dunklen Bankreihe und betrachtete fasziniert die feuchten Steinwände; die kunstvoll geschnitzten Beichtstühle mit ihren rotbraunen Vorhängen, hinter denen die Freundinnen ihre Sünden beichteten (welche, überstieg heute Kathryns Vorstellungskraft); die irritierenden Kreuzwegbilder (einmal versuchte ihre beste Freundin Patty Regan vergeblich, sie ihr zu erklären); und die Kerzen in den kitschigroten Glaslämpchen, die Patty beim Hinausgehen ansteckte und Geld dafür in einen Kasten warf. Die Kirche, in die Kathryn als Kind ging, St. Matthäus auf der High Street in Ely, war dagegen geradezu provozierend steril gewesen, eine mit braunen Holzschindeln abgedeckte Kirche mit hellen Holzornamenten und langen kleinteiligen Fenstern, durch die am Sonntagmorgen üppig die Sonne schien, als sei ihr Architekt speziell beauftragt gewesen, die protestantische Atmosphäre in seinem Entwurf einzufangen. Julia hatte Kathryn zur Sonntagsschule gebracht, allerdings nur bis zur fünften Klasse, als die biblischen Geschichten ihre magische Anziehungskraft verloren hatten. Danach war Kathryn selten in die Kirche gegangen, außer zu Ostern und Weihnachten mit Julia. Manchmal hatte Kathryn heute ein schlechtes Gewissen, daß sie als Mutter ihrer Tochter keine Gelegenheit bot, sich mit dem Christentum auseinanderzusetzen wie sie damals. (Sie hatte sich *dagegen* entschieden: Sie fand die Religion gefühlsmäßig in Ordnung, aber einer rationalen Betrachtung hielt sie nicht stand.) Vielleicht spielte Gott für Mattie keine Rolle, aber womöglich irrte sich Kathryn.

Zu Beginn in ihrer Ehe hatte Jack kein gutes Haar an der katholischen Kirche gelassen; als Junge in Chelsea war er zur Schule des Heiligen Namens gegangen, eine Konfessionsschule der schlimmen Sorte, in der die Kinder geschlagen wurden. Aber wesentlich schlimmer als in der Grundschule in Ely Falls war es sicher nicht gewesen, wo nur auswendig gelernt wurde und die Zeit stillstand; bei ihrer Schule fiel Kathryn nur ein Bild ein: öde Flure, in denen träge die Staubpartikel flirrten.

Sie klopften an die Pfarrhaustür, und ein Geistlicher öffnete. Robert Hart erklärte ihr Anliegen. Der Geistliche hieß Vater Paul, und offenbar wußte er, wer Kathryn war. Er führte sie beide in sein Arbeitszimmer, und dort redeten sie lange – womöglich stundenlang.

Vater Paul war ein großer Mann Ende vierzig mit dunklem, drahtigem Haar, das sie an Topfkratzer erinnerte. Vielleicht war er griechischer Herkunft. In seinem schwarzen Hemd wirkte er ungewöhnlich muskulös und durchtrainiert, und sie überlegte, was Geistliche wohl unternahmen, um so gut in Form zu bleiben – ob sie ins Fitneßcenter gingen? Sie wolle Jack die letzte Ehre erweisen, erklärte sie Vater Paul; wie, wußte sie nicht, aber er verstand sie offenbar. Überhaupt kam es Kathryn so vor, als kenne der katholische Geistliche ihre Nöte und ihre unmittelbare Zukunft besser als sie. Sie erzählte, sie sei nicht katholisch, nur ihr Mann, der am Heiligkreuz-College studiert habe, aber schon lange kein Kirchgänger mehr gewesen. Kathryn brauchte Zeit, und Vater Paul hörte sich alles geduldig an, dann machte er Vorschläge zur Gestaltung des Gedenkgottesdiensts. Ob noch weitere Familienmitglieder zu informieren seien, fragte er, hakte aber nicht nach, als sie zögernd verneinte. Er schlug vor, daß der Gottesdienst noch vor Weihnachten stattfinden sollte; so könnten die Feiertage zum Heilungsprozeß beitragen und stünden nicht im Zeichen der Tragödie (was Kathryn bezweifelte.) Er würde die Organisation nicht allein dem Beerdigungsinstitut überlassen, sondern sich selbst darum kümmern. Kathryn fragte sich im stillen, welchen Sinn ein Beerdigungsinstitut ohne Leiche hatte. Robert Hart betonte, wie wichtig Sicherheitsvorkehrungen seien, und auch darin kannte Vater Paul sich aus, auch wenn er die Situation im nachhinein betrachtet verharmloste. Später behauptete Robert, Kathryn habe bei diesem ersten, eigentümlich unwirklichen Treffen immer und immer wieder von der *Letzten Ehre* gesprochen.

Wenn sie heute an Vater Paul dachte, dann mit einem großen Seufzer der Erleichterung; hätte er die Sache nicht in die Hand genommen, der Gedenkgottesdienst wäre ein einziges Fiasko geworden.

Ohnehin mußten sie, Julia und Mattie eine Stunde vor Beginn des Gottesdienstes zur Kirche gehen; später waren die Straßen so verstopft, daß nicht einmal ein Krankenwagen durchgekommen wäre. Mattie trug einen langen, grauen Seidenrock mit schwarzer Jacke, und als Vater Paul sagte, ihr Vater sei nun sicher gelandet, weinte sie herzzerreißend. Julia und Kathryn trugen Kostüme (eigentlich absurd, fand Kathryn) und hielten sich an der Hand. Oder vielmehr, Julia hielt Kathryns Hand, Kathryn hielt Matties Hand, und so gab eine der anderen Kraft, bewußt Kraft; Kathryn und sicher auch Mattie half es, den Gottesdienst zu überstehen. Viele Kirchenbänke waren mit Piloten in dunklen Anzügen, Piloten von vielen Fluggesellschaften gefüllt gewesen, die meisten hatten Jack gar nicht gekannt; in den Reihen dahinter saßen Kathryns Schüler, manche, die schon längst erwachsen und extra zu diesem Ereignis gekommen waren. Erst hinterher, als Kathryn von ihrem Platz aufstand, sich umdrehte und den Kirchenraum sah, wurden ihr die Knie weich und sie strauchelte, und diesmal war es Mattie, die sie, in einem plötzlichen Rollentausch, hielt und stützte. Mattie, Kathryn und Julia waren dann auf dem langen Gang durch die Kirche geschritten, und inzwischen fand Kathryn, daß dies vielleicht der längste Gang ihres Lebens war. Denn beim Gehen hatte sie es deutlich empfunden: Wenn sie die Kirchentür erreichte und draußen in den schwarzen Wagen einstiege, wäre ihr Leben mit Jack endgültig vorbei.

Am nächsten Morgen war in den Zeitungen ein Foto von Kathryn, wie sie aus der Kirche kam; nicht nur, daß ihr Bild auf der Titelseite von Dutzenden von Zeitungen zu sehen war, überraschte sie, sondern auch das Bild selbst: Trauer verwandelte ein Gesicht, stellte sie fest, Trauer machte ein Gesicht hohl, prägte Linien ein und weichte Konturen auf – ihr Gesicht war kaum wiederzuerkennen. Auf dem Foto stützte Kathryn sich auf den Arm ihrer Tochter und wirkte wie am Boden zerstört, um Jahre älter, als sie war.

Wenn sie an dieses Bild dachte und die anderen Bilder, schauderte ihr. Das unglückselige Bild von ihr und Robert Hart in der kleinen Bucht am Strand: Robert, der sie am Ärmel zog, sie beide sahen wie auf frischer Tat ertappt aus. Dieses Foto fand sie besonders gemein, denn in Wirklichkeit war Robert über den schamlosen Opportunismus des Fotografen aufgebracht gewesen, und sie hörte immer noch seine Stimme, wie er im Hinaufklettern den Mann anschrie und über den Rasen verfolgte. Roberts Wut und die Verfolgungsjagd hatten Kathryn dermaßen mit berechtigtem Zorn erfüllt, daß sie nach ihrer Rückkehr ins Haus ihre Stellungnahme abgab – die Stellungnahme, die, als Somers ihr erklärte, daß Jacks Mutter noch lebte, so schnell an Gewicht verlor.

Der Gedanke an Jacks Mutter, die Vorstellung, daß eine alte Frau, die womöglich wie Jack aussah, in einem Altersheim saß, verunsicherte Kathryn wie ein irritierendes Geräusch, das Sirren einer Mücke vielleicht, die sie gern verjagt hätte. Es war nicht nur die Entdeckung, daß Jack sie belogen hatte, die Kathryn beunruhigte; es war die Existenz der Frau selbst: Kathryn wußte nicht, was sie mit ihr anfangen sollte.

Am Abend nach dem Gedenkgottesdienst hatte Kathryn versucht, Jacks Mutter anzurufen. Eine junge Frau, wahrscheinlich eine Schwester, hatte am anderen Ende der Leitung erklärt, Matigan Rice sei nicht in der Verfassung, ans Telefon zu kommen, sie sei außerdem schwerhörig und könne sowieso nicht telefonieren. Und als die Schwester hinzufügte, daß sie außerdem der dritte Anrufer sei, der nach Matigan Rice verlange, hing sie ein, ohne ihren Namen zu nennen. Später dachte Kathryn, sie hätte zumindest fragen sollen, seit wann Mrs. Rice im Altersheim lebte, doch dann überlegte sie, was es eigentlich ändere. Jack hatte aus Gründen, die nur er kannte, seine Mutter verleugnet, und so hatte sie praktisch nicht existiert – jedenfalls nicht für Kathryn oder Mattie. Und Kathryn war sich nicht sicher, welchen Sinn es hätte, wenn Matigan Rice zu neuem Leben erweckt würde. Hatte Jack sich geschämt und deshalb seine Mutter verschwiegen? Hatte er sich mit seiner Mutter unwiderruflich zerstritten? Manchmal war Kathryn ausgesprochen neugierig, was Jacks Mutter anging, dachte aber zugleich, angesichts aller übrigen Probleme, ungern an diese Frau.

Nach jenem Morgen in Ingerbretsons Laden hatte Kathryn keine Zeitung mehr gelesen, nicht mehr ferngesehen. Der Besuch bei Julia nach dem Gedenkgottesdienst hatte sich bis über Weihnachten hinausgezogen. Wie Mattie wollte auch Kathryn nicht zurück in ihr Haus, und sie konnte Mattie nicht zu einer Rückkehr überreden, bis nicht alle Anzeichen der Katastrophe aus dem Haus geschafft wären. Sonst hätte Mattie auf dem Absatz kehrtgemacht. Nur einmal war der Fernseher bei ihrer Großmutter unabsichtlich eingeschaltet, so daß vor Kathryns Augen, ehe sie sich versah, eine Tricksimulation über den Bildschirm flimmerte, bei der die Explosion im Cockpit des Vision-Flugs 384 nachgestellt wurde. Demzufolge trennte sich das Cockpit vom Flugzeugrumpf, der dann nach einer zweiten Explosion in kleinere Bruchstücke zerbarst. Die Simulation zeigte die Flugbahn der verschiedenen Teile, auch des Cockpits, das durch den Wind leicht vom Kurs abkam und in den Ozean fiel. Dem Reporter zufolge dauerte der Absturz etwa neunzig Sekunden. Kathryn sah gebannt auf den Bildschirm und folgte dem kleinen Trickfilm-Cockpit, das in hohem Bogen ins Wasser fiel, wie im Comic aufspritzte und versank.

Die milchigen Wolkenwirbel verdichteten sich, dämpften das Licht im Fenster des Gästezimmers. Kathryn wußte, daß die Untersuchung lange dauern würde und daß sie nichts tun konnte, um ihren peniblen, unbarmherzigen Lauf aufzuhalten. Nur einmal zuvor war sie so mit dem Unvermeidlichen konfrontiert worden, und zwar, als sie ihr Kind zur Welt brachte und die Geburt nach einer unaufhaltsamen eigenen Gesetzmäßigkeit ablief. Es konnte Jahre dauern, bevor das Ergebnis der Ermittlungen vorlag.

Als sie Schritte im Flur hörte, setzte sie sich im Bett auf. Sicher war es Julia, dachte sie, die ihr doch noch helfen wollte. Aber als sie aufsah, stand nicht Julia in der Tür, sondern Robert Hart.

»Ich war bei Ihrer Großmutter«, sagte er sofort. »Und sie hat mich hierher geschickt.«

Seine Hände steckten in den Taschen eines Trenchcoats, der eine undefinierbare, weiche Farbe hatte, maulwurfbraun vielleicht. Er sah anders aus in Jeans. Sein Haar war vom Wind zerzaust, eben mit den Händen gekämmt.

»Ich bin nicht offiziell hier«, sagte er. »Ich habe ein paar Tage Ferien. Ich wollte sehen, wie es Ihnen geht.« Er trat ins Zimmer.

Sie überlegte, ob er an die Hintertür geklopft hatte, und wenn, warum sie ihn nicht gehört hatte.

»Schön, daß Sie da sind«, sagte sie – womit sie nicht gerechnet hatte.

Und es stimmte. Sie fühlte, wie ein Gewicht – nicht das ganze Gewicht, aber ein kleines, undefinierbares – von ihren Schultern wich.

»Wie geht es Mattie?« fragte er, durchquerte das Zimmer und setzte sich auf den rotlackierten Stuhl.

Wie ein Foto, dachte Kathryn plötzlich: der Mann auf dem rotlackierten Stuhl vor der limonengrünen Wand. Ein attraktiver Mann. Ein anziehendes Gesicht. Die leichten Geheimratsecken und das staubigblonde Haar, seine Körperhaltung, wie er lässig mit den Händen in den Taschen dasaß; er sah ein bißchen britisch aus, wie ein Schauspieler in einem Spionagefilm, dachte sie.

»Schrecklich«, antwortete sie, erleichtert, daß sie mit jemandem über Mattie sprechen konnte. Julia war so erschöpft gewesen, daß Kathryn sie nicht mit ihren Sorgen belasten wollte. Julia hatte genug zu tragen, mehr, als einer fünfundsiebzigjährigen Frau zukam.

»Mattie ist völlig durcheinander«, sagte Kathryn einfach zu Robert. »Sie ist sprunghaft. Sie kann sich auf nichts konzentrieren. Sogar Fernsehen ist für sie riskant. Nicht nur die Nachrichten, alles mögliche erinnert sie an ihren

Vater. Gestern abend war sie mit anderen Mädchen bei ihrer Freundin Taylor und kam untröstlich zurück. Ein Freund von Taylors Vater hatte gefragt, ob es ein Gerichtsverfahren gebe, und Mattie brach in Tränen aus. Taylors Vater mußte sie nach Hause fahren.«

Kathryn sah, wie Robert Hart sie eingehend betrachtete.

»Ich weiß nicht«, sagte sie. »Ich mache mir Sorgen, Robert, wirklich Sorgen. Mattie ist so zerbrechlich. Sie ist ganz dünn. Sie ißt nichts. Manchmal lacht sie hysterisch. Sie reagiert völlig unangemessen. Obwohl ich gerne wüßte, was angemessen ist. Ich habe Mattie erklärt, das Leben fällt nicht einfach auseinander, wir können nicht alle Regeln brechen, und Mattie sagte mit Recht, alle Regeln seien bereits gebrochen.«

Er schlug die Beine übereinander, wie Männer es oft tun: legte einen Unterschenkel auf das andere Bein.

»Wie war Weihnachten?« fragte er.

»Traurig«, sagte sie. »Kläglich. Jede Minute war kläglich. Am schlimmsten war, wie sehr Mattie sich zusammengerissen hat. Als sei sie das Julia und mir schuldig. Als sei sie es irgendwie ihrem Vater schuldig. Rückblickend hätte man das Ganze seinlassen sollen. Wie war Ihr Weihnachten?«

»Traurig«, sagte er. »Kläglich.«

Kathryn lächelte.

»Was tun Sie hier oben?« fragte er und sah sich im Zimmer um, als ob etwas darin ihm eine Antwort geben könnte.

»Ich drücke mich davor, das Haus sauberzumachen. Dies ist mein geheimer Ort. Hier verkrieche ich mich. Was tun Sie hier oben? frage ich Sie.«

»Ich habe ein paar Tage Ferien«, sagte er.

»Und?«

Er stellte seine Beine nebeneinander und schob die Hände in die Hosentaschen. »Jack hat die letzte Nacht nicht in der Wohnung der Flugbesatzung verbracht«, sagte er.

Die Luft im Zimmer wurde dick und schwer.

»Wo war er?« fragte Kathryn ruhig.

Wie schnell manche Fragen herausrutschten, auf die man gar keine Antwort wollte, dachte Kathryn nicht zum erstenmal. Als ließe sich ein Teil ihrer Psyche vom anderen nicht unterwerfen.

»Wir wissen es nicht«, sagte Robert. »Er war ja der einzige Amerikaner in der Besatzung. Nach Ankunft des Flugzeugs fuhren Martin und Sullivan mit ihren Wagen nach Hause. Niemand hat Jack danach gesehen. Wir wissen, daß er kurz in der Wohnung war, weil er zweimal telefoniert hat, einmal mit Ihnen, und einmal hat er einen Tisch in einem Restaurant bestellt. Aber das Zimmermädchen gibt an, daß niemand in jener und der nächsten Nacht in der Wohnung geschlafen habe. Die Sicherheitsbehörde weiß das offenbar schon eine Weile. Es kommt heute in den Nachrichten. Heute mittag.«

Kathryn legte sich zurück aufs Bett und starrte an die Decke. Sie war nicht zu Hause gewesen, als Jack anrief, und er hatte eine Nachricht auf dem Anrufbeantworter hinterlassen. *Hallo, Schatz,* hatte er gesagt. *Ich bin angekommen. Ich gehe jetzt nach unten was essen, und dann lege ich mich aufs Ohr. Wie war Matties Test? Liebe dich.*

»Ich wollte nicht, daß Sie aus allen Wolken fallen«, sagte er. »Ich wollte nicht, daß Sie allein sind.«

»Mattie...«, sagte sie.

»Ich habe es Julia gesagt.« Er stand auf, durchquerte das Zimmer und setzte sich ans Fußende der Liege, an die äußerste Kante. Sein Hemd war aus dunklem Baumwollstoff, dunkelgrau vielleicht, oder war es auch maulwurfbraun, überlegte Kathryn.

»Scheiße«, sagte sie.

»Irgendwann ist es vorbei«, sagte er.

»Es war kein Selbstmord.« Sie mußte es noch einmal betonen. Sie wußte es genau.

Er streckte seine Hand aus und legte sie auf die ihre. Instinktiv wollte sie ihre Hand wegziehen, aber er hielt sie fest.

Sie wollte nicht fragen, aber sie mußte es, und sie wußte, daß er auf die Frage wartete. Sie setzte sich langsam auf, zog ihre Hand fort, und diesmal ließ Robert sie los.

»Der Tisch war für wie viele Personen?« fragte sie.

»Für zwei.«

Sie preßte die Lippen aufeinander. Es hieß nichts, dachte sie. Es konnte einfach für Jack und jemanden von der Besatzung gewesen sein. Sie sah, wie Robert kurz zum Fenster, dann wieder zu ihr blickte.

»Wie haben Sie Jack unterwegs erreicht?« fragte Robert.

»Er hat mich angerufen«, sagte sie. »Das war einfacher, weil mein Stundenplan immer gleich war. Er rief an, sobald er im Hotel war. Wenn ich ihn sprechen wollte, habe ich eine Nachricht im Hotel hinterlassen. Das hatten wir so vereinbart, weil ich nie wußte, wann er in der Zwischenzeit schläft.«

Sie dachte über die Vereinbarung nach. War sie ihre oder Jacks Idee gewesen? Sie galt seit so vielen Jahren, sie konnte sich nicht mehr erinnern, wie sie zustande gekommen war. Und sie war ihr immer sinnvoll vorgekommen, eine praktische Lösung, die sie nie in Frage gestellt hatte. Merkwürdig, dachte sie, wie etwas von einer Seite betrachtet eine Sache war und von der anderen Seite eine völlig andere. Oder vielleicht nicht so merkwürdig.

»Die Besatzung können wir leider nicht fragen«, sagte sie.

»Nein.«

Sie stand auf und ging zu den Fenstern hinüber. Sie trug ein altes Sweatshirt und Jeans mit zerschlissenen Knien, schon seit Tagen. Selbst ihre Socken waren nicht sauber. Sie hatte nicht damit gerechnet, einen Bekannten zu treffen. Leute, die sie nicht kannte, waren ihr inzwischen sowieso egal. Trauernden, dachte sie, kam zuerst das Aussehen abhanden. Oder war es die Würde?

»Ich kann nicht mehr weinen«, sagte sie. »Der Teil ist vorbei.«

»Kathryn...«

»Das gibt es doch nicht«, sagte sie. »Das gibt es doch einfach nicht. Kein Pilot ist je beschuldigt worden, Selbstmord per Flugzeug begangen zu haben.«

»Stimmt nicht«, sagte Robert. »Es gab einen Fall.«

Kathryn drehte sich vom Fenster weg.

»In Marokko. Ein Flugzeug der Royal Air Maroc stürzte im August 1994 bei Agadir ab. Die marokkanische Regierung erklärte nach der Auswertung des CVR-Tonbands, der Kapitän habe Selbstmord begangen. Der Mann hatte offenbar den Autopiloten außer Kraft gesetzt und das Flugzeug Richtung Boden gesteuert. Das Flugzeug brach schon vor der Bruchlandung auseinander. Vierundvierzig Menschen starben.«

»Mein Gott«, sagte sie.

Sie hielt die Hände vor die Augen. Sie sah es genau vor sich, wenigstens einen Moment: Der Kopilot, der entsetzt zusieht, wie sein Kapitän versucht, sich umzubringen; die Panik der Passagiere, die spüren, wie die Kabine abrupt an Höhe verliert.

»Wann wird das Band freigegeben?« fragte sie. »Jacks Band.«

Robert schüttelte den Kopf. »Ich bezweifle sehr, daß es je freigegeben wird«, sagte er. »Sie sind dazu nicht verpflichtet. Weil der Inhalt dieser Bänder so brisant ist, gilt das Recht auf Information nicht. Wenn in jüngerer Zeit Bänder veröffentlicht wurden, war der Inhalt entweder unwesentlich, oder er war stark zensiert.«

»Also muß ich das Band nie hören.«

»Vermutlich nicht.«

»Aber... wie erfahren wir jemals den wahren Hergang?«

»Dreißig verschiedene Stellen beschäftigen sich mit diesem Absturz«, sagte Robert. »Glauben Sie mir, mehr als jeder anderen Institution geht der Gewerkschaft dieser Selbstmordvorwurf gegen den Strich – schon der geringste Selbstmordverdacht. Jeder Kongreßabgeordnete in Washington schreit nach strengeren psychologischen Tests für Piloten – aus gewerkschaftlicher Sicht ein Alptraum. Je schneller der Fall geklärt wird, desto besser für sie.«

Kathryn rieb sich ihre Arme, sie waren ganz lahm. »Es ist ein Politikum, oder?«

»Wie immer.«

»Deshalb sind Sie hier.«

Er schwieg und setzte sich auf die Liege. Er strich die Decke darüber glatt. »Nein«, sagte er. »Im Augenblick nicht.«

»Also sind Sie hier als...«

»Ich bin hier«, sagte er und sah sie an. »Ich bin einfach hier.«

Sie nickte langsam. Sie wollte lächeln. Sie wollte Robert Hart sagen, wie froh sie war, daß er da war, wie schwer es war, dies alles allein durchzustehen, ohne die Person, die sie so vermißte, Jack.

»Ist das ein gutes Hemd?« fragte sie schnell.

»Nicht besonders«, sagte er.

»Ist Ihnen nach Hausputz?«

Sie gingen von Zimmer zu Zimmer, wischten Staub, saugten Staub, wuschen Kacheln ab, sammelten Müll ein, machten Betten, sortierten Schmutzwäsche. Robert Hart verrichtete diese Arbeiten auf typisch männliche Art: Bettenmachen war nicht seine Stärke, aber in der Küche war er wirklich gut, machte sich über den Fußboden her, als sei dieser sein ärgster Feind. Riskante Gegenstände in ihrem, in Matties Schlafzimmer wurden durch Roberts Anwesenheit entschärft: Ein Hemd, das über einem Stuhl hing, war nur ein Hemd – Robert warf es zur übrigen Wäsche auf den Boden. Bettwäsche war Bettwäsche, fällig für die Waschmaschine. In Jacks Arbeitszimmer hob er die Papiere vom Fußboden auf und stopfte sie allesamt, ohne sie genauer zu betrachten – was sie sonst getan hätte –, in eine Schublade. In Matties Zimmer spürte Kathryn Roberts prüfenden Blick, spürte seine Sorge, ihr Mut könne sinken, doch überraschend für beide arbeitete sie besonders flink und tüchtig. Mit stoischer Gelassenheit hatte sie Robert geholfen, den Weihnachtsbaum wegzuwerfen, gemeinsam hatten sie den vertrockneten Baum durch die Küche und den hinteren Flur gezerrt, und der Baum hatte seine Nadeln wie Konfetti über Dielen und Fliesen verstreut. Als sie die Reinigungsaktion beendeten, waren die milchigen Wolkenwirbel verschwunden, und der Himmel hing bleiern und niedrig.

»Es soll Schnee geben«, sagte er und wischte das Spülbecken aus.

Sie öffnete den Schrank unter der Spüle und verstaute

den Badezimmerreiniger, das Pine Sol, das Comet. Sie wusch sich über der Spüle die Hände und trocknete sie an einem Geschirrtuch.

»Ich habe Hunger«, sagte sie, zufrieden über das saubere Haus.

»Gut.« Er drehte sich um. »Im Wagen habe ich zwei Hummer.«

Sie runzelte die Stirn.

»Von Ingerbretsons«, erklärte er. »Ich habe sie auf dem Hinweg gekauft. Ich konnte nicht anders.«

»Und wenn ich Hummer nicht mag?« sagte sie.

»Ich habe die Gabeln und Hummerscheren in der Besteckschublade gesehen.«

»Aufmerksam«, sagte sie.

»Manchmal.«

Aber als sie da stand, hatte sie plötzlich das Gefühl, Robert Hart sei eigentlich immer aufmerksam. Immer wachsam.

Robert kochte die Hummer, und Kathryn deckte im vorderen Wohnzimmer den Tisch. Ein Schneeschauer zog vorüber, trockene Schneeflocken wirbelten still gegen die Fenster. Robert hatte Brot mitgebracht und ließ Butter aus. Kathryn nahm zwei Flaschen Bier aus dem Eisschrank. Sie öffnete eine und wollte schon die andere öffnen, als ihr einfiel, daß Robert nicht trank. Sie fühlte sich ertappt und wollte die beiden Flaschen unbemerkt in den Eisschrank zurückstellen.

»Bitte.« Robert schaute vom Herd auf. »Trinken Sie ruhig etwas. Bier stört mich nicht. Es stört mich mehr, wenn Sie nichts trinken.«

Kathryn sah auf die Uhr. Zwanzig nach zwölf. Alle Zeit der Welt. Wieder riß die Zeithülle auf. Es war Donnerstag. Eigentlich war sie sonst in der Schule, fünfte Stunde. Eigentlich trank sie sonst kein Bier. Aber es waren ja Weihnachtsferien; die Schule begann erst am zweiten Januar. Bisher hatte sie sich keine Gedanken gemacht, wie sie wohl im Unterricht zurechtkäme. Schüler, Schulflure kamen ihr in den Sinn, doch sie schob die Vorstellung beiseite.

Kurz vor zwölf hatte Robert das Telefon leise gestellt. Die Dinge konnten warten, hatte er gesagt, und sie hatte zugestimmt.

Also hatte sie ein rotgeblümtes Tischtuch auf den Tisch am Fenster gelegt – der bunte Stoff stand in eigentümlichem Gegensatz zum düsteren Himmel draußen. Robert hatte Musik aufgelegt: B.B. King. Kathryn hätte gern Blumen gehabt. Aber was feierte sie eigentlich? meldete sich ihr Gewissen. Daß sie die letzten elf Tage überstanden hatte? Daß sie das Haus saubergemacht hatte? Sie legte Hummerbesteck neben jeden Teller, stellte Schüsseln für die Hummerschalen, Brot, heiße Butter und eine Rolle Küchenkrepp auf den Tisch. Robert hatte die Hummer aus dem kochenden Wasser geholt und brachte die Teller ins Wohnzimmer. Auf seinem Hemd waren Wasserspritzer.

»Ich sterbe vor Hunger«, sagte er, stellte die Teller ab und setzte sich ihr gegenüber.

Sie betrachtete ihren Teller. Und genau da packte sie eine Erinnerung, wie ein Schock, schnell und schmerzlich. Hastig sah sie auf, dann aus dem Fenster. Sie faßte sich an den Mund.

»Was ist?« fragte Robert.

Sie schüttelte schnell den Kopf, hin, her. Sie bewegte sich nicht, weder vor noch zurück, aus Furcht vor dem Abgrund. Sie holte Luft, atmete ein, aus, legte die Arme auf den Tisch.

»Mir ist gerade etwas eingefallen«, sagte sie.

»Was?«

»Jack und ich.«

»Hier?«

Sie nickte.

»So?«

Es war so, wollte sie sagen, aber doch nicht so. Es war im Frühsommer, und vor den Fenstern waren Fliegengitter. Mattie war in der Schule oder vielleicht bei einer Freundin, und es war später, vielleicht vier Uhr oder fünf. Das besondere Licht fiel ihr ein, schimmernd und grün wie eine gläserne See. Sie hatten Sekt getrunken. Was hatten sie gefeiert? Sie wußte es nicht mehr. Vielleicht nichts, vielleicht nur sich. Sie hätte gern mit ihm geschlafen und er auch, aber keiner wollte den schönen heißen Hummer kaltwerden lassen, also aßen sie erst auf − es knisterte vor Erwartung. Genüßlich hatte sie die Hummerbeine ausgelutscht, und Jack hatte gelacht und behauptet, sie mache ihn ganz schön an. Was ihr gefiel. Ihn anzumachen. Sonst tat sie das selten...

»Tut mir leid«, sagte Robert. »Wie unbedacht von mir. Ich bringe die Teller in die Küche.«

»Nein.« Sie bremste seine Hand, als er ihren Teller nehmen wollte. »Woher sollen Sie das wissen. Und außerdem, es passiert mir ständig. Hundert kleine Erinnerungen, auf die ich nicht gefaßt bin. Vermintes Gebiet, das jederzeit explodieren kann. Ehrlich, Gedächtnisschwund muß wunderbar sein.«

Er zog seine Hand unter ihrer fort, legte sie auf ihre Hand. Ein guter Freund. Seine Hand fühlte sich warm an; Kathryns Hand war mit einemmal ganz kalt. Immer wenn ihr etwas einfiel, wurden ihre Hände und Füße ganz kalt. Auch wenn sie Angst hatte.

»Sie haben mir sehr geholfen«, sagte sie.

Zeit verging. Wieviel? Sie konnte es nicht abschätzen – Sekunden, Minuten. Sie schloß die Augen. Das Bier machte sie schläfrig. Am liebsten hätte sie ihre Hand umgedreht, damit er ihre Handfläche berührte. Damit er über ihre Handfläche, ihr Handgelenk strich. Sie konnte seine warme Hand spüren, wie sie innen ihren Arm entlang bis über den Ellenbogen fuhr.

Ihre Finger entspannten sich unter Roberts Griff, und sie spürte, wie die Anspannung in ihrem Körper nachließ. Es war erotisch und auch nicht, sie ließ ihren Gefühlen freien Lauf. Sie sah nicht mehr klar, weder Robert noch sonst etwas, nur Helligkeit in den Fenstern. Dieses Licht, diffus und schwach, schaffte eine angenehm träge Atmosphäre. Und eigentlich hätte dieser Zustand, in dem sie sich mit Robert befand, sie beunruhigen müssen, doch mit der Dämmerung war ein Gefühl der Nachsicht über sie gekommen, ein bloßer Schwebezustand. So daß, als Robert ihre Hand fester drückte – vielleicht damit sie sich fing –, sie erschrocken in der Gegenwart landete.

»Sie sind irgendwie wie ein Geistlicher«, sagte sie.

Er lachte. »Nein, bestimmt nicht.«

»Ich glaube, ich sehe Sie so.«

»Vater Robert«, lächelte er.

Und dann dachte sie: Wer erfuhr davon, wenn dieser Mann ihren Arm streichelte? Wen ging das etwas an? Waren nicht alle Regeln inzwischen gebrochen? Hatte Mattie das nicht gesagt?

Der Schnee fiel und hüllte sie in Schweigen. Sie sah, daß er Mühe hatte zu begreifen, wo sie jetzt stand und warum; doch sie konnte ihm nicht helfen, denn sie wußte es selbst nicht. Das Wohnzimmer war zur Winterzeit immer leicht kühl, und sie fröstelte trotz der warmen, zischenden Heizkörper. Draußen wurde der Himmel jetzt so dunkel, als sei bald Nacht.

Er zog seine Hand zurück, ließ ihre auf dem blumenbedruckten Tischtuch zurück. Sie vermißte seine Hand und fühlte sich preisgegeben.

Sie trank noch eine Flasche Bier. Sie aßen alles Brot und beide Hummer auf. Zwischendurch stand Robert auf und legte eine andere CD auf. Von B.B. King zu Brahms.

»Sie haben schöne Musik.« Er kehrte zum Tisch zurück.

»Mögen Sie Musik?«

»Klaviermusik, ja.«

»Welche?«

»Alle mögliche. Gehört die Sammlung Ihnen oder Jack?« fragte er und setzte sich.

Sie sah ihn fragend an.

»Meist ist die Musik entweder Sache des Manns oder der Frau, selten, daß beide sich dafür begeistern«, erklärte er. »Jedenfalls nach meiner Erfahrung.«

Sie dachte darüber nach.

»Meine Sache«, sagte sie. »Jack konnte keinen Ton halten. Er mochte höchstens Rock and Roll. Und Matties Musik – den Rhythmus, wahrscheinlich. Und bei Ihnen?«

»Auch meine«, sagte er. »Aber die Stereoanlage und die CD-Sammlung sind bei meiner Frau geblieben. Einer meiner Söhne hat ein gutes Ohr. Er spielt Saxophon. Den anderen interessiert es nicht.«

»Ich habe versucht, Mattie Klavierunterricht zu geben«, sagte Kathryn. »Es war eine Tortur.«

Kathryn dachte an die Hunderte von Stunden, in denen sie mit Mattie am Klavier gesessen und diese ihren Widerwillen übertrieben demonstriert hatte, indem sie sich plötzlich wie wild an einer unmöglichen Stelle am Rücken kratzte oder den Klavierschemel verstellte oder endlos brauchte, um den richtigen Fingersatz zu finden. Es war schon eine Leistung, wenn Mattie ein Stück wenigstens einmal spielte, geschweige denn mehrere Male. Oft war Kathryn am Ende vor Wut kochend aus dem Zimmer geflüchtet, worauf Mattie anfing zu weinen. Kein Jahr verging, bis Kathryn wußte, daß sie es völlig mit ihrer Tochter verderben würde, wenn sie auf den Klavierstunden bestünde.

Inzwischen konnte Mattie ohne Musik kaum existieren – in ihrem Zimmer, im Auto, mit ihrem Walkman in die Ohren gestöpselt, als käme aus den Kopfhörern die Luft, die sie zum Atmen brauchte.

»Spielen Sie Klavier?« fragte Kathryn.

»Früher einmal.«

Sie betrachtete ihn, fügte dieses Detail dem Bild hinzu, das sie sich von ihm gemacht hatte, seit er ihr Haus betreten hatte. Genauso war es, dachte Kathryn. Man machte sich ein Bild von einem Menschen, füllte aus, was fehlte, wartete, bis das Bild Gestalt und Farbe annahm.

Er tunkte ein Stück Hummerschwanz in die Butter, daß es tropfte, und steckte es in den Mund.

»An dem Abend, bevor Jack losfuhr«, sagte Kathryn, »ist er in Matties Zimmer gekommen und hat sie gefragt, ob sie mit ihm am Freitagabend zu den Celtics ginge. Ein Freund hatte ihm gute Plätze besorgt. Ich möchte gern wissen: Fragt ein Mann seine Tochter, ob sie mit ihm zu den Celtics geht, wenn er vorhat, sich vorher umzubringen?«

Robert wischte sich das Kinn und dachte eine Weile nach.

»Würde ein Mann, der richtig gute Plätze für ein Spiel der Celtics hat, sich umbringen, bevor er das Spiel gesehen hat?«

Sie machte große Augen.

»Tut mir leid«, sagte er hastig. »Nein. Es ergibt keinen Sinn, wenigstens nicht für den gesunden Menschenverstand.«

»Und Jack hat mich gebeten, Alfred anzurufen«, sagte Kathryn. »Er sagte, ich solle Alfred für Freitag bestellen, damit er die tropfende Dusche repariert. Hätte Jack nicht vorgehabt wiederzukommen, hätte er das nicht getan. Jedenfalls nicht so, schon auf dem Weg zum Wagen. Und er wäre mir gegenüber anders gewesen. Er hätte sich anders verabschiedet. Ganz bestimmt. Irgendeine Kleinigkeit, die mir im Augenblick nicht aufgefallen wäre, aber später. Irgend etwas.«

Robert trank einen Schluck Wasser und schob seinen Stuhl ein wenig vom Tisch zurück.

»Wissen Sie noch«, fragte sie, »wie mich die Sicherheitsbehörde befragt hat? Sie wollten wissen, ob Jack jemanden in England kennt.«

»Ja.«

Sie schaute auf die Schüssel mit den abgegessenen Schalen.

»Mir fällt gerade etwas ein«, sagte sie. »Ich bin gleich wieder da.«

Als sie die Treppe hinaufging, überlegte sie, in welchem Wäschekorb sie zuerst nachsehen sollte. Sie hatte die Jeans zwei Tage getragen und hatte sie dann in den Wäschekorb geworfen. Aber nicht in ihren, sondern in Matties. Und Matties Sachen hatte Kathryn noch nicht gewaschen, weil Mattie nicht da war. Matties andere Wäsche hatte sie bei Julia gewaschen.

Die Jeans lagen unter einem Berg Schmutzwäsche, vergraben unter Kleidungsstücken, die Robert und sie erst vor Stunden in den Wäschekorb geworfen hatten. Sie fand die zusammengefalteten Papiere und Quittungen, sie waren ein wenig klamm von einem Handtuch, das schon lange tief unten im Korb lag.

Als sie ins Wohnzimmer zurückkam, blickte Robert nachdenklich in den Schnee hinaus. Dann sah er ihr zu,

wie sie ihren Teller beiseite schob und die Papiere ausein-
anderfaltete.

»Sehen Sie mal«, sagte sie und reichte Robert das Lotterielos. »Diese Papiere habe ich am Tag, als Jack verunglückt ist, in der Hosentasche seiner Jeans gefunden, die
am Haken an der Badezimmertür hing. Ich habe damals
nichts Besonderes dabei gedacht und sie in meine Hosentasche gesteckt. Aber sehen Sie die Zahl hier hinten?
Woran erinnert die Sie?«

Robert betrachtete die Zahl, und an seinem Blick erkannte sie, daß er das Gleiche dachte wie sie.

»Eine englische Telefonnummer, meinen Sie?«

»Eine Londoner Nummer, oder? 0171?«

»Möglich.«

»Stimmt die Reihenfolge?«

»Keine Ahnung.«

»Das läßt sich leicht herausfinden, oder?« Sie streckte
ihre Hand aus, und Robert reichte ihr, wenn auch zögernd, das Los.

»Ich bin neugierig«, verteidigte sie sich. »Wenn dies eine
Telefonnummer ist, warum steht sie auf diesem Los? Und
es ist relativ neu. Er muß das Los am Tag vor seiner Abreise
gekauft haben.« Sie suchte nach dem Datum auf dem Los.
»Ja«, sagte sie, »vierzehnter Dezember«.

Was ich jetzt tue, ist absolut vernünftig, dachte sie, als sie
zum Telefon neben dem Sofa ging. Sie nahm den Hörer ab
und wählte. Beinahe augenblicklich hörte sie ein fremdes
Läuten, ein Telefonläuten, das sie in ihrer Vorstellung eher
mit altmodischen schwarzen Telefonen in Paris verband.

Eine Stimme antwortete am anderen Ende, und Kathryn blickte verwirrt, auf diese Stimme unvorbereitet, zu
Robert. Sie wußte nicht, was sie sagen sollte. Eine Frau
sagte noch einmal *Hallo*, diesmal ein wenig ärgerlich.
Keine alte Frau, kein Mädchen.

Kathryn wollte der Name nicht einfallen. Sie wollte fragen: *Kennen Sie einen Jack Lyons?*, aber plötzlich kam ihr die Frage absurd vor.

»Ich glaube, ich bin falsch verbunden«, sagte Kathryn schnell. »Entschuldigen Sie die Störung.«

»Wer ist da?« fragte die Frau, diesmal argwöhnisch.

Kathryn konnte ihren Namen nicht sagen.

Dann klickte es hart und gereizt, die Leitung war unterbrochen.

Kathryn legte mit zitternden Händen den Hörer auf und setzte sich hin. Sie war aufgewühlt wie früher als Mädchen in der Schule, wenn sie einen Jungen angerufen hatte, für den sie schwärmte, und sich nicht getraut hatte, ihren Namen zu sagen.

»Ganz ruhig«, sagte Robert am Tisch.

Kathryn rieb mit den Händen seitlich über ihre Jeans, bis das Zittern aufhörte.

»Hören Sie zu«, sagte sie. »Können Sie etwas für mich herausfinden?«

»Was?«

»Können Sie sämtliche Namen der Besatzungsmitglieder herausfinden, mit denen Jack je geflogen ist? Besonders die in England?«

»Warum?«

»Vielleicht erkenne ich einen Namen wieder. Oder mir fällt ein Gesicht wieder ein.«

»Wenn Sie wirklich wollen«, sagte er langsam.

»Was ich wirklich will, ist schwer zu sagen.«

Sie breitete die zerdrückten Papiere auf dem rotgeblümten Tischtuch aus: Geldscheine – Ein-Dollar-Scheine und ein Zwanziger; die Quittung von Ames für die Verlängerungsschnur, Glühbirnen, eine Dose Right Guard (wenigstens am Rasierschaum ließ sich nichts herumdeuten); den

Zettel von der Reinigung; eine Quittung von Staples (das Druckerkabel und zwölf Stifte (das Druckerkabel war für den Computer, den Jack Mattie zu Weihnachten schenken wollte und den schließlich Kathryn Mattie geschenkt hatte – eine unglückselige Entscheidung, denn Mattie ging das Geschenk so zu Herzen, daß sie nicht einmal die Kartons auspacken konnte); eine Quittung der Post in Portsmouth über zweiundzwanzig Dollar (vielleicht doch nicht für Briefmarken, dachte sie bei genauerer Betrachtung); eine Quittung vom Buchladen für *The Flanders Panel* und *The Book of Irish Verse*. Sie faltete das weiße Blatt auseinander, auf dem Jack das Gedicht abgeschrieben hatte.

Hier in der engen Passage und im unbarmherzigen Norden, ewiger Verrat, gnadenloser, ergebnisloser Kampf.
Zielloses Wüten der Dolche im Dunkel: Überlebenskampf der hungrigen blinden Zellen im Mutterleib.

Sie schaute auf und sah hinter den Fenstern bloß Weiß. Auf dem Rasen häufte sich schon beträchtlich Schnee, und sie dachte, eigentlich müsse sie sich bei Julia und Mattie melden, ob alles in Ordnung sei. Ob Mattie noch wach war?

Sie faltete das zweite linierte Blatt auseinander – der Merkzettel. *Verlängerungsschnur.* Wieder für den Computer. *Dachdecker anrufen.* Das Dach hatte eine große undichte Stelle. *Mattie Farbdrucker.* Wieder Matties Weihnachtsgeschenk. *Bergdorf Morgenmantel, Mail Order am 20.*

Merkwürdig, dachte sie, aber am zwanzigsten war kein Mail-Order-Päckchen gekommen. Sie war sich ganz sicher.

Als sie vom Tisch aufstand, gingen ihr die Gedichtzeilen wieder durch den Kopf. Noch konnte sie wenig damit anfangen, aber vielleicht fand sie das ganze Gedicht und hätte mehr Anhaltspunkte. Sie ging aus dem Wohnzimmer in Jacks Arbeitszimmer, stand suchend vor dem Bücherregal. Es war aus Holz gezimmert reichte beinahe bis zur Decke. Jack las Bücher über Flugzeuge, Biographien berühmter Männer, spannende Bücher. Sie selbst las hauptsächlich Romane von Frauen, zeitgenössische Romane, obwohl sie auch eine Vorliebe für Edith Wharton und Virginia Woolf hatte. Sie suchte nach dem *Book of Irish Verse*. Mühelos fand sie *The Flanders Panel*, aber die Gedichtanthologie tauchte selbst nach zweimaligem Suchen nicht auf. Dann entdeckte sie das Buch auf dem Boden neben dem Telefonbuch. *Irische Gedichte vom Sechsten Jahrhundert bis zur Gegenwart*, lautete der Untertitel.

Sie nahm das Buch mit ins Schlafzimmer und setzte sich aufs Bett, legte es auf ihren Schoß und blätterte. Sie sah nichts, das ihr ins Auge sprang. Also beschloß sie, vorn anzufangen, Seite für Seite, bis sie die Zeilen fand. Aber dann begriff sie, daß dieses Vorgehen unnötig war: Die Gedichte waren chronologisch geordnet – am Anfang stand Dedulius Scottus, *The Hag of Beare*. Also schlug sie das Buch in der Mitte auf. Überflog die Gedichte von W.B. Yeats, J.M. Synge und anderen, die ähnlich klangen wie der Autor des Gedichts, das sie suchte. Sie blätterte systematisch. Aus Jacks Arbeitszimmer drang das Ende-Signal des Faxgeräts.

Draußen fiel der Schnee immer dichter, trieb gegen das Fenster. Der Wetterbericht hatte zwanzig bis fünfundzwanzig Zentimeter vorausgesagt, wußte Robert. Wenigstens war Mattie sicher bei Julia und nicht unterwegs.

Kathryn verließ das Schlafzimmer und betrat Jacks Arbeitszimmer, wo Robert am Schreibtisch saß. Er schien sie zu erwarten. In seinen Händen hielt er das frische Fax. Und plötzlich, als sie Robert auf Jacks Stuhl sitzen sah, wurde ihr klar, daß Robert den Inhalt des Tonbands kannte – natürlich kannte er ihn.

»Erzählen Sie mir von dem Tonband«, sagte sie.

»Hier ist die Liste aller Personen, die je mit Jack bei Vision geflogen sind«, sagte er und reichte ihr das Fax.

»Danke«, sagte sie und nahm die Liste, ohne einen Blick daraufzuwerfen. Sie konnte sehen, daß er mit dieser Frage nicht gerechnet hatte. »Bitte«, sagte sie. »Erzählen Sie mir, was Sie wissen.«

Er verschränkte die Arme und rollte mit dem Bürostuhl vom Schreibtisch weg, legte ein wenig Distanz zwischen sie. »Ich habe das Band nicht selbst gehört«, sagte er. »Keiner von uns hat das.«

»Das weiß ich.«

»Ich kann Ihnen nur erzählen, was mir ein Freund, der auch bei der Gewerkschaft arbeitet, berichtet hat.«

»Ich weiß.«

»Wollen Sie das wirklich hören?«

»Ja«, sagte sie mutig, obwohl sie unsicher war – wie konnte sie sicher sein? Diese Frage könnte sie frühestens dann beantworten, wenn sie alles gehört hätte.

Er stand mit einem Ruck auf und ging zum Fenster, kehrte Kathryn den Rücken zu. Er sprach schnell und sachlich, als wolle er den Worten ihren emotionalen Gehalt nehmen.

»Der Flug verläuft die ersten sechsundfünfzig Minuten normal«, sagte er. »Jack wird offenbar überrumpelt.«

»Überrumpelt?«

»Er verläßt das Cockpit, sechsundfünfzig Minuten und vierzehn Sekunden nach Abflug. Er sagt keinen Grund, nur daß er gleich zurück ist. Sie – die Leute, die das Band gehört haben – nehmen an, daß er auf die Toilette mußte.« Er schaute in ihre Richtung, sah sie jedoch nicht an.

Sie nickte.

»Zwei Minuten später merkt der Erste Offizier, Roger Martin, daß seine Kopfhörer nicht funktionieren. Er fragt Trevor Sullivan, den Ingenieur, ob er ihm seine leihen kann. Sullivan reicht Martin seine Kopfhörer, sagt: *Probieren Sie die mal.* Martin probiert die Kopfhörer des Ingenieurs aus, stellt fest, daß sie funktionieren, und sagt zu ihm: *Also, am Stecker liegt es nicht. Meine Kopfhörer sind wohl kaputt.*

»Roger Martins Kopfhörer sind kaputt«, wiederholte Kathryn.

»Ja. Roger reicht also Sullivan die Kopfhörer zurück, und dann sagt Sullivan: *Warte mal. Vielleicht hat er noch welche.* Offenbar löst er dann seinen Sicherheitsgurt und zieht Jacks Flugtasche hervor. Sie wissen, wo die Flugtaschen verstaut sind?«

»Neben den Piloten?«

»An der äußeren Wand neben jedem Piloten. Ja. Und Sullivan holt dann etwas aus der Tasche, womit er nicht gerechnet hat. Denn er sagt: *Verflucht, was soll das...?*«

»Einen Gegenstand, den er nicht erwartet hat.«

»Scheint so.«

»Keine Kopfhörer.«

»Wir wissen es nicht.«

»Und dann?«

»Und dann kommt Jack ins Cockpit zurück. Sullivan sagt: *Lyons, soll das ein Witz sein?*«

Robert machte sich eine Pause. Er lehnte, halb sitzend, gegen das Fensterbrett.

»Vielleicht gab es dann ein Handgemenge«, sagte Robert. »Die Berichte darüber sind unterschiedlich. Wenn, dann ging es schnell. Denn Sullivan sagt gleich darauf: *Verdammt, was soll das?*«

»Und?«

»Und dann sagt er: *Mein Gott.*«

»Wer sagt: *Mein Gott?*«

»Sullivan.«

»Und?«

»Das ist alles.«

»Sonst sagt keiner was?«

»Das Band ist zu Ende.«

Sie blickte nachdenklich hoch zur Decke und überlegte, was das Ende des Bands bedeutete.

»Oh, Gott«, sagte sie ruhig.

Robert richtete sich auf, steckte seine Hände in die Hosentaschen.

»Wenn nur ein Satz auf dem Band anders ist«, sagte Robert, »verändert sich der ganze Sinn. Selbst wenn der Wortlaut stimmt, beweist das Band nichts. Das wissen Sie. Darüber haben wir schon mal geredet.«

»War Jack mit Sicherheit zu dem Zeitpunkt im Cockpit?«

»Man hört deutlich das Türschloß. Danach spricht Sullivan ihn an.«

»Was ich nicht verstehe«, sagte sie, »ist, wie Jack etwas dermaßen Gefährliches in seiner Flugtasche verstecken konnte.«

»Ach«, sagte Robert, »das ist das kleinste Problem.« Er sah hinaus auf den Schnee. »Das ist kein Problem. Absolut kein Problem. Jeder tut das.«

»Tut was?«

»Viele Piloten auf internationalen Strecken tun das, fast jeder von der Flugbegleitung, den ich kenne«, sagte Robert. »Meist ist es Schmuck. Gold und Silber, manchmal Edelsteine. Schmuck für die Ehefrau oder die Freundin. Geschenke«, fügte er erklärend hinzu.

Sie wußte nicht, ob sie richtig verstanden hatte. Der Schmuck fiel ihr ein, den sie im Laufe der Jahre von Jack bekommen hatte: ein dünnes goldenes Armband zu einem Hochzeitstag; eine goldene Gliederkette zum Geburtstag; einmal Diamantohrstecker zu Weihnachten.

»Wenn man hundertmal auf dem gleichen Flughafen ist, kennt man die Sicherheitsleute bestens«, sagte Robert.

»Man hält ein Schwätzchen und wird durchgewunken. Eine Gefälligkeit. Als ich noch flog, hat selten jemand meine Flugtasche kontrolliert. Meinen Ausweis mußte ich vielleicht jedes fünfzigste Mal zeigen.«

Kathryn schüttelte den Kopf. »Das wußte ich nicht«, sagte Kathryn. »Jack hat das nie erzählt.«

»Das behalten manche Piloten lieber für sich. Vielleicht weil das Geschenk nur halb so schön ist, wenn die Ehefrau weiß, daß es so billig war. Ich weiß nicht.«

»Haben Sie das auch getan?« fragte sie. »Wertsachen geschmuggelt?«

»Immer zu Weihnachten«, sagte er. »*Und was hast du diesmal?* war die große Frage, wenn man sich vor der Fahrt zum Flughafen in der Hotelhalle traf.«

Sie schob die Hände in ihre Jeanstaschen, stand mit hochgezogenen Schultern da.

»Jack hat gelogen, als er behauptete, seine Mutter sei tot.«

»So?«

»Er hat nicht im Hotel übernachtet.«

»Das reicht nicht.«

»Jemand hat die Bombe in seine Tasche gepackt.«

»Wenn es eine Bombe war, hat jemand sie da hineingepackt. Das nehme ich mal an.«

»Und Jack muß es gewußt haben«, sagte sie. »Es war schließlich seine Flugtasche.«

»Das nehme ich nicht unbedingt an.«

»Der marokkanische Pilot hat mit dem vollbesetzten Flugzeug Selbstmord begangen.«

»Das war ganz anders.«

»Woher wissen wir, daß es anders war?«

»Das ist doch nicht Ihr Ernst«, sagte Robert engagiert. »Sie glauben doch nicht wirklich, daß Jack das getan hat.«

»Ich weiß nicht, was ich noch glauben soll«, sagte sie.

Robert stöhnte und drehte ihr den Rücken zu.

»Sie wollten wissen, was auf dem Band ist«, sagte er, »und ich habe es Ihnen erzählt.«

Sie faltete das Fax, das sie unter den Arm geklemmt hatte, auseinander. Viele Namen standen darauf, neun, zehn Seiten Namen, angefangen von Jacks letzter Besatzung bis zurück zu 1986, als er bei der Fluggesellschaft begonnen hatte. Sie überflog die Liste: Jack Haverstraw, Paul Kennedy, Michael DiSantis, Richard Goldthwaite... Gelegentlich tauchte ein bekanntes Gesicht auf, ein Mann, mit dem sie und Jack einmal Essen gegangen waren, oder ein anderer, den sie auf einer Party kennengelernt hatte, aber die meisten Namen sagten ihr nichts. In gewisser Hinsicht, dachte sie, führte ein Pilot ein merkwürdiges Leben, der Beruf war beinah antisozial. Die anderen Besatzungsmitglieder wohnten manchmal fast hundert oder sogar zweihundert Kilometer entfernt.

Und dann sah sie den Namen, von dem sie nicht einmal gewußt hatte, daß sie ihn suchte, den ungewöhnlichen Namen, der ihr wie ein Stromstoß durch Mark und Bein ging.

Muire Boland.

Flugbegleiterin, Oktober 1992.

Kathryn sagte den Namen laut.

Muire Boland.

Eigentlich ein schöner Name, dachte sie, er zerging auf der Zunge. Kathryn bückte sich und öffnete die große untere Schublade in Jacks Schreibtisch. Der Reklameumschlag mit dem gekritzelten Namen war nicht da, aber sie sah ihn so deutlich vor sich wie den gedruckten Namen auf der Liste in ihren Händen. Auf einem Werbeumschlag der Chase Manhattan Bank. Sie wußte, wenn sie jetzt zögerte, würte sie sich nicht mehr entschließen können. Instinktiv zog sie das Lotterielos aus der Hosentasche und wählte noch einmal die Nummer. Eine Stimme antwortete, die gleiche Stimme wie zuvor.

»Hallo«, sagte Kathryn schnell. »Ist Muire da?« Kathryn war sich nicht einmal sicher, ob sie den Namen richtig aussprach.

Am anderen Ende der Leitung war es still.

»Nein«, sagte die Frau.

»Oh, schade«, sagte Kathryn und war seltsam erleichtert. Sie wollte nur noch das Gespräch beenden.

»Muire *war* hier«, sagte die englische Stimme. »Aber sie ist wieder in ihrer eigenen Wohnung. Sind Sie eine Freundin?«

»Eine Freundin?« wiederholte Kathryn gedankenverloren. Sie stützte sich am Schreibtisch ab.

»Wer sind Sie?« fragte die Frau in London.

Kathryn konnte ihr nicht antworten. Sie öffnete den Mund und konnte ihren Namen nicht sagen. Sie drückte den Hörer an ihre Brust.

M bei A stand auf dem Lotterielos vor ihr. Muire, 15.30 hatte auf dem Reklameumschlag gestanden. Zwei Notizen in Jacks Handschrift, geschrieben im Abstand von etwa vier Jahren, verbunden durch eine Telefonnummer.

Nach einer Weile nahm Robert ihr den Telefonhörer aus der Hand und legte ihn wieder auf die Gabel.

»Warum wollten Sie Muire sprechen?« fragte er ruhig. »Sie sind ganz blaß.«

»Nur eine Vermutung«, sagte sie. »Nur eine Vermutung.« Sie ließ sich auf den Bürostuhl fallen. Suchte sie etwas, das es nicht gab? Bestand wirklich eine Verbindung zwischen beiden Notizen?

»Robert, können Sie über einen bestimmten Namen mehr herausfinden?« fragte sie atemlos. »Die Adresse?«

»Wenn Sie das wirklich wollen.«

»Es ist die Hölle«, sagte sie.

»Dann lassen Sie es sein.«

Sie überlegte. Sollte sie es seinlassen?

»Könnten Sie das?« fragte sie.

»Sie wollte unbedingt fernsehen«, sagte Julia. »Ich mußte sie irgendwie ablenken. Ich habe ihr ein Video gegeben, *It's a Wonderful Life*. Den alten Capra-Film, hat mir mal wer zu Weihnachten geschenkt.«

Robert war nicht mehr im Arbeitszimmer. Vermutlich war er unten.

»Ich war das.«

»Jetzt ist sie gut beschäftigt. Um zwei ist sie aufgestanden. Sie hat gegessen.«

»Laß sie nicht fernsehen« sagte Kathryn. »Im Ernst. Zur Not trenn das Kabel durch.«

Kathryn drehte sich im Bürostuhl und besah das Schneepolster, das draußen auf der Fensterbank wuchs. Sie kam sich wie im Aquarium vor. *Muire war hier,* hatte die Stimme gesagt.

»Ist Robert Hart bei dir?« fragte Julia.

»Ja.«

»Er war zuerst hier.«

»Ich weiß.«

»Dann weißt du auch...«

»Das Hotel? Ja.« Kathryn zog ein Bein hoch, umfaßte ihr Knie.

»Verlier deinen Glauben nicht«, sagte Julia.

»Welchen Glauben?«

»Du weißt genau, was ich meine.«

»Ich gebe mir Mühe.«

Kathryn empfand mit einemmal Angst, Schweißperlen standen ihr auf der Stirn.

»Im Wetterbericht heißt es jetzt dreißig bis vierzig Zentimeter«, sagte Julia.

»Ich mache mich besser auf den Weg«, sagte Kathryn und wischte sich mit dem Ärmel über die Stirn.

»Mach keinen Unsinn. Geh nicht unnötig raus. Hast du etwas zu essen da?«

Typisch, daß Julia an Essen dachte.

»Ich habe gegessen«, sagte Kathryn. »Kann ich Mattie sprechen?«

Am anderen Ende der Leitung war Stille.

»Weißt du«, sagte Julia vorsichtig, »Mattie ist beschäftigt. Es geht ihr gut. Wenn du mit ihr redest, ist sie nur wieder traurig und abweisend. Sie braucht ein paar Tage Ruhe, alte Filme und Popcorn sind genau das richtige. Das ist jetzt ihre Droge, und die braucht sie so lange wie möglich. Heilen braucht Zeit, Kathryn.«

»Aber ich möchte mit ihr zusammensein«, protestierte Kathryn.

»Kathryn, du warst zehn Tage lang jede Minute des Tages mit ihr zusammen. Verstehst du, daß ihr euch gegenseitig durch eure bloße Anwesenheit zerfleischt? Du hältst ihren Kummer nicht aus, und sie erträgt den Gedanken nicht, wie sehr du leidest. Normalerweise seid ihr nie soviel zusammen.«

»Dies ist nicht normalerweise.«

»Vielleicht tut uns allen ein bißchen Normalsein jetzt gut«, sagte Julia.

Kathryn ging ans Fenster und wischte das Kondenswasser innen von den Scheiben. Der Schnee lag tatsächlich hoch, und die Auffahrt war nicht geräumt. Auf den Wagen lagen bestimmt bald dreißig Zentimeter.

Sie seufzte. Gegen Julias Vernunft war sie machtlos, besonders, weil sie so oft recht hatte.

»Geh nicht raus«, wiederholte Julia.

Den langen Nachmittag über fiel stetig Schnee, immer dichter. Von Zeit zu Zeit pfiff und heulte der Wind, ließ aber gleich wieder nach. Der Sturm wuchs sich doch nicht zum Blizzard aus. Kathryn trieb es von Zimmer zu Zimmer, sie stand da, mitten auf dem Teppich, auf den Dielen, sah die Wände an, aus dem Fenster hinaus, verschränkte ihre Arme, löste sie wieder, wanderte ins nächste Zimmer, stand wieder da, starrte die Wände an und wieder aus dem Fenster. Seit einiger Zeit waren Stehen und Denken die einzigen Tätigkeiten, zu denen sie noch fähig war.

Nach einer Weile ging sie ins Badezimmer. Sie zog sich aus und drehte das Wasser in der Dusche an, ließ es fast kochend heiß werden. Sie stellte sich unter die Dusche, ließ das Wasser lange auf ihren Nacken prasseln. Sie spürte, wie sich die Gedanken in ihrem Kopf lösten und davonspülten, und das Gefühl war so angenehm, daß sie den Boiler leerlaufen ließ, bis kaltes Wasser kam.

Als sie den Wasserhahn zudrehte, hörte sie Musik. Keine CD, sondern Klaviermusik.

Sie zog den Kragen ihres fast bodenlangen grauen Frotteebademantels zurecht. Aus dem Spiegel blickte ihr eine uralte Frau entgegen, ein ausgemergeltes Gesicht mit tiefen Augenhöhlen.

Im Gehen bürstete sie ihr Haar, folgte der Musik die Treppe hinab ins Wohnzimmer, wo Robert Klavier spielte.

Sie kannte das Stück: Chopin. Sie legte sich aufs Sofa, wickelte den Bademantel fest um Bauch und Beine.

Sie schloß die Augen. *Fantaisie Impromptu* war ein schwelgerisches Stück, unverschämt schön und üppig. Robert spielte es, wie sie es selten gehört hatte, unsentimental, dennoch voll köstlicher Erinnerungen und vergessener Geheimnisse. Die Glissandi erinnerten sie an verstreute Diamanten.

Das Klavier stand in der Ecke, seitlich vom Fenster.

Robert hatte die Ärmel aufgekrempelt, und sie beobachtete seine Hände, dann seine Unterarme. Der Schnee verbesserte die Akustik im Zimmer, oder vielleicht lag es an der allgemeinen Stille, jedenfalls klang das Klavier besser als sonst, auch wenn es seit Monaten nicht gestimmt worden war.

So war es vielleicht vor Jahren, dachte sie beim Zuhören. Kein Fernsehen, kein Radio, keine Videos, einfach ein langer weißer Nachmittag mit eigener Zeit und eigenem Klang. Der keine Gefahr bedeutete. Sie konnte ihre Gedanken wandern lassen, mußte nicht an den Absturz oder Jack oder Mattie denken. Das Klavier hatte nie zu Jacks und ihren Gemeinsamkeiten gehört. Es war allein Kathryns Sache, ein einsames Vergnügen, das sie höchstens mit Julia teilte.

»Das wußte ich ja gar nicht«, sagte sie, als er aufhörte.

»Lange her«, sagte er und wandte sich ihr zu.

»Sie sind ein Romantiker«, sagte sie lächelnd. »Ein heimlicher Romantiker. Sie spielen wunderschön.«

»Danke.«

»Spielen Sie noch etwas?«

Da begriff sie, was sie vorher fast übersehen hatte, daß Robert ein Mann mit einer Vergangenheit war – natürlich war er das. Sie wußte kaum etwas von seinem Leben, ein Leben, in dem er Klavierspielen gelernt hatte, Fliegen gelernt hatte, Alkoholiker geworden war, geheiratet und Kinder in die Welt gesetzt hatte, von seiner Frau geschieden wurde und dann diese eigentümliche, außergewöhnliche Arbeit gefunden hatte.

Die Jazz-Melodie kannte sie: »The Shadow of Your Smile«. Im Handumdrehen wechselte die Stimmung.

Als er aufhörte, kratzte er sich im Nacken und blickte in den Schnee hinaus. »Draußen liegen mindestens dreißig Zentimeter«, sagte er.

»Die Auffahrt ist nicht geräumt«, sagte sie. »Wie spät ist es?«

Er sah auf seine Uhr. »Drei«, sagte er. »Ich glaube, ich mache mal einen Gang«, sagte er.

»Bei dem Wetter?«

»Nur zum Ende der Auffahrt und zurück. Ich brauche frische Luft.«

»Sie wissen hoffentlich, daß Sie heute abend nicht ins Hotel müssen. Es gibt jede Menge Betten. Viele Zimmer. Sie können auf der Liege im Gästezimmer schlafen«, fügte sie hinzu. »Da ist es gemütlich. Dazu ist es da.«

»Zum Verkriechen, sagten Sie.«

»Ja.«

»Die Information, die Sie haben wollten, liegt auf Jacks Schreibtisch«, sagte er.

Sie wollte etwas sagen, doch er schüttelte den Kopf.

»Von allen Menschen«, sagte er, »sollten Sie die letzte sein, der so etwas zustößt.«

Kathryn döste kurz auf dem Sofa und ging dann ein wenig wacklig hinauf ins Schlafzimmer, um ein Nachmittags-schläfchen zu halten. Aber beim Eintreten sah sie wieder das Buch mit den Gedichten.

Sie legte sich bäuchlings aufs Bett und blätterte unent-schlossen, immer noch auf der Suche. Sie überflog Ge-dichte von Seamus O'Sullivan und Padraic Colum, Gedichte in irischer Mundart. Fast in der Mitte des Buchs stach ihr das Wort *Verrat* ins Auge, sie hatte das Gedicht ge-funden. Doch bevor sie die Zeilen auch nur lesen konnte, sah sie, gleich neben dem Wort Verrat, eine schwache Notiz innen am Rand.

M!

Mit Bleistift, leicht und umkringelt.

Dennoch da. Unmißverständlich da.

Mit einem Ruck setzte sie sich auf und fixierte gebannt das Gedicht, las. Das Gedicht hieß *Antrim* und war von Robinson Jeffers, es handelte wohl von vergangenen Kämpfen in einem kleinen Land, wahrscheinlich die nordirische Grafschaft Antrim. Von Blut, das aus vielen Gründen vergossen wurde, von Hinterhalt und Verrat, Patriotismus und den Menschen, die geopfert wurden, deren Körper nun Staub waren, Staub, der der Auferstehung harrte. Es klang nicht wie ein Gedicht, das Jack las oder interessant fand. Sie hatte ihn nie Irland auch nur erwähnen hören, höchstens wenn es in den Nachrichten auftauchte. Aber die Zeilen auf dem weißen Blatt Papier waren in seiner Handschrift; daran gab es keinen Zweifel. Mehr denn je wünschte sie sich jetzt, sie könne mit ihm reden, ihn fragen.

Sie ließ das Buch neben dem Bett zu Boden fallen. Sie drehte ihr Gesicht in das Kissen. Ein Gefühl überkam sie, als sei sie tausende von Kilometern gereist.

Als sie erwachte, sah sie gleich nach der Uhr auf dem Nachttisch. Es war halb vier morgens. Sie hatte neun Stunden geschlafen. Welcher Tag war es? Der achtundzwanzigste? Der neunundzwanzigste?

Sie erhob sich mühsam und taumelte hinaus auf den Flur. Die Tür zum Gästezimmer war zu. Robert Hart war sicher von seinem Spaziergang zurückgekehrt und schlafengegangen. Oder hatte er etwas gegessen? Ferngesehen? Ein Buch gelesen?

Aber in der Küche deutete nichts darauf hin, daß jemand Essen zubereitet hätte. Kathryn kochte eine Kanne Kaffee, goß sich eine Tasse ein. Durch die Fenster sah sie, daß es aufgehört hatte zu schneien. Sie ging zur Hintertür, öffnete sie, und auf der Stelle sprühte feiner Schnee eiskalt vom Dach. Sie blinzelte und schüttelte den Kopf. Als ihre Augen sich an die Dunkelheit gewöhnt hatten, erkannte sie, daß die Welt in eine dicke weiße Decke gehüllt war, eine Steppdecke mit luftig weißer Stickerei. Bäume, Sträucher und Fahrzeuge waren nur Hügel. Tatsächlich lag so viel Schnee, daß sie sich fragte, ob die vorhergesagten vierzig Zentimeter nicht gewaltig untertrieben waren. Sie schloß die Tür, lehnte sich dagegen.

M bei A.

Muire, 15.30.

M!

Sie wickelte ihren Bademantel fest um sich und ging hinauf in Jacks Arbeitszimmer, auf dessen staubige Leere sie immer noch nicht gefaßt war. Auf Jacks Schreibtisch lag das Papier, von dem Robert gesprochen hatte.

Muire Boland, las sie, hatte die Fluggesellschaft im Januar 1993 verlassen, drei Monate nachdem sie zum letzten Mal mit Jack geflogen war. Geboren in Chicago, in London von Vision Airlines ausgebildet, drei Jahre als Flugbegleiterin. Nachdem sie die Fluggesellschaft verlassen hatte, war sie nach England gezogen; dann folgte die Adresse. Kathryn sah das Geburtsdatum: Muire Boland war jetzt einunddreißig.

Neben der Adresse stand in Roberts Handschrift: *Habe es mehrfach versucht. Unter dieser Nummer nicht bekannt.* Darunter standen eine Reihe Telefonnummern. Im Londoner Telefonbuch gab es sieben M. Boland.

Kathryn legte sich eine Frage zurecht, eine einleuchtende Frage. Kannte die angerufene Person einen Jack Lyons? Wenn ja, durfte Kathryn ihr einige Fragen stellen? Waren ihre Fragen ungewöhnlich?

Kathryn sah sich im Arbeitszimmer um – nichtssagendes Metall, eine männliche Ästhetik. Daß Jack eine Muire Boland gekannt hatte, mußte nichts heißen. Dennoch, war es nicht eigenartig, daß er diese Bekanntschaft nie erwähnte? Sie überlegte, ob sie Freunde hatte, von denen Jack nichts wußte.

Sie nahm das Telefon und wählte die erste Nummer. Ein Mann nahm ab, klang, als habe sie ihn geweckt. Wie spät war es in London − halb zehn morgens. Sie fragte, ob sie Muire sprechen könnte.

Der Mann hustete in den Hörer, ein Raucherhusten.

»Wen möchten Sie sprechen?« fragte er, als habe er die Frage falsch verstanden. Vielleicht sprach Kathryn den Namen falsch aus.

»Muire Boland«, wiederholte sie.

»Hier gibt's keine Muire Boland«, sagte er ein mit Nachdruck.

»Entschuldigung«, sagte Kathryn und hing ein.

Sie strich die erste Nummer durch und versuchte die zweite. Niemand hob ab. Sie versuchte die dritte Nummer. Ein Mann antwortete, er klang sachlich, dienstlich.

»Michael Boland«, sagte er erwartungvoll.

»Entschuldigung«, sagte Kathryn, »falsch verbunden.«

Sie strich die dritte Nummer durch und versuchte die vierte. Eine Frau antwortete: »Hallo?«

»Hallo«, sagte Kathryn. »Ich suche eine Muire Boland.«

Die Stille am anderen Ende war so total, daß Kathryn in der Leitung ein anderes transatlantisches Gespräch wie ein leises Echo hörte.

»Hallo?« wiederholte Kathryn.

Die Frau am anderen Ende der Leitung hing ein. Kathryn saß da, den Hörer noch am Ohr. Sie wollte den Stift nehmen und die vierte Nummer ausstreichen, aber dann zögerte sie.

Statt dessen rief sie die fünfte Nummer an. Dann die sechste. Dann die siebte. Als sie fertig war, betrachtete sie die Liste. Darauf waren ein Mann, der keine Muire kannte;

eine Nummer, wo niemand zu Hause war; ein Michael Boland, Geschäftsmann; eine Frau, die nicht redete; noch eine Nummer, wo niemand zu Hause war; ein Anrufbeantworter, der erklärte, daß Kate und Murray zurückriefen, wenn sie ihre Nummer hinterließe; ein Mädchen, die keine Muire kannte und deren Mutter Mary hieß.

Sie wählte noch einmal die vierte Nummer.

»Hallo«, sagte die gleiche Frauenstimme.

»Entschuldigen Sie die Störung«, sagte Kathryn, bevor die andere Frau einhängen konnte. »Aber ich suche eine Muire Boland.«

Das gleiche unheimliche Schweigen wie vorher. Ein Hintergrundgeräusch. Musik? Eine Spülmaschine? Und dann hörte Kathryn, wie die Frau einen kleinen kehligen Laut ausstieß, den Anfang eines Worts vielleicht. Dann wieder Schweigen, diesmal kürzer.

»Hier wohnt keine Muire«, sagte die Stimme schließlich.

Kathryn glaubte, es habe an der Verzögerung zwischen ihren Gedanken und ihrer Stimme gelegen, denn als sie den Mund öffnen und etwas sagen wollte, war die Leitung tot.

Als Robert am Morgen zu ihr herunterkam, saß sie am Tisch im Wohnzimmer. Die Sonne schien, und der Schnee draußen vor den Fenstern war so gleißend hell, daß Robert die Augen zusammenkniff, damit er sie sah. In dem grellen Licht sah sie jede Falte, jede Pore in seinem Gesicht.

»Ist das hell hier«, sagte er und sah in die andere Richtung.

»Manchmal braucht man in diesem Zimmer eine Sonnenbrille«, sagte sie. »Jack trug oft eine.«

Sie sah zu, wie Robert sein Hemd in die Hose steckte.

»Wie haben Sie geschlafen?« fragte er.

»Gut«, sagte sie. »Und Sie?«

»Großartig.«

Sie konnte sehen, daß er in seinen Sachen geschlafen hatte. Wahrscheinlich war er zum Ausziehen zu erschöpft gewesen.

Als Robert sich an das Licht gewöhnt hatte, sah er Kathryns Gesicht deutlicher.

»Ist was?« fragte er.

Kathryn rutschte auf dem Stuhl vor. »Können Sie eine Adresse ausfindig machen, wenn Sie nur die Telefonnummer haben?« fragte sie hastig.

Er sah sie an. Vielleicht wollte er sie nach dem Grund fragen. Aber er ließ es.

»Von hier aus nicht, weil der Computer nicht mehr da ist. Aber ich kann in meinem Büro anrufen und darum bitten.«

»Würden Sie das für mich tun?« fragte sie.

Er zögerte.

»Ich fliege nach London«, sagte sie.

Und er zögerte nicht. Er zögerte keinen Augenblick.

»Ich komme mit«, sagte er.

Am Flugsteig standen sie für sich. Hinter den Panoramafenstern auf dem Vorfeld lagen hohe Schneehügel, unwirkliche, immer noch weiße Schutzwälle. Robert hatte seinen Mantel zweimal gefaltet und auf den Plastiksitz gelegt. Sein Bordgepäck hatte er auf den Mantel gestellt (etwas, das eine Frau nie tun würde, dachte Kathryn.) Er las das Wall Street Journal. Kathryn hielt ihren Mantel überm Arm und betrachtete das Flugzeug draußen, das mit seiner Ziehharmonika-Gangway wie durch eine Nabelschnur mit dem Flugsteig vertäut war. Das Flugzeug sah schön aus, weiß mit leuchtend roten Markierungen, das Vision-Logo darauf in flotter Schrift. Sie konnte ins Cockpit der T-900 blicken, sah hemdsärmelige Männer, Gesichter im Schatten, Arme, die sich über dem Instrumentenbrett bewegten und den Routine-Check vornahmen. Sie überlegte, ob sie wohl jemanden von der Besatzung kannte: Ob einer von ihnen bei dem Gedenkgottesdienst war?

Ihre Füße taten weh, und sie hätte sich gern gesetzt. Aber es gab nur noch einen Sitzplatz zwischen zwei Passagieren mit Unmengen Gepäck. In wenigen Sekunden würden sie sowieso an Bord gehen. Der Bodensteward hatte es schon angekündigt. Kathryn trug das Kostüm aus schwarzem Wollkrepp, ihr Beerdigungskostüm, und sie glich eher einer Geschäftsfrau als einer Lehrerin. Eine Rechtsanwältin womöglich, die wegen einer Beweisaufnahme nach London reiste; oder vielleicht eine leitende Angestellte bei American Express, die nach England flog, um mit einer arabischen oder Schweizer Bank zu verhandeln. Sie hatte ihr Haar zu einem losen Knoten geschlungen und trug Perlenohrringe. In einer Hand hielt sie ihre Lederhandschuhe, und um den Hals hatte sie einen schwarzen Chenille-Schal gebunden. Sie fand, gemessen an den Umständen sehe sie eigentlich gut aus, jedenfalls besser in Schuß als seit Wochen. Ihr Gesicht war schmaler geworden, und sie sah älter aus als vor zwölf Tagen.

Ab und zu spürte sie, wie ein Passagier sie anstarrte, so als überlegte er, ob er sie nicht schon einmal gesehen habe. Sie hatte gehofft, diesen Flug unbehelligt zu überstehen, aber der Bodensteward erkannte den Namen auf ihrer Bordkarte, und sprach leicht nervös Kathryn sein Beileid aus. Kathryn bedankte sich unsicher und hätte besser den Bodensteward gebeten, ihre Anwesenheit im Flugzeug nicht an die große Glocke zu hängen. Denn der Steward informierte beinah umgehend die Besatzung im Cockpit, die Flugbegleitung und seinen eigenen Vorgesetzten und führte dann Kathryn und Robert ein wenig wichtigtuerisch vorbei an drängelnden Passagieren, die rätselten, warum ihnen das Gesicht dieser Frau bekannt vorkam, zum Warteraum der Ersten Klasse.

Im Erster-Klasse-Warteraum bestellte Kathryn einen Gin Tonic. Sie wußte nicht warum – denn eigentlich trank sie nur Bier oder Wein –, aber die Unternehmung hatte insgesamt bereits den gewohnten Rahmen verlassen. Und auch die fragenden, irritierten Blicke der übrigen Passagiere waren ihr egal: Hielten sie es für ein schlechtes Omen, daß Kathryn Lyons im gleichen Flugzeug saß? Oder noch schlimmer, nahmen sie an, sie würde sich, wie ihr Mann, umbringen wollen?

Robert hatte Kaffee bestellt und war in seine Zeitung vertieft. Ihr war, als könne sich ein Rätsel wie ein verworrenes Knäuel lösen, dessen Faden sie hielt und nur zu ziehen brauchte, um das Ende zu finden. Sie wollte wissen, wer *M* war. Natürlich hätte sie der Sicherheitsbehörde von Jacks möglicher Verbindung zu M erzählen können, aber sie hatte Somer's Demütigung noch nicht verwunden. Als sie nun dasaß, beschloß sie, sich nicht mehr zu sorgen und die Verantwortung Robert zu überlassen.

Sie machte es sich bequem, schlug die Beine übereinander. Wieder dachte sie an die Stimme am anderen Ende der Telefonleitung. Die transatlantische Stille.

War dies womöglich nichts als ein mühseliger Umweg, ein zeitraubendes und kostspieliges Ablenkungsmanöver angesichts ihrer unmittelbaren Zukunft? Einer Zukunft, die aufreibend und sogar trostlos sein konnte. In fünf Tagen begann für sie und Mattie wieder die Schule – die Pflicht. Mattie war kaum fähig, ein normales Leben zu führen, und brauchte ständige Rückendeckung, womöglich eine Therapie. Das Geld war knapp, bis die Fluggesellschaft die Unfallursache geklärt hätte. Kathryn war schon von Rita im Namen des Chefpiloten telefonisch darauf vorbereitet worden, daß die Fluggesellschaft ihr womöglich keine Rente zahlen könne, falls sich (was aber höchst unwahrscheinlich sei, versicherte Rita) im Ermittlungsverfahren als Unfallursache eine Straftat herausstellte. Dagegen war das Geld von der Lebensversicherung kein Problem. Kathryn wußte, daß gegen allen gesunden Menschenverstand Selbstmord kein Hinderungsgrund für das Auszahlen der Versicherungssumme war. Nicht wenn, wie in Jacks Fall, der Versicherte länger als zwei Jahre versichert gewesen war.

Ohne Jacks Rente mußte Kathryn vielleicht das Haus aufgeben. Mit ihrem Gehalt konnte sie dort nicht wohnen. Kathryn hatte die Sicherheitsbehörde um Kopien der beschlagnahmten Bankauszüge gebeten, hatte sie erhalten und festgestellt, daß beträchtlich weniger Geld auf Jacks

Konto war, als sie angenomen hatte. Vielleicht existierten weitere Summen auf zusätzlichen Konten.

Sie sah zu Robert hinüber, er schaute von seiner Zeitung hoch und lächelte sie an. Ganz spontan hatte er sich entschlossen, sie nach London zu begleiten. Nach seiner Motivation wollte sie ihn lieber nicht fragen, sonst, fürchtete sie, würde er es sich vielleicht anders überlegen. Und sie war ehrlich froh, daß er mitreiste. Nicht nur als moralische Stütze – darin war er fabelhaft –, sondern auch, ganz egoistisch, einfach als Begleiter. Sie wußte, er würde sie heil durch Heathrow schleusen und das Hotel finden sowie die gesuchte Adresse.

Bisher hatte er sich um alles gekümmert. Er hatte über einen Gewerkschaftsassistenten die Adresse herausgefunden, die Kathryn haben wollte. Er hatte ihre Flüge und das Hotel in London reserviert. Am Bostoner Flughafen Logan hatte er eine Karte der Britischen Inseln gekauft und ihr auf der Innenstadtkarte von London ihr Hotel und die gesuchte Wohnung gezeigt. Sie lagen offenbar fast nebeneinander. Die linke Hälfte der Karte mit Irland hatte Robert zusammengefaltet gelassen. Beinah masochistisch hatte sie sie aufgeschlagen und den winzigen Namen gefunden: Malin Head. Der Ort, wo Taucher immer noch Leichen bargen.

Jacks Leiche war noch nicht gefunden worden. Man hatte ihr erklärt, manche Körper seien bei der Explosion zerstückelt worden – sie seien für immer unauffindbar.

An dem Morgen, nachdem Robert den Flug gebucht hatte, war sie zu Julia gefahren, um Mattie zu erzählen, was sie vorhatte. Vielleicht hätte Kathryn Mattie mitgenommen, hätte diese darauf bestanden; ob das gut gegangen wäre, darüber war sie sich allerdings im unklaren, denn sie konnte Mattie kaum mit zu der Adresse nehmen, die auf dem Zettel in ihrer Handtasche stand. Aber Mattie, die noch schlief und geweckt werden mußte, war es anscheinend einerlei, daß Kathryn nach London reisen wollte – einerlei, daß sie überhaupt gekommen war, und das schmerzte Kathryn. Der einzige Kommentar, den sie Mattie – außer Seufzern und genervtem Stöhnen – entlocken konnte, war ein gnädiges *Egal*.

»Ich fliege nur für zwei Tage«, hatte Kathryn gesagt.

»Cool«, hatte Mattie geantwortet. »Kann ich jetzt wieder ins Bett gehen?«

In der Küche verteidigte Julia Matties scheinbares Desinteresse.

»Sie ist fünfzehn«, sagte Julia, die seit Stunden auf den Beinen war. Sie trug ihre Alltagskluft: Jeans mit elastischer Taille und ein grünes Sweatshirt. »Sie muß ihre Aggressionen loswerden und jemandem die Schuld geben, also gibt sie dir die Schuld. Sie tut das völlig irrational. Du weißt es sicher nicht mehr, aber als deine Eltern starben, hast du eine Zeitlang deine Aggressionen an mir ausgelassen.«

»Das habe ich nicht«, sagte Kathryn aufgebracht.

»Doch, das hast du. Du hast es mir nie auf den Kopf zugesagt, aber es war ganz klar. Und es ging vorüber. Wie dies auch vorübergehen wird. Im Augenblick möchte Mattie eigentlich ihrem Vater für alles die Schuld geben. Sie ist wütend, weil er sie verlassen und ihr Leben dermaßen aus der Bahn geworfen hat. Aber diese Schuldzuweisung darf nicht sein. Mattie ist praktisch seine einzige Verteidigerin. Mit der Zeit werden sich ihre Aggressionen von dir lösen und ihr wahres Ziel finden. Wichtig ist nur, daß sie diese Aggressionen nicht gegen sich richtet und sich selbst die Schuld am Tod ihres Vaters gibt.«

»Dann sollte ich hierbleiben«, sagte Kathryn schwach.

Aber Julia bestand darauf, daß Kathryn fuhr. Die Reise würde sie von der unmittelbaren Sorge ablenken, wie sie ihr Leben neu gestalten sollte. Kathryn begriff, daß Julia nicht ihretwegen, sondern Mattie zuliebe Kathryn eine Weile aus dem Haus haben wollte. Wenn Mattie, bevor sie in fünf Tagen wieder in die Schule gehen mußte, Zeit für sich brauchte, dann sollte sie sie haben.

Der Luxus der Ersten Klasse machte gehörigen Eindruck auf sie, als sie die vollbesetzten übrigen Sitzreihen hinter sich sah. Als Angehörige, selbst als Witwe eines Angestellten der Fluggesellschaft, hatte sie ein Anrecht auf einen freien Platz in der Ersten Klasse auf allen Vision-Flügen. Sie machte Robert ein Zeichen, daß sie ihm den Fensterplatz überließ und lieber am Gang saß. Ihr Gepäck verstaute sie unter dem Vordersitz. Sie klinkte ihren Sicherheitsgurt ein, und gleich fiel ihr die abgestandene Flugzeugluft auf, der unverwechselbare, künstliche Geruch. Die Tür zum Cockpit stand offen, und Kathryn konnte die Besatzung sehen. Die Größe des Cockpits überraschte sie immer aufs neue: Manche waren kleiner als der Platz, den Fahrer und Beifahrer in einem Personenwagen haben. Wie konnte auf so engem Raum das Szenario stattfinden, das auf dem Tonband festgehalten war? Die drei Männer hatten kaum Platz zum Sitzen, geschweige denn zum Gehen oder für ein Handgemenge.

Eine Stewardeß kam mit zwei Gläsern Sekt für sie beide. Kathryn nahm ihr Glas, Robert lehnte dankend ab und bat um eine Diätcola. Von ihrem Sitz sah sie nur ein Drittel des Cockpit-Inneren, Teilansichten der hemdsärmeligen Piloten. Unmöglich, sich bei diesem Anblick – den kräftigen Armen, den vertraueneinflößenden Gesten – nicht auf dem linken Sitz Jack vorzustellen. Sie sah die typische Schulterlinie vor sich, seinen kantigen Ellenbogen, seine Unterarme, die innen ganz weiß waren. Sie war nie als Passagier mitgeflogen, wenn Jack der Pilot war.

Der Kapitän erhob sich, drehte sich um und ging auf die Kabine zu. Sein Blick suchte Kathryn, und sie wußte, daß er ihr sein Beileid ausdrücken wollte, wünschte dringend, er würde es nicht tun. Der ältere Mann strahlte große Erfahrung aus, genau der Mann, dem Passagiere ohne Zögern ihr Vertrauen schenkten. Er hatte graues, ins Gesicht gekämmtes Haar und ein liebenswürdiges Gesicht mit blaßblauen Augen. Beinahe sah er zu freundlich aus für diese Verantwortung. Seine Beileidswünsche waren hilflos, die abgedroschenen Worte blieben ihm im Hals stecken, das Trauer-Vokabular war ihm nicht geläufig. Sie mochte ihn, weil er so sprachlos war. Sie dankte ihm, brachte sogar ein Lächeln zustande. Es gehe ihr den Umständen entsprechend gut, erklärte sie – mehr wollte niemand hören. Er fragte, ob sie mit den anderen Familienangehörigen weiter nach Malin Head reise, und sie verneinte dies schnell und vielleicht zu nachdrücklich. Ihm war peinlich, daß er danach gefragt hatte. Ihr Blick ging zu Robert Hart, und sie stellte ihn dem Kapitän vor. Der Kapitän musterte Robert, als komme er ihm bekannt vor. Dann entschuldigte er sich, kehrte ins Cockpit zurück und verriegelte die Tür hinter sich. Zur Sicherheit. Zu ihrer Sicherheit.

Sie dachte darüber nach, wie selbstverständlich Passagiere einem Piloten vertrauten.

Während sie auf dem Rollfeld manövrierten, beobachtete sie das Terminal der Vision-Fluggesellschaft, das Gebäude, in dem Jack ein- und ausgegangen war. Der flache Betonwürfel, vor dem die silbernen und weißen Flugzeuge aufgereiht standen, wirkte steril, anonym, kein Ort für menschliches Versagen oder übertriebene Gefühle.

Die Stewardeß nahm ihr das Sektglas ab, und Kathryn bemerkte erst jetzt, daß sie es geleert hatte. Wann, wußte sie nicht; sie hatte nur noch den Geschmack im Mund. Draußen war es bereits dunkel. Sie sah auf ihre Uhr. Vierzehn Minuten nach acht. In London war jetzt Nacht, vierzehn Minuten nach eins.

Schwerfällig bewegte sich das Flugzeug auf die Rollbahn. Der Pilot – der Kapitän mit den blaßblauen Augen – ließ zum Start die Motoren aufheulen. Ihr Herz setzte einen langen Schlag aus, tat dann in ihrer Brust einen stechenden Satz. Ihr Blickfeld schrumpfte auf einen Punkt zusammen, wie das Bild eines alten Fernsehapparats, den Julia früher hatte. Kathryn umklammerte die Armlehnen und schloß die Augen. Sie biß sich auf die Unterlippe.

Es war, als löste sich vor ihr ein Schutzfilm, und sie sah alles, was womöglich geschehen war: Sitze und Fußbodenbeläge wurden aus der Kabine gerissen; ein Mensch, vielleicht ein Kind, an den Sitz geschnallt, wirbelte durch die Luft; Feuer, das in einem Gepäckfach ausbrach und sich in der Kabine ausbreitete.

Das Flugzeug beschleunigte mit unnatürlicher Wucht. Die schwankende, schwere Masse der T-900 würde sich nicht vom Boden lösen. Sie schloß die Augen und betete das einzige Gebet, das ihr einfiel: *Vater unser...*

Angst hatte sie bisher nicht gekannt. Selbst in den schlecht gewarteten Frachtmaschinen nicht, in denen sie Jack manchmal mitgenommen hatte. Selbst auf den rauhesten Überseeflügen nicht. Jack war im Flugzeug immer entspannt gewesen, als Pilot und als Passagier. Seine Ruhe hatte sich wie durch eheliche Osmose auf sie übertragen.

Doch dieser Schutz war jetzt weg. Wenn sie sich im Flugzeug sicher gefühlt hatte, weil Jack Sicherheit ausstrahlte, war es dann nicht logisch, daß sie auch wie er im Flugzeug sterben konnte? Gleich würde sie sich übergeben, ekelhaft, eine Schande. Robert legte seine Hand auf ihren Rücken.

Als das Flugzeug in der Luft war, machte Robert der Stewardeß ein Zeichen. Sie brachte kaltes Wasser, kühle

Handtücher und eine diskrete Papiertüte. Die Tatsache, daß sie nun flogen, bedeute für Kathryn keine Erleichterung. Ihr Körper rebellierte. Sie erbrach Sekt und Gin Tonic. Wie extrem verinnerlicht die eigene Todesangst doch war, dachte sie: Bei der Nachricht von Jacks Tod mußte sie sich nicht so übergeben.

Peinlich, daß Kathryn vor aller Augen übel geworden war: vor Robert, der Stewardeß, den meisten Erster Klasse-Passagieren. Sie wischte mit dem kühlen Handtuch über ihre Stirn. Als das Sitzgurt-Zeichen erlosch, stand sie auf und ging auf wackligen Beinen zur Toilette. Eine Stewardeß reichte ihr ein Plastiketui mit Zahnbürste, Zahnpasta, Waschlappen, einem Stück Seife und einem Kamm – wahrscheinlich war dieses Etui extra für Passagiere, denen schlecht wurde, dachte Kathryn.

In der winzigen Toilette wusch Kathryn ihr Gesicht. Ihr Unterrock und ihre Bluse waren verschwitzt, und sie rieb Schultern und Hals mit Papiertüchern trocken. Das Flugzeug schlingerte, und sie stieß mit dem Kopf gegen ein Schränkchen. Sie putzte sich, so gut es ging, die Zähne, wobei ihr plötzlich das vielbenutzte Waschbecken unsympathisch war. Sie dachte daran, wie oft sie auf Passagiere herabgesehen hatte, die Flugangst hatten.

Als sie an ihren Platz kam, stand Robert auf und nahm ihren Arm.

»Ich weiß nicht, was los war.« Sie setzte sich, und auch er nahm wieder Platz. »Wahrscheinlich war es Angst. Ich hatte das Gefühl, das Flugzeug käme nicht vom Boden und würde mit voller Geschwindigkeit zerschmettern.«

Er drückte sacht ihren Arm.

»Ich hatte noch nie Angst. Nie.«

Sie verstellte ihre Rückenlehne, veränderte den Abstand zu Robert. Sie war wie benommen, wie nach einer Bombendetonation in unmittelbarer Nähe. Aber dann dachte sie: Das ist lächerlich. Ich habe nicht die geringste Ahnung, was eine Bombenexplosion in nächster Nähe bedeutet.

Auch Robert verstellte seine Rückenlehne. Zögernd nahm er eine Zeitung aus seiner Aktentasche.

Sie drehte an ihrem Ehering.

Über die Sprechanlage kam die wohlklingende, beruhigende Stimme des Kapitäns. Dennoch fühlte sich der Flug immer noch ungut an. Sie konnte sich nicht mit dem Flugzeug anfreunden, mit seinem Gewicht, dem Aussetzen der Schwerkraft, dem Schwebezustand. Die aerodynamischen Gesetze waren ihr vertraut, die physikalischen Gesetze, die dem Fliegen zugrunde lagen, aber ihr Herz wollte im Augenblick nichts davon wissen. Ihr Herz wußte, daß das Flugzeug vom Himmel fallen konnte.

Als sie aufwachte, war es dunkel, im Flugzeug und draußen. Über ihr lief auf einer Leinwand stumm und verschwommen ein Film. Sie waren in die Dunkelheit geflogen, dem Morgen entgegen. Als Jack gestorben war, hatte er auch das Flugzeug in die Dunkelheit gesteuert, wie im Wettlauf mit der Morgensonne.

Durch die Fenster sah sie Wolken. Wo waren sie? Über Neufundland? Dem Atlantik? Malin Head?

Hörte das Herz auf zu schlagen, wenn die Bombe losging, oder hörte es mit dem Bewußtsein auf, daß man sterben müsse, oder hörte es vor Angst auf, wenn man durch die Dunkelheit fiel, oder hörte es erst zu schlagen auf, wenn der Körper aufs Wasser schlug?

Wie war es, wenn das Cockpit von der Kabine abriß und man nur zusehen konnte und dann selbst, noch angeschnallt, auf seinem Sitz durch die Nacht fiel, immer schneller, bei vollem Bewußtsein; wenn man am Ende mit aller Wucht aufs Wasser schlug? Bei vollem Bewußtsein – wie Jack womöglich. Hatte er Kathryns Namen geschrien? Oder am Ende Matties? Oder hatte Jack auch in einem letzten verzweifelten Aufschrei nach seiner Mutter gerufen?

Sie hoffte, ihr Mann habe keinen Namen mehr geschrien, habe nicht gewußt, wie ihm geschah.

Der Regen machte das Gerüst und die Eisenträger noch häßlicher. Der Flughafen schien keinen Ausgang zu haben. Sie sah die Bagger und die blechernen Trennwände und dachte, daß Jack hunderte Male hiergewesen war. Wie glanzlos sich sein Beruf in Wirklichkeit darstellte. Ankommen, den Flughafen verlassen, hinein in den Bus, ins Flughafen-Hotel, ein angemietetes gesichtsloses Hotel, berühmt-berüchtigt für sein schlechtes Essen. Abgesehen von der respekteinflößenden, auch niederregenden Uniform war Jacks Leben kaum anders gewesen als das eines Handlungsreisenden.

Neben ihr streckte Robert Hart seine Beine aus. Die Goldknöpfe an seinem Blazer hatten bei der Sicherheitskontrolle Alarm ausgelöst. Er trug eine graue Hose, ein weißes Hemd, eine schwarzrote Krawatte mit Paisley-Muster. Er sah irgendwie dünner als gestern aus.

Sie strich sich übers Haar, versuchte eine Strähne festzumachen. Zwischen ihnen stand ihr Bordgepäck, zwei Taschen, erstaunlich klein. Sie hatte hastig und ohne viel Nachdenken gepackt. Sie hatte nur Unterwäsche zum Wechseln und ein Paar Strümpfe dabei, eine andere Bluse.

Nicht nur am Linksverkehr hätte sie gleich gemerkt, daß sie in London waren. Ein bestimmter Geruch, der Verkehrslärm, Höhe und Art der Gebäude, einfach die Luft – ein Dutzend eindeutiger Indizien bewiesen noch vor irgendwelchen eindeutigen Wahrzeichen: europäische Stadt. London.

Sie war neugierig auf ihr Hotel. Es war keins, in dem sie

je gewohnt hatte. Neben ihr legte Robert den Arm auf seine Tasche und streckte in dem geräumigen Taxi die Beine von sich. War Jack häufig mit dem Taxi in die Innenstadt gefahren? Und wo genau war das Restaurant, in dem er den letzten Abend seines Lebens verbracht hatte?

Nach einiger Zeit waren sie dann wirklich in London, fuhren durch angenehme Wohngegenden. Plötzlich hielt das Taxi am Straßenrand.

Im Regen erkannte Kathryn eine Straße mit weißen, stuckverzierten Wohnhäusern, eine makellose Reihe fast identischer Fassaden. Die Häuser hatten vier Stockwerke und hübsche Bogenfenster. Zierliche schmiedeeiserne Zäune standen an der Gehwegseite, und in jedem Haus-eingang hing von einem säulengetragenen Vordach eine Laterne. Nur die Haustüren zeigten Individualität. Man-che waren aus massivem, gebeiztem Holz; manche hatten kleine Fenster; andere waren dunkelgrün lackiert. Soweit vom Taxi aus sichtbar, hatten die Häuser Hausnummern auf unaufdringlichen Messingschildern. Sie parkten vor Nummer 21.

Kathryn rutschte tiefer in den Polstersitz.

»Noch nicht«, sagte sie.

»Soll ich für Sie hineingehen?« fragte er.

Sie erwog das Angebot und strich ihren Rock glatt. Der Taxifahrer ließ ungerührt von der Unterbrechung den Motor laufen.

»Was würden Sie drinnen tun?« fragte sie.

Sein Kopfschütteln deutete an, daß er darüber noch nicht nachgedacht hatte. Oder daß er tun würde, worum sie ihn bat.

»Was werden Sie sagen?« stellte er die Frage aller Fra-gen.

Kathryn war mit einemmal schwindlig, und wieder fand

sie, daß sie ihre Handlungen und Körperreaktionen nicht mehr mit Sicherheit voraussagen konnte. Das Verdrängen der unmittelbaren Zukunft hatte den Nachteil, daß man sich unvorbereitet in der Wirklichkeit wiederfand.

Die Fahrt zum Hotel war kurz, die Straße, in der es lag, glich auf unheimliche Weise jener, die sie gerade verlassen hatten. Das Hotel war aus sieben oder acht Wohnhäusern entstanden. Der Eingang war wenig aufwendig, und die oberen Stockwerke hatten altmodische weiße Balkongitter.

Robert hatte zwei nebeneinanderliegende Zimmer ohne Verbindungstür gebucht. Er trug ihre Tasche zum Aufzug.

»Es ist beinahe Mittagszeit«, sagte er.

Ihr Zimmer war klein, aber vollkommen ausreichend. Die Tapete hatte ein unaufdringliches Paisleymuster, und an den Wänden hingen Messinglämpchen. Es gab einen Schreibtisch und ein Bett, eine Bügelfaltenpresse, worüber sie lächeln mußte, und einen Erker, in dem sie sich Tee oder Kaffe zubereiten konnte.

Sie duschte, zog frische Unterwäsche sowie eine frische Bluse an und kämmte sich. Sie sah in den Spiegel und faßte nach ihrem Gesicht. Hier in dieser Stadt erwartete sie − was? Etwas entwirrte sich, der rote Faden. War sie mutig genug, ihm zu folgen, egal wohin? Sie wußte es nicht. Sie wußte es wirklich nicht. Manchmal hieß Mut einfach einen Fuß vor den anderen setzen, ohne anzuhalten.

Der Pub war dunkel mit getäfelten Nischen. Aus dem Lautsprecher kam irische Folkmusik. Enya. An den Wänden hingen in goldenen Rahmen Pferdedrucke mit grünen Passepartouts. Fünf, sechs Männer saßen an der Theke und hatten große Gläser Bier vor sich stehen, und in den

Nischen saßen Geschäftsleute zu zweit. Sie entdeckte Robert. Er saß gegenüber der Tür, die Ellenbogen auf dem Tisch, und sah zufrieden aus, vielleicht mehr als zufrieden. Er winkte ihr zu.

Sie durchquerte den Raum und legte ihre Handtasche auf die gepolsterte Sitzbank.

»Ich habe mir erlaubt, dir etwas zu trinken zu bestellen.«

Sie betrachtete das Glas Bier. Robert hatte sich Mineralwasser bestellt. Sie rutschte auf den Platz neben ihm, hielt ihren engen Rock fest. Ihre Füße berührten seine, aber es kam ihr unfreundlich vor, sie wegzuziehen.

»Ich sterbe vor Hunger«, sagte er.

Sie studierte die Speisekarte – sie hatte es geahnt: Würstchen, Bohnen, Pommes Frites, Ploughman's Lunch, Blumenkohl mit Käse überbacken.

»Ach, Robert«, sagte sie und legte die Karte beiseite. »Dies ist idiotisch. Ich weiß, du denkst, ich bin nicht ganz bei Trost. Tut mir wirklich leid, daß ich dich hier hineingezogen habe.«

»Nein, das ist okay«, sagte er. »Schon gut.«

»Vielleicht sind wir ganz umsonst hier.«

»Ich mag London.« Er wollte ihre gemeinsame Aktion nicht so schnell in Frage stellen. »Du mußt etwas essen«, sagte er. »Ich hasse irische Musik. Warum ist sie immer so rührselig?«

Sie lächelte. »Woher kennst du das Hotel?« wechselte sie das Thema. »Es ist richtig elegant.«

»Ich bin öfter hier«, sagte er. »Wir arbeiten mit unserer britischen Schwesterorganisation eng zusammen.«

Sie studierte die Speisekarte, legte sie auf die blankpolierte, wenn auch klebrige Tischplatte.

»Du siehst wunderschön aus«, sagte er plötzlich.

Sie wurde rot. Das hatte ihr lange niemand mehr gesagt. Es war ihr peinlich, daß sie rot geworden war und er sehen konnte, daß es ihr etwas ausmachte. Sie nahm noch einmal die Speisekarte. »Ich kann nichts essen, Robert. Ich kann einfach nicht.«

»Ich möchte dir etwas sagen«, begann er.

Sie hob ihre Hand. Sie wollte nicht, daß er irgend etwas sagte, worauf sie antworten müßte. Sie wollte ihm nicht sagen müssen, daß es alles viel zu früh war. Vielleicht nie sein würde.

»Tut mir leid.« Er wandte den Blick ab. »Das ist wohl nicht der Moment.«

»Ich dachte gerade, wie erfreulich das hier ist«, sagte sie ruhig.

Und dann sah sie überrascht, wie enttäuscht er angesichts dieser lauen Zuneigungsbekundung war.

»Ich muß los«, sagte sie.

»Ich komme mit.«

»Nein«, sagte sie. »Das muß ich allein machen.«

Er beugte sich zu ihr und küßte sie auf die Wange.

»Paß gut auf«, sagte er.

Sie ging blindlings auf die Straße, folgte einem inneren Antrieb, den sie nicht in Frage zu stellen wagte. Das Taxi setzte sie vor dem schmalen Reihenhaus ab, das sie vor kaum mehr als einer Stunde erst gesehen hatte. Sie warf einen Blick die Straße entlang, sah eine kleine rosa Lampe in einem Erdgeschoßfenster. Sie bezahlte den Taxifahrer. Sicher hatte sie ihm zu viele Münzen und wahrscheinlich nicht die richtigen gegeben, dachte sie, als sie auf dem Gehweg stand.

Der Regen goß über ihren Schirmrand, ihre Beine wurden hinten ganz naß, die Strümpfe fleckig. Einen Augenblick lang, als sie auf den Stufen vor der beeindruckenden Holztür stand, dachte sie: Ich muß es nicht tun. Gleichzeitig wußte sie, daß sie es bestimmt tun würde –

daß sie sich lediglich den Luxus der Unentschlossenheit gönnte.

Sie hob den schweren Messingtürklopfer.

Sie hörte, wie jemand drinnen eine Treppe hinunterkam, dann, wie ein Kind kurz jammerte.

Die Tür öffnete sich mit einem Ruck, als ob jemand darauf gewartet hätte.

Es war eine Frau, eine große, schmale Frau mit dunklem Haar bis ans Kinn. Die Frau war dreißig, vielleicht fünfunddreißig. Sie trug ein kleines Kind auf der Hüfte, ein Kind, so erstaunlich, daß Kathryn fast einen Schrei ausgestoßen hätte.

Kathryn, in ihrem Mantel, zitterte. Sie hielt den Schirm ganz schräg.

Die Frau mit dem Kind sah sie überrascht einen Augenblick fragend an. Und dann wich die Überraschung.

»Diesen Augenblick habe ich mir seit Jahren ausgemalt«, sagte die Frau.

Das Kind auf dem Arm der Frau war ein Junge. Ein Junge mit blauen Augen. Die beiden Blautöne waren eine Spur verschieden, doch nicht so deutlich wie bei seinem Vater.

Die Zeithülle zerriß und riß Kathryn mit sich.

Sie mußte sich zwingen, sich nicht an der Tür abzustützen, so erschrocken war sie beim Anblick des Jungen.

»Kommen Sie herein.«

Die Einladung brach das lange Schweigen zwischen den beiden Frauen. Auch wenn es keine Einladung im üblichen Sinn war, kein Lächeln, kein Zurücktreten in den Flur, um den Gast hineinzulassen. Es war eher eine Feststellung, einfach und ohne besondere Betonung, als wollte die Frau eigentlich sagen: Jetzt haben wir beide keine andere Wahl.

Und instinktiv wollte sie natürlich über die Schwelle, wollte eintreten, weg von der Nässe. Sich hinsetzen.

Kathryn schloß den Regenschirm und trat ein. Die Frau hielt ihr mit einer Hand die Tür auf, mit der anderen hielt sie das Kind. Das Kind schaute, vielleicht weil es so still war, die Fremde neugierig an. Selbst das andere Kind im Flur hörte auf zu spielen und beobachtete, was vor sich ging.

Kathryn ließ den Schirm auf das blanke Parkett tropfen. In den wenigen Sekunden, die sie im Eingang gestanden hatte, hatte sie mit einem Blick die braunen Augen erfaßt, die kurzen dunklen Wimpern, den Schwung der Haare ums Kinn. Ein guter Haarschnitt, im Gegensatz zu Kathryns. Sie schob ihr Haar zurecht und bedauerte die Geste sofort.

Sie registrierte die engen Jeans, die langen Beine. Die elfenbeinfarbenen Ballerinaschuhe, ausgetreten wie Pantoffeln. Das rosa Hemd mit den hochgekrempelten Ärmeln. Im Flur war es heiß, extrem heiß und stickig. Kathryn spürte, wie der Schweiß innen in ihrer Bluse rieselte.

»Sie sind Muire Boland«, sagte Kathryn.

Das Kind auf Muire Bolands Arm, auch wenn es ein Junge war, auch wenn es dunkleres Haar hatte, sah verblüffend aus wie Mattie als Baby im gleichen Alter – fünf Monate, schätzte Kathryn. Die Feststellung erzeugte einen Mißklang, ein Kreischen in ihren Ohren, als trüge diese unbekannte Frau Kathryns Kind.

Jack hatte einen Jungen.

Die dunkelhaarige Frau machte kehrt und ging aus dem Flur in ein Wohnzimmer, was hieß, daß Kathryn ihr folgen sollte.

Das andere Kind im Flur, ein wunderschönes Mädchen mit großen Augen und Herzmund, nahm seine Bauklötze und schob sich, ohne seinen Blick von Kathryn zu wenden, dicht hinter seiner Mutter an der Wand entlang ins Wohnzimmer.

Kathryn stellte ihren Schirm in einer Ecke ab und betrat das Wohnzimmer. Muire Boland stand mit dem Rücken zum Kamin, wartete, bot ihr aber keinen Sitzplatz an, jetzt nicht und später nicht.

Der Raum war hoch und zitronengelb gestrichen. Der kunstvolle Stuck glänzte weiß. Vorn vor den Bogenfenstern hingen lange durchscheinende Gardinen an dekorativen Stangen. Mehrere schmiedeeiserne Sessel mit großen weißen Kissen standen um einen geschnitzten niedrigen Tisch – ein bißchen orientalisch, fand Kathryn. Über dem Kamin, hinter dem Kopf der Frau, hing ein massiver goldener Spiegel, in dem Kathryn sich sah, als sie weiter ins Zimmer trat. Kathryn und Muire Boland – im gleichen

Spiegelbild gerahmt. Auf dem Kaminsims stand ein Foto in einem Intarsienrahmen, eine rosa-goldene Glasvase, eine Bronzefigur. Auf beiden Seiten des Bogenfensters befanden sich hohe Bücherregale. Der Teppich war gedämpft grau und grün. Alles wirkte hell und luftig, trotz der schweren Architektur des Hauses, trotz des trüben Wetters.

Kathryn mußte sich setzen. Sie stützte sich auf einen Holzstuhl, der gleich hinter der Tür stand. Sie ließ sich auf seinen Sitz fallen, ihre Beine versagten ihr plötzlich den Dienst.

Sie fühlte sich älter als die Frau vor ihr, die vielleicht gleich alt war. Es war das kleine Kind, dieser frische Liebesbeweis, zumindest der Beweis gegenseitiger sexueller Anziehung. Oder die Jeans im Gegensatz zu Kathryns dunklem Kostüm. Oder wie Kathryn dasaß, steif, die Handtasche auf dem Schoß.

Ihr rechtes Bein schmerzte, als habe sie eben einen Berg erklommen.

Das Kind quengelte, gab kleine, ungeduldige Schreie von sich. Muire Boland bückte sich und nahm einen Schnuller vom Tisch, nahm ihn in den Mund, saugte mehrmals daran und steckte ihn dem Kind in den Mund. Der Junge trug eine dunkelblaue Kordlatzhose und ein Ringelhemd.

Wie gebannt sah Kathryn, wie Muire Boland am Schnuller saugte. Die dunkelhaarige Frau hatte einen vollen, ebenmäßigen ungeschminkten Mund.

Als sie ihren Blick von der Frau mit dem Kind löste, sah sie das Foto auf dem Kaminsims. Als sie es deutlich sah, fuhr sie mit einem Ruck zusammen, wäre beinah vom Sitz aufgesprungen. Auf dem Foto war Jack, sie erkannte ihn selbst auf diese Entfernung. Unverwechselbar, auch von weitem. Auf dem Arm hielt er einen Säugling, ein Neugeborenes. Mit dem anderen Arm fuhr er einem Kind durch die Wuschellocken, dem Mädchen, das jetzt bei ihnen saß. Das Mädchen auf dem Bild machte ein feierliches Gesicht. Das Trio war offenbar am Strand aufgenommen. Jack strahlte.

Leibhaftiges Zeugnis eines anderen Lebens. Auch wenn Kathryn diesen Beweis nicht gebraucht hätte.

»Sie tragen einen Ring«, sagte Kathryn beinahe unfreiwillig.

Muire fühlte mit dem Daumen nach dem Goldreif.

»Sind Sie verheiratet?« fragte Kathryn ungläubig.

»Ich war es.«

Einen Augenblick verstand Kathryn nicht, bis sie begriff, was Muire Boland mit der Vergangenheitsform ausdrücken wollte.

Muire wechselte das Kind auf die andere Hüfte.

»Wann?« fragte Kathryn.

»Vor viereinhalb Jahren.«

Die Frau bewegte beim Reden kaum den Mund. Konsonanten und Vokale vereinten sich zu einem melodischen Singsang. Also keine Engländerin dachte Kathryn.

»Wir haben kirchlich geheiratet, katholisch«, erklärte Muire.

Kathryn zuckte zusammen, ging instinktiv in Deckung.

»Und Sie wußten …?« fragte sie.

»Von Ihnen? Ja, natürlich.«

Als ob es selbstverständlich wäre. Die dunkelhaarige Frau hatte alles gewußt. Kathryn dagegen hatte nichts gewußt.

Sie legte ihre Handtasche beiseite, zog den Mantel aus. Die Wohnung war zu heiß, und Kathryn schwitzte. Sie fühlte, daß ihr Haar feucht war, ihr Nacken.

»Wie heißt er?« fragte Kathryn. Sie wunderte sich, wie höflich sie blieb, als sie die Frage stellte.

»Dermot«, sagte Muire. »Nach meinem Bruder.«

Die Frau neigte plötzlich den Kopf und küßte das Kind auf seinen haarlosen Schädel.

»Wie alt ist er?« fragte Kathryn.

»Fünf Monate. Heute.«

Und sofort dachte Kathryn – wer hätte dies nicht getan –, daß Jack sonst sicher hiergewesen wäre, in dieser Wohnung, um dem kleinen Ereignis beizuwohnen.

Das Kind schlief nun beinahe.

Trotz allem, was in den vergangenen Minuten enthüllt worden war, trotz der prekären Beziehung zwischen ihr und diesem Kind (der Existenz dieses Kindes überhaupt) sehnte sich Kathryn geradezu danach, das Kind auf ihren Arm zu nehmen und an sich zu drücken. Die Ähnlichkeit mit Mattie im gleichen Alter war unheimlich. Als sei Mattie wieder klein. Kathryn schloß die Augen.

»Alles in Ordnung?« fragte Muire.

Kathryn öffnete die Augen, wischte sich mit dem Jackenärmel über die Stirn.

»Ich dachte...« begann Muire. »Ich habe mich gefragt, ob Sie kommen würden. Als Sie anriefen, dachte ich, Sie wüßten alles. Ich war mir sicher, daß mit seinem Tod alles herauskommen würde.«

»Ich wußte nichts«, sagte Kathryn. »Eigentlich gar nichts. Erst als ich das Kind gesehen habe. Jetzt gerade.«

Oder hatte sie etwas gewußt? Hatte sie es, als sie die transatlantische Stille hörte, gewußt?

Um die Augen der dunkelhaarigen Frau waren kleine Falten, schwache Linien um ihren Mund, die eines Tages stärker würden.

Das Kind erwachte plötzlich und begann – für Kathryn eine vertraute Erinnerung – ungehemmt lustvoll zu jammern. Muire beruhigte den Jungen, legte ihn an ihre Schulter, streichelte ihm den Rücken. Aber es half nichts.

»Ich lege ihn ins Bett«, sagte Muire.

Und als sie das Zimmer verließ, zockelte das Mädchen hinterher, wollte nicht allein mit der Fremden bleiben.

Jack hatte katholisch geheiratet. Die dunkelhaarige Frau hatte gewußt, daß er bereits verheiratet war.

Kathryn wollte aufstehen und spürte dann, daß sie es nicht konnte. Sie schlug die Beine übereinander, vielleicht sah sie dann nicht ganz so mitgenommen aus. Nicht ganz so am Boden zerstört.

Die beiden Frauen behandelten einander mit ausgesuchter Höflichkeit. Gradezu grotesk. Kathryn war sich gewiß, daß sie dem Wahnsinn noch nie so nahe gewesen war.

Langsam drehte sie den Kopf, sah sich im Zimmer um. Die Messingwandleuchten mit den elektrischen Kerzen. Die rosa-goldene Vase mit getrockneten weißen Rosen, das Ölbild einer Straße in einem Arbeiterviertel. Sie wußte nicht, warum, aber sie empfand keinerlei Wut. Als hätte ihr jemand ein Messer in den Körper gestoßen und sie so tief verletzt, daß sie noch keinen Schmerz spürte, nur den Schock. Und der Schock erzeugte die Höflichkeit.

Muire hatte diesen Tag kommen sehen.

Kathryn nicht.

An einer Wand stand ein Schrank, in dem vermutlich Fernseher und Stereoanlage waren. Plötzlich fielen Kathryn die Pink-Panther-Videos ein, die Jack, Mattie und sie mit Hingabe angesehen hatten – Jack und Mattie waren aus dem Lachen nicht mehr herausgekommen. Sie kannten ganze Passagen auswendig.

Von der Tür kam ein Geräusch, und Kathryn wandte sich um. Muire Boland stand da und betrachtete sie von der Seite.

Sie durchquerte den Raum und setzte sich auf einen der weißen Sessel. Sie öffnete ein Holzkästchen auf dem niedrigen Tisch und nahm sich eine Zigarette, zündete sie mit einem Plastikfeuerzeug an.

Jack hielt keine Raucher in seiner Nähe aus, hatte er immer behauptet.

»Sie wollen wissen, wie es passiert ist«, sagte Muire.

Schmal und knochig, wie sie war, wirkte sie doch sinnlich. Sicher durch das Kind, dachte Kathryn. Das Stillen. Sie hatte ein bißchen Bauch – auch vom Kind.

Wieder bedrängte Kathryn unerwartet eine Erinnerung, ein Bild, das Jack einmal fotografiert hatte. Kathryn hatte in ihrem Bademantel auf dem Bauch in ihrem ungemachten Bett gelegen, die Arme unterm Kopf verschränkt, und geschlafen. Jack hatte ihr die ebenfalls schlafende, fünf Monate alte Mattie unten auf den Rücken gelegt. Zusammen hatten Kathryn und Mattie ein Schläfchen gehalten, und Jack hatte Mutter und Säugling fotografiert.

Muire machte es sich im Sessel bequem, legte einen Arm auf die Rückenlehne. Sie schlug die Beine übereinander. Sie maß sicher einen Meter achtzig, beinahe so groß wie Jack. In Gedanken versuchte Kathryn sie sich nackt vorzustellen, sie und Jack zusammen.

Aber etwas in ihr weigerte sich, und das Bild kam nicht zustande. Genauso wie das Bild von Jack tief unten auf dem Meeresgrund zunächst nicht zustande kam. Später aber würden die Bilder kommen, wenn man sie am wenigsten erwartete oder wollte.

»Ja«, sagte Kathryn.

Muire zog an der Zigarette, beugte sich vor und streifte die Asche ab.

»Vor fünf Jahren sind wir zusammen geflogen, ich war Stewardeß bei Vision Airlines«.

»Ich weiß.«

»Wir haben uns verliebt«, sagte die Frau einfach. »Mehr kann ich dazu nicht sagen. Es hat uns beide erwischt. Wir waren einen ganzen Monat zusammen, damals. Wir hatten...«

Die Frau zögerte, vielleicht aus Taktgefühl, vielleicht weil sie nicht wußte, wie sie es ausdrücken sollte.

»Wir hatten eine Affäre«, sagte sie schließlich. »Jack war hin- und hergerissen. Er wollte Mattie nicht verlassen. Er hätte es seiner Tochter nie antun können.«

Der Name *Mattie* erzeugte eine Irritation, eine knisternde Hochspannung zwischen beiden Frauen. Muire Boland hatte den Namen zu leicht ausgesprochen, als ob sie das Mädchen kannte.

Kathryn dachte: Er wollte seine Tochter nicht verlassen, aber er konnte seine Frau betrügen.

»Wann genau war das?« fragte Kathryn. »Die Affäre.«

»Juni 1991.«

»Oh.«

Was hatte sie selbst im Juni 1991 getan? überlegte sie.

Die Frau hatte eine zartweiße Haut, fast makellos. Als ginge sie selten nach draußen. Obwohl sie wie eine Läuferin aussah.

»Sie wußten von mir«, wiederholte Kathryn.

Ihre Stimme klang fremd. Zu langsam und gedehnt, wie unter Drogen.

»Ich wußte von Anfang an von Ihnen«, sagte Muire. »Jack und ich hatten keine Geheimnisse voreinander.«

Die größere Vertrautheit.

Ein bewußter Messerstich.

Der Regen fiel gegen die Bogenfenster, die Wolken verdunkelten den Tag – es hätte auch früh abends sein können. Aus einem Zimmer oben hörte Kathryn die verzerrte Fernsehstimme einer Comicfigur. Sie schwitzte immer noch, zog die Jacke aus und stand auf, stellte dabei fest, daß ihre Bluse aus dem Bündchen gerutscht war. Sie versuchte, sie in den Rock zurückzustecken. Dabei spürte sie den abschätzenden Blick der Frau gegenüber, einer Frau, die womöglich Jack besser gekannt hatte als sie. Kathryn hoffte inständig, ihre Beine würden ihr keinen Streich spielen. Dann ging sie zum Kamin.

Vom Kaminsims nahm sie das Foto in seinem Intarsienrahmen. Jack trug ein Hemd, das Kathryn noch nie gesehen hatte, ein verwaschenes schwarzes Polohemd. Er hielt das winzige Neugeborene im Arm. Das Mädchen, das Kathryn eben mit Bauklötzen hatte spielen sehen, hatte lockiges Haar und eine Stirn wie Jack, aber nicht seine Augen.

»Wie heißt sie?« fragte Kathryn.

»Dierdre.«

Jack fuhr dem Mädchen mit der Hand durchs Haar. War Jack mit Dierdre so umgegangen wie mit Mattie?

Kathryn schloß einen Moment die Augen. Der Schmerz war eigentlich unerträglich. Aber der Schmerz, den er Mattie zugefügt hatte, war geradezu obszön. Offensichtlich – unübersehbar – war das Mädchen auf dem Foto außergewöhnlich schön. Ein hinreißendes Gesicht mit dunklen Augen und langen Wimpern, roten Lippen. Ein richtiges Schneewittchen.

Hatten sich mit dem anderen Kind Erlebnisse wiederholt, die Mattie als ihre ureigensten Erinnerungen hütete?

»Wie konntet ihr das tun?« Kathryn wirbelte herum, richtete die Frage auch an Jack.

Der Rahmen rutschte ihr aus den schweißfeuchten Händen und fiel mit einem Knall gegen einen Beistelltisch. Es geschah unabsichtlich, und sie fühlte sich bloßgestellt, daß sie etwas zerbrochen hatte.

Die Frau im Sessel zuckte zusammen, aber sie gönnte dem Schaden keinen Blick.

Auf diese Frage gab es keine Antwort. Auch wenn die Frau sie beantworten wollte.

»Ich habe ihn geliebt«, sagte Muire. »Wir haben uns geliebt.«

Als ob diese Erklärung genügte.

Kathryn sah zu, wie Muire ihre Zigarette ausdrückte. Wie kühl sie war. Kalt.

»Über manches kann ich nicht reden«, sagte Muire.

Du Biest, dachte Kathryn, und ihre Wut zerplatzte wie eine Blase an der Oberfläche. Sie versuchte sich zu beruhigen. Schwer vorstellbar, daß diese Frau Stewardeß war, in einer Uniform mit kleinen Flügeln auf dem Revers. Daß sie mit einem Lächeln die Passagiere begrüßte.

»Bitte, setzen Sie sich«, sagte Muire.

Kathryn hielt sich am Kaminsims fest, neigte den Kopf. Sie atmete tief durch. Die Wut war wie ein weißes Rauschen in ihren Ohren.

Sie stieß sich vom Kaminsims ab und setzte sich wie befohlen. Sie hockte auf der Stuhlkante, als müsse sie jeden Augenblick aufstehen und davongehen.

»Ich war bereit, alle Konsequenzen zu tragen«, sagte Muire Boland.

Sie strich sich das Haar aus der Stirn.

»Einmal habe ich versucht, ihn rauszuwerfen. Aber ich konnte es nicht.«

Kathryn faltete die Hände im Schoß, wog die Schwäche ab, die Muire gestand. Die Sinnlichkeit der stillenden Frau, der kleine Bauchansatz, dazu die Größe, die eckigen Schultern und die langen Arme waren anziehend, unleugbar attraktiv.

»Wie haben Sie es angestellt?« fragte Kathryn. »Ich meine, wie funktionierte es?«

Muire Boland hob den Kopf. »Wir hatten so wenig Zeit zusammen«, sagte sie. »Wir haben getan, was wir konnten. Wir haben uns verabredet, ich habe ihn am Hotel abgeholt und ihn hierhergebracht. Manchmal hatten wir nur die Nacht. Wann anders …«

Wieder zögerte sie.

»Manchmal tauschte Jack seinen Dienstplan«, sagte Muire.

Die typische Sprache von Pilotenfrauen.

»Das verstehe ich nicht«, warf Kathryn ein. Eigentlich doch, dachte sie angeekelt.

»Gelegentlich arrangierte er, daß er in London stationiert war und hier eingesetzt wurde. Aber das war natürlich riskant.«

Kathryn fielen all die Monate ein, in denen Jack einen fürchterlichen Dienstplan gehabt hatte. Fünf Tage unterwegs, zwei Tage frei, nur über Nacht zu Hause.

»Sie wissen ja, daß er nicht immer die London-Route flog«, fuhr Muire fort. »Manchmal flog er Amsterdam-Nairobi. Dann habe ich mir in Amsterdam ein Apartment gemietet.«

»Das hat er bezahlt?« fragte Kathryn plötzlich.

Dachte, er hat mir Geld weggenommen. Mattie Geld weggenommen.

»Diese Wohnung gehört mir.« Muire deutete in den Raum. »Ich habe sie von einer Tante geerbt. Ich könnte sie verkaufen und in einen Vorort ziehen, aber mir graust schon bei der bloßen Vorstellung.«

Kathryn wohnte in einem Vorort.

»Er hat Ihnen Geld gegeben?« beharrte Kathryn.

Muire wich ihrem Blick aus; als Mutter konnte sie nachempfinden, wie gemein es war, wenn ein Mann in die Familienkasse griff, um seine Geliebte zu finanzieren.

»Gelegentlich«, sagte sie. »Ich habe auch eigenes Geld.«

Kathryn überlegte, ob Liebe durch permanente Trennung an Intensität gewann. Intensität durch Geheimhaltung.

Sie hob ihre Hand an den Mund, preßte ihre Fingerknöchel gegen die Lippen. War ihre Liebe zu Jack nicht stark genug gewesen? Hatte sie ihren Mann noch geliebt, als er starb? War seine Existenz für sie selbstverständlich gewesen?

Oder schlimmer, hatte Jack Muire zu verstehen gegeben, daß er sich von Kathryn nicht genug geliebt fühlte?

Bei diesem Gedanken lief es ihr kalt den Rücken herunter. Sie atmete tief durch und richtete sich auf.

»Woher kommen Sie?« fragte Kathryn, als sie wieder sprechen konnte.

»Antrim.«

Kathryn stieß einen Laut aus und schaute weg. Deswegen das Gedicht.

»Sie sind also Irin?« fragte Kathryn.

»Eigentlich nicht. Ich bin britische Staatsangehörige.«

»Aber Sie haben sich hier kennengelernt«, sagte Kathryn. »Sie haben Jack in London kennengelernt.«

»Wir haben uns in der Luft kennengelernt.«

Kathryn blickte auf den Teppich, malte sich dieses Kennenlernen in der Luft aus.

»Wo wohnen Sie hier?« fragte Muire.

Kathryn warf der Frau einen fragenden Blick zu. Der Name des Hotels fiel ihr nicht ein.

Muire lehnte sich vor und nahm noch eine Zigarette aus dem Kästchen.

»Im Kensington Exeter«, erinnerte Kathryn sich.

»Wenn es Sie beruhigt«, sagte Muire. »Ich bin mir sicher, daß er sonst mit keiner etwas hatte.«

Es beruhigte sie nicht. »Woher können Sie das wissen?« fauchte Kathryn.

In der Wohnung wurde es dämmrig. Eigentlich Zeit, Licht zu machen. Muire faßte sich an ihren Hals.

»Wie haben Sie es herausgefunden?« fragte sie. »Uns entdeckt?«

Kathryn hörte das Uns.

Sie wollte darauf nicht antworten. Die Sucherei kam ihr jetzt albern vor.

»Was geschah während Jacks Flug?« fragte sie statt dessen.

Muire schüttelte den Kopf, ihr seidiges Haar schwang hin und her. »Ich weiß es nicht«, sagte sie. Aber vielleicht klang sie eine Spur ausweichend, war sie eine Spur blasser geworden. »Daß es Selbstmord sein soll, ist unerhört«, sagte sie und beugte sich vor, stemmte die Ellenbogen auf die Knie, stützte den Kopf auf. »Jack würde nie, nie …«

Der plötzliche Gefühlsausbruch überraschte Kathryn, diese Gewißheit, die sonst doch nur sie hatte. Zum ersten Mal, seit sie diese Wohnung betreten hatte, zeigte die Frau Gefühle.

»Ich habe Sie um den Gedenkgottesdienst beneidet«, sagte Muire und blickte hoch. »Den Priester. Da wäre ich gern dabeigewesen.«

Mein Gott, dachte Kathryn.

»Ich habe das Foto von Ihnen gesehen«, sagte Muire. »In der Zeitung. Das FBI ermittelt, oder?«

»Angeblich.«

»Werden Sie verhört?«

»Nein. Nicht mehr.«

»Sie wissen, daß Jack das nie tun würde.« Muire lehnte sich zurück.

»Natürlich weiß ich das«, sagte Kathryn.

Schließlich war Kathryn die erste Frau, die eigentliche Frau, oder nicht? Aber dann überlegte sie: Wer war für den Mann die wichtigere Ehefrau – die Frau, die er beschützte, und deshalb ein Doppelleben führte? Oder die andere, mit der er all seine Geheimnisse teilte?

»Als Sie ihn das letzte Mal gesehen haben …«, begann Kathryn.

»An jenem Morgen. Gegen vier Uhr früh. Bevor er zum Dienst ging. Ich bin wach geworden …«

»Abends waren Sie zum Essen ausgegangen«, sagte Kathryn.

»Ja.« Muire sah Kathryn überrascht an. Sie fragte nicht, woher sie das wußte.

Kathryn überlegte, ob sie Jack je verdächtigt hatte, eine Affäre zu haben? Sie glaubte nicht. Wie verheerend ihr Vertrauen gewesen war! Zwar hatte sie manchmal gelästert, die üblichen Pilotenwitze gemacht. Aber gerade die Witze hatten jeden Gedanken an Untreue vertrieben – kein Pilot konnte sich so lächerlich verhalten.

»Sind Sie nur deswegen gekommen?« fragte Muire und zupfte einen Tabakkrümel von ihrer Unterlippe. Sie hatte sich wieder gefangen.

»Reicht das nicht?« fragte Kathryn.

Muire stieß eine lange Rauchfahne aus. «Nein, ich meine, fahren Sie weiter nach Malin Head?«

»Nein«, sagte Kathryn. »Waren Sie da?«

»Ich konnte nicht«, sagte sie.

Da war noch etwas anderes. Kathryn spürte es.

»Warum?« fragte Kathryn.

Die Frau rieb sich die Stirn. »Nichts.« Sie schüttelte den Kopf. »Wir hatten eine Affäre«, fuhr sie fort. »Ich wurde schwanger. Jack wollte heiraten. Mir war es nicht so wichtig. Das Heiraten. Er wollte kirchlich heiraten.«

»Er ist nie in die Kirche gegangen.«

»Er war fromm«, sagte Muire und fixierte Kathryn.

»Dann war er zwei verschiedene Personen«, sagte Kathryn ungläubig. Kirchlich heiraten, weil die Geliebte es will, war eine Sache – ein frommer Mann sein eine ganz andere. Kathryn faltete die Hände, damit sie nicht zitterten.

»Er ging, so oft er konnte, zur Messe«, sagte Muire.

Jack? Zur Messe? In Ely hatte er keinen Fuß in eine Kirche gesetzt. Wie konnte ein Mensch zwei so verschiedene Personen sein?

Aber dann fiel ihr etwas anderes ein, etwas Unerfreuliches: Jack konnte doch nicht immer zwei verschiedene Personen gewesen sein? Als Liebhaber, zum Beispiel. War er zu Muire Boland im Bett so gewesen wie zu Kathryn? Könnte Kathryn sich dazu bringen, diese Frage zu stellen, hätte sie dann nicht mit dieser Frau, die ihr gegenübersaß, etwas gemeinsam?

Oder war es ein völlig anderes Stück gewesen? Anderes Textbuch? Verschiedene Dialoge? Fremde Kulissen?

Kathryn öffnete die Hände, drückte ihre Handflächen gegen die Knie. Muire beobachtete sie wachsam. Vielleicht ging auch ihr manches durch den Kopf.

»Ich muß zur Toilette.« Kathryn erhob sich fahrig wie eine Betrunkene.

Muire erhob sich auch. »Gleich oben«, sagte sie.

Sie ging mit Kathryn aus dem Wohnzimmer, durch den Flur. An der Treppe deutete sie hinauf. Kathryn schob sich an ihr vorbei, die beiden Körper berührten sich beinah. Kathryn kam sich neben der großen Frau klein vor.

Die Toilette war so eng, Kathryn hatte vor Beklemmung Herzklopfen. Im Spiegel sah sie ihr Gesicht, rot und mit hektischen Flecken. Sie zog die Klammern aus ihrem Haar und schüttelte es. Sie setzte sich. Die Blümchentapete verschwamm vor ihren Augen.

Viereinhalb Jahre. Jack und Muire Boland hatten vor viereinhalb Jahren kirchlich geheiratet. Vielleicht hatten sie Gäste eingeladen. Hatte jemand die Wahrheit gewußt? Hatte Jack gezögert, bevor er sein Jawort gab?

Sie schüttelte heftig den Kopf. Bei jedem Gedanken kamen ihr Bilder in den Sinn, die sie nicht sehen wollte. Es war schwer – die Fragen zuzulassen und die Bilder zurückzuhalten.

Jack, der im Anzug vor dem Priester kniete. Jack, der eine Autotür öffnete und sich auf den Beifahrersitz setzte.

Ein kleines dunkellockiges Mädchen, das Jacks Knie umarmte.

In der Ferne läutete ein Telefon.

Wie, dachte Kathryn, hatte Jack das nur alles geregelt? Die Lügen, den Betrug, den Schlafmangel? An ein- und demselben Tag war er von Kathryn aus zum Dienst gegangen, und nur Stunden später hatte in der Kirche seine Hochzeit stattgefunden. Was hatten Kathryn und Mattie am gleichen Tag, zur gleichen Zeit unternommen? Wie konnte Jack ihnen beiden nach seiner Rückkehr überhaupt ins Gesicht sehen? Hatte er mit Kathryn geschlafen, in jener Nacht, der nächsten, in jener Woche? Ihr wurde bei dem Gedanken eiskalt.

Die Fragen hallten im Raum, stießen sich an den Wänden, wiederholten sich endlos. Dann fielen ihr die zweimal jährlichen Trainingskurse in London ein, und ihr Magen machte einen Satz. Jedesmal zehn Tage.

Schnell stand sie auf, schaute sich in der winzigen Toilette um. Sie kühlte ihr Gesicht mit Wasser, trocknete es mit einem bestickten Handtuch ab. Im Hinausgehen sah sie auf der anderen Seite des Flurs ein großes Doppelbett.

Von unten hörte Kathryn Muires Stimme am Telefon, den fremdartigen Singsang. Wäre Jack nicht tot, hätte sie jetzt vielleicht kein Recht, das Schlafzimmer zu betreten, aber nun war es egal. Sie wollte dieses Haus sehen. Sie hatte ein Recht, es zu kennen.

Schließlich hatte Muire Boland auch alles über sie gewußt.

Dieser Gedanke tat weh. Wieviel hatte er Muire erzählt? Und wieviel Vertrauliches?

Sie trat in das Zimmer und dachte, wieviel Mühe sie sich gegeben hatte, Jack zu gefallen, wie sie sich angepaßt hatte. Wie sie sich eine ganze Theorie zurechtgelegt hatte, um ihre schwindende sexuelle Nähe zu rechtfertigen. Wie sie einmal Jack mit diesem Rückzug konfrontiert und er ihn geleugnet hatte, als sei das für ihn undenkbar, für sie undenkbar. Sie hatte dies alles für normal gehalten, als gehörte es zur Ehe dazu. Sie hatte angenommen, es sei eine gute Ehe gewesen. Sie hatte sogar Robert erklärt, ihre Ehe sei gut gewesen.

Sie fühlte sich zum Narren gehalten, bloßgestellt, und überlegte, ob ihr das nicht am meisten ausmachte.

Da war das Schlafzimmer. Es war schmal und unordentlich, ausgesprochen unordentlich, verglichen mit den ordentlichen Räumen unten. Berge von Kleidungsstücken und Zeitschriften lagen auf dem Boden verstreut. Auf einer Kommode standen Teetassen und Joghurtbecher, Aschenbecher voller Kippen. Auf einem Toilettentisch mit fleckiger Platte waren Makeup-Flaschen aufgereiht. Eine Seite des Betts aus Ahornholz war ungemacht. Kathryn registrierte die teure Leinenbettwäsche, den Stickereirand. Auf der Bettdecke lag Spitzenunterwäsche. Auf der anderen Seite, die frisch gemacht schien, hatte Jack geschlafen – sie erkannte es an dem weißen Radiowecker, der Halogenlampe, dem Buch über den Vietnamkrieg. Hatte Jack hier andere Bücher als zu Hause gelesen? Hatte er andere Sachen angehabt? Hatte er tatsächlich anders als zu Hause ausgesehen, in diesem Haus, diesem Land. Älter oder jünger?

Zu Hause, dachte sie. Wo war für ihn zu Hause?

Sie ging auf Jacks Bettseite und schlug die Decken zurück. Sie neigte den Kopf auf das Laken und atmete tief ein. Er war nicht da, sie konnte ihn nicht riechen.

Sie ging auf die andere Seite, Muires Seite. Auf dem Nachttisch standen ein kleiner goldener Wecker und eine Lampe. Suchend (Bewegungen wiederholend, die sie woanders gesehen hatte) öffnete sie die Nachttischschublade. Drinnen lagen Zettel, Quittungen, Lippenstifte, Hautcreme, Münzen, mehrere Stifte, eine Fernsehfernbedienung und etwas in einem Samtetui. Gedankenlos griff sie nach dem blauen Etui und öffnete die Lasche. Sie ließ den Gegenstand fallen, als sei er glühendheiß. Sie hätte es an der Form erkennen können. Der Vibrator fiel mit einem Knall zurück in die Schublade.

Sie kniete auf dem Boden, legte ihr Gesicht aufs Bett, vergrub den Kopf in ihren Armen. Sie versuchte die Fragen einzudämmen, versuchte ihren Kopf leerzumachen, vergeblich. Sie rieb ihr Gesicht gegen die Laken, hin und her, hin und her. Sie hob den Kopf und sah, daß das Laken einen Maskarafleck hatte.

Sie stand auf und ging zum Kleiderschrank, der auch aus Ahornholz war, öffnete die Türen.

Muires Kleider hingen darin, nichts von Jack. Lange schwarze Hosen, Wollröcke. Baumwollhemden, Leinenblusen. Ein Pelzmantel. Dann hatte sie etwas Seidiges in der Hand. Sie schob die Kleiderbügel auseinander; es war keine Bluse, sondern ein Morgenmantel, ein knöchellanger Morgenmantel aus Seide mit einem Gürtelband, an dessen Enden kleine Troddeln hingen. Ein wahrhaft ausgefallenes Kleidungsstück, tief saphirblau. Zitternd schob Kathryn den Halsausschnitt vom Bügel und schaute nach dem Etikett.

Bergdorf Goodman.

Sie hatte es gewußt.

Sie ging vom Schlafzimmer ins Bad, sah sich um wie ein potentieller Käufer, der ein Haus besichtigte.

Auf dem Haken neben der Badewanne hing ein Männermorgenmantel aus kastanienbraunem Flanell. Zu Hause hatte Jack keinen Morgenmantel getragen. Im Badezimmerschränkchen fand sie einen Rasierer und eine Bürste; auch ein englisches Eau de Cologne, das sie nicht kannte. Bei genauerer Betrachtung fand Kathryn in der Bürste kurze schwarze Haare.

Sie starrte die Bürste lange an.

Es war an Jacks letztem Tag zu Hause gewesen. Kathryn ging oben durch den Flur, trug einen Berg Wäsche aus Matties Zimmer zur Treppe. Sie warf einen Blick ins Schlafzimmer, hatte die Szene noch genau vor Augen, ein Bild, an sich weder merkwürdig noch überhaupt interessant: Jack stand über seine Tasche gebeugt und packte seine Sachen. Als er sie sah, schob er schnell irgend etwas zurecht. Vielleicht war im Koffer ein Hemd gewesen, das sie nicht kannte. Sie lächelte zum Zeichen, daß sie ihn nicht stören wollte – ein unbedeutendes, nebensächliches Ereignis. Aber jetzt überlegte sie: Welches Hemd? Ein Hemd, das er zu Hause nicht trug, das er versehentlich mitgebracht hatte. Sie wußte plötzlich, daß sie das Hemd hier in einer Kommodenschublade fände.

Aber sie hatte genug gesehen.

Jetzt wollte sie nur noch weg. Sie schloß die Schlafzimmertür. Unten hörte sie immer noch Muire Boland telefonieren, die Stimme war lauter geworden, als ob sie stritte. Kathryn ging an der offenen Tür des Kinderzimmers vorbei. Dierdre lag bäuchlings auf dem Bett, den Kopf in die Hände gestützt, und machte das gleiche feierliche Gesicht wie auf dem Photo. Sie trug ein langärmliges blaues T-Shirt und eine Latzhose. Blaue Söckchen. Das Mädchen war so in das Fernsehprogramm vertieft, daß sie die Fremde in der Tür zuerst nicht bemerkte.

»Hallo«, sagte Kathryn.

Das Mädchen blickte in ihre Richtung und drehte sich dann auf die Seite, um die Unbekannte genauer zu betrachten.

»Was siehst du dir an?« fragte Kathryn.

»*Mighty Mouse.*«

»Das kenne ich auch. In Amerika gibt es das auch im Fernsehen. Meine Tochter hat am liebsten *Road Runner* geguckt. Aber jetzt ist sie groß. Fast so groß wie ich.«

»Wie heißt sie?« Das Mädchen setzte sich, sah die Fremde nun interessiert an.

»Mattie.«

Dierdre zog ein nachdenkliches Gesicht.

Kathryn trat ins Zimmer und sah sich um. Sie sah den Plüschbären, Paddington, genau wie Mattie einen besaß. Ein Foto von Jack mit Baseballmütze und weißem T-Shirt. Eine Kinderzeichnung mit einem erwachsenen Mann und einem kleinen Mädchen darauf, offenbar neueren Datums. Der weiße Kinderschreibtisch war filzstiftbekritzelt, himmelblau. Was hatte man dem Mädchen erzählt? Wußte sie, daß ihr Vater tot war?

Kathryn fiel ein Essen nach einem Basketballsieg ein, als Mattie acht war. Kathryn und Jack hatten beide Tränen in den Augen gehabt, so stolz war ihre Tochter über die kleine Trophäe gewesen.

»Du redest komisch«, sagte Dierdre.

»Tu ich das?«

Das Mädchen hatte einen britischen Akzent.

»Du redest wie mein Daddy«, sagte das Mädchen.

Kathryn nickte langsam.

»Möchtest du meine Puppe Molly sehen?«

»Ja.« Kathryn räusperte sich. »Sehr gern.«

»Dann mußt du hierher kommen«, zeigte Dierdre. Sie hüpfte vom Bett und ging in eine Ecke des Zimmers. Kathryn erkannte Bett, Puppenschrank und Truhe – Spielzeug aus Amerika. Dierdre beugte sich über die Puppe, die im Bett lag. »Die hat mir mein Daddy zu Weihnachten geschenkt.« Sie reichte Kathryn die Puppe.

»Ich mag ihre Brille«, sagte Kathryn.

»Willst du ihre Schultasche sehen?«

»Unbedingt.«

»Gut, wir setzen uns aufs Bett, und du kannst dir meine ganzen Sachen angucken.«

Dierdre holte Kleider, einen kleinen Schreibtisch, Miniaturschulbücher, die von einem Lederriemen zusammengehalten wurden. Ein winziger Bleistift. Ein Penny mit einem Indianerkopf.

»Hat dir dein Daddy das alles zu Weihnachten geschenkt?«

Das Mädchen spitzte den Mund und überlegte. »Der Nikolaus hat mir auch was gebracht.«

»Sie hat schöne Haare«, sagte Kathryn. »Mattie hatte so eine Puppe, aber sie hat ihr die Haare geschnitten. Weißt du, bei Puppen wächst das Haar nicht nach, deshalb sollte man es nicht abschneiden. Mattie war immer traurig darüber.«

Eine andere Erinnerung kam Kathryn. Mattie mit sechs, wie sie mit ihrem neuen Fahrrad einen Abhang runterfuhr, die Räder kippelten wie Wackelpudding hin und her – und Jack und sie, die nur dastanden und zusahen. Mattie, die angefahren kam und ihnen stolz verkündete: *Also, das klappt gut.*

Und ein andermal: Mattie, die abends mit einer Faschingsbrille mit Gumminase einschlief, und Jack und Kathryn standen am Bett und prusteten und konnten sich vor Lachen kaum aufrecht halten.

Wohin nun mit diesen Erinnerungen? Kathryn kam sich vor wie eine Frau, die nach der Scheidung ihr Hochzeitskleid betrachtet. Darf sie das Kleid nicht mehr schön finden, nur weil die Ehe in die Brüche gegangen ist?

»Ich schneide ihr die Haare nicht ab«, versprach Dierdre.

»Gut. War dein Daddy denn Weihnachten hier? Manchmal müssen Väter ja Weihnachten arbeiten.«

»Er war hier«, sagte Dierdre. »Ich habe ihm ein Lesezeichen gebastelt. Mit einem Bild von Daddy und mir drauf. Ich wollte es wiederhaben, deswegen hat er es mir geliehen. Willst du es sehen?«

»Ja, gern.«

Dierdre kramte unterm Bett nach ihrem Schatz. Sie förderte ein Bilderbuch zutage, das Kathryn nicht kannte. Das Lesezeichen war ein bunter Papierstreifen, der mit Folie überzogen war. Ein Foto von Jack mit Dierdre auf dem Schoß. Er reckte den Kopf, damit er sie ansehen konnte.

Kathryn hörte Schritte auf der Treppe.

Auf dem Dachboden zu Hause stand eine Schachtel mit Puppenkleidern. Einen Augenblick dachte Kathryn, daß sie Dierdre die Schachtel schicken könnte – verrückt.

Muire stand wachsam in der Tür, die Arme über der Brust verschränkt.

»Deine Puppe gefällt mir sehr«, sagte Kathryn und stand auf.

»Mußt du gehen?« fragte Dierdre.

»Leider ja«, sagte Kathryn.

Dierdre sah ihr nach, wie sie das Zimmer verließ. Kathryn ging an Muire vorbei schnell die Treppe hinunter, gewahr, daß die andere Frau ihr folgte. Dann nahm Kathryn ihre Kostümjacke. »Dierdre erwähnte, daß Jack Weihnachten hier war«, sagte sie und fuhr mit dem Arm in den Jackenärmel.

»Wir haben vorgefeiert«, sagte Muire. »Gezwungenermaßen.«

Vorfeiern war für Kathryn nichts Neues.

Neugierig trat sie an das Bücherregal und warf einen Blick auf die Bücher. *Lies of Silence* von Brian Moor, *Cal* von Bernard McLaverty, *Rebel Hearts* von Kevin Toolis, *The Great Hunger* von Cecil Woodham-Smith. Ein Titel, den sie nicht lesen konnte.

»Ist das Gälisch?« fragte Kathryn.

»Ja.«

»Wo haben Sie studiert?«

»Queens College. Belfast.«

»Wirklich. Und dann sind Sie …«

»Stewardeß geworden. Ich weiß. Die gebildetsten Arbeitnehmer in ganz Europa. Die Iren.«

»Weiß Ihre Tochter, was mit Jack ist?« Kathryn nahm ihren Mantel.

»Sie weiß es.« Muire lehnte an der Wohnzimmertür. »Aber ich bin mir nicht sicher, ob sie es versteht. Ihr Vater war so oft weg. Ich glaube, sie denkt, er ist wieder verreist.«

Ihr Vater.

»Und Jacks Mutter«, sagte Kathryn kühl. »Wußte Dierdre, daß sie eine Großmutter Matigan hatte?«

»Ja, natürlich.«

Kathryn schwieg. Ihre Frage erschütterte sie genauso wie die Antwort.

»Aber Sie wissen ja, daß seine Mutter Alzheimer hat«, sagte Muire, »und Dierdre hat nie richtig mit ihr geredet.«

»Ja, ich weiß«, log Kathryn.

Wenn Jack nicht gestorben wäre, wäre er jetzt hier, in diesem Haus? Hätte Kathryn je die andere Familie entdeckt?

Die beiden Frauen standen auf dem Parkett. Kathryn sah die Wände, die Decke, die Frau, die vor ihr stand. Sie wollte das ganze Haus genau in sich aufnehmen, alles, was sie gesehen hatte. Sie wußte, daß sie nie wiederkommen würde.

Sie dachte, wie unmöglich es war, einen anderen Menschen zu kennen. Wie zerbrechlich die Konstruktionen waren, die Menschen sich machten. Eine Ehe, zum Beispiel. Eine Familie.

»Es gibt Dinge …«, begann Muire. Hielt inne. »Ich wünschte …«

Kathryn wartete.

Muire öffnete ihre Hände. Sie klang resigniert: »Es gibt Dinge, die kann ich nicht …« Sie seufzte tief, schob die

Hände in die Jeanstaschen. »Es tut mir nicht leid, daß ich mit ihm zusammen war«, sagte Muire schließlich. »Es tut mir nur leid, daß ich Ihnen weh getan habe.«

Kathryn konnte nicht Auf Wiedersehen sagen; es kam ihr unnötig vor.

Etwas hätte sie allerdings gern gewußt – mußte sie, so stolz sie war, fragen.

»Der Morgenmantel«, sagte sie. »Der blauseidene Morgenmantel. In Ihrem Kleiderschrank.«

Kathryn meinte, ein Stöhnen zu hören, aber das Gesicht blieb unbewegt.

»Er kam, als er schon tot war«, sagte Muire. »Mein Weihnachtsgeschenk.«

»Das dachte ich mir«, sagte Kathryn.

Sie legte ihre Hand auf den Türknopf, als griffe sie nach einem Rettungsring.

»Sie sollten nach Hause gehen«, sagte Muire, als Kathryn in den Regen hinaustrat, und Kathryn fand diese Empfehlung merkwürdig und anmaßend.

»Für mich war es schlimmer«, sagte Muire, und Kathryn drehte sich um, angezogen von dem klagenden Ton, einer Lücke in der kühlen Fassade.

»Ich wußte, daß es Sie gab«, sagte Muire Boland. »Sie mußten nie etwas von mir wissen.«

MÖGLICH, DASS SIE WEINTE. Später konnte sie nicht mehr sagen, wann es begonnen hatte. Sie hatte ihren Schirm vergessen, und ihr Haar war vom Regen durchnäßt, klebte an ihrem Kopf. Der Regen lief ihr den Nacken, den Rücken, vorn ihre Bluse hinunter. Sie war zu erschöpft, um ihren Kragen hochzustellen oder sich ihren Schal um den Hals zu binden. Passanten hoben ihre Regenschirme, sahen sie an, warfen sich Blicke zu. Sie sog die Luft mit offenem Mund ein.

Sie hatte kein Ziel, keine Vorstellung, wohin sie ging. Sie war unfähig, einen zusammenhängenden Gedanken zu fassen. Sie erinnerte sich, wie ihr Hotel hieß, aber dorthin wollte sie nicht, wollte nicht drinnen mit anderen Leuten sein. Wollte nicht allein im Zimmer sein.

Vielleicht sollte sie ins Kino gehen.

Sie trat vom Gehweg auf die Straße, schaute, wie gewohnt, in die falsche Richtung. Ein Taxi bremste quietschend. Kathryn blieb stehen, erwartete die Beschimpfungen des Fahrers. Doch der wartete geduldig, bis sie die Straße überquert hatte.

Sie begriff, daß ihr nicht gut war, und mit einemmal packte sie die Angst, in ihrem Zustand in eine Baugrube zu fallen, überfahren zu werden, vielleicht von einem roten Omnibus. Sie betrat eine Telefonzelle – für den Augenblick ein Zufluchtsort, trocken, ein Schutz vor dem Regen. Sie zog ihren Mantel aus und wischte ihr Gesicht mit dem Kostümärmel ab, aber die Geste erinnerte sie an etwas, woran sie nicht denken wollte. Sie hatte Kopfschmerzen, spürte den bohrenden Schmerz im Nacken und überlegte, ob sie eine Tablette in ihrer Handtasche hatte.

Ein Mann stand vor der Telefonzelle, klopfte dann ungeduldig an die Scheibe. Er müsse telefonieren, gestikulierte er. Kathryn zog wieder ihren Mantel an und trat hinaus in den Regen. Sie wanderte eine belebte Straße entlang, eine lange, endlose Straße. Autos fuhren durch die Pfützen, daß es bis auf den Gehweg spritzte. Köpfe duckten sich im Regen, Leute gingen an ihr vorbei. So ohne Hut oder Schirm konnte sie nur mit Mühe deutlich sehen. Sie überlegte, ob sie sich in einem Kaufhaus einen Schirm, vielleicht einen Regenmantel kaufen sollte.

An einer Ecke standen zwei Männer in Mänteln und lachten. Sie trugen schwarze Schirme und graue Lederaktentaschen. Sie verschwanden hinter einer Tür. Durch die Milchglastür drang Licht, Gelächter. Es war schon dunkel, und vielleicht sollte sie lieber dort hineingehen.

Der feuchte Wollgeruch stieg ihr in die Nase. Die Hitze tat ihr gut, die Wärme im Raum. Der Mann vor ihr lachte mit seinem Begleiter, seine Brille war beschlagen. Ein Mann hinter dem Tresen reichte ihr ein Handtuch. Jemand hatte es bereits benutzt, es war feucht und roch nach Rasierwasser. Sie frottierte ihr Haar wie nach dem Duschen, merkte, daß die Männer sie anstarrten. Vor ihnen standen Bierkrüge aus Preßglas, vom bloßen Anblick bekam sie Durst. Die Männer machten langsam Platz, überließen ihr einen Hocker. Hinter dem Tresen unterhielten sich angeregt zwei Frauen in fast identischen blauen Kostümen. Alle Gäste unterhielten sich. Es war wie auf einer Party, aber die Leute wirkten glücklicher als gewöhnlich auf Parties.

Als der Mann hinter dem Tresen ihr das Handtuch abnahm, deutete sie auf den Zapfhahn. Das Bier, das er ihr vorsetzte, war bronzefarben. Licht spiegelte sich in den blanken Flächen, und Männer rauchten Zigaretten. An der Decke ballte sich der blaue Dunst.

Sie war durstig und trank das Bier wie Wasser. Sie spürte, wie es in ihrem Magen brannte, ein angenehmes Gefühl. Sie streifte ihre Schuhe ab, die vor Nässe quietschten. Als sie zu Boden schaute, merkte sie, daß ihre Bluse durchweicht und fast durchsichtig war. Sie zog ihren Mantel dichter zu. Der Mann hinter der Theke drehte sich in ihre Richtung und zwinkerte. Sie nickte zur Antwort, und er reichte ihr noch ein Glas Bier. Sie fühlte, wie ihre Arme und Beine, Finger und Zehen endlich wieder warm wurden.

Ab und zu verstand sie einzelne Worte, Gesprächsfetzen. Geschäftliches. Flirts.

Ihre Kopfschmerzen wurden heftiger, ihre Schläfen pochten. Sie bat den Mann hinterm Tresen um ein Aspirin. Ein Mann mit Schnauzbart musterte sie von der Seite. Hinter dem Tresen hing ein Guinness-Reklameschild, und sie erkannte die schwarze Flüssigkeit in manchen Gläsern. Jack hatte es manchmal mitgebracht, aber auch daran wollte sie im Augenblick nicht denken. Auf dem Tresen hinterließ das Bier feuchte Ringe, das Holz roch danach.

Nach einer Weile mußte sie zur Toilette, wollte aber ihren Platz nicht aufgeben. Am besten, sie bestellte sich vorsichtshalber noch ein Bier. Der Mann hinterm Tresen übersah ihr Zeichen, aber die Frauen beobachteten es. Sie tuschelten und starrten sie an.

Der Mann nahm sie schließlich wahr – ein wenig unfreundlicher als zuvor. Vielleicht hatte sie sich unpassend benommen. Auf seine Frage, ob sie noch etwas wolle, schüttelte sie den Kopf und stand auf. Ihr Mantel blieb am Hocker kleben. Sie zog die Wolle vom Plastiksitz. Sie bemühte sich, nicht zu schwanken, aufrecht durch die Menge der Männer und Frauen mit ihren Getränken zu gehen. Sicher war Feierabend – sie überlegte, um wieviel Uhr das in London wohl war. Ihre Fußsohlen fühlten sich klebrig an; erst jetzt merkte sie, daß sie ihre Schuhe an der Theke vergessen hatte. Sie drehte sich um, aber der Rückweg schien versperrt. Sie mußte nun dringend, konnte jetzt nicht mehr kehrtmachen. Sie folgte dem unübersehbaren Toilettenschild.

Endlich allein – eine unsägliche Erleichterung.

Danach hatte sie Schwierigkeiten mit ihren Strümpfen. Sie erinnerte sich, wie sie als Kind den nassen Badeanzug anziehen mußte. Sie kämpfte in der winzigen Kabine. Ihre Strümpfe waren an den Fußsohlen ganz schmutzig. Sicher war es leichter, die Strümpfe ganz auszuziehen als wieder hochzuziehen, aber dann dachte sie, daß sie womöglich frieren würde. Ihr Magen rebellierte, aber sie riß sich zusammen, gab dem Übelkeitsgefühl nicht nach.

Sie wusch sich die Hände in einem schmuddligen Waschbecken, und dann sah sie sich im Spiegel. Es konnte nicht sein, daß sie die Frau war, die ihr entgegenblickte. Das Haar war zu dunkel, zu dicht am Kopf. Unter den Augen hatte sie schwarze Maskarahalbmonde, ein Gespenster-Makeup. Die Augen selbst hatten rote Ränder, rotgeäderte Augäpfel. Die Lippen waren bleich in einem erhitzten Gesicht.

Eine Obdachlose, dachte sie.

Sie trocknete ihre Hände ab, öffnete die Tür. Im Vorbeigehen sah sie das Telefon an der Wand. Eine Sehnsucht packte sie, sie wollte nur noch mit Mattie sprechen. Die Sehnsucht war körperlich; sie spürte sie, mitten in ihrem Körper – an der Stelle, wo man einen Säugling hält, wenn man ihn auf den Arm nimmt.

Sie befolgte die Bedienungsanleitung neben dem Telefon, mehrmals erfolglos. Dann bat sie einen älteren Herrn in einer Regenjacke um Hilfe, der auf dem Weg zur Herrentoilette war. Sie sagte ihm die Nummer, immerhin hatte sie die nicht vergessen. Als er gewählt hatte, reichte er ihr den Hörer und musterte ihre Bluse. Er ging in die Herrentoilette, und zu spät bemerkte sie, daß sie sich nicht bedankt hatte.

Das Telefon läutete sechs, sieben Mal. Eine Tür wurde geschlossen, ein Glas zerbrach, eine Frau lachte hell, das schrille Lachen übertönte alles übrige Gelächter. Kathryn sehnte sich nach Matties Stimme. Das Telefon läutete immer noch. Sie weigerte sich, einzuhängen.

»Hallo?«

Die Stimme war atemlos, als habe sie herumgebalgt oder sei gelaufen.

»Mattie!« rief Kathryn, und ihre Erleichterung drang bis über den Ozean. »Gott sei Dank, du bist zu Hause.«

»Mama, was ist los? Alles in Ordnung mit dir?«

Mattie klang alarmiert, augenblicklich auf der Hut.

Kathryn nahm sich zusammen. Sie wollte ihre Tochter nicht ängstigen.

»Wie geht es dir?« fragte sie ruhiger.

»Hm… okay.«

Matties Stimme klang immer noch wachsam. Zögernd.

Kathryn bemühte sich um einen munteren Ton.

»Ich bin in London«, sagte sie. »Es ist ganz toll hier.«

»Mama, was machst du?«

Im Hintergrund spielte Musik. Eine von Matties CDs. Die Gruppe Sublime. Ja, eindeutig Sublime.

»Kannst du die Musik leiser stellen?« bat Kathryn, die bereits wegen des Kneipenlärms ein Ohr zuhielt. »Ich kann dich nicht verstehen.«

Kathryn wartete, bis Mattie wieder am Telefon war. Die Kneipengäste standen dichtgedrängt bis an die Tische. Neben ihr standen ein Mann und eine Frau mit Biergläsern in der Hand und riefen sich gegenseitig etwas ins Ohr.

»So.« Ihre Tochter war wieder am Telefon.

»Es regnet«, sagte Kathryn. »Ich bin in einem Pub. Ich bin ein bißchen herumgelaufen. Habe mir Sachen angesehen.«

»Ist der Mann bei dir?«

»Er heißt Robert.«

»Egal.«

»Im Moment nicht.«

»Mama, ist wirklich alles in Ordnung mit dir?«

»Ja, mir geht's gut. Was machst du?«

»Nichts.«

»Du klangst so außer Atem.«

»Wirklich?« Pause. »Mama, ich kann gerade nicht reden.«

»Ist Julia da?« fragte Kathryn.

»Sie ist im Laden.«

»Warum kannst du nicht reden?«

Im Hintergrund hörte Kathryn jemanden tuscheln. Eine männliche Stimme.

»Mattie?«

Sie hörte ihre Tochter flüstern. Ein gedämpftes Kichern. Wortfetzen. Eine eindeutig männliche Stimme.

»Mattie? Was ist los? Wer ist da?«

»Niemand. Mama, ich muß aufhören.«

Über dem Telefon an der Wand standen Telefonnummern mit Bleistift und Filzstift. *Roland bei Margaret*, hatte jemand notiert.

»Mattie, wer ist da? Ich höre doch jemanden.«

»Oh, das ist nur Tommy.«

»Tommy Arsenault?«

»Yeah.«

»Mattie ...«

»Jason und ich haben Schluß gemacht.«

Jemand rempelte den Mann an, der neben ihr stand, und

Bier schwappte über Kathryns Ärmel. Der Mann lächelte reumütig und versuchte ohne Erfolg, ihren Ärmel abzuwischen. Sie winkte ab, er solle sie in Ruhe lassen.

»Wann ist das denn passiert?« fragte Kathryn.

»Gestern abend. Wie spät ist es bei dir?«

Kathryn sah auf ihre Uhr; sie hatte sie noch nicht umgestellt. Sie rechnete. »Es ist viertel vor sechs.«

»Fünf Stunden«, sagte Mattie.

»Warum hast du mit Jason Schluß gemacht?« Kathryn ließ sich nicht auf den Themenwechsel ein.

»Ich fand, wir hatten nicht mehr viel gemeinsam.«

»Oh, Mattie ... «

»Laß, Mama. Wirklich, es ist okay.«

»Was machst du mit Tommy?«

»Wir sitzen nur rum. Mama, ich muß aufhören.«

Kathryn versuchte sich zu beruhigen.

»Was machst du heute?«

»Ich weiß nicht, Mama. Draußen scheint die Sonne. Der meiste Schnee ist geschmolzen, und es ist ganz naß. Ist wirklich alles in Ordnung mit dir?«

Kathryn spielte mit dem Gedanken, die Frage zu verneinen, damit Mattie am Telefon blieb. Aber das wäre mütterliche Erpressung.

»Mir geht's gut«, sagte Kathryn. »Wirklich.«

»Ich muß aufhören, Mama.«

»Morgen abend bin ich wieder da.«

»Cool. Echt, ich muß aufhören.«

»Liebste Mattie«, Kathryn konnte ihre Tochter kaum loslassen.

»Liebste Mama«, erwiderte Mattie schnell.

Nun war sie frei.

Kathryn hörte das Klicken am anderen Ende des Ozeans.

Sie lehnte ihren Kopf an die Wand. Ein junger Mann in

einem Nadelstreifenanzug wartete geduldig neben ihr und nahm ihr schließlich den Hörer aus der Hand.

Sie kroch durch einen Wald von Beinen und angelte ihre Schuhe vor der Theke, ging hinaus in den Regen. An einem Kiosk kaufte sie einen Regenschirm, dachte, Regenschirmfabrikanten in England hatten sicher immer Konjunktur. Sie wickelte ihren Schal so fest wie möglich um den Hals und dachte mit Bedauern, sie hätte sich zu allem Überfluß bestimmt erkältet. Julia behauptete immer, wer in aller Öffentlichkeit weint, erkältet sich garantiert. Weniger als Strafe dafür, daß man seine Gefühle zur Schau stellt, sondern weil die gereizten Schleimhäute für fremde Bakterien besonders empfänglich seien. Kathryn hatte Heimweh nach Julia, hätte alles für deren Anblick im Bademantel gegeben, für eine Tasse Tee.

Ein Regenschirm war wirklich eine praktische Erfindung, dachte Kathryn, nicht nur als Schutz gegen Regen, er bot auch die nötige Anonymität, und dafür war sie dankbar. Wenn sie auf die Füße der Passanten Obacht gab, konnte sie ihr Gesicht verstecken; der Schirm war wie ein Schleier.

Ganz London im Regen, dachte sie, während in Ely die Sonne schien.

Sie ging, bis sie an einen Park kam. Abends im Park herumzulaufen war eigentlich keine gute Idee, aber Laternen tauchten die Bänke in Licht. Der Regen hatte inzwischen nachgelassen, es nieselte nur noch. Im Laternenschein sah das Gras grau aus. Sie ging und setzte sich auf eine schwarze Bank.

Offenbar saß sie in einem kreisfömig angelegten Rosengarten. Die Laternen beleuchteten beschnittene Dornenranken, und das Gatter wirkte imposant. Es war nicht nur ein Betrug an mir, sondern auch an Mattie und Julia, dachte Kathryn. Ein Verrat an der Familie.

Der Regen hörte auf, und sie legte den Schirm auf die Bank. Ihr Chenilleschal hatte sich im Verlauf ihres Gangs an einer Ecke aufgelöst. Sie fingerte an einer losen Masche, zupfte vorsichtig daran. Zu Hause könnte sie das wieder reparieren, die Ecke mit einem Chenillefaden ausbessern. Sie zog ein bißchen fester an dem Garn, ribbelte sechs, sieben Maschen auf, es befriedigte sie eigenartig. Sie zog noch einmal und fühlte, wie die Maschen mit einem kleinen Ruck nachgaben.

Sie zog eine Reihe auf und dann die nächste. Dann noch eine und noch eine.

Das Garnwirrwarr lag locker und angenehm auf ihren Knien, ihr zu Füßen. Jack hatte ihr den Schal zum Geburtstag geschenkt.

Kathryn zog so lange, bis der Chenillehügel so groß war wie ein kleiner Laubberg. Sie ließ den letzten Garnrest aufs Gras fallen, schob ihn mit den Füßen beiseite. Sie steckte ihre kalten Hände in die Manteltaschen.

Nun mußte sie all ihre Erinnerungen neu fassen.

Ein älterer Mann in gelbbraunem Regenmantel machte vor ihr Halt. Er hielt seinen Schirm schräg, um ihr Gesicht zu sehen. Der Anblick einer Frau ohne Hut oder Schirm im Regen mit einem Garnberg zu Füßen beunruhigte ihn. Vielleicht war er verheiratet und dachte an seine Frau. Bevor er Kathryn etwas fragen konnte, sagte sie Hallo und bückte sich nach dem Garn. Sie fand das Fadenende und begann das schwarze Chenille aufzuwickeln – schnell, mit geübten Handgriffen.

Sie lächelte.

»Schreckliches Wetter«, sagte er.

»Ja, wirklich«, sagte sie.

Offenbar zufrieden angesichts der Geschäftigkeit, die Kathryn demonstrierte, ging der Mann weiter.

Als er fort war, schob sie das Garn unter die Bank. Sie

dachte: Ich hatte keine Ahnung vom Sexualleben meiner Tochter, und ich hatte keine Ahnung vom Sexualleben meines Mannes.

Die Straßenlampen in der Ferne hatten einen Lichthof, sie sah eine Prozession von Bremslichtern, ein Paar, das über die Straße lief. Sie trugen lange Regenmäntel, und die Frau hatte hochhackige Schuhe an. Sie zogen vor dem Regen die Köpfe ein. Der Mann hielt seinen Regenmantel vorn mit einer Hand zu, den anderen Arm hatte er um die Frau gelegt, drängte sie vorwärts, bevor die Ampel rot wurde.

Muire Boland und Jack haben das in dieser Stadt vielleicht auch getan, dachte sie. Sind bei Gelb über die Straße gelaufen. Auf dem Weg zum Essen, in den Pub. Ins Theater. Zu einer Party, zu Gästen. Auf dem Weg ins Bett.

Und dann dachte sie: Wie konnte etwas nicht gültig sein, das so schöne Kinder in die Welt gesetzt hatte?

Sie ging weiter, bis sie am Ende einer Straße die unauffällige Markise sah und die Fassade erkannte. Sie ging ins Hotel. Es war still, nur ein Mann stand in einem Lichtkegel an der Rezeption und begrüßte sie. Auf dem Weg zu den Aufzügen spürte sie, wie schwer und feucht ihre Sachen waren.

Erleichtert stellte sie fest, daß sie ihre Zimmernummer nicht vergessen hatte. Als sie den Schlüssel ins Schlüsselloch steckte, öffnete Robert im Nebenzimmer die Tür.

»Mein Gott«, sagte er.

Er runzelte die Stirn, seine Krawatte hing lose auf seiner Brust.

»Ich war außer mir vor Sorge, was dir passiert sein könnte.«

Sie blinzelte im wenig schmeichelhaften Flurlicht und strich sich die Haare aus dem Gesicht.

»Weißt du, wie spät es ist?« fragte er. In seiner Besorgnis klang er wie ein Vater, der sein weggelaufenes Kind ausschimpft.

Sie wußte es nicht.

»Es ist ein Uhr morgens«, sagte er.

Sie zog den Schlüssel aus dem Schloß und ging auf Robert zu, der seine Zimmertür aufhielt. Vom Flur aus konnte sie auf dem Fußende des Betts ein Tablett mit Essen stehen sehen, unangerührt. Selbst auf diese Entfernung roch sie, wie verraucht das Zimmer war.

»Komm rein«, sagte er. »Du siehst unglaublich aus.«

Drinnen ließ sie den Mantel von den Schultern fallen.

»Du bist ganz schmutzig«, sagte Robert.

Sie streifte ihre Schuhe ab, die Form und Farbe verloren hatten. Er zog den Stuhl unter dem Schreibtisch hervor.

»Setz dich«, sagte er.

Sie tat wie befohlen. Er saß auf dem Bett, sah sie an, ihre Knie berührten sich – ihre nassen Strümpfe, seine graue Wolle. Er trug ein weißes Oberhemd, ein anderes als heute mittag. Er sah anders aus, müde und erschöpft, Falten um die Augen, seit heute mittag gealtert. Sicher war sie selbst auch gehörig älter geworden.

Er nahm ihre Hände in seine. Es war, als verschluckten seine Hände, seine langen Finger, ihre Hände.

»Erzähl, was passiert ist«, sagte er.

»Ich bin rumgelaufen. Nur rumgelaufen. Ich weiß nicht, wo ich war. Doch, ich war in einem Pub und habe Bier getrunken. Ich war in einem Rosengarten, und da habe ich einen Schal aufgezogen.«

»Einen Schal aufgezogen.«

»Mein Leben, sozusagen.«

»Es war schlimm«, sagte er.

»Das kannst du wohl sagen.«

»Ich habe dir eine gute halbe Stunde gegeben, und dann

bin ich dir nachgegangen. Aber du warst anscheinend schon weg. Eine Stunde bin ich die Straße auf- und abgegangen, und dann kam eine andere Frau aus dem Haus, nicht du. Sie hatte zwei Kinder dabei.«

Kathryn besah das Sandwich auf dem Tablett. Vielleicht ein Putenfleisch-Sandwich.

»Ich glaube, ich habe Hunger«, sagte sie.

Robert nahm das Sandwich vom Tablett und reichte es ihr. Zitternd balancierte sie den Teller auf ihrem Schoß.

»Iß was, und dann nimmst du am besten ein heißes Bad. Soll ich dir etwas zu trinken bestellen?«

»Nein, ich hatte genug. Du bist wie ein Vater.«

»O Gott, Kathryn.«

Das Fleisch auf dem Sandwich war so flachgepreßt, es fühlte sich im Mund wie Plastikfolie an. Sie legte das Sandwich wieder hin.

»Ich hätte bald die Polizei angerufen«, sagte er. »Ich habe schon Muire Bolands angerufen. Mehrfach. Aber es ist niemand rangegangen.«

»Es waren Jacks Kinder.«

Er schien nicht überrascht.

»Du hast es geahnt«, sagte sie.

»Es war eine Möglichkeit. An Kinder habe ich allerdings nicht gedacht. War sie das? Muire Boland? Die aus dem Haus kam? Seine ...?«

»Ehefrau«, sagte sie. »Sie waren verheiratet. Kirchlich.«

Er lehnte sich zurück. Sie sah sein ungläubiges Gesicht, sein langsames Begreifen.

»In einer katholischen Kirche«, sagte Kathryn.

»Wann?«

»Vor viereinhalb Jahren.«

Auf dem Bett stand eine Reisetasche, der Reißverschluß war zugezogen. Das Hemd, das er mittags getragen hatte, sah aus der Tasche heraus. Die Londoner »Times«

war vom Bett auf den Boden gefallen. Auf dem Schreibtisch stand eine halbleere Mineralwasserflasche.

Sie sah, wie er sie prüfend betrachtete, beinah wie ein Arzt. Er forschte in ihrem Gesicht nach Anzeichen einer Krankheit.

»Das Schlimmste habe ich hinter mir«, sagte sie.

»Deine Sachen sind völlig hin«, sagte er.

»Die trocknen wieder.«

Er umfaßte ihre Knie.

»Es tut mir so leid, Kathryn.«

»Ich will nach Hause.«

»Ja«, sagte er. »Morgen früh. Wir buchen die Tickets um.«

»Ich hätte nicht herkommen sollen.« Sie reichte ihm den Teller wieder.

»Nein.«

»Du hast mich gewarnt.«

Er sah weg.

»Ich habe Hunger«, sagte sie. »Aber das kann ich nicht essen.«

»Ich bestelle dir Obst und Käse. Eine Suppe.«

»Gut.«

Sie stand auf, taumelte. Ihr war schwindlig.

Er stützte sie, und sie legte ihre Stirn an sein Hemd.

»Die ganzen Jahre«, sagte sie, »war alles falsch.«

»Schschsch ...«

»Er hat einen Sohn, Robert. Noch eine Tochter.«

Er zog sie näher heran, versuchte sie zu trösten.

»Die ganze Zeit haben wir miteinander geschlafen«, sagte sie. »Viereinhalb Jahre. Ich habe mit einem Mann geschlafen, der eine andere Frau hatte. Eine andere Ehefrau. Ich habe mit ihm gelebt. Wir haben zusammengelebt. Sachen unternommen. Ich erinnere mich an alles mögliche ...—«

235

»Ist doch gut.«

»Es ist gar nicht gut. Ich habe ihm Liebesbriefe ge-schrieben. Karten mit kleinen Botschaften. Er schien sie gerne zu lesen.«

Robert streichelte ihren Rücken.

»Besser, daß ich Bescheid weiß«, sagte sie.

»Vielleicht.«

»Besser als mit einer Lüge leben.«

Sie spürte, wie er ein Gähnen unterdrückte. Sie machte sich frei und sah, wie erschöpft er war. Er rieb sich die Augen.

»Ich nehme jetzt ein Bad«, sagte sie. »Es tut mir leid, daß ich dir solche Sorgen gemacht habe. Ich hätte anrufen sol-len.«

Er winkte ab, sie brauchte sich nicht zu entschuldigen. »Wichtig ist nur, daß du wieder da bist.« Die Ungewißheit hatte ihre Spuren in seinem Gesicht hinterlassen.

»Du kannst kaum noch stehen«, sagte er.

»Ich würde gern hier baden. Ich möchte nicht allein in meinem Zimmer sein. Wenn ich gebadet habe, geht es mir wieder gut.«

Sie sah ihm seine Zweifel an.

Kathryn ließ heißes Wasser einlaufen und goß eine Por-tionsflasche Duschgel in die Wanne, bis es schäumte. Sie war überrascht, wie schmutzig ihre Sachen tatsächlich waren; ihr Rocksaum war heruntergetreten. Sie stand nackt mitten im Badezimmer. Auf den Fliesen hinterließ sie schwarze Fußstapfen. Auf einem Glasbord lagen Hand-tücher und ein kleiner Korb mit Toilettenartikeln.

Sie tauchte einen Fuß ins Wasser und zuckte zusam-men, stieg dann in die Wanne. Langsam ließ sie sich ins Wasser sinken.

Sie wusch ihre Haare, ihr Gesicht, nahm einfach das Seifenwasser, war zu müde, ihr eigenes Shampoo zu holen. Dann rollte sie ein Handtuch zusammen und legte es auf den Wannenrand, lehnte sich zurück und benutzte das Handtuch als Nackenrolle.

Ein lederner Waschbeutel stand seitlich am Waschbecken. Der Blazer mit den Goldknöpfen hing am Haken hinter der Tür. Durch die Tür hörte sie, wie es klopfte, jemand die Zimmertür öffnete, redete, eine Pause, dann wurde die Tür wieder geschlossen. Der Zimmerdienst, dachte sie. Hätte sie doch Tee bestellt! Eine Tasse Tee wäre genau das richtige.

Das Fenster war einen Spalt hochgeschoben, und von unten drangen Straßengeräusche hoch, Verkehrslärm, ein fernes Rufen. Selbst um ein Uhr nachts.

Schläfrig schloß sie die Augen. Selbst in dem belebenden Bad konnte sie sich kaum aufraffen, sich zu bewegen, aus dem Wasser zu steigen. Sie zwang sich, an nichts mehr zu denken, nur an heißes Wasser und Seife und sonst nichts.

Als sich die Tür öffnete, rührte sie sich nicht, machte keine Anstalten, sich zu bedecken, auch wenn vielleicht ihre Brüste durch den Schaum zu sehen waren.

Ihre Knie sahen im Badewasser wie Vulkaninseln aus. Ihre Zehen spielten mit der Kette des Badewannenstopfens.

Er hatte Tee bestellt. Ein Glas Brandy.

Er stellte die Tasse und das Glas auf den Badewannenrand. Dann lehnte er gegen das Waschbecken, steckte die Hände in die Hosentaschen. Er kreuzte die Beine. Sie wußte, daß er ihren Körper betrachtete.

»Wenn ich du wäre, würde ich den Brandy in den Tee kippen«, sagte er.

Sie setzte sich auf.

»Ich laß dich allein«, sagte er.

»Geh nicht weg.«

Der Spiegel hinter ihm war vor Hitze beschlagen. Am Fenster mischte sich die heiße und die kalte Luft zu kleinen Wolken. Sie goß den Brandy in den Tee, rührte um und nahm einen großen Schluck. Sofort strahlte die Wärme bis in ihr tiefstes Inneres aus. Brandy war wirklich ein Wundermittel.

Sie hielt die Teetasse mit seifigen Fingern.

Er machte den Mund auf. Vielleicht seufzte er. Er nahm eine Hand aus der Tasche und rieb mit dem Daumen die Wassertropfen vom Beckenrand.

»Ich brauche einen Bademantel«, sagte sie.

Am Ende erzählte sie ihm alles. Im Dunkeln, auf seinem Bett erzählte sie ihm Wort für Wort von dem Treffen in dem weißen Reihenhaus. Er hörte zu, ohne viel zu sagen, machte nur ab und zu eine leise Bemerkung, fragte ein paarmal nach. Sie trug den Hotelbademantel, und er blieb angezogen. Während sie redete, fuhr er ihr mit seinen Fingern den Arm herauf, herunter. Als es kühl wurde, zog er die Bettdecke über sie beide. Sie vergrub ihren Kopf an seiner Brust. Im Dunkeln spürte sie den unbekannten warmen Körper, hörte ihn neben sich atmen. Sie hatte ein Gefühl, als wollte sie noch etwas sagen, aber bevor sie es aussprechen konnte, fiel sie in einen traumlosen Schlaf.

Am nächsten Morgen saß sie in dem weißen Bademantel auf der Bettkante und nähte den Saum mit dem Nähzeug, das sie in dem Toilettenkörbchen gefunden hatte. Robert hatte telefoniert und ihren Flug umgebucht, und jetzt putzte er ihre Schuhe. Durch die weiße Gardine drang ein Rechteck Sonne ins Zimmer. Sie hatte sich im Schlaf offenbar überhaupt nicht bewegt, dachte sie. Als sie aufwachte, hatte Robert schon geduscht und war angezogen.

»Die sind fast hinüber«, sagte Robert.

»Ich muß damit nur bis nach Hause.«

»Wir gehen zum Frühstück nach unten«, sagte er. »Richtig frühstücken.«

»Nicht schlecht.«

»Wir brauchen uns nicht zu beeilen.«

Sie nähte in aller Ruhe, gleichmäßig, wie Julia es ihr vor langer Zeit beigebracht hatte, hoffte, das Nähgarnkärtchen reichte aus. Sie war sich bewußt, daß Robert sie eindringlich beobachtete. Etwas hatte sich seit der vergangenen Nacht verändert, überlegte Kathryn; ihre Handgriffe waren, seit sie sich so beobachtet fühlte, besonders exakt.

»Du siehst geradezu glücklich aus«, sagte sie und sah zu ihm hoch.

Kathryn wußte, daß der Wahnsinn des gestrigen Tages im Hinterhalt lauerte, und er würde immer dasein, eine dunkle Stelle in einem hellen Raum. Er würde an ihr zehren und sie hinunterziehen, wenn sie es zuließe. Dann sagte sie sich wieder, daß sie das Schlimmste erlebt und hinter sich habe. Gewissermaßen war es ein Segen, daß sie den Tiefpunkt erreicht hatte. Von alledem war sie nun frei, konnte ihr Leben leben und brauchte keine Angst mehr zu haben.

Aber sie wußte, diese Freiheit war eine Illusion, und womöglich war es noch nicht zu Ende. Sie brauchte sich nur vorzustellen, daß Mattie in dem Unglücksflugzeug gesessen hätte. Daß Mattie eines Tages in einem Flugzeug säße. Das Leben konnte Schlimmeres austeilen, als Kathryn erlebt hatte, und dann noch Schlimmeres. Womöglich würde ihr Leben jetzt selbstquälerischer, weil sie sich der lauernden Ungewißheit bewußt war.

Sie hörte auf zu nähen und sah zu, wie er ihre Schuhe wienerte. Die Gesten erinnerten sie an Jack, der dazu immer den Fuß auf die unterste Schublade setzte. Wie lange war das jetzt her?

Sie stand auf und gab Robert einen Kuß auf die Wange, hielt das Nähzeug noch in der Hand und er das Schuh- putzzeug. Sie legte die Hände auf seine Schultern und sah ihn an.

»Danke, daß du mit nach London gekommen bist«, sagte sie. »Ich weiß nicht, wie ich die letzte Nacht ohne dich überstanden hätte.«

Er sah sie an, und sie merkte, daß er etwas sagen wollte.

»Komm, wir frühstücken«, sagte sie schnell, »ich bin völ- lig ausgehungert.«

Das Speisezimmer war über der dunklen Holzvertäfelung mattblau tapeziert. Auf dem Boden lag ein roter Orient- teppich. Ihr Tisch befand sich an einem Bogenfenster mit schweren Vorhängen. Robert bot ihr den Fensterplatz an. Auf dem Tisch lag ein weißes Tischtuch, steif gestärkt, dazu Silberbesteck und Geschirr, dessen Marke sie nicht kannte. Sie setzte sich und legte eine Serviette auf ihren Schoß. An den Wänden waren Drucke berühmter Ge- bäude, und an der Decke hing ein Kristallkronleuchter. Die meisten der Anwesenden waren Geschäftsleute.

Sie schaute seitlich aus dem Fenster. Die sonnenbe- schienenen Straßen wirkten wie frischgewaschen. Der Raum erinnerte an Wohnzimmer in alten englischen Fil- men, vielleicht war er das früher gewesen, ein offizieller und warmer Raum. Er hatte seinen Charakter behalten; in Amerika hätte man jede Spur davon getilgt, daß jemand dort gelebt hatte, vielleicht wieder dort leben könnte. Im Kamin brannte ein Feuer. Sie hatten Eier und Würstchen bestellt, dazu gab es Toast in einem Silberständer. Der Kaf- fee war heiß, und sie blies vorsichtig in die Tasse.

Dann sah sie die Frau in der Tür stehen. Kaffee schwappte auf das weiße Tischtuch. Robert wollte den Fleck mit seiner Serviette wegreiben, aber Kathryn hielt seine Hand fest. Er drehte sich um, sah, was sie gesehen hatte.

Die Frau ging hastig auf ihren Tisch zu. Sie trug einen langen Mantel über einem kurzen Wollrock und Pullover. Hauptsächlich gedämpftes Grün, aber sie sah unordentlich aus. Die Frau hatte ihr Haar zum Pferdeschwanz hochgebunden und sah aus, als habe sie Angst.

Als sie näherkam, stand Robert erschrocken auf.

»Ich war gestern unverzeihlich brutal zu Ihnen«, sagte die Frau einfach zu Kathryn.

»Das ist Robert Hart«, sagte Kathryn.

Er hielt ihr seine Hand entgegen.

»Muire Boland«, sagte die Frau leise zu ihm, doch sie hätte sich nicht vorzustellen brauchen.

Robert wartete, ob Kathryn die Frau fortschicken oder bitten würde, Platz zu nehmen.

»Ich muß mit Ihnen sprechen.« Muire zögerte. Kathryn wußte, das Zögern galt Robert.

»Schon gut«, sagte Kathryn.

Robert bot der Frau einen Stuhl an.

»Ich habe eine solche Wut«, begann Muire Boland. Sie sprach schnell, in großer Eile. Nun, aus der Nähe, konnte Kathryn sehen, daß Muire die gleichen großen Pupillen wie ihre Tochter hatte, die gleichen dunklen Augen. »Wut seit dem Unfall«, fuhr Muire fort. »Eigentlich bin ich seit Jahren nur wütend. Ich hatte so wenig von ihm.«

Kathryn war überrascht. Bat diese Frau sie um Verzeihung? Hier, in diesem Raum? Jetzt?

»Es war kein Selbstmord«, sagte Muire.

Kathryn spürte, wie ihr Mund trocken wurde. Robert mit seinem Sinn fürs Normale, der den Frauen längst abhanden gekommen war, bot Muire einen Kaffee an. Sie schüttelte heftig den Kopf.

»Ich muß mich beeilen«, sagte Muire. »Ich bin von zu

Hause fort. Sie können mich später nicht mehr erreichen.«

Das Gesicht der Frau war abgehärmt. Es sah nicht nach Reue aus, eher nach Angst.

»Ich habe einen Bruder, Dermot«, sagte Muire. »Ich hatte noch zwei Brüder. Einer wurde vor den Augen seiner Frau und seiner drei Kinder beim Abendessen erschossen. Der andere kam ums Leben, als eine Bombe hochging.«

Kathryn nahm die Information in sich auf. Sie glaubte zu begreifen. Ihr war, als hätte ihr jemand einen Schlag versetzt.

»Ich war Kurier, seit ich bei der Fluggesellschaft gearbeitet habe«, fuhr Muire fort. »Deshalb bin ich zu Vision Airlines gegangen. Ich habe Geld von Amerika nach England geschmuggelt, und Dermot hat es in die richtigen Hände geleitet.«

Später kam es Kathryn vor, als habe in diesem Moment die Zeit ausgesetzt, sich um sich selbst gewickelt und sich nur langsam wieder entrollt. Die Welt um sie herum – die Hotelgäste, die Ober, die Fahrzeuge auf der Straße, selbst die Stimmen der Passanten draußen – existierten wie in einem Aquarium. Nur ihre unmittelbare Umgebung – sie, Muire Boland, Robert, die weiße Tischdecke mit dem Kaffeefleck – waren scharf umrissen.

Ein Ober kam an den Tisch, um den Fleck trockenzutupfen, brachte eine neue Serviette. Er fragte Muire nach ihren Wünschen, aber sie schüttelte den Kopf. Hilflos und stumm saßen sie zu dritt da, bis der Ober gegangen war.

»Ich wurde an jedem Flughafen erwartet, Boston und Heathrow, beim Hinflug und Rückflug. Ich hatte meine Reisetasche. Ich mußte die Tasche im Mannschaftsraum abstellen und weggehen. Kurz darauf mußte ich die Tasche wieder nehmen. Es ging ganz leicht.« Die dunkelhaarige

Frau griff nach dem Glas Wasser auf Roberts Platz und trank einen Schluck. »Dann habe ich Jack kennengelernt«, sagte sie, »und wurde schwanger.«

Kathryns Füße waren eiskalt.

»Als ich bei der Fluggesellschaft kündigte, kam Dermot«, sagte Muire. »Er fragte Jack, ob er weitermachen würde.« Sie hielt inne, rieb sich die Stirn.

»Mein Bruder ist ein sehr leidenschaftlicher Mann, sehr einnehmend. Zuerst war Jack entsetzt, weil ich ihm nichts davon erzählt hatte. Ich hatte ihn nicht mit hineinziehen wollen. Aber dann wurde er ganz aufgeregt. Das Risiko faszinierte ihn.«

Kathryn schloß die Augen und schwankte.

»Ich möchte Sie nicht verletzen, wenn ich Ihnen das erzähle«, sagte Muire zu Kathryn. »Ich versuche es nur zu erklären.«

Anders als gestern wirkte die Frau gegenüber ungepflegt, vielleicht hatte sie in ihren Kleidern geschlafen. Der Ober kam mit einer Kanne Kaffee, aber Robert winkte ab, sie wollten nicht gestört werden.

»Ich wußte, daß Jack sich immer stärker mit unserer Sache identifizierte«, sagte Muire, »aber er war jemand, der keine Angst hatte, sich völlig auf etwas einzulassen. Sie stockte. »Deshalb habe ich ihn geliebt.«

Der Satz traf mitten ins Herz. Und zu ihrer eigenen Überraschung dachte Kathryn: Deshalb hat er sie geliebt. Weil sie ihm das geboten hat.

»Es waren noch andere darin verwickelt«, sagte Muire. »Leute in Heathrow, in Boston, in Belfast.«

Muire nahm eine Gabel und kratzte mit den Zinken übers Tischtuch.

»Am Abend vor Jacks Flug«, fuhr sie fort, »rief ein Mann an und erklärte ihm, er müsse etwas mit zurücknehmen. Heathrow-Boston. Sonst die gleiche Prozedur wie üblich.

Das hatte es früher auch schon gegeben. Ein, zwei Mal. Aber ich hatte ein ungutes Gefühl. Es war riskanter. Die Sicherheitskontrollen in Heathrow sind beim Abflug strenger als bei der Ankunft. Viel strenger überhaupt als in Boston. Aber im wesentlichen war der Auftrag nicht viel anders.«

Muire legte die Gabel beiseite. Sie sah auf ihre Uhr, redete hastig weiter.

»Als ich von dem Absturz erfuhr, habe ich versucht, meinen Bruder zu erreichen. Ich war außer mir. Wie konnten sie Jack das antun? Hatten sie den Verstand verloren? Und vom politischen Standpunkt aus war es Wahnsinn. Ein amerikanisches Flugzeug in die Luft jagen? Zu welchem Zweck? Sie hatten garantiert die ganze Welt gegen sich.«

Sie rieb sich die Stirn und seufzte.

»Und das war natürlich der Punkt.«

Sie schwieg.

Kathryn gab sich alle Mühe, die wichtige Botschaft, die sie eben erhalten hatte, zu entschlüsseln.

»Denn sie waren es nicht«, folgerte Robert langsam. »Es war nicht die IRA, die die Bombe gelegt hat. Aber mit ihr sollte die IRA diskreditiert werden.«

»Ich konnte meinen Bruder nicht erreichen«, fügte Muire hinzu. »Niemand war zu erreichen.«

Kathryn überlegte, wo Muires Kinder im Augenblick waren. Bei A.?

»Mein Bruder hat gestern abend endlich angerufen. Er ist untergetaucht. Er dachte, mein Telefon wird ...« Sie gestikulierte mit den Händen.

Kathryn war sich schemenhaft der Hotelgäste im Raum bewußt, die Toast aßen und Kaffee tranken, vielleicht Geschäfte besprachen.

»Jack wußte nie, was er mitnahm«, sagte Robert beinah

zu sich selbst, als fügte er zum erstenmal alle Informationen zusammen.

Muire schüttelte den Kopf. »Jack nahm keinerlei Sprengstoff mit. Darauf hatte er bestanden. Das gehörte zur Vereinbarung.«

Kathryn hatte das Handgemenge im Flugzeug vor Augen.

»Deshalb sagt Jack auf dem Tonband nichts«, fügte Robert hinzu. »Er ist genauso fassungslos wie der Ingenieur.«

Und dann dachte Kathryn: Jack ist auch betrogen worden.

»Jetzt fliegt alles auf«, sagte Muire und stand abrupt auf. »Sie sollten so bald wie möglich nach Hause fahren.«

Sie stützte sich am Tisch ab und beugte sich dicht über Kathryn, die den schlechten Atem roch, den leichten Schweißgeruch.

»Ich bin gekommen«, sagte Muire, »weil Ihre Tochter und meine Kinder beinahe Geschwister sind. Sie sind blutsverwandt.«

Bat Muire Boland um Verständnis, elementares Verständnis unter Frauen? Kathryn begriff in diesem Moment, daß sie beide miteinander verbunden waren, egal wie sehr sie es bestritt. Sicher durch ihre Kinder – die Halbschwestern, den Halbbruder –, aber auch durch Jack. Durch Jack.

Muire gab sich einen Ruck, mußte gehen. Kathryn empfand Panik bei dem Gedanken, daß sie diese Frau vielleicht nie wiedersähe.

»Sagen Sie, was war mit Jacks Mutter?« platzte sie heraus. Ein Eingeständnis.

»Das hat er Ihnen nicht erzählt?« fragte Muire.

Kathryn schüttelte den Kopf.

»Das habe ich mir gedacht«, sagte Muire langsam. »Gestern, als Sie da waren...«

Muire schwieg.

»Seine Mutter ist fortgegangen als er neun war«, sagte sie.

»Er hat immer behauptet, sie sei tot«, sagte Kathryn.

»Er hat sich geschämt, daß sie ihn verlassen hat. Aber komischerweise hat er nicht seiner Mutter die Schuld gegeben. Er fand, sein Vater war schuld, seine Brutalität. Er hat erst vor kurzem überhaupt von seiner Mutter erzählt.«

Kathryn sah weg, verlegen, daß sie gefragt hatte.

»Ich muß jetzt wirklich gehen«, sagte Muire. »Ich bringe Sie beide durch meine bloße Anwesenheit in Gefahr.«

Vielleicht war es der Akzent, dachte Kathryn. Der Auslöser. Oder versuchte sie das Unerklärliche zu erklären: Warum verliebte sich ein Mensch?

Robert schaute zu Kathryn, dann zu Muire. Kathryn hatte ihn so noch nie gesehen – er sah gequält aus.

»Was ist?« fragte ihn Kathryn.

Er öffnete seinen Mund, schloß ihn wieder, wollte etwas sagen, überlegte es sich anders. Er nahm ein Messer und ließ es zwischen seinen Fingern pendeln, wie sonst den Bleistift.

»Was ist?« wiederholte Kathryn.

»Auf Wiedersehen«, sagte Muire zu Kathryn. »Es tut mir leid.«

Kathryn war schwindlig. Wann war Muire hierhergekommen? Vor drei Minuten? Vier?

Robert sah wieder zu Kathryn, legte dann behutsam das Messer neben seinen Teller.

»Warten Sie«, sagte er zu Muire, die sich umgedreht hatte und gehen wollte.

Kathryn sah, wie die Frau innehielt und Robert langsam ansah, den Kopf fragend geneigt.

»Wer waren die anderen Piloten?« fragte er schnell. »Ich brauche die Namen.«

Kathryn erstarrte.

Sie schaute zu Robert, dann zu Muire.

Sie spürte, daß sie zitterte. »Du hast es die ganze Zeit gewußt«, stieß sie kaum hörbar aus.

Robert blickte auf den Tisch. Kathryn sah, wie ihm die Röte ins Gesicht stieg.

»Du hast mein Haus betreten und gewußt, daß Jack womöglich in diese Geschichte verwickelt war?« fragte Kathryn.

»Wir wußten von einem Schmuggelring. Wir wußten nicht, wer dazugehörte, aber wir hatten Jack in Verdacht.«

Sie versuchte, die Straßenkarte zu lesen und gleichzeitig links zu fahren. Es erforderte ihre ganze Konzentration, und es dauerte eine Zeit, bis sie merkte, daß sie gen Westen auf der Antrim Road fuhr, fort vom Flughafen Belfast. Der Flug war ruhig gewesen, problemlos hatte sie einen Wagen gemietet. Sie konnte nicht sagen, ob es der Zorn war oder die Anziehungskraft, die sie vorantrieb, sie so souverän machte; aber der Drang, ans Ziel zu gelangen, war beinahe körperlich.

Das Flugzeug war westlich von Belfast gelandet, und so hatte sie nichts von der Stadt gesehen, nicht die ausgebombten Häuser, die zerschossenen Gebäude, von denen sie gehört hatte. Tatsächlich war es schwierig, die ländliche Gegend, die sich vor ihr ausdehnte, mit dem unlösbaren Konflikt in Verbindung zu bringen, der so viele Leben gekostet hatte – zuletzt der hundertvier Menschen in dem Flugzeugabsturz über dem Atlantik. Die schmucklosen weißen Cottages und die Weiden waren nur durch Drahtzäune, Telefonleitungen, dann und wann eine Satellitenschüssel verunstaltet. In der Ferne schienen die Hügel nicht nur ihre Farbe, sondern auch ihre Form zu verändern, je nachdem, wie die Sonne durch Schönwetterwolken verdeckt war. Das Land sah uralt aus, war immer wieder erobert worden, und die Hügel wirkten abgeschliffen und bemoost, als seien viele Füße darübergestapft. An den Abhängen, nahe der Straße, sah sie die Schafe – Hunderte verstreuter weißer Punkte –, die gepflügten, gefurchten Felder – ein Patchwork –, die niedrigen grünen Hecken, die die Felder umzäunten wie Linien, die ein Kind gezeichnet hatte.

Hierum hatte sich der blutige Kampf nicht gedreht, dachte sie beim Fahren. Es war etwas anderes, Unergründliches, Unbegreifliches gewesen, das sie nie verstehen würde. Auch wenn Jack in seiner Überheblichkeit oder Liebe angenommen hatte, er verstünde es, und sich in den vielschichtigen Nordirlandkonflikt eingemischt hatte, so daß Kathryn und Mattie zu unfreiwilligen und unbedeutenden Teilnehmern geworden waren.

Sie wußte wenig über die »Unruhen«, nur was sie wie jeder im Verlauf der Ereignisse aufgeschnappt hatte. Sie hatte von der Osterrebellion gelesen oder gehört, den sechs Grafschaften, der Gewalt der frühen siebziger Jahre, den Hungerstreiks, dem Waffenstillstand 1994 und daß dieser Waffenstillstand gebrochen wurde, aber sie verstand kaum das *Warum*. Sie hatte gehört, daß man Männern in die Knie geschossen, Bomben in Autos versteckt hatte – daß vermummte Männer private Wohnhäuser überfallen hatten, aber den Patriotismus hinter diesen terroristischen Aktivitäten konnte sie nicht ganz nachvollziehen. Manchmal war sie versucht, die Teilnehmer an diesen Kämpfen als irregeleitete Kriminelle abzutun, die den Deckmantel des Idealismus trugen wie mordlustige religiöse Fanatiker zu allen Zeiten. Dann wieder schien es, als hätten die Grausamkeit und Borniertheit der Briten eine Unzufriedenheit und Verbitterung heraufbeschworen, die unausweichlich zu Gewalttaten führten.

Was ihr jetzt rätselhaft vorkam, waren weniger die Gründe für den Konflikt als daß Jack darin eine Rolle gespielt hatte, eine Tatsache, die sie kaum fassen konnte. Hatte er an die gute Sache geglaubt, hatte die Glaubwürdigkeit ihn angezogen? Sie verstand die Verlockung, dem eigenen Leben auf der Stelle einen Sinn zu geben. Daß er sich verliebt hatte, der romantische Idealismus, das gerechte Ziel und selbst die Religion hatten dabei mitgespielt. Es bedeutete totale Hingabe an eine Person oder ein Ideal, in diesem Fall war beides unlösbar miteinander verbunden. So wie das Engagement für die gerechte Sache zur Liebesgeschichte gehörte, gehörte die Liebesgeschichte zur gerechten Sache, so daß später das eine ohne das andere unmöglich war. Er wurde das eine nicht ohne das andere los. So gesehen hieß die Frage weniger, warum Jack etwas mit Muire angefangen und sie kirchlich geheiratet hatte, als warum er Mattie und Kathryn nicht verlassen hatte.

Weil er Mattie zu sehr liebte, antwortete sie sich prompt.

Ob Jacks und Muires Ehe überhaupt rechtsgültig war? War man automatisch verheiratet, wenn man kirchlich heiratete? Sie wußte nicht, wie es funktionierte, wie es bei Jack und Muire funktioniert hatte – vielleicht war beiden klar gewesen, daß zwar das eine, nicht aber das andere möglich war. Kathryn würde es nie erfahren. Es gab jetzt so viel, das sie nie erfahren würde.

An der Grenze zur Republik Irland zeigte sie ihren Paß, gelangte in die Grafschaft Donegal. Sie fuhr nach Nordwesten, und es wurde zusehends ländlicher; inzwischen gab es bei weitem mehr Schafe als Menschen, die Cottages wurden seltener. Sie folgte dem Wegweiser nach Malin Head *Cionn Mhalanna*, es roch durchdringend nach Moor. Das Land wurde rauher, wilder, Klippen und Felszacken kamen in Sicht, hohe grün- und heidebekrönte

Sanddünen. Die Straße war inzwischen kaum einspurig; bis sie merkte, daß sie zu schnell fuhr, war sie in einer scharfen Kurve beinah mit dem Mietwagen im Straßengraben gelandet.

Vielleicht war es die Mutter gewesen, dachte Kathryn. Eine Sehnsucht nach der Mutter, der Mutter, die er nicht gehabt hatte. Gewiß war es ein Grund, warum er sich in Muire Boland verliebt hatte, und selbst Muire hatte es offenbar so gesehen. Aber auch dies war Spekulation, und sonst war alles im Nebel: Wer kannte die innersten Beweggründe eines Menschen? Selbst wenn Jack jetzt leibhaftig neben ihr säße, könnte er das *Warum* erklären? Wer konnte das überhaupt? Auch das wußte sie nicht. Sie konnte nur wissen, was sie für wahr hielt. Was sie als Wahrheit ansah.

Während sie fuhr, kamen die Erinnerungen, schmerzlich, bohrend – es würde Monate oder Jahre dauern, bis sie aufhörten. Zum Beispiel, daß Jack Geld, das für sie und Mattie bestimmt war, der anderen Familie gegeben hatte – selbst jetzt im Wagen schlug bei dieser unerträglichen Vorstellung ihr Herz schneller. Oder der Streit fiel ihr plötzlich ein, der schreckliche Streit, für den sie sich die Schuld gegeben hatte. Wie gemein, sie in dem Glauben zu lassen und in Wirklichkeit eine Affäre mit einer anderen Frau zu haben. Was hatte Jack die ganze Zeit am Computer gemacht? Liebesbriefe geschrieben? Hatte er sich deshalb so in den Streit hineingesteigert? Sie gefragt, ob er gehen sollte? Hatte er mit dem Gedanken gespielt?

Auch das würde Kathryn nie erfahren.

Sie bog von der Hauptstraße ab, folgte den Schildern zum nordwestlichsten Punkt Irlands. Die Straße wurde tatsächlich noch schmaler, nicht breiter als ihre Auffahrt zu Hause. Beim Weiterfahren überlegte sie, warum sie nie auf die Idee gekommen war, daß er eine Affäre hatte. Wie konnte eine Frau so lange ahnungslos mit einem Mann zusammenleben? Es schien zumindest extrem naiv, ein enormer Verdrängungsakt. Aber dann fand sie eine einleuchtende Erklärung: Wer aus Überzeugung Ehebruch beging, weckte keinen Verdacht, weil sein wichtigstes Ziel war, nicht erwischt zu werden.

Kathryn hatte nie den geringsten Verdacht: Kein Geruch, kein Make-up-Fleck hatte auf eine andere Frau hingedeutet. Selbst im Bett war sie nie auf die Idee gekommen. Sie war davon ausgegangen, daß ihre schwindende Anziehungskraft zu den Normalitäten eines Ehepaars gehörte, das zehn Jahre verheiratet war.

Sie kurbelte das Wagenfenster herunter, ließ Luft herein – eine Mischung aus Seesalz und Chlorophyll, die ihr zu Kopf stieg. Die Landschaft – die üppigen Grüntöne, die Dichte – hatte etwas Solides, das die Stadt nicht hatte. Das Zusammenspiel von Ozean und Felsenküste, obgleich wilder als zu Hause in Neuengland, war ihr vertraut. Sie atmete gleichmäßig und tief – zum ersten Mal, seit Muire Boland im Speisesaal des Hotels erschienen war.

Sie kam in ein Dorf und wäre hindurchgefahren, wenn sie nicht alles schon einmal gesehen hätte: Nur der alte Fischer fehlte. Sie hielt den Wagen an. Sie parkte an einem Dorfplatz, der von Wohnhäusern und Läden umrahmt war. Sie erkannte, wo der Kameramann gestanden haben mußte, wo die dunkelhaarige Reporterin mit dem Regenschirm vor dem Hotel ihr Interview geführt hatte. Das Gebäude war reinweiß und glatt verputzt. Sie sah das Schild über der Tür: Malin Hotel.

Beim Anblick des Hotels hatte sie auf der Stelle Hunger und Durst.

Es dauerte einige Minuten, bis sich ihre Augen an die Dunkelheit gewöhnt hatten und sie den typischen abgestoßenen Mahagonitresen wahrnahm. Die Vorhänge waren dunkelrot, und die Barhocker hatten beige Plastiksitze. Die Trostlosigkeit des Raums wurde durch das Kaminfeuer an einer Seite gelindert. Entlang den Wänden befanden sich Sitzbänke und niedrige Tische und vielleicht ein halbes Dutzend Gäste, die Karten spielten, lasen oder Bier tranken.

Kathryn setzte sich an den Tresen und bestellte einen Tee. Beinah sofort setzte sich eine blond ondulierte Frau neben sie. Kathryn tastete nach ihrem Mantel und las die Schilder über der Kasse. Zu spät begriff sie, daß die Gäste Reporter waren.

Das Gesicht der Frau tauchte im Spiegel hinter den Flaschen auf. Sie hatte ein makelloses Make-up und sah eindeutig amerikanisch aus. Ihre Blicke trafen sich im Spiegel.

»Kann ich Ihnen etwas zu trinken bestellen?« fragte die Frau mit ruhiger Stimme. Kathryn verstand sofort, daß die Blondine nicht wollte, daß sonst jemand Kathryn erkannte.

»Nein, danke.«

Die Frau stellte sich vor, nannte die Fernsehanstalt, für die sie arbeitete. »Wir sitzen hier«, erklärte sie. »Die Angehörigen sitzen im Aufenthaltsraum für Hotelgäste. Gelegentlich taucht jemand von drüben auf und bestellt etwas zu trinken, aber wir reden nicht mehr viel, es ist alles gesagt worden, was man dazu sagen kann. Wir langweilen uns. Tut mir leid, das klingt sicher gefühllos.«

»Auch ein Flugzeugabsturz wird irgendwann öde«, sagte Kathryn.

Der Ober servierte den Tee, und die Journalistin bestellte ein kleines Smithwick. »Ich habe Sie von den Fotos wiedererkannt«, sagte sie. »Tut mir leid, was Sie alles durchmachen mußten.«

»Danke.«

»Die meisten größeren Sender und Nachrichtenagenturen haben jemanden vor Ort, bis die Bergungsaktion vorbei ist«, sagte die Frau.

Kathryn süßte den starken Tee, rührte, weil er zu heiß war.

»Darf ich Sie fragen, warum Sie hier sind?« fragte die Journalistin.

Kathryn nippte vorsichtig an ihrer Tasse. »Gern«, sagte sie. »Aber ich kann darauf nichts antworten. Ich weiß nicht, warum ich hier bin.«

Sie dachte an ihren Zorn, an die magische Anziehungskraft, an das, was sie am Morgen erfahren hatte. Wie einfach wäre es, der Blondine alles, was sie erfahren hatte, zu erzählen. Wie aufgeregt die Reporterin über diese Story wäre, zweifellos die beste überhaupt, bei weitem besser als die über den Wortlaut des Tonbands. Und wenn die Story in der Zeitung stünde, würde man dann nicht Muire Boland finden? Würde sie dann nicht verhaftet und käme ins Gefängnis?

Kathryn dachte an den Säugling, der wie Mattie aussah, an Dierdre mit ihrer Puppe Molly.

»Es war kein Selbstmord«, sagte sie zu der Blondine. »Mehr kann ich Ihnen nicht sagen.«

Sicher hatte Robert alles gewußt. Er hatte seine Anweisungen gehabt, bevor er überhaupt in ihr Haus gekommen war. Vielleicht hatte die Gewerkschaft Jack verdächtigt und Robert angewiesen, sie im Auge zu behalten. Robert hatte gut aufgepaßt und auf Anzeichen gewartet, daß sie über Jacks Aktivitäten Bescheid wußte und womöglich die anderen Piloten nennen konnte. Robert hatte ihr Vertrauen auf die übelste Weise mißbraucht.

Sie schob ihre Tasse beiseite und stand von ihrem Hocker auf. Sie wollte nur noch dringend an ihr Ziel.

»Können wir nicht wenigstens miteinander reden?« bat die Reporterin.

»Ich glaube nicht.«

»Fahren Sie nach Malin Head?«

Kathryn schwieg.

»Sie kommen nicht an die Unglücksstelle heran. Hier.«

Die Blondine zog eine Karte aus ihrer Brieftasche, drehte sie um und schrieb einen Namen darauf. »Wenn Sie da sind, fragen Sie nach Danny Moore«, sagte sie. »Er fährt Sie hin. Hier ist meine Visitenkarte. Wenn Sie fertig sind und Ihnen danach ist, rufen Sie mich an. Ich lade Sie zum Essen ein.«

Kathryn betrachtete die Karte. »Ich hoffe, Sie können bald nach Hause.«

Auf dem Weg hinaus warf Kathryn einen Blick in den Aufenthaltsraum für Hotelgäste, sah eine Frau in einem Sessel mit einer Zeitung auf dem Schoß. Sie hatte die Zeitung nicht aufgeschlagen, las nichts. Die Frau sah aus, als sehe sie nichts, so leer war ihr Blick. Am Kamin hinten stand ein Mann, die Hände in den Taschen, der auch ins Nichts starrte.

Sie überquerte wieder den Dorfplatz und stieg in ihr Auto. Sie betrachtete die Visitenkarte in ihrer Hand.

Sie wußte, was sie tun würde. Welche Schritte Robert in Kürze oder sofort unternehmen würde, lag nicht in ihrer Hand. Aber sie konnte entscheiden, was sie tun würde. Sie hatte es noch nie so sicher gewußt. Sie war so felsenfest sicher wie seit Jahren nicht.

Wenn sie die Gründe für die Explosion enthüllen würde, erführe Mattie von Jacks anderer Familie. Darüber käme Mattie nie hinweg. Dessen war Kathryn sich gewiß. Kathryn zerriß die Visitenkarte und ließ die Schnipsel zu Boden fallen.

Sie hatte nicht weit zu fahren, wieder folgte sie den Straßenschildern nach Malin Head. Vorbei an zerfallenen

Cottages, nur noch Steinhaufen, die Reetdächer längst eingefallen und vermodert. Eine Klippe hatte samtige Polster – smaragdgrün selbst im tiefsten Winter. Von Pfosten zu Pfosten waren Leinen gespannt, Wäsche hing steif in der Sonne, erinnerte sie an abstrakte Kunst. Gutes Wetter zum Wäschetrocknen.

Die Straße machte eine Kurve, und unerwartet tauchte der Horizont auf, der Nordatlantik. In der Mitte des Horizonts war ein grauer Umriß, ein Schiff. Darüber ein kreisender Hubschrauber. Fischerboote in leuchtenden Farben umgaben das größere Schiff, wie Junge einen Seehund. Das Bergungsboot.

An dieser Stelle war also das Flugzeug abgestürzt.

Sie bremste und stieg aus, ging so weit sie sich traute an den Klippenrand. Die meerumspülten Felsen unter ihr gingen sicher hundert Meter in die Tiefe. Von hier oben wirkte das Wasser unbeweglich, eine schaumige Bogenkante, die einen fernen Strand säumte. Die Brandung brach sich glitzernd an den Felsen unten. Ein rotes Fischerboot bewegte sich auf die Küste zu. So weit Kathryn sehen konnte, hatte das Wasser nur eine Farbe, stahlblau.

Sie hatte noch nie eine so theatralische Küste gesehen – rauh und tödlich. Wild. Die Küste relativierte die Katastrophe – falls das möglich war; vielleicht hatten sich hier schon viele Katastrophen abgespielt.

Ihr Blick verfolgte das Fischerboot, bis es hinter einer Landzunge verschwand, Malin Head. Sie ließ den Wagen wieder an, fuhr die schmale Straße weiter, behielt das Boot, so gut es ging, im Auge. Es steuerte in einen kleinen Hafen an einem langen Pier aus Beton. Sie hielt an und stieg aus.

Die Boote, die am Pier festgemacht hatten, waren in leuchtenden Grundfarben gestrichen – Orange, Blau, Grün und Gelb – und sahen eher portugiesisch aus als irisch. Das Boot, das sie beobachtet hatte, umsteuerte den Pier und warf dann die Leine aus. Kathryn zog den Mantel enger um sich – es war windig – und ging zum Pier. An einem Ende standen uniformierte Wachen und dahinter Männer in Zivil. Beim Gehen sah sie, wie die Fischer ein silbriges Metallteil, so groß wie ein Stuhl, von dem roten Boot abluden und auf den Pier stellten, wo es sofort die Aufmerksamkeit der Männer in Zivil weckte, die sich darumscharten. Einer der Männer winkte einem Lastwagenfahrer, der rückwärts auf den Pier fuhr. Das metallene Bruchstück, vermutlich von Jacks Flugzeug, wurde auf den Lastwagen geladen.

Unten am Pier hielt ein Wachmann sie an: »Hier geht's nicht weiter, Miss.«

Vielleicht war er Soldat. Ein Polizist. Er trug ein Maschinengewehr.

»Ich bin eine Angehörige«, sagte sie und musterte das Gewehr.

»Herzliches Beileid, Madam«, sagte der Wachmann und beförderte sie gleich ins mittlere Alter. »Für Angehörige gibt es extra Bootstouren. Sie können im Hotel danach fragen.«

Als führe man Wale beobachten, dachte Kathryn. Oder mache eine Vergnügungsfahrt.

»Ich möchte nur kurz Danny Moore sprechen«, sagte Kathryn.

»Ach so. Der steht da drüben.« Der Wachmann deutete nach vorn. »Das blaue Boot.«

Kathryn bedankte sich und ging beherzt an dem Mann vorbei.

Sie wich den Blicken der Bergungsmannschaft aus, die auf sie aufmerksam geworden war, und rief den Fischer in dem blauen Boot. Er wollte gerade ablegen.

»Warten Sie«, rief sie.

Er war jung und hatte dunkles kurzgeschorenes Haar. Im linken Ohr trug er einen goldenen Ohrring. Er hatte einen Pullover an, der früher vielleicht einmal naturweiß war.

»Sind Sie Danny Moore?« fragte sie.

Er nickte.

»Können Sie mich zur Unfallstelle fahren?«

Er zögerte, vielleicht wollte er ihr auch von den extra Bootstouren für Angehörige erzählen.

»Ich bin die Frau des Piloten«, sagte Kathryn schnell. »Ich muß die Stelle sehen, wo er abgestürzt ist. Ich habe nicht viel Zeit.«

Der Fischer streckte ihr die Hand entgegen.

Er bot ihr einen Hocker im Steuerhaus an. Kathryn sah, wie einer der Männer in Zivil auf das Boot zuschritt. Der Fischer machte die Leine los, kam in das Steuerhaus und ließ den Motor an.

Er sagte ein Wort, das sie nicht verstehen konnte. Sie beugte sich vor, aber der Motorlärm und der Wind machten ein Gespräch schwierig.

Das Boot war blankgescheuert, und nichts deutete auf die Fischerei hin. Warum fischen, wenn man dies hier tun konnte, diese Arbeit, für die sicher gutes Geld gezahlt wurde. »Ich bezahle Sie«, sagte Kathryn.

»Nein, nein.« Der Mann sah schüchtern weg. »Von Familienangehörigen nehme ich kein Geld.«

Als das Boot den Pier umrundet hatte, wurde der Wind heftig, blies Kathryn die Haare in den Mund. Der Fischer lächelte, als sie ihn ansah.

»Sie stammen von hier?«

»Ja«, antwortete er, und wieder sagte er ein Wort, das Kathryn nicht verstand. Womöglich war es der Name des Orts, wo er zu Hause war.

»Haben Sie das hier von Anfang an gemacht?« rief sie.

»Von Anfang an.« Er sah weg. »Jetzt ist es nicht mehr so schlimm, aber zuerst...«

Sie wollte nicht daran denken, wie es zuerst war. »Schönes Boot«, wechselte sie das Thema.

»Ja, super.«

Sein Akzent erinnerte sie unwillkommen an Muire Boland.

»Gehört es Ihnen?«

»Nein. Meinem Bruder. Aber wir fischen zusammen.«

»Was fischen Sie?« Der Motor machte ein monotones, mahlendes Geräusch.

»Krabben und Hummer.«

Sie drehte sich, sah zum Bug. Neben ihr am Steuerrad verlagerte der junge Mann sein Gewicht. Sie wippte in ihren Schuhen, die jede Form verloren hatten. »Fischen Sie auch jetzt, bei dieser Kälte?« fragte sie und vergrub sich in ihrem Mantel.

»Ja«, sagte er. »Bei jedem Wetter.«

»Fahren Sie täglich hinaus?«

»Nein, nein. Wir fahren am Sonntagabend los und kommen freitags wieder.«

»Harte Arbeit«, sagte sie.

Er zuckte die Achseln. »Das Wetter ist jetzt eigentlich gut«, sagte er. »Neblig ist es in Malin Head immer.«

Als sie sich dem Bergungsschiff näherten, sah Kathryn die anderen Fischerboote – bunte Boote wie das, in dem sie saß, eigentlich zu heiter für diesen häßlichen Anlaß. An Deck des Bergungsschiffs standen Taucher in nasser Montur. Der Hubschrauber schwebte über ihnen in der Luft. Die Wrackteile lagen sicher weit verstreut.

Hinter seinem Kopf sah Kathryn die Küstenlinie, die zackigen Klippen aus schiefrigem Gestein. Die Landschaft hatte etwas Schauriges, selbst bei gutem Wetter, und sie konnte sich gut vorstellen, wie bedrohlich sie im Nebel wirken würde. So ganz anders als The Pool, wo die Natur sich anscheinend bezähmt hatte. Und dennoch hatten auf beiden Seiten des Atlantiks Reporter gestanden, hatten sich über den Ozean hinweg gegenübergestanden.

»Hier ist der Radarpunkt, wo sie das Cockpit aus dem Wasser gezogen haben«, sagte der Mann.

»Hier?« Und in ihrem Mantel fing sie an zu zittern. Spürte den Augenblick. Die Nähe des Todes.

Sie verließ das Steuerhaus und ging an die Reling. Sie schaute hinab aufs Wasser, auf die Wasserfläche, die sich ständig bewegte und doch so still schien. Ein Mensch änderte sich, jeden Tag, war jeden Tag anders als am vorherigen. Oder am vorvorherigen.

Das Wasser sah undurchsichtig aus. Über ihrem Kopf kreisten Möwen. Warum die Möwen dort waren, daran wollte sie nicht denken.

Was war die Wirklichkeit gewesen? Sie betrachtete das Wasser und suchte vergeblich einen Fixpunkt. War sie die Frau des Piloten, oder war Muire es? Muire, die katholisch geheiratet hatte und der Jack von seiner Mutter und seiner Kindheit erzählt hatte. Muire, die gewußt hatte, daß es Kathryn gab, während Kathryn nichts von Muire wußte.

Oder war in Wirklichkeit Kathryn seine Frau gewesen? Die erste Frau, die den Vorrang hatte, die zuerst da war?

Je mehr Kathryn über Jack erfuhr – und zweifellos würde sie mehr erfahren, andere Hinweise auf M. finden, wenn sie Jacks Sachen zurückerhielte –, desto mehr mußte sie die Vergangenheit neu überdenken. Als müsse sie eine Geschichte immer und immer wieder erzählen, jedesmal ein bißchen anders, weil sich eine Tatsache gewandelt, ein Detail verändert hatte. Und wenn genug Details verändert oder die Tatsachen wichtig genug waren, würde die Geschichte vielleicht eine ganz andere Richtung nehmen als anfänglich.

Das Boot schaukelte im Kielwasser eines anderen Boots, und sie hielt sich an der Reling fest. Jack war nur der Mann einer anderen Frau gewesen, ging ihr durch den Kopf.

Sie sah zum Hubschrauber hoch. Einmal hatte sie einen Airbus fast über The Pool gesehen. Der Tag sollte sonnig werden, und der Frühnebel hob sich gerade. Das Flugzeug flog dicht über dem Wasser, und der massige Metallrumpf wirkte zu schwer für die Luft. Kathryn hatte Angst um das Flugzeug gehabt, das Fliegen hatte sie mit Ehrfurcht erfüllt.

Jack hatte um sein Los gewußt. In den letzten Sekunden hatte er es gewußt.

Er hatte am Ende Matties Namen gerufen, beschloß Kathryn. Sie glaubte es, und dann war es so.

Wieder betrachtete sie das Wasser. Wie lange fuhr der Fischer schon auf der Stelle? Sie nahm den tatsächlichen Verlauf der Zeit nicht mehr wahr. Wann, zum Beispiel, hatte die Zukunft begonnen? Oder die Vergangenheit geendet?

Sie suchte im Wasser nach einem Fixpunkt und fand ihn nicht.

Machte die Veränderung alles Vorhergehende wertlos?

Bald würde sie diesen Ort verlassen und nach Hause fliegen, zu Julia fahren. Sie würde zu ihrer Tochter sagen: Jetzt gehen wir nach Hause. Kathryn würde mit Mattie leben. Eine andere Wirklichkeit gab es nicht.

Sie zog ihren Ehering vom Finger und warf ihn in den Ozean.

Sie wußte, daß die Taucher Jack nicht finden würden, daß es ihn nicht mehr gab.

»Alles in Ordnung?«

Der junge Fischer sah aus dem Steuerhaus, eine Hand weiter am Steuer. Er warf ihr einen besorgten Blick zu.

Sie lächelte ihn kurz an und nickte.

Frei von Liebe sein hieß eine schreckliche Last aufgeben.

Er steckt den Ring an ihren Finger und hält ihn dort fest, einen Augenblick. Der Friedensrichter spricht die Trauungsworte. Kathryn sieht Jacks Hand an dem Silberring, schimmerndes Silber, handgearbeitet, wuchtig, ein Ring, den sie nicht erwartet, sich so nicht vorgestellt hat. Er hat sich für den Anlaß einen Anzug gekauft, einen grauen Anzug, in dem er gut, aber fremd aussieht – wie oft Männer, die sonst keinen Anzug tragen. Sie hat ein Kleid mit Blumen angezogen, in der Taille leicht zusammengehalten; das Baby ist noch nicht zu sehen. Das Kleid hat kurze Ärmel mit kleinen Schulterpolstern und geht gerade bis übers Knie. Es riecht immer noch neugekauft. Sie trägt auch einen Hut – pfirsichfarben, wie das Kleid, mit einer staubblauen Seidenblume am Rand, das Blau passend zu den Blumen auf dem Kleid. Im Flur redet eine Frau, gedämpft, ungeduldig. Kathryn hebt den Kopf, und sie küssen sich, merkwürdig keusch, lange, förmlich. Der breitrandige Hut rutscht ihr vom Kopf.

»Ich verlasse dich nie«, sagt er.

Sie fahren zu einer Ranch in den Bergen. Die Temperatur fällt um beinahe zwanzig Grad. Sie hat seine Lederjacke über das pfirsichfarbene Kleid gezogen. Sie spürt auf ihrem Gesicht immer noch das Hochzeitslächeln, ein Lächeln, das nicht schwächer wird, als habe ein Foto es eingefangen. Wenn er in einen anderen Gang schaltet, ruckt ihr Kopf. Sie überlegt, wie eine Hochzeitsnacht ist, wenn man schon zusammenlebt, ob es im Bett anders sein wird. Sie fand es eigenartig, von einem Mann getraut zu werden, den sie beide nicht kannten. In der trockenen Luft hier im Westen fühlt sich ihr Haar dünner an als im feuchten Ely. Ihre Gesichtshaut spannt.

Sie fahren immer höher hinauf. Es ist dunkel und klar, und der Mond malt weiße Linien auf Büsche und Felsen, und die kleinen Hügel werden Schatten. In der Ferne sehen sie ein Licht.

Jemand hat in der Blockhütte schon Feuer gemacht. Sie überlegt, ob die Äste zwischen den Holzscheiten echt oder Attrappen sind. Das Badezimmer hat eine Blechdusche und ein rosa Waschbecken. Das schäbige Mobiliar ist ihm nicht recht, er hat etwas anderes erwartet.

»Mir gefällt es hier«, versichert sie ihm.

Sie setzt sich aufs Bett, das durchhängt und ein lautes metallenes Knarren von sich gibt. Sie macht große Augen, und er lacht.

»Wie gut, daß wir hier allein sind«, sagt er.

Im Schein des Feuers ziehen sie sich aus. Sie sieht zu, wie er die Krawatte lockert, sein Hemd aufknöpft. Wie er die Gürtelschnalle leicht hochzieht, um den Gürtel aufzumachen. Im Stehen zieht er die Anzughose aus. Männersocken, denkt sie. Wenn sie wüßten, wie sie aussehen, würden sie sie nicht tragen.

Nackt friert er und ist mit einem Satz im Bett. Oder vielleicht ist er auch nervös. Sie gleiten aneinander wie trockene Seide. Die dicken Daunendecken, der einzige Luxus im Raum, sind wie Gebirge, und er zieht sie über ihre Schultern.

Das Bett quietscht bei der leisesten Bewegung. Sie liegen Seite an Seite, die Gesichter keine zehn Zentimeter voneinander entfernt, und lieben sich wie nie zuvor, mit sparsamen Bewegungen. Als vollführten sie einen alten japanischen Tanz, denkt sie, rituell und mit höchster Konzentration. Bedacht und langsam dringt er in sie ein. Er sieht ihr in die Augen.

»Wir drei«, sagt er.

TEIL DREI

MATTIES ARM ZITTERTE, als sie die Angel einzog.

»He, hast du das gesehen?« rief sie.

»Sieht riesengroß aus«, antwortete Kathryn.

»Ich glaube, ich hab ihn.«

»Halt die Schnur nicht so dicht an die Felsen, sonst schneidest du sie durch.«

Kathryn sah, wie die schwarzsilbernen Streifen direkt unter der Wasseroberfläche hin und her schlugen. Fast eine Dreiviertelstunde hatte sie nun zugeschaut, wie Mattie mit der viel zu großen Angel ihres Vaters einen Fisch fangen wollte, die Schnur auswarf, die Rolle feststellte, vor sich hin schimpfte und dann ihren Fang einzog – die Angelrute wie einen Hebel unter den Arm geklemmt. Kathryn watete mit dem Netz ins Wasser, schöpfte, vergeblich, ein neuer Anlauf. Schließlich hielt sie den Streifenbarsch hoch, damit Mattie ihn sehen konnte.

Jetzt müßte Jack hiersein, dachte Kathryn wie von selbst.

Mattie legte die Angel beiseite, nahm ihrer Mutter den Fisch ab und legte ihn in den Sand. Der wehrlose Barsch schlug mit dem Schwanz. Mattie holte das Zentimetermaß, und Kathryn hockte sich neben sie, um besser sehen zu können.

»Neunzig«, sagte Mattie stolz.

»Ja!« Kathryn streichelte Mattie über die Haare. Das Haar ihrer Tochter war im Verlauf des Sommers wunderschön geworden, kupferrot; sie hatte es auf Schulterlänge abgeschnitten, und die Naturlocken kringelten sich in alle

Richtungen. Bis auf die beiden eisblauen schmalen Bikinistreifen war sie nackt.

»Willst du ihn essen oder freilassen?« fragte Kathryn.

»Was meinst du?«

»Wenn es nicht dein erster wäre, würde ich sagen, laß ihn frei. Hat Jack dir je beigebracht, wie man einen Fisch ausnimmt?«

Mattie richtete sich auf und hob mit ganzer Kraft den Fisch hoch.

»Ich hole den Fotoapparat«, sagte Kathryn.

»Liebste Mama«, grinste Mattie.

Kathryn ging über den Rasen und hörte die Schnüre am Fahnenmast unrhythmisch und hohl schlagen. Der Tag war so schön wie alle in diesem Sommer, eine lange Kette schöner Tage in satten Farben. Erst an diesem Morgen hatte sie einen geradezu unnatürlichen Sonnenaufgang erlebt, niedrige Wolken färbten sich bei Tagesanbruch neonpink, dazwischen lavendelblaue Dunstwirbel. Und dann war die Sonne aufgetaucht, wie eine Detonation im Meer, und das Wasser war minutenlang flach geriffelt und türkis gewesen, hatte das Neontupfenmuster gespiegelt. Es war die paradoxe Schönheit einer Atomexplosion gewesen oder eines Feuers an Bord eines Schiffs. Erde, See und Luft in einer Feuersbrunst.

Das frühe Wachwerden war ihre einzige Beschwerde – wie eine alte Jungfer oder eine Witwe, die sie ja war. Sie wurde früh wach, weil nachts nichts geschah, das sie wirklich müde machte. In den oft gespenstischen Morgenstunden las Kathryn, froh, daß sie inzwischen wieder ganze Bücher lesen konnte. Sie las auch die Zeitung, wie heute morgen auf der Veranda, als sie vor allem den Artikel auf der ersten Seite über den Waffenstillstand gelesen hatte.

Die Geschichte der Bombe an Bord des Vision-Flugs

384, die zwar ungewollt, aber nicht schuldlos mit Jacks Hilfe ins Cockpit gelangte, wurde am Neujahrstag im Belfast Telegraph veröffentlicht. Ebenso wurde berichtet, daß das Personal mancher Flugzeuge seit langem in Schmuggeleien verwickelt war, andere Piloten wurden namentlich genannt, und es wurde betont, wie sehr dieser extremistische Anschlag der IRA und dem Friedensprozeß schade. Unter anderen wurden Muire Boland und ihr Bruder verhaftet und ein Zusammenhang mit Jack Lyons hergestellt. Seine Ehe oder die andere Familie waren bisher nicht an die Öffentlichkeit gedrungen – Kathryn hatte wochenlang davor gezittert. Sie hatte es darauf ankommen lassen, hatte beschlossen, ihrer Tochter nichts davon zu sagen, bevor es bekannt wurde. Es war ein Wagnis, und wer konnte sagen, was dabei herauskam? Mattie wußte nur, was der Rest der Welt wußte, und das war genug.

Was mit Muire Bolands Kindern geschehen war, wußte Kathryn nicht. Manchmal vermutete sie, sie seien bei A.

Im Frühling hatte Kathryn über die Unruhen gelesen, wollte sie besser verstehen. Sie wußte nun mehr als im Dezember, aber dieses Wissen machte die Geschichte nur komplexer. In den vergangenen Monaten hatten die Zeitungen von Gefängnisaufständen, paramilitärischen Hinrichtungen und Autobomben berichtet. Jetzt gab es wieder einen Waffenstillstand. Vielleicht gäbe es eines Tages ein Abkommen, aber sicher nicht bald.

Doch eigentlich ging es sie nichts an. Es war nicht ihr Krieg.

Manchmal bewältigte Kathryn nichts als den bevorstehenden Tag, und folglich forderte sie wenig von sich. Sie trug selten etwas anderes als den Badeanzug, darüber ein verwaschenes marineblaues Sweatshirt. Sie strickte für Mattie ein ärmelloses Oberteil aus buntgesprenkelter Baumwolle und wollte sich selbst auch eins stricken. Das war momentan bereits die Grenze ihres Ehrgeizes. An den meisten Tagen besuchte Julia sie, oder Kathryn schaute in der Stadt vorbei. Sie aßen zusammen, versuchten eine Familiendreisamkeit wiederherzustellen.

Kathryn lief die Verandastufen hinauf, ging durchs Wohnzimmer und die Küche. Sie vermutete den Fotoapparat in einer Windjacke hinten im Flur. Sie bog in den Flur und hielt abrupt an.

Er stand an der Hintertür, hatte schon geklopft. Sie konnte sein Gesicht durch das Oberlicht sehen. Seine Anwesenheit war wie ein Schock. Zwischen ihr und der Tür lag eine entsetzliche Erinnerung, die Wiederkehr des Moments, als sie durch den Flur ging und ihm die Tür öffnete – ein Augenblick, in dem sich ihr ganzes Leben änderte, sein Verlauf ein für allemal anders wurde.

Wie in Trance bewegte sie sich sechs, sieben Schritte zur Tür, und wie in Trance öffnete sie sie.

Er lehnte gegen den Türrahmen, seine Hände in den Taschen. Er trug ein weißes T-Shirt und Khakishorts. Sein Haar war frischgeschnitten, stellte sie fest, und er hatte Farbe gekriegt. Sonst sah sie nicht viel, weil er im Gegenlicht stand. Sie konnte ihn dort jedoch fühlen, die eigentümliche Mischung von Entschlossenheit und Resignation, die sein Körper ausstrahlte. Er wartete offenbar, daß sie die Tür schloß oder ihn aufforderte zu gehen, oder daß sie ihn anfuhr, was er noch von ihr erwarte.

Die Luft zwischen ihnen schien dicht.

»Ist genug Zeit vergangen?« fragte er.

Und sie überlegte, als sie da stand, wieviel Zeit genau wohl genug wäre.

»Mattie hat einen Fisch«, sagte sie. »Ich muß den Fotoapparat holen.«

Sie ließ ihn in der Tür stehen.

Der Apparat lag da, wo sie ihn vermutet hatte. Während

sie durchs Haus ging, fühlte sie ihre Stirn. Ihre Haut war heiß, verbrannt, ein indianisches Rot, und vor lauter Sand und Seesalz wie Schmirgelpapier. Zuvor war sie mit Mattie auf den Wellen geritten, auf allen Vieren waren sie wie zwei schiffbrüchige Matrosen aus der Strömung gekrochen.

Sie überquerte wieder den Rasen, der Mann an ihrer Tür ging ihr nicht aus dem Kopf. Sie überlegte kurz, ob sie ihn nur geträumt, sich nur eingebildet hatte, daß er im Gegenlicht dastand. Sie machte ein Dutzend Fotos von ihrer Tochter und dem Fisch, wollte den Augenblick hinauszögern, sich Zeit geben. Erst als Mattie ungeduldig wurde, hing sich Kathryn den Apparat um den Hals und half ihrer Tochter, das Angelzeug und den Fisch auf die Veranda zu schleppen.

»Willst du es wirklich tun?« fragte sie Mattie und meinte den Fisch filetieren – eine Frage, die sie auch sich selbst hätte stellen können.

»Ich möchte es versuchen«, sagte Mattie.

Mattie hatte den aufmerksameren Blick und sah vor ihrer Mutter den Mann auf der Veranda. Das Mädchen hielt inne und ließ den Fisch sinken. Ihre Augen flackerten warnend, die Erinnerung an einen schlechten Traum.

Der Bote, dachte Kathryn.

»Schon gut«, sagte sie ruhig zu ihrer Tochter. »Er ist gerade gekommen.«

Das Mädchen und die Frau überquerten gemeinsam den Rasen, kamen vom Fischen wie zahllose andere vor ihnen, die Mutter hielt die Angel, das Kind die Beute, der erste von vielen zukünftigen Fischen. Vergangene Woche hatte Mattie in der Garage Jacks Angelausrüstung gefunden und hatte sich Schritt für Schritt ins Gedächtnis gerufen, was Jack ihr im letzten Sommer beigebracht hatte. Kathryn konnte ihr dabei nicht viel helfen, Angeln war nie ihre Sache gewesen. Aber Mattie war fest entschlossen und lernte, mit der viel zu großen Angel umzugehen, am Ende war sie ganz geschickt.

Der Wind drehte nach Osten, und sogleich spürte Kathryn die leichte Kühle in der Luft, die immer mit dem Ostwind kam. In wenigen Minuten hätte der Ozean weiße Schaumkronen. Dann dachte sie an Jack, wie immer, und sie wußte, sie würde nie wieder den Ostwind spüren können, ohne an den Tag zu denken, an dem sie sich kennenlernten. Der Ostwind war einer von hundert Auslösern, von kurzen Augenblicken: Da ist er wieder, der Ostwind.

Sie erlebte diese Augenblicke oft. Sie erlebte sie im Zusammenhang mit Jack Lyons, mit Muire Boland und mit Robert Hart. Sie hatte sie im Zusammenhang mit Flugzeugen, allem Irischen, mit London. Sie hatte sie mit weißen Oberhemden und mit Schirmen. Selbst ein Glas Bier konnte ein Stück Erinnerung in Bewegung setzen. Sie hatte gelernt, damit zu leben; es war wie eine alte Angewohnheit oder Stottern oder ein verletztes Knie, das gelegentlich einen Schmerz durch ihren Körper sendete.

»Hallo, Mattie«, sagte Robert, als das Mädchen die Veranda betrat. Er sagte es freundlich, aber nicht übertrieben; Mattie wäre sonst alarmiert gewesen, noch unsicherer.

Und wohlerzogen, wie Mattie war, erwiderte sie das Hallo, drehte aber den Kopf weg.

»Ein Prachtstück«, sagte Robert.

Kathryn, die Robert so neben ihrer Tochter sah, sagte: »Mattie bringt sich das Angeln bei.«

»Er ist achtzig, fünfundachtzig?« fragte Robert.

»Neunzig«, verbesserte Mattie nicht ohne Stolz. Sie nahm ihrer Mutter den Kasten mit den Angelutensilien aus der Hand. »Ich mache es da drüben.« Sie zeigte auf eine Verandaecke.

»Hauptsache, du nimmst hinterher den Gartenschlauch und spritzt alles sauber.« Kathryn sah zu, wie Mattie den

Fisch auf die Verandakante legte. Das Mädchen betrachtete die Kiemen von allen Seiten, dann nahm sie ein Messer aus dem Kasten. Probeweise machte sie einen Schnitt. Kathryn hoffte, der Fisch sei wirklich tot.

Robert ging zum anderen Verandaende. Er möchte reden, dachte sie.

»Ist das schön«, sagte Robert, als sie in seiner Nähe stand. Er drehte sich um und lehnte sich gegen das Geländer. Er meinte die Aussicht. Sie konnte jetzt sein Gesicht sehen, und es kam ihr schmaler vor, als sie es in Erinnerung hatte, markanter. Sicher lag es an der Bräune, der Sonne. »So habe ich es mir vorgestellt«, fügte er hinzu.

Beide dachten gleichzeitig schmerzlich an die Dinge, die sie sich vorgestellt hatten.

Roberts Beine waren auch gebräunt und die Härchen ganz golden. Kathryn dachte, daß sie seine Beine noch nie vorher nackt gesehen hatte. Ihre waren auch nackt, stellte er fest.

»Wie geht es ihr?« fragte er, und sein Blick war, wie sie ihn in Erinnerung hatte: eindringlich und scharf. Aufmerksam.

»Besser«, sagte Kathryn ruhig, so daß Mattie es nicht hören konnte. »Besser. Der Frühling war hart.«

Wochenlang hatten sie und Mattie die Wucht der kollektiven Empörung ausgehalten. *Wenn Jack nicht mitgemacht hätte...*, sagten die einen. *Dein Vater war es, der die Bombe transportiert hat...*, sagten die anderen. Sie hatten Drohanrufe bekommen, anklagende Briefe von Angehörigen, ein Heer von Reportern am Tor. Allein die Fahrt zur Arbeit war manchmal lebensbedrohlich gewesen, eine Qual, aber Kathryn hatte sich geweigert, ihr Zuhause zu verlassen. Sie hatte die Gemeinde Ely um Sonderschutz bitten müssen. Der Magistrat hatte eine Sitzung einberufen, nach langer Debatte wurde abgestimmt, und die Mittel aus dem Budget wurden freigegeben. Sie wurden unter »Höhere Gewalt« verbucht.

In den folgenden Monaten wurden die Sicherheitsvorkehrungen beinahe unnötig, aber Kathryn wußte, daß weder sie noch Mattie je zur alten Tagesordnung zurückkehren würden. Das war nun Tatsache, eine Gegebenheit in ihrem Dasein, mit der sie täglich fertigwerden mußten. Sie dachte daran, was Robert über Kinder von Absturzopfern bemerkt hatte: *Das Unglück verwandelt sie, und sie passen sich an.*

»Und wie geht es dir?« fragte er.

»Soweit ganz gut«, sagte sie.

Er drehte sich um, stützte sich auf einen Pfosten und schaute über den Rasen und den Garten.

»Du ziehst Rosen«, sagte er.

»Ich versuch's.«

»Sie sehen gut aus.«

»Es ist verrückt, so nah am Meer.«

Im Bogen des Gartens wuchsen gelbliche Friars und dornige Wenlocks; in dem langgestreckten Gartenstück waren die Cressidas und Prosperos. Aber die St. Cecilia-Stauden mochte sie am allerliebsten, schon weil ihr Blüteninneres so schamlos rot war. Sie wuchsen problemlos, trotz der Seeluft. Kathryn liebte ausgefallene Blumen, sie hatten etwas Verschwenderisches, Luxuriöses.

»Ich hätte es dir am ersten Tag sagen sollen«, begann er. So schnell hatte sie damit nicht gerechnet. »Und später war mir klar, daß ich dich verlieren würde, wenn ich es dir sagte.«

Sie schwieg.

»Ich habe eine falsche Entscheidung getroffen«, sagte er.

»Du hast versucht, es mir zu sagen.«

»Aber nicht genug.«

Und damit war es gesagt. Es war heraus.

»Manchmal kann ich nicht glauben, daß es wirklich passiert ist«, sagte Kathryn.

»Wenn wir früher dahintergekommen wären, wäre es vielleicht nicht passiert.«

Hinter Jack und Muire gekommen, meinte er.

»Die Bombe sollte mitten über dem Atlantik hochgehen, oder?« fragte sie. »Dort, wo wenig Beweise übrigbleiben.«

»Vermutlich.«

»Warum haben sie sich nicht gleich gemeldet und erklärt, daß es auf das Konto der IRA geht?«

»Das ging nicht. Zwischen der IRA und der Polizei gibt es Übereinkommen.«

»Also haben sie einfach abgewartet, bis die Ermittler auf Muire und Jack stießen.«

»Eine Spätzündung.«

Kathryn stöhnte.

«Wo ist sie?»

»Im Maze-Gefängnis«, sagte er. »In Belfast.«

»Ihr hattet Jack in Verdacht?«

»Jemanden, der diese Route flog.«

Sie überlegte nicht zum ersten Mal, ob eine Frau einem Mann, der sie betrogen hatte, vergeben konnte. Und wenn, war das eine Bestätigung? Oder war es schlichte Torheit?

»Hast du das Schlimmste überstanden?« fragte Robert.

Sie befingerte einen Mückenstich an ihrem Arm. Das Licht klärte sich, wurde mit dem Sonnenuntergang schärfer.

»Das Schlimmste ist, daß ich nicht trauern kann«, sagte Kathryn. »Wie kann ich um jemanden trauern, den ich offenbar gar nicht gekannt habe? Der nicht der war, für den ich ihn gehalten habe? Er hat meine sämtlichen Erinnerungen ganz ausgehöhlt.«

»Trauere um Matties Vater«, sagte Robert, und sie merkte, daß er sich darüber Gedanken gemacht hatte.

Kathryn sah zu, wie Mattie nun einen tiefen Schnitt von den Kiemen zum Rückgrat des Fischs machte.

»Ich konnte nicht wegbleiben«, sagte Robert. »Ich mußte wiederkommen.«

Und sie begriff, daß auch Robert ein Risiko eingegangen war. Wie sie jetzt mit Mattie. Auch sie hielt mit einer Wahrheit hinterm Berg.

Und dann, als sie ein wenig ihre Richtung änderte und von der Verandaecke aus ihren Garten betrachtete, hinabblickte wie selten sonst – oder vielleicht lag es auch an der Art, wie in diesem Jahr die Rosen gepflanzt waren –, sah sie es.

»Ach, da«, sagte sie ruhig.

Mattie hörte die überraschte Stimme ihrer Mutter und schaute von ihrer Operation hoch, das Skalpell in der Hand.

»Die Kapelle«, erklärte Kathryn.

»Was?« fragte Mattie irritiert.

»Der Garten. Der Bogen da. Der Umriß. Was ich immer für eine Marmorbank gehalten habe. Das ist überhaupt keine Bank.«

Mattie warf einen kurzen Blick in den Garten, sah, das wußte Kathryn, nichts als einen Garten.

Kathryn dagegen konnte die Schwestern des Ordens St. Jean de Baptiste de Bienfaisance in ihrer weißen Sommertracht knien sehen. In einer hölzernen Kapelle, deren Grundriß einem Bogenfenster glich. Einer Kapelle, die womöglich abgebrannt war, und nur der Marmoraltar war stehengeblieben.

Sie trat näher.

Dinge so sehen, wie sie wirklich sind, dachte sie. Und wie sie waren.

»Ich hole uns etwas zu trinken«, sagte sie zu Robert, zufrieden über ihre Entdeckung.

Sie ging ins Wohnzimmer, wollte eigentlich weiter in die Küche, Eistee in Gläser schütten, Zitronen in Scheiben schneiden, aber statt dessen blieb sie stehen und blickte aus dem Fenster. Sie sah Mattie, die mit dem Fisch kämpfte, und Robert, der ihr vom Geländer aus zuschaute, sah beide vom Fenster gerahmt. Er hätte ihr zeigen können, wie man das Messer richtig hält, aber es waren Jacks Sachen, und Kathryn wußte, Robert würde abwarten.

Sie dachte an Muire Boland in einem nordirischen Gefängnis. An Jack, dessen Leichnam nie gefunden wurde. Vielleicht war es leichter, wenn sie sagte, es sei alles so gekommen, weil seine Mutter ihn als Jungen verlassen hatte oder sein Vater brutal war. Oder weil er katholisch erzogen wurde oder im Vietnamkrieg war oder seine Midlife-Krise hatte oder seine Arbeit bei der Fluggesellschaft ihn langweilte. Oder weil er seinem Leben einen Sinn geben wollte. Oder sich danach sehnte, mit einer Frau, die er liebte, ein Risiko zu teilen. Aber sie wußte, all dies konnten die Gründe sein oder auch nicht. Jacks Beweggründe, die Kathryn immer verborgen blieben, setzten sich aus vielen Bruchstücken zusammen, ein verwirrendes Mosaik.

Sie stellte das Tablett auf den Tisch und fand das Stück Papier, wo sie es kürzlich hingelegt hatte – unter der Uhr auf dem Sims. Schon vor Wochen hatte sie dies vorgehabt.

Sie faltete das Lotterielos auseinander.

Auf der Veranda nahm Mattie ein Stück Fisch und ließ es in eine Plastiktüte gleiten, die Robert ihr hinhielt. In London schwieg jemand, wie Kathryn es erwartet hatte.

»Ich wollte nur wissen, ob es den Kindern gutgeht«, sagte sie übers Meer.

Verschlossenes Paradies

Für John

Erster Teil

Die Luft hing schwer wie Wasser in den quadratischen dunklen Zimmern des Farmhauses. Im Haus herrschte Stille, und die einzigen Laute, die zu hören waren, klangen verschwommen und gedämpft, als hörte man sie durch dicke Tücher. Oben, im Zimmer des Jungen, tickte die Uhr über dem Schreibtisch die Minuten weg. Mitternacht war gerade vorüber. Im Zimmer nebenan, wo die Eltern des Jungen schliefen, klapperte leise ein alter Ventilator und ließ die schwere Luft von draußen über die schlafenden Körper seiner Eltern streichen. Sie hatten dem Jungen den Ventilator angeboten, wie sie das in jenem Sommer fast an jedem heißen Abend getan hatten. Aber der Junge, dem in jenem Sommer zum ersten Mal das Alter seiner Eltern bewußt geworden war, hatte darauf verzichtet, ihn ihnen wegzunehmen.

In diesem Haus, weit ab von der Ortschaft, lag Andy auf dem Rücken in seinem Bett und schlief. Er schlief schlecht, den Mund halb geöffnet und von der Augustnacht wie erdrückt. Ein feuchtes Laken, das sich gelöst hatte, bedeckte seine Brust. Die Brust des Jungen war damals noch knochig, ohne die Muskeln, die später kommen würden, und er hatte den Sommerwuchs eines älteren Jungen, wie wenn er zu schnell in die Höhe geschossen wäre und die Anmut

der Kindheit verloren hätte. Er war jetzt groß, so
groß, daß er seine Eltern überragte, und die ihm
noch fremden Glieder, die unter dem Laken hervor-
ragten, ließen seinen Körper selbst im Schlaf
schmächtig und unbeholfen erscheinen. Seine Haut
war sommerlich gebräunt und hatte die Spuren des
Heranwachsens schon fast verloren. Sein dichtes
Haar, dunkelbraun und entgegen dem Wunsch seines
Vaters ein wenig zu lang, war an den Schläfen und
im Nacken feucht von der Hitze. Er wälzte sich und
zog dabei das Laken mit, als wollte er trotz seiner
Träume sagen: *Also, jetzt reicht es aber.*

Der Vater des Jungen, der in einem ärmellosen
Unterhemd und Boxershorts im Zimmer nebenan auf
dem Bauch schlief, griff sich mit der Hand ans Ohr,
um eine Stechmücke zu verjagen. Seine Mutter lag
neben seinem Vater, wie der Junge auf dem Rücken.
Sie hatte das Laken ganz von sich geschoben und
trug ihren rosa Sommerpyjama. Sie hatte Lockenwickler im Haar, an den Seiten und oben auf dem
Kopf. Die vom Vater verjagte Mücke ließ sich auf
ihrem Schenkel nieder, aber sie bewegte im Schlaf
das Bein zu spät.

Hinter dem Fenstergitter im Zimmer des Jungen
begann die Finsternis. Die Dunkelheit hüllte den
ganzen Ort ein, die Straße, die aus ihr hinausführte,
und die zwei Farmhäuser, die zwei Meilen von der
Stadt entfernt an der Straße lagen, wie etwas, das
einem nachträglich noch eingefallen ist, und die nur
einander zur Gesellschaft hatten. Die zwei Häuser
waren nur zwanzig Meter voneinander entfernt, das
eine war der Straße zugewandt, und das andere, seines, das an einem kurzen, ungeteerten Weg lag, war
nach Norden ausgerichtet, auf ein Feld, auf dem

früher einmal Mais gewachsen war. Tatsächlich war
die Dunkelheit an jenem Tag aus dem Norden
gekommen und hatte jenen Teil des Staates zuge-
deckt, in dem die Ortschaft lag und wo der Junge zur
Welt gekommen war. Am Nachmittag waren staub-
farbene Wolken am Himmel aufgezogen und hatten
die Sonne verdeckt wie dicke Watte, bis nur noch die
Hitze zu spüren war, und hatten dann am Abend den
Mond und die Auguststernschnuppen abgedeckt. Die
Schwärze drückte die Hitze hinunter und durch die
Fenstergitter in die Zimmer, wo der Junge und seine
Eltern schliefen.

Später würden sie alle wissen und sagen können,
daß es zehn Minuten nach zwölf gewesen war, als der
Lärm begann. Der Junge war zuerst aufgewacht,
Sekunden vor seinen Eltern. Er hörte eine Frau aufschreien und dachte, während er langsam aus dem
Schlaf auftauchte, es könnte vielleicht seine Mutter
sein. Aber als er dann wach war, wußte er, daß das
Geräusch von draußen kam, aus der Dunkelheit hinter dem Fenstergitter. Der Junge schob das Laken
von der Brust, als würde ihn das Laken daran hindern, den Laut vor seinem Fenster einordnen zu
können. Vielleicht hörte er auch in dem Augenblick
durch die Wand, wie sein Vater oder seine Mutter
sich aufsetzte, plötzlich hellwach wie er.

Das zweite Geräusch war der heisere Ausruf eines
Mannes, fast ein Schrei, und dem folgte unmittelbar
das verängstigte Kreischen einer weiteren weiblichen
Stimme, der eines Kindes wie er selber. Er hörte die
Füße seines Vaters auf dem Boden, das Rascheln der
Hose, dann einen Reißverschluß – und dann die
halberstickte Stimme seiner Mutter, besorgt, fragend.
Der Junge rutschte ans Fußende des Bettes, wo das

11

Fenster war. Auf Händen und Knien kauernd blickte er in die Nacht hinaus und wartete darauf, daß die Stimmen sich erklärten.

Zwei Schüsse fielen, würden der Junge und seine Eltern später sagen. Zwei Schüsse, kurz hintereinander, so daß sie in der lautlosen Sommernacht die Luft erschütterten wie eine einzige Explosion. Der Junge kniete wie erstarrt, die Hände auf dem Fenstersims. So kniete er während der Sekunden der Stille, die der Explosion folgten, bis er die laute Stimme seines Vaters hörte, der seine Mutter aufforderte, sich nicht von der Stelle zu rühren. Und dann rief er den Namen seines Sohnes. *Andy*. Er hörte, wie sein Vater die Tür des Schrankes öffnete, wo er das Gewehr aufbewahrte. Dann öffnete sich die Tür zu seinem Zimmer. Sein Vater, im ärmellosen Unterhemd, das Gewehr in der Hand, sagte: *Geh vom Fenster weg*. Der Junge hörte seinen Vater die Treppe hinunterrennen und dann das leise Summen, als sein Vater im Flur im Erdgeschoß eine Telefonnummer wählte.

Unfähig, vom Fenster wegzugehen, wie sein Vater es ihm befohlen hatte, starrte der Junge in die Dunkelheit hinter dem Gitterfenster hinaus. Und da begann ein schrilles Heulen, das zuerst wie ein dünner Rauchfaden zum Himmel stieg – eine weibliche Stimme, wenn auch schier unmenschlich, die immer lauter wurde. Er stellte sich eine Frau vor, die den Mund aufsperrte, und ihre Stimme, die sich wie ein dünnes, zitterndes Band daraus emporwand. Der Junge hörte, wie sein Vater aufhörte zu wählen, lauschte und auflegte. Das Heulen wollte nicht aufhören, durchschnitt die Nacht. Der Junge schauderte und zog sich vom Fenster zurück. Die Katze im Erdgeschoß sprang auf den Küchentisch und fauchte. Krähen und Sommervögel, von den unheimlichen Schreien geweckt oder vielleicht auch durch die Schüsse, begannen zu schnattern und zu krächzen. Und durch die Wand hörte der Junge seine Mutter sagen, so als verstünde sie plötzlich: *Ach Gott, ach du lieber Gott.*

Andrew erwacht aus dem Traum in dem Bett, in dem er als Junge geschlafen hat, und hat die Orientierung verloren. Der Traum bleibt hängen, deutlich und schwer, zieht ihn hinunter und läßt die Nacht der Schüsse, als er siebzehn war, mit dieser Nacht nach dem Begräbnis seiner Mutter, da er sechsunddreißig ist und zum ersten Mal in seinem Leben allein im Haus seiner Eltern schläft, verschwimmen. Er hält noch etwas an dem Traum fest und genießt das Gefühl, tief in den Körper und die Gedanken des Jungen hineinzutauchen und mit den Ohren des Jungen zu hören, wie er das seit neunzehn Jahren nicht mehr konnte, und genießt sogar die Furcht – die Fähigkeit, jene Art von Furcht zu verspüren, die einem über den Rücken läuft.

Andy. Er kann den genauen Klang der Stimme seines Vaters hören und den seiner Mutter – gedämpft, murmelnd, ängstlich. In dem Traum sind Einzelheiten, an die er sich seit neunzehn Jahren nicht mehr erinnert hat, und er denkt (nur kurz, weil er nicht will, daß Gedanken den Weg in den Traum zurück versperren), daß der Traum wie eine Hypnose funktioniert und ihm einen Blick und ein Gehör zurückgegeben hat, die er verloren hatte. In wachem Zustand konnte er seinen Vater nicht so wie jetzt als jüngeren Mann sehen, mit den noch muskulösen

Schultern unter dem ärmellosen Unterhemd, das Hemd so dünn wie Gaze und ganz anders als die dicken baumwollenen T-Shirts, die er selbst jetzt trägt. Die mitternächtlichen Stoppeln am Kinn seines Vaters und die harte Bauchmuskulatur unter dem Unterhemd. In wachem Zustand kann er seinen Vater nur so erscheinen lassen, wie er kurz vor seinem Tod war – glattrasiert, mit dem dicker gewordenen Bauch, der gegen den Gürtel ankämpft, und der eingesunkenen Brust, als wäre das Zentrum, die Kraft seines Körpers, eingesunken. Die meisten Bilder, die er jetzt aus der Jugend seines Vaters hat, stammen von Fotografien, und sein Vater ist dann in dieser oder jener Pose eingefroren, mit diesem oder jenem Ausdruck, aber er hat kein Leben, keine Stimme – so wie die frühen Jahre seines eigenen Sohnes für immer in den Fotografien und den Filmen eingeschlossen scheinen, die Martha, seine Exfrau, mitgenommen hat. Sein Sohn ist jetzt sieben, aber Andrew kann sich nicht verläßlich daran erinnern, wie er mit zwei oder mit vier Jahren klang oder was er sagte.

Er dreht sich herum im Bett und hofft,wieder tiefer in den Schlaf sinken zu können, um den Traum lebendig zu halten. Er spürt, wie sich eine Tür langsam schließt. Der Traum ist im Begriff, ihm zu entgleiten, und er verliert das Gefühl, ein Junge zu sein. Aber die Tür hat sich nicht ganz geschlossen: Er kann immer noch einige Einzelheiten ausmachen. Er hatte vergessen, kann es aber jetzt wieder sehen, wie die Wolken an jenem Nachmittag aufzogen, eine geronnene Farbe, die den Himmel bedeckte und die den Bäumen und der Haut im frühen Abendlicht einen fahlen, krankhaften Gelbton verliehen. Und er kann die erregten Schreie der Vögel kurz nach Mitternacht wieder hören, als eigentlich Stille hätte herrschen sollen. Er hatte die Art, wie sein Vater ein Gewehr hielt, nach unten gerichtet, fast wie eine Krücke, vergessen. Und daß seine Mutter im Bett Lockenwickler trug. Und dann hatte er auch vergessen (und wie hätte man auch den genauen Laut behalten sollen?), wie schrecklich schrill die Frau geschrien hatte. Er hätte in den Jahren dazwischen jederzeit sagen können, ja, da hat eine Frau erschrocken und gepeinigt geschrien, aber er hätte es nicht beschreiben können. Gelegentlich, als er noch jünger war und mehr darauf aus, Eindruck zu machen, hatte er einem neuen Bekannten oder einer Frau die Geschichte erzählt und damit seiner Kindheit das einzige Stück Glanz verliehen: *Der Mann im Nachbarhaus ist ermordet worden, als ich siebzehn war. Und seine Tochter hat man vergewaltigt.* Aber bis zu dem Traum hat er den Klang nicht mehr hören können.

Aber ist der Traum richtig? fragt er sich. Ist da vielleicht das eine oder andere hinzugefügt um der dramatischen Wirkung willen oder aus irgendwelchen psychologischen Gründen? Nein, denkt er (seine Gedanken drängen herein, kommen jetzt schneller, gewinnen die Oberhand über seinen Schlaf), der Traum stimmt in allen Einzelheiten – da ist nichts verändert (höchstens vielleicht das mit der Stechmücke, die *ihn* gerade eben gestochen haben muß und sich so in den Traum geschlichen hat) – aber so, wie das beim Redigieren eines Textes geschieht, hat der Traum gewisse weniger schöne oder scheinbar belanglose Komplikationen weggelassen.

Er hatte vergessen, erinnert sich jetzt aber – und das gehörte nicht zum Traum –, wie die Hitze und die verschmutzte Luft an jenem Tag die Gemüter erhitzte wie etwas, das die Haut reizt, und seine Eltern am Abend in ungewohnt gereizter Weise miteinander ließ. Er erinnert sich an das Essen an jenem Abend – eine kalte, enttäuschende Mahlzeit mit Schinkenscheiben und Kartoffelsalat (es war zu heiß zum Kochen oder sogar zum Essen) –, wie seine Mutter ihm wieder einmal den Ventilator angeboten hatte und ihre Stimme gereizt klang, als wüßte sie im voraus, daß er ablehnen würde, und als sei sie des kleinen Triumphs ihres Sohnes ebenso müde wie seiner Bedeutung. Und er erinnert sich, daß sie nach dem Essen schweigend aufstand, um die Eiskrem aus dem Kühlschrank zu holen, und den halbleeren Behälter auf den Tisch stellte. Auf Andy machte der Nachtisch den Eindruck, als würde er wie sein Behälter schmecken, und deshalb wollte er nichts davon, trotz der Hitze und trotz seiner Gier nach Süßigkeiten. Er stand vom Tisch auf und ging durch die mit Drahtgitter bespannte Tür hinaus, ließ sie ein wenig lauter zuschlagen als gewöhnlich und zog dabei den Kopf etwas ein, für den Fall, daß sein Vater die Tür noch einmal aufreißen würde, verärgert über die plötzliche Widerspenstigkeit seines Sohnes.

Aber sein Vater ging nicht an die Tür, und Andy folgte dem Kiesweg zur Straße hinunter, die Hände in den Taschen, und dachte, daß er bald weggehen würde, nach Massachusetts, aufs College. Er erreichte die Straße und das Haus der Closes. Es war, ebenso wie sein eigenes, ein einfaches, fast kahles Farmhaus mit weißen Schindeln. Vor Jahrzehnten waren die beiden Häuser im rechten Winkel zueinander auf dem Familiengrund eines Farmers erbaut worden, und von den kleinen Terrassen am hinteren Teil des Hauses aus konnten die zwei Brüder einander zurufen oder eine Mutter ihre Schwiegertochter beobachten. Jetzt teilten sich die beiden Häuser zwar noch die Zufahrt, aber die Familien waren nicht miteinander verwandt, nur so verbunden, wie zwei Familien, die weit von der Stadt entfernt wohnen, mit der Zeit ihr Leben ineinanderweben. Jemand, der auf der Straße vorbeifuhr, würde freilich auf einen Blick erkennen, daß die zwei Familien nicht miteinander verwandt waren: Das Haus an der Straße – zwar von dichter Vegetation umgeben, ganz besonders im August von blauen Hortensien – war das heruntergekommenere der beiden. Da blätterte immer Farbe ab, und am Dach gab es reparaturbedürftige Stellen oder einen von einem Sturm abgerissenen Fensterladen. Das Haus dahinter, das nach Norden blickte, Andys Haus, war fachmännisch unterhalten, wie um sich so vom anderen abzuheben, seine eigenen Hortensienbüsche waren sorgfältig zurechtgestutzt, der Rasen, der es umgab, geschnitten und gepflegt.

Mrs. Close arbeitete damals nachts als Schwester im Bezirkskrankenhaus, und ihr Wagen, ein schwarzer Buick, stand nicht in der Einfahrt. Andy dachte, falls er überhaupt daran dachte, daß sie mit dem Wagen und nicht mit dem Bus zur Arbeit gefahren sei. (Später – Stunden, Tage später? – würde Andy wissen, daß seine Vermutung falsch gewesen war. Man würde ihm dann sagen, oder er würde hören, daß Mr. Close, in der Absicht, der Hitze zu entfliehen, mit dem Wagen ins Kino gefahren war. Und als die Schicht seiner Frau um war, hatte er sie wenige Minuten nach Mitternacht abgeholt.)

Andy hätte sich vielleicht damals fragen können, ob Eden zu Hause bei ihrem Vater sei. Später konnte er nicht mit Gewißheit sagen, ob er Licht im Haus gesehen hatte oder nicht, oder, wenn ja, in welchem Raum Licht gebrannt hatte. Er versuchte der Polizei zu erklären, daß er dutzendemal, zwanzigmal am Tag am Haus vorübergegangen war, und dies zeit seines Lebens, so daß er nicht mit Sicherheit sagen konnte, ob das Licht, das er im Wohnzimmer oder im Badezimmer im ersten Stock gesehen hatte, genau dann angeschaltet worden war oder schon früher am Abend, als er den Müll hinaustrug, oder vielleicht an einem ganz anderen Abend, als er nur zum Fenster hinausgesehen hatte.

Er ging zur Straße und blieb stehen und blickte in beide Richtungen. Er hatte keine Pläne für den Abend. Er trug ein weißes T-Shirt und Jeans und war dabei, sich das Haar wachsen zu lassen, trotz der mißbilligenden Kommentare seines Vaters, lang genug fürs College. Die Straße war völlig eben, so weit er sehen konnte. Nach dem Abendessen gab es nur wenig Fahrzeuge auf der Straße: eine Familie in einem Kombi, die Eiskrem holen fuhr; ein älterer Junge, ungefähr in seinem Alter, der sein Mädchen abholte; ein Mann, der sich um den Abwasch drückte und einkaufen fuhr. Auch Fremde benutzten die Straße, kamen von Städten und Ortschaften, die er nicht kannte, und fuhren zu anderen Städten und Ortschaften durch. Und gelegentlich gab es auch einen Lastwagenfahrer, der irgendwo etwas zuzustellen hatte.

Auf der anderen Straßenseite waren im verblassenden Ockerlicht die Maisfelder einer landwirtschaftlich genutzten Farm zu erkennen; das Farmhaus lag an einer anderen Straße, die parallel zu der seinen verlief. Manchmal sah Andy MacKenzie und seinen Sohn, Sam, wenn sie mit ihren Traktoren die Felder bestellten. Sam beteiligte sich nicht am Schulsport, weil sein Vater ihn an den Nachmittagen brauchte. Die dürren und spröden Maisfelder erstreckten sich einige Morgen weit wie Dorngestrüpp nach beiden Richtungen und ließen die zwei Farmhäuser auf Andys Straßenseite im August noch isolierter erscheinen als im Dezember. Der Mais diente als Futter für Milchvieh. Andy war froh, daß sein Vater kein Farmer war.

An jenem Abend stand Andy allein an der Straße und hörte nur in der Ferne einen Hund bellen und weit weg das Brummen eines Wagens auf der Hauptstraße, das Klappern von Geschirr in einer Geschirrspülmaschine und das Laufen eines Wasserhahns in der Küche seiner Mutter. Er blickte nach Osten und Süden über die Maisfelder, wie er das seit Wochen getan hatte, seit mit der Post seine Aufnahmebestätigung für das College eingetroffen war, und dachte daran, daß er hier weg mußte, raus, und hatte gleichzeitig doch auch Angst vor dem Weggehen und vor dem, was ihm vielleicht bevorstand. Schon jetzt hatte er das Gefühl, für immer hier wegzugehen, obwohl er, wenn er mit seiner Mutter redete, häufig von seinen Ferien sprach, von der Zeit um Thanksgiving, davon, daß er zurückkehren würde, um am Junior College zu lehren. Aber er wußte schon damals, daß das nicht stimmte, daß er zum Thanksgiving und zu Weihnachten zurückkehren würde und vielleicht auch in den ersten Sommerferien, aber daß er in Wirklichkeit nie zurückkommen würde. Das, was er einmal sein würde, lag nicht hinter ihm in den kleinen Zimmern der Farm, sondern jenseits der Maisfelder, auf denen der Mais so hoch stand, daß er diesen Monat nicht darüber hinwegsehen konnte.

Seine Mutter rief ihn. Er drehte sich um und sah sie eingerahmt von der Tür im Schein des gelben Küchenlichts stehen. Er sah den roten Kittel, den sie trug und der ihre schweren Brüste und ihre Leibes-fülle betonte, und sah die Shorts, die ihr in die Schenkel schnitten. Und wie er so auf der Straße stand, sah er auch – und das Bild überraschte ihn – die jüngere Frau, die sie einmal gewesen war, so als wüßte er ganz sicher, daß er sie alle verlassen würde. Er sah die junge Frau aus den Fotoalben, die sie auf dem Couchtisch im Wohnzimmer liegen hatte – ihr langes, dickes Haar und den weißen Kragen auf dem Bild aus ihrer Oberschulzeit; sah ihr elfenbeinfarbe-nes Hochzeitskleid aus Satin in dem Schneesturm, der sie an der Kirchentür erwischt hatte (und seinen Vater, der ihr eine Pelzjacke über die Schultern hielt); den benommenen Eindruck sinnlichen Verg-nügens in ihren Augen, wie sie ihren Säugling, ihn, in den Armen hielt. In den Bildern sah er sie immer als schön, und einen Augenblick lang verblüffte ihn die Erkenntnis – die Erkenntnis, daß er *imstande* war, das zu erkennen –, daß in ihr überhaupt keine Schönheit verblieben war. Das subtile Farbenspiel ihres einstmals kastanienbraunen Haars war dahin, und an seine Stelle waren kurze, zu grelle rote Locken getreten.

Und dann, weil er siebzehn war, drängte sich ihm noch eine andere Erkenntnis auf – eine, die wahr-scheinlich die ganze Zeit unter der Oberfläche gelau-ert hatte und jetzt, wie so viele der Einsichten, die ihm in jenem Sommer kamen, zu einem bewußten

20

Gedanken wurde: Obwohl man jemanden so sehr lieben konnte, wie er seine Mutter und sie ihn geliebt hatte, ihr einziges Kind, konnte man sich doch verlassen, wenn man es mußte. Man konnte sich sogar darauf freuen, sie zu verlassen.

»Deine Fernsehsendung läuft«, sagte seine Mutter hinter der Tür.

Da ging er hinein und die Treppe hinauf, um zu duschen, um den Geruch des Benzins abzuwaschen, der von dem Aushilfsjob an der Texaco-Tankstelle an ihm hing. Nach dem Duschen setzte er sich ins Wohnzimmer im Erdgeschoß und sah sich mit seinen Eltern den Rest der Fernsehsendung an, nicht weil er das wollte (er hätte es vorgezogen, allein in seinem Zimmer zu sein), sondern weil es jahrelang ein Familienritual gewesen war, sich vor dem Zubettgehen gemeinsam eine Fernsehshow anzusehen. In jenem Sommer war er sich solcher Rituale sehr bewußt und wollte keines davon brechen. Er wußte, daß seine Eltern ohne ihn bald einsam sein würden. Und obwohl er manchmal das Gefühl hatte, mit der Trennung anfangen zu wollen, dachte er doch nicht gern an das Gesicht seiner Mutter oder an das verkniffene Lächeln seines Vaters, nachdem er weg sein würde. Es war noch gar nicht so lange her, daß die Familienrituale – das ausgedehnte Frühstück mit Pfannkuchen am Sonntagmorgen, die ausgeklügelte Choreographie der Feiertage, das kleine Dreieck am Tisch beim Abendessen – die Höhepunkte seiner Tage und Wochen und Jahre gewesen waren.

Ja, jetzt sieht er es, sein Vater hatte bereits sein Hemd ausgezogen und trug nur noch das ärmellose Unterhemd und die Hosen. Seine Mutter fächelte sich mit einer Zeitschrift Kühlung zu und stand während

einer Werbeeinblendung auf, um für sie alle Limonade zu machen. (Eigenartigerweise saßen sie dann kurz
vor der Morgendämmerung alle um den Küchentisch
und tranken gemeinsam die restliche Limonade,
nachdem die Polizei und die Krankenwagen weggefahren waren. Es paßte so recht zu seinen Eltern, in
einer Krise nicht zuerst an Whisky oder Brandy zu
denken, so wie er das jetzt tun würde – wie er es jetzt
tut.) Nach der Fernsehsendung gingen sie alle hinauf
ins Bett, das war kurz nach zehn (er erinnert sich
daran, wie er das der Polizei gesagt hatte), und sein
Vater zog seine Uhr auf, während er die Treppe hinaufging, wie er das fast jeden Abend getan hatte, an
den Andrew sich erinnern konnte; seine Mutter zog ihr
Gewicht am Treppengeländer hinauf, und ihre Schritte lasteten schwer auf jeder Stufe, und oben war sie
dann außer Atem; er selbst, leicht wie eine Feder, flog,
hüpfte, rannte die Treppe hinauf, die für ihn im
Gegensatz zu seinen Eltern kein Hindernis war.

Später, nachdem er von zu Hause weggegangen
war, malte er sich immer gern aus, daß er zu seinem
Fenster hinausgesehen hatte, während er darauf
wartete, daß seine Mutter oder sein Vater das einzige
Bad ganz oben frei machten, und in jener Nacht
hatte er an Eden gedacht – hatte sich eine Frage
zurechtgelegt oder ihre Silhouette hinter dem Fenster
gesehen. Aber im Rückblick war es unmöglich herauszufinden, ob er in jener Nacht an sie gedacht
hatte oder an jenem Morgen oder als er aus dem Bus
vor der Texaco-Tankstelle gestiegen war. Eden war
so sehr ein Teil seines Lebens gewesen – ebenso ein
Teil seiner Geographie wie der Hortensienbaum vor
seinem Fenster, dessen weiße buschige Blüten jetzt
lachsfarben werden wie am Ende eines jeden Som-

mers; oder so, wie seine Mutter jeden Morgen beim Frühstück in ihrem Morgenrock aussah, wenn sie ihren Kaffee schlürfte und zum Küchenfenster hinausstarrte und dabei, so dachte er jedesmal, irgendwie ihren Frieden mit dem Wetter schloß und damit, wie der Tag sich entwickeln würde. Er hatte Eden ihr ganzes Leben und den größten Teil seines Lebens gekannt, und obwohl er damals noch zu jung war, um einigermaßen präzise sagen zu können, welche Verbindung zwischen ihm und Eden bestand, so wußte er doch, daß er damals, als die Augusttage sich auf den September zubewegten, darüber bedrückt war, sie zurücklassen zu müssen.

Er sieht, daß er während seines Traumes das Laken vom Fußende des Bettes gezogen hat – während der kindlichen Furcht, die der Traum heraufbeschworen hatte? –, und es liegt jetzt feucht und zusammengeknüllt über seiner Brust. Er zieht es zu seinem Gesicht heran und atmet den leicht modrigen Duft ein; es muß Jahre her sein, daß zuletzt jemand in diesem schmalen Bett geschlafen hat, denkt er. Wenn er mit seiner Frau und seinem Sohn zu Besuch kam, hatten sie alle drei immer in dem Doppelbett im Gästezimmer am anderen Ende des Korridors geschlafen – und für ihn war das immer einer der Höhepunkte jener Besuche gewesen, wie sie einander in jenem weichen, klotzigen Bett umfaßt gehalten hatten. Im allgemeinen hielt Martha nichts davon, Billy bei ihnen schlafen zu lassen (sie sagte, in den Büchern über Kindererziehung stünde, daß das den Jungen zu abhängig machen würde), und so hatten sie es auch nicht getan, mit Ausnahme jener seltenen, wunderbaren Gelegenheiten.

Seit er von zu Hause weggegangen war – auf das College gegangen war, geheiratet hatte, Vater eines Kindes geworden war und sich dann von der Frau und dem Kind getrennt hatte –, hatte sich sein Zimmer so entwickelt, wie das Kinderzimmer immer tun, wenn die Kinder nicht zu ihnen zurückkehren. Zuerst hatte seine Mutter es unverändert gelassen, mit den Plakaten und Fähnchen an den Wänden und dem ordentlich aufgeräumten Schreibtisch und den Büchern aus seiner Kinderzeit, und hatte die paar Kleidungsstücke, die er nicht mit auf die Schule genommen hatte, im Schrank hängen lassen. Sie waren immer noch da, das hatte er am vergangenen Abend gesehen, als er den anthrazitgrauen Anzug aufgehängt hatte, den er zur Beerdigung getragen hatte; aber sie hatte den Kleiderschrank auch selbst für die nicht der Jahreszeit entsprechenden Kleider benutzt, wenn man die grellen, übergroßen Kleider mit den orangefarbenen Rautenmustern und den grünen Streifen und den rosafarbenen Blumen an den Ärmeln so bezeichnen konnte. Sie war die Pfunde nie mehr losgeworden, wie sie es sich vorgenommen hatte, und zog bis zu ihrem Tode große, weitgeschnittene Blusen vor, die ihre immer breiter werdenden Hüften und Schenkel verdeckten.

Auf dem Schreibtisch steht jetzt ihre Nähmaschine, und statt der alten Bleistifte und halb vollgeschriebenen Hefte, die er in der Schublade auf der rechten Seite immer aufbewahrt hatte, hat er letzte Nacht dort eine Sammlung von Garnspulen, Stofffetzen und Nadeln gefunden. Es gab andere Zimmer, in denen sie hätte nähen können – das Sonnenzimmer unten im Erdgeschoß, wo das Licht gut war, oder das Gästezimmer. Aber vielleicht suchte sie einen Vorwand, um sich gerade in diesem Zimmer aufzuhalten, um Spuren von der Gegenwart ihres Sohnes auszukosten. Aber möglicherweise hatte sie einfach auch nur das frühe Morgenlicht aus dem Osten gemocht oder das andere Farmhaus sehen wollen, um sich selbst immer wieder zu beteuern, daß sie nicht ganz allein war. Er versuchte sich vorzustellen, wie es für sie gewesen sein mochte, eine Familie zu haben und mitzuerleben, wie sie sich auflöste: er, der wegging und eigentlich nie wieder zurückkam, außer als Besucher; sein Vater, der sie vor fünf Jahren allein zurückließ, als er einen Herzanfall hatte. Ihm ist dasselbe widerfahren – Martha und Billy haben ihn verlassen –, aber schneller und ohne die Würde, die diesen natürlichen Einschnitten innewohnt. Und er hatte nicht die Zeit gehabt, um so von der Familie bestimmt zu werden wie sie oder an einem Ort zu verwurzeln.

Die lastende, schwere Nacht verspottet den Traum, verdrängt ihn aus seinem Bewußtsein. Er fragt sich, ob das Wetter, das jenem in der Nacht der Schüsse so ähnlich ist, den Traum hervorgebracht hat oder ob er daher kam, daß er allein in diesem Bett liegt. Oder brauchte er es einfach, seine Eltern wieder jung und lebendig vor sich zu sehen, und hat sein Traum ihm bereitwillig den Wunsch erfüllt? In gewisser Weise ist es eine Gnade, denkt er, seine Vergangenheit wieder ein paar Augenblicke lang festhalten zu können, ebenso wie er das manchmal empfindet, wenn er von Martha träumt, wie sie war, wie sie zusammen waren, als sie sich das erste Mal begegneten. Er erwacht aus diesen erotischen Träumen von seiner Frau, als läge er in einem warmen Bad, und dann kühlen ihn immer jene ersten Andeutungen der Realität ab – eine Krawatte, die achtlos über einem Spiegel hängt, ein Aktenkoffer auf einem Schrank und zu lange nicht gewechselte Bettlaken.

Er schwenkt die Füße auf den Boden und drückt die Schultern zurück. Sein Rücken schmerzt etwas; er ist ein so weiches Bett nicht gewöhnt. Und seit Billy nicht mehr bei ihm ist, treibt er auch nur noch wenig Sport – obwohl sein Körper trotz aller Vernachlässigung einigermaßen schlank geblieben ist. Auch seine Haare hat er noch, wofür er dankbar ist. Sein Vater, von dem Andrew sein dickes dunkles Haar geerbt hat – ebenso wie seine blaßgrauen Augen –, ist früh kahl geworden. Andrew weiß es nicht mehr genau, glaubt aber, daß sein Vater möglicherweise sein Haar schon mit fünfundvierzig verloren hat.

Neben dem Bett sieht Andrew auf einem Tischchen die Schlaftabletten. Dr. Ryder, der Arzt seiner Mutter, hat Andrew nach dem Begräbnis ein Röhrchen in die Hand gedrückt. Er malt sich den Arzt mit vielen ähnlichen Röhrchen aus, vielleicht einer Schublade voll, die für ähnliche Anlässe bereitliegen, eine Geste wie die eines Priesters, der ein Heiligenbild verschenkt, oder eines Autoverkäufers, der einem einen Kalender in die Hand drückt, wenn man den Ausstellungsraum verläßt. Aber er will jetzt keine Schlaftablette. Er fühlt sich unruhig.

Vor vier Tagen befand er sich im Vorführraum am anderen Ende des siebenundzwanzigsten Stockwerks und sah sich das Videoband einer Anzeige für eine Schmerzmittel an, das seine Firma herstellt, als Jayne, seine Sekretärin, den Anruf bekam. Das Videoband war ausnehmend schwach gewesen, und als er in sein Büro zurückkehrte, schwitzte er trotz der Klimaanlage etwas. Als er ins Büro trat, kam Jayne an seine Tür, die Hände in einer für sie ungewöhnlichen Art vor sich verschränkt. »Es gibt schlechte Nachrichten«, sagte sie ruhig.

»Billy?« sagte er sofort, und das Adrenalin schoß ihm bereits in die Fingerspitzen.

Jayne schüttelte schnell den Kopf. Andrew atmete langsam aus. Er dachte, er könnte alles ertragen, nur keine schlechten Nachrichten über Billy, der eine ungewöhnliche Neigung zu Unfällen zeigte – bereits jetzt ein abgebrochener Zahn, ein Handgelenkbruch und eine Narbe über dem rechten Auge. Und seit das Kind seine Obhut verlassen hatte, hatten sich Andrews Ängste exponentiell gesteigert. Das war etwas Ähnliches wie die Panik, die ihn manchmal in Flugzeugen überfiel.

»Es tut mir furchtbar leid«, sagte Jayne. »Es ist Ihre Mutter. Sie hatte gleich nach dem Frühstück einen Schlaganfall und ist kurz darauf gestorben. Eine Frau, eine Mrs. Close, hat angerufen, um es Ihnen zu sagen, aber ich wollte nicht, daß Sie es im Vorführraum erfahren. Sie hat gesagt, Sie sollen sie anrufen. Ich habe die Nummer.«

Andrew setzte sich. Er erinnert sich, daß seine Finger den Stift nicht mehr halten konnten und daß bereits eine Art Betäubung eingesetzt hatte, ein Zustand, der ihn nicht glauben ließ, was er gehört hatte. Er würde die Nummer nicht brauchen, sagte er Jayne. Er hatte sie seit seinem vierten Lebensjahr auswendig gekannt; man hatte sie ihm für mögliche Notfälle beigebracht, und später hatte er sie gebraucht, um Eden anzurufen.

Obwohl jenes Gespräch Tage zurückliegt, ist

Andrew selbst jetzt noch nicht sicher, daß er es in sich aufgenommen hat. Das Chaos einer Beerdigung erzeugt in einem so etwas wie einen Schleier, den man, wenn man will, behalten kann. Ihn hatte abwechselnd ein Gefühl der Dankbarkeit darüber erfüllt, daß seine Mutter so leicht und schnell gestorben war, und dann wieder Trauer, daß sie vielleicht trotzdem, wenn auch nur einen Augenblick lang, um ihren Tod gewußt hatte und vielleicht nach ihm, ihrem einzigen Sohn, gerufen hatte; und Erleichterung, daß er nicht mehr an die Einsamkeit seiner Mutter zu denken brauchte, und Schrecken darüber, daß die Last, völlig allein zu sein, jetzt schließlich auf ihn übergegangen ist. Er hat jetzt keine Eltern mehr und auch keine eigene Familie, zu der er nach Hause gehen und mit der er Rituale schaffen kann.

Er geht im Obergeschoß von Zimmer zu Zimmer und schaltet dabei die Lichter ein und ist, bis auf die Unterhose, nackt. Die widersprüchlichen Gefühle sind unvermittelt aufgetreten, haben ihn unerwartet überfallen und wieder losgelassen und in ihm jenes seltsame Gefühl des Friedens erzeugt, das sich bei ihm immer dann einstellt, wenn er sich um irgendwelche Dinge kümmert. So, als wäre er sein eigener Sekretär, hat er Listen gemacht: Listen von Leuten, die er anrufen muß; Dinge, die es zu erledigen gibt, um an diesen Tag zu gelangen, den Tag der Beerdigung; und eine lange Liste von Arbeiten, die zu erledigen sind, ehe er das Farmhaus und die Ortschaft wieder verlassen kann. Die Liste enthält Notizen wie *Auktionator anrufen, Immobilienmakler anrufen, Dachrinnen säubern, Andenken auswählen.* Er stellt sich vor, daß das Aussortieren, das Versteigern des Mobiliars, die kleineren Reparaturen am Haus und die Vorbereitung zum Verkauf ihn eine Woche in Anspruch nehmen werden, und ruft deshalb Martha an, um ihr zu sagen, daß er noch sieben Tage abwesend sein würde. Als Martha sich erbot, zum Begräbnis zu kommen, sagte Andrew, nein, Billy sei zu jung. Ihre Anwesenheit, so dachte er, würde ihn ablenken. Billys vertrauensvolles Gesicht und sein robuster Körper würden ihn in ihren Bann ziehen, so wie sie das immer taten; und zwischen Martha und ihm würde sich eine Spannung einstellen, die jede Bewegung behindern würde, so daß es ihm fast unmöglich wäre, überhaupt an seine Mutter zu denken.

Er hat sich vorgestellt, daß es mit Listen Kontrolle gibt, aber wie er so von Zimmer zu Zimmer geht, scheint das Haus seinem Griff zu entgleiten. Das Zimmer seiner Mutter, jetzt im Schein der elektrischen Deckenbeleuchtung zu hell, das Zimmer, das sie eines Morgens vor fünf Jahren in der Morgendämmerung verließ, um ihren Mann kalt wie die Bodenfliesen auf dem Badezimmerboden zu finden, das Zimmer, in dem sie dann allein schlief, ist ein Labyrinth von Fußangeln und Komplikationen. Andrew kann nur eine beschränkte Zahl von Schachteln aus seiner und seiner Eltern Vergangenheit retten, um sie mit in seine Wohnung in der Stadt zu nehmen. Und er erkennt sofort, daß er allein in diesem Zimmer einen ganzen Tag verbringen muß, wenn er nicht entweder ein Auswahlsystem entwickelt oder eine strenge Auswahl trifft.

Ob er zum Beispiel die Steppdecke mitnehmen soll, die seine Mutter gemacht hatte, als er zehn Jahre alt war – ein Jahr Arbeit für sie (er kann sich ganz deutlich daran erinnern) und jeden Abend nach dem Abendbrot der Korb mit den Stoffresten neben ihr und ihre dicken Finger so geschickt mit der Nadel? Doch was damit anfangen? Er hat keine Frau, der er sie geben kann, keinen Schrank, der groß genug ist, um sie darin aufzubewahren, denn sie ist groß und schwer: Seine Eltern hielt sie selbst in den kältesten Januarnächten warm.

Und was ist mit der Eichentruhe am Fußende ihres Bettes mit den vielen Andenken, die seine Mutter von ihrer Mutter übernahm und aufhob, und ohne Zweifel auch Dingen, die seine Großmutter aus dem Haus ihrer Mutter mitgebracht hatte? Ein solcher Destillationsprozeß, wie die Korridore sich endlos wiederholender, immer kleiner werdender Bilder in zwei Spiegeln; und eine solche Last, denkt er, diese Kisten und Kästen, voll mit den Überresten vorangegangener Leben. Wird Billy eines Tages die Schubladen in der Wohnung seines Vaters öffnen (was für ein deprimierender Gedanke! Wird Andrew jetzt in seinem eigenen Leben nicht weiter fortschreiten als bis zu seinem teuren, freudlosen Eigentumsapartment?) und Gegenstände herausholen, die irgendeine Essenz seines Vaters oder auch seiner eigenen Vergangenheit enthalten, und sie in seine eigenen Schubladen und Schränke in Greenwich oder Santa Fé zurückbringen?

Andrew nimmt die Uhr, die sein Vater trug und die er jede Nacht aufzog, wenn er die Treppe hinaufging, um sich zu Bett zu begeben. Er weiß, daß er diese Uhr mitnehmen wird, eine Uhr, die sein Vater von seinem Vater geerbt hat – aber was ist mit der Omega, die daneben auf der Kommode seines Vaters liegt, einer Kommode, auf der nichts verändert ist, die nur immer wieder abgestaubt wurde? Die Omega war ein Geschenk an seinen Vater, als er die Molkerei verließ und in den Ruhestand trat. Andrew kam nicht zu seinem Abschiedsessen – es hatte damals eine wichtige Geschäftsreise gegeben, eine Geschäftsreise, die Andrew später immer bedauerte –, und er weiß nicht, ob sein Vater die Omega je trug oder wohl gewollt hätte, daß man sie aufbewahrte.

Andrews Vater war bei seiner Pensionierung Vorarbeiter in der Molkerei. Aber den größten Teil der vierzig Jahre, die er dort verbracht hatte, fuhr er einen Lieferwagen. (Auf Betreiben seiner Mutter wurde der zutreffendere Titel »Milchmann« zu Hause nur selten gebraucht.) Andrew schlief immer, wenn sein Vater zur Arbeit ging (um qualvolle dreiviertel vier Uhr morgens), aber wenn er von der Schule nach Hause kam, stand der Lieferwagen immer da, und wenn er einen Freund bei sich hatte, kletterten sie immer in den Wagen mit der grellgrün und rosa gehaltenen Aufschrift *Miller Dairy* und wetteiferten miteinander um das Privileg, auf dem hohen, glattgewälzten Lederpolster zu sitzen und ihre kleinen Hände um das übergroße Steuerrad zu legen, dessen Säule bis zum Boden reichte. Andrew erinnert sich an den grauen Overall seines Vaters mit der rotgestickten Aufschrift auf der Tasche und daran, wie sein Vater im Winter unzählige Schichten Kleidung darunter trug, so daß er wie ausgestopft wirkte. Erst als Andrew auf das College kam und seine Mitschüler von ihren Familien redeten, wurde ihm klar, daß er ein WASP* war. Aber die Lebensumstände seines Vaters waren so bescheiden (und um der Wahrheit die Ehre zu geben, die Lebensum-

---

* WASP (White Anglo-Saxon Protestant): Angehöriger der weißen angelsächsischen, protestantischen Oberschicht. (Anmerkung des Übersetzers.)

stände aller Vorfahren seines Vaters auch; sie waren alle arme Farmer gewesen), daß Andrew sich eine Weile wunderte, ob es nicht vielleicht auch so etwas wie gescheiterte WASPs gab. Andrew erinnert sich ganz deutlich an den Nachmittag, als sein Vater nach Hause kam und verkündete, daß man ihn in der Molkerei zum Vorarbeiter gemacht hatte und daß er jetzt nicht mehr zu fahren brauche. Er weiß nicht genau, ob er seine Mutter je so entzückt gesehen hatte – wie sie seinen Vater immer wieder küßte und umarmte und lachte, als hätte damit ein anderes Zeitalter begonnen und sie in der Lotterie gewonnen.

Er sitzt auf der Bettkante und fragt sich, wer das Bett gemacht hat, denn hier hatte man seine Mutter gefunden. Er nimmt an, daß es Mrs. Close gewesen sein muß, die nach dem Telefonanruf zu seiner Mutter kam. (»Ihre Mutter rief Edith Close gegen acht Uhr heute früh an und sagte, sie hätte schreckliche Kopfschmerzen«, hatte ihm Dr. Ryder am Abend seiner Ankunft in seiner heiseren, achtunggebietenden Stimme eröffnet. »Bis Edith sich angezogen hatte und hinübergegangen war, war Ihre Mutter bereits verstorben. Sie fand sie im Obergeschoß. Es war ein massiver Schlaganfall, barmherzig schnell. Seien Sie froh darüber. Aber Sie sollten aufpassen, Andy, jetzt, wo Ihre beiden Eltern um die sechzig an kardiovaskulären Krankheiten gestorben sind; achten Sie auf Ihre Ernährungsweise.«)

Auf dem Bett sitzend kommt ihm in den Sinn, daß eine Ehe einem, wenn man selbst Vater ist, völlig anders vorkommt, als wenn man sie aus der Perspektive eines Heranwachsenden sieht. Er fragt sich, ob seine Eltern miteinander glücklich waren, ob sie nahe beieinander schliefen und sich dabei berührten oder voneinander entfernt (er weiß es wirklich nicht; sie waren immer für sich und leise, wenn sie in diesem Zimmer waren, und er hat keine Erinnerung, so wie andere Kinder, wie Eden zum Beispiel, an geheimnisvolle, nicht zu erklärende elterliche Geräusche) und ob sie aufgehört hatten, Liebe zu machen. Seine Eltern waren bei seiner Geburt älter als die meisten anderen; seine Mutter war einunddreißig. Sie hatte schon fast aufgegeben, ein Kind zu wollen, sagte sie, bevor er zur Welt kam, und eine Zeitlang veranlaßte ihn das zu der Vorstellung, er sei vielleicht adoptiert wie Eden, obwohl er seinem Vater so ähnlich sieht, daß er selbst heute noch nicht in die Stadt gehen kann, ohne daß jemand dort sagt: *das Abbild deines Vaters*. Trotzdem war er, so wie Kinder sein können, monatelang (vielleicht waren es auch nur Wochen) von dieser Vorstellung der Adoption wie besessen; so sehr, daß er auf die Idee kam, die zwei Familien hätten sich deshalb in den zwei Farmhäusern so abseits von der Stadt niedergelassen, weil es zwischen ihnen dieses unnatürliche Bindeglied gab.

Er blickt auf das Ehebett und sieht plötzlich und ohne zu wissen, woher es kommt, das Bild einer Frau, die sich zur Seite wälzt und dem Mann den Rücken wendet. Aber wen er sieht, ist nicht seine Mutter, es ist seine Frau. Er will jetzt nicht an Martha denken. Er steht auf und knipst das Licht aus.

Der Brandy für den Besuch ist in dem Schränkchen über dem Kühlschrank, wo auch der Fleischwolf aufbewahrt wird. Er gießt sich davon reichlich in ein Marmeladenglas. Die Küche, sinniert er, auf einem weißlackierten hölzernen Stuhl sitzend, hat sich seit seiner Jugend kaum verändert. Und so wie damals vermittelt sie den Eindruck, man habe sie blank geschrubbt. Es ist eine Küche, wie sie in Farmhäusern sind, in den dreißiger Jahren »modernisiert«, mit einem grüngesprenkelten Linoleumboden, einem weißen Porzellanausguß, einem Herd, einem Küchenstuhl, alle mit abgerundeten Ecken. Alle Oberflächen sind gestrichen – die weißen Nut-und-Feder-Bretter an den Wänden, das blasse Grün des alten Küchenschranks und die vier weißen, nicht zueinander passenden Stühle am Tisch. Er denkt an die Küche in dem Haus in Saddle River, das er mit Martha gekauft hatte, wo Martha und Billy jetzt leben, denkt an den blitzenden Kühlschrank aus rostfreiem Stahl in jener Küche und die teuren, handgemachten Fliesen auf dem Boden und wie bemerkenswert kalt – buchstäblich kalt – der Boden dort ist.

Als er am Abend des Tages, an dem seine Mutter starb, eintraf – mit dem Wagen, er war die 450 Kilometer von der Stadt nach Norden gefahren – und durch die Hintertür eintrat (wie es jeder tat, der das Haus betrat), sah die Küche so aus wie jetzt; da gab es keine Überreste eines halbgegessenen Frühstücks, wie er das zu sehen befürchtet hatte. Wieder Edith Close, stellt er sich vor, lautlos, geschäftig die Unordnung des Todes beseitigend.

Bei dem Gedanken an Edith Close erinnert er sich wieder ganz abrupt an den schrecklichen Laut in seinem Traum, den Schrei einer Frau. Er läßt den bernsteinfarbenen Brandy im Marmeladenglas kreisen und erinnert sich an den Ablauf der Ereignisse, eine exakte Folge, wie er sie sich seit Jahren nicht mehr vorgestellt hat. Sein Vater griff nach dem Telefon und wählte die Nummer der Polizei. Dann ging

34

er allein durch die Küche zur Tür hinaus und den Weg hinauf, das Gewehr nach unten gerichtet. Andy hörte die gemessenen Schritte seines Vaters auf dem Kies und das schwere Klappern, wie seine Mutter die Treppe hinunterrannte. Andy schlüpfte in seine Hose und ging die Treppe hinunter, um bei seiner Mutter zu sein, zum Teil aus dem Bestreben, sie zu beschützen, in erster Linie aber aus dem Bedürfnis, in ihrer Nähe zu sein. Sie stand an der Gittertür und spähte in die Dunkelheit hinaus. Sie hatte trotz der Hitze einen Morgenrock angezogen (blauer Seersucker mit Spitzen, das sieht er jetzt), weil sie wußte, daß gleich die Polizei kommen würde. Das schrille Heulen hatte aufgehört; sie wußten beide, daß es die Stimme von Edith Close gewesen war, aber weder er noch sie hatten schon den Mut, sich genau vorzustellen, was zu den Schreien geführt hatte. Andy schob sich näher an seine Mutter heran und beugte sich etwas zur Seite, um auch hinaussehen zu können, ins Nichts.

»Ich hab ihm gesagt, er soll auf die Polizei warten«, sagte seine Mutter mit angespannter Stimme. Es war eine Anspannung, mit der er jetzt vertraut ist, die Anspannung vorsichtiger, vernünftiger Frauen, eine Stimme, die Männer oft ignorieren.

»Er hat ein Gewehr«, sagte Andy und wußte im gleichen Augenblick, daß sie das keine Minute lang als Hilfe ansehen würde.

»Ein Gewehr!« schrie seine Mutter. Ihre Stimme hob sich wie die anderen, so als würde sie auch gleich in die Nacht hinaussteigen. War diese Freiheit etwas, was nur Frauen besaßen? fragte er sich. Was nützt denn ein Gewehr, wenn es stockdunkel ist? Dort draußen kann man doch nicht einmal die Hand vor den Augen sehen.

»Er wird vorsichtig sein«, sagte Andy. Aber er wußte nicht, ob das stimmte. War sein Vater in einer Krise – einer das Leben bedrohenden Krise – ein vorsichtiger Mann? Er hatte seinen Vater nie in körperlicher Gefahr erlebt; er bezweifelte, daß sein Vater selbst wußte, wie er reagieren würde, bis jeder Schritt getan war.

Er konnte die Spannung im Körper seiner Mutter fühlen, wie ein elektrischer Strom, der über ihren Arm lief und seine eigene Haut prickeln ließ. Sie stand da und zog mit beiden Händen ihren Morgenrock zu – reglos, wachsam und das Geräusch eines weiteren Gewehrschusses verdrängend, als könnte sie das mit bloßer Willenskraft bewirken. Sein Vater würde später sagen, daß er keine Gefahr empfand, aber Andy dachte, daß sein Vater, als er das sagte, bereits im Begriff war, seine Furcht zu vergessen. Hatte sein Vater sich nicht die Folgen ausgemalt, wenn ihn der Schütze, vielleicht ein Mörder, in der Einfahrt sah, während dieser erschrocken in die Maisfelder rannte?

Andy und seine Mutter sahen die blitzenden Lichter den Bruchteil einer Sekunde, bevor sie die Sirene hörten, die schnell über die gerade Straße aus der Ortschaft angerast kam. Ein, zwei Polizeiwagen und dahinter eine Ambulanz – das ganze Aufgebot der Stadt. Und dann ein anderes Fahrzeug, eine halbe Minute darauf: der Chef der Feuerwehr. Die Fahrzeuge bogen in die Einfahrt, fegten über den Rasen, nach allen Seiten, wie Kinderspielzeug, um die Zufahrt für die Ambulanz frei zu lassen. Die Polizeiwagen und die Ambulanz erhellten die Stadt mit gespenstisch blitzenden Lichtern rot und blau, nicht aufeinander abgestimmt, so daß Andy durch seine

36

eigene Gittertür die Hintertür des anderen Farmhauses und die Schlafzimmerfenster oben sehen konnte, die nach Norden und Westen blickten und über die die unnatürlich pulsierenden Lichter tanzten. Zwei Polizisten rannten aus einem der Wagen auf den Hintereingang zu, in die Küche der Closes. Die Ambulanz wendete und fuhr rückwärts die Zufahrt zu den Closes hinunter, und ein weiterer Mann sprang heraus und riß die breite hintere Tür des Wagens auf.

»Ich geh hinaus«, sagte Andy plötzlich.

»Du bleibst hier«, beharrte seine Mutter. »Das hat dein Vater gesagt.«

Aber Andrew war bereits draußen und die Treppe hinuntergerannt. Er schob die Hände in die Hosentaschen und ging auf den Rand des Halbkreises zu, den die Fahrzeuge bildeten. Die stickig-feuchte Nacht wimmelte von Stechmücken; sie summten an seinen Ohren, und er schlug einmal nach einer, die sich auf seinem Hals niedergelassen hatte. Er hörte auch das Schlagen der Gittertür hinter sich. Er drehte sich um und sah, wie seine Mutter vorsichtig die Stufen herunterkam; ihre Neugierde hatte die Oberhand über die Ermahnungen ihres Mannes gewonnen. Die Krähen und Sommervögel hatten, zur falschen Zeit geweckt, ihre Angst verloren und waren jetzt verstummt. Andy konnte die leisen, gedämpften Stimmen der Männer vorn an den Seiten des Hauses hören; sie suchten bereits mit ihren kräftigen Taschenlampen, obwohl bis jetzt noch niemand außerhalb des Hauses wußte, was sie eigentlich zu finden erwarteten.

Die Scheinwerfer eines Wagens – eines Chevy? – näherten sich dem Haus, und dann verlangsamte der

Wagen seine Fahrt, weil der Fahrer sehen wollte, was hier los war; vielleicht rechnete er mit einem Unfall. Andy sah zu, wie der Wagen an den Straßenrand fuhr. Ein Mann und eine Frau stiegen aus und überquerten die Straße. Sie standen am Rand der Zufahrt und starrten verblüfft auf das Bild, das sich ihnen bot. Und dann verriet ihm der warme, weiche Atem an seinem Arm, daß seine Mutter neben ihm stand.

Er legte impulsiv den Arm um sie und zog sie zu sich heran. Das war das erste Mal, daß er sie je so berührt hatte, aus seiner ganzen Größe, als wäre er jetzt der Stärkere von ihnen beiden. Es war eine Szene, dachte er, die er schon einmal irgendwo gesehen hatte, im Fernsehen vielleicht. Der Sohn, erwachsen, über der Mutter aufragend und die Rolle des Beschützers annehmend, sie stützend, während der Mann in Handschellen oder auf einer Bahre weggebracht wird. Das Bild, das nur Sekunden andauerte, war unerklärlich schön. Es glich ähnlichen verblüffenden Gefühlen, wie er sie selbst jetzt manchmal hat, wenn er vom Mißgeschick eines anderen hört und den erschreckenden, nicht zu unterdrückenden Drang verspürt, zu lächeln.

Die Hintertür der Closes flog ruckartig auf. Das war DeSalvo, der stiernackige, vierschrötige Polizeichef. Andy kannte ihn vom Hockey. Sein Gesicht war mit Pockennarben übersät. Er hatte einen Sohn, der vor Jahren als Außenspieler in das All-State-Team aufgenommen worden war. Und obwohl sein Sohn die Stadt verlassen hatte, ließ sich der Vater immer noch kein Spiel entgehen, wie um ein Echo des Triumphes seines Sohnes aufzufangen – einen Schrei, der über das Eis tanzte, eine Hand auf seiner Schulter vielleicht. DeSalvo gestikulierte dem Mann, der in militärischer Haltung neben der Ambulanz stand. Schnell wie Schlittschuhläufer glitten die Helfer mit der Bahre über die hintere Terrasse ins Haus. (Arzthelfer? Andrew weiß nicht, ob man sie damals so nannte. Waren es nicht einfach Freiwillige, die die nächtlichen Schreie ebenso wie ihn aus den Betten gerissen hatten?) Seine Mutter schob ihr Gesicht näher an seine nackte Brust. Unbewußt stählte er sich für das, was die Nacht gleich liefern würde. Aber deutete die Hast der Bahrenträger nicht Verletzung und keinen Tod an?

Andy konnte sehen, wie der Mann und die Frau am Ende der Einfahrt sich dichter an das Haus heranschoben. Ein Polizist, der die Vorderseite bewachte, entdeckte sie ebenfalls; er herrschte sie an zurückzutreten. Andy dachte, er könne sich die Neugier der beiden ausmalen, die sie so erregte, daß sie ein fremdes Grundstück betraten, und auch, wie sie morgen jeden, der es hören wollte, mit den Einzelheiten überfallen würden, um damit ihren eigenen Status für den Augenblick zu ihrer Befriedigung aufzubauen. Dann sah der Polizist Andy und seine Mutter und richtete die Taschenlampe auf sie. Andy hob die Hand, um seine Augen zu schützen.

»Sie dort!« rief der Beamte.

Andy nickte, ohne den Arm zu senken. Es war Reardon. Er sah wieder den verschwommenen Lichtkegel einer Taschenlampe vor dem beschlagenen Fenster auf der Fahrerseite des Fords seines Vaters vor sich und Reardons Gesicht, in der Dunkelheit grinsend, wie er seine Begleiterin dabei beobachtete, wie sie sich das Haar mit den Fingern zurechtzupfte. *Seht zu, daß ihr hier wegkommt*, hatte Reardon gesagt, und sein Gesicht hatte so etwas wie Belustigung oder Befriedigung ausgedrückt. *Um die Zeit hier zu parken ist gefährlich.* Andy und seine Begleiterin, ein Mädchen, das er kaum kannte, waren stumm nach Hause gefahren.

Reardon senkte die Taschenlampe. »Wo ist dein Vater?«

Andy zeigte auf das Haus der Closes und deutete dabei instinktiv nach oben.

»Hat jemand was gehört oder gesehen?«

Andy sah seine Mutter an.

»Wir haben einiges gehört«, sagte sie vorsichtig.

»Dann bleiben Sie in der Nähe«, sagte Reardon. Das war ein unnötiger Befehl. Wo glaubte er wohl, daß sie hingehen würden?

Die Gittertür öffnete sich, und einer der beiden Sanitäter schob sich rückwärts heraus. Andy hörte neben sich ein Aufstöhnen, und ehe er selbst sicher sein konnte, sagte seine Mutter ihren Namen. *Eden.*

Er spürte, wie seine Schenkel ihre Kraft verloren, nicht so, daß er Angst hatte zu fallen, aber immerhin genug, daß seine Mutter das Gewicht spürte und erstarrte, für ihn zur Stütze wurde. Ihre Rollen, noch vor einem Augenblick so neu und rein, waren wieder vertauscht; er war schließlich immer noch ihr Junge.

Er nimmt einen schnellen Schluck von dem Brandy und erinnert sich jetzt an ein weißes Badehandtuch mit einem großen schwarzen Fleck darauf, das Edens Gesicht verdeckte. Sie lag reglos, aber Andy wußte aus den paar Wortfetzen der Sanitäter, daß sie noch nicht tot sein konnte. Sie war von einem Bettlaken bedeckt, einem langen, geblümten Laken, wie er sich erinnert, einem Laken, das glatt wie Glas über ihrem Körper lag. Und daher wußte er, daß sie darunter nackt war. Er erinnert sich ganz deutlich, wie ihre Zehen unter dem Laken herausragten und wie der Nagellack in der schwachen Beleuchtung wie schwarze Punkte glänzte. Und er sieht auch den langen klebrigen Schopf hellblonden Haares, der unter dem zusammengeknüllten Handtuch heraushängt.

Eine Kraft, die so ursprünglich ist wie die, die einen dazu veranlaßt, auf die Straße hinauszurennen, um ein Kind zu retten, ließ ihn nach vorn stürzen. Aber seine Mutter hielt seinen Arm fest. Die Sanitäter hoben Eden auf Schulterhöhe und schoben sie in die Ambulanz in ein Regal. Einer der Männer kletterte hinter ihr her und knallte die Tür zu. Die Tür wollte nicht richtig schließen, und während die Ambulanz davonraste (und Eden in dasselbe Krankenhaus brachte, das ihre Mutter erst vor vierzig Minuten verlassen hatte), konnte Andy sehen, wie der Sanitäter wütend die Hintertür auf- und zumachte, um sie schließen zu können. Als sie dann in die Hauptstraße einbogen, schaltete der Fahrer die Sirene ein und jagte ein elektrisierendes Heulen über die lautlosen Maisfelder und riß alle, die zuhören wollten, aus dem Schlaf, verkündete ihnen, daß in den drei Kilometer von der Ortschaft entfernten Farmhäusern etwas Wichtiges geschehen war.

Andy beobachtete die sich entfernenden Lichter der Ambulanz. Die Einfahrt war plötzlich still, zu still. Irgend etwas an der Szene, die er gerade miterlebt hatte, stimmte nicht, war nicht so, wie sie im Fernsehen abgelaufen wäre. Er starrte auf die leere Zufahrt, und dann wußte er wenigstens, worin die Frage bestand: Warum hat man ein vierzehnjähriges

Mädchen allein ins Krankenhaus geschickt? Seine Mutter sprach die Frage als erste aus.

Wo ist Edith?

Andrew tastet über das Prägemuster des Marmeladenglases und steht auf, um die Hintertür zu öffnen. Er steht an der Gittertür und erhofft sich eine Brise kühler Nachtluft. Aber die Luft ist ebenso wie damals stickig und riecht verschmutzt. Als er noch ein Junge war, sagte seine Mutter immer, wenn schlechte Luft war – und sie schnüffelte dabei –: *die Molkerei.* Im Sommer, wenn der Wind aus dem Südosten kam, hing über den Maisfeldern immer der süßliche Geruch saurer Milch, in den sich der Dunst von Kühen mischte. Aber heute – wer kann das sagen? Er kennt die Industrie in der Gegend nicht mehr, und wenn er sie kennen würde, denkt er, würde er den Geruch vielleicht nicht erkennen. Vielleicht rührte er von irgendwelchen giftigen Abfällen einer Fabrik, ähnlich der, wie sie seine Firma in New Jersey hatte. Er braucht die Fabrik nur selten zu besuchen, und niemand spricht dort je mit ihm über Abfälle und Entsorgung. Aber er weiß, daß es ein heikles Thema ist. Und in regelmäßigen Abständen gibt es stille Gerichtsverfahren und Direktiven.

Er nimmt einen großen Schluck Brandy, leert das Glas, und obwohl die Nacht schwarz ist wie eine Höhle und die Luft dumpf, ist die Erde um ihn herum lärmend und laut, und die Kastagnetten der Grillen tönen und senden unablässig ihr hektisches Scharren hinaus – zumindest klingt es wie Scharren. Er weiß nicht, wie sie ihre Geräusche erzeugen, und es hat ihn stets verblüfft, wie ein relativ so kleines Insekt so laut sein kann; er denkt, wenn Billy jetzt hier wäre, würde er sich die Mühe machen, das Rätsel zu lösen.

Er sieht zur Gittertür hinaus und die Einfahrt hinunter bis zur Straße. Und dann denkt er bei sich, als wäre es eine Verkündigung: *Dies ist der Tag, an dem man meine Mutter begraben hat.* Er erwartet, einen Schauder des Leids zu empfinden. Und als der sich nicht einstellt, zwingt er sich dazu, über seine Mutter unter der Erde nachzudenken, als könnte das die angemessene Trauer auslösen. Er wartet darauf, daß der Schrecken des Bildes ihn überfällt. Aber so, wie das in letzter Zeit häufig geschah, versagen ihm seine Emotionen den Dienst. Die Bilder, die er heraufzubeschwören versucht, sind wie sexuelle Phantasien, die nicht länger gelingen. Statt dessen wird er in diesem Augenblick unerklärlicherweise von Gedanken an Edith Close bei dem Begräbnis abgelenkt. Und diese Ablenkung, die er so empfindet, als verweilte jemand zu lange in seinem Schlafzimmer oder in seinem Büro und hindere ihn damit am dringend benötigten Alleinsein, hindert ihn daran, an seine Mutter zu denken.

Er sieht Edith allein etwas abseits stehen. Sie war die einzige Frau bei dem Begräbnis, die einen Schleier trug – einen Hut mit einem schwarzen Schleier aus einer anderen Zeit, und das trotz der Hitze. Die anderen Frauen – Frauen aus dem Damenkränzchen, Frauen von Molkereiarbeitern – trugen ärmellose Sommerkleider und standen in Grüppchen gebeugt da, mit den dicken Hälsen des Alters. Sie andererseits stand aufrecht und allein da, in Schwarz, die einzige, die diese Farbe trug. Nicht verwandt und doch beinahe, wo ihr der geographische Zufall der Nachbarschaft fast den Status einer Schwester verliehen hatte.

Als er am Abend des Todes seiner Mutter mit ihr

telefoniert hatte, war sie, wie sie das immer gewesen war, ihm gegenüber reserviert gewesen – selbst wenn bei diesem Anlaß bei ein oder zwei Sätzen die Spur von etwas Weicherem in ihre Stimme kroch –, und er stellte fest, daß er es nicht fertigbrachte, etwas anderes als »Mrs. Close« zu ihr zu sagen, wie er das schon als Junge getan hatte. Aber bei dem Begräbnis nach der Beerdigung, als er zum ersten Mal an jenem Tag ihre Anwesenheit wahrgenommen hatte, blickte er auf und sah, daß sie ihn beobachtete. Sie sah schnell weg, und er erinnert sich, wie sie auf dem Hügel stand und über die Grabsteine hinweg- blickte, über den eisernen Zaun, und den Gebeten lauschte, ihnen aber nicht folgte, sich nicht mit den anderen beugte. Er dachte oder fühlte, wie fern sie doch immer gewesen war, selbst vor den Schüssen. Sie schien zerbrechlicher, als er sie als Junge ge- kannt hatte – aber obwohl er weiß, daß sie Mitte der Sechzig sein muß, hatte sie bei dem Begräbnis doch die Haltung einer jüngeren Frau gezeigt, eine Haltung, wie manche Frauen sie niemals zuwege bringen.

Nach der Beerdigung kehrten alle in die Kirche zurück; das war ohne Andrews Wissen so arrangiert worden. Es gab Kaffee in einer großen grünen Emailkanne und Brownies und Kekse, die jemand gebacken hatte; *Erfrischungen*, flüsterte eine Frau, die er nicht kannte, leise und tippte ihm auf dem Hügel an den Arm. Als sein Vater gestorben war, hatte seine Mutter zu Hause Essen angeboten, und er hatte damals gedacht, wie makaber es doch war, ein- zuladen und zu essen, so kurze Zeit nachdem man einen Mann in die Erde gelegt hatte. Er selbst hatte Tage nach der Beerdigung seines Vaters keinen

Appetit gehabt, so wie er jetzt keinen hat und auch heute in der Kirche keinen gehabt hat.

Da waren alte, abgewetzte grüne Samtvorhänge auf einer Art Bühne gewesen und ein Bild von Jesus an einer Wand. Stahlrohrstühle wurden auseinandergeklappt und an den Tisch mit dem Essen gestellt, wie bei einem Kindertanz. Er stand benommen da, nicht vor Trauer, sondern vor Befremdung. Leute kamen und sagten mit leiser Stimme Dinge zu ihm und entfernten sich wieder und plauderten dann außer Hörweite angeregter miteinander. Es war das fremdartige Gefühl, sich in einem Raum zu befinden, den man als Kind nur zu gut gekannt und der sich in keiner Einzelheit verändert hatte und jetzt doch so fremd schien wie der Tod.

Sie kam zu ihm und erklärte: *Die Frauen dachten, Sie würden sich nicht die Mühe machen wollen.* Er begriff, daß sie ihn jetzt wieder als Junggesellen sah. Sie trug immer noch den Schleier, und er konnte ihre Augen nicht erkennen. Es drängte ihn danach – fast als bösartig empfand er das – wegzugehen, denn er dachte etwas irritiert, daß ihn zumindest jemand hätte fragen können, ob er das so wolle; aber dann legte sich das Gefühl wieder. Es war richtig, erinnert er sich, zu denken, daß sie bei ihm stand; sie war an jenem Ort ebenso fremd wie er.

Er sieht auf die Uhr über dem Spülbecken. Zehn Minuten vor ein Uhr morgens. Er denkt, vielleicht muß er doch die Schlaftablette nehmen, aber dann erinnert er sich, daß das nicht geht; er hat Brandy getrunken.

Er sieht wieder zur Tür hinaus, zu dem Farmhaus der Closes hinüber, kann aber nicht einmal dessen Umrisse wahrnehmen. Nirgends brennt ein Licht –

nicht einmal der schwache Schein eines Nachtlichts ist zu erkennen. Irgendwo dort oben, das weiß er, liegt Eden auf einem Bett oder sitzt auf einem Stuhl, und die Dunkelheit ist für sie ohne Belang.

Nachdem seine Mutter gefragt hatte: *Wo ist Edith?*, standen sie nebeneinander und warteten. Andy hatte die Hände in den Hosentaschen; seine Mutter hatte die Arme um seinen Ellbogen geschlungen. Andy wußte, daß Mr. Close verletzt sein mußte; woher hätten sonst diese schrecklichen Schreie kommen sollen? Ein Polizist öffnete die hintere Tür und rief zwei andere. Andy spitzte die Ohren und konnte Bruchstücke hören, halberstickt und atemlos. »... redet jetzt ... mittelgroß, eine Maske, gelbes Hemd, sie ist ziemlich sicher ... auf der Treppe ... ziemlich hysterisch ... das ganze Gesicht ... Herrgott, du solltest ...«

Hinter dem Polizisten sah Andy seinen Vater an der Gittertür; er wollte heraus. Sein Vater sagte etwas, und der Polizist trat zur Seite. Dann murmelte er Andys Vater etwas zu, und sein Vater schüttelte ein paarmal langsam den Kopf – nicht etwa eine Geste der Ablehnung, sondern eine des Unglaubens.

Andy sah zu, wie sein Vater auf ihn zukam. Es war ein Augenblick, den Andrew nie vergessen würde, obwohl er erst Jahre später wissen würde, daß das, was sein Vater gesehen hatte, das, was das Gesicht seines Vaters und seine Bewegungen verändert hatte, in ein paar wenigen Minuten so tief eingesunken war, daß es ihn nie wieder loslassen würde. Selbst in dem schwachen pulsierenden Licht konnte Andy die Rinnsale von Schweiß sehen, die seinem Vater von den Schläfen rannen. Der Schritt seines Vaters war langsam und sein Gewehr nicht länger eine starre Stütze – eher ein schweres zerbrochenes Werkzeug, das er in die Garage trug, um es zu reparieren. Als sein Vater vor ihnen stand, sah er zuerst Andy und dann seine Frau an. Und dann sagte er zu ihr:

»Geh jetzt hinein. Nimm den Jungen mit. Sie bringen jetzt Jim heraus.«

»Jim?« sagte seine Mutter schnell.

»Es ist schlimm. Geh jetzt hinein. Schnell.«

Aber seine Mutter regte sich nicht von der Stelle. »Was ist passiert?« wollte sie wissen. »Sag es mir.«

Sein Vater hob die Arme, als hätte er vor, seine Familie wie ein Hirte unter das schützende Dach zurückzutreiben. Aber als er sah, daß sie sich nicht von der Stelle bewegte, senkte er die Arme wieder und stieß den Gewehrlauf in den Kies, so wie einen Stock. Er blickte zu Boden. Dann seufzte er – ein tiefes, erschöpftes Seufzen.

»Jim ist tot«, sagte sein Vater. »Auf Eden ist auch geschossen worden, aber sie lebt noch.«

Seine Mutter griff sich mit beiden Händen an den Mund. Andrew hörte ein hohes halbersticktes Murmeln.

»Aber wie?« fragte sie. »Wer?«

»Ich weiß nicht. Es hat den Anschein, *hat den Anschein*«, sagte sein Vater stockend und sich wiederholend, »und ich glaube, Edith versuchte das zu sagen, es hat den Anschein, daß ein Mann eingebrochen ist, während sie und Jim weg waren. Jim war weg, und Jim hat ihn in Edens Zimmer gefunden. Er hat« – sein Vater zögerte, sah Andy an, suchte nach der richtigen Formulierung – »er hat Eden überfallen, und der Mann hatte eine Waffe – wir haben die Schüsse gehört ... Eden geriet irgendwie dazwischen

47

... ein Handgemenge, denke ich. Edith sah den Mann auf der Treppe ... er hatte eine Maske ... sie hat sie beide gefunden.« Sein Vater blickte starr. »Ich sah sie im Schlafzimmer ... Sie hat, sie hat ...«

Andy sah zu, wie der Mund seines Vaters sich spannte. Er sah etwas, das Andy sich nur vorstellen konnte, und doch konnte er sich nicht alles vorstellen. Das Bild weigerte sich, Gestalt anzunehmen. Später begriff Andrew, daß sein Vater sich in diesem Augenblick selbst in einer Art Schockzustand befunden haben mußte. Wie konnte sein Vater, ein Molkereiarbeiter, je auf diese Szene in Edens Schlafzimmer vorbereitet gewesen sein? Warum glaubten sie eigentlich, warum glaubte sein Vater, von seiner vertrauten Alltagsroutine beschützt, daß er besser auf so etwas vorbereitet war als Andy oder seine Mutter?

Seine Mutter legte seinem Vater die Hände auf die Schultern und barg die Stirn an seiner Brust. Auf der Straße, die von der Ortschaft herausführte, konnte Andy eine Karawane von Ambulanz- und Polizeifahrzeugen sehen und hören, die sich schnell auf die Häuser zubewegten. Fahrzeuge des Bezirks, dachte er. Als die erste Ambulanz in die Einfahrt bog, brachten sie Edith Close aus dem Haus.

Schwarze Flecken waren auf ihrer weißen Uniform, ihren Schuhen, ihrem Gesicht, ihrem Mund und ihren Haaren, aber hauptsächlich an ihren Händen. Sie wurde zu beiden Seiten von Polizisten gestützt. Ihre Füße bewegten sich kaum. Als sie unten an den Stufen angekommen war, versuchten zwei Helfer oder Sanitäter sie dazu zu bewegen, sich auf eine Bahre zu legen. Sie protestierte wild, schob die Hand weg, die sich auf ihre Brust legte, als hätte sie Angst zu ertrinken. Aber die Männer überwältig-

48

ten sie. In ihrem Schock, in ihrem Wüten, riß sie die Knie hoch, schlug um sich, und Andy sah unter ihrem Rock ihre Unterwäsche weiß aufblitzen. Er spürte, wie ihn ein Schauder überlief. Und in dem Augenblick dachte er, daß von all den Dingen, deren Zeuge er in jener Nacht geworden war, dies etwas war, was er nicht hätte sehen sollen.

Er steht auf, um sein Glas auszuspülen. Er stellt es auf die Kommode. Die Stille hypnotisiert ihn. Er ist nicht sicher, ob ihm je zuvor bewußt geworden ist, wie still es hier ist, wie entnervend diese Stille sein kann. Er überlegt sich, das Radio einzuschalten, aber dann wird ihm klar, daß die laute Stimme des nächtlichen Discjockeys noch schlimmer wäre. Und außerdem sagt ihm sein Verstand, er solle nun schlafen.

Er knipst beim Gehen das Licht aus. In seinem Zimmer macht er einen halbherzigen Versuch, das Bett wieder zu machen. Als er sich vorbeugt, um am Fußende das Laken hineinzustopfen, wird ihm plötzlich bewußt, daß der Traum *doch* irgendwie falsch war. Oder, wenn nicht falsch, dann jedenfalls nicht in der richtigen Reihenfolge. Er setzt sich aufs Bett und spielt den Traum noch einmal durch. In seinem Traum hat er sich vorgestellt, es wäre der Schrei einer Frau, der ihn weckte – mit dem Gedanken, es könnte seine Mutter sein. Er erinnert sich an die Panik, daran, wie er sich bemühte, aus der Tiefe nach oben zu kommen, so, als müsse er Luft schnappen. Und doch kann es keine Frauenstimme gewesen sein, die er als erste hörte, denkt er logisch. Es muß zuerst die Stimme eines Mannes gewesen sein, die Stimme von Mr. Close.

Bestimmt, der Schrei der Frau kam später.

Ich betrachte dich mit dem Blick vergangener Jahre. Ich höre deine Gittertür, und ich sehe dich auf der Einfahrt. Als du damals unter meinem Fenster gingst, dachtest du da an mich? Du bist ein Junge mit Armen so dünn wie Holz. Dein Haar fängt an länger zu werden, weil du bald weggehen wirst. Ich habe dich hinten am Teich gehänselt, aber du wolltest mich nicht berühren. Du hast die Knöpfe nicht angerührt und auch meine Haut nicht, obwohl ich dich herausgefordert hatte und andere es schon getan hatten. Und das wußtest du. Und als ich dich zwang, hinzusehen, war dein Gesicht ganz ruhig, wenn auch deine Hände zitterten. Und du hast gesagt ...

Ich sehe dein Schlüsselbein unter dem karierten Hemd. Du hast die Ärmel aufgekrempelt. Es liegt ein Schimmer über dem Wasser.

Sie erzählte, deine Mutter sei gestorben, obwohl ich das schon vorher wußte. Sie wartet darauf, daß du wieder gehst.

Ich höre deinen Wagen in der Einfahrt. Er schnurrt, ehe du den Motor abstellst, wie eine Katze. Ich höre deine Füße auf dem Kies und sehe dich mit dem Haar, das dir über die Ohren gewachsen ist, und weiß, daß du bald weggehen wirst. Ich höre deine Schritte zur Straße hinunter und sehe, wie du über die Maisfelder blickst. Farben vergesse ich, aber nicht die Form deiner Augen. Ich weiß noch, wie du riechst.

Zweiter Teil

In der Morgendämmerung wälzt sich ein Gewitter über die Maisfelder und die Wiesen, wo bei Tag immer Kühe weiden, und weckt Kinder mit seinem Donner, erleuchtet abgedunkelte Schlafzimmer mit seinen Blitzen und bringt auch diejenigen, die nicht aufwachen, wie Andrew, dazu, sich unruhig im Schlaf zu wälzen und den Lauf ihrer Träume zu ändern. Der Regen trommelt auf die Schindeln und Blechdächer der Farmhäuser, plätschert über die Holzverschalungen der näher bei der Ortschaft gelegenen Häuser, auf das lange Flachdach des Einkaufszentrums in der Nähe der Fernstraße und gegen die Schaufenster der wenigen Läden, die im Dorf noch um ihr Überleben kämpfen: die weißverputzte Tankstelle, die 1930 erbaut wurde; die Imbißstube auf der anderen Straßenseite, die jetzt einem vietnamesischen Ehepaar gehört; der alte Friseurladen, in dem sich jetzt die jungen Leute wieder Bürstenhaarschnitte machen lassen; der kleine Laden daneben, wo die Tafel des Fernsehmechanikers hängt; und jetzt, für Andrew neu, ein Minisupermarkt neben der Tankstelle. Nach dem Regen, in der Dämmerung, verzieht sich das Gewitter und hinterläßt einen kühlen Luftschwall, den ersten seit mehr als einer Woche, und in den schwach beleuchteten

Schlafzimmern zieht Erleichterung ein. Männer und Frauen, von denen manche ihre kleinen Kinder noch bei sich in den Betten haben, schlafen ihren tiefsten Schlaf seit Tagen.

Als Andrew ein Junge war, war die Ortschaft – in Wirklichkeit nicht mehr als eine Ansammlung von auf Milchwirtschaft spezialisierten Bauernhöfen mit einem nichtssagenden Dorf in der Mitte – ausgeprägt ländlich und ganz auf die Produktion von Milch, Butter, Käse und Eiskrem in Millers Molkerei ausgerichtet. Obwohl das üppige Weideland selbst andere Dörfer, ja ganze Bezirke einschloß, hatte die Ortschaft künstliche Grenzen, die zwei Jahrhunderte früher vom Dorfältesten festgelegt worden waren. Die Bauern, die von Polen, Iren, Italienern und zugezogenen Yankees abstammten, kümmerten sich um das Vieh und die Maisfelder, oder sie arbeiteten für die Molkerei. Ihre Frauen schwankten zwischen Bäuerin und Vorstadtmatrone, und ihre Kinder, so wie Andrew, wuchsen eine Weile in der Meinung auf, das Universum bestünde aus Maisfeldern, Kühen und Männern, die vor Tagesanbruch aufwachen, bis sie elf oder vierzehn oder siebzehn waren und sich in ihnen zum ersten Mal der Wunsch regte, wegzugehen, oder die erste flatternde Angst, daß sie dazu vielleicht nicht den Mut haben könnten.

Für Andrew, der von frühester Jugend an mit Sicherheit wußte, daß er weggehen würde aufs College (da seine Eltern keine Farm betrieben, die sie ihm hinterlassen konnten, waren sie sich darin einig), hatte die Ortschaft schon aufgehört, eine Drohung darzustellen, ehe sie Zeit gehabt hatte, sich dazu zu entwickeln. Und als er weg war, auf der Schule oder in der Stadt, empfand er die Jahre seiner

54

Kindheit, auch ohne sich dessen bewußt zu werden, als etwas, was von der Ethik eines komplizierteren städtischen Lebens nicht beeinträchtigt worden war. Und dies in so hohem Maße, daß er oft bei seinen von Jahr zu Jahr seltener werdenden Besuchen zu Hause überhaupt nicht bemerkte, wie sehr die Ortschaft sich veränderte.

Aber bei diesem Besuch zu Hause hat er viel klarer als früher beobachtet, daß der Ort nicht mehr so ist, wie er einmal war. Es gibt jetzt eine Fernstraße und das Einkaufszentrum. Es gibt Markierungen und Zäune, wo früher nur Farmen waren. Im nächsten Ort, zehn Kilometer entfernt, gibt es hinter dem Einkaufszentrum eine große Versicherungsgesellschaft, die mehr Leute beschäftigt, als die Molkerei jemals auf ihrer Lohnliste hatte, und eine Fabrik, die Kassetten und Videobänder herstellt. Die alte Molkerei selbst, die einmal so glänzend und neu war, als Andrews Vater dort Vorarbeiter war, scheint jetzt von der Zeit gebeugt. Und ihren Hauptumsatz macht sie heute, nach der Milch, bereits mit Joghurt.

Manchmal, wenn Andrew träumt, sieht er die Ortschaft so, wie sie einmal war – die Straßenecken und die Spielplätze und die Maisfelder und die Eisenbahngleise, die die Landschaft seiner Kindheit bildeten. Aber dann stellt sich in dem Traum ein anachronistisches Gespräch ein oder jemand, den er erst Jahre, nachdem er von zu Hause weggegangen war, kennenlernte, oder ein Gegenstand, der noch gar nicht erfunden war, als er dort lebte. Und obwohl er dann verwirrt aus diesen Träumen erwacht, manchmal auch eher etwas nachdenklich, kommen die Träume der Wahrheit näher als seine Erinnerungen.

Andrew erwacht und mag seine Stadtkleider nicht

anziehen; tatsächlich braucht er Arbeitskleidung, obwohl er keine mitgebracht hat. Aber er findet ein Paar ausgebleichte Jeans, gebügelt und sauber auf einem Bügel im Schrank verwahrt. Der Stoff ist weich wie Samt, und er kann noch schwach die Spur erkennen, wo seine Mutter vor Jahren den Saum ausgelassen hatte. Als er sie anzieht, wirkt die ausgestellte Fußweite albern und hoffnungslos altmodisch. Aber da er sonst nichts Passendes anzuziehen hat, ist er froh, daß seine Mutter die Jeans all die Jahre aufgehoben hat.

In der Küche trinkt er eine Tasse Pulverkaffee und ißt dazu ein Stück Schokoladekuchen, den jemand aus dem Damenkränzchen ihm gebracht hat. Als er damit fertig ist, geht er in den Hof hinaus und läßt die Gittertür hinter sich zuschlagen. Er steckt die Hände in die Gesäßtaschen und atmet tief ein; die Luft riecht nach Minze und Salbei aus dem Kräutergarten am hinteren Treppensockel. Er merkt, daß der Rasen, der dringend gemäht werden müßte, zusammengeschrumpft ist, Jahr für Jahr seine Grenzen zurückgezogen hat, dem Dickicht aus Farnkraut, Brombeeren, wildem Apfel und Hartriegel gewichen ist, das zum Haus vorgerückt ist – so, als wollte es bald auch den weißen Bretterbau verschlingen. Wie schnell doch ein Haus wieder ins Land zurücksinken will, denkt er; wie schnell es doch den Kampf gegen das Gras, den Regen und die Sonne aufgeben möchte. Er fühlt sich unangemessen wohl. Er umkreist das Haus, und das Gras durchnäßt seine alten Turnschuhe binnen Sekunden. Vielleicht war seine Mutter eine Zeitlang krank gewesen, überlegt er und mustert mit klarerem Blick, als er ihn seit Tagen hatte, den Zustand des Anwesens, das er jetzt Fremden anbieten muß. Ein kleines Beet mit wuchernden Zinnien, Dahlien und einer ihm unbekannten dünnstengeligen Blumenart mit unattraktiven roten Blüten ist von Unkraut überwuchert und scheint keine deutlichen Konturen zu haben. Die Farbe an der Südwand des Hauses, bemerkt er, ist abgeblättert. Die Sträucher und die Hecke müssen gründlich gestutzt werden. Und dann ist da eine durchgesackte Dachrinne, die repariert werden muß. Er entdeckt unvernünftig vergnügt einen Fensterladen mit einem häßlichen Loch, der ersetzt werden muß.

Er könnte das Haus so anbieten, wie es ist, das weiß er, und in die Stadt und an seine Arbeit zurückkehren – es ist ja nicht so, daß er die paar zusätzlichen Tausender braucht, die ihm die Reparaturen einbringen würden –, aber er findet den Gedanken an die körperliche Arbeit und die Liste von Aufgaben, die er sich gestellt hat, seltsam attraktiv. Es ist Jahre her, daß er eine solche Liste von Arbeiten hatte. Selbst als er ein eigenes Haus besaß, damals in Saddle River mit seiner Frau und seinem Kind, erledigte jemand anderer die anfallenden Arbeiten, soweit es in dem neuen makellosen Bau überhaupt welche gab; ein Tischler, ein Installateur und ein Gartenservice, der sich dort um die Sträucher und Büsche kümmerte. Er bezweifelt, daß irgend jemand in seinem Heimatdorf auch nur in Betracht ziehen würde, solche Dienste in Anspruch zu nehmen, ebenso wie er weiß, daß die Frauen hier ihre Häuser selbst saubermachen. Bestenfalls könnten sie wie die Closes einen Jungen zum Mähen engagieren. Es gab immer genügend Jungen, die das Geld brauchten.

Er sollte natürlich ins Büro zurück. Er sieht auf die Uhr. Um diese Zeit würde er bereits in einem

Sommeranzug an seinem Schreibtisch sitzen. Ein Stapel rosafarbener Telefonzettel würde daliegen, und einige davon würden wichtig scheinen. Eine Aura von Seriosität würde ihn umgeben, gemildert durch unauffälligen Witz, wie er ihn sich angewöhnt hat, mit gelegentlichen Wortspielen, wie sie sein Chef so liebt. Und um die Schulter und im Nacken würde er leichten Druck spüren, weil irgendwo ein Termin drängte und ihn ein künstlich erzeugtes Gefühl der Wichtigkeit umgab. Dennoch würde er sich der zunehmenden Erkenntnis nicht entziehen können, die ihn schon seit einiger Zeit bedrängte, daß all die Mühen all der Männer wie er in Büros lediglich kompliziertes Theater sind, in denen die Hauptakteure ihre Rollen schon so lange und so gründlich gespielt haben (wie die Darsteller in den Fernsehserien), daß sie einander – und vielleicht sogar sich selbst – nur als diesen oder jenen Darsteller kennen.

Er erinnert sich mit leichtem Schauder, wie knapp er dem Angebot eines Hauses in den Hamptons entgangen war, das ihm eine Kollegin im Büro gemacht hatte. Er kann sich keinen schlimmeren Urlaub vorstellen, als ihn mit Fremden in einer Ortschaft zu verbringen, die fast ebenso überfüllt ist wie die Stadt – oder so kommt sie ihm von hier aus wenigstens vor. Er hatte daran gedacht, mit Billy nach Nova Scotia zum Zelten zu fahren, aber Martha machte diesen Sommer unerklärliche Schwierigkeiten und bestand darauf, daß Billy auch keinen einzigen Tag seines teuren Tageslagers verpassen durfte, und verkündete darüber hinaus, daß sie ihn anschließend mit zu ihren Eltern auf Nantucket nehmen würde. Andrew mag seine Schwiegereltern und meint, daß Billy sie besuchen sollte. Und das Ganze wurde zu kompliziert, als seine Mutter plötzlich gestorben war und damit, ohne es zu wollen, sein Problem löste.

Er blickt nach Norden über die trockenen Maisfelder und stellt plötzlich fest, daß er das Wort *schön* sagen will. Das Wort fühlt sich fremd an auf seiner Zunge. Es ist ein Wort, das er lange Zeit nicht ausgesprochen hat, und es ist um so fremdartiger, wenn es jetzt neben dieser Hausruine ausgesprochen wird – diesem einmal geliebten und jetzt verfallenden Haus. Beide Häuser sind jetzt im Sonnenlicht schäbig, und die hintere Treppe des anderen ist beinahe verfault, und der Liguster klettert ungebändigt über die Fenstersimse. Er sieht einen großen Sprung in einem Küchenfenster – von einem Ast oder einem Vogel? fragt er sich; ganz sicher jetzt nicht von einem Kind – und daß an einem der oberen Fenster ein Laden fehlt.

Zwei Frauen, zwei Witwen, die weit vom Ortszentrum entfernt leben, Nachbarn mit einer lebenslangen Geschichte, aber nicht Frauen, die einander besonders mochten, denkt er; keine Frauen, die voneinander Wärme suchten oder das Gespräch. Er sieht nicht, was er auch vorher in seiner Befangenheit nicht sah; den offensichtlichen Zerfall zweier Häuser, in denen es keine Männer gibt, Häuser, die, so gut es ging, von Frauen einer bestimmten Generation zusammengeflickt wurden, die nie gelernt hatten, ein Fenster einzukitten, und die nicht wissen, wie Werkzeuge heißen. Sie bringen ihre Küchen zum Blitzen, das weiß er, aber wenn von einem der Fenster im Oberstock der Laden abfällt, trägt man ihn in den Keller und läßt ihn dort stehen.

Er wird mit dem Schaben und dem Sandpapier anfangen, beschließt er. Das Gras kann erst geschnitten werden, wenn es trocken ist, und das wird bestenfalls am späten Nachmittag der Fall sein – aber er sollte sich vorher den Rasenmäher ansehen, um festzustellen, in welchem Zustand er sich befindet. Eine Goldamsel schießt aus dem dicken Blattwerk des Hortensienbaumes hervor. Er fragt sich, ob die Schaber immer noch in derselben schwarzen Blechschublade in der Garage aufbewahrt werden.

Er schabt seit einer Stunde, und der Arm tut ihm bereits weh, als sie aus der Hintertür kommt und sich vorsichtig die verfaulende Treppe heruntertastet. Er sieht reflexartig auf die Uhr. Dreiviertel. Er weiß, daß sie täglich vier Stunden, von zehn bis zwei, sieben Tage die Woche, in einem Pflegeheim in der Nähe arbeitet. Das war eine Einzelheit unter vielen anderen in einem Brief oder einem Telefongespräch mit seiner Mutter, etwas, was er schnell gelesen oder gehört hatte, aber jetzt erinnert er sich wieder daran und auch an die Verblüffung seiner Mutter darüber, daß jemand bereit sein könnte, keinen Tag frei zu haben. »Selbst Weihnachten hat sie gearbeitet«, erinnert er sich an die geschriebenen oder gesprochenen Worte seiner Mutter.

Er ruft ihr zu, als sie auf der untersten Stufe angelangt ist. Sie sieht zu ihrem Wagen hinüber und dreht sich dann zu ihm um. Mit einer gemessenen Bewegung führt sie die Hand an die Stirn, um ihren Augen Schatten zu geben, denn die Sonne steht hinter ihm, und er muß eine schwarze Silhouette vor dem grellen Himmel sein. Aber er kann sie deutlich sehen, deutlicher als gestern: ein rosa und grau gemustertes Kleid, ein nach oben gerichteter Blick, eine Haut so weich wie Wildleder, vielleicht hat sie vergessen, daß er da sein würde, aber sie läßt keine Überraschung erkennen. Er überragt sie, und sie muß deshalb die Augen zusammenkneifen, um ihn zu sehen. Ihr Haar ist aschefarben, wo es doch einst die Farben ihrer Armreifen hatte, und sie trägt es immer noch lang, im Nacken in einem komplizierten Knoten zusammengehalten. Sie trägt eine Perlenkette – irgendwie unpassend an einem Sommermorgen, wenn man in einem Plymouth in ein Pflegeheim fährt, aber doch so passend dazu, wie er sie in Erinnerung hatte, daß selbst die noch unpassendere gepflegte Erscheinung vor dem häßlichen, heruntergekommenen Farmhaus ihm kaum bewußt wird.

Sie geht auf ihn zu, und jeder ihrer Schritte knirscht leise im Kies.

»Mrs. Close«, sagt er und bedauert im gleichen Augenblick die kindische Begrüßung, wo er doch weiß, daß sie Edith heißt und er sie jetzt, mit sechsunddreißig, so ansprechen sollte; aber in ihrer Gegenwart fühlt er sich verkleinert, als wäre er wieder ein Junge und als wäre sie herausgekommen, um ihm Anweisungen zu erteilen. Er beginnt die Leiter herunterzuklettern.

Er sieht, daß sie Falten um den Mund hat, wo ihre Haut eingesunken ist, und daß ihre Augenlider jetzt hängen. Und unter den Augen gibt es Spuren, die andeuten, daß sie nicht gut geschlafen hat; Spuren, die zur Farbe ihres Kleides passen. Er will sich von seinem eigenen Bild als kleiner Junge losreißen. Aber als er dann – zu laut für sie beide – sagt: »Ich dachte, ich nehme mir Ihren Rasen auch vor, Edith, wenn ich mich dann später über den hier mache«, scheint ihm seine Stimme uncharakteristisch grobschlächtig und roh.

Sie sieht sich nach dem hohen Rasen und dem wilden Liguster um, und ein müder Blick huscht über ihr Gesicht.

Wieder verspürt er den jungenhaften Drang, gefällig zu sein, die Verlegenheit, die er in ihrer Anwesenheit immer empfunden hatte.

Sie antwortet nicht unmittelbar. »Ein schöner Morgen«, sagt sie.

Wie eigenartig, daß sie miteinander im selben Tonfall sprechen und dasselbe höfliche Vokabular benutzen, wie sie das vor fünfundzwanzig Jahren vielleicht getan haben mochten – als wäre in all den Jahren nichts dazwischengekommen, hätte nichts sich verändert, als wären da nicht all die Tode und die Geburt seines eigenen Sohnes gewesen.

Sie nickt, und in der Neigung ihres Kopfes oder vielleicht in ihrem Profil ist etwas, das ihn eindringlich an die jüngere Frau erinnert, die sie einmal war. Er sieht die Hand einer Frau auf dem Handgelenk eines Mannes, die ihn die Treppen hinaufzieht und ins Haus, obwohl der Wäschekorb unter der Wäscheleine noch halb voll mit nassen Laken ist. Er erinnert sich, wie er eines Nachmittags als Achtjähriger an die Hintertür klopfte, mit einem Korb Tomaten aus dem Garten seiner Mutter, der in jenem Jahr eine reiche Ernte geliefert hatte, und wie Edith ihm die Tür öffnete, erregt, mit leicht gerötetem Gesicht, aufgelöstem Haar, das an den Schläfen feucht war. Sie fummelte am Oberteil ihres Kleides herum, wo die letzten zwei Knöpfe noch offen waren, und er verstand, wenn er auch nicht ganz begriff, daß Jim irgendwo im Haus war, früher heimgekommen war, und daß sie etwas Geheimnisvolles, Aufregendes miteinander getan hatten.

62

Das Wissen hatte sich eingestellt, ehe er überhaupt gewußt hatte, was es war oder was es zu bedeuten hatte – die Andeutung, daß es zwischen einem Mann und einer Frau etwas geben könnte, das sie nicht mit anderen teilen konnten und das man von draußen nicht sehen sollte.

Und von jenem Tag an fing er an, sie sorgfältig zu beobachten, als könnte man wichtige Informationen erhalten, indem man sie ausspionierte. Anderen Jungen in der Ortschaft, den Jungen, die gern auf den Ledersitz im Lieferwagen seines Vaters kletterten, oder den Jungen, die er von der Hockeymannschaft oder der Schule kannte, hatte sich das Wissen anders dargeboten, in vorhersehbarer Form, von Mädchen, die sie nackt in Holzschuppen gesehen hatten, oder von Bildern in Zeitschriften. Sean O'Brien, der der Torwart in der Schülermannschaft war, als Andy und er die neunte Klasse besuchten, und der nur drei kurze Jahre später ums Leben kommen sollte, hatte ihm einmal erzählt, wie er unheimliche, wunderbare Bilder, auf denen Männer und Frauen zusammen abgebildet waren, im Keller seines Vaters in einer Schublade gefunden hatte, auf der »Scharniere« stand; und später stellte sich bei Andrew, als er erwachsen geworden war und ein eigenes Haus hatte, manchmal ein flüchtiges und trauriges Bild von einem Fernsehmechaniker in mittleren Jahren ein, der sich zu verstohlenen Freuden in die Tiefen seines Hauses zurückzog.

Ihm war bewußt, daß sie anders als seine Mutter und die anderen Mütter war; ein Bewußtsein, das die Mißbilligung seiner Mutter für ihre Nachbarin, ohne es zu wollen, förderte, wobei diese Mißbilligung irgendwo zwischen stiller Empörung und schwach verhohlenem Neid schwebte. »Edith ist nicht diskret«, verkündete seine Mutter etwa, wenn sie sie im Hof entdeckte oder sich an eine Geste oder eine Bemerkung ihrer Nachbarin am selben Tag erinnerte. »Edith ist manchmal recht gleichgültig«, sagte sie vielleicht ein andermal, und dann nickte sein Vater nur weise, wenn Andy auch manchmal dachte, er würde lächeln. Und eines Abends bemerkte sein Vater: »Nun, sie passen wenigstens gut zueinander«, und seine Mutter hatte »Pssst!« gesagt und damit angedeutet, daß der Junge im Zimmer war. Ihr Tonfall machte Andy auf einen Satz aufmerksam, den er sich sonst vielleicht nicht gemerkt hätte, und veranlaßte ihn dazu, ihn sich nach Kinderart aufzuheben, bis er alt genug war, um ihn zu verstehen.

Er verstand auch mit der gegen Irrtum gefeiten Antenne eines Kindes, daß die Frau, die seine Mutter beneidete, nur die eine Person liebte und für die Welt vor ihrer Tür nur Gleichgültigkeit empfand, so als wüßte sie, daß sie darauf achten mußte, ihre Reserven nicht zu vergeuden. Sie war beispielsweise Andy gegenüber immer auffällig gleichgültig erschienen, und er hatte das Gefühl, als sähe sie in ihm nur den Nachbarjungen und später den Burschen, der sich gelegentlich im Haus nützlich machte, um sich das Geld für das College zu verdienen. Manchmal dachte er tatsächlich, sie würde ihn überhaupt nicht *sehen*, wenn er im Garten einen Brombeerbusch stutzte oder die Blätter auf dem Blumenbeet rechte. Es kam oft vor, daß er hallo sagte und ihr zunickte und sie stumm, in ihre eigenen Gedanken versunken, vorbeiging und seine Anwesenheit überhaupt nicht wahrnahm.

Sie winkt noch einmal, ehe sie in den Plymouth steigt, und Andrew klettert wieder die Leiter hinauf.

Jim andererseits, denkt Andrew bei sich, hat ihn als Jungen wahrgenommen. Er war nie an Andy vorbeigegangen, ohne ihn zu grüßen oder ihm eine Frage zu stellen oder für den Jungen ein Stück Kaugummi aus der Tasche zu ziehen. Wenn die Erwachsenen, ineinander versunken, im Garten waren, war es Jim, der sich gelegentlich löste und ihn bei der Hand nahm – oder vielleicht sogar mit ihm Fangen spielte.

Wie er so die Bretter am Haus abschabt und sie neu streicht, so wie sein Vater es alle fünf Jahre tat, erinnert Andrew sich daran, wie Jim seinem Vater beim Arbeiten zusah – die Hände in den Taschen, unruhig, aber ohne den Drang zu verspüren, sich seinerseits an die Arbeit zu machen. Jim war ein Mann, der Dinge in Angriff nahm, aber sie nie fertigbrachte – ganz anders als Andys Vater, bei dem die Dinge gleichmäßig und beständig ihren Fortschritt nahmen. Und Andrew kann sich daran erinnern, wie man ihn jeden August aufforderte, einen Gemüsegarten in Ordnung zu bringen, den Jim zu lange dem Unkraut überlassen hatte. Im Frühjahr pflegte Jim voll Begeisterung anzufangen, nachdem er exotische Samen aus dem Katalog gekauft hatte und jeden Samstagmorgen mit einem blitzenden neuen Werkzeug oder einem Beutel Torfmoos nach Hause kam. Aber wenn der Frühling dann langsam in den Sommer überging, sah Andy ihn auf der Hinterterrasse sitzen und rauchen, Bier trinken und Radio hören, als hätte er völlig vergessen, daß es im Garten überhaupt etwas zu tun gab.

Er war ein hochgewachsener Mann, ein freundlicher Alkoholiker, ein Mann, dessen Charme und dessen Lächeln die Leute dazu veranlaßte, ihn aus gutaussehend zu bezeichnen – obwohl er das mit seinem langen, flächigen Gesicht in Wirklichkeit keineswegs war. Man war sich allgemein darüber einig, daß er kein zurückhaltender Mann war, daß er durchaus Appetit bewies – am auffälligsten für Frauen und Alkohol –, obwohl er nicht so aussah. Es hieß, er sei für Frauen unwiderstehlich, und als Teenager fragte sich Andy manchmal, ob der Neid, den seine Mutter ihrer Nachbarin entgegenbrachte, nicht daraus entsprang, daß sie sich unausgesprochen und unbestätigt zum Mann ihrer Nachbarin hingezogen fühlte. Er erinnert sich daran, daß Jim manchmal mit seiner Mutter im Garten herumalberte und sie sich ihm dann entzog und kicherte und mädchenhaft aussah.

Auch auf Andy wirkte er anziehend, wenn auch auf andere Art, und in erster Linie weil er kein Milchmann wie Andys Vater war und die meisten anderen Väter, die er kannte, sondern ein Vertreter. Daß er nur Rohrarmaturen verkaufte, störte Andy nicht; die Tatsache, daß Jim häufig von zu Hause weg und auf Reisen war, schien so großartig. Er war der erste Mann, den Andy je kannte, der jedes Jahr kaum gebrauchte Autos gegen neue Modelle eintauschte – immer ein Buick und gewöhnlich schwarz, der dann ruhmvoll auf dem Kiesweg stand und die alten Fords seines Vaters wie verstaubte Vettern vom Land aussehen ließ. Die vielen Reisen, denkt er jetzt, haben wohl Edith morgens immer unruhig gemacht, wenn Jim sie verließ und mit der Hand über ihre schmalen Hüften strich, ehe er die Tür des Buick aufriß. Er pflegte dann den Arm über das Lederpolster rechts von ihm zu legen und den Buick rückwärts auf die Straße zu lenken und vergnügt zu winken, wenn er die Hauptstraße erreicht hatte, so als wäre er der einzige glückliche Mann in der ganzen Ortschaft.

Sie wirkte dann immer abwesend, wenn sie noch lange, nachdem er gefahren war, in der Einfahrt stand – so als hätte er sie mit sich genommen. Sie schien überrascht, wenn Andys Mutter ihr zurief – und Andy dachte manchmal, seine Mutter tat das absichtlich –, und beinahe taub, wenn er selbst sie etwas fragen mußte, um einen ihrer Aufträge zu erledigen oder um herauszufinden, wo ein bestimmtes Werkzeug verwahrt war.

Aber das Schlimmste war ihre Gleichgültigkeit ihm gegenüber. Selbst als Eden noch klein war und ihre Mutter sie auf dem Schoß hielt, schien Edith das Weinen des Kindes manchmal sekunden-, ja sogar minutenlang überhaupt nicht wahrzunehmen – Eden, die in Ediths Augen nur Dimension und Leben zu haben schien, wenn Jim wieder nach Hause zurückkehrte.

Er erinnert sich so deutlich daran, als hätte er die Geschichte gerade erst gehört, oder er glaubt sich daran zu erinnern; es ist jetzt schwierig, voneinander zu trennen, woran er sich tatsächlich selbst erinnert – diese seine erste echte Erinnerung mit Inhalt – und was ihm vielleicht später seine Mutter oder sein Vater oder Eden selbst erzählt haben und was er dann mit zusätzlichen Pinselstrichen zu einem Bild vervollständigt hatte.

Damals war auch Sommer, erinnert er sich, wenn auch früher, frischer, Juni vielleicht. Ein schöner Tag, der Morgen, weil sein Vater bei der Arbeit war. Und Jim war auch unterwegs, weil Andys Mutter ihn in jener Nacht per Telefon in einem Motel in der

Nähe von Buffalo ausfindig gemacht und nach Hause gerufen hatte. Andy war mit seiner Mutter im Garten. Er erinnert sich an den Duft des Bodens, ein betörendes Aroma, wie er es jahrelang nicht gerochen hat, und an eine Reihe von Radieschen, deren fette rote Kugeln aus der schwarzen Erde nach oben drängen. Er war glücklich und ziemlich stolz, weil seine Mutter gesagt hatte, daß er sie herausziehen durfte. Er erinnert sich, daß er braune Lederschuhe und weiße Socken trug und daß der Spalt zwischen den Schuhen und den Socken sich mit schwarzer Erde füllte.

Edith kam über den Hof und stand an der Tür im Maschenzaun. Sie hielt ein in ein gelbes Handtuch gehülltes Bündel im Arm. Die Art und Weise, wie sie es an sich drückte, verriet ihm sofort, daß es ein Baby war – obwohl es möglicherweise (der Gedanke schoß ihm durch den Kopf) die Katze der Closes war, irgendwie krank. Daß sie an einem beliebigen Morgen einfach mit einem Baby auftauchte, kam ihm überhaupt nicht seltsam vor; Freundinnen seiner Mutter tauchten häufig mit neuen Babys an ihrer Tür auf. Eigentlich wäre es sogar viel eigenartiger, wenn die Katze krank wäre; Andy hatte sie noch am Morgen gesehen, und sie war ihm ganz gesund vorgekommen. Erst als er das Gesicht der Nachbarin sah und dann spürte, wie seine Mutter aufstand, um ihr an das Tor entgegenzugehen, wußte er, daß etwas nicht so war, wie es sein sollte. Es war ein Baby, aber vielleicht ein krankes Baby, dachte er.

»Edith«, sagte seine Mutter. Er wußte, daß der Name eine einzige große Frage war.

»Ich war in der Küche staubsaugen, und als ich aufhörte, hörte ich ein Geräusch«, sagte Edith Close.

»Es war ein seltsames Geräusch. Ich dachte, es sei vielleicht die Katze oder ein Vogel, der sich verletzt hatte. Es war irgendwo vorn draußen, und ich wollte, daß es aufhörte.«

Sie trug, erinnert er sich, die Art von Kleid, die sie immer trug – ein Kleid mit schmaler Taille und einem Oberteil wie ein Hemd mit bis zu den Ellbogen aufgerollten Ärmeln. Ihre Unterarme waren schlank, und sie trug goldene Armbänder. Ihr Haar war in der Mitte gescheitelt und hing ihr hinten bis auf die Schultern herunter, so wie sie es oft trug, eine Frisur, die Jahre später bei jüngeren Frauen in Mode kommen würde. Er erinnerte sich an ihre hellrot geschminkten Lippen und daran, daß ihr Gesicht weiß war.

»Und als ich zur Tür ging und sie öffnete, war da ... war da dieser Pappkarton, draußen, nahe bei der Straße, aber innerhalb der Ligusterhecke. *Oxydol* stand darauf, und ich dachte, jemand hätte seinen Abfall auf unseren Rasen geworfen, wie sie es manchmal mit den Bierflaschen machen. Und dann hörte ich das Geräusch wieder und wurde böse, weil ich dachte, jemand hätte uns einen Wurf junger Katzen dagelassen, und ich wußte, wie schwierig es sein würde, sie loszuwerden. Also ging ich nachsehen, und der Karton war offen und mit Handtüchern gefüllt, und das da war drinnen und schrie ...«

Andys Mutter lehnte sich über den Drahtzaun und zog das Handtuch ein wenig zurück.

»Du lieber Gott!« sagte seine Mutter und trat schnell zurück, als ob sie eine Mißgeburt gesehen hätte.

Die beiden Frauen standen einen Augenblick lang da und sahen einander an, ohne etwas zu sagen.

»Was ist es?« fragte seine Mutter schließlich.

Die andere Frau verstand die Frage nicht. »Was ist es ...?«

»Ein Junge oder ein Mädchen?«

Edith wirkte wie benommen. Dann legte sie den Kopf zurück und schloß die Augen. »O Gott, ich wünschte, Jim wäre hier!« schrie sie plötzlich. »Ich weiß nicht, ich weiß nicht.« Sie sah so aus, als würde sie jeden Augenblick umfallen, mit dem Bündel in den Armen.

»Gehen wir hinein«, sagte seine Mutter schnell, und damit lief ein Mechanismus in ihr an, wie das immer bei ihr geschah, wenn es eine Krise gab oder wenn sie gestürzt war und sich verletzt hatte. »Wir sehen uns das Baby an und vergewissern uns, daß alles in Ordnung ist, und dann rufen wir die Polizei. Und dann werden wir Jim ausfindig machen.«

Sie drehte sich um und sah Andy an, der auf dem Boden kauerte. Ihr Gesicht wirkte ungewöhnlich mürrisch, und sie sprach mit der Stimme, die sie immer dann gebrauchte, wenn sie »es ernst meinte«, und deutete mit dem Finger auf ihn.

»Du wirst diesen Garten unter keinen Umständen verlassen. Hast du mich verstanden?« Das war keine Frage. »Du bleibst hier und rührst dich nicht von der Stelle, bis ich dich hole. Ich muß mit Mrs. Close nach nebenan gehen.«

Verängstigt, weil sie ihn noch nie allein gelassen hatte, wenn keine Erwachsenen dabei waren, und bedrückt sah er ihnen nach, wie sie zu dem anderen Haus hinübergingen und dann durch dessen Hintertür verschwanden.

Das war der erste Eindringling, denkt er plötzlich bei sich, nicht der Mann, der in der Augustnacht kam, sondern die Person, die an einem Junimorgen vierzehn Jahre zuvor ein Kind brachte und es zurückließ. Selbst Vater, versucht er sich vorzustellen, woran er bisher noch nie gedacht hat: eine Frau, die ihren Wagen anhält, die schnelle Bewegung um die Hecke herum. Hatte sie gezögert, geweint, sich, um Mut zu schöpfen, auf die Lippen gebissen? Hatte ein Mann oder ein Junge sie gebracht und darauf bestanden, daß sie dies tat? War sie ein junges Mädchen, selbst ein Kind, oder eine ältere Frau mit zu vielen Kindern? Warum jenes Haus und nicht ein anderes? War sie die Straße auf und ab gefahren und hatte stundenlang nach der perfekten Stelle gesucht? Wie war sie sicher gewesen, daß jemand im Haus war, um für das Baby zu sorgen?

»Es hätten auch wir sein können«, sagte sein Vater an jenem Abend beim Essen. Seine Stimme war ungewöhnlich leise. »Leicht hätten wir es sein können.«

Und wenn nicht zufälligerweise das andere Haus der Straße zugewandt gewesen wäre und das ihre siebzig Fuß weiter zurück nach Norden geblickt hätte, wurde ihm klar, dann hätte er vielleicht eine Schwester gehabt. Damit war das Schicksal des Kindes, das Eden genannt werden würde, von der Geographie bestimmt worden. Und als er dann älter wurde und die Geschichte immer wieder hörte, fiel es ihm schwer, in ihr nicht eine nahe Verwandte zu sehen, jemand, den man Ruth oder Debbie hätte rufen können, wie seine Mutter vorhatte, die Tochter zu nennen, die nie kam, und daß sie dann ihm und ihnen gehört hätte.

Aber bis der Tag zu Ende ging, gehörte sie niemandem außer Jim. Andys Mutter hörte es aus seiner Stimme am Telefon aus Buffalo.

»Wie hat er es aufgenommen?« fragte Andys Vater, als seine Mutter den Hörer auflegte.

»Er kommt sofort. Er klang ... nun, er klang einfach sehr aufgeregt, und er hat die seltsamsten Fragen gestellt«, sagte sie. »Für einen Mann.«

»Was für Fragen?« fragte sein Vater.

»Er wollte wissen ... nun, er wollte wissen, wieviel das Baby wog, und wie alt es sei, wie es aussah und was der Arzt gesagt hatte, und das in allen Einzelheiten«, sagte sie und wischte sich mit den Händen über die Schürze. »Wie eine Frau«, fügte sie hinzu, aber natürlich nicht wie die Frau, die diese Fragen hätte stellen müssen, deutete ihre Stimme an.

Und dann schüttelte seine Mutter den Kopf und seufzte: »Der arme Mann.« Vermutlich würde man das Baby wegholen, sobald die Polizei einen Platz in einem Waisenhaus oder einem Pflegeheim besorgt hatte. Als die Polizei an jenem Morgen in Begleitung von Dr. Ryder gekommen war, der das Kind untersuchte, hatten sie Mrs. Close gefragt, ob sie das Baby behalten würde, bis die Sache erledigt sei, und sie hatte ja gesagt, aber nicht gesagt, daß sie es selbst haben wollte. Und doch war allgemein bekannt, wie Andys Mutter seinen Vater erinnert hatte (und später in die häufig erzählte Geschichte von Edens Ankunft eingebaut hatte), daß Jim sich sehnlich ein Kind wünschte und daß sie jahrelang versucht hatten, eines zu bekommen, und dies trotz Dr. Ryders Erklärung, Mrs. Closes Schoß sei Jims Samen »feindlich«. Eine Ironie, die niemandem entging.

Die Muskeln in Andrews rechter Schulter brennen, als er einen roten Honda Prelude elegant in die kiesbedeckte Einfahrt einbiegen sieht. Bei der Geschwindigkeit, denkt er, kann das nicht noch ein Schokoladekuchen des Damenkränzchens sein. Ein Mann entsteigt dem Fahrersitz und knallt die Tür zu wie ein Soldat. Er trägt einen beigefarbenen Sommeranzug und eine dunkle Fliegerbrille. Sein Haar ist kurz und gepflegt. Der Mann schiebt die Hände in die Hosentaschen und grinst.

»Andy-Boy.«

»T.J.«

Andrew beginnt die Leiter hinunterzusteigen. Tom Jackson schiebt die Sonnenbrille auf die Nasenspitze und mustert Andrew. »Flott«, sagt er.

Andrew blickt auf die anachronistischen weiten Hosen hinunter. »Die waren im Kleiderschrank«, sagt er und zuckt die Achseln.

»Hör mal«, sagt T.J., läßt sein Lächeln fallen und geht mit ausgestreckter Hand auf Andrew zu. »Das mit deiner Mutter tut mir wirklich leid. Hab's erst heute morgen gehört. Ein Kunde hat gesagt ...«

Die zwei Männer schütteln sich die Hand. »Es ging barmherzig schnell«, sagt Andrew ein wenig albern, wie ein Echo dessen, was Dr. Ryder gesagt hat. Plötzlich wird ihm bewußt, daß es Pflicht des Leidtragenden ist, jenen, die ihr Beileid aussprechen, ihre Verlegenheit zu nehmen.

»Ja, schnell, ein schöner Tod«, sagt T.J. Er nimmt die Sonnenbrille ab und hängt sie sich an einem Bügel in die Jackettasche.

»Siehst gut aus, Andy-Boy«, sagt er und versetzt ihm dabei einen verspielten Boxhieb. »Treibst du Sport?«

Andrew hat keinen Sport getrieben, erkennt aber aus der Art, wie T.J. es gesagt hat, und an seiner ganzen Haltung, daß der andere das sehr wohl getan und sogar einige Zeit darauf verwendet hat. Als sie noch Jungen waren, war immer T.J. derjenige gewesen, der vor der Zeit zum Training kam.

»Nein«, sagt Andrew Nachsicht heischend. »Eine Weile bin ich regelmäßig gelaufen, aber dann bin ich umgezogen und machte mir nichts mehr daraus.«

»Disziplin ist wichtig«, sagt T.J., der schnellste Schlittschuhläufer, den Andrew je gesehen hat; ein Schlittschuhläufer, der mühelos über das Eis zu schweben schien. »Du mußt es dir zur Gewohnheit machen. Jeden Tag, ganz gleich, was passiert. Du mußt in Form bleiben. He, Mann, vierzig ist nicht mehr weit.«

Andrew hat bis jetzt noch nie so an seinen vierzigsten Geburtstag gedacht, wenn er überhaupt je daran gedacht hatte; aber seine schmerzenden Schultern sagen ihm, daß er nicht mehr so jung ist, wie er meinte.

»Magst du ein Bier?« fragt er. Andrews Erinnerung an den Inhalt seines Kühlschranks ist recht undeutlich, aber er meint, dort könnten noch die Überreste einer Sechserpackung sein.

»Klar«, sagt T.J. und dreht sich schwungvoll herum, um Andrew wissen zu lassen, daß er den schwarzen BMW betrachtet. Er pfeift bewundernd. »Muß dir ja gutgehen«, sagt er. »He, ich dachte immer, *mir* ging's gut. Aber ein BMW. Was zahlt man heute dafür – zwanzig, dreißig?«

Tatsächlich ist Andrew ein wenig verlegen wegen seines Wagens, und das schon, seit er hier angekommen ist. Er steht in der Einfahrt und wirkt ebenso deplaziert wie eine Frau im Nerzmantel auf einem Flohmarkt. Außerdem macht er ihn auf eine Art und Weise, die er nicht genau definieren kann, unruhig.

»Ehrlich gesagt, wär mir dein Prelude lieber«, sagt Andrew mit einer freundlichen Lüge, da er in Wirklichkeit keine Minute lang einen grellroten Wagen besitzen möchte. »Der BMW ist zu nervös«, fügt er hinzu und verstärkt damit die Lüge noch; in Wirklichkeit läuft der Wagen so sanft wie ein Panther.

Er geht seinem Gast über die Hintertreppe in die Küche voran. Erleichtert stellt er fest, daß auf dem obersten Gitter im Kühlschrank drei Heinekens stehen. T.J. zieht seine beigefarbene Jacke aus und drapiert sie sorgfältig über die Rückenlehne eines weißen Küchenstuhls. Er drückt die Schultern zurück und lehnt sich gegen den Ausguß. Er schnippt die Bierdose auf. Obwohl Andrew kein Interesse an Sport hat, beeindruckt ihn T.J.s flacher Bauch.

»Wie lange ist das jetzt her? Zehn Jahre?« fragt T.J. und nimmt einen großen Schluck.

Andrew lehnt sich gegen den Kühlschrank und überlegt. »Ich denke eher fünfzehn oder sechzehn«, sagt er. »Ich glaube, das letzte Mal, daß wir zusammenkamen, war einundsiebzig oder zweiundsiebzig. Wir haben uns in den Weihnachtsferien Tom Rush angesehen, glaub ich.«

»Sechzehn Jahre!« sagt T.J. Er schüttelt den Kopf. »Du lieber Gott! Das klingt ja so, als hätte mein alter Herr es gesagt.« Er schüttelt noch einmal den Kopf. »Mann, oh, Mann!«

Er streicht mit den Fingern über die Bierdose, so daß auf dem beschlagenen Blech Muster entstehen. »Und was machst du jetzt?« fragt T.J. »Bist du Geschäftsmann oder was?«

»Ich arbeite für eine pharmazeutische Firma in der Stadt«, sagt Andrew. »Ich bin dort Vizepräsident und für PR und Werbung zuständig.« In dieser schäbigen Küche eines Farmhauses klingt seine Stellenbeschreibung absurd und übertrieben, aber T.J. nickt zustimmend.

»Du wolltest doch Schriftsteller werden«, sagt T.J.

»Und du Keyboarder.«

»Ja.«

»Eines führt zum anderen«, sagt Andrew, nur um etwas zu sagen. Er ist nicht daran interessiert, sich über Details auszulassen, wie geschickt man ihn dazu gebracht hat, nach New York zu ziehen und seine erste Stelle bei der pharmazeutischen Firma anzunehmen. Und auch nicht darüber, wie schnell Martha darin gewisse finanzielle Möglichkeiten erkannte.

»Ja«, sagt T.J. »Direkt zur Bank.«

Die zwei Männer lachen.

»Auf das Geld«, sagt T.J. und hebt seine Bierdose mit dem wenigen noch darin verbliebenen Bier in Richtung Andrew.

Andrew hebt seine Dose.

»Bist du verheiratet?« fragt T.J.

Andrew schüttelt den Kopf. »War ich mal. Wir haben uns vor etwa einem Jahr getrennt. Ich habe einen Sohn, Billy. Er ist sieben.«

»He, Mann, das tut mir leid«, sagt T.J. »Daß es nicht geklappt hat, meine ich. Das ist hart. Deine Einsicht oder ihre?«

Andrew überlegt, daß dies das zweite Mal in zehn Minuten ist, daß T.J. gesagt hat, Andrew täte ihm leid – dreimal, wenn man mitzählt, daß er ihn wegen mangelnder sportlicher Betätigung getadelt hatte.

»Ich schätze, es beruhte auf Gegenseitigkeit, so wie meistens bei diesen Dingen«, antwortet er ausweichend.

»Ja genau«, sagt T.J. und leert die Dose und stellt sie auf die Anrichte.

»Nimm dir noch eins«, bietet Andrew an.

»Nein. Geht nicht. Trotzdem vielen Dank. Ich habe da eine Firma, die will sich heute nachmittag die Gunther-Farm ansehen. Um dort Eigentumswohnungen zu bauen. Könnte ein phantastisches Geschäft werden.«

»Du machst in Immobilien?« fragt Andrew.

»Im Moment«, sagt T.J. »Das eigentliche Geschäft macht man natürlich bei der Erschließung. Die alten Säcke verkaufen ihr Land – die Jungen haben mit Landarbeit nichts mehr am Hut. Aber wem sag ich das, oder? Heute wollen alle Eigentumswohnungen – ob das nun berufstätige Ehepaare sind oder Pensionisten, jedenfalls will keiner den Rasen mähen. Vor einem Monat habe ich da einen Abschluß gemacht – ein Unternehmer, der das Gorzynski-Anwesen gekauft hat und dort einen Country Club baut, mit Eigentumsapartments, einem Golfplatz, einem Pool – eben allem, was dazugehört.«

T.J. greift nach der leeren Bierdose. Dann stellt er sie auf die Anrichte zurück. »Bleibst du eine Weile hier?« fragt er. »Ich würde dich gern mal zu mir nach Hause einladen, damit du meine Kinder kennenlernst. Ich hab übrigens Didi Hanson geheiratet.«

»Das hat mir meine Mutter geschrieben«, sagt Andrew. Er sieht Didi Hansons perfekte Zähne, ihren blonden Lockenschopf und aufeinander abgestimmte Pullover und Röcke vor sich, und dies lange nachdem die Mädchen, die er kannte, Jeans trugen. Außerdem erinnert er sich daran, daß Didi Cheer leader war und ihre Aufgabe sehr ernst nahm.

»Wir haben zwei Jungs. Tom junior ist vierzehn

und groß für sein Alter. Ellis, der Kleine, ist neun und wird bald zwei, wenn du weißt, was ich meine.«

Andrew ist nicht sicher, ob er das weiß, nickt aber. »Ich hatte vor, eine Woche zu bleiben«, antwortet er, »und alles ein wenig herzurichten, ehe ich das Haus auf den Markt bringe.«

Und in dem Augenblick, wo er das Wort »Markt« ausspricht, drängt sich ihm ein unwillkommener Verdacht auf. Hat T.J. etwa die Chance gewittert und ist hergekommen, weil er einen Auftrag sucht? Lesen Immobilienmakler etwa routinemäßig Todesanzeigen in den Zeitungen? Oder, um seinem Freund Gerechtigkeit widerfahren zu lassen, hatte T.J. wirklich erst heute morgen von einem Kunden vom Tode von Andrews Mutter gehört? Er kann sich das Gespräch gut vorstellen: *Tut mir leid, das zu hören*, hatte T.J. vermutlich gesagt und sich sofort überlegt, wie er einen Vorteil daraus schlagen konnte, mit derselben Findigkeit, die ihn zu einer anderen Zeit zum besten Hockeyspieler gemacht hatte, den der ganze Bezirk je gekannt hatte. *Ihr Sohn Andy und ich waren einmal dicke Freunde.*

»Willst du verkaufen?« fragt T.J. viel zu beiläufig und beugt sich vor und späht zum Küchenfenster hinaus.

»Ich denke schon«, sagt Andrew.

»Echt?« sagt T.J. und richtet sich auf, sieht dabei aber Andrew nicht in die Augen. »Nun, verdammt, wenn du Hilfe brauchst, stehe ich gern zur Verfügung – um der alten Zeiten willen sozusagen. Offengestanden, ich befasse mich heutzutage nicht mit so kleinen Anwesen, aber schließlich sind wir ja alte Freunde ...« Er sieht sich in der Küche um, als würde er sie zum ersten Mal zur Kenntnis nehmen.

Aber Andrew hat plötzlich das deutliche Gefühl, daß er schon seit Betreten des Hauses Inventur aufgenommen hat.

»Was willst du dafür haben?« fragt T.J.

Andrew zuckt die Achseln. »Keine Ahnung. Was meinst du?«

»Es ist ziemlich heruntergekommen«, sagt T.J., »und außerdem ziemlich isoliert, abgesehen vom Haus der Closes, und das ist auch nicht gerade ein Palast, wenn du mich recht verstehst ... Keine Ahnung. Vielleicht hundert. Hundertfünfundzwanzig.«

Andrew nickt. Er ist sicher, daß T.J. das schon vor Stunden ausgerechnet hat. Die Zahlen kommen zu schnell.

Aber nachdem Andrew keinem anderen Immobilienmakler verpflichtet ist und weil er die Transaktion so schmerzlos wie möglich hinter sich bringen will, beginnt er das Auftauchen von T.J. als einen Glücksfall zu betrachten, selbst wenn der andere dem Glück ein wenig nachgeholfen hat. Er fragt sich, ob T.J. dieselbe peinliche Distanz zu ihrer Freundschaft empfindet wie er – oder ob es ihm überhaupt etwas ausmacht.

»Es gehört dir«, sagt er.

T.J. schüttelt seine Hand. »Ausgezeichnet«, sagt er und lächelt und verrät sich damit völlig. »Ich spreche dich später wegen der Einzelheiten, und sobald ich mit Didi gesprochen habe, kommst du zu uns. Ich würde ja gleich einen Tag vorschlagen, aber ich muß Didi fragen – du weißt ja, wie Frauen sind.«

Andrew zuckt innerlich zusammen. Er vermutet, daß er ebensowenig wie T.J. weiß, wie Frauen sind, aber irgendwie verrät die Redewendung Andrew, daß die Ehe seines Freundes nicht gut ist. Die Erkenntnis überrascht ihn – und dann fragt er sich, ob er sich vielleicht irrt, ob die Ehe nur heute oder diese Woche oder an diesem Vormittag nicht gut ist. Wenn T.J. letzte Woche vorbeigekommen wäre, fragt er sich, hätte Andrew dann eine andere Vorstellung von dieser Ehe gehabt? Eine intimere, hoffnungsvollere? Er weiß, daß der Charakter seiner eigenen Ehe sich häufig von einem Tag zum nächsten wandelte; das hing manchmal von den Umständen ab und manchmal davon, ob er und Martha sich an dem betreffenden Morgen geliebt hatten.

»Also«, sagt T.J. und lehnt sich wieder an den Ausguß.

Jetzt, wo das Geschäft auf seine Weise abgeschlossen ist, riecht Andrew förmlich, daß T.J. weiter möchte. Das liegt so in der Natur des Menschen. Andrew hat es selbst zahllose Male gemacht.

T.J. greift nach seinem Jackett und zieht es an. Andrew bemerkt, daß auf T.J.s Oberlippe Schweißtropfen stehen. Sie gehen auf die Tür zu, öffnen sie und stehen nebeneinander auf dem Treppenabsatz. Sie blicken beide zu dem anderen Haus hinüber.

»Hast du Eden schon gesehen?« fragt T.J.

»Nein, bis jetzt nicht.«

»Ich glaube, ich habe sie in den letzten zehn Jahren keine fünfmal gesehen«, sagt T.J. »Und jedesmal saß sie mit ihrer Mutter im Wagen. Ziemlich isoliert hier draußen. Natürlich war sie lange Zeit weg ... Jeder geht ja irgendwie seine eigenen Wege, du weißt ja. Manchmal schäme ich mich ein wenig, daß ich nie einfach hergefahren bin und an ihre Tür geklopft habe, nachdem sie zurückgekommen war. Aber ich wußte nie so recht, was ich hätte sagen sollen.«

»Ja«, sagte Andrew.

»Sie hat als Mädchen phantastisch ausgesehen, erinnerst du dich?«

»Ja, ich erinnere mich.«

»Wirklich Klasse. Sie war – was, vierzehn?«

»Scheußlich, wenn du mich fragst.«

T.J. drückt die Schultern zurück und blickt die Einfahrt hinunter zu den Maisfeldern auf der anderen Straßenseite. »Ich hab mir immer gedacht, daß er die Waffe irgendwo in den Maisfeldern vergraben hat, aber ich weiß nicht«, sagt er. »Man sollte ja meinen, daß sie beim Pflügen irgendwann zum Vorschein gekommen wäre.«

»Ja, das sollte man meinen«, sagt Andrew.

Die Sonne spiegelt sich in einem silbernen Mazda, der über die Straße schießt und ihnen einen Augenblick lang den Blick auf die Felder versperrt. Über den Feldern haben sich ein paar Krähen in Halbmondformation gesammelt.

Und so, wie sie es Wochen nach den Schüssen getan hatten, stumm und für sich, weil sie nicht wollten, daß irgend jemand erfuhr, daß sie immer noch damit beschäftigt waren, wird Andrew bewußt, daß sie aufs neue, gleichsam im Kopf, Diagramme zeichnen, wie das Undenkbare abgelaufen sein mochte. Der Vater, wie er das Haus betritt und im oberen Stockwerk die halberstickten Geräusche hört, wie er die Tür zum Zimmer seiner Tochter öffnet, der schreckliche Anblick, der sich ihm dort bietet, die irren Schreie. Eine Hand, die nach einer Waffe tastet. Eden, ein Bettlaken auf die Brust gepreßt, sich auf ihren Vater zubewegend ... Die Schritte der Mutter auf der Treppe.

Er erinnert sich an die schrecklichen Schreie.

»Hast du je Seans Eltern gesehen?« fragt Andrew.

T.J. macht eine Schulterbewegung, als wollte er sich von seinen Gedanken losschütteln. »Sein Vater hat immer noch die Fernsehwerkstätte in der Ortschaft, aber meistens ist er am Nachmittag schon ziemlich voll. Die Mutter ist vor ein paar Jahren gestorben. Krebs. Eine schlimme Geschichte.«

»Ja«, sagt Andrew.

»Also«, sagt T.J. und greift nach Andrews Hand. »Hör zu, mach's gut«, sagt er und geht über die Auffahrt auf seinen Wagen zu, greift in die Tasche nach den Schlüsseln.

Andrew blickt ihm nach. Mit derselben sparsamen Bewegung, die ihn zum besten Schlittschuhläufer im ganzen Bezirk gemacht hat, fädelt T.J. seinen langen Körper in den Prelude. Andrew will ihm schon nachwinken, als T.J. den Kopf zum Fenster heraussteckt.

»Und noch eins, Andy-Boy«, sagt er und dreht den Schlüssel in der Zündung, »kauf dir um Himmels willen ein Paar anständige Jeans.«

Andrew lächelt und zuckt die Achseln. Er fragt sich, wie es kommt, daß gewisse Eigenschaften eines Jungen sich in einem erwachsenen Mann so seltsam entwickeln. Andererseits, wie kommt er eigentlich dazu, Kritik zu üben? Hat er nicht etwa in seiner eigenen beruflichen Laufbahn dieselben armseligen Taktiken angewandt?

Das Bier auf nüchternen Magen hat ihn irgendwie beschwingt gemacht. Er geht die Treppe wieder hinauf in die Küche.

Als er die Gittertür öffnet, sieht er vor seinem inneren Auge ein Bild von Eden, nackt unter einem geblümten Bettlaken – und das Bild verblüfft ihn.

Warum er jetzt wohl daran denkt? Er fragt sich, ob T.J. das wohl weiß. Hat er das vor Jahren seinem Freund erzählt?

Nachdem Jim das Baby in den Armen gehalten hatte, dachte er nicht mehr daran, es je wieder herzugeben. Das Mädchen gehörte ihm, ehe er auch nur zu Hause angekommen war. Andys Mutter war in der Küche der Closes und wartete mit ihrer Nachbarin, als Jim die Tür aufriß und den Musterkoffer fallen ließ. Sie beobachtete ihn, wie er sich über das Kind beugte – seine Begeisterung für das Kind schien wie eine natürliche Fortsetzung seiner für ihn so typischen Großzügigkeit – und wie er das Kind dann so sachte wie eine Kinderschwester in die Höhe hob, als hätte er das seit Jahren in seinen Träumen geübt.

Und sie sah trotz der herrschenden Verwirrung das Gesicht von Edith Close, die sich vorschob, um geküßt zu werden, ehe sie ihm das Kind reichte, aber die weder geküßt noch berührt wurde, erst viel später, am Abend, und die dann wie benommen am Küchentisch saß und zusah, wie ihr Mann mit seinem warmen Bündel über den abgewetzten Linoleumboden tanzte. Und Andys Mutter sah auch, wie sie sich Mühe gab, sich nichts anmerken zu lassen, wie sie ihre Gesichtszüge ordnete, damit sie sich dem neuen Ausdruck ihres Mannes anpaßten, wie sie sich mühte, Freude vorzutäuschen, von der sie wußte, daß sie sie an den Tag legen mußte, um nicht ins Hintertreffen zu geraten.

Sie wußte sofort, daß sie nicht protestieren durfte, nicht einmal Einwände vorbringen durfte – obwohl, wie Andys Mutter später einmal sagte, es eine ganze Menge zu überlegen gab: Schließlich könnte die Mutter es sich anders überlegen und zurückkommen; oder sie würde vielleicht eines Tages selbst schwanger aufwachen und damit zwei Babys haben, für die es zu sorgen galt (freilich würde man diesen letzten Einwand sofort als belanglos erkennen, da der allwissende Dr. Ryder ihn ihr praktisch als unmöglich erklärt hatte).

»Eden«, sagt Jim und tanzte verträumt zwischen dem Ausguß und dem Herd herum. »Wir werden sie Eden nennen.«

Edith blickte zu ihm auf; sie schien widersprechen zu wollen.

»Der Garten Eden kommt in einem Korb zu uns«, jubilierte er und legte damit, wie Andys Mutter später meinte, eine bislang fremde und nicht ganz willkommene Sentimentalität an den Tag, wenn man bedachte, daß das Kind in Wirklichkeit in einer Oxydol-Schachtel angekommen war; und erzeugte in diesem Augenblick lebenslange Verwirrung, indem er dem Säugling einen Namen gab, der dem der Adoptivmutter so ähnlich klang. (»Edith mußte genäht werden?« sagte Andys Vater abwesend beim Abendbrot, nachdem er eine Geschichte seiner Frau nur halb gehört hatte. »Nein, *Eden* mußte genäht werden«, erklärte sie dann fast wütend.)

Und damit hieß sie Eden, während Andys Mutter dasaß und das Gesicht ihrer Nachbarin musterte – und darauf las, wie die Auseinandersetzung der schnellen Erkenntnis wich, daß in ihrem Leben etwas Unwiderrufliches geschehen war und daß alles, was sie vorher besessen hatte, in diesem einen Augenblick dahin war. Die Hand, die ihr Kinn gestützt hatte, glitt lautlos in ihrem Schoß. Ihr Mund öffnete sich leicht, und Andys Mutter konnte neben sich hören, wie sie langsam einatmete.

Andrew reibt sich die schmerzende Schulter und beugt sich vor, um den jämmerlichen Inhalt des Kühlschranks seiner Mutter zu überprüfen. Er stellt fest, daß er allem Anschein nach willkürlich zusammengewürfelte Teile von verschiedenen Puzzlespielen enthält – nichts, was sich zu einem befriedigenden Ganzen zusammenfügen ließe. Er hat Edith Close nie gemocht (in erster Linie, nimmt er an, weil sie ihn so ignorierte – aber mehr, würde er lieber glauben, wegen Eden), aber trotz dieser Abneigung muß er ihr doch zugute halten, wie grundlegend ungerecht alles war, die schreckliche Symmetrie der zwei Eindringlinge: der eine, an einem kühlen Junimorgen, als Vorgeschmack dessen, was sie verlieren würde; der andere in einer feuchtheißen Augustnacht, der ihr alles nahm.

Als am Tag darauf die Polizei mit einer Sozialarbeiterin eintraf, empfing Jim sie an der Tür. Er verkündete, daß sie das Kind behalten würden. Falls sie eine Weile nur als Pflegeeltern fungieren konnten, wäre das schon in Ordnung, sagte Jim. Aber am Ende, dessen war er sicher, würde das Kind ihnen auch nach dem Gesetz gehören. Die Polizei, die darauf nicht vorbereitet war, hatte Papiere, die etwas völlig anderes behaupteten, aber diese Papiere waren ohne Belang für Jim, der ruhig überallhin ging, wo man ihm sagte, unterschrieb, wo man ihn aufforderte, seinen unwiderstehlichen Charme an Frauen verströmte, die Abkürzungspfade durch das bürokratische Labyrinth kannten und ihm auf diese Weise ermöglichten, bürokratische Hindernisse zu überwinden, die jeden anderen mutlos gemacht hätten.

Edith Close, der man brutal eine Mutterschaft aufgezwungen hatte, auf die ihre Hormone sie nicht vorbereitet hatten, nahm die von ihr verlangten Aufgaben wahr, als stünde sie unter Fernsteuerung – einer schlechten Verbindung, in der es jederzeit einen Kurzschluß geben konnte, was auch oft geschah. Wenn Jim in der Nähe war, hatte die Kleine wenigstens einen Spielgefährten – obwohl Ediths wachsende Eifersucht, ein angedeuteter Nebel, durch den sie schwebte und der bis jetzt noch nicht die scharfe Zunge geschaffen hatte, die später kommen würde, häufig verlangte, Jim solle das Baby hinlegen, »damit das arme Kind schlafen kann«. Aber wenn Jim nicht da war, hörte Eden praktisch auf, als greifbares Wesen zu existieren – ein Baum, der im Wald fällt, und niemand hört es.

Andrew, der sich schließlich für einen vom Damenkränzchen zurückgelassenen Eintopf entschieden hat, der mehr oder weniger wie Gulasch aussieht, erinnert sich an den Nachmittag, an dem Edith Close das Baby ohne Netz draußen im Kinderwagen ließ und hinaufging, um sich hinzulegen. Die honigfarbene Katze der Closes – deren Eifersucht im Gegensatz zu der ihrer Herrin durch nichts beeinträchtigt war – sprang lautlos in den Wagen und war bereits im Begriff, dem Usurpator ein Ende zu machen, als die Schreie des Babys Andys Mutter aus der Küche rennen ließen. Sie schnappte sich das Kind, verpaßte der mürrischen Katze einen erstaunlich gut plazierten Tritt – in der Meinung, der Lärm würde ihre Nachbarin wecken. Aber selbst als sie an die Hintertür ging und – wie Andy fand, recht unge-

86

halten – nach Edith rief, dauerte es einige Minuten, ehe die benommene Frau an der Tür auftauchte. Andrews Mutter hatte den Eindruck, wie sie seinem Vater später beim Abendbrot erzählte, daß Edith das Kind einfach völlig vergessen hatte.

Andrew bezweifelt, ebenso wie dies seinerzeit seine Mutter tat, daß ihre Nachbarin dem Baby absichtlich einen Schaden zufügen wollte. Es war eher, wie er das auch schon früher dachte, ein Fall fehlerhafter Verbindungen: etwas, das mit ihrer Furcht, Jim zu verlieren, zu tun hatte (der seit Jahren in seinem schwarzen Buick zu anderen Zimmern in anderen Ortschaften gefahren war und über den häufig Gerüchte bezüglich anderer Frauen in Umlauf waren). Ein Kind, das das Glück hatte, eine erstaunlich blonde Lockenpracht zu entwickeln, einige Töne heller als das Haar seiner Adoptivmutter. Obwohl sie als Kind keineswegs korpulent war, hatte sie dicke Backen, eine hübsche rosige Hautfarbe und für eine so helle Haut bemerkenswert dunkle Wimpern. Ihre Augen waren so blau wie die Ediths, was die Frauen in der Ortschaft dazu veranlaßte, Bemerkungen über die Ähnlichkeit zwischen Mutter und Kind zu machen (eine Bemerkung, die in Edith höchst gemischte Gefühle ausgelöst haben mußte), aber von einem wesentlich lebhafteren Blau, einem grünlichen Blau, von dem man heute, bei einem älteren Mädchen oder einer jungen Frau, sagen würde, daß es durch Kontaktlinsen noch verstärkt war. Sie war ein Kind von unzerstörbarer Schönheit: Man konnte vergessen, ihr das Gesicht zu waschen oder das Haar zu kämmen, wie Edith das häufig tat –, und doch stach sie, wenn man an dem Spielplatz bei der Schule vorbeikam, zwischen all den anderen Kindern auf der Schaukel sofort hervor.

Je mehr Edith das Kind ignorierte, desto mehr wurde es von Jim verwöhnt, als könne er damit das Defizit ausgleichen – aber vielleicht war es auch umgekehrt, und Edith wollte unbewußt sein Übermaß wettmachen. Aber da seine Liebe die leidenschaftlichere und geradlinigere von den zwei emotionalen Kräften im Haus war, wurde die heranwachsende Eden mehr verwöhnt als ignoriert – »verzogen«, wie seine Mutter manchmal sagte, eine Formulierung, die für Andrew immer das Bild eines verwachsenen Strauches, eines mißratenen Baumes erweckte, ein Bild, das überhaupt nicht zu dem anmutigen, wenn auch manchmal eigenwilligen Kind passen wollte, das nebenan schnell der Pubertät entgegenwuchs. Und je mehr Aufmerksamkeit Jim Eden widmete, desto mehr Aufmerksamkeit widmete Edith Jim – ein geradezu bizarres Karussell einseitiger Emotionen, die manchmal den Anschein erweckten, als könnten sie außer Kontrolle geraten.

Während er das schon etwas eingetrocknete Gulasch ißt, erinnert Andrew sich an lang vergessene Szenen. Jim kommt von einer Reise nach Hause und öffnet die Tür des schwarzen Buick. Er ist hemdsärmelig, aber noch mit Krawatte. Er trägt Pakete. Er entdeckt Eden auf der neuen Schaukel, die er von Sears bestellt hat, der Schaukel, für die Andys Vater den Zement gießen mußte, als Jim sich nicht darüber klarwerden konnte (oder wollte), wo sie stehen sollte. Eden entdeckt Jim, kreischt vor Entzücken und wartet auf das Geschenk, von dem sie weiß, daß es kommen wird. Dann taucht Edith an der Gittertür auf, späht hinaus, zupft sich das Haar zurecht. Sie rennt die Treppe hinunter, ihrem Mann entgegen. Sie trägt einen neuen Pullover, den Andy, der mit einem

88

alten Spielzeugauto hinter dem Haus spielt und sich wünscht, Jim würde zu ihm herübersehen und ihm Kaugummi mitbringen, bis jetzt noch nie gesehen hat – ein weicher, weißer, flauschiger Pullover mit einem tiefen, straßbesetzten Ausschnitt. Manchmal spricht sie einfach seinen Namen aus, *Jim*. Manchmal legt sie den Arm um seine Hüfte. Dann, wenn er seine Frau mit einem Kuß begrüßt hat, beugt Edith sich zu dem Kind hinunter und sagt mit einer lebhaften Stimme, wie weder Eden noch Andy sie seit drei Tagen gehört haben, wie hübsch das Kleid doch ist, das Jim ihr gebracht hat, und berührt das Kind zum ersten Mal, seit Jim weggefahren ist. Am Anfang, als sie noch sehr klein ist, ist Eden glücklich darüber, daß ihre Mutter sie endlich an sich drückt. Später wird sie darüber nur verwirrt sein. Und dann wird sie lernen, das Gesicht zu verziehen. Und schließlich wird sie ihre Mutter mit einem unfreundlichen Wort oder eine Geste von sich schieben, die Edith in der Öffentlichkeit Edens »schwieriger Phase« zuschreiben wird.

Andrew läßt von dem Gulasch ab und schiebt die Überreste auf dem Teller zusammen. Er begreift jetzt diese häusliche Eifersucht in einer Art und Weise, die ihm als Kind unmöglich war. Er erkennt jetzt, daß es auch in seinem Haus Eifersucht gab, im Gesicht seines Vaters beispielsweise, wenn Andy Fieber hatte oder ein aufgeschlagenes Knie und die Umarmung seiner Mutter der seinen vorzog; und er hat sie auch selbst empfunden, in jüngerer Zeit, wenn er sah, wie ein Flackern des Zögerns über die Züge seines Sohnes huschte, wenn Billy seine Mutter verließ, um mit Andrew wegzufahren, und mit ihm den Abend oder das Wochenende verbrachte.

Aber wenn er dann Billys Hand ergreift oder ihm das Haar zerzaust, ist der Schmerz im nächsten Augenblick weg, ebenso schnell geheilt, wie er kam. Während es für Edith Close keine Heilung zu geben schien, keine Ruhe vor der eigenen Phantasie.

Sie waren Freunde, gute Freunde, ein Jahr, vielleicht auch zwei. Er war vierzehn, und Eden war elf. Vorher war sie als Spielgefährtin uninteressant gewesen, obwohl sie dank der besonderen Umstände ihrer Ankunft immer die Faszination der Prominenz besessen hatte. Bevor sie elf geworden war, hatte sie ziemlich viel gejammert und geklagt, nachdem sie früh gelernt hatte, daß dieses dünne schneidende Geräusch das einzige war, das den immer dichter werdenden Nebel des Beschäftigtseins durchdringen konnte, der ihre Mutter umgab, und daß es bei Jim Wunder wirkte, der es nicht ertragen konnte, seine Tochter unglücklich zu sehen, so absurd der Anlaß auch sein mochte. Aber als sie dann elf geworden war, hatte sie beim Blick über den Hof erkannt, daß Andy und seine Freunde als potentielle Gefährten wesentlich interessanter waren als ihre distanzierte Mutter und ihr zu aufmerksamer Vater oder die Mädchen in der Schule, die nie ganz freundlich gewesen waren. Und da sie gescheit war, um nicht zu sagen manipulativ, erkannte sie schnell intuitiv, daß es, um von diesen älteren Jungen akzeptiert zu werden, radikaler Einschnitte bedurfte. Und so wurde Eden für einen kurzen glücklichen Abschnitt in ihrem Leben ein Wildfang.

Er erinnert sich noch lebhaft an den Tag, an dem sie zum ersten Mal zu ihnen kam. Er und Sean und T.J. waren auf Andrews hinterer Terrasse mit ihren

Angelruten beschäftigt und bereiteten sich darauf vor, zum Teich hinauszugehen, um vor dem Abendessen Welse zu fangen. Es muß September oder Oktober gewesen sein, denkt Andrew. Schulzeit also, weil er seine Hausaufgaben hatte fertigmachen müssen, ehe er gehen durfte, aber noch früh im Jahr, ehe das Hockeytraining angefangen hatte. Es war schwül; sie trugen T-Shirts und genossen den letzten Geschmack des Sommers und der Sommerfreuden, ehe die richtige Kälte einsetzte.

T.J., der von den dreien immer der Schnellste war, hatte sein Angelgerät schon fertig und lehnte an der Hauswand und trippelte ungeduldig herum, so daß seine Turnschuhe den Staub aufwirbelten.

»Kommt schon, Leute!« sagte er ungeduldig. »Es wird bald dunkel, und ich muß bis zum Abendessen zu Hause sein, sonst macht mich mein Alter fertig.«

»Beruhige dich doch«, sagte Andy leichthin und fädelte seine Angelleine durch die Ösen. »Wir haben noch zwei Stunden.«

Aber Sean hatte an jenem Tag Schwierigkeiten; seine Leine hatte sich hoffnungslos verwirrt, und er war schon seit zwanzig Minuten ergebnislos mit ihr beschäftigt. Seine Stirn war gefurcht, und er war so verstimmt, daß sein Gesicht ebenso rot wie sein Haar war. T.J. und Andy warteten beide darauf, daß er schließlich aufbrauste, wobei Andy Angst hatte, daß Sean plötzlich *Scheiße* schreien würde, wo Andys Mutter doch hinter der Gittertür dabei war, Gemüse zu schneiden. Und dann würde es am Abend beim Essen wieder einen Vortrag über ordinäre Reden geben und Bemerkungen über die Gesellschaft, in der Andy sich aufhielt. Seine Eltern mochten zwar T.J., der selbst in frühen Jahren die Gabe besessen hatte, Menschen für sich einzunehmen, und zum größten Teil aus sich selbst heraus verkäuferische Talente entwickelt hatte. Aber Sean beunruhigte sie.

Seans Eltern waren wohlbekannt im Ort. Beide waren starke Trinker, aber ihren Ruf hatten sie sich mit ihren ewigen Streitereien erworben: legendäre, scharfzüngige Gefechte, die man durch das offene Fenster ihrer Wohnung hören konnte, die sie mit ihren drei Söhnen über dem Fernsehladen bewohnten; bittere Tiraden im Laden selbst, während verlegene Kunden so taten, als studierten sie die Umrisse einer Bildröhre; oder stumme, häßliche Szenen, die man durch die hochgekurbelten Fenster des Pontiacs der Familie sehen konnte, wenn Seans Mutter ihr kalkweißes faltiges Gesicht ihrem Mann zuwandte, der ebenso wie sein Sohn vor Wut rot wurde.

Als Kind bereiteten die Temperamentsausbrüche seiner Eltern Sean sichtlichen Kummer, obwohl ihn, als er dann zum Teenager heranwuchs, sein eigenes Temperament häufig dann, wenn er es am wenigsten wollte, im Stich ließ. Aber T.J. und Andy akzeptierten seine Verlegenheit und das hitzige Temperament seiner Eltern als etwas Gegebenes, ebenso wie sie unbewußt hinnahmen, daß Andys Mutter zu fett war und T.J.s Mutter um gesellschaftlichen Aufstieg kämpfte – diese Fakten belasteten ihre Kindheit und bereiteten ihnen manchmal kurzzeitig Schmerz oder Verlegenheit, ließen sich aber am Ende leicht als ohne besonderen Belang für ihr Leben abtun. Das Wetter war von Belang. Und die Beschaffenheit des Eises und ob die Fische bissen oder nicht. Oder ein gestohlener Baseballhandschuh oder das Angebot von Fahrstunden oder eine Chance im Endspiel. Ihre Eltern hingegen schienen eher Hindernisse zu sein, mit denen man sich auseinandersetzen mußte, als Hauptdarsteller im alltäglichen Drama.

(Und doch denkt Andrew jetzt, wie sehr sie doch darin irrten, so gleichgültig zu sein. Denn jenes Vermächtnis an Hitzigkeit, oder vielleicht war es auch der Alkohol, würde am Ende Sean zerstören; und ist T.J., fragt sich Andrew, nicht ebenso ehrgeizzerfressen wie seine Mutter?)

Andy bemerkte Eden nicht, bis T.J. sie mit »He!« begrüßte.

Sie trug ein kariertes Baumwollhemd und weiße Shorts. Sie war barfuß, erinnert er sich, und ihr Haar, das sie damals noch lang trug, war in einem Pferdeschwanz zusammengebunden.

Obwohl sie gelegentlich herüberkam, wenn Andy allein war, hatte sie sich ihm nie genähert, wenn er mit anderen Jungs zusammen war, und Andy wartete deshalb auf eine Nachricht oder eine Aufforderung von Edith oder Jim hinsichtlich eines Auftrags, der erledigt werden mußte. Aber sie stand einfach da, die Hände in den Hosentaschen, und sagte überflüssigerweise: »Was macht ihr denn?«

Alles vollzog sich, denkt Andrew jetzt, binnen weniger Sekunden – ein flinker Tanz von Fragen und Positionen, wobei jeder innerhalb einiger weniger Sätze und einem Blick hierhin und dorthin die zu übernehmende Rolle fand. Sean blickte auf, und der Ärger floß aus seinem Gesicht und machte dem Ausdruck der Verwirrung Platz. T.J. stopfte die Hände in die Taschen und sagte: *Fischen.* Andy, der immer noch nicht begriff, wartete auf den Auftrag, und Eden lächelte, ein bewußtes Lächeln, das sie alle dazu veranlaßte, auf ihre Füße zu starren. Aber als sie wieder aufblickten, war das Lächeln verschwunden.

93

»Darf ich mitkommen?« fragte sie ganz ernsthaft.

T.J. wirbelte auf dem Absatz herum. Andy fummelte an einer Antwort herum. »Ich weiß nicht«, sagte er, ohne zu denken. »Du hast keine Rute.«

T.J. lachte schrill und vollführte ein paar Boxhiebe in die Luft. Andy, der das Wortspiel begriff, verdrehte die Augen. Eden ließ sich nicht aus der Ruhe bringen.

»Also?« fragte sie herausfordernd.

T.J. legte den Arm um Edens Schulter, etwas, was Andy noch nie getan hatte. Er war sicher, daß er selbst sie nie berührt hatte, und T.J.s Berührung verblüffte ihn, traf ihn völlig unvorbereitet, so daß er sich zuerst über T.J. ärgerte und dann verwirrt war, so wie er sich manchmal fühlte, wenn er mit seinen Freunden und seinen Eltern in einem Zimmer war und nicht wußte, was er sagen oder wer er sein sollte.

»Willst du den großen Jungs beim Fischen zusehen?« fragte T.J. und zwinkerte Andy zu. »Das ist aufregend.«

Eden zuckte die Achseln – sorgfältig bedacht, nicht zu eifrig zu wirken, jetzt, wo sie den ersten Schritt getan hatte.

T.J. steckte die Hände wieder in die Taschen. Andy sagte, nicht sicher, worauf er sich damit einließ: *Na, meinetwegen.*

Sean sah zuerst Eden, dann T.J. und dann wieder Eden an und verzog sein Gesicht zu einer Grimasse. Dann musterte er Eden mit zusammengekniffenen Augen, als gehörte sie einer Gattung von Lebewesen an, die ganz und gar nicht willkommen waren.

»Du lieber Gott!« sagte er laut.

Eden wuchs schnell in ihre neue Rolle hinein. Sie lernte hart und clever zu sein, als würde sie eine Fremdsprache lernen, und entdeckte dabei ihr Geschick dafür. Nach anfänglicher Skepsis mußten Andy, T.J. und Sean mit einigem Widerstreben feststellen, daß es sich bei ihr um einen durchaus akzeptablen Neuzugang handelte, und dann empfanden sie beinahe ein wenig Ehrfurcht für die Hartnäckigkeit, die sie an den Tag legte und in der es ihr keiner von ihnen gleichtun konnte. Ganz gleich, wie sehr sie sich auch am Anfang bemühten, sie abzuschütteln, sie blieb hängen wie ein zugelaufener Hund. Sie brachte ihre Mutter dazu, ihr das Haar zu schneiden, obwohl Jim das verboten hatte; sie fing an, Jeans und weiße Tennisschuhe zu tragen. Obwohl sie ein gutes Stück kleiner als Andy oder T.J. oder Sean war, hielt sie mit ihnen Schritt und marschierte mit langen Schritten auf dem Sportplatz neben ihnen her, die Hände ebenso wie die ihren in die Taschen einer dunkelbraunen, goldabgesetzten Junior-High-School-Jacke gestopft, die ihr ein paar Größen zu groß war, eine schwarze Strickmütze wie die ihre auf dem Kopf, die ihr goldblondes Haar fast völlig bedeckte.

Das war das Jahr, in dem T.J.s Vater ihm ein Luftgewehr gab, um Eichhörnchen damit zu schießen, und nachdem Eden lange genug auf ihn eingeredet hatte, um das Gewehr auch einmal ausprobieren zu dürfen, legte sie eine Begeisterung dafür an den Tag, kleine Tiere aufzuspüren und abzuschießen, die sie überraschte – ganz besonders Andy, der selbst mit vierzehn auch nicht recht begreifen konnte, wie es eigentlich Spaß machen konnte, Tiere zu töten. Im Winter, als sie jeden Nachmittag mit einem Hockey-

95

schläger auf dem Teich hinter den Maisfeldern verbrachten, sah Eden zuerst den anderen zu, in ihre
Schuljacke eingehüllt und mit den Füßen auf den
Boden stampfend, um sie warmzuhalten. »Laufen
sollt ihr, ihr Arschlöcher«, schrie sie und benutzte
das Wort, das in jenem Monat am äußersten Rand
ihres Vokabulars war. Und am Ende setzte sie Andy
so lange unter Druck, bis er es ihr beibrachte.
Obwohl sie klein war, war sie schnell und hartnäckig, was ganz zu ihrem sonstigen Verhalten
paßte. Und wenn der Puck sie traf – am Schienbein,
durch ihre Jeans, an den Wangenknochen, daß es
blutete, wobei eine Narbe entstand, die ihr hätte
bleiben können, wenn diese ganz spezielle Verletzung
nicht drei Jahre später zugedeckt worden wäre –
dann weinte sie ebenso wie die anderen nicht, sondern hielt nur den Atem an und stand reglos da, bis
ihr Gesicht vor Schmerz ganz weiß wurde.

Sie spielten von Anfang Dezember bis Ende März
am Teich. Er erinnert sich, wie zuerst die Zehen taub
wurden und dann die Ohren, weil die Kälte sie schon
Jahre früher eines Tages erwischt hatte, als man es
nicht merkte. Er erinnert sich daran, wie das Eis sich
anfühlte, wenn es neu gefroren und holprig war, und
an das eigenartige Gefühl im Magen, wenn man hän-
genblieb und wußte, daß man gleich stürzen würde.
Anfang Dezember, nach einem großen Kälteein-
bruch, war das Eis schwarz und herrlich, aber den
größten Teil der Saison war es am späten Nachmittag beschneit, mit Streifen und Furchen und eleganten Bögen, und die Sonne blinzelte dann rotgolden
hinter den an Spitzendeckchen erinnernden Silhouet-
ten der kahlen Äste, und der Himmel fing bereits an,
dunkelblau zu werden.

96

Er erinnert sich, wie sie eines Nachmittags am Rand des Teichs auf einem Schneehaufen saßen und ihre Schlittschuhe abschnallten, wobei sie es so einrichteten, daß sie genau in dem Augenblick hinter den Maisfeldern hervorkamen, wo es stockdunkel wurde, und einander »Scheißkerl« und »Arschloch« nannten und Wörter ausprobierten, die sie in der Schule oder von ihren Eltern gehört hatten. Es war gerade nach Weihnachten, denn Andy und Eden hatten neue Schlittschuhe. Er erinnert sich daran, daß seine Finger von der eisigen Kälte steif waren und daß er die nassen Knoten nicht lösen konnte. Und dann, in der dichter werdenden Abenddämmerung, als er verärgert aufblickte, sah er es.

Sie zog ein Päckchen Old Golds aus der Tasche – beiläufig, als enthielte das in Zellophan verpackte Päckchen nur Kaugummi. Er kann es immer noch sehen: die Freude, den Triumph in ihren Augen darüber, daß sie sie als erste hatte und damit für sich mit dieser einen Geste einen Platz unter den Auserwählten sichern konnte.

Einer nach dem anderen hörten sie mit dem auf, was sie gerade taten, und sahen ihr zu, wie sie fachmännisch das Zellophan aufriß und eine Zigarette aus dem Päckchen herausschüttelte. Sie zündete sie an. Sie inhalierte tief, wie das keiner von ihnen je getan hatte, und Andy erkannte, daß sie geübt hatte, wahrscheinlich tagelang, und auf genau den richtigen Augenblick für ihren Auftritt gewartet hatte. Sean, dem vor Kälte die Nase tropfte, versuchte ihre Geste abzuwerten, brach das Schweigen und sagte, daß nur sie einen Vater hätte, der rauchte, womit er andeutete, sie verfüge über eine Chance, die den anderen versagt war. Aber der Augenblick gehörte

Eden, das wußte sie. Sie hielt ihnen das Päckchen hin, und jeder nahm eine und hielt sie zwischen den Fingern, so, wie sie Jahre später lernen würden, Joints zu halten. Sie warf Andy die Streichhölzer hin und fixierte ihn dabei. Und mit diesem Blick forderte sie ihn heraus, so zu inhalieren, wie sie das getan hatte, obwohl er vor Kälte und Erschöpfung kaum atmen konnte.

Sie hatten alle die eine Zigarette geraucht, und dann noch eine, bis nur mehr vier glühende Punkte in der Dunkelheit zu sehen waren. Und dann, am Rande des Maisfeldes, als sie im Begriff waren, sich zu trennen – T.J. und Sean hatten noch den langen Fußmarsch zurück zur Ortschaft vor sich und hatten sich bereits die Schlittschuhe über die Schultern gehängt –, und ihre Köpfe kreisten und ihre Mägen revoltierten, holte Eden eine Rolle Pfefferminzdrops hervor und schärfte ihnen allen ein, wie wichtig es sei, ihren Atem zu tarnen. Und wenn sie nicht bereits schon früher eine von ihnen geworden war, als sie ihnen die Zigaretten anbot, dann wäre sie das jetzt geworden – denn obwohl sie alle »Scheiße einfingen«, wie T.J. das formulierte, als sie später als je zuvor zum Abendessen nach Hause kamen, sah sich doch keiner von ihnen den Schreien und den hitzigen Vorträgen ausgesetzt, die erst viele Monate später kommen würden, als das Rauchen für sie bereits zur Selbstverständlichkeit geworden war und sie unvorsichtig geworden waren.

Um die Wintermitte waren sie nicht länger drei, sondern vier Unzertrennliche; ein schlecht abgestimmtes Quartett (von hinten betrachtet, wenn sie mit den Hockeyschlägern über der Schulter dahingingen), aus drei schlanken, ranken Klarinetten und einer kurzen Piccoloflöte. Eden war tatsächlich so zu einem Teil ihrer Gruppe geworden, daß es sie störte, wenn sie nicht dabei war.

»Also, wo ist sie?« sagte T.J. eines Nachmittags, als Andy und Sean zum Teich kamen. T.J., der als erster da gewesen war, hatte sich bereits die Schlittschuhe angeschnallt und zog auf dem holperigen Eis in der Nähe des Ufers ungeduldige Kreise.

Andy, dem bewußt war, daß seine Freunde ihn als eine Informationsquelle in bezug auf Eden betrachteten, wobei seine aus den Umständen erwachsene Intimität seinen Status förderte, wußte, daß sie beim Zahnarzt war, und verkündete das und registrierte einen Anflug von Enttäuschung aus der Art und Weise, wie T.J. seinen Schläger ins Eis rammte. Zumindest war es einfacher, zu viert zu spielen.

Sean, der an seinen Riemen hantierte, gab zu der Zeit noch vor, daß Eden nicht viel mehr als eine Lästigkeit war, und schnalzte mit der Zunge; aber als er dann mit zuviel Bedauern in der Stimme sagte: »Ich hätte ihr doch heute zeigen wollen, wie man den Adler macht«, dachte Andy, daß auch er sich daran gewöhnt hatte, mit ihrem Erscheinen zu rechnen.

Eine kurze Zeitlang waren ihre gemeinsam verbrachten Tagen eine ineinander verschwimmende Folge von Episoden, die sie auf dem Eis verbrachten oder auf dem Baseballplatz oder in den Maisfeldern, indem sie zu einem Sommerhimmel aufblickten, der zu schnell an ihnen vorüberschwebte. Wie es schien, waren er und Eden damals immer zusammen – manchmal in der größeren Gruppe, häufig allein. Heute meint er, daß man wohl sagen konnte, daß sie beste Freunde waren, obwohl er, wenn man es damals zu ihm gesagt hätte, sich gegen die Vorstellung aufgelehnt hätte, so unfeminin sie auch war. Vielleicht lag es an den langen Sommerabenden, wo sie nach dem Abendessen miteinander Ball spielten, oder der Stille der Felder, wo sie sich versteckten, um zu rauchen. Aber wenn sie sich damals Dinge zu sagen hatten, dann sagten sie sie.

»Meine Mutter haßt mich«, erinnert er sich, sie eines Abends sagen zu hören, als sie auf dem Weg durch die Maisfelder auf dem Rücken lagen, gerade außer Sichtweite der Häuser. Sie aßen Schokoladeneiskrem; er erinnert sich, daß ein Stück Schokolade geschmolzen und ihr auf den Hals getropft war. Der Eismann kam in jenem Sommer jeden Abend nach dem Essen an den Häusern vorbei und parkte seinen Wagen am Ende der Einfahrt und klingelte, ehe er in die nächste Ortschaft weiterfuhr. Andy und Eden kauften sich häufig etwas, und oft besorgte Andy auch etwas für seine Mutter. (Was für eine wunderbare Mischung, denkt er jetzt – die Unschuld der Schokoladeneiskrem und der geheime beißende Nervenkitzel der Old-Gold-Zigaretten, die sie nachher rauchten.) Sie trug ein T-Shirt und Shorts, so wie er, und sie rochen nach Insektenmittel; die Moskitos waren an schwülen Sommerabenden in den Maisfeldern unerträglich.

»Nein, das tut sie nicht«, sagte Andrew. »Das meinst du nur. Jeder glaubt das hier und da.«

»Ich glaube es die ganze Zeit.«

Andy konnte sich an keine einzige Szenen in der letzten Zeit erinnern, die Edens Aussage widerlegte, obwohl er es im abstrakten Sinne fast unvorstellbar fand, daß eine Mutter ihr Kind nicht lieben könnte.

»Was machen wir morgen?« fragte sie.

»Ich weiß nicht«, sagte Andy. »T.J. muß für seinen Vater den Rasen mähen, und was Sean vorhat, weiß ich nicht.«

»Warum unternehmen wir beide dann nicht etwas?«

»Was zum Beispiel?«

»Nun, wir könnten unsere Räder nehmen und in irgendeine Ortschaft fahren, wo wir noch nie waren, und picknicken.«

»Wir könnten ...«

Die Idee gefiel Andy. Er versuchte sich zu erinnern, ob er morgen vormittag auch etwas für seinen Vater tun mußte.

»Wir könnten einen neuen See entdecken und fischen«, sagte sie.

»Die Angelruten auf dem Rad mitnehmen, meinst du?«

»Na klar. Ich wette, das geht.«

Andy grübelte über die logistischen Gegebenheiten nach.

»Ich glaube, ich werde jung sterben«, sagte sie und leckte die letzten Schokoladenreste von dem hölzernen Stiel.

»Sei nicht albern. Warum sagst du das?« Das gehörte zu den Dingen, die Andy an Mädchen nicht mochte: diesen Hang zum Melodramatischen. Jedesmal, wenn er glaubte, daß er bei Eden an die Oberfläche kam, versuchte er ihn auszumerzen.

»Weil ich mir einfach nicht vorstellen kann, daß ich irgend etwas als Erwachsene tue.«

»Wie?«

»Ich kann mich nicht als Hausfrau sehen und als Lehrerin oder Sekretärin oder Schauspielerin oder irgend sonst etwas auch nicht. Also muß ich wohl jung sterben.«

Abgesehen von einem vagen Bild seiner selbst, wie er irgendwohin zur Schule ging, und einem fieberhaften Wunsch, ein bedeutender Baseballspieler zu werden, konnte sich Andy ebenfalls nicht vorstellen, irgend etwas zu tun.

»Nun, das kann ich auch nicht, und ich glaube nicht, daß ich jung sterben werde«, sagte er.

»Sean mag mich nicht besonders, oder?« sagte sie.

»Sean ist ein Blödmann, und außerdem glaube ich, daß er dich ebenso mag wie uns andere.«

»Aber du magst mich«, sagte sie.

Er setzte sich auf und schlug nach einer Wolke winziger Mücken, die um seinen Kopf tanzten.

»Du bist in Ordnung«, sagte er, unfähig, sich laut weiter festzulegen, denn in Wahrheit zog er ihre Gesellschaft inzwischen der T.J.s oder Seans vor. Er wandte sich um und blickte auf sie hinunter.

»Aber laß dir das nicht in den Kopf steigen«, sagte er und stieß sie an der Schulter an. Sie setzte sich schnell auf und schnippte geschickt ihren Eiskremstiel nach ihm. Er landete an seinem Ohr. Er versuchte ihr einen verspielten Schlag zu versetzen, verfehlte aber sein Ziel.

»Ich denke, mein echter Vater muß Sportler gewesen sein«, sagte sie.

Andy wußte, daß man Eden schon ganz jung gesagt hatte, daß sie adoptiert war – auch die Geschichte, die Jim wie die einer Prinzessin im Märchen darzustellen vermochte, von ihrer Ankunft in einem Pappkarton. Nach Ansicht von Andys Vater war es sehr geschickt von Jim, das zu tun, weil es unmöglich gewesen wäre, die Geschichte vor ihr geheimzuhalten, als sie in die Schule kam. Tatsächlich war sie manchmal, wenn sie mit den Kindern des Ortes zusammen war, deren Eltern Eden als eine Kuriosität, wenn nicht gar als lebende Legende betrachteten (schließlich war ihr Auftauchen im Ort so etwas wie ein historisches Ereignis in den inoffiziellen Annalen), kindlich grausamem Spott ausgesetzt: »Das Mädchen aus der Schachtel! Das Mädchen aus der Schachtel!« pflegten die Jungen über den Spielplatz zu rufen.

»Vielleicht war er das«, sagte Andy.

Und dann legten sie sich beide wieder auf den Boden und rauchten die Zigaretten, die sie Jim stahlen (Wie kann es sein, daß dem Mann die zwei oder drei Päckchen die Woche nicht auffielen, die sie damals wegpafften? fragt er sich jetzt), und dachten über diese und andere, wesentlichere Dinge nach, beispielsweise, ob Andys Vater nun seine Drohung wahrmachen würde, ihn aus der Hockeymannschaft herauszunehmen, wenn er im Herbst die Französischprüfung nicht bestand. Oder ob T.J.s Vater den Pool vor Ende des Sommers bauen würde. Oder, falls es nicht dazu kam, wie man es am besten schaffte, ohne zu bezahlen in das öffentliche Schwimmbad zu gelangen, über dessen Wasserfläche Eden, so schwor sie, den Chlordunst sogar sehen konnte.

Sie waren jenes erste Jahr zusammen, den ganzen Sommer und das Frühjahr seines Juniorjahres auf der Schule. Bis dahin hatte er schon lange aufgehört, in ihr eine Anomalie unter seinen Freunden zu sehen. Sie war einfach Eden, auch jemand, mit dem er befreundet war, obwohl er, wenn man ihn unter Druck gesetzt hätte, gesagt hätte, daß er sich mehr um Eden Sorgen machte, sich in einer Art und Weise um sie kümmerte, wie das mit T.J. oder Sean nie nötig war – oder vielleicht mit Sean, wenn er und T.J. ihn beruhigen mußten, um zu vermeiden, daß er vom Eis gestellt wurde.

Aber wenn er an den Sommer denkt, als Eden dreizehn wurde (den Sommer, in dem er darauf wartete, daß sein Seniorjahr auf der High-School begann, den Sommer, der, wie es ihm jetzt scheint, durch jenen schicksalhaften Tag auf dem Baseballfeld eingeleitet wurde), dann ist es, als würde sich eine Welle mit der Gewalt einer mächtigen Strömung von ihm entfernen.

In jenem Frühjahr hatten sie sie in ihrem inoffiziellen Team am Third Base spielen lassen. Was ihre Fähigkeit, den Ball zu treffen, anging, war sie durchaus mittelmäßig, aber dafür war sie im Innenfeld ungemein schnell. Er erinnert sich, daß ihr Team an jenem Tag im Begriff war, knapp zu verlieren. Sie saß neben ihm auf der Bank, nach vorn gebeugt wie er, die Ellbogen auf die Knie gestützt. Ein paar Stunden vorher hatte es geregnet, aber die Sonne hatte den Nebel weggebrannt und lediglich in den Vertiefungen auf dem Spielplatz hinter der Schule ein paar Pfützen hinterlassen. Er sah, wie sie sich aufrichtete und den Arm über den Leib legte. Er hatte den Eindruck, ihr Gesicht sei außergewöhnlich weiß, weißer, als es hätte sein dürfen. Sie trug ihre Baseballmütze nach rückwärts, so daß der Schild auf ihren Nacken zeigte. Sie stöhnte, fast zu leise, als daß man es hören konnte; aber er hatte es gehört und fragte sie, ob alles in Ordnung sei. Sie sah ihn an, gab aber keine Antwort. Und dann erzielte T.J. einen Homerun, und sie sprangen alle auf, denn jetzt stand das Spiel wieder unentschieden.

104

Er setzte sich wieder hin. Eden stand immer noch. Und dann sah er es, den dunkelroten Fleck.

Zuerst hatte er Angst. Sie hatte irgend etwas abbekommen, war verletzt und hatte es niemandem gesagt. Das paßte zu ihr, dachte er. Aber dann begriff er plötzlich.

»Eden?« sagte er leise.

Sie drehte sich zu ihm herum, und als sie sein Gesicht sah, setzte sie sich.

»Steh nicht auf«, sagte er.

Er sah auf die Bank und entdeckte auf der anderen Seite neben Sean ein Jackett. Er beugte sich hinter seinen Freund, riß die Jacke von der Bank, legte sie sich auf den Schoß und schob sie dann Eden hin.

Sie band sie sich um den Leib und knotete die Ärmel vorn zusammen.

»He, paß auf«, sagte Andy zu Sean, der sich ganz auf das Spiel konzentrierte, »Eden hat Magenschmerzen.« Es überraschte ihn, wie leicht die Lüge sich einstellte. »Ich bring sie nach Hause. Stell Warren für mich auf, okay? Er brennt ja darauf, daß man ihn aufstellt.« Sean nickte abwesend, ohne Andy dabei anzusehen. Andy wandte sich zu Eden. Er zögerte. Dann sagte er: »Weißt du, was los ist?«

Sie zuckte die Achseln. »Ich denke schon.«

Sie gingen die zwei Meilen vom Baseballfeld nach Hause und trugen jeder einen Handschuh, und Eden hatte sich die Jacke um den Leib gebunden. Er machte ein paarmal pantomimische Bewegungen mit seinem Handschuh, als würde er fangen. Keiner von beiden erwähnte den Grund, warum sie nach Hause gingen, bevor das Spiel zu Ende war. Keiner erwähnte, daß Andy nicht hätte mitzugehen brauchen. Genaugenommen sagte Eden kaum etwas. Er dachte,

105

sie könne verlegen sein, also versuchte er von anderen Dingen zu reden, bemühte sich um eine lockere Tonart, aber in seinem Monolog stellten sich lange Pausen ein.

Wenn er jetzt daran denkt, wie sie damals gingen – jetzt, zwanzig Jahre danach –, empfindet er nicht die Verlegenheit (er lächelt bei dem Gedanken an ihre beiderseitige Gehemmtheit), vielmehr überkommt ihn Trauer. Denn wenn sie auch jung war und vor Verlegenheit keinen Ton herausbrachte, wenn sie auch kaum imstande war, mit dieser fremdartigen, verwirrenden Sache zu Rande zu kommen, so bezweifelt er jetzt doch nicht, daß jener Tag für Eden der letzte Tag ihrer Kindheit war.

In jenem Sommer trat sie aus dem Team aus, hörte auf, Mannschaftssport zu betreiben. Sie gab keine Erklärung dafür ab, nur daß sie Sport »langweilig« fand – eine Erklärung, die Andy verblüffte. Denn obwohl auch er im Begriff war, in die Pubertät einzutreten – der Stimmbruch hatte sich eingestellt und leichter Bartwuchs –, hatte er doch das Gefühl, im wesentlichen unverändert zu sein und dieselbe Leidenschaft in bezug auf Hockey und Baseball zu empfinden und seinen Freunden wie ein Bruder verbunden zu sein. Er war damals tagsüber mit seinem ersten Ferienjob beschäftigt – in der Molkerei; er mußte die ankommenden Lieferwagen ausladen und die Flaschen für die Waschanlage sortieren. An den Abenden, nach dem Abendessen, spielten er und Eden in diesem zweiten Sommer, den sie zusammen verbrachten, manchmal Fangen oder entzogen sich dem Geschirrspülen, indem sie auf die Felder rannten. Aber zum ersten Mal stritten sie sich. Er sagte, er fände ihre frisch gestochenen Ohrlöcher barbarisch; sie drückte eine Zigarette aus und nannte ihn »kleines Kind«. Sie lachte ihn aus, als er die Top Ten nicht aufzählen konnte, und er warf ihr vor, den ganzen Tag nichts anderes zu tun, als auf ihrer Plastikliege im Garten zu liegen und Radio zu hören. Das sei keineswegs alles, was sie täte, sagte sie und zeigte ihm Ohrringe und Ringe, die sie bei Woolworth in der nächsten Ortschaft hatte mitgehen lassen. Sie steige am Morgen in den Bus, sagte sie, und steige dann wieder aus, wenn ihr danach sei. Sie sagte, sie würde sich das nächste Mal nach einer Timex für ihn umsehen, und er meinte gereizt: »Spar dir die Mühe.« In Wirklichkeit war er entsetzt. Diebstahl machte ihm angst. Als er die Woche vorher einen Zehndollarschein auf dem Boden des Lieferwagens gefunden hatte, den er gerade leerte, hatte er sofort den Fahrer ausfindig gemacht; allein schon den Zehner in der Hand zu halten hatte in ihm Schuldgefühle erweckt.

Sie trug Shorts und ein Oberteil und fing an, sich zu bräunen. Wenn sie rauchte, strich sie sich manchmal abwesend mit den Fingerspitzen über den Arm bis hinauf zur Schulter und wieder zurück. Die Geste hypnotisierte ihn. Sie ließ ihr Haar wachsen und hatte sich die Fingernägel lackiert.

Als es September wurde, war die Verwandlung abgeschlossen. Er erinnert sich an den ersten Schultag in jenem Jahr und daran, wie er auf den Bus wartete. Sie hatte sich verspätet. Er konnte das Fahrzeug als gelben Punkt in der Ferne sehen, der die gerade Straße von der Ortschaft herankam. Er drehte sich um und hielt sich die Hände wie einen Trichter vor den Mund und rief zum Haus hinüber: *Eden*!

Sie kam um die Ecke; aber sie rannte nicht, wie sie das früher noch getan hatte, sondern ging mit wiegenden Hüften, während sie sich den Schulterriemen einer Handtasche zurechtschob. Ehe sie seinem Blick begegnete, sah er ein Lächeln über ihr Gesicht huschen. Sie hatte offenbar Spaß an seiner Verwirrung. Jetzt, wo ihre Mutter sie nicht mehr sehen konnte, klappte sie die Handtasche auf und holte einen Lippenstift heraus. Sie öffnete die Lippen leicht und tippte etwas aus dem Mundwinkel weg. Er hatte sie noch nie mit Lippenstift gesehen. Ihr Haar war zur Seite gekämmt und hing ihr in einem langen Bogen über das eine Auge. Sie trug einen engen, geraden schwarzen Rock. Aber was ihn einen Augenblick lang in die Rotglut der Verwirrung stürzte, war ihre Bluse. Es war ein weißes kurzärmeliges Hemd mit einem Kragen – eine Schulmädchenbluse oder ein Hemd, wie man es im Sommerlager trug –, nur daß die Baumwolle dünn war und er erkennen konnte, daß sie unter dem Hemd einen Büstenhalter trug. Ihre Brüste waren über Nacht aufgeblüht, schien es, viel zu schnell für ihre schmale Gestalt; sie drängten gegen den Stoff. Der Bus kam polternd zum Stehen. Er kletterte schnell die Stufen hinauf, ging an ein paar Jungs vorbei, die er kannte, und setzte sich auf einen freien Platz neben dem Fenster. Zu spät wurde ihm sein Fehler bewußt.

Im Frühling hätte sie sich neben ihn gesetzt, und zwar viel ungestümer, als man das bei jemandem ihrer Statur für möglich gehalten hätte, und hätte, mit ihrem Kaugummi schnalzend, gefragt, wo zum Teufel er dieses windige Hemd her habe, und er hätte die Achseln gezuckt und sich nichts dabei gedacht, denn es war *windig* – ein dünnes weißes

Hemd mit glitzernden weißen Streifen –, und er trug es nur dieses eine Mal, um seiner Mutter eine Freude zu machen, die es in der vergangenen Woche gekauft hatte.

Statt dessen registrierte er den lüsternen Blick des Fahrers und das Staunen der anderen Jungen, als dieses Geschöpf, von dem er das Gefühl hatte, es überhaupt nicht mehr zu kennen, den Mittelgang entlangging und das Gleichgewicht hielt, indem es sich an den Metallstangen über den Ledersitzen festhielt, während der Bus sich wieder in Bewegung setzte. Dann sah er kurz lackierte Nägel aufblitzen und hörte das Rascheln ihres Rocks auf dem Ledersitz hinter ihm. Er starrte zum Fenster hinaus und war wütend auf sie.

Zum ersten Mal in seinem Leben spürte er in seinem Mund den metallischen Geschmack der Sehnsucht und des Betrogenseins. Und mit ihm stellte sich das Wissen ein, daß die Gestalt der Dinge, die man gekannt und für sicher gehalten hatte, über Nacht so verdreht werden konnten, daß man sie nicht wiedererkannte.

Ich glaube, du weißt es. Ich glaube, von ihnen allen bist du der einzige, der es weiß. Du sprichst, als wüßtest du es nicht, aber ich glaube, du weißt es. Ich höre dich schaben, schaben, und dann stellst du die Leiter um. Mein Fenster ist immer offen. Meine Welt ist, was ich höre. Ich kann dir genau sagen, welche Tageszeit es ist, das erkenne ich an den Geräuschen vor dem Fenster.

Mein Leben ist nichts als dies.

Sie wäscht mein Haar. Sie beugt meinen Kopf nach hinten ins Waschbecken. Ihre Hände sind rauh.

109

Ich bin wie ein alter Mensch, für den sie sorgen muß.

Ich lausche deiner Stimme und der von T.J. Er steckt voller Lügen; man kann sie hören, wenn er lacht. Einmal war er mit mir in einem Wagen, und ich habe zugelassen, daß er meine Brüste anfaßte. Ich habe meine Bluse aufgemacht, und da waren andere Jungs bei ihm. Ich wette, das hat er dir nie gesagt.

Über dem Wasser lag ein Flimmern. Du saßest auf dem Boden, die Knie hochgezogen, und hattest die Arme um die Knie gelegt. Du ließest dein Haar wachsen, weil du weggehen wolltest, auf die Schule, hast du gesagt. Ich habe dich dazu gebracht, mich anzusehen.

Ich sagte: Angst?

Du hast den Kopf geschüttelt.

Du hast gesagt, ich hätte deine Schwester sein können.

Dritter Teil

Der Weg ist kurz, siebzig Fuß. Der Rasen fängt an zu trocknen, und er könnte schon jetzt mähen. Er denkt: *Das werde ich in einer Stunde machen.*

Er hat sich gewaschen, sich umgezogen: Khakihosen und ein frisches Hemd mit hochgekrempelten Ärmeln.

Er geht mit den Händen in den Taschen, geht einen Weg, den er in seiner Jugend, ohne zu denken, tausendmal zurückgelegt hat. Er hat ihren Wagen in der Einfahrt gehört, als er im Badezimmer war und sich wusch, und dann das leise Klappern einer Gittertür; sie kommt jeden Tag um viertel nach zwei nach Hause, man könnte die Uhr danach stellen. Ein Dutzend große rosigbraune Hortensienblüten sind über das lange Gras in der Einfahrt verstreut; der kleine Baum, stellt er erneut fest, hat während des Gewitters in der Nacht gelitten. Er kann sich nicht vorstellen, daß er noch lange halten wird. Seine Mutter hat ihn in dem Jahr gepflanzt, in dem sie und sein Vater das Haus kauften – mindestens vierzig Jahre ist das her –, und er hat ihn immer mit seiner Mutter in Verbindung gebracht, seine üppigen Blüten mit ihrem körperlichen Wohlergehen. Jetzt hat er das Gefühl, daß das Blattwerk für den jämmerlichen Stamm zu üppig geworden ist und bald umknicken muß.

113

Sein Herz schlägt zu schnell, als er an den hinteren Eingang kommt. Verstimmt atmet er tief durch und drückt die Schultern zurück. Als er den Fuß auf die erste Stufe setzt, spürt er, wie sie nachgibt – als hätte sie sich in all den Jahren nur an ihr Gewicht gewöhnt und könnte es nicht ertragen, auch nur mit einem Pfund mehr belastet zu werden. Es ist neunzehn Jahre her, seit er dieses Haus betrat – und als er an den Rahmen der Gittertür klopft, ist ihm bewußt, daß er wieder in eine Szene aus der Vergangenheit tritt, obwohl er aus den Begegnungen der letzten paar Tage weiß, daß es ganz anders sein wird, als er es in Erinnerung hat.

Sie kommt sofort an die Tür, vorsichtig und dann erschreckt. Ihre Augen flackern unwillkürlich, lösen sich voneinander, wie es bei Leuten der Fall ist, die einander nicht besonders mögen, aber den Zwang empfinden, höflich zu sein.

»Andy«, sagt sie, öffnet die Tür aber nicht.

»Ich bin gekommen, um Eden zu begrüßen«, sagt er beinahe zu vergnügt. Und mit diesem Gruß öffnet er die Tür und betritt die Küche. Edith zieht sich vor ihm zurück.

»Eden schläft«, sagt sie schnell.

Sie trägt immer noch das graurosa Seidenkleid, das sie schon am Vormittag getragen hat, eine Farbe, die sofort zu verblassen beginnt, als er ihr aus der hellen Sonne an der Tür ins Innere der Küche folgt. Die Jalousien über dem Ausguß und über dem Fenster, das zur Einfahrt herausblickt, sind zugezogen; ein Umstand, der ihm bisher nicht aufgefallen ist. Der Eindruck ist der einer Küche, die für eine Saison geschlossen ist, und darauf wartet, daß die Sommerbewohner hereinkommen. Er

114

empfindet den Drang, die Jalousien hochzuziehen, die Küche und das Gesicht der Frau im Sonnenlicht zu sehen.

»Ich halte sie geschlossen, damit die Hitze nicht hereinkommt«, sagt sie, als sie seinen Blick zum Fenster bemerkt. »So ist es kühler.«

Er steht mitten auf dem Linoleumboden und wartet darauf, daß seine Augen sich dem Zwielicht anpassen, wartet auf irgendein Stichwort, aber sie gibt ihm keines.

»Darf ich mich setzen?« fragt er.

Mit einer seltsam nervösen Handbewegung deutet sie auf den Stuhl. Sie bietet an, ihm ein Glas Eistee zu machen. Sie steht am Ausguß, dann am Kühlschrank, holt Eis, wendet ihm immer noch den Rücken zu.

»Vielen Dank für alles, was Sie für meine Mutter getan haben«, sagt er, obwohl er nicht genau weiß, was eigentlich getan worden war.

»Ich habe wegen Ihrer Mutter ein schlechtes Gewissen«, sagt sie und dreht sich jetzt herum, mit zwei hohen Gläsern in der Hand. »Ich hätte es kommen sehen müssen. Einmal hat sie gesagt, sie hätte Kopfschmerzen. Und im Juni war ich auf dem Markt, als Carol – Sie erinnern sich doch an Carol Turner? –, als Carol sagte, Ihre Mutter sei am Tag zuvor im Laden ohnmächtig geworden. Aber ich dachte, es sei die Hitze, kein Anfall.«

Ein *Anfall*. Er hatte das Wort nicht mehr gehört, seit er von zu Hause weggegangen war und seine Mutter von seiner Großmutter sprach – um ihm zu erklären, warum sie krank war und er sie nicht besuchen konnte. *Sie hat diese Anfälle, Andy*, sagte seine Mutter. Und so war es bei seiner eigenen Mutter auch gewesen, nur daß niemand zu Hause war, der davon wußte.

»Wir erleben so etwas bei den Patienten im Pflegeheim«, sagt sie. »In Wirklichkeit sind es kleine Schlaganfälle, und es gibt Medikamente, die man einnehmen kann. Und ich hätte bemerken müssen ...«

»Es ist nicht Ihre Schuld«, sagt Andrew. Er nimmt einen Schluck Eistee; er ist aus Pulver gemacht und gezuckert, und das mag er nicht. Jetzt, wo seine Augen sich langsam der Düsterheit anpassen, kommt Farbe in die Wände: ein blasses Grün, erinnert er sich jetzt, ein Grün wie in Krankenhäusern oder Ämtern. Er erinnert sich daran, daß dieser ganz spezielle Grünton, von den Wänden reflektiert, die Hautfarbe verändert. Oder war das seine Mutter, die das sagte, während sie kritisch den Kopf schüttelte, und er selbst hatte es erst später bemerkt, als er Eden abholen kam oder sein wöchentliches Geld holte? Ein kränkliches Grün, denkt er jetzt, obwohl der Eindruck ohne Sonnenlicht gedämpft ist.

Die Küche ist in der Anordnung wie die seiner Mutter, und in beiden stehen dieselben Magic-Chef-Herde mit den abgerundeten Ecken, aber ansonsten gibt es wenig Ähnlichkeit. Auf den Arbeitsflächen oder dem Tisch deutet nichts darauf hin, daß hier jemand kocht oder hierherkommt – keine verkrustete Zuckerschale, kein Toaster mit Brotkrumen in der Ablageschale, kein mißlungener, von Kinderhand hergestellter Topflappen. An der Wand neben dem Kühlschrank, wo in der Küche seiner Mutter eine gerahmte Collage von Schnappschüssen hängt – die meisten von ihnen mit Billy als Baby –, gibt es hier nur eine Wanduhr aus Plastik. Und am verwirrendsten ist, wenn es vielleicht auch nur Andrew stört, der die fehlenden neunzehn

Jahre in der Entwicklung dieses Hauses nicht miterlebt hat, daß es nichts gibt, was darauf hindeutet, daß
Jim je hier war – keine Spur. Er erinnert sich, daß an
den Haken hinter der Tür immer Jacken und Filzhüte
hingen, daß eine Reihe schwerer Lederschuhe um den
Herd standen, ein Stapel Magazine auf dem Tisch
lagen – *Life, Reader's Digest, Popular Mechanics*
(letzteres ein Familienwitz in seinem eigenen Haus) –
und Jims Obstschale, die nie leer war. Nicht nur, daß
es kein Stück Obst im Zimmer gibt – da deutet nichts
darauf hin, daß es hier überhaupt etwas Eßbares gibt.
Vielleicht ist es im Schlafzimmer oben anders. Er
erinnert sich an die Kommode seines Vaters im
Schlafzimmer seiner Mutter, die intakt gehalten
wurde, als könnte sein Vater jeden Augenblick
zurückkommen und die Gegenstände auf dem Lei-
nendeckchen brauchen. Die Fenster haben keine Vorhänge, stellt er fest – nur die Jalousien. Er versucht
sich zu erinnern, ob das immer so war.

»Dann werden Sie also verkaufen«, sagt sie. Sie
nimmt einen Schluck von ihrem Tee. Er erinnert sich
an diese Eigenschaft von ihr: daß sie imstande ist,
ganze Gespräche zu führen, ohne einen ein einziges
Mal anzusehen. Er zwingt sich, ihr Gesicht zu studieren, und dabei sieht er in dem schwachen Licht wieder, wie es schon mehrfach geschah, das ausgepräg-
tere Profil der Frau, die sie einmal war, das sich über
das Gesicht legt, das er gegenüber hat.

»Nun, ich werde verkaufen müssen«, sagt er und
weiß, daß sein Blick ihr Unbehagen macht. »Es gibt
jetzt keinen Grund mehr, es zu behalten.«

»Nein«, sagt sie und greift sich im Nacken ans
Haar. »Nein, wohl nicht. Freilich, wenn neue Leute
kommen ...«

Sie beendet ihren Gedanken nicht. Andrew wiederholt, was er schon früher gesagt hat: »Ich mache ein paar Dinge, um Ordnung zu schaffen – nicht viel, eigentlich nur etwas Kosmetik. Es macht mir nichts aus, auch bei Ihnen ein wenig auszuhelfen, wenn ich schon dabei bin. Das Gras natürlich. Und Ihre Hintertreppe sollte repariert werden. Das ist gefährlich. Sie könnten sich ein Bein brechen. Und dann könnte ich den Laden wieder anbringen, der von dem Fenster im Obergeschoß gefallen ist.«

»Oh«, sagt sie betroffen, »nein. Nicht den Laden. Ich ... ich hab ihn nicht mehr. Und es ist nicht notwendig. Die Stufen, wenn Sie wollen, ja. Ich bezahle natürlich.«

»Ich kann doch nicht –«

»Ich werde Sie bezahlen«, sagt sie und fällt ihm damit ins Wort.

Ihr Gesicht, das gealterte, zeichnet sich scharf vor ihm ab. Unter einer schwachen Puderschicht sieht er eine feine Kalligraphie von Linien um ihre Augen. Es fällt schwer, ihr in die Augen zu sehen; aber er würde sagen, wenn er jemandem von ihr erzählen würde (was er vielleicht nie getan hat), daß sie immer noch recht gut aussieht. Es ist nicht einfach nur, daß sie sich nicht sehr verändert hat (da scheinen all die tiefen Kerben zu fehlen, die das Gesicht seiner Mutter in den letzten paar Jahren so veränderten); da ist vielmehr etwas ganz Besonderes, das sie sich bewahrt hat – nicht nur ihre Haltung –, dieses Geduldige, Wartende. Er denkt auch an all das Sehnen, das in ihr war, das für einen Jungen so rätselhaft zu beobachten war. Wo geht das alles hin, fragt er sich, wenn ein Mensch stirbt, nach dem man sich sehnt?

Er wendet den Blick von ihr ab. Trotz der Jahre,

118

trotz des Unbehagens hat er doch ein seltsam vertrautes Gefühl für diesen Raum. Manchmal, wenn er träumt, ist diese Küche hier der Hintergrund. Die Gestalten in seinen Träumen gehören nicht hierher: sein Chef bei der Arbeit; Billy; eine Frau, die er unterwegs gesehen hat. Sie versammeln sich in dieser Küche; oder mitten in einem anderen Traum verlagert sich plötzlich der Ort, und er befindet sich mit ihnen zusammen hier, und etwas, das anderswo anfing, geht hier weiter.

»Wie geht es Eden?« fragt er plötzlich. Seine Stimme ist lauter, als er beabsichtigt hatte.

Sie blickt auf den Ausguß. »Eden geht es nicht gut. Sie ermüdet leicht.« Der Satz klingt eingeübt oder als hätte sie ihn schon oft wiederholt.

»Ich würde sie gern sehen«, sagt er mutig.

Sie schüttelt den Kopf. »Das würde sie aufregen.«

»Ich würde sie nicht aufregen. Ich würde sie nur ...« Er sucht nach einem Wort. »Besuchen.«

»Nun, heute nicht.« Sie läßt die Eiswürfel im Glas klirren, und ihr Mund preßt sich zusammen. Sie schiebt das Kinn vor.

»Warum nicht?«

»Sie schläft. Und ich habe festgestellt, daß Erinnerungen aus der Vergangenheit sie aufregen«, sagt sie. »Manchmal muß ich mich tagelang damit abfinden.« Sie wischt sich eine imaginäre Haarsträhne aus der Stirn.

»Aber besucht sie denn niemand?« fragt er. (Seine Hartnäckigkeit überrascht ihn. Warum ist er so unhöflich? Aber jetzt hat er angefangen und kann nicht aufhören.) »Geht sie manchmal aus? Es muß doch Programme geben, Blindenzentren.«

Sie steht auf und spült ihr Glas am Ausguß aus.

»Ich bin *Krankenschwester*«, sagt sie und betont das letzte Wort, als würde das die Angelegenheit beenden. Als versuchte sie ihn wieder zum Nachbarkind zu machen. »Wie Sie wissen müssen, war Eden zu Anfang ein paar Jahre in einem Blindenheim, aber wir haben festgestellt, daß es besser für sie ist, hier bei mir zu sein. Wir führen hier ein ruhiges Leben, und das tut ihr gut.«

Er will ihr schon eine weitere Frage stellen, als er über sich ein Geräusch hört, wie wenn ein Stuhlbein über den Boden scharrt. Oder er bildet sich ein, ein Geräusch zu hören. Edith Close sagt nichts; er mustert sie scharf, um zu sehen, ob auch sie etwas gehört hat. Dann hört er ein anderes Geräusch, das Gewicht von Schritten auf den Dielen, die sich von einer Seite des Raumes zur anderen bewegen. Edens Zimmer in der Ecke liegt über der Küche. Oder hat sie jetzt ein anderes Zimmer?

Edith Close geht auf Andrew zu und streckt die Hand nach seinem Glas aus. »Reichen fünf Dollar die Stunde?« fragt sie.

Er blickt zu ihr auf. Er weiß, daß es keinen Sinn hat, zu widersprechen. Er weiß, daß sie ihn die Arbeit nicht machen lassen wird ohne irgendeine Gegenleistung. Er sagt: *Na schön.* »Und für die Treppen brauchen Sie Holz«, fügt sie hinzu. »Soll ich Ihnen jetzt das Geld dafür geben?«

Er schüttelt den Kopf. Er weiß, daß sie will, daß er jetzt geht.

Er steht auf, und dabei hört er Musik aus einem Radio. Er erstarrt und lauscht. Es ist eindeutig ein Radio. Sie hört es auch; er sieht, wie ihre Schultern kaum merklich nach vorn sinken, als wollte sie damit das Geräusch verdrängen. Er glaubt ein Stück von »Glory Days« zu hören, dann Stille, und dann die Stimme eines Discjockeys. Er blickt zur Decke.

Sie berührt ihn, eine Hand an seinem Ellbogen, und die Berührung erschreckt ihn. Ihre Finger an seiner Haut sind kalt.

»Ich muß zu einer Patientin«, sagt sie und steuert ihn zur Tür.

Und obwohl er weiß, daß das nicht die Wahrheit sein kann, obwohl er sagen möchte, daß Eden jetzt wach sein muß, erzeugt ihre Berührung – diese kalte, unwillkommene Berührung – in ihm das Gefühl, als wäre er wieder ein Kind, begierig, das Haus zu verlassen, aus jener dunklen Küche zu flüchten.

Sie geht mit ihm zur Tür. Die Radiostimme folgt ihnen, wird sogar deutlich lauter.

»Danke für den Eistee«, murmelt er.

Er geht die Treppen hinunter, mit einem angedeuteten Winken, und sie schließt schnell die Tür. Er vergißt die morsche Stufe, und sie bricht unter seinem Gewicht. Beinahe wäre er nach rückwärts gestürzt, auf den Kies, und er hält sich ungeschickt am Geländer fest. Beim Umdrehen zittern seine Hände. Er schiebt die Fäuste in die Taschen, um sich zu sammeln.

Er hat beinahe die Treppe zum eigenen Haus erreicht, als er am Hinterkopf ein Prickeln verspürt. Er bleibt stehen und dreht sich schnell um. Eins, zwei. Sieht zuerst am Rand einer Küchenjalousie, wie die Lamellen sich schnell verschieben, und dann in dem Fenster im Obergeschoß eine weichere Bewegung, verschwimmend, das schwache Bild eines blauen Kleides und eines dünnen weißen Armes.

Das Bild ist in der nächsten Sekunde verschwunden. Aber er steht da und starrt das offene Fenster an, sendet den Wunsch aus, das Bild möge sich wieder einstellen, kann nicht weggehen.

Sie kann nicht ans Fenster gekommen sein, um mich zu sehen, denkt er. *Sie muß gekommen sein, um gesehen zu werden.*

Er füllt den Benzintank des Rasenmähers und prüft den Ölstand. Er hat keine Ahnung, wie alt das Öl ist oder wann die Maschine zuletzt benutzt wurde, aber er ist zu ungeduldig, um noch einmal zur Tankstelle zu fahren. Als er sich vorbeugt, um das fünfte Mal an der Leine zu ziehen, legt er alles hinein, mehr aus Ärger als aus Vernunft, und die Maschine erwacht stotternd zum Leben. Es ist ein hartes, befriedigendes Geräusch, das die Stille zerschmettert. Er hofft, daß das laute Geräusch für die Frau hinter den heruntergezogenen Jalousien störend ist. Er holt tief Luft. Der Lärm beruhigt ihn. Es ist ein Geräusch, das sich gut anfühlt, das er verstehen kann – obwohl es Jahre zurückliegt, daß er den Rasen gemäht hat.

Die Arbeit, denkt er, ist in gleicher Weise befriedigend. Man schiebt den Rasenmäher einen geraden Gartenweg hinunter, man blickt hinter sich und sieht eine saubere Schwade, obwohl er diesmal nur die oberen zwei oder drei Zoll abschneidet – der Mäher ist hoch eingestellt, damit das feuchte Gras sich nicht im Schneidbalken verhängt. Er wirft das Gras seitlich aus; aber später wird er den Fangsack einhängen und noch einmal über den Rasen fahren, ihn kürzer stutzen und dabei das abgeschnittene Gras gleich einsammeln.

Die Sonne brennt ihm heiß und trocken auf das Gesicht. Er kann spüren, wie die Spannung in seinem Körper sich löst, während die Maschine seine

Arme vibrieren läßt. Der Trick besteht darin, denkt er, in Bewegung zu bleiben, sich in dem Lärm zu bewegen, damit der Lärm die Gedanken in seinem Kopf und die Bilder hinter seinen Augen zudeckt, bis sie zu etwas Fernem, Greifbarem verblassen. Er will die Augen ganz schließen, aber das ist natürlich nicht möglich. Aber es würde ihm nichts ausmachen, denkt er, eine Sekunde lang inmitten des Lärms dazustehen, mit geschlossenen Augen, das Gesicht der Sonne zugewandt.

Ein phantastisch aussehendes Mädchen war sie. *Erinnerst du dich?*
Ich erinnere mich.
Manchmal hat er das Gefühl, als hätte er sie kaum gekannt, obwohl er sie jeden Tag sah. Aber er hörte, was über sie gesagt wurde. Und er kannte die Geschichten. Er beobachtete sie – so wie man vielleicht ein Haus, in dem man einmal gewohnt hat, beobachtet, wie es von neuen Besitzern verändert wird.
Er sah sie im Bus auf dem Weg zur Schule und zurück; im Hof begegnete er ihr in der Einfahrt; sah sie auf dem Flur in der Schule, wenn sie sich einen Schluck Wasser am Brunnen holte. Sie machte sich gern über ihn lustig, und er ließ es zu. Er wußte nicht, wie er sie daran hätte hindern sollen. Der Versuch, sich mit ihr auseinanderzusetzen, wie er das anfangs tat, als ihn ihr zunehmend schlechter Ruf beunruhigte, machte es nur schlimmer; er verlor die Wortgefechte. Die beste Art, sich gegen sie zu verteidigen, entschied er, war, sie zu ignorieren – obwohl sie darauf bestand, seinen Namen mit einer heiseren Stimme zu rufen, die gemeinsam mit ihrer Anatomie

aufgeblüht zu sein schien und die unglücklicherweise durch den ganzen Schulbus reichte. Und manchmal, wenn er ehrlich mit sich war, fragte er sich, ob er den seltsamen Status, den ihre Aufmerksamkeit ihm eintrug, nicht in Wirklichkeit genoß.

Sie ist scharf auf dich.

Ist sie nicht. Ich kenne sie doch praktisch seit ihrer Geburt.

Sie läßt jeden ran, Mann. Perillo hat sie im August im Drive-in-Kino viermal begrapscht. Er sagt, sie hat Titten –

Sie ist doch erst dreizehn, Herrgott.

Sie treibt's, seit die Schule wieder angefangen hat. Wenn 'ne Biene es braucht, braucht sie es.

Warum laßt ihr sie nicht in Frieden?

Die in Frieden lassen? He, bist du auch ganz sicher, daß sie dich nicht auch ranläßt?

Es war, als veränderte sie sich, um zu ihrem Körper zu passen; als wüchse sie irgendwie in den Körper hinein, der sich für sie zu schnell entwickelte. Eine andere Erklärung hatte er nicht. Vielmehr dachte er, die Grundzüge waren noch da – ihre Dreistigkeit, ihre Unverfrorenheit –, aber sie hatten sich in eine neue Richtung entwickelt, so daß sie ihre Talente jetzt nicht dazu benutzte, zu den Jungs zu gehören, sondern um über sie Macht zu haben.

Manchmal, wenn er auf der hinteren Terrasse saß und so tat, als würde er Französisch lernen, sah er sie auf der anderen Seite des Kieswegs im Gras und fragte sich, wie es wohl wäre, mit ihr in einem Drive-in-Kino im Wagen zu sitzen. Er konnte dieses Bild nicht loswerden.

Der Gedanke hing in der Luft und floß durch

seine Adern. Aber die Vorstellung beunruhigte ihn, fast ebenso wie wenn er daran dachte, daß seine Eltern es taten. Und manchmal hatte er Schuldgefühle, als hätte er sich irgendwie besser um sie kümmern müssen – obwohl das, *das wußte er*, verrückt war. Sie war seiner Sorge oder auch der aller anderen entwachsen, das stand fest.

Und wenn er so dasaß, hörte er manchmal laute Stimmen in der Küche der Closes, eine Mutter und eine Tochter, die einander wie Katzen anfauchten. Diese Streitigkeiten hatten sich allmählich im Laufe jenes Sommers und des Schuljahres entwickelt, das sich jenem peinlichen Tag auf dem Baseballplatz anschloß, wobei Eden damit anfing (wie es schien, den Streit heraufbeschwor), indem sie ihre Mutter mit ihrer provozierenden Kleidung und ihrem Verhalten herausforderte, bis Edith Close, die in dieser Art des Nahkampfes ein Neuling war, anfing, von ihrer Tochter zu lernen, und ihre Stimme in bisher unbekannte Regionen erhob – was, wie er sich vorstellte, der Verwirrung entsprang. Man kann einfach nicht einer stechenden Wespe gegenüber gleichgültig bleiben, dachte er.

Am Anfang waren er und seine Eltern von den lauten Stimmen nebenan etwas irritiert gewesen. Seine eigenen Eltern schrien einander – oder ihn – nur selten an. Aber dann, während die Wochen und Monate dahinzogen und die keifenden Stimmen zu keinem Waffenstillstand zu finden schienen, begann er sich an die nächtlichen Schlachten zu gewöhnen – so wie an das Rattern eines fahrplanmäßigen Zuges –, als wären auch sie Teil einer sich entwickelnden Landschaft.

Manchmal knallte dann die Gittertür zu, und

Eden, mit geröteten Augen und fahrigen Handbewegungen, mit denen sie sich das Haar aus dem Gesicht wischte, entdeckte ihn auf der Terrasse. Dann stemmte sie manchmal die Fäuste in die Hüften und musterte ihn aus zusammengekniffenen Augen. Ebensogut war möglich, daß sie mit verblüffender Geschwindigkeit die Haltung und den Ausdruck völlig änderte und über den Hof zu ihm herübertänzelte, mit einem Lächeln um die Lippen und ein Päckchen Old Golds oder Winstons an sich pressend. Nach diesen Schlachten pflegte sie im vollen Angesicht ihrer Mutter zu rauchen und durch diese Geste ihre Animosität in die Länge zu ziehen. (Er konnte sich einfach nicht vorstellen, vor seinen Eltern zu rauchen; er dachte sogar daran, es ganz aufzugeben.) Sie kam dann zu den Stufen, auf denen er saß, lehnte sich an das Geländer und schüttelte eine Zigarette aus dem Päckchen und bot ihm eine an. Ihre Streichhölzer hatte sie immer in der Zellophanhülle. Manchmal zerzauste sie ihm dann das Haar, was ihn zur Weißglut trieb, und er schüttelte sie dann mit einer ruckartigen Kopfbewegung ab.

»Macht die Vorstellung heute abend Spaß?« würde sie etwa sagen.

Wenn Jim zu Hause war, gab es keinen Streit. Das lag nicht so sehr daran, daß Jim in seinem Haushalt Ordnung hielt; vielmehr kritisierte Edith in seiner Gegenwart ihre Adoptivtochter nicht und schluckte auch den Köder nicht, wenn Eden ihn vor ihr baumeln ließ, indem sie etwa einen zu engen Pullover trug oder einfach nicht zum Abendessen erschien oder gar erst um elf Uhr, eine Stunde nach dem vorgeschriebenen Zapfenstreich, nach Hause kam.

»Liebling«, sagte Jim dann immer in solchen

Nächten und kam ihr auf der Treppe entgegen und hielt Eden auf, ehe sie das Haus betrat.

»Papa«, pflegte Eden darauf zu antworten, obwohl sie ihre Eltern, wenn sie sie nicht hören konnten, als Jim und Edith bezeichnete. Und Andrew hatte nie gehört, daß Eden Edith als ›Mutter‹ oder ›Mama‹ ansprach.

»Liebling, deine Mutter ist verärgert. Du hättest uns sagen sollen, wo du hingehst. Wir haben mit dem Abendessen auf dich gewartet.«

Eden legte dann immer raffiniert zerknirscht den Kopf etwas zur Seite und murmelte: »Tut mir leid, Daddy«, mit einer Stimme, die Andy nur selten hörte, der Stimme eines ganz gewöhnlichen vierzehnjährigen Mädchens.

Und Jim ließ sich sofort besänftigen und vom Charme seiner Tochter bezaubern und küßte sie auf die blonden Locken.

»Widerwärtig«, pflegte seine eigene Mutter Jims Unfähigkeit, seine Tochter zu disziplinieren, zu bezeichnen, wenn sie derartige Szenen von ihrem Küchenfenster aus beobachtete.

Eines Nachmittags in jenem letzten Frühjahr, erinnert er sich, war er damit beschäftigt, das Öl im Wagen seines Vaters zu wechseln, als er einen plötzlichen, besonders lauten Streitausbruch hörte, dem fast unmittelbar das Geräusch zersplitternden Glases folgte. Es war Sonntag, und Jim war seit Tagen unterwegs gewesen. Diesmal waren die Stimmen nicht langsam angeschwollen, hatte es keine Warnung vor dem heraufziehenden Gewitter gegeben. Bis zu dem Krach hatte Andy nicht einmal gewußt, daß Eden zu Hause war.

Der Streit war diesmal anders als je zuvor, und
während er normalerweise den Lärm einfach zur
Kenntnis nahm und sich dem wieder zuwandte, was
er gerade machte, rutschte er diesmal unter dem
Wagen hervor und setzte sich auf. Sein Vater, der an
jenem Nachmittag mit den Leitungsrohren unter
dem Ausguß beschäftigt war, kam zur Hintertür.

»Was zum ...«, sagte sein Vater.

Aber da war das Geschrei schon verstummt, und
sein Vater wandte sich wieder von der Tür ab. Andy
wollte gerade wieder unter den Wagen kriechen, als
Edith Close aus dem Haus kam, mit einem Blazer
bekleidet, die Handtasche unter dem Arm und den
Mund zu einem schmalen Strich zusammengepreßt.
Ohne Andy zur Kenntnis zu nehmen, ging sie die
Einfahrt hinunter, bog an der Straße nach rechts und
ging zu dem Baum, wo der Bus zu halten pflegte.

Andy saß auf dem Kics. Seine Hände waren ölver-
schmiert. Er stand auf und ging zum anderen Haus
hinüber, zögerte unter der Treppe, wo Edith ihn von
der Bushaltestelle aus nicht sehen konnte. Er wischte
sich die Hände an den Jeans ab, lauschte, hörte
nichts und stieg dann die Treppe hinauf. Es war
April, erinnert er sich. Er trug zwei alte Flanellhemden seines Vaters. Edith hatte in ihrer Hast die Tür
nicht geschlossen. Er drückte sein Gesicht an das
Gitter und hielt sich die Hand über die Augen, um
sie abzudunkeln.

Eden saß auf einem Stuhl am Tisch. Sie trug ein
langes Nachthemd und einen Bademantel. Ihr Haar
war zerzaust, ungekämmt, als wäre sie gerade aufgewacht. Sie weinte. Er hatte sie noch nie weinen
sehen. Sie hob die Hand und griff sich an den Mundwinkel. Er erinnert sich daran, wie er damals dachte,

128

wie klein sie doch in dem Stuhl aussah. Er erinnert sich daran, wie er den Wunsch verspürte, hineinzugehen und sich neben sie zu setzen. Er wollte klopfen, tat es aber nicht.

Im Mai seines Seniorjahres, im Frühjahr vor der Katastrophe, schien Eden sich einigermaßen bewußt und in einer Art und Weise, die jeden überraschte, für Sean entschieden zu haben. Andy sollte nie erfahren, was genau Eden zu seinem alten Freund hinzog, falls man überhaupt sagen konnte, daß sie hingezogen wurde. Manchmal fragte er sich nämlich, damals und auch später, ob es nicht zu dem perversen, selbstzerstörerischen Kurs paßte, auf dem sie sich schon seit fast einem Jahr befand, einen Jungen auszuwählen, der für seine Hitzköpfigkeit bekannt war.

Andy saß auf einer Bank im Umkleideraum, als T.J. es ihm sagte. Es war nach einem Baseballspiel, und Andy hatte ein Handtuch um die Hüften und versuchte, seine Unterhose zu entwirren, als T.J., der Andy den Rücken zuwandte, meinte: »Weißt du über Sean Bescheid?«

»Sean?«

T.J. schloß sein Kästchen auf und wühlte darin nach seinen Socken.

»Und Eden«, sagte er.

»Sean und Eden?« Andy begriff immer noch nicht. Hatten sie sich gestritten? Oder waren sie beim Rauchen auf dem Schulgelände erwischt worden?

»Nun, die beiden eben, zusammen, meine ich«, sagte T.J. Er sah Andy schnell an und blickte dann wieder weg und fing an, zwischen den Zähnen zu pfeifen.

»Du meinst, sie gehen miteinander?« fragte Andy.
Er betonte das *gehen* ganz deutlich, als könnte es
sich unmöglich auf die augenblickliche Situation
beziehen.

T.J. kratzte sich an der Brust. »Ja. Genau das.«
Andy schüttelte den Kopf. Das mußte ein Irrtum
sein.

»Das ist unmöglich«, sagte er. »Bist du sicher? Ich
wüßte es doch, wenn es stimmte.«

»So?« sagte T.J. »Und warum?«

»Ich hätte sie zusammen im Haus gesehen oder
irgend so etwas.«

»Nein, das hättest du nicht. Ihr Vater läßt bestimmt
nicht zu, daß sie einen Jungen nach Hause bringt.
Also hängen sie in Seans Wagen herum ...« T.J. hielt
inne, wollte seinem Freund Einzelheiten ersparen.

»Aber Sean hat doch Eden nie richtig gemocht«,
protestierte Andy. »Von uns dreien –«

T.J. fuhr herum. »Weißt du, Andy-Boy, manchmal
lebst du wirklich in einer Traumwelt, das schwöre
ich dir. Du kriegst nicht mit, was vor deiner Nase
passiert, weißt du das?«

»Ich weiß nicht, wovon du redest«, sagte Andy,
den T.J.s plötzlicher Angriff verblüfft hatte.

»Von Eden rede ich«, sagte T.J. verzweifelt.

»Was ist mit Eden?«

»Jeder mit zwei Augen im Kopf konnte sehen, daß
du immer derjenige warst, den sie am meisten
gemocht hatte, und du bist entweder blind oder ein
noch größeres Arschloch, als ich dachte.«

»Du mußt verrückt sein«, sagte Andy abwehrend.
»Sie ist doch erst vierzehn. Sie war einfach eine von
uns, wie eine Schwester ...« Er hielt inne und merkte,
daß er sich selbst widersprach.

»Oh, wirklich?« sagte T.J. und knöpfte seinen obersten Knopf zu und griff nach seiner Sporttasche. »Nun, das ist jetzt vorbei, nicht wahr?«

T.J. schwang sich die Tasche über die Schulter und ging auf die Tür zu. Er wartete nicht auf Andy und verabschiedete sich auch nicht von ihm.

Andy saß auf der Bank, die Unterhose in der Hand zerknüllt. Er versuchte sich Sean und Eden zusammen in einem Wagen vorzustellen, wie sie lachte und wie Sean nach dem Kragen ihrer Bluse griff. Aber irgend etwas in ihm wollte einfach nicht zulassen, daß das Bild Gestalt gewann. Er warf die Unterhose in den Schrank zurück und knallte die Tür mit dem Fuß zu.

»Scheiß drauf!« sagte er und zog sich die Hose an.

Von jenem Tag an hielt er nach Anzeichen Ausschau, daß die beiden etwas miteinander hatten. Und er gelangte schnell zu dem Schluß, daß T.J. recht gehabt hatte: Er *war* blind. Denn wie hätte er sonst übersehen können, daß Sean immer der erste war, der sich nach einem Spiel angezogen hatte und zu seinem Wagen eilte; oder wie Sean sich grußlos an ihm vorbeischob und seit Wochen nicht mehr mit ihm geredet hatte? Oder wie Sean und Eden hinter der Turnhalle auf der Treppe saßen und in der dritten Pause rauchten, ganz dicht beieinander, so daß ihre Schultern sich berührten? Und während die Tage dahinstrichen, gab es deutlichere Zeichen: daß Eden beispielsweise Tag für Tag den Nachmittagsschulbus versäumte und zu spät zum Abendessen kam und sagte, sie sei zu Fuß von der Schule nach Hause gegangen, obwohl Andy wußte, daß Sean sie eine Viertelmeile vor dem Haus abgesetzt hatte. Und

131

einmal kam Andy um die Ecke in einem leeren Korridor in der Nähe des Musikzimmers in der Schule und sah, wie Sean Eden mit dem ganzen Körper gegen die Ziegelmauer preßte. Sie küßten sich, und Andy konnte nicht mehr weg; er konnte sich nicht umdrehen, sich nicht zurückziehen. Er versuchte an ihnen vorbeizuschlendern, versuchte den Anschein zu erwecken, er sei ganz auf sein Mathematikbuch konzentriert. Eden löste sich genau in dem Augenblick von Sean, als Andy vorbeiging.

»Andy-Boy«, sagte Sean atemlos.

»Sean«, sagte Andy und ging weiter.

»Tag, Andy«, sagte Eden mit ihrer rauhen Stimme.

Er hörte sie hinter sich kichern.

Jetzt ging er Eden, so gut er konnte, aus dem Weg, blieb an der Gittertür stehen, wenn er sie aus dem Haus kommen sah, und bedrängte T.J., ihn die paar Wochen, bis die Schule zu Ende war, zu Hause abzuholen und nach der Schule nach Hause zu bringen. Sean führte Eden zum Abschlußball, aber Andy hatte sein eigenes Mädchen und gab aggressiv vor, sich viel besser zu amüsieren, als er das tatsächlich tat. Nachdem er sein Mädchen nach Hause gebracht hatte, fuhren er und T.J. stundenlang in T.J.s Wagen herum und betranken sich so, daß sie schließlich an einer verlassenen Seitenstraße parken mußten, ehe sie beide die Besinnung verloren. Als er nach sechs Uhr früh schließlich nach Hause kam und damit rechnete, daß ihn der Groll seines Vaters an der Tür erwarten würde, warf der nur einen Blick auf Andy, schüttelte betrübt den Kopf und ging wieder hinauf ins Bett.

Nur einmal war er in den Wochen vor den Schüssen mit Eden längere Zeit zusammen. Es war ein Montagnachmittag, erinnerte er sich, sein freier Tag bei der Texaco-Tankstelle. In jenem Sommer arbeitete er immer bis spät, und seine Eltern ließen ihn an seinem freien Tag tun, was er wollte, was ihm große Freude machte, da diese Haltung darauf deutete, daß er jetzt ein Mann war – ein arbeitender Mann mit freien Tagen und Privilegien. An jenem Morgen hatte er lange geschlafen, und als er in die Küche herunter- kam, war seine Mutter bereits angezogen, mitten in ihrem Tagewerk. Es war der Sommer, in dem er *No Exit* und *The Stranger* las, um sich auf das College in Massachusetts vorzubereiten, und er hatte bei Tisch ein Buch bei sich. Draußen im Garten stand ein Aluminiumliegestuhl, auf dem es sich seine Mutter nachmittags manchmal mit einer Zeitschrift bequem machte; und so ging er nach dem Frühstück hinaus und legte sich darauf und schützte seine Augen mit dem Buch, das er sich über das Gesicht hielt, vor der Sonne. Es war nach zwölf, und an jenem Tag, erinnert er sich, brannte die Sonne erbarmungslos. Kaum hatte er sich hingelegt, als er auch schon sein Hemd auf- knöpfte und sich mit dem Buch Kühlung zufächelte.

Er schlief, als er ein großes Insekt über seinen Bauch kriechen spürte. Er setzte sich ruckartig auf, schlug danach und versuchte es wegzufegen. Und dann hörte er sie lachen – ein Lachen, das durch den Nebel seines Schlafes und den Schlag seines Herzens unangenehm und schrill klang. Er fiel auf den Liege- stuhl zurück. Ihr Gesicht war über dem seinen, zu dicht an seinem eigenen, und schirmte die Sonne ab, so wie das sein Buch getan hatte.

»Faulpelz, steh auf. Die Sonne ist auf, die Hexe ist tot.«

»Was?«

133

»Andy, es ist fast ein Uhr.«

»*Du* brauchst reden.«

»Hast du Lust, schwimmen zu gehen?«

Sie trug enge weiße Shorts und eine blaue ärmellose Bluse. Ihre Arme waren gebräunt, und als sie sich zurückbeugte, stellte er fest, daß ihr Oberkörper, soweit er das sehen konnte, ebenfalls gebräunt war. Seine Augen schweiften zu ihren Brüsten und wieder weg. Er hoffte, daß sie es nicht gesehen hatte. Das war ein starker Reflex, von dem er sich zu kurieren versuchte – daß seine Augen, immer wenn er ein Mädchen ansah, sofort zu ihrem Busen wanderte statt zum Gesicht. Er begann instinktiv sein eigenes Hemd zuzuknöpfen.

»Nein«, sagte er. »Ich lese.«

Sie lachte. »Stimmt«, sagte sie. Sie hob sein Buch auf, das ihm ins Gras gefallen war, blickte auf den Titel. *Der Mythos von Sisyphus.*

»Du liebe Güte, Andy, du entwickelst dich in einen richtigen Fiesling, weiß du das? Jedenfalls warst du seit Wochen nicht mehr schwimmen. Das weiß ich ganz genau. Es ist Sommer, falls du das noch nicht bemerkt hast.«

Sie setzte sich auf die Kante seines Liegestuhles. »Ich gehe nicht weg, bis du ja sagst. Ich langweile mich zu Tode, und ich brauche Gesellschaft.«

»Wo ist Sean?« fragte er. Der Name blieb ihm im Hals stecken. Sie hatten nie von Sean gesprochen.

»Ach der«, sagte sie zu beiläufig. »Wie soll ich das wissen?«

»Du solltest dir einen Job suchen«, sagte er, »wenn du dich so langweilst.«

»Ich bin doch erst *vierzehn*«, quengelte sie. »Und außerdem, was macht dir das denn aus?«

»*Ich* habe gearbeitet, als ich vierzehn war«, sagte er und bedauerte es im gleichen Augenblick, da er es gesagt hatte.

»Na schön, was soll's. Manchmal klingst du wie ein richtiges Arschloch, Andy, weißt du das?«

»Schon gut, schon gut«, sagte er und kapitulierte. »Wo?«

»Am Teich«, sagte sie. »Das Schwimmbad ist *total* widerwärtig. Ich schwöre, das Wasser ist einen Zentimeter dick mit Dreck bedeckt.«

»Also schön«, sagte er widerstrebend. »Ich hole meinen Badeanzug. Hol du deinen.«

»Ich hab ihn schon an«, sagte sie.

Diesmal konnte er seinen Blick gerade noch zurückhalten, aber seine visuelle Erinnerung war makellos. Das konnte nicht stimmen, dachte er. Aber das konnte er nicht gut sagen.

»Hör zu, ich mache dir einen Vorschlag«, sagte er. »Ein Kompromiß, okay? Ich geh mit dir zum Teich hinunter, und du kannst schwimmen. Ich werd dir Gesellschaft leisten, aber ich glaube nicht, daß ich selbst schwimmen mag.« In Wirklichkeit wollte er sich bloß nicht die Mühe machen, seine Badehose zu suchen, und die noch größere Mühe, seiner Mutter zu erklären, wo er hinging und mit wem.

Sie zuckte die Achseln. »Wie du willst«, sagte sie und stand auf.

Sie gingen durch die Maisfelder. Die Sonne brannte ihnen auf den Kopf, ihre Füße folgten einem Pfad, der ihm so vertraut war, daß er sicher war, er hätte ihn auch mit verbundenen Augen gefunden. Kaum hatten sie den Schatten der Bäume und Häuser hinter sich gelassen, wünschte er, er hätte doch seine

Badehose mitgenommen. Bis sie hinkamen, würde er wahrscheinlich nach dem Wasser lechzen. Nun, was zum Teufel, dann würde er eben mit den Kleidern ins Wasser gehen; sie würden auf dem Nachhauseweg ohnehin in der Sonne trocknen.

Sie ging vor ihm, und es war unmöglich, die Art, wie sie sich bewegte, nicht wahrzunehmen – ihre schmalen Hüften, die unter den weißen Shorts hin und her wippten. Das Haar trug sie in einem Pferdeschwanz, und auch der wippte hin und her. Er dachte flüchtig an das, was man über sie redete. An das, was man über sie und Sean redete. Sätze drängten sich in sein Bewußtsein, und er mühte sich ab, sie von sich zu schieben.

Er war tatsächlich seit Wochen nicht mehr an dem Weiher gewesen, nicht, seit die Schule zu Ende gegangen war, und die üppige Vegetation dort überraschte ihn; hohe Scharlachlilien und alte Weinreben. Hier gab es wenigstens Bäume. Er setzte sich in den Schatten ins Gras, und zu seiner Überraschung setzte sie sich neben ihn.

»Ich dachte, du wolltest schwimmen gehen«, sagte er und sah sie an.

»Und?« Sie streckte die Beine im Gras aus und schlug sie dann übereinander. Sie schlüpfte aus ihren Turnschuhen. Er sah ihre Beine an. Sie waren gebräunt, golden bis hinauf zu ihren Shorts. Da war nichts mehr von all den Schrammen und Narben des Vorjahres. Alles, was er jetzt zu sehen bekam, war die lange glatte Form ihrer Beine und der rote Lack auf ihren Zehennägeln. Er riß den Blick davon los.

Das Wasser blitzte. Er hatte als Junge in diesem Weiher schwimmen gelernt, höchstens fünf Jahre war er gewesen. Sein Vater hatte es ihm geduldig über

136

viele Tage hinweg beigebracht. Obwohl Andy manchmal den Argwohn hegte, daß sein Vater ihm auf subtile Weise die Idee eingepflanzt hatte, es gäbe Blutegel im Teich – womit er den Vorgang des Schwimmenlernens beschleunigte. Er war von der Vorstellung, den Grund zu berühren, so erschreckt, daß er schon am ersten Tag gelernt hatte, im Wasser zu treiben. Das mit den Blutegeln stimmte übrigens nicht. Der Weiher war kristallklar, selbst wenn das Wasser die Farbe von Messing hatte; aber das kam von den Mineralien im Erdreich. Er dachte, daß er jetzt jeden Augenblick losrennen und hineinhechten würde, und dann würde sich das kühle Wasser über ihm schließen.

»Oh«, sagte sie. »Ameisen.« Sie drehte sich halb herum, um etwas von ihrem Schenkel zu fegen, und dabei berührte ihr nackter Arm den seinen. Die Berührung war elektrisch, galvanisierend, und er zuckte instinktiv vor ihr zurück.

»Wozu ist das?« fragte er plötzlich.

»Wozu ist was?« sagte sie gleichgültig.

»Dies hier«, sagte er und machte eine Handbewegung, die den sie umgebenden Raum einschloß.

»Ich weiß nicht, wovon du redest.«

»Nein?«

Vielleicht hatte er unrecht, dachte er. Vielleicht wollte sie wirklich bloß schwimmen. Aber wenn ja, warum saß sie dann so dicht bei ihm? Die Sonne spiegelte sich so im Wasser, daß ihm die Augen weh taten.

»Andy«, sagte sie. Darin lag eine Frage.

»Gehen wir ins Wasser«, sagte er schnell. Er beugte sich vor, wie um aufzustehen.

»Andy, fragst du dich je, wie es wäre?«

In seinen Ohren dröhnte es. »Wie *was* wäre?«

»Du weißt schon.«

»Nein, nichts weiß ich«, sagte er gereizt. »Du hast *gesagt*, du wolltest schwimmen.«

Er wußte, daß er bloß aufzustehen und auf das Wasser zuzugehen brauchte, und das wäre es dann. Aber statt dessen wartete er auf das, was sie jetzt sagen würde. Er wollte hören, was sie sagen würde. Obwohl er es nicht hören wollte. Weil er es hören wollte.

»*Ich* denke darüber nach«, sagte sie mit eigenartig leiser Stimme.

»Über *was* denkst du nach?« fragte er und bemühte sich, Gereiztheit in seine Stimme zu legen.

»Über uns.«

Die zwei Worte fielen wie ein Blatt ins Gras und lagen vor ihnen da – er immer noch vorgebeugt, um aufzustehen, sie mit übereinandergeschlagenen Beinen. Die Reflexe auf dem Wasser waren so grell, daß es weh tat, wie Kopfschmerzen. Rings um sie summten und brausten Insekten in der heißen Luft. Der Weiher wirkte im Sommer immer kleiner, dachte er, eingesäumt von all der Vegetation. Wenn man ihn jetzt so ansah, konnte er sich gar nicht vorstellen, daß man darauf Eishockey spielen konnte.

Sie schob sich vor ihn, auf den Knien, versperrte ihm den Weg zum Wasser.

»Eden«, sagte er.

»Wenn du willst, kannst du mich anfassen«, sagte sie. »Du kannst meine Bluse anfassen.«

Er sah ihre Bluse an. Das Sehnen in ihm war so tief und aufwühlend, daß seine Kehle ganz trocken wurde. Er konnte sehen, wie ihre Brüste gegen den Stoff preßten. Er konnte erkennen, daß sie unter der

138

Bluse keinen Badeanzug und auch sonst nichts trug. Er hatte noch nie die Brüste eines Mädchens angefaßt, obwohl er das wollte und davon träumte. Ja, er hatte manchmal sogar davon geträumt, die ihren anzufassen. Jetzt träumte er davon, die Knöpfe zu berühren, sie langsam aufzumachen, einen nach dem anderen. Er blickte zu ihrem Gesicht auf. Ihre Augen, blaugrün, fixierten ihn.

Er wandte das Gesicht von ihr ab. Er sah nichts – nur ein grelles Schimmern. Die Farbe stieg ihm ins Gesicht, aber er konnte nichts dagegen tun. Er stemmte die Fäuste ins Gras.

»Eden«, sagte er erneut.

Ihre Hände bewegten sich. Er wußte, was sie tat, und erstarrte, tat so, als würde er es nicht wissen. Er wollte, daß sie es tat. Er wußte, was sie tat, und wollte es.

»Schau mich an«, sagte sie nach einer Weile.

Und langsam ließ er zu, daß er sich herumdrehte und sie ansah. Er zwang sein Gesicht, ruhig zu bleiben. Das war eine Art Prüfung, und er würde dafür sorgen, daß sein Gesicht ruhig blieb, ganz gleich, was geschah, obwohl er sich danach sehnte, sein Gesicht gegen ihre Haut zu pressen. Ihre Brüste waren sehr weiß, und das Weiße hielt ihn fest. Er konnte an ihrer Bräune erkennen, wie weit ihr Badeanzug sonst reichte. Er hob die Hand an die Stirn, um sich das Haar aus dem Gesicht zu wischen. Sein Gesicht blieb ruhig, aber seine Hand verriet ihn.

»Angst?« sagte sie.

Er schüttelte den Kopf, aber er log. Ihm schwindelte – er kam sich losgelöst vor und riesengroß und so, als schwebte er. Er wußte, daß er sie nur zu berühren brauchte.

139

Er hob das Gesicht und blickte zum Himmel auf. Die Sonne war von einer blendenden Krone umgeben. Und sie kniete da, vor ihm, wartete. Eine Minute noch, das wußte er, und sie würden beide verloren sein.

Er stand auf, etwas wackelig. »Ich geh jetzt schwimmen«, sagte er. Seine Stimme war tief, ihm selbst fremd. Er ging ans Wasser und beugte sich vor, um seine Turnschuhe auszuziehen. Dann richtete er sich auf und hechtete in den Weiher und schwamm, als hinge sein Leben davon ab, obwohl man das andere Ufer mit fünfzig Zügen erreichen konnte. Und als er es erreicht hatte, machte er kehrt und schwamm zurück, und noch einmal, und noch einmal, bis er kaum mehr den Arm über das Wasser heben konnte. Und dann schwamm er noch ein Stück weiter, trat in Wirklichkeit Wasser, bis er wußte, daß er jetzt ohne Gefahr heraussteigen konnte.

Als er an das Ufer kletterte und sich das Wasser aus den Ohren schüttelte, saß Eden mit hochgezogenen Knien da.

Sie hatte die Bluse zugeknöpft. Ihr Gesicht war verschlossen, und sie sah ihn nicht an. Und als er sie ansah, wußte er, daß er nicht das Richtige getan hatte. Sie sah klein und einsam aus, ein vierzehnjähriges Mädchen ohne Ziel. Jetzt wollte er ihre Haut berühren, ihr sagen, ja, er hätte von ihr geträumt, sie gewollt, und daß er oft an sie beide zusammen dachte, daß er etwas für sie empfand und daß er Angst gehabt hatte, es selbst für sich auszusprechen – aber er wußte nicht, wie er es sagen sollte.

»Du hättest meine Schwester sein können«, sagte er statt dessen.

140

Sie sagte nichts.

Sie gingen schweigend zurück. Sie war vor ihm. Das Hemd klebte ihm an der Brust und trocknete langsam. Sein Haar pappte ihm in Strähnen an der Stirn.

Als sie sich den Häusern näherten, fuhr sein Arm ruckartig nach vorn, und er versuchte ihre Hand zu nehmen. Da war etwas, was er ihr sagen wollte – er würde es ihr jetzt sagen –, aber sie wählte genau diesen Augenblick, nicht merkend, daß er nach ihr griff, um den Rest des Weges zu den Häusern zu rennen. Er beugte sich vor, wie um ihr nachzurennen, hielt dann aber inne. Er würde sie nicht einholen. Er erinnerte sich daran, daß sie ebenso schnell wie er rennen konnte.

In der darauffolgenden Woche meldete T.J. Andy, daß Eden Sean plötzlich den Laufpaß gegeben hätte. Es ging das Gerücht, sagte T.J., daß Jim das Paar eines Abends etwa hundert Meter vom Haus entfernt in Seans Wagen ertappt und Eden streng verboten hätte, sich je wieder mit Sean zu treffen. Aber T.J. hielt das für unwahrscheinlich, und Andy stimmte ihm zu. Obwohl Jim sich über die Jahre immer mehr zum Trinker entwickelt hatte – ganz besonders im letzten Jahr –, was ihn manchmal dazu brachte, sich Andys Vater zu schnappen und ihm stundenlang mit irgendeinem belanglosen Thema in den Ohren zu liegen oder brütend, mit einem Bier in der Hand, auf seiner Terrasse zu sitzen und darauf zu warten, daß Eden zum Abendessen nach Hause kam, hielt Andy es für praktisch unmöglich, daß Jim zu einer so entschiedenen disziplinarischen Maßnahme fähig sein könnte. Viel plausibler schien, daß Sean die Geschichte erfunden hatte, um sein Gesicht zu wah-

141

ren. Allem Anschein nach war Eden einfach Seans überdrüssig geworden. Er hatte eine Weile einen nicht näher definierten Zweck erfüllt und war jetzt nicht mehr sehr interessant für sie – ein Schicksal, das Sean in Weißglut versetzte. Zuerst belagerte er Eden mit Fragen und Bitten, aber als diese Bemühungen sie nicht bewegen konnten, entzündete sich seine Wut und wurde grenzenlos.

»Das Miststück krieg ich schon«, sagte er jedem, der es hören wollte, und sein Zorn wuchs von Tag zu Tag. »Das Miststück bring ich um!« schrie er, daß es durch seinen Wagen hallte. T.J. sagte ihm, er solle sich beruhigen und sich zusammenreißen. Später, als T.J. Seans endloser Tiraden müde geworden war, sagte er ihm, er solle gefälligst »erwachsen werden«. Aber Sean, wütend und von Sinnen, hörte nicht auf. Am Vormittag des letzten Tages im Juli baute er mit seinem Wagen auf der Straße von der Ortschaft zu Edens Haus einen Totalschaden und wurde wegen Geschwindigkeitsüberschreitung und Trunkenheit am Steuer festgenommen. An einem Morgen in der ersten Augustwoche fand ein Aushilfshausmeister, der das Schulgebäude betreute, im Ostflügel in der Nähe des Musikzimmers zwei eingeschlagene Fenster. Mitte August hatte Jim zweimal auf dem Polizeirevier angerufen, um sich über Sean zu beklagen, der tagelang auf der anderen Straßenseite gestanden war und darauf gewartet hatte, daß Eden das Haus verließ, um zur Busstation zu gehen.

Aber das war noch nicht das Schlimmste, sagte T.J. Andy eines Abends im August nach der Arbeit, als die beiden ins Kino gingen. Das Schlimmste war dies: Als Sean T.J. das erste Mal erzählt hatte, daß Eden nichts mehr mit ihm zu tun haben wollte, hatte

Sean das Steuerrad seines Wagens so krampfhaft umklammert, daß seine Finger weiß geworden waren. Und dann hatte er tief geschluckt, als bekäme er keine Luft, und wie ein kleines Kind geweint.

Als er den Rasenmäher abschaltet, hört er das Telefon klingeln. Es ist seines in der Küche. Er fängt zu rennen an, springt die Treppe hinauf, läßt die Gittertür zuschlagen und erreicht es beim dritten Klingeln.

»Hallo?« sagt er atemlos.

»Du bist nicht in Form, Andy-Boy. Vielleicht solltest du doch joggen.«

»T.J.«

Andrew legt die Hand auf die Brust, als könnte er damit sein wild schlagendes Herz zu langsamerem Schlagen bringen.

»Was hast du denn gemacht?«

»Den Rasen gemäht«, sagt Andrew. »Ich bin zum Telefon gerannt.«

»Du solltest dir ein schnurloses besorgen. Wir haben eines im hinteren Garten.«

»Oh«, sagt Andrew. Ist es die Mühe wert, T.J. daran zu erinnern, daß er nicht die Absicht hat, in diesem Haus zu bleiben, und ihm von dem schnurlosen Telefon zu erzählen, das er und Martha in Saddle River hatten?

»Also hör zu. Ich habe mit Didi gesprochen. Kannst du Freitagabend rüberkommen?«

Andrew fängt zu rechnen an. »Was für ein Tag ist heute?« fragt er.

»Dienstag.« Dann eine Pause. »Bist du noch da?« fragt T.J.

»Ja«, sagt Andrew und denkt, wie leicht man doch den Zeitbegriff verliert, wenn man nicht ins Büro gehen muß. »Ja, da werde ich noch da sein. Ich hatte es vorgehabt.«

»Ausgezeichnet«, sagt T.J. »Erinnerst du dich an das Conroy-Anwesen?«

Andrew erinnert sich an eine Farm zwei Meilen östlich der Ortschaft, an blaue Luzernen, wie ein wogendes Meer, einen hohen, aluminiumglitzernden weißen Silo, ein Schiff inmitteln endloser Farbenpracht. »Die Luzernenfarm, nicht wahr?«

»Genau. Jetzt stehen dort Häuser. Eine Art gehobene Reihenhausanlage. Water's Edge nennt es sich. Wir wohnen auf Tudor Lane, das zweite links, Nummer zwölf.«

»Okay.«

»Wir reden über deinen Hausverkauf, wenn du kommst«, sagt T.J.

»Okay.«

Wieder eine Pause. »Bei dir wirklich alles in Ordnung?«

»Na klar«, sagt Andrew.

»Schon gut, schon gut, ich glaube dir. Dann sehen wir uns gegen sieben, okay?«

Andrew stützt die Hände auf die Hüften und spürt, wie sein Herz langsam wieder in normalen Rhythmus gerät. Es ärgert ihn, aber T.J. hat recht: Er ist wirklich nicht in Form. Er gießt sich ein Glas Wasser ein und setzt sich auf einen Küchenstuhl, die Beine gespreizt. Er versucht sich auszumalen, wie auf der Conroy-Farm heute Häuser stehen – was die wohl mit diesem riesigen weißen Silo gemacht haben? –, als das Telefon wieder klingelt. Er denkt, es müsse T.J. sein, daß er ihm vielleicht die falsche Zeit gesagt hat, und so meldet er sich nur mit »Ja«, aber am anderen Ende ist eine Frauenstimme.

144

»Andrew?«

»Jayne«, sagt er etwas überrascht.

»Wie geht es Ihnen?« fragt seine Sekretärin. »Wie fühlen Sie sich?«

»Prima«, erklärt er zum dritten Mal in fünf Minuten. »Und vielen Dank auch für die Blumen«, fügt er hinzu. »Sagen Sie allen, ich lasse danken, aber ich weiß, daß Sie das waren.«

»Wir haben alle an Sie gedacht«, sagt sie. »Wir haben uns alle gefragt, wie es Ihnen wohl geht. Wir hatten nichts von Ihnen gehört, und da ...« Er sieht Jayne in ihrem grauen Kostüm, der weißen Seidenbluse und dem kurzgeschnittenen Salz-und-Pfefferfarbenen Haar deutlich vor sich. Ihr Schreibtisch ist jetzt ohne Zweifel makellos sauber aufgeräumt. Sie besitzt ein Talent, hat er sich oft überlegt, das Chaos des Büros zu absorbieren und es in saubere, einfache Päckchen aus gesundem Menschenverstand und Ordnung zu verwandeln.

»Es tut mir leid«, sagt Andrew. »Ich hätte anrufen sollen. Es klappte nicht mit der Beerdigung am Sonntag, und so war sie gestern, und ich hatte hier eine ganze Menge zu erledigen. Ich muß das Haus verkaufen, mich um die Sachen meiner Eltern kümmern. Es gibt sonst wirklich niemanden, der das machen könnte.« Er hält inne. Seine Stimme klingt nicht überzeugend, sogar für ihn selbst nicht.

»Geoffrey läßt Ihnen sagen, Sie sollen sich ruhig Zeit lassen, aber er hat sich gefragt ... ob Sie vielleicht wissen, wann Sie wohl zurückkommen. Anscheinend gibt es Ärger mit der Agentur ... Aber es hat keine Eile, sagt Geoffrey.« Andrew meint in Jaynes Stimme Verlegenheit zu hören. *Sehen Sie, ob Sie herausbekommen, wann er zurückkommt,* wird

145

Geoffrey, sein Chef, gesagt und damit diese lästige Aufgabe ihr übertragen haben. *Sehen Sie, ob Sie ein Feuer unter seinem Hintern anzünden können.*

Andrew streicht sich mit den Fingern durch das Haar und sieht zum Fenster hinaus. Der Grasstreifen, den er sehen kann, sieht gut aus – kurz und sauber. Er könnte sagen: *Ich werde Freitag morgen im Büro sein,* ganz eindeutig, aber das will er nicht. Er könnte es leicht bis Freitag schaffen, denkt er; es gibt nichts, was ihn wirklich hier festhält. T.J. würde alles erledigen, wenn Andrew ihn darum bitten würde.

»Ich werde sehen, daß ich Anfang nächster Woche komme«, sagt er.

»Ich bin sicher, daß es ... eine Menge zu tun gibt«, sagt sie. »Sie sind bestimmt ganz erschöpft. Ich werde Geoffrey sagen, daß Sie ... vieles zu erledigen haben.«

»Ja.«

»Soll ich Montag oder Dienstag sagen?« fragt sie nach einer kurzen Pause.

»Sie können sagen ... Jayne?«

»Ja?«

»Ich brauche etwas Zeit«, sagt er, als dränge ihn etwas, sich zu entschuldigen. »Es ist schwer zu erklären. Ein paar Tage. Sagen Sie Geoffrey, Montag. Aber vielleicht geht es bis Montag noch nicht. Sie verstehen?«

Sie brauchte nur eine Sekunde zu lang, um zu antworten. »Vollkommen«, sagt sie dann.

Er rollt die Augen zur Decke. Er liebt seine Sekretärin. Obwohl sie sehr streng sein kann, wenn er sich zu lange Zeit läßt, wichtige Anrufe zu erwidern, hat sie ihn schon unzählige Male decken müssen.

146

»Sie sind großartig, Jayne«, sagt er.

»Ich glaube, Sie haben sich etwas Ruhe verdient«, sagt sie. Er weiß, daß sie jetzt lächelt. »Und machen Sie sich keine Sorgen – ich kümmere mich um Geoffrey.«

Als Andrew den Hörer auflegt, lächelt er ebenfalls. Er schlägt einen kurzen Trommelwirbel auf der Kunststoffplatte des Küchenschranks und rollt dann die Schultern, um seine Muskeln zu entspannen. Noch eine Woche. Er hat das – völlig unlogische – Gefühl, einen Preis gewonnen zu haben.

Erst vor einer Woche war er mit der Leitung eines Projekts beschäftigt, das ihm schlaflose Nächte eintrug, eine schwerfällige Anzeigenkampagne für ein Schmerzmittel, für das er zuständig gewesen war – noch schlimmer: die seine Idee gewesen war. Eigentlich müßte er sich um das ins Stocken geratene Projekt Sorgen machen, denkt er, allein schon aus Gewohnheit, wenn aus keinem anderen Grund; aber es scheint ihm zu entfernt, um es ganz zu erfassen, so als hätte ihn allein schon die räumliche Entfernung hinreichend von seinem Büro distanziert. Er fühlt sich, als würde er die Schule schwänzen – fischen, anstatt ein Physikexamen abzulegen.

Und doch weiß er, daß er, realistisch gesehen, praktisch nichts tun kann, um seinen guten Ruf zu zerstören und die Rolle in der zurzeit laufenden Seifenoper im Büro zu ändern. Seit Jahren ist er der bescheidene Protegé gewesen – eine Rolle, die zu spielen ihm leichtgefallen ist, wo sie doch nur erforderte, daß er seine Arbeit tat und den Eindruck erweckte, ihr voll und ganz ergeben zu sein. Er weiß nicht sicher, weshalb er so erfolgreich gewesen ist,

147

weil er in sich selbst immer einen gewissen Mangel an Biß bezüglich seines Ehrgeizes erkannt hat; er glaubt vielmehr, daß dieser Erfolg die Konsequenz einer weitgehend passiven Reise durch offene Türen war. Martha pflegte zu sagen, daß sich deshalb so viele veranlaßt sahen, ihm die Tür zu öffnen – so wie sie es oft getan hatte (woran sie ihn häufig erinnerte) –, weil er nicht den Anschein übermäßigen Hungers erweckte.

Er leert sein Glas Wasser, stellt es auf den Tisch und ist schon beinahe aus der Tür draußen, als das Telefon wieder klingelt.

»Jesus!« sagt er laut und vergnügt.

»Ich habe den ganzen Nachmittag angerufen«, sagt Martha sofort. »Wo bist du denn gewesen?«

Es ist so unvermeidbar wie der Einbruch der Nacht. Sooft er sich selbst auch versprochen hat, immun zu bleiben – der Klang von Marthas Stimme am Telefon löst eine chemische Reaktion in seinem Blut aus, die sich sofort auf seine Stimmbänder überträgt. Seine Stimme verkümmert, klingt hohl, stirbt.

»Martha.«

»Ich habe mindestens viermal angerufen. Ich dachte, du würdest Sachen sortieren.«

»Ich habe den Rasen gemäht«, sagt er leise. Er weiß mit der gleichen Sicherheit, mit der er die Wirkung kennt, die sie auf ihn hat, daß sie nur bei ihm so gereizt klingt.

»Oh. Nun, wir sind auf Nantucket«, sagt sie.

»Ja, das hast du ja vorgehabt.«

»Ich habe angerufen, um zu sehen, wie alles gelaufen ist.«

»Gut ist es gelaufen«, sagt er.

»Und das ist alles? Gut ist es gelaufen?«

»Was ist schon dabei«, sagt er. »Man sagt ein paar Worte, bringt jemanden unter die Erde, trinkt eine Tasse Kaffee, und ehe man sich's versieht, ist es vorbei.«

Auf der anderen Seite tritt eine kurze Pause ein. »Für mich klingt das, als würdest du dich nicht damit auseinandersetzen.«

»Ich setze mich damit auseinander. Wo ist Billy?«

»Hier neben mir. Willst du mit ihm sprechen?«

»Das weißt du doch.«

Er lehnt sich an den Kühlschrank und wartet auf den Klang der Stimme seines Sohnes.

»Papa?«

Die Stimme trifft seinen Magen wie ein kräftiger Schluck Whisky, und die Wärme breitet sich aus.

»Tag, Billy. Was machst du gerade?«

»Ich rede mit dir.«

Andrew lächelt und nickt. »Das weiß ich, Billy. Was hast du gemacht, bevor du mit mir sprachst?«

»Ich und Mama und Nana haben Muscheln gesammelt. Äh – du weißt schon ... sag mal, weißt du, was Muscheln sind?«

»Sie haben eine schwarze Schale und kleben an Felsen im Wasser?« sagt Andrew.

»Genau. Und sie sind schwer abzukriegen. Du solltest meine Finger sehen. Und Nana wird mir zeigen, wie man sie kocht, und dann essen wir sie mit zerlassener Butter.«

»Klingt lecker«, sagt Andrew.

»Ich weiß nicht«, sagt Billy skeptisch. »Vielleicht mag ich sie gar nicht. Sie sehen eklig aus.«

»Du fehlst mir«, sagt Andrew, bemüht, sich seine Bewegung nicht anmerken zu lassen.

»Du fehlst mir auch, Papa. Wo bist du?«

149

»Bei Oma.«

Schweigen.

»Billy?«

»Mama sagt, Oma ist im Himmel.«

Andrew ist überrascht, weil Martha nichts von Religion hält. Oder jetzt doch? Oder war es einfach die bequemste Erklärung für den Tod, die man einem Siebenjährigen geben kann? »Das stimmt, Billy. Aber ich bin in ihrem Haus und packe ihre Sachen weg.«

»Oh«, sagt Billy. »Papa?«

»Was denn, Billy?«

»Das Auto verpackst du aber nicht.«

Er weiß, daß Billy den hölzernen Go-Kart meint, den Andrews Vater für ihn gebaut hat, als er ein Junge war, und den Andrews Mutter für Andrews eigenes Kind aufgehoben hat. Als er seine Mutter einmal besuchte, als Billy fünf war, brachte er seinen Sohn auf den Schulparkplatz und zeigte ihm, wie man steuert.

»Nein, sicher nicht. Der steht in der Garage.«

»Mama möchte mit dir reden.«

»Billy?«

»Was, Papa?«

»Ich hab dich lieb.«

»Ich dich auch.«

Andrew kann das schmatzende Geräusch hören, wie Billy die Sprechmuschel des Telefons küßt. Er beugt sich vor, um dasselbe zu tun, aber die kleine Stimme ist zu schnell verschwunden. Er hört ein schnarrendes Geräusch im Telefon und dann, wie Martha ihre Mutter bittet, Billy hinauszubringen. Andrew atmet tief durch.

»Also«, sagt sie. Er hört ein schwaches Seufzen.

150

Ermüdung? Gereiztheit? Dann hört er einen schnellen Zug und das Geräusch, das entsteht, wenn man Zigarettenrauch ausbläst. Er kann sie so deutlich sehen, als stünde sie neben ihn: Jeans, ein weißes Hemd, ein um den Hals geschlungener Pullover, Sandalen, gebräunte Füße. Ihre Stirn wird jetzt ungeduldig gerunzelt sein. Den Kopf wird sie leicht zur Seite geneigt haben, weil sie ihr schulterlanges braunes Haar auf einer Seite gescheitelt trägt und ihr oft eine Haarsträhne ins Gesicht fällt.

»Er klingt ...« Andrew atmet noch einmal durch. »Er klingt gut.«

»Er ist großartig«, sagt Martha. »Großartig. Er wollte mit dir reden. Er war ganz durcheinander, als ich ihm das von deiner Mutter sagte. Aber jetzt geht es ihm wieder besser.« Zug und ausatmen.

Die Zigarette zwischen den Fingern haltend, wird sie jetzt das Haar aus dem Gesicht streichen. Er hat sie tausendmal am Telefon gesehen.

»Ich bin erleichtert«, sagt Andrew.

»Also hör mal«, sagt Martha. »Bist du auch ganz sicher in Ordnung?«

»Ich bin okay.«

»Wie lange wirst du dortbleiben?«

»Eine Woche noch.«

»Oh ... Ich schätze, da gibt es nichts, was ich sagen könnte.«

»Nein. Wahrscheinlich nicht.«

»Wirst du kommen und Billy holen, wenn wir zurückkommen?«

»Das weißt du doch.«

»Also dann.«

Eine Pause.

»Andrew?«

151

»Was?«

»Das ist eigenartig, nicht wahr?« sagt sie.

»Was ist eigenartig?«

»Daß du das alleine machst.«

Jemand tritt in ein Zimmer und sagt hallo, und dein Leben nimmt einen Kurs, auf den du nicht vorbereitet bist. Es ist ein winziger Augenblick (fast – aber nicht ganz – belanglos), der Anfang von hunderttausend winzigen Augenblicken und ein paar größeren. Eine beliebige Samenzelle trifft eine beliebige Eizelle und wird dein Kind, das du mehr liebst als das Leben selbst. Und doch ist dieses Zusammentreffen, jener infinitesimale Anfang nicht erstaunlicher als die Teilung einer Zelle?

Er hat Martha bei einer Antikriegskundgebung in ihrem Seniorjahr auf dem College kennengelernt. Kein bemerkenswertes Zusammentreffen – sie hatte ihn lediglich gebeten, vor dem ROTC-Gebäude* Flugblätter zu verteilen, aber er hatte sich dennoch zu ihr hingezogen gefühlt, trotz oder vielleicht gerade wegen ihrer völligen Konzentriertheit. Es war ihre Wut, die ihm so auffiel, eine helle Wut, die eindeutig das Ziel hatte, den Krieg zu beenden – eine Wut, die Farbe in ihre Wangen zauberte, ebenso wie sie ihrer Sprache mit den breiten As und den anderen New-England-Eigenheiten einen ganz besonderen Ausdruck verlieh. Zuerst begnügte er sich damit, sie lediglich zu beobachten – in den Versammlungen, an denen er teilnahm, war sie wütend, ohne dabei schrill zu werden –, aber im Laufe der Zeit stellte er

---

* ROTC (Reserve Officers Trainings Camp): Ausbildungslager für Reserveoffiziere. (Anmerkung des Übersetzers.)

fest, daß er sich immer mehr an ihren politischen Projekten beteiligte. Jahre später, als er sich dann gezwungen sah, die Gründe zu untersuchen, die sie zusammengeführt hatten, so als rätselte er an einem unlösbaren mathematischen Problem, überlegte er, daß die Leidenschaft zwischen ihnen nicht etwa von dieser Zusammenarbeit ausgelöst worden war, sondern vielmehr, daß dieses Zusammentreffen sie einfach in eine Zukunft hatte treiben lassen, die ebensosehr von den Umständen wie von Wunsch oder Wollen bestimmt war. Gesetzt den Fall, sie hätten sich in ihrem Juniorjahr kennengelernt oder später, nach dem Examen, also zu einer Zeit, wo sie nicht gezwungen gewesen wären, die Gemeinschaftsschlafsäle zu verlassen und sich eine andere Bleibe zu suchen, hätten sie es dann auch für nötig gehalten, sich zusammen eine Wohnung zu nehmen?

Nicht daß er sie nicht geliebt hätte – das tat er oder glaubte es zu tun, obwohl sie mit den bewundernswerten Stacheln und Dornen ihres Zornes nicht immer leicht zu lieben war. Damals waren sie schon verheiratet und lebten im dritten Stock eines Mietshauses ohne Lift an der Fayette Street in Cambridge. Die Badewanne stand in der Küche. Martha studierte auf dem Bett. Er nahm einen Tisch am Fenster im Wohnzimmer. Nachts, wenn er mit seinen Studien fertig war, ging er immer ins Schlafzimmer, wo sie bereits im Sitzen mit einem Buch im Schoß eingeschlafen war. Er nahm dann immer vorsichtig, um sie nicht zu wecken, die Bücher und Papiere weg und legte sie auf einen Tisch neben dem Bett und schlüpfte behutsam neben ihr unter die Decke.

Danach beobachtete er sie manchmal und begann das Rechenexempel zu formulieren, das ihre Ehe sein würde. Denn schon damals fing ihre Wut an, ihre Zielgerichtetheit zu verlieren, diffuser zu werden. Der Krieg war zu Ende; es war jetzt schwieriger, ein Anliegen zu finden. Sie war häufig unzufrieden, mißmutig. Damals dachte er, es wäre mutig von ihr, diese ihre Bereitschaft, immer am Rande zu leben, aber später begann er mit einigem Widerstreben zu erkennen, daß sie nicht etwa deshalb so war, weil sie es wollte, sondern weil die Wut sie selbst war.

Er denkt jetzt, wie lange er dazu gebraucht hatte, dies zu begreifen, und wie oft er mit diesem Zug an ihr, für den sie nichts konnte und den sie auch nicht unter Kontrolle hatte, keine Geduld hatte. Als sie in New York an der East Side lebten, dachte er, ihre Wut sei die Folge davon, daß sie aus ihrer heimischen Umgebung gerissen worden war und daß sie keine bessere Stelle als die einer Englischlehrerin an einer Privatschule finden konnte. Aber als dann Billy gekommen war und sie nach Saddle River gezogen waren, hatte sich die Wut auf ihn gerichtet oder, genauer, auf ihre Ehe oder, noch genauer, auf den Umstand, zu jener ganz bestimmten Zeit und an jenem ganz bestimmten Ort verheiratet zu sein. Und unterdessen war die Wut ansteckend geworden, so daß er sich in ihrer Gegenwart auch Stacheln und Dornen zugelegt hatte, obwohl er in einer Auseinandersetzung nie so deutlich und prägnant sein konnte wie sie und deshalb ihre verbalen Schlachten häufig verlor.

Früher dachte er, der Umzug hätte sie zerstört. Es hatte sich zufällig ergeben: Eine Tür hatte sich just in dem Augenblick geöffnet, als er sich das gewünscht hatte, und so war er hindurchgegangen. Es war an einem Nachmittag im letzten Jahr, das sie auf

154

der Schule verbracht hatten – sie hatten beide auf
Stellenangebote für das nächste Jahr gewartet –, als
er nach einem bedrückenden Anfängerseminar, das
er gehalten hatte, eine Art Erscheinung hatte. An
jenem Tag, nachdem die Studenten das Klassenzim-
mer verlassen hatten, hatte er vor sich eine Zukunft
aus endlosen ähnlichen Nachmittagen gesehen, eine
Zukunft, die aus verstaubten Büchern und von Krei-
destaub erfüllten Räumen bestand, und ihm war
klargeworden, daß das überhaupt nicht das war, was
er im Sinn hatte. Und doch hatte es noch ein paar
Wochen gedauert, bis ihn Geoffrey angerufen und
aufgefordert hatte, für ihn in der Pharmazeutikfirma
zu arbeiten, bis der Plan Gestalt angenommen hatte.
Geoffrey war sein Professor in einem Amerikani-
stikseminar, und Andrew war sein Lieblingsschüler
gewesen – die beiden hatten häufig nach dem Semi-
nar noch ein oder zwei Gläser Bier zusammen
getrunken. *Braucht ja nicht für immer zu sein*, hatte
Geoffrey am Telefon gesagt, weil er wußte, daß
Andrew nach einer so langen Investition zögern
würde, der akademischen Welt den Rücken zu kehren. *Kommen Sie einfach mal her, und probieren
Sie's.* Und das hatte er, und die Firma hatte ihm so
viel Geld angeboten, daß selbst Martha, was selten
geschah, sprachlos gewesen war.

Bei dem Versuch, an sich und Martha in Saddle
River vor ihrer Trennung zu denken, erinnert er sich
an zuviel und doch nicht genug. Die Erinnerungen
fluten über ihn herein wie Regen, aber ebenso wie
Regen fallen sie auch zwischen seinen Fingern durch,
ehe er sie packen kann. Früher hatte er gedacht, er
könne sich nicht erinnern, weil sein Gedächtnis ihn
im Stich ließe, aber jetzt glaubt er, daß das Verges-

155

sen ein Trick seines Bewußtseins ist, um ihn zu schützen. Sein Gedächtnis beschützt ihn vor guten Erinnerungen, die jetzt schmerzlich sind, und vor den schlechten, die ihn für sie beide verlegen machen.

Wenn ihre Nächte sehr schlimm waren, war er unfähig, sich an die guten zu erinnern. Oder wenn doch, dann waren sie wie Geschichten aus der Kinderzeit, die nicht länger Bedeutung oder Resonanz haben. Und doch konnte er, wenn es gute Zeiten gab, so spärlich sie sich auch gegen das Ende einstellten, absolut nicht an die Tage des Schweigens oder die Bitterkeit oder die Leere erinnern, die sich nur eine Woche zuvor ihren Streitigkeiten angeschlossen hatten, oder die Furcht – ein Bild, das nicht verblassen wollte –, daß die winzige Familie, die er geschaffen hatte, in ihren Wurzeln am Zerfallen war. Manchmal konnte er sich nicht einmal an die Worte erinnern, die in einem Streit nur einen Tag zuvor gefallen waren.

Sie wuchsen aus ihrer Liebe heraus, als ob die Liebe selbst immer ein endliches und meßbares Leben hätte, so wie die Kindheit. Und wenn man ihnen das am Anfang gesagt hätte, dann hätten sie sich vielleicht dafür entschieden, nicht zu heiraten und ein Kind zu haben, obwohl Andrew sich einfach nicht vorstellen konnte, je eine Entscheidung getroffen zu haben, die zu einer Welt ohne Billy führen würde. Und so blieben sie ein gutes Stück über die Zeit hinaus zusammen, als die Liebe schon zu Ende war, und gaben vor und hofften, daß alles nur eine zeitweise Unterbrechung sein würde, voll Angst vor der Zukunft. Bis zu dem Tag, als der Abgrund zwischen ihnen so tief geworden war, daß Martha, die

156

mehr Mut besaß als er und weniger Angst hatte, sie
würde Billy verlieren, schließlich zu ihrer Mutter zog,
bis Andrew ausziehen konnte. Als er an diesem
Abend nach der Arbeit heimkam, fand er einen trau-
rigen Brief, der, wenn er ihm auch ein gewisses Maß
an Erleichterung bot, ihn doch beinahe in den
Wahnsinn getrieben hatte.

Und doch, waren dies nicht die besten Jahre gewesen – die Zeit, in der Billy ein Baby war, ein tolpat-
schiges Kleinkind, ein kleiner Junge, der sich in seinem Laufgitter aufrichtete, die Arme weit ausgebrei-
tet, um seinen Vater zu begrüßen, der spät von der
Arbeit nach Hause kam? Ein winziger Junge mit
einem Handschuh, der ihm zwei Nummern zu groß
war, ein Junge, der vergnügt jeden Ball verpaßte, den
man ihm zuwarf, glücklich einfach darüber, mit seinem Vater zu spielen, so wie der Vater auch glücklich
war, einfach mit ihm zu spielen.

Andrew sinniert über dieses Rätsel und fragt sich
oft, ob dies nur ihm widerfuhr oder ob es die ganze
Zeit geschieht, jedem widerfährt, der heiratet.

Und wie sehr hat er in all der Zeit an Eden gedacht?
Sprudelte sie nicht in seinen Träumen an der Oberfläche?

Am Anfang, in der ersten Zeit in der Schule, fühlte
er sich unbehaglich, wenn er ein Mädchen kennenlernte. Seinem Vergnügen nachzugehen, während
Eden doch so angeschlagen war, kam ihm wie ein
Akt gebrochener Loyalität vor. In den ersten Jahren,
wenn er auf Besuch zu Hause war, quälte er seine
Mutter mit Fragen, aber sie war eigenartig schweig-
sam und wechselte das Thema, als wollte sie ihn vor

157

den Einzelheiten der schmutzigen und tragischen Affäre nebenan beschützen; vielleicht weil sie glaubte, diese Dinge könnten ihn von dem ablenken, was ihr wichtig erschien – seine Ausbildung. Als Martha anfing, ihn auf den Reisen nach Norden zu begleiten, stellte er fest, daß es ihm peinlich war, nach Eden zu fragen, außer ganz beiläufig. Und als sie dann nach New York gezogen waren (und die Reisen nach Norden noch seltener geworden waren), erfuhr er nur dann von Eden, wenn er einen Brief von zu Hause bekam – in jener Ära der Zehnstundentage im Büro und von Billys Geburt.

Und doch scheint ihm jetzt, daß Eden immer da war, eine Präsenz, die am Rand seiner Träume schwebte, ein Bruchstück eines Lebens, das er nicht völlig hinter sich gelassen hatte. Hier und da dachte er an sie, bei den unpassendsten Anlässen, beim Hockeyspiel mit seinem Sohn oder wenn er an einer Straßenecke ein Mädchen mit blonden Locken sah. Manchmal, wenn er an Eden und sich dachte, war das Bild, das sich bei ihm einstellte, das von zwei Zügen auf parallelen Gleisen, die außer Kontrolle dahinrasten, bis einer schließlich aus den Gleisen gesprungen war, während der andere, sein eigener, immer weitergerollt war.

Und dachte er in all der Zeit nicht auch häufig an Sean?

Am Nachmittag nach der Tragödie verließ Sean die Stadt – ob aus Leid oder Schuldgefühl, konnte niemand je mit Gewißheit sagen. Auch wußte niemand, wohin er gegangen war, denn er hatte keine Nachricht hinterlassen. Aber T.J., der am Abend von Seans Verschwinden erfuhr, sagte Andy am Telefon im Vertrauen, er glaube, Sean sei nach Süden gegangen, nach New York.

Dies erwies sich als scharfsinnige Vermutung, die am zweiten Tag nach den Schüssen bestätigt wurde, als kurz nach dem Abendessen ein Beamter der Straßenpolizei in der Wohnung über der Fernsehwerkstätte erschien, um Seans Eltern davon in Kenntnis zu setzen, daß ihr Sohn beim Versuch, die 178. Straße in Washington Heights zu überqueren, von einem Auto tödlich verletzt worden war, dessen Fahrer anschließend Fahrerflucht begangen hatte. Der Junge hatte in einer irischen Bar an der Ecke zuviel getrunken, sagte der Beamte, und war nach Zeugenaussagen wie blind über die Straße gegangen. Was Sean an der Peripherie Manhattans gemacht hatte, sollte nie ans Licht kommen – ob er versehentlich an der George-Washington-Brücke aus dem Bus gestiegen war (in Unkenntnis der Tatsache, daß die Route noch weiter in die Innenstadt führte und es eine Haltestelle an der 42. Straße gab) oder ob er im Bus jemanden kennengelernt hatte, der ihm dieses Viertel empfohlen hatte. Aber wenn es so jemanden gab, so gab sich der oder die Betreffende jedenfalls nie zu erkennen. Tatsächlich hatte keiner der Zeugen Sean je zuvor gesehen.

Nach jenem Tag und auch später sollte Andrew oft über jene unheilvolle Busfahrt nachdenken und sich ausmalen, was Sean wohl auf der Fahrt nach Süden gedacht haben mochte, und sich fragen, wo Sean in jener Nacht geschlafen hatte und warum. Selbst heute noch, wenn er auf dem Henry Hudson Freeway nach Norden fährt und die George-Washington-Brücke sieht oder jene Brücke von New Jersey kommend überquert, muß er immer an Sean

159

denken, sinnlos betrunken und allein in Washington Heights.

Die Ortschaft war erschüttert, als sie von den zwei Vorfällen erfuhr (seit zweiundvierzig Jahren hatte es keinen Mord mehr gegeben, und noch nie war jemand aus dem Ort in einen tödlichen Unfall mit Fahrerflucht verwickelt), und wartete darauf, daß Eden aufwachte, in der Hoffnung, sie würde die Teile dieses Puzzlespiels zusammenfügen können. Und als daher Eden aus dem Koma erwachte, das sie zehn Tage lang als stumme, schlafende Gefangene im Krankenhausbett festgehalten hatte und (von ihrer Mutter keine Sekunde lang aus den Augen gelassen), den einen Namen ausssprach – ein einziges Mal, um ihn nie wieder zu bestätigen oder zu dementieren –, war niemand überrascht.

Am Morgen sieht er sich die Dachrinne an. Sie hat sich an einem Ende vom Haus gelöst und hängt durch, als würde sie jeden Augenblick ganz abbrechen. Sie muß repariert werden, obwohl er keine richtige Vorstellung davon hat, wie er das anpacken soll. Er geht an der Südseite des Hauses auf und ab und versucht logisch über das Problem nachzudenken. Er wird die Stützen inspizieren, die noch halten, sehen, wie sie befestigt sind, und dann dieses System über die ganze Länge der Dachrinne reproduzieren. Dabei ist es nicht etwa so, daß er nicht schon früher Reparaturarbeiten ausgeführt hatte; das hatte er sehr wohl und hat auch heute noch verschwommene Erinnerungen daran, wie er als Junge mit seinem Vater alles mögliche in Ordnung gebracht hat. Es ist nur so, daß er an diesem Morgen aus Gründen, die er selbst nicht so richtig durchschaut, gereizt ist und nach seiner schier stoischen Ruhe von gestern morgen gründlich aus der Fassung ist. Er nimmt an, daß es daher kommt, daß er in der Nacht so unruhig geschlafen hat. Als er um fünf Uhr morgens aufwachte und sich mit dem obersten Laken beinahe selbst erstickt hatte und unerklärlicherweise Lust auf ein Bier hatte, hatte er von einem blauen Kleid in einem Fenster geträumt. Er sieht zum anderen Haus hinüber. Das Fenster mit seinen vier vertikalen rechteckigen Scheiben ist kahl und leblos, als wäre das, was er dort sah, *wirklich* nur ein Traum und nicht ein greifbares Bild gewesen.

Er nimmt die Leiter und lehnt sie an das Haus, sorgsam darauf bedacht, die Dachrinne nicht noch weiter zu lockern. Als er hinaufklettert, erkennt er zu seinem Entsetzen, daß sie voll von klebrigem Zeug ist – eine Mischung aus eingetrocknetem Schmutz und versteinerten Blättern. Jetzt könnte er seinen Vater brauchen, damit er ihm sagt, was er zuerst in Angriff nehmen soll: die Dachrinne säubern oder sie neu befestigen? Vielleicht schafft er es nicht, die Rinne mit dem zusätzlichen Gewicht und all dem Unrat am Haus zu befestigen; andererseits ist es gut möglich, daß er die ganze Struktur abreißt, wenn er beim Saubermachen zu viel Druck ausübt.

Die Arbeit ist unangenehm und lästig, ganz anders als das Vergnügen, das er gestern beim Rasenmähen empfand. Das Ergebnis stellt sich nicht so unmittelbar ein, nicht so offensichtlich. Niemand außer ihm wird auch nur erfahren, daß die Dachrinne repariert worden ist. Das Holz, wo er die Nägel einschlagen müßte, ist verfault; ein ganzes Brett sollte ersetzt werden, aber er denkt, wenn er die Stützen versetzt, könnte es vielleicht genügen, nur das vorhandene

Holz zu benutzen. Sein Vater hätte das nicht so gemacht, das weiß er; das hätte seine Erziehung nie zugelassen. Aber er hat heute keine Geduld. Ganz besonders, als sich erweist, daß die einzige Kelle, die er findet, um damit die Dachrinne zu säubern (nachdem er beinahe eine Viertelstunde suchen mußte, um überhaupt eine Kelle zu finden), zu breit ist, um in den Trog zu passen.

Er kehrt gerade mit einem Meißel aus der Garage zurück, als er sieht, wie sie die Tür des Plymouth öffnet und sich hinter das Steuer setzt. Sie tut so, als hätte sie ihn nicht gesehen, und er winkt nicht. Er fragt sich, wie sie wohl an der jetzt eingebrochenen Treppenstufe vorbeigekommen ist; die muß er ganz entschieden heute reparieren. Er bleibt stehen, um sie zu beobachten. Sie legt den Rückwärtsgang ein und lenkt den Wagen auf die Straße. Dann wird es jetzt viertel vor zehn sein; er braucht nicht auf die Uhr zu sehen. Er blickt wieder zu dem Fenster in der Ecke auf. Er wartet, daß dort etwas Blaues sichtbar wird und wieder verschwindet – aber da bewegt sich nichts, da ist keine Spur von Leben irgendwo in jenem Haus.

Gegen Mittag hat er die Dachrinne zu dreiviertel sauber. Seine Finger sind jetzt von Schrunden zerrissen, und die Hitze, die von den Dachpappschindeln aufsteigt, hat ihm rasende Kopfschmerzen eingetragen. Er preßt immer wieder die Stirn gegen die Dachrinne, um seine Augen ausruhen zu lassen, aber nur kurz. Er ist jetzt beinahe fertig und möchte Schluß machen.

Er schiebt die Leiter weitere zwei Fuß an der Hausseite entlang. Er klettert die Sprossen hinauf und neigt den Kopf etwas zur Seite, um damit das

162

Pochen zu lindern. Vielleicht sollte er etwas essen oder zwei Aspirin nehmen. Was tut sie den ganzen Tag? fragt er sich und kann sich einfach nicht von der Vision im Fenster freimachen. Er forscht in seiner Erinnerung, um herauszufinden, ob es vielleicht Dinge gibt, die ihm entgangen sind, Einzelheiten, die ihm möglicherweise etwas Wichtiges verraten könnten – obwohl er sich nicht vorstellen kann, was das sein könnte, da er außer einer unbestimmten Form und einem Nachglanz von Farbe nichts sieht. Er hat immer noch den Geschmack des Bieres im Mund, das er zum Frühstück getrunken hat, und argwöhnt, daß das Bier der eigentliche Grund für die Kopfschmerzen ist und die gnadenlos grelle Sonne es nur noch schlimmer gemacht hat.

Er treibt den Meißel in das klebrige Zeug und schrammt sich erneut die Knöchel auf. Er zuckt zusammen, stößt wieder mit dem Meißel zu und lockert ein unerwartet großes Stück der klebrigen Masse. Ein fünfzehn Zentimeter langes Stück löst sich mühelos und raubt ihm das Gleichgewicht. Erschrocken greift er nach dem Dach, aber seine Hand gleitet ab und rutscht zur Dachrinne. Er klammert sich an ihr fest und hält damit seinen Sturz auf, aber dabei löst sie sich aus ihrer Halterung und nimmt das Fallrohr mit. Bei dem Mißgeschick hat Andrew zwei Sprossen der Leiter abgebrochen.

Er flucht und wirft den Meißel hinunter, wo er steckenbleibt, als hätte er gezielt. Zitternd klettert er die Leiter hinunter und versetzt dem verbogenen Fallrohr einen Tritt. Er stemmt die Hände in die Hüften und atmet tief durch. Irgend etwas drängt ihn, sich in den Wagen zu setzen, schnell zu fahren und auf ein oder zwei Stunden die Häuser hinter sich

zu lassen. Er wird in der Stadt zu Mittag essen,
beschließt er, in der Imbißstube.

Wieder eine Gittertür, die leise hinter ihm zuschlägt,
und er war nie weg. Dieselbe orangefarbene Theken-
abdeckung mit dem dünnen Muster aus weißen und
blauen Bumerangs, dieselben hohen Drehhocker mit
ihren roten Kunststoffsitzen, Hocker, die er und Sean
und T.J. endlos kreisen ließen, während sie nach-
dachten, redeten und nach dem Training abkühlten
– die Art von Drugstore-Hocker, für die Billy jetzt
sein Leben geben würde. Dieselben weißen Tassen,
die Kellogg's-Schachteln neben dem Kaffee und der
Kaugummiautomat – der ihm seine ersten Lektionen
in bezug auf die Unzuverlässigkeit lebloser Gegenstände gelehrt hatte, indem er auf geheimnisvolle
Weise Fünf-Cent-Stücke verschlang und sich dann
weigerte, die fünf harten runden, farbigen Gum-
mibälle auszugeben, für die er bezahlt hatte. Erstaunlich, denkt er, aber es ist tatsächlich dieselbe
Maschine, immer noch fünf für einen Nickel, vielleicht der inflationssicherste Kauf in Amerika. Wenn
Billy jetzt bei ihm wäre, würden sie es versuchen.
　　Aber natürlich ist es keineswegs dasselbe Lokal.
Die vietnamesische Frau hinter der Theke nickt höflich, aber ohne ihn zu erkennen. Als er als Junge
hierherkam, gehörte die Imbißstube Bud, und so
nannten sie sie auch. *Wir sehen uns bei Bud's.* Und
im Laufe der Jahre ist aus Bud's Bill's geworden und
dann andere Namen und jetzt rätselhafterweise Al's –
obwohl das kein echt vietnamesischer Name sein
kann, denkt er. Das Lokal ist sauberer, als er es je in
Erinnerung hatte – mehr ein Gefühl als ein echter
Vergleich, weil er als Junge nicht auf so etwas achte-

164

te. Aber selbst der alte Deckenventilator ist, wie er sieht, blitzblank poliert worden.

Die Spezialitäten stehen auf einer schwarzen Schiefertafel: Beefeater-Sandwich mit Pommes frites / Vollkornsandwich mit Truthahn, Avocado und Sojasprossen – und dieses zweite Angebot ist, abgesehen von den neuen Besitzern, der einzige wirkliche Hinweis darauf, wieviel Zeit verstrichen ist. Er setzt sich auf einen Hocker an der Theke. Die vietnamesische Frau nickt, und er nickt zurück. Er bestellt Truthahn und Pepsi.

Am anderen Ende der Theke ist ein Rascheln zu hören. Ein älterer Mann in einem grauen Jogginganzug nimmt sein Sandwich und sein Glas Milch, geht zu dem Hocker neben Andrew und stellt sein Essen auf die Theke.

»Andy?«

Andrew erhebt sich und schüttelt die ausgestreckte Hand des Mannes. »Inspektor DeSalvo.«

»Schon lange nicht mehr. Vor sechs Jahren pensioniert. Art. Nennen Sie mich Art. Darf ich mich zu Ihnen setzen? Ich bin jeden Tag hier. Immer um dieselbe Zeit – auf demselben Sender. Meine eigene Gesellschaft fängt an, mich zu langweilen.«

»Aber gern. Bitte.«

Die vietnamesische Frau bringt Andrew ein hohes Glas mit Pepsi, voll bis zum Rand. Im Glas ist kein Eis. Andrew und DeSalvo betrachten das Pepsi.

»Manche Dinge lassen sich einfach nicht übersetzen«, sagt DeSalvo, und Andrew lacht.

»Das mit Ihrer Mutter tut mir leid«, sagt DeSalvo. »Ich erinnere mich gut an sie.«

»Danke.«

»Bleiben Sie lang hier?«

»Nein. Ein paar Tage noch. Nur um einiges einzupacken und das Haus herzurichten.«

»Verkaufen Sie?«

Andrew nickt. DeSalvos Haar ist stahlgrau und
kurzgestutzt wie das eines Römers. Seine Wangen
sind mit feinen grauen Stoppeln bedeckt, die einige
der Pockennarben an seinen Wangen überdecken.
Aber seine Augenbrauen sind immer noch dick und
buschig und schwarz. Unter dem Jogginganzug ist
sein Körper rund und formlos; der Mann ist fett
geworden. Seine Stimme klingt keuchend, aber
seine Augen sind immer noch überraschend blau
und hart.

»Mein Junge war Ihnen voraus – fast drei, vier
Jahre?«

Andrew nickt. »Nicky. Wie geht's ihm?«

»Keine Ahnung«, sagt DeSalvo müde. »Kinder. Sie
können einem ganz schön weh tun. Haben Sie Kinder?«

»Einen Sohn, Billy. Er ist sieben.«

»Ein großartiges Alter. Echt. Aber später machen
sie einen fertig. Bei Nicky waren's Drogen. Er hat
seinen Job verloren. Seine Frau und die Kinder
haben ihn verlassen. Mensch, ich kann es ihr wirklich nicht übelnehmen. Jetzt ist er sauber, aber jetzt
nützt's nichts mehr. Das Spiel ist aus, und er ist nicht
mal dazugekommen, sich anzuziehen.«

»Sein Leben kann man ändern«, meint Andrew
vorsichtig.

»Klar, als ob ich das nicht wüßte. Meine Frau
weint sich jede Nacht in den Schlaf: Ihre Enkel sind
in Kalifornien. Läuft Ihr Junge Schlittschuh?«

»Nicht richtig«, sagt Andrew. »Er lebt in New Jersey. Die Teiche dort frieren im Winter nicht sehr

166

lange zu. Hockey ist dort keine solche Leidenschaft wie hier oben.«

Die Vietnamesin bringt Andrew sein Sandwich, das mit Sojasprossen belegt ist und erstaunlich appetitlich aussieht.

»Er lebt in New Jersey und Sie nicht?«

»Ich lebe in New York City.«

»Dann sind Sie wohl geschieden oder so was?«

Andrew nickt.

DeSalvo schüttelt den Kopf. »Ich sag meiner Frau immer: ›Du bist gesund und hast eine Familie, und der Rest ist Bockmist.‹«

Andrew nickt wieder und hat das Gefühl, einen leichten Tadel entgegengenommen zu haben.

»Jedenfalls«, meint DeSalvo, »sehen Sie so aus, als ob es Ihnen gutginge. Ich hab Ihren Wagen gesehen. Sie sehen gut aus. Treiben Sie Sport?«

Andrew lächelt. »Nein«, sagt er.

DeSalvo dreht sich um und mustert ihn. »Sie haben sich kaum verändert. Als ich Sie das letzte Mal sah, so vor – was denn, zehn, fünfzehn Jahren?«

»Eher zwanzig. Das letzte Mal war wahrscheinlich in jener Nacht – Sie wissen schon – mit der Schieße-rei.«

»Waren Sie bei der Leichenschau?«

»Nein«, sagt Andrew. »Nachdem meine Mutter und ich die ganze Zeit zusammengewesen waren, reichte denen ihre Aussage.«

»Ja, jetzt erinnere ich mich. Ist lange her.«

Die vietnamesische Frau taucht mit einer Tasse Kaffee für DeSalvo auf.

»Beschäftigt mich immer noch, dieser Fall«, sagt DeSalvo. »Mächtig beschäftigt er mich sogar, ehrlich gesagt. Ich sag's Ihnen ganz ehrlich: Wir haben da

167

richtigen Mist gebaut. Da gab es einiges, was wir schneller hätten tun können – zehn, fünfzehn Minuten haben wir verloren. Macht einen riesigen Unterschied. Und wir hätten sofort auf den jungen O'Brien losgehen sollen. Ihn zumindest verhören und festnehmen sollen, dann hätte der nicht abhauen können. Sah ja ganz nach einem heißblütigen Scheißkerl wie O'Brien aus – Sie wissen schon, ein Junge, den sie abgewiesen hat, und das hat ihn wild gemacht. Dann geriet er in Panik und hat den Vater erschossen. Als sie daher sagte, Sie wissen schon, dieses eine Mal mit der Schwester, daß er es war, waren wir darauf vorbereitet. Aber da war er natürlich bereits tot, also war das Problem erledigt.«

Er nimmt einen Schluck von seinem Kaffee. Dann stellt er die Tasse hin.

»Haben Sie das Mädchen gesehen?«

»Eden?«

»Ja.«

»Ich bin mir nicht sicher. Vielleicht habe ich sie gestern am Fenster gesehen.«

»Eine verdammte Geschichte, wirklich. Hat von dem Schrot noch einiges abgekriegt. Die sagen, dabei sei etwas Wichtiges hinter ihren Augen beschädigt worden. Was genau, hab ich vergessen. Mir hat sie immer leid getan, selbst vorher schon. Man muß ja sagen, eine heiße Nummer war die schon, ehrlich, und sie hätte schlimm werden können, wirklich schlimm. Ich hab sie zweimal wegen Ladendiebstahls geschnappt. Aber Mumm hat sie gehabt, und ich hab sie gemocht. Irgendwo war bei ihr eine Schraube locker, das ist alles. Wirklich jammerschade.«

DeSalvo beugt den Kopf nach vorn und massiert

168

sich den Nacken. »Jetzt ist wieder so ein Moment, wo ich einen für eine Zigarette umbringen könnte«, sagt er. »Ich mußte vor einem Jahr das Rauchen aufgeben. Aber was mich wirklich stört, sag ich Ihnen. Nehmen Sie 'ne Tasse Kaffee?«

Andrew nickt. DeSalvo gibt der Vietnamesin ein Zeichen und malt eine Tasse Kaffee in die Luft.

»Was denn?« fragt Andrew.

»Können Sie mir erklären, warum sie völlig nackt war?« sagt DeSalvo. »Wenn so ein Bursche ein Mädchen vergewaltigt, dann wartet er doch nicht, bis es sich ausgezogen hat. Das können Sie mir ruhig glauben, ich habe genug von der Sorte gesehen.«

»Aber um Mitternacht hatte sie doch ganz sicher nur einen Pyjama oder ein Nachthemd an«, sagt Andrew.

»Wir haben ein Sommernachthemd, einen Schlüpfer und ein Buch neben dem Bett gefunden. Sie hatte gelesen.«

»Gelesen?«

»Ja. Ein richtig hochgestochenes Buch. Reardon hat es gekannt. Sie hatte es übrigens aus der Bücherei gestohlen. Lassen Sie mich nachdenken ... Der *Mythos vom Vesuv* oder so etwas Ähnliches. Sagt Ihnen das etwas?«

Der Mythos des Sisyphus? Andrew sieht DeSalvo scharf an. Er weiß nicht genau, welches dieser Details ihn mehr beunruhigt – das Buch oder die Verschämtheit der Unterhose.

»Vielleicht hat er sie mit vorgehaltener Waffe zum Ausziehen gezwungen«, sagt Andrew und überlegt, denn auch er hat sich immer vorgestellt, daß Eden nackt unter dem Laken lag.

»Ja, das könnte sein. Aber daran erinnert sie sich

169

nicht. Sie erinnert sich an überhaupt nichts. Sie hat damals kein Wort gesagt und tut es heute noch nicht, soweit mir das bekannt ist. Aber denken Sie einmal darüber nach. Ich grüble jetzt seit neunzehn Jahren darüber.«

Das Gespräch mit DeSalvo treibt Andrew die Schweißtropfen auf die Stirn, und er spürt, wie ihm der Schweiß zwischen den Schulterblättern hinunterrinnt. Ein oder zwei Sekunden lang hat er dasselbe Gefühl, das er manchmal hat, wenn er weiß, daß ihm gleich übel wird. Der Ventilator dreht sich langsam über seinem Kopf, während er neben sich, ein Stück hinter DeSalvo, das Klirren von Löffeln und Messern auf Porzellan hört. Männer beim Essen, eine mittägliche Arbeitspause oder vielleicht sogar eine Pause von zu Hause, vielleicht der Höhepunkt des Tages, etwas, worauf man sich den ganzen Tag gefreut hat, auf das Stück Blaubeerkuchen, hausgemacht, wie eine verdiente Belohnung. Er trägt die Hose und das Hemd, die er gestern getragen hat, als er Edith besuchte, und er spürt, wie das Hemd am Rücken und in den Achselhöhlen feucht wird. Er blickt auf die Uhr neben der Schiefertafel mit den Sonderangeboten, ein rundes Zifferblatt in einem nachgemachten Kupferkessel. Die Uhr zeigt fünf Minuten vor zwei. Aber vielleicht stimmt sie nicht. Er sieht auf die eigene Uhr. Dasselbe. Fünf Minuten vor zwei.

Ist das möglich?

Er muß es versuchen.

Er steht abrupt auf, greift in die Hosentasche. Er zieht sein Scheckbuch heraus, ein Bündel Geldscheine und etwas Kleingeld. Der kleinste Schein ist ein Zehner. Er legt ihn auf die Theke.

»Streichen Sie den Kaffee«, sagt er zu der Vietnamesin. Er muß es laut sagen, weil sie am anderen Ende der Theke steht. Ein oder zwei von den Männern blicken auf, und DeSalvo sieht ihn plötzlich an.

»Was zum ...?«

»Ich habe gerade gesehen, wie spät es ist. Herrgott, ich bin ein Idiot. Ich sollte schon im Haus sein, weil mein Büro um zwei Uhr anruft, ein Konferenzgespräch«, sagt Andrew und improvisiert dabei verzweifelt. »Die fressen mich mit Haut und Haar.«

»Mit *dem* Wagen schaffen Sie es«, sagt DeSalvo. »Aber unter uns gesagt, Matheson hat eine Radarfalle vor dem Gansvoort-Grundstück aufgebaut. Ich kann das mit der Buße erledigen. Aber wenn die Sie aufhalten, kostet Sie das Zeit.«

»Danke für den Tip.«

Andrew winkt ihm zu und geht hinaus. Er trabt über die Straße zu seinem Wagen. Ihm ist danach, zu rennen, aber er zwingt sich, nur mit gemessener Eile zu seinem Wagen zu gehen, als ginge es wirklich nur um ein Konferenzgespräch.

Aber als er sich hinter das Steuer schiebt, kann er sich kaum mehr zurückhalten. Er fragt sich nicht, *warum*; das einzige, worauf es jetzt ankommt, ist hinzukommen. Er muß es schaffen. Er legt den Gang ein, drückt aufs Gaspedal, vollführt vor dem Schnellimbiß eine verbotene Wende und hinterläßt wie ein Junge, der gerade Fahren gelernt hat, einen schwarzen Gummistreifen auf der stillen Straße. Er sieht auf die Uhr. Ein Uhr achtundfünfzig. Auf dieser geraden, schmalen Strecke aus der Ortschaft heraus läßt es sich in zwei oder drei Minuten schaffen; er weiß das noch von einer verrückten Wettfahrt mit Sean, als sie in ihrem Seniorjahr waren und die beiden nebeneinander um Mitternacht auf der Straße dahinrasten – er im Wagen seines Vaters und mit einem Stoßgebet auf den Lippen, daß auf der Straße kein Hund oder sonst etwas Größeres sein würde.

Er läßt seinen Verstand mit der rasenden Maschine eins werden, weil er weiß, wenn er jetzt zuläßt, daß er über das nachdenkt, was er gerade tut, wenn er sich selbst vor seinem inneren Auge sehen kann, wird er zu zweifeln beginnen, und sobald er zweifelt, wird er verloren sein. An der Gansvoort-Farm verlangsamt er die Fahrt auf bedrückende sechzig Kilometer und späht zum Seitenfenster hinaus, ob er einen Streifenwagen in dem Wald verrosteter alter 55er Chevys entdecken kann, die Gansvoort über die Jahre gesammt hat, aber er sieht nichts. Fünfhundert Meter nach der Farm treibt er den Wagen wieder auf hundert. Hunderzehn. Hundertzwanzig.

Er fährt genau hundertdreißig, als er die Häuser in der Ferne erkennen kann. Er sieht auf die Uhr. Zwei Uhr zwei. Er schleudert in die Einfahrt, erzeugt dabei einen Kugelhagel von Kies. Der Plymouth ist noch nicht zurück. Er hat gewußt, daß er noch nicht da sein würde.

Er wirft sich aus dem Wagen, überspringt die geborstene Stufe und probiert die Küchentür. Sie öffnet sich. Erst jetzt kommt ihm in den Sinn, daß sie hätte versperrt sein können.

Der abrupte Wechsel von hellem Sonnenlicht in Dunkelheit in der düsteren Küche macht ihn blind. Er bewegt sich eher instinktiv und nach der Erinnerung aus seiner Kindheit als nach der Sicht, macht seinen Weg durch ein mit Tüchern verhängtes Eßzimmer, durch das Wohnzimmer, wo er sich das Schienbein an einem niedrigen Tisch anstößt, zum

172

vorderen Teil des Hauses, wo er weiß, daß ein Flur und die Treppe ins Obergeschoß sein werden.

Die Erinnerung trügt ihn nicht. Er erreicht den Flur und biegt um die Ecke. Er steht am Fußende der Treppe. Er blickt nach oben.

Sie ist da, wartet oben an der Treppe.

»Ich bin's, Andrew«, sagt er.

»Ich weiß«, sagt sie.

Unter einer hochgezogenen Jalousie neben ihr fällt ein Lichtbalken herein. Sein Herz, das so schnell geschlagen hat, daß er überzeugt ist, gleich einen Herzanfall zu bekommen, pocht laut in seinem Brustkasten. Ihr Haar ist lang, reicht ihr fast bis zur Hüfte, fällt in weichen Wellen von den Schultern. Das Blond, an das er sich erinnert hat, hat sich jetzt in dunkle Bronze verwandelt – durch Vernachlässigung, durch die Zeit. Sie trägt einen weißen ärmellosen Jerseypullover und blaue Shorts, die ihr eigentlich zu groß sind. Er glaubt an ihren Händen graue Flecken wie von Farbe oder auch etwas anderem zu erkennen. Die Haut ihrer bloßen Arme und Beine ist weiß wie Elfenbein, makellos, das reine Weiß von Porzellan, oder so scheint es ihm wenigstens, wie er das lange Weiß ihrer Beine vom Fuß der Treppe aus sieht.

Sie dreht den Kopf oder neigt ihn, wie um ein Geräusch aufzufangen. Etwas Licht vom Fenster fällt dabei auf ihr Gesicht. Ihre Augen, auch wenn sie blicklos sind und den Anschein erwecken, als starrten sie auf einen Punkt irgendwo über seiner rechten Schulter, sind noch von demselben lebhaften Blaugrün, einer beunruhigenden Farbe. Sie bewegt die Hand, um sich das Haar zurückzuschieben, und die

Bewegung läßt an der Schläfe neben dem rechten Auge ein zartes Netz von winzigen weißen Narben erkennen. Er sieht jetzt, daß dieses Auge etwas mandelförmiger als das andere ist, daß das Augenlid etwas in die Länge gezogen ist, schief wirkt.

»Sie wird gleich kommen«, sagt Eden.

Ihre Stimme ist seltsam, tonlos, so als würde sie sie nur selten gebrauchen.

»Ich weiß. Ich werde wiederkommen«, sagt Andrew.

Er setzt den Fuß auf die unterste Stufe, aber sie schüttelt den Kopf. Sie ist vierzehn und dreiunddreißig und ragt über ihm auf, so substanzlos wie ein Traum, schöner als alle Frauen, die er je gesehen hat.

Er möchte die Treppe hinaufsteigen, um ihr Gesicht deutlicher zu sehen. Er möchte ihre Narben und ihr Auge ansehen. Er möchte die weiße Haut ihres Armes berühren.

»Dafür ist nicht genug Zeit«, sagt sie und zieht sich zurück.

Der Wagen glitt schnell über die Straße, und dann hörte ich den Kies.

Wenn ich dir nichts erzähle, wirst du von mir weggehen.

Du hast das Schimmern im Wasser durchbrochen, und ich dachte, du würdest ertrinken. Ich habe gebetet, daß du ertrinken solltest. Dein Hemd ist naß und klebt an deiner Haut.

Dein Gewicht ist auf der Stufe. Bist du endlich gekommen, um mich zu holen?

Deine Stimme kommt durch einen Nebel, aber ich kenne deine Stimme und habe sie all die Jahre gehört. Du wirst so sein, wie ich dich geträumt habe.

Ich hörte, wie du den Wagen langsam an seinen Platz brachtest. Du standest da und sahst auf mein Fenster. Du bist ein Junge mit Armen so dünn wie Holz. Dann hörte ich ihren Wagen auf der Straße. Du gingst nicht hinein. Du sahst zu, wie sie aus dem Wagen stieg, aber du hast sie nicht angesprochen.

Dieses Zimmer ist sehr lang und leer.

Dein Vater war ein mutiger, aber ein törichter Mann.

Vierter Teil

Es regnet, ein heißer, fetter Regen, der bald enden und die Würmer an die Oberfläche treiben wird, so daß später, wenn er aus dem Haus tritt und auf dem Rasen oder dem Kies steht, die Erde nach ihnen riechen wird. Gestern abend war er endlich in dem A & P in der Nähe des Einkaufszentrums, und heute morgen hatte er zum ersten Mal seit beinahe einer Woche wieder ordentlich gefrühstückt – Cornflakes, Toast, Orangensaft, Kaffee –, und die Mahlzeit erinnerte ihn an seine normalen Tagesabläufe, sein reguläres Leben. Der Regen trommelt und klatscht gegen die Fensterscheiben im Zimmer seiner Mutter, und er entdeckt zu spät, daß er über Nacht ein Fenster offengelassen hat. Er wischt die nasse Fensterbank mit einem Handtuch aus dem Badezimmer ab. Die Papiere seiner Mutter liegen auf dem Bett, ein wirrer, chaotischer Haufen Papier, den er gestern abend nach dem Essen endlich unter dem Bett gefunden hat, in einer Schachtel, die gewöhnlich dazu benutzt wurde, die Winterwollsachen aufzubewahren. Sie hatte nicht gewußt oder auch nur geahnt, daß sie vielleicht sterben würde, dessen ist er sicher, denn die Papiere sind völlig ungeordnet, und da sind keine kleinen Notizen über die Lebensversicherung oder die Hypothek oder denen man entnehmen könnte, wo der Schlüssel für das Bankschließfach ist.

Er steht vor ihrem Schreibtisch, die Hände an den Messinggriffen der obersten Schublade. Der Schreibtisch ist ein schweres viktorianisches Eichenmöbel. Er hat nie in diese Schublade gesehen, und für ihn haftet ihr etwas Verbotenes an, er fühlt sich wie ein Kind, das sich in die Geheimnisse der Erwachsenen stiehlt. Sein Vater hatte eine ähnliche Schublade – hat die immer noch, vermutet Andrew, da er bis jetzt den Schreibtisch seines Vaters noch nicht in Angriff genommen hat –, die Andrew als Junge eines Nachts, als seine Eltern im Kino waren, erforscht hatte. Er muß jung gewesen sein, höchstens neun oder zehn, denn er erinnert sich an die prickelnde Entdeckung eines Päckchens Kondome und an das Wissen, daß sie in irgendeiner Weise mit Sex zu tun hatten, aber ohne zu verstehen (weil er es seinem Verstand nicht gestattete, das Bild zu entwerfen), worin exakt diese Verbindung bestand. Und war überzeugt – er lacht jetzt, wie er daran denkt –, daß sein Vater sie lediglich für jemand anderen aufbewahrte.

Die Schublade gleitet lautlos auf, als wäre sie erst gestern eingewachst worden. Der Inhalt ist präzise und sauber, Rechtecke und Quadrate verschiedener Größe, so angeordnet, daß sie alle in ein intimes Puzzle passen. Er weiß jetzt, daß ihr Herz nicht in ihren Papieren war, die die Zeichen der Gleichgültigkeit und der Vernachlässigung tragen, sondern hier in ihrer obersten Schublade – wo ihre Schätze ausgelegt sind, als sollten sie ihr oder jedem anderen, der etwa diese Schublade öffnen könnte, sagen können: *Dies bin ich.* Da ist ein vergilbtes elfenbeinfarbenes Satinnachthemd, sorgfältig zusammengefaltet in der linken Ecke, und darauf liegt eine Perlenkette mit einer mit Brillanten besetzten Schließe, ein Geschenk, das sein Vater ihr in ihrer Hochzeitsnacht gemacht hatte. Hinter dem Nachthemd liegt ein kleines rosafarbenes Schmucketui und rechts davon ein dünnes Päckchen Briefe mit Poststempeln aus den Jahren 1943 und 1944: Briefe seines Vaters aus Frankreich aus dem Zweiten Weltkrieg. In der rechten Ecke sind seine eigenen Babysachen: ein handbestickter Strampelanzug, ein Paar winzige braune Lederschuhe, ein Babybuch mit Notizen und Fotografien, die zwischen den Seiten herausstehen. Er hat dieses Buch schon einmal gesehen; er erinnert sich an den Abend, als seine Mutter es hervorholte, um es Martha zu zeigen, als Martha sechs Monate mit Billy schwanger war, und wie vollendet er sich damals vorgekommen war, mit seiner Mutter und seiner Frau in vertrauter Zweisamkeit und seinem Kind, das bald kommen würde.

In der Mitte der Schublade liegt ein beigefarbener Aktendeckel; er ist ebenfalls übervoll und verlangt danach, daß jemand ihn aufschlägt. Und so tut er es. In der Mappe liegen Zeitungsausschnitte, hauptsächlich von ihm in seiner Hockeyuniform, und Zertifikate und Papiere, die die Entwicklung eines Jungen durch die Kindheit dokumentieren; ein selbst ausgeschnittenes Herz für seine Mutter, eine Rechtschreibearbeit aus der zweiten Klasse mit hundert Punkten und ein Brief mit der Mitteilung, daß er einen Bezirkspreis gewonnen hat.

Er preßt die Handflächen auf die Augen und reibt sie. Dies waren ihre Schätze: das Nachthemd aus ihrer Hochzeitsnacht, Erinnerungsstücke an ihr einziges Kind, die Meilensteine der Kindheit ihres Jungen. Keine geheimen Liebesbriefe von einem anderen Mann; keine geheimnisvollen Ringe mit rätselhaften Inschriften; keine Röhrchen mit Beruhigungsmitteln; keine gewagte Unterwäsche; keine Tagebücher mit Hinweisen auf Anfälle von Wut oder Verbitterung. Obwohl sie ganz sicherlich einen inneren Monolog geführt haben muß, wird er ihn nie hören; sie hat die greifbaren Beweisstücke der einfachen Freuden beiseite geschafft, die er sich für sie ausgemalt hat. Er sitzt auf dem Bettrand und starrt ausdruckslos auf die offenstehende Schublade. Was wird er mit diesen Dingen tun? fragt er sich hilflos. Wohin wird er sie bringen?

Er gibt jetzt so viel, das er seine Mutter fragen und ihr sagen möchte, so viel Ungesagtes aus diesem letzten Dutzend Jahren, in denen sein eigenes Leben, seine eigenen ichbezogenen Sorgen – sein Ehrgeiz, seine zerfallende Ehe, seine Vaterschaft – ihn dazu veranlaßten, weniger und weniger an sie zu denken, als wäre sie nicht so wichtig, wie sie es gewesen war, eine Erinnerung, die bereits anfing zu verblassen; wobei dieses Haus in paradoxer Weise weiter und weiter in die Ferne zurückwich, obwohl man es heute auf der Schnellstraße eine Stunde schneller aus der Stadt erreichen konnte als vor einem Jahrzehnt.

Als er ein Junge war, gab es eine Zeit, wo er häufig dachte, daß er unter keinen Umständen den Tod seiner Eltern überleben könnte; daß er, falls sie etwa gemeinsam bei einem Autounfall sterben sollten, seinerseits ins Nichts versinken würde. Heute kann er es nicht ertragen, an den Tod seines Sohnes zu denken oder ihn sich vorzustellen, wenn er, wie dies manchmal geschieht, vor Angst halb gelähmt von Kindern mit Leukämie liest oder solchen, die aus offenen Fenstern fallen. Als Billy fünf war, wurde einer seiner Schulfreunde von einem Schulbus erfaßt und getötet, während die Mutter von der Haustür aus zusah. Der Junge, dem man eingeschärft hatte, immer vor dem Bus herumzugehen, war statt dessen dahinter gerannt – niemand wußte, warum, nur daß er erst fünf war –, und die Fahrerin (eine junge Frau, selbst Mutter und völlig unbescholten) hatte ihn rückwärts überfahren. Die Schule hatte für eine Woche einen Psychiater eingestellt, um mit Billy und den anderen Kindern im Bus zu fahren, für den Fall, daß eines von ihnen beunruhigende Anzeichen erkennen lassen sollte, daß es die Tragödie zu sehr mitgenommen hatte. Aber es waren nicht etwa die Kinder, die den Psychiater brauchten, dachte Andrew, es waren die Eltern, so wie er, die einander und ihren Freunden und Kollegen am Telefon die Geschichte immer wieder erzählten, im Büro oder in der Küche, und dies tagelang, als könnten sie damit den Schrecken bannen.

Er geht ans Fenster, von einem Sonnenstrahl auf dem Boden angezogen. Obwohl es immer noch regnet, ziehen die Wolken am Himmel schnell dahin und erlauben der Sonne hier und dort zwischen ihnen hervorzulugen. Der Regen wird jetzt jeden Augenblick aufhören, das weiß er, und er wird nach draußen gehen. Er liebt die Erde frisch nach dem Regen, hat sie immer geliebt.

Sie wird auf ihn warten.

Er sieht auf die Uhr. Fünf Minuten nach neun. Nur noch eine Stunde. Er könnte sich mit der Dachrinne beschäftigen, um sich die Zeit zu vertreiben.

Er lehnt sich ans Fenster, die Hände in den Taschen, und sieht zum anderen Haus hinüber. Die

Sonne huscht wie ein vorüberfliegender Vogel über das Dach und ist gleich wieder verschwunden.

Er fragt sich, wo sie jetzt wohl wäre, wenn die Schüsse nicht gefallen wären; wenn der Mann, der sie vergewaltigte, sich nicht in Edens Zimmer geschlichen hätte und Jim seinerseits nicht hinter ihm hergerannt wäre – wer würde sie dann jetzt wohl sein? Wild, wie DeSalvo andeutete? Eine verheiratete Frau mit zwei Kindern, eingezwängt in eine lieblose Ehe? Eine Kellnerin? Eine Hure? Oder hätte sie sich gerettet – oder hätte jemand sie gerettet –, so daß sie jetzt glücklich verheiratet vielleicht in Boston lebte? Oder als Schauspielerin in Los Angeles wäre? Oder arbeiten würde, vielleicht in New York, so wie er? Hätte sie sich zufällig an einer Straßenkreuzung oder in einer Bar begegnen können?

So wie sie ist, denkt er, ist sie seltsam rein – unberührt. In mancher Hinsicht muß sie immer noch vierzehn sein.

Er wartet an seiner eigenen Küchentür, so daß man ihn nicht sehen kann, vom Gitter verdeckt. Es ist viertel vor. Noch ein paar Sekunden, und dann wird Edith Close die Tür öffnen, die er beobachtet, die Treppe hinuntergehen und in den Plymouth steigen. Er sieht wieder auf die Uhr, das zehnte Mal in einer Viertelstunde, und kommt sich dabei ein wenig lächerlich vor. Ein erwachsener Mann, der sich hinter einer Gittertür versteckt, weil er einer alternden kraftlosen Frau nicht gegenübertreten will.

Er sieht ein Stück rosafarbenen Baumwollstoff, Gold, das an einem Handgelenk aufblitzt. Natürlich. Vernünftig. Edith Close ist vorn aus dem Haus gegangen, um nicht auf die verfaulte Treppe am

Hinterausgang treten zu müssen. Sie hat die Sonne im Rücken, und er kann ihr Gesicht nicht sehen, obwohl sie dem Anschein nach nicht in seine Richtung blickt. Dann hat Eden also nichts von ihm erzählt. Nicht daß er es angenommen hätte. Er sieht Edith Close nach, wie sie ihren Wagen vorsichtig auf die Hauptstraße hinauslenkt, so wie er es in dieser Woche einige Male gesehen hatte, so wie sie es jeden Tag tut, nach dem, was seine Mutter ihm erzählt hatte. Jetzt, auf den Ort gerichtet, legt sie den ersten Gang ein und fährt die Straße hinunter zum Pflegeheim.

Obwohl er jetzt gehen könnte, wartet er noch eine Weile hinter der Tür. Eine dichte, friedvolle Stille senkt sich über die zwei Häuser – oder bildet er sich das vielleicht nur ein? Er hört ein Summen – im Sommer ist in den Maisfeldern in der Ferne immer ein Summen zu hören, das beständige Zirpen und Brummen der Insekten, aber das ist Teil der Stille, der Stille zweier einsamer Häuser weitab von der Ortschaft, wo nur hin und wieder ein Wagen vorbeibraust oder, ganz selten, eine menschliche Stimme das Schweigen bricht. Er schließt die Augen und lehnt den Kopf an die Gittertür, lauscht gespannt, wie Eden es vielleicht tut, in dieser einzigen Welt, die ihr zugänglich ist, so kakophonisch und durchdringend wie der Lärm der Stadt, wenn er so hören könnte wie sie, wenn er die unterschiedlichen Laute und ihre Bedeutung herausfiltern könnte.

Edith Close wird nicht umkehren, um sich einen Pullover zu holen oder eine vergessene Handtasche, konstatiert er. Sie hat es diese Woche kein einziges Mal getan – warum also heute? Er läßt die Tür zuknallen, um seine Absicht anzukündigen, und geht über das schwammige, feuchte Gras, das seine alten Turnschuhe durchtränkt. Anders als gestern, geht er jetzt langsam und bewußt, und als er die verfaulte Treppenstufe erreicht, steigt er vorsichtig über sie hinweg.

Er klopft einmal leicht an die Tür und öffnet sie fast im gleichen Augenblick. Er tritt ohne Eile in die Küche, und wieder macht ihn die Finsternis beinahe blind. Dann sieht er sie, ein Bild in der Schale eines Fotografen, das langsam Gestalt annimmt.

Später, in der Nacht im Bett, unfähig einzuschlafen, oder vor dem Kühlschrank, wo er sich nach einem Bier bückt, wird Andrew sich wieder an die abrupte Überraschung ihrer Gegenwart erinnern, ihren Rücken, der am Ausguß lehnt, ihre über der Brust verschränkten Arme. Nicht daß er sie nicht erwartet hätte – er hatte gewußt, daß sie auf ihn warten würde; es war vielmehr, daß ihre Nähe nach all den Jahren ihn zutiefst beunruhigte, so als wäre ein Bruchstück eines Traumes, eines Traumes, von dem er vor Jahren geglaubt hatte, ihn verloren zu haben, plötzlich Wirklichkeit geworden.

»Hallo«, sagt sie.

Sie hält sich ganz still, und ihr Blick ist scheinbar auf ein Fenster neben ihm gerichtet.

»Ich wollte dich sehen«, sagt er. Er schüttelt den Kopf. »Mit dir sprechen, meine ich.« Er steht mitten auf dem Linoleumboden und weiß nicht, ob er sich an den Tisch setzen und es sich bequem machen soll oder nicht. Sie hat ihn nicht dazu aufgefordert. Vielleicht, denkt er, hat sie jetzt keinen Sinn dafür, so wie er, wie peinlich ein Gespräch ist, das steif und stehend von Angesicht zu Angesicht geführt wird. Obwohl sie ihn nicht sehen kann, fühlt er sich vor ihr unwohl. Seine Arme und Hände sind Anhängsel, die nicht zu ihm zu gehören scheinen. Er faltet sie über der Brust in einer unbewußten Parodie ihrer Haltung.

»Das dachte ich. Ja«, sagt sie nur.

Ein kurzes Atemholen, das ihr nicht entgehen kann, verrät seine Nervosität.

»Und wie geht es dir?« fragt er. Es ist eine alberne Frage, und sie tut ihm im gleichen Augenblick leid.

Sie zuckt kaum sichtbar die Achseln. »Mir geht es immer gut«, sagt sie ruhig.

Er sucht nach dem nächsten Satz, so als müßte er einen Weg aufspüren, der ihn aus einem ihm nicht vertrauten Wald ins Freie führen soll. Doch was er auch auswählt, scheint ihm lahm und nichtssagend.

»Es ist lange her«, sagt er.

Sie gibt ihm keine Antwort, sondern dreht den Kopf herum, so daß sie ihn jetzt ansieht, und zwar so scharf, daß er sich flüchtig fragt, ob er vielleicht etwas falsch mitbekommen hat – und sie trotz allem doch sehen kann. Ihr starrer Blick ist kompromißlos. Er versucht sich vorzustellen, was sie »sieht«: Seine Anwesenheit muß für sie eine Stimme in einem weiten, tintenblauen Meer sein.

»Deine Mutter ist tot«, sagt sie.

Ihre Worte verblüffen ihn. Der Satz ist kahl, schmucklos, fast gefühllos. Aber dann merkt er, daß er das mag. Daß er keinen Ausdruck des Mitgefühls hören möchte, daß er nicht zum hundertsten Mal *Es tut mir leid* hören will. Die Sache ist einfach: Seine Mutter ist tot, nur das hat sie gesagt.

»Ja. Wir hatten die Beerdigung. Deine Mutter kam. Hat sie es dir erzählt?«

»Sie erzählt mir ... gewisse Dinge. Aber das hast du immer getan.«

187

»Was?«

»Sie meine Mutter genannt.«

»Nun, sie ist es ..«

»Nicht.«

Er nickt. Dann wird ihm klar, daß sie das Nicken nicht sehen kann. »Richtig«, sagt er.

Es wird eine Weile dauern, bis ich gelernt habe, mit ihr zu reden, denkt er. Alles muß in der Stimme liegen.

»Jim ist hier gestorben«, sagt sie.

Wieder ein kahler Satz, einer, der ihn überrascht. Während seiner drei kurzen Besuche in diesem Haus hat Andrew nicht daran gedacht, aber er weiß natürlich, daß es so ist. Jim ist in diesem Haus gestorben, auf dem Boden, im ersten Stock, und Andrews Vater hatte ihn gefunden. Plötzlich sieht er ein viel zu lebendiges Bild: Edith Close, wie sie von den Sanitätern der Ambulanz zu Boden gepreßt wird, Eden, mit einem blutdurchtränkten Handtuch um den Kopf, sein Vater, mit dem Gewehr schlaff neben seinem Bein.

»Du hast eine Frau und ein Kind«, sagt sie, und ihr Blick gleitet ein paar Grad von seinem Gesicht ab.

Vielleicht liegt es daran, daß sie so lange allein gewesen ist, daß ihre Sätze auf diese knappe Form zusammengeschrumpft sind, denkt er. Sie hat die Etikette des Gesprächs verloren, weil sie, wie er annimmt, keine Erfahrung darin hat, Konversation zu machen. Wäre das jetzt T.J. oder sonst jemand gewesen, wäre der Satz lockerer gewesen: »Ich höre, du bist verheiratet« – irgend etwas vertrauter Klingendes.

»Nein«, erklärt er und versucht ihr mit ebenso

ehrlichen Sätzen zu antworten: »Ich habe einen Sohn, aber keine Frau. Wir leben getrennt. Ich lebe allein, und Billy, meinen Sohn, sehe ich am Wochenende.«

»Ich werde keinen Sohn haben«, sagt sie.

Sie sagt es schnell, ohne Emotion, und trotzdem erschreckt es ihn. Er möchte sagen, viel zu glatt, *natürlich wirst du*, wie er es zu allen anderen sagen würde, aber was sie sagt, klingt so wahr, daß er keine Antwort formulieren kann.

Er tritt von einem Fuß auf den anderen, blickt auf seine Füße und sieht dann wieder sie an. Er versucht es in sich aufzunehmen. All die hier verbrachten Jahre. All die Tage in diesem Haus, während er weg war; all die Jahre, während er auf dem College, in der Stadt, in seinem Heim in Saddle River war. Er denkt an das, was er hatte – die Erwachsenenspielzeuge, den Tand, die mit Farbe und Menschen und Arbeit erfüllten Tage, während sie nur dies hatte. Er denkt, wer kann auch nur das angesammelte Gewicht eines einzigen Tages ermessen: hundert Farben, die man mit einem Blick durch ein Küchenfenster sieht; ein Dutzend Leben, denen man bei einem einzigen schnellen Gang durch ein Büro begegnet; die reiche Fülle einer Mahlzeit mit Frau und Kind. Während ihre Tage ihm im Kontrast dazu verarmt erscheinen – schwerelos, gleichförmig, keiner vom anderen zu unterscheiden. Oder täuscht er sich? Gibt es in ihrem langsamen Universum ein Leben, das ebenso reich, ja reicher als das seine ist?

Und doch hat er trotz all seiner Vorurteile das deutliche Gefühl, im Nachteil zu sein. Hier ist eine Realität, auf die er nicht vorbereitet ist – eine, die nur wenig mit den Winzigkeiten des Lebens gemein zu haben scheint, das er hinter sich gelassen hat. Es ist mit dem Gefühl im Einklang, denkt er, das er in letzter Zeit hatte, wie er sich manchmal im Urlaub fühlt, wenn die Arbeitswelt angehalten ist und sich Stunde um Stunde weiter entfernt, so daß sie wie etwas aus einer anderen Zeitspanne seines Lebens erscheint, so daß er nicht länger sicher sein kann, welches sein *wirkliches* Leben ist, jenes oder dieses. Seine jetzige Welt, definiert durch die zwei Häuser, weitab vom Vorführraum und dem Lärm der Telefone, weit von dem Thai-Restaurant, wo er gewöhnlich zu Mittag ißt, und den lockeren Reden der Männer in Büros. Seine Welt ist dieses winzige Stück Geographie und die drei Frauen, die es die ganzen neunzehn Jahre bewohnt haben, die er nicht hier war. Er sieht sie prüfend an. Er ist wie ein Voyeur, sieht, was sie nicht sehen kann. Sie ist größer, stellt er fest, aber keineswegs sehr groß – vielleicht einen Meter sechzig oder einen Meter zweiundsechzig. Ihre Arme und Beine sind schlank, ihr Bauch nicht existent, wie bei einem Mädchen. Wenn man ihr auf der Straße begegnete, würde es unmöglich sein, ihr Alter zu schätzen.

Mit ihrem zerzausten Haar und den über der Brust verschränkten Armen könnte sie eine junge Hausfrau sein, denkt er, barfuß, in alten Kleidern, die sich von den Tellern im Ausguß abwendet und ihrem Mann zu, während die Kinder draußen im Hof spielen und man sie durch das Fenster sehen kann. Wieder bemerkt er die graue Substanz an ihren Händen. In mancher Hinsicht ist sie erstaunlich gewöhnlich. Was hatte er erwartet? Jemand Zurückgebliebenen? Deformierten? Eine Person aus einem Traum? Rapunzel im Turm?

Und doch ist sie überhaupt nicht langweilig. In der Art, wie sie redet, wie sie den Kopf zur Seite neigt, als wollte sie dem Schweigen einen Hinweis entnehmen. Ihre Sprache ist anders – zu direkt und dann auch zu rätselhaft, als wäre sie eingeübt, aber nie gesprochen. Er denkt daran, wie er manchmal im Geist ganze Dialoge übt, die nie wirklich stattfinden.

»Wie siehst du jetzt aus?« fragt sie.

Er stößt ein kurzes Lachen aus, mehr um die Spannung zu lösen, als weil ihn die Fragen amüsiert. Er stützt die Hände in die Hüften.

»Nun«, sagt er, »ziemlich gleich, wenn auch älter und gebrechlicher.« Er lächelt. Kann sie sich daran erinnern, wie er einmal aussah, nach all diesen Jahren der Dunkelheit, des Nichts? Kann sie sich erinner, wie irgendein menschliches Gesicht aussieht?

»Hier und da verrunzelt«, fährt er fort. »Ein paar graue Haare. T.J. sagt, ich sei nicht in Form, und er hat sicherlich recht.«

Als er den Namen ausspricht, zuckt sie kaum merkbar zusammen, aber er ist sicher, daß er sich nicht irrt.

»Siehst du mich an?« fragt sie.

»Ja«, sagt er.

»Wie sehe ich jetzt aus?«

»Oh«, sagt er. Ist es möglich, daß sie es nicht weiß? Natürlich ist es möglich, denkt er. Außer, daß sie sich durch Berührung sehen kann oder daß Edith geduldig ihre Gesichtszüge beschrieben hat. Aber er kann sich nicht vorstellen, daß Edith das tut. Würde Edith ihr die Wahrheit sagen?

»Du bist etwas gewachsen«, fängt er an, »aber du siehst jünger aus als die meisten Frauen deines Alters. Du bist schlank. Dein Gesicht ist fast genau-

191

so, wie ich mich erinnere, mit Ausnahme des – äh –
Auges und deiner Gesichtsfarbe, und die ist blaß.
Deine Haut ist sehr weiß. Ungewöhnlich weiß.«

Diese Weiße machte ihn vorsichtig, wird ihm
bewußt, erinnert ihn daran, daß er ein Eindringling
ist – als wäre er zu tief auf den Meeresgrund zuge-
taucht und hätte in einer Höhle unter dem Meer ein
Geschöpf gefunden, das nicht dafür bestimmt war,
das Licht zu sehen oder gesehen zu werden. Er tritt
einen Schritt näher auf sie zu – er will ihr Gesicht
klarer sehen –, und eine Diele unter dem Linoleum
ächzt unter seinem Gewicht.

»Sag mir, wie das Auge ist«, sagt sie.

»Es ist ...« Er schluckt. »Es ist etwas in die Länge
gezogen, mehr wie eine Mandel geformt als das
andere. Und daneben ist ein Stück Haut, das glatter
ist als der Rest. Und dann scheint da ein kleiner
Fleck ganz leichter Vertiefungen zu sein. Na ja ...«,
sagt er und fängt an, unsicher zu werden. »Ich meine
es so. Es sieht nicht ganz normal aus, aber es ist
nicht ... auch nicht unattraktiv. Ich versuche ganz
genau zu schildern.«

»Danke«, sagte sie.

»Scheint dir das so, wie du dich selbst siehst? Wie
du von dir selbst denkst, meine ich?«

»Ich wußte nicht, daß meine Haut weiß ist«, sagt
sie. »Ich kann mir das wirklich nicht vorstellen.«

»Nein«, sagt er.

Sie lehnt sich an den Ausguß, überkreuzt die
Knöchel. Ihre Knochen sind zart. Es überrascht ihn,
daß er sie mit dem Begriff zart in Verbindung bringt:
In seinen Gedanken war sie immer zäh und kräftig,
obwohl er vermutet, daß er sich diesen Eindruck aus
ihrem Verhalten aufgebaut hat.

192

»Vielleicht habe ich nicht genau das gesagt, was ich meinte«, sagt er. »Du bist wirklich sehr schön.«

Er denkt, er sieht ein Lächeln über ihre Lippen huschen, und als es schnell vorbei ist, merkt er, daß er enttäuscht ist. Er will ein echtes Lächeln, denkt er.

Aber die Wahrscheinlichkeit dafür scheint gering. Der Besuch erweist sich als schwieriger, als er sich ausgemalt hat. Solche Begegnungen sind immer voll Spannung und Verlegenheit – die Notwendigkeit, sich selbst darzustellen; der Versuch, in den Erinnerungen ein Stück Glut der alten Empfindungen zu finden –, aber diese Begegnung hat keine Regeln. Welche Erinnerung könnte er heraufbeschwören, ohne Furcht, sie zu verletzen? *Erinnerungen aus der Vergangenheit belasten sie*, hat Edith gesagt. Ist das die Wahrheit?

»Was machst du denn den ganzen Tag?« platzt es aus ihm heraus, weil er einen Augenblick lang das Schweigen und ihre Gefaßtheit nicht ertragen kann.

»Was machst *du* den ganzen Tag?« gibt sie schnell zurück.

»Ja«, sagt er und nickt. Dann lächelt er wieder. So ist es besser.

Er hebt die Hand, reibt sich mit der Handfläche über die Wange. Er hat eine Idee. »Hast du je ...?« fragt er. »Ich habe gehört oder davon gelesen und mich gefragt ... Würdest du gerne, ich meine, würde es dir helfen, mein Gesicht zu berühren?«

Er ist dankbar dafür, daß sie ihn jetzt nicht sehen kann. Das ist eine der tausend Täuschungen, die die Sehenden den Blinden vormachen können. Oder haben sie auch Möglichkeiten, die Sehenden zu täuschen? Hören sie Dinge, von denen wir nicht wissen, daß wir sie gesagt haben? Er fragt sich, ob sie die Hitze in seinem Gesicht wird fühlen können.

Sie zuckt die Achseln.

Das Schweigen in der Küche ist so vollkommen, daß er das Pfeifen des Kühlschranks hören kann.

Er geht auf den Ausguß zu, bleibt einen Augenblick stehen und greift dann nach ihrer Hand. Ihre Finder sind kühl, und als er sie berührt, ist die Berührung so persönlich, daß er das Gefühl hat, sie könnte ihm das Gleichgewicht rauben, und er fast die Hand zurückzieht. Aber statt das zu tun, zieht er ihre Hand von ihrem Ellbogen weg. Sie leistet keinen Widerstand. Er führt ihre Hand an sein Gesicht, an seine Wange, in einer ganz unnatürlichen Bewegung. Er hat das Gewicht ihrer Hand in der seinen, aber als er seinen Griff löst, läßt sie ihre Finger auf seiner Haut.

Zuerst scheint sie gelähmt, und er will schon nach oben greifen, als sie ihre Finger langsam über seinen Backenknochen bewegt, an seinen Nasenrücken. Er schließt die Augen. Er fühlt, wie ihre Berührung auf seine Stirn zuwandert. Sie ist ganz langsam, sehr leicht, sehr tastend. Sie fährt seinen Haaransatz entlang, hält inne, fährt wieder zur Stirn hinauf und auf der anderen Seite hinunter. Dann scheint sie im Begriff, die Hand zurückzuziehen, tut es aber nicht. Sie bewegt ihre Hand auf die Augenbrauen zu und streicht ganz zart mit den Fingern über seine Augenlider. Ihre Berührung ist kühle Luft, die über sein Gesicht streicht. Sie gleitet über seine Nase zu seinem Mund, zieht seine Lippen nach, streicht mit den Fingern darüber, taucht dann unter sein Kinn an seine Kehle, daß ihn innerlich ein Schauder durchläuft. Er weiß, daß sie dieses Zittern spüren muß, aber sie läßt sich nichts anmerken. Sie befingert seinen Hemdkragen, streicht dann mit der Hand über seine Schulter und löst sich schließlich von ihm.

Als er die Augen aufschlägt, hat sie den Kopf von ihm abgewandt und die Arme wieder vor sich verschränkt.

Er atmet langsam und tief ein.

»Sehe ich so aus, wie du mich dir vorgestellt hat?« fragt er.

»Nein«, sagt sie.

Er legt die Hand an ihren Kopf und dreht sie herum, so daß sie ihn ansieht.

»Was ist?« sagt sie.

»Beweg dich nicht«, sagt er.

Er schließt die Augen. Er beginnt an der Wange, wie sie, und macht dieselbe Reise wie sie. Es ist eine Landkarte, an die er sich immer in allen Einzelheiten erinnern wird, eine, von der er weiß, daß er sich noch nach Jahren an jede Einzelheit erinnern wird. Ihre Haut ist glatt und trocken. Er fühlt ihr mandelförmiges Augenlid, die seidige Haut daneben mit den winzigen Punkten. Ihr Mund ist warm und feucht, und als er ihn berührt, beißt sie sich auf die Unterlippe. Er versucht ihr Gesicht auf diese Weise zu »sehen«, sich ein Bild zu formen. Es ist ein anderes Bild, denkt er, als das, das seine Augen sehen. Ihre Haut fühlt sich voller an, die Lippen sind kräftiger. Er läßt seine Hand unter ihr Kinn wandern, an ihre Kehle, läßt seine Finger in der Vertiefung dort ruhen. Er fährt ihre Schultern nach.

Dann wendet er sich ab und geht zum Tisch. Er setzt sich und streicht mit der Hand über das leicht klebrige Öltuch.

»Was kann ich dir bringen?« fragt er und wechselt das Thema und weiß in dem Moment, da er die Frage ausspricht, daß sie herablassend ist. »Du mußt doch irgend etwas brauchen.«

195

»Nein«, sagt sie.

»Nein – was?«

»Bring mir nichts.«

»Warum?«

»Dann weiß sie, daß du gekommen bist«, sagt sie.

»Und wenn sie es weiß?«

Sie zuckt erneut die Achseln, gibt ihm keine Antwort. »Was willst *du*?« fragt sie.

Er sieht sie an. »Ich will überhaupt nichts, nur mit dir reden«, sagt er.

»T.J. und Sean und andere, viele andere, wollen immer etwas. Du nicht?«

»Sean ist tot«, sagt er. »Und T.J.?« Er schüttelt den Kopf. Wenn sie das meint, was er denkt, kann sie sicher nicht T.J. meinen, dessen ist Andrew sicher.

»In T.J.s Stimme sind Lügen«, sagt sie. »Die kann ich hören, wenn er lacht.«

Er ist verwirrt. Ihr Sprung aus der Gegenwart in die Vergangenheit macht ihn benommen, und es kostet ihn Mühe, sie zu verstehen. Es ist, als gäbe es keine Zeit, als würden sich Vergangenheit, Gegenwart und Zukunft ineinandermischen, als wäre ein zwanzig Jahre zurückliegender Tag ebenso lebendig und allesverzehrend wie die Sorgen dieses Morgens oder die von morgen früh.

»Was meinst du damit – T.J. lügt? Worüber lügt er?« fragt er.

»Über sich«, sagt sie.

Er studiert sie. »Als du mich fragtest, wie du jetzt aussiehst ...«, sagt er.

»Ja?«

»Da ist noch etwas, was ich sagen wollte und dann nicht gesagt habe.«

Sie hebt leicht den Kopf, sagt aber nichts.

»Dein Haar ist sehr zerzaust.«

Sie wendet sich ab, stützt die Hände auf den Ausguß.

Er geht auf sie zu, berührt ihr Haar. »Ich könnte es für dich bürsten, jetzt, meine ich.«

Sie schüttelt den Kopf.

Aber das macht nichts, weil er eine andere Idee hat.

Jetzt, wo sein Handeln ein Ziel hat, stellt sich Kompetenz bei ihm ein, ist ihm die Küche nicht länger fremd, lediglich ein Spiegelbild seiner eigenen.

Sie kommt mit zwei Handtüchern in die Küche, mit einem Kamm, einem Lappen und dem Shampoo, so wie er es ihr gesagt hat. Sie legt alles auf den Tisch. Als er sie bat, die Sachen zu holen, hat sie protestiert, und als sie das Zimmer verließ, war sie so lange weg, daß er dachte, sie würde vielleicht nicht zurückkommen. Sie steht am Tisch, als würde sie ihn ansehen. Seine Hände zittern – und er ist wiederum froh, daß sie ihn nicht sehen kann. Um seine Hände zu beruhigen, nimmt er die Teller aus der Spüle und schrubbt den Ausguß mit Ajax, bis er glänzt. Er legt eines der Handtücher über den Rand, wie ein Kissen, und legt Shampoo und Lappen auf das Abtropfbrett. Dann prüft er das Wasser. Als es so ist, wie er es will, geht er zu ihr.

»Ich kann das gut«, sagt er. Das ist natürlich eine ungeprüfte Behauptung. Er hat nie jemandem außer Billy das Haar gewaschen, und das waren die kurzen Stoppeln eines Jungen. Er führt sie zu einem Stuhl, den er seitlich an die Spüle gestellt hat, und bringt sie in sitzende Position. Langsam, gegen leichten Widerstand, schiebt er ihre Schultern zurück, so daß

197

ihr Hals auf dem Handtuch am vorderen Rand der
alten Porzellanspüle ruht. Er kann die Spannung in
ihren Schultern spüren, eine Spannung, die in seine
Finger, seine Handflächen eindringt.

»Ganz ruhig«, sagt er. »Versuch dich zu entspannen.«

Ihr Hals ist gebogen, und seine Augen folgen der
langen weißen Kurve bis zum Kragen ihrer Bluse. Er
schiebt den Arm unter ihre Schultern, und dabei
berührt sein Kinn ihre Stirn, und er hebt sie einen
Augenblick lang hoch, während er ihr Haar über den
Rand der Spüle bringt. Ihr Haar ist eine wirre Masse,
die die Spüle ausfüllt. Zuerst lähmt ihn der Anblick
der wirren Flut aus Messing und Gold beinahe; ihm
scheint, als hätte er kein Recht, es zu berühren. Er
dreht das Wasser auf, läßt es durch seine Finger und
ins Haar laufen. Er sieht, daß er nicht ihren ganzen
Kopf damit naß machen kann, also sucht er in den
Schränken nach einem Krug. Er findet einen und
füllt ihn mit dem warmen Wasser. Als er es über
ihren Kopf gießt, zuckt sie zusammen, so als hätte
sie erwartet, daß es zu heiß oder zu kalt sei. Er verteilt es erneut. »Ist es gut so?« fragt er.

Sie murmelt etwas, das er für Zustimmung hält.

Er gießt das Wasser langsam, bis ihr ganzer Kopf
naß ist. Er hebt ihr Haar mit beiden Händen, fühlt
sein Gewicht. Er öffnet die Shampooflasche und verteilt einen großen Teil des Inhalts über ihren Kopf.
Dann gräbt er die Finger in ihr Haar – es ist so dick,
daß seine Finger sich verlieren – und massiert die
Seife in ihre Kopfhaut, anfangs langsam, um ihr
keine Angst zu machen oder ihr weh zu tun, und als
sie nicht protestiert, kräftiger. Ein leichtes Seufzen
entweicht ihr, und dieses Seufzen, denkt er – hofft er

198

–, ist ein wohliges Seufzen. Erleichtert sieht er, daß ihr Gesicht anfängt, weicher zu werden, ihre Muskeln sich lockern, so daß sie jetzt mit geschlossenen Augen fast wie eine Schlafende aussieht. Er läßt sich mit seiner Massage Zeit, weil er die gelöste Stimmung nicht stören will. Etwas von dem Seifenschaum rinnt über ihre Wangenknochen, und er wischt ihn mit dem Finger weg. Er erinnert sich daran, wie er Billy in der Spüle badete, wie er den Kopf des Säuglings mit einer Hand hielt, während er ihn mit einem Waschlappen einseifte. Er erinnert sich, wie er später mit Billy in die Badewanne stieg, als sein Sohn zwei und drei Jahre alt war, an seine eigenen langen haarigen Beine, die die ganze Wanne ausfüllten, und Billy, der sich zwischen sie kuschelte. Billy spritzte ihn damals immer mit einer Wasserpistole an, und die beiden erfanden Lieder, während Martha ihnen von der Tür aus zusah. Es war immer seine Aufgabe, Billy zu baden.

Erst als er nach der zweiten Wäsche beginnt, die Seife auszuwaschen, lösen sich die Knoten, und als er das zweite Mal spült, sieht das Haar so aus, als könnte er es jetzt mit einem Kamm bewältigen. Er drückt das überflüssige Wasser sachte heraus und wickelt ein großes Handtuch um ihren Kopf und hebt ihre Schultern vom Spülenrand. Ihre Bluse ist am Kragen und an den Schultern naß. Ihr Körper ist jetzt schwer, wie der eines schläfrigen Kindes. Er steht vor ihr, um ihr Haar zu trocknen. Ihr Gesicht ist nur wenige Zentimeter von seinem Körper entfernt. Er kann ihren warmen Atem durch sein dünnes Sommerhemd fühlen. Ein flüchtiges Bild drängt sich ihm auf: wie er ihren Kopf zu sich hinzieht, so daß ihr Mund seine Haut berührt.

Er zieht einen Küchenstuhl heran und beginnt ihr Haar auszukämmen. Es ist ein mühsamer Vorgang, der dadurch noch erschwert wird, daß er ihr nicht weh tun will und so etwas noch nie getan hat. Er lernt es, das Haar über der Stelle, wo er die Knoten auskämmt, festzuhalten; auf die Weise spürt sie den Zug an der Kopfhaut nicht. Er scheitelt es in der Mittel, weil er nicht weiß, wie er es sonst machen soll.

»Am besten trocknest du es in der Sonne«, sagt er. Seine Stimme ist belegt. Er räuspert sich. »Wir setzen uns auf die Stufen. Dort sollte Sonne sein.«

»Ich gehe nie hinaus«, sagt sie. »Und wir haben nur noch fünfundzwanzig Minuten.«

Er sieht auf die Uhr. Sie hat recht. »Woher weißt du das?« fragt er.

Wieder zuckt sie die Achseln. »Das weiß ich einfach«, sagt sie. »Ich höre es. Die Dinge klingen zu unterschiedlichen Zeiten unterschiedlich.«

Er öffnet die Tür und führt sie auf die hintere Terrasse. Er sagt ihr, daß die unterste Stufe zerbrochen ist, und sie sagt, daß sie das weiß – sie hat ihn gestern fluchen hören. Er lacht. Sie sitzen auf der obersten Stufe, Seite an Seite. Er sitzt, mit den Ellbogen auf den Knien. Ihre Schultern berühren sich beinahe.

»Warum hast du das für mich getan?« fragt sie.

»Ich weiß es nicht«, sagt er.

Sie sitzen schweigend da. Er wünscht sich, er könnte sie fragen, woran sie denkt, aber er weiß, daß ihr die Frage unangenehm wäre, also stellt er sie nicht. Ihr Haar beginnt zu trocknen und die Farbe von seidigem Mais anzunehmen, zuerst an den Enden und dann am Scheitel, es ringelt sich an den

Spitzen und um ihr Gesicht. Es war aufdringlich, das zu tun, denkt er, voll Risiko – eine Tat, die nicht nur uneigennützigen Motiven entsprungen ist, wenn er sie hinterfragen sollte, was er aber vielleicht nicht tun wird. Zumindest paßte es überhaupt nicht zu ihm, obwohl es ihm in diesen Tagen einige Probleme bereitet, zu erkennen, was zu ihm paßt und was nicht. In all den Jahren seiner Ehe hat er kein einziges Mal Marthas Haar gekämmt, geschweige denn es gewaschen.

»Ich muß jetzt hineingehen, und du mußt gehen«, sagt sie, als nur noch fünf Minuten übrig sind.

Sie steht auf, und er steht mit ihr auf.

»Eden ...«

»Jetzt wird sie es wissen«, sagt sie schnell.

»Das darf aber doch nichts ausmachen, oder?«

Sie gibt ihm keine Antwort, sondern bewegt sich auf die Tür zu.

»Ich komme wieder«, sagt er.

Er parkt vor dem Fernsehreparaturladen. Er weiß nicht, was ihn dazu veranlaßt hat, in diese Richtung zu fahren; aber jetzt, wie er so ins Schaufenster des Ladens schaut, scheint ihm, daß er tatsächlich hierher kommen wollte, um O'Brien zu sehen und ihm guten Tag zu sagen.

Die Tür ist nicht versperrt, aber als er das Geschäft betritt, ist der Raum so still, so ruhig, daß er zuerst denkt, Henry O'Brien sei nicht da. Der Laden scheint sich in neunzehn Jahren nicht sehr verändert zu haben, abgesehen von einer dicken Staubschicht, die alle Fernseher und Radios und Bildröhren und die anderen Gegenstände bedeckt. Sogar die Fernsehgeräte selbst scheinen alt – alle

gebraucht, ein paar tragbare darunter, einige größere
Modelle. Von früher kann er sich nicht an den Staub
erinnern, auch nicht an diese tödliche Stille in einem
heißen, staubigen Raum an einem Sommertag. Als
Junge war er in dem Laden fasziniert von jenen glänzenden, geheimnisvollen, schier unergründlichen
Stücken, die zu jenem aufregenden Bereich gehörten,
der sich Technologie nannte; und als er etwas älter
war und manchmal wartete, daß Sean mit seinem
Vater um den Zapfenstreich oder ein Darlehen von
fünf Dollar feilschte, fühlte er sich oft unbehaglich
und hoffte nur, daß Sean die Flucht schaffen würde,
ehe sein Vater wütend wurde.

»Hallo!« ruft Andrew.

Er hört ein Murmeln, eine Bewegung im Hinterzimmer. Er geht auf das Geräusch zu.

»Hallo!« ruft er wieder.

Er glaubt einen Gruß zu hören und späht durch
die offene Tür. Henry O'Brien sitzt an einem großen
Stahlschreibtisch mit kleinen Elektroteilen, weißen
Quittungen, Kaffeebechern aus Pappe, einem
Aschenbecher, der mit Zigarettenstummeln und
Kaugummipapier übervoll ist. Andrew kann zuerst
nur den Kopf des Mannes sehen – das rötliche Haar,
das jetzt heller geworden und mit grauen Strähnen
durchsetzt ist und oben bereits dünner wird –, bis
der Mann aufblickt und die Augen zusammenkneift,
um Andrew besser sehen oder Gesicht und Körper
einordnen zu können. Die Augen sind gerötet und
wäßrig, wie von dauerndem Tränen.

»Ich kenne Sie«, sagt O'Brien. »Warten Sie einen
Augenblick.«

Andrew kann die Gedanken des Mannes über sein
Gesicht verfolgen: Ein Kunde? Nein. Ein Mann aus

dem Ort? Nein. Dann das kurze Aufflackern von Schmerz in den Augen, der Augenblick des Erkennens.

»Andy.«

»Ja.«

»Richtig. Ihre Mutter ist gestorben.«

»Ja.«

»Meine Frau ...«

»Ich weiß. Es tut mir leid.«

»Haben Sie einen Auftrag für mich?«

In dem Laden gibt es keine Klimaanlage, nicht einmal einen Ventilator, und das Hinterzimmer ist stickig und von Zigarettenrauch erfüllt. O'Brien trägt ein T-Shirt mit einem Loch an der Schulter. Seine Haut ist rosa, fleckig, und er hat die Stoppeln von ein paar Tagen auf den Wagen. Andrew kann erkennen, daß der Kaffeebecher an O'Briens Ellbogen mit einer klaren, bernsteinfarbenen Flüssigkeit gefüllt ist.

»Nein«, sagt Andrew. »Ich bin nur vorbeigekommen, um guten Tag zu sagen.«

»Ach so.«

Das ist eine unerwartet mürrische Reaktion, und sie verblüfft Andrew. Warum reagiert er so? fragt er sich jetzt.

O'Brien fordert ihn nicht auf, Platz zu nehmen. Er nimmt einen langen Schluck aus dem Kaffeebecher. Er mustert Andrew prüfend. »Sie haben's gut getroffen«, sagt O'Brien und sieht Andrew aus zusammengekniffenen Augen an.

»Ich denke schon«, sagt Andrew.

»Besser als mein Junge.«

»Nun ...«

»Die haben ihn ans Kreuz geschlagen, wissen Sie?

Oder vielleicht wissen Sie es nicht; Sie sind hier weggegangen, auf diese hochgestochene Schule. Aber ihn haben sie hier ans Kreuz geschlagen – obwohl er bereits tot war. Die wollten einen Sündenbock, und den haben sie bekommen. Seine Mutter haben sie umgebracht.«

»Ich ...«

»Der Junge hat nie ein Verfahren bekommen.«

O'Brien nimmt einen wütenden Schluck aus dem Kaffeebecher, aber er bekommt ihn in die falsche Kehle, und er hustet und fängt dann zu würgen an. Als er seine Stimme zurückgewinnt, klebt Speichel in seinen Mundwinkeln, und Andrew hat den Eindruck, daß der Mann das, was er sagt, ausspucken will.

»In diesem Land«, sagt O'Brien heiser, »gilt man so lange als unschuldig, bis einem die Schuld bewiesen ist. Aber so wie die Leute mich hier ansehen, weiß man, daß die ihr Urteil schon vor langer Zeit gefällt haben.«

»Ich bin sicher ...!!«

»Ist alles ohnehin ihre Schuld«, sagt O'Brien und wischt sich mit dem Handrücken über den Mund. »Ich gebe ihr die Schuld.«

»Wem?«

»Dieser Hure. Diesem Miststück.«

Andrew sagt nichts. Er spürt, wie die Hitze in seinem Hals aufsteigt, bis hinter seine Ohren.

»Sie war es. Zuerst hat sie ihn scharfgemacht, und dann wollte sie nichts mehr von ihm wissen. Verrückt hat sie ihn gemacht. Und dann so seinen Namen zu nennen ...«

Ein Schweigen hängt wie Zigarettenrauch zwischen den zwei Männern.

»Sie war erst vierzehn«, sagt Andrew leise.

»Vierzehn. Hundertundvierzehn. Für mich macht das keinen Unterschied. Wenn sie nicht gewesen wäre, wäre mein Sohn jetzt hier.«

»Nun, es tut mir leid, daß ich ...«, fängt Andrew an.

»Ist das Ihr Wagen?«

Andrew dreht sich um und sieht die Heckpartie des schwarzen BMW vor der Ladentür. Das Licht draußen ist im Gegensatz zu der Dunkelheit im Inneren so hell, daß es dem Wagen eine fast surreale Aura verleiht. Aus dieser Perspektive und im Kontrast zu dem schäbigen Kram draußen im Laden wirkt der Wagen unverzeihlich protzig.

»Ja«, sagt Andrew.

O'Brien saugt an seinen Zähnen.

»Nun, ich glaube, ich werde ...«, sagt Andrew und dreht sich um, um O'Brien anzusehen, der sich absichtlich wieder vornübergebeugt und einem kleinen Stück Metall zugewandt hat, aus dem eine Unzahl Drähte ragen. Andrew weiß, daß ihn sein Bestreben zu dem Laden geführt hat, mehr über Sean zu erfahren, über den Morgen, an dem Sean die Ortschaft verlassen hat, aber er sieht ein, daß er hier keine Antwort finden wird.

»Ja, tun Sie das ...«, sagt O'Brien, ohne aufzublicken.

Andrew dreht sich um und geht durch den Laden hinaus. Bitterkeit hängt in der Luft wie Staub. Draußen angelangt, bleibt er einen Augenblick lang auf dem Bürgersteig stehen und läßt die Morgenhitze seinen Kopf durchtränken, fühlt sich in der grellen Sonne staubig und grau und leicht schuldig. Er blickt zu dem Mann hinüber, der die Tankstelle betreibt, und winkt ihm zu. Der Mann winkt zurück.

Obwohl Andrew den Mann nicht kennt, niemanden von den Leuten kennt, die mit der alten Tankstelle zu tun haben, ist das freundliche Winken so aufmunternd, daß Andrew sich dabei ertappt, wie er noch einmal winkt.

Andrew scheint es, daß sich, abgesehen von dem Winken, nichts auf der Straße bewegt.

Das Haus ist jetzt ein Labyrinth von Pappkartons, einige halbvoll, einige mit Klebeband verschlossen, einige leer und noch darauf wartend, daß Andrew über ihren Inhalt entscheidet. Müde, noch müder, als er das in der ganzen Zeit hier war, vor Erschöpfung fast gelähmt, schlängelt er sich zwischen dem Durcheinander von Kartons die Treppe hinauf in sein altes Zimmer. Es ist schon nach zwei Uhr nachts. Er hat die ganze Nacht hindurch gearbeitet, eine schier brutale Selektion vorgenommen, einige wenige wertvolle Gegenstände in Kartons verpackt, die er mit in die Stadt nehmen wird, und das meiste dafür bestimmt, mit dem größeren Mobiliar im Haus versteigert zu werden, und einen Teil weniger begünstigter Dinge der Heilsarmee zugewiesen. Die Heilsarmee und der Auktionator werden in ein paar Tagen kommen, um alles abzuholen, hat man ihm am Telefon gesagt. Er braucht nur die Kartons mitzunehmen, die er für sich und Billy behalten möchte.

Er schaltet das Licht in seinem Zimmer ein und knipst es sofort wieder aus. Er geht zu dem Bett am offenen Fenster, setzt sich, beugt den Kopf etwas vor und sieht hinaus. Die Nacht ist stockfinster, wie eine Höhle. Keine Sterne. Kein Mond. Er hört die Zikaden im Gras. Leben Zikaden im Gras? fragt er sich. Auf der anderen Seite der Einfahrt ist das andere

Haus und unter seinem Fenster der Hortensienbaum. In der undurchdringlichen Dunkelheit kann er beides nicht sehen. In der Dunkelheit, denkt er, ist er ebenso blind wie sie.

Der Discjockey im Radio, ein Discjockey, der für sieben Uhr früh zu laut, zu heiser und zu ausgelassen ist, verkündet Andrew, während dieser seine Cornflakes ißt, daß die Hitze zurückgekommen ist – eine Tatsache, die keiner Erwähnung bedarf. Die Schwüle hat sich bereits über das Land gelegt und ist ins Haus eingedrungen wie ein unwillkommener Besucher, der sich auf ein träges Nickerchen vorbereitet. Im August, überlegt Andrew, ist die Hitze nie sonderlich weit entfernt, sie hängt immer am Horizont und wartet darauf, daß die kurzen, wie zum Spott auftretenden Perioden kühler, sauberer Luft sich auflösen und verschwinden.

Die Aussicht auf einen drückend heißen Nachmittag bringt eine neue Ordnung in seine Prioritäten. Zwei Aufgaben, die er sich vorgenommen hat – den Kräuter- und den Blumengarten zu säubern und mit dem Streichen der Südwand zu beginnen –, müssen schon in den frühen Morgenstunden erledigt werden. Später, nachdem er wieder Eden besucht hat (ein Besuch, der seinem Tag eine Richtung gibt, ihm eine gewisse Dringlichkeit verleiht, die er noch nicht ganz definieren kann), wird er ein Spirituosengeschäft ausfindig machen und eine Flasche Wein kaufen, um sie am Abend T.J. mitzubringen. Er wünscht sich, es wäre ihm eine vernünftige Ausrede eingefallen, um heute nicht zu dem Abendessen gehen zu müssen – obwohl er sich darauf freut, in Erfahrung zu bringen, wie T.J.s Kinder sind.

Beim Nachdenken darüber fasziniert ihn, so wie das stets bei ihm gewesen ist, die Aussicht darauf, zu erfahren, wie das Leben eines anderen, eines, das er einmal beinahe so gut wie sein eigenes kannte, sich entwickelt hat.

Er ißt den Rest seiner Cornflakes und geht in die Garage, wo er ein Paar alte schmutzverkrustete Gartenhandschuhe und eine kleine Hacke findet. Er wühlt in den Schubladen und merkt, daß er auch diese Dinge wird einpacken müssen.

Er geht vor dem Kräutergarten in die Hocke und versucht ihn zu entziffern. Der Garten ist eine ineinander verwachsene Masse aus verschiedenen grauen Grüntönen, die bereits in Braun übergehen: Einige Kräuter, wie Salbei und Rosmarin, erkennt er sofort; andere könnten Oregano oder Bohnenkraut oder Thymian sein. Er beschließt, daß alle, gleichgültig, welcher Gattung sie auch angehören, der gleichen Kur bedürfen – jäten, zurechtstutzen und gießen. Und so fängt er an, arbeitet flott, hofft, die Sache schnell hinter sich zu bringen, um sich dem Blumenbeet und der Malerarbeit zuwenden zu können.

Er ist gerade dabei, eine kleine Pflanze zurechtzustutzen, bei der es sich sogar um Unkraut handeln könnte, obwohl er das nicht glaubt, als er ein leichtes Stupsen zwischen den Schulterblättern spürt. Die Berührung ist so unerwartet, daß er zusammenzuckt, geduckt herumfährt, die Hacke in der Hand.

»Sie behauptet, sie hätte es selbst gewaschen, wozu sie durchaus imstande ist, aber ich weiß, daß Sie es getan haben.«

Edith Close ragt über ihm auf. Ziemlich schwerfällig und mit einem Knacken im linken Knie steht er auf, um sich ihr zu stellen. Sie trägt ein Sommerkleid

208

und eine beige Strickjacke, die sie sich über die Schultern gelegt hat.

Ihm will keine Antwort einfallen. Es *war* eine anmaßende Handlung, und im Augenblick will ihm keine Rechtfertigung einfallen.

»Und das Ganze hinter meinem Rücken«, sagt sie.

»Ich hab nichts hinter Ihrem Rücken getan«, protestiert er.

»Sie sind hingegangen, als ich nicht da war.«

»Nun ja, aber ...«

»Nun, eben.«

»Mir hat sie den Eindruck gemacht, daß es ihr gutgeht«, sagt er, in dem Versuch, das Thema zu wechseln.

Sie hat eine Handtasche über den Arm gehängt. Ihre eine Hand hat sie an der Hüfte über die andere gelegt; eine Haltung, wie sie ältere Frauen häufig annehmen und wie er sie nie an einer jüngeren Frau gesehen hat, einer Frau beispielsweise von Marthas Generation. Er stellt sich die belanglose Frage, ob dies vielleicht eine Geste ist, die Frauen sich beim Altern angewöhnen.

»Ich hätte gedacht, daß Ihre Mutter Ihnen mehr erzählt hätte«, meint sie.

»Was erzählt?«

»Sie wissen, daß Eden weg war?«

»Ja. In einem Krankenhaus und dann in einem Blindenheim.«

Sie schüttelt den Kopf. »Eden ist bei dem ... Vorfall ... schwer verletzt worden.«

Sie blickt auf den Riemen ihrer Handtasche, als sähe sie ihn zum ersten Mal. »Zuerst dachten wir, es sei körperlich«, fuhr sie fort. »Sie wurde mehrmals operiert. Sie wollte nicht reden – mit mir nicht und auch mit sonst niemandem. Wir dachten, es stünde in Beziehung zu den Verletzungen. Aber die Verletzungen gingen ... tiefer.«

Er sieht ihr zu, wie sie ihre Handtasche berührt – ein Talisman. »Die Kopfverletzung hat sie sehr krank gemacht«, sagt sie. »Das Heim, in dem sie war, war genaugenommen kein Blindenheim.« Sie blickt zu ihm auf, mustert ihn scharf, will seine Reaktion sehen. »Es war eine psychiatrische Klinik.«

Er erinnert sich, wie Eden gestern ohne jeden Zusammenhang sagte, *Jim ist hier gestorben.* Er erinnert sich daran, wie er dabei dachte, daß dies eine seltsame Bemerkung sei.

»Sie hat sich erholt«, fährt Edith fort. »Nicht schnell, aber nach einer Weile. Sie erreichte einen Punkt, wo ich das Gefühl hatte, daß sie nach Hause kommen könnte. Man hatte das Gefühl, *ich* hatte das Gefühl, daß ich hier ebensogut für sie sorgen könnte. Aber sie braucht *Ruhe*«, sagt Edith heftig und furcht dabei die Stirn. »Sie darf nicht gestört werden. Man darf sie nicht an die Vergangenheit erinnern. Wir sprechen nie davon. Ich würde es vorziehen, wenn Sie auch nicht davon sprechen würden. Ich würde vorziehen, daß Sie sie überhaupt nicht besuchen. Sie erinnern sie an die Vergangenheit. Sie können sogar Erwartungen in ihr wecken, Hoffnungen«, sagt sie, und ihre Stimme hebt sich dabei, als wolle sie sicherstellen, daß er begreift, wie wichtig ihr das ist. »Und dann werden Sie wieder weggehen. Und wo wird sie dann sein?«

Er spürt wieder, wie ihm die Hitze ins Gesicht steigt. Er möchte sie lächerlich finden, albern, aber das kann er nicht. Statt dessen ist das, was sie zu ihm sagt, auf unbehagliche Weise bewegend und peinlicherweise zutreffend. Er hat nämlich tatsächlich gehofft, bei Eden Erwartungen zu wecken, wenn auch nur im Unterbewußtsein, und er kann nicht leugnen, daß er wieder weggehen wird. Und warum sollte er angenommen haben, daß Edith sich in neunzehn Jahren nicht verändert haben kann? In ihrer Hilflosigkeit wurde Eden vielleicht sofort für Edith gleich viel anziehender. Oder vielleicht hat die Lücke, die Jims Tod in ihrem Leben hinterlassen hat, ihr schließlich doch erlaubt, sich auf ihre Tochter zu konzentrieren. Und doch möchte er trotz dieser plötzlichen Gedanken glauben, daß es Eden guttut, wenn er sie besucht.

»Glauben Sie nicht, daß Sie jetzt überreagieren?« sagt er und überrascht sich selbst, nicht nur mit seiner Grobheit, sondern auch mit dem Wort selbst, denn für ihn ist das ein Begriff, den er mit Psychologengefasel in Verbindung bringt, eines, das Martha ihm gegenüber gern benutzte, ein Wort, das er normalerweise verabscheut. Aber er ist in Auseinandersetzungen nie präzise gewesen. Die Worte, die ihm in einem hitzigen Wortwechsel in den Sinn kommen, sind nicht exakt genug, und auf die Weise wird er häufig hilflos, wie ein Kind, das ein Erwachsener in die Enge treibt.

»Sie ist *meine* Tochter«, sagt Edith, und es ist, als würden ihre Worte die Luft um sie festklammern.

Der plötzliche Wutausbruch wirkt überraschend in dem stillen Garten.

Im nächsten Augenblick ist diese Aufwallung vorbei. Sie sammelt sich, es ist eine Folge subtiler Bewegungen, und sie wird dabei zwei Zentimeter größer, steht aufrechter da, sammelt ihre Gesichtszüge, bis sie so sind, wie er sie in ihrer Küche sah – ruhig, kühler und wenn auf der Hut, sogar noch kontrollierter. Er mustert sie fasziniert.

»Andy«, sagt sie, als wäre sie der Mühe müde geworden, dem Nachbarjungen Manieren beizubringen. »Sie müssen das von meinem Standpunkt aus sehen. Eden und ich sind eine *Familie*.« Sie übertreibt die Betonung des letzten Wortes, aber ihre Stimme klingt geduldig. »Sie ist alles, was ich jetzt habe, und ich bin alles, was sie hat. Daran ist vieles, was Sie unmöglich verstehen können. Sie waren beinahe *zwanzig* Jahre weg ...«

Er wird der Chance, ihr zu antworten, beraubt (oder enthoben). Das Geräusch eines langsamer werdenden Wagens, der in die Einfahrt einbiegt, läßt sie beide aufblicken. Ein kleiner weißer Toyota rollt über den Kies. DeSalvo stemmt sich aus dem niedrigen Fahrersitz. Manche Fahrzeuge, denkt Andrew, sind für manche Männer einfach zu klein.

DeSalvo winkt und geht auf Andrew zu.

»Sind Sie noch rechtzeitig zu Ihrem Gespräch gekommen?« fragt DeSalvo kurzatmig. Er bewegt sich langsam in der Hitze. »Sie haben Ihr Scheckbuch auf der Theke liegenlassen.«

»Du liebe Güte«, sagt Andrew. Dann dreht er sich um. »Sie kennen doch Mrs. Close.«

DeSalvo wirft Edith Close einen Blick zu und nickt. »Wie geht es Ihnen?« fragt er.

»Gut, danke«, sagt sie.

»Ich kann nur sagen, muß ja ein verdammt wichtiger Anruf gewesen sein«, sagt DeSalvo und dreht sich wieder zu Andrew herum und reicht ihm das Scheckbuch. »Sie haben 'ne Menge Geld auf dem Konto.«

»Oh«, sagt Andrew peinlich berührt. »Sie haben nachgesehen.«

»Ja, was soll's«, sagt DeSalvo. »Ich seh immer nach. Ich hab Sie gleich angerufen, aber da hat sich niemand gemeldet. Ich hätte es gestern schon gebracht, aber ich mußte meine Frau ins Krankenhaus bringen. Probleme mit ihrer Hüfte. Und dann war ich die ganze Nacht dort festgehalten. Ich hab in dem Imbiß Bescheid gesagt, daß man Ihnen sagen soll, ich habe es, falls Sie angerufen hätten.«

»Ich hoffe, Ihrer Frau geht es gut«, sagt Andrew.

DeSalvo kratzt sich an der Brust. »Die werden eine Nadel hineinstecken, aber der Arzt sagt, in einem Monat ist sie wieder in Ordnung.«

»Ich muß jetzt zurück«, sagt Edith Close und geht in weitem Bogen um die zwei Männer herum. Sie geht langsam den Kiesweg hinunter auf ihre Haustür zu. Sie geht so, als wüßte sie, daß sie ihr nachblicken.

»Eine schwierige Person«, sagt DeSalvo.

Andrew blickt ihr nach und nickt.

Um dreiviertel elf ist er schon fast eine Stunde in seiner Küche im Kreis herumgelaufen. Das halbleere Bier, das er in der Hand hält, ist warm, ein leeres steht auf dem Tisch. Sein T-Shirt ist am Rücken und unter den Achseln feucht. Die Schwüle lastet bereits schwer. Sein Gesicht fühlt sich vom fehlenden Schlaf wie Sand an. Eine Dusche würde ihm jetzt guttun, das weiß er, aber etwas hält ihn davon ab, die Küche zu verlassen, als würde sich eine Antwort schließlich dann einstellen, wenn er nur lange genug in der Küche bliebe.

Die Liste der Dinge, die er sich vorgenommen hat, scheint ihm jetzt eine größere Last als am Morgen, aber er kann sich nicht darauf konzentrieren. Die

Sachen aus der Küche, mit Ausnahme der gerahmten Collage mit den Schnappschüssen, die er behalten will, und der Hoosier-Schrank, der bei der Versteigerung verkauft werden wird, gehen alle an die Heilsarmee. Eine am Ende in ihre Bestandteile aufgelöste Familie. Das muß die ganze Zeit geschehen, denkt er, jeden Tag, in jeder Ortschaft und jeder Stadt in Amerika.

Und wer wird dann in diesem Haus leben? fragt er sich. Ein junges Ehepaar auf der Suche nach einem erschwinglichen Zuhause für den Anfang, ein Ehepaar, in dessen Vorstellung dieses Haus mehr Charme haben wird, als es wirklich besitzt, ein Ehepaar, das es mit nachgemachten ländlichen Antiquitäten möblieren wird? Er malt sich die Frau aus, ihr braunes Haar mit blonden Strähnchen, ihre athletische und doch geschmeidige Gestalt in Khakishorts und einem voluminösen T-Shirt, damit beschäftigt, die Wände neu zu tapezieren – als könnte sie damit ihre Träume sichern.

Ich sollte mich wieder an die Arbeit machen, sagt er laut. Er spielt den Satz ab wie ein altes Tonband, das ihn in Wirklichkeit gar nicht mehr interessiert, das er aber dennoch wieder hören möchte, nur für alle Fälle. Jeder Tag, den er fern seiner Arbeit verbringt, macht ihm den Gedanken, dorthin zurückzukehren, immer fremder. In diesem Augenblick kann er sich einfach nicht vorstellen, je wieder die Lust oder die Ausdauer zu haben, einen Zehnstundentag in einem dreißigstöckigen Gebäude zu überleben, obwohl er weiß, daß er das muß. Er muß zurückkehren, und zwar bald.

Es ist die Hitze und die Erschöpfung, sagt er sich, wenn auch nicht ganz überzeugt. Das wird vorübergehen.

Er lehnt sich an den Kühlschrank, trinkt das Bier aus und setzt sich wieder in Bewegung. Er sollte duschen, sich rasieren, die Haare waschen. Die Haare waschen. Seine Fingernägel sind schwarz. Die Kniepartie seiner Jeans hat grüne Grasflecken. Grasflecken gehen nicht mehr raus, hat Martha hundertmal gesagt und Billys Overalls dabei in die Höhe gehoben.

Der Wein muß noch besorgt werden, erinnert er sich und versucht sich wieder auf seine Liste mit Aufgaben zu konzentrieren. Die Südwand muß gestrichen werden.

Ich habe Eden gesagt, ich würde zurückkommen, aber was ist, wenn Edith recht hat? fragt er sich wieder. Und dann noch einmal.

Er öffnet die hintere Tür ohne klares Ziel.

Dann hat er es. Er wird mit dem Wagen eine Runde drehen, ein oder zwei Stunden fahren und nach zwei Uhr zurückkehren. Er wird sich in den Wagen setzen und sich bewegen, wegbleiben. Wird morgen oder übermorgen auf ein kurzes Lebewohl hineinsehen. Die Sache bleibenlassen, vergessen.

Erleichtert, vorwärts zu kommen, eilt er die Stufen hinunter, geht mit schnellen Schritten auf den BMW zu. Er legt die Hand auf die Tür. Er streckt sich, als er in der Vordertasche seiner Jeans nach den Schlüsseln greift. Die Schlüssel sind nicht da. Sie liegen in der Küche, auf dem Küchenschrank.

Das habe ich gewußt, sagt er zu sich.

»Ich dachte schon, du würdest nicht kommen.«
»Fast wäre ich auch nicht.«
»Sie hat dir gesagt, du solltest wegbleiben.«

»Sie ist sehr besorgt um dich.«

»Das glaubst du.«

»Ja, das glaube ich.«

»Warum bist du dann hier?«

»Nun, ich glaube, daß sie um dich besorgt ist, aber ich bin nicht überzeugt, daß sie recht hat.«

»Ich habe ihr gesagt, daß ich es mir selbst gewaschen habe, aber sie hat mir nicht geglaubt. Es war der Scheitel, den bekomme ich nie richtig hin.«

Ihr Haar ist frisch gebürstet und der Scheitel, den er ihr gestern gezogen hat, immer noch gerade.

»Ich möchte dich etwas fragen«, sagt er.

»Was denn?« sagt sie nach einer Weile.

»War es sehr schlimm?« sagt er. »Am Anfang. Ich meine, ich wußte bis heute nie genau, was passiert ist, wo du warst.«

Sie zögert. »Es gibt Dinge aus der Zeit, an die ich mich nicht erinnern kann«, sagt sie. »Und was ist schlimm? Schlimmer als vorher? Schlimmer als jetzt?«

»Du mußt Jim sehr geliebt haben«, sagt er.

»Er war mein Vater.«

»Ich weiß.«

»Nein, du weißt es nicht.«

Ihm scheint, daß sie sich heute mit ihrem Aussehen einige Mühe gegeben hat. Sie trägt ein blaues Sommerkleid, vorn mit weißen Knöpfen, und einen Gürtel. Ihre Füße, sieht er, sind immer noch nackt. Als er die Küche betrat, saß sie am Tisch, das Gesicht zur Tür. Am Nasenrücken, an den Backenknochen und an der Stirn ist ein rosafarbener Schimmer zu erkennen, von der Sonne gestern. Es war nicht der Scheitel, der seine Anwesenheit verraten hat; es war die Sonne.

»Du hast getrunken«, sagt sie.

»Zwei Bier.«

»Das habe ich lange nicht mehr gerochen.«

»Ich hatte leider keine Zeit, mich frischzumachen«, lügt er. »Ich habe im Garten gearbeitet.«

»Ich weiß. Ich habe sie mit dir reden hören.«

»Ich bitte um Entschuldigung, wenn ich ...«

»Wenn du riechst, als ob du schwer gearbeitet hättest? Das macht mir nichts aus. Das ist interessant.«

Er überlegt, ob er anbieten sollte, das Mittagessen für sie zu machen. Er fragt sich, was sie ißt. Gestern hat keiner von ihnen beiden etwas von Essen erwähnt.

»Ich denke, wir sollten einen Spaziergang machen«, sagt er.

»Nein.« Sie glättet das Kleid über ihren Schenkeln.

»Das wäre gut. Durch die Maisfelder. Wie in alten Zeiten.«

»Es gibt keine alten Zeiten.«

»Nun, dann eben nur für jetzt.«

»Ich gehe fast nie hinaus.«

»Das hast du gestern gesagt. Warum?«

»Was gibt es draußen, wofür man hinausgehen könnte?«

»Du brauchst keine Angst zu haben. Ich werde dich halten, dich führen.«

»Ich habe keine Angst«, sagt sie.

»Sie geht nie mit dir hinaus, oder?«

Sie zuckt die Achseln. »Wenn es nötig ist.«

»Paß auf«, sagt er.

»Was?«

»Wir werden es tun.«

Einmal draußen angelangt, ist es, als hätte in den paar kurzen Minuten, die er in der Küche war, irgendeine unsichtbare Hand die Hitze ein paar Grad höher gedreht, so daß sie gerade noch nicht völlig unerträglich ist. Oder vielleicht ist es so, daß die düstere Küche mit ihren heruntergezogenen Jalousien und ihrer grünen Farbe den unerwarteten Vorteil hatte, so etwas wie natürliche Klimatisierung zu liefern. Was auch immer die Ursache ist, jedenfalls treffen das grelle Licht und die Hitze auf Andrew wie ein Schlag, als er die Tür öffnet, ein doppelter Angriff, der ihn ernsthaft überlegen läßt, ob er mit ihr hinausgehen sollte.

Fast im gleichen Augenblick bilden sich auf seiner Stirn, seiner Oberlippe und unter seinen Brustwarzen Schweißtropfen. Es ist wirklich Hitze, die Art von Hitze, die einen Mann, nur Augenblicke nachdem er ein sauberes T-Shirt angezogen hat, durchtränkt und die Kinder dazu treibt, unter Rasensprengern Erfrischung zu suchen. In dem Schnellimbiß werden die Männer unter dem sich abmühenden Ventilator an der Decke schwitzen. Das Schwimmbad in der Ortschaft wird eine Masse von Farbe und Körpern ein, und in den Hinterhöfen der Häuser näher bei der Ortschaft werden alte Frauen Würde und Anstand in den Wind schlagen und sich statt dessen in grünweißen Plastikliegestühlen räkeln und ihre fast nackten weißen Beine, weiß mit purpurfarbenen Adern, einem verstohlenen Luftzug im Schatten darbieten.

Die Hitze läßt in ihm den Wunsch aufkommen, zum Teich zu gehen – sein Körper äußert das Bedürfnis, seinen Durst zu stillen –, und dieser Wunsch verdrängt die Vorsicht. Er hält die Hintertür auf und greift nach ihrem Ellbogen, führt sie auf die Treppe. Natürlich sieht er sofort, daß das grelle Licht ihr nichts ausmacht. Ihre Augen sind ganz weit geöffnet, ein Starren in die Weißglut, das ihn entnervt, wo er doch die eigenen Augen zu schmalen, schmerzenden Schlitzen zusammengekniffen hat, um sich vor der Sonne zu schützen. Er wünscht, er hätte eine Sonnenbrille bei sich, um die Augen zu bedecken. Es ist, als hätte ihr Blick, dem dieses Licht überhaupt nichts ausmacht, sie nackt gemacht, und es drängt ihn, sie zu beschirmen.

»Ich werde dich aufheben und dich über die Stufe tragen«, sagt er.

Neben ihr, den linken Arm um ihre Hüfte geschlungen, hebt er sie über die verfaulte Treppe. Als er sie absetzt, nimmt er ihre Hand.

»Erinnerst du dich an den Weg zum Teich?«

Sie schüttelt den Kopf.

»Bleib einfach dicht bei mir. Wir werden langsam gehen.«

»Ich will das nicht«, sagt sie.

Mit einer mehr angemaßten als überzeugenden Autorität führt er sie über das frischgemähte Gras in südlicher Richtung an den Rand der Maisfelder zu. Das Gras fängt bereits an einzelnen Stellen an braun zu werden. Er hat es für die Jahreszeit zu kurz geschnitten, zu kurz für die Hitze.

Sie bewegt sich widerstrebend, seine Hand spürt leichten Widerstand, ein Zurückschrecken vor jedem Schritt. Ihre Hand, die er in der seinen hält, ist wie die eines Kindes, das nicht mit ihm Schritt halten kann oder nicht mit einem Erwachsenen Schritt halten will. Er versucht mit seinem Griff Zuversicht zu vermitteln, hält ihre Hand fest, gibt ihrem Widerstand nicht nach. Er sieht ihr Gesicht an. Das zu helle Licht macht es in seiner Klarheit scharf, die Narbe zeichnet sich deutlich ab, und die blaugrünen

Augen sind lebhaft und starr. Jetzt fühlt er, wie fremdartig dieser Ausflug für sie ist, dieses Nachvollziehen einer Reise aus der Kindheit, damals mit den leichten, unbedachten Bewegungen eines Mädchens. Jetzt muß es für sie sein, als würde man ihn mit verbundenen Augen durch eine fremde Stadt führen, mit Gefahren, die jeden vorsichtigen Schritt erwarten, einem Gefühl völliger, beängstigender Hilflosigkeit, wenn der Führer nicht wäre.

Er schließt die Augen und versucht ihren Weg so zu empfinden, wie sie das muß. Sofort ist ihm ein Gefühl ungeheurer Hitze oben am Kopf bewußt und die drückende Stille der Mittagsstunde. Er fühlt sich unbehaglich, sein Schritt ist unsicher, und diese Unsicherheit verrät sich durch seine Hand, denn er fühlt, wie ihr Widerstand stärker wird. Und als er die Augen aufschlägt – er kann, denkt er, bestenfalls zehn oder fünfzehn Schritte getan haben – sieht er, daß er bereits vom Kurs abgekommen ist.

Am Rande der Maisfelder kann er gerade noch den Weg zum Teich ausmachen. Er ist mit wilden Brombeerbüschen und Bittersüß überwachsen. Die jungen Leute gehen jetzt nur mehr selten hin, stellt er sich vor; vielleicht hier und da ein Junge, der einen Weg vom Teich aus erforscht und plötzlich auf die zwei isoliert dastehenden Farmhäuser stößt und erkennt, wie weit er vom Weg abgekommen ist.

Die Hitze erzeugt leichten Kopfschmerz hinter seinen Augen. »Wir müssen hintereinander gehen«, sagt er und wischt sich mit dem Hemdzipfel die Stirn. »Ich werde die Hand hinter mich halten, und du kannst sie nehmen. Ich werde ganz langsam gehen, damit du nicht stolperst.«

»Wo sind wir?« fragt sie.

»Streck die Arme aus«, sagt er.

Das tut sie und berührt die trockenen Maisblätter.

»Erinnerst du dich an das«, fragt er.

Sie betastet eines der Blätter, gibt ihm aber keine Antwort.

Als sie sich wieder in Bewegung setzen, geht sie noch vorsichtiger als vorher. Einmal legt sie die Hand auf seinen Rücken, wie um sich zu stützen. Sie kommen nur langsam von der Stelle, schwerfällig. Er fragt sich, ob es besser wäre, wenn er hinter ihr ginge, mit der Hand auf ihrer Schulter, und sie lenkte.

Eine Fliege beginnt ihm um den Kopf zu summen und läßt nicht von ihm ab, so sehr er auch mit der freien Hand nach ihr schlägt. Die Hitze in den Maisfeldern, ohne jeden Schatten, ist drückend. Er fühlt, wie die Hitze ihm seine Zuversicht nimmt. Einen Augenblick lang hat er Angst, sie anzusehen. Was, wenn Edith recht gehabt hat, fragt er sich, wenn ihr diese Expedition zuviel ist? Und könnte es sein, daß die Sonne ihr in irgendeiner Weise, mit der er nicht gerechnet hat, schadet?

Sie antwortet mit einem Schrei auf seine unausgesprochene Frage. Ihre Hand entgleitet der seinen. Als er sich umdreht, sieht er, daß sie sich niedergekauert hat, er sieht einen glänzenden Gegenstand nahe bei ihrem Fuß. Es ist der Verschluß einer Bierdose, dessen scharfer Rand sich nach oben biegt.

»Mein Gott«, sagt er, »wir haben deine Schuhe vergessen. Ich hätte daran denken müssen. Laß mich das ansehen.«

Sie sitzt auf dem Boden und reibt sich den Fußballen. Er nimmt ihren Fuß in die Hand und untersucht die Sohle. Er kann kein Blut sehen, keinen Schnitt.

»Ich würde jetzt gern umkehren«, sagt sie.

Er zieht sie hoch. »Wir müssen dir Turnschuhe besorgen«, sagt er. »Hast du keine Turnschuhe?«

»Kauf mir keine Turnschuhe«, sagt sie.

»Ist schon gut«, sagt er und überlegt. »Ich kann sie in meinem Haus aufbewahren. Wir können sie hervornehmen, wenn ich mit dir weggehe.« Er sagt das, als wäre bereits entschieden worden, daß sie in Zukunft wieder gemeinsame Spaziergänge machen würden.

Aber sie hört es. »Bald wirst du weggehen«, sagt sie.

»Nun, nicht ... nicht sofort.«

»Wenn sie weiß, daß du wieder da warst, wird sie nicht zur Arbeit gehen.«

Er grübelt darüber nach.

»Ich kann auch vorsichtig sein, wenn du das kannst«, sagt er.

Sie gibt ihm keine Antwort.

»Ich muß heute abend zu T.J.«, sagt er. »Und ich habe gar keine Lust.«

»Du magst T.J. nicht«, sagt sie.

Das überrascht ihn. »Ich weiß nicht. Er und ich sind jetzt anders.«

»Das sind wir auch«, sagt sie. Sie dreht sich herum. Sie wehrt seine Hand ab und streckt statt dessen die Arme aus, läßt sich von den Maiskolben lenken.

Im Autoradio auf dem Weg zum Einkaufszentrum hört Andrew, daß die Hitzewelle, die noch den größten Teil der kommenden Woche andauern soll, in diesem Teil des Staates Rekordwerte erreichen wird. An diesem Abend und während der Nacht, sagt der

Sprecher, werden Temperaturen um dreißig Grad erreicht werden.

Anschließend greift der Sprecher wieder die Schlagzeile des heutigen Tages auf, die Andrew verpaßt hat. Das dreizehnjährige Mädchen, das man nach einer Vergewaltigung am frühen Morgen, in der Scheune ihres Vaters gefunden hat, ist im Bezirkskrankenhaus an seinen Verletzungen gestorben. Andrew starrt die Digitalanzeige seines Radios an. Die Polizei, erklärt der Sprecher, hat keine Verhaftungen vorgenommen, aber der sechzehnjährige Freund des Mädchens, der sie allem Anschein nach als letzter lebend gesehen hat, ist zur Einvernahme festgenommen worden.

Dann verliest der Ansager in lebhafterer Stimme, eine Werbestimme, die Andrew gut kennt, eine Anzeige für Garten- und Poolgeräte, für die ein Schlußverkauf veranstaltet wird. Andrew tritt aufs Gaspedal und jagt den Wagen auf siebzig. Nicht mehr lange, und Billy wird dreizehn sein. Eden war vierzehn. Gerade vierzehn. Aber sie ist ihren Verletzungen nicht erlegen. Ein Zitat aus einem Buch, das Eden auf der High-School gut gefallen hat, drängt sich in sein Gedächtnis. Er kann sich nicht genau daran erinnern. Er hatte nie ein besonders gutes Gedächtnis für Zitate. Aber es besagte irgendwie, daß es keinen großen Unterschied zwischen den Leuten auf der Farm und den Leuten auf dem Friedhof gab und daß die auf dem Friedhof eigentlich besser dran seien. Das Buch hieß *Ethan Frome*, und er hat es an einem Sonntagnachmittag im Januar an seinem Schlafzimmerfenster gelesen, als Hausaufgabe. Er erinnert sich noch ganz deutlich daran, wie die Welt draußen vor dem Fenster damals aussah –

eine Schneedecke, die das dünne Winterlicht eines Januartages düster erscheinen ließ – und wie die Landschaft damals so gut zu dem Buch paßte, das er las. Er malt sich mit unwillkommener Klarheit das Gesicht der Mutter an diesem Morgen aus, als man ihr vom Schicksal ihrer Tochter berichtete. In New York hat er sich an die Zeitungs- und Radioberichte über getötete Kinder, sexuellen Mißbrauch von Kindern, Kindesraub und dergleichen gewöhnt, um nicht zu sagen, er ist ihnen gegenüber abgestumpft. Und diese Berichte haben ihn angewidert und vorsichtig gemacht und ihn dazu gebracht, um Billy mehr Angst zu haben, als seine Eltern um ihn hatten. Aber dieser Bericht, den er in seinem BMW auf dem Weg zum Einkaufszentrum hört, keine zehn Meilen von der Scheune entfernt, wo man das Mädchen aufgefunden hat, neunzehn Jahre nachdem Eden vergewaltigt und angeschossen wurde, ist am allerschwersten aufzunehmen. Obwohl er über unterschiedliche sexuelle Neigungen etwas Bescheid weiß, sogar eine gewisse Toleranz hat für Vorlieben, die er selbst nicht teilt, kann er sich doch keine Begierde vorstellen, die einen Mann dazu bringen könnte, ein Kind sexuell zu mißhandeln und es dann zu töten. Noch kann er sich ganz ausmalen, obwohl man sagen könnte, daß ein ähnlicher Akt viele seiner Träume und Visionen als Erwachsener geformt haben mag, wie ein solcher Akt der Gewalttätigkeit hier stattfinden könnte. Die Umgebung ist es, denkt er, diese täuschend verschlafene, jeglicher Gewalt fremde Umgebung, die eine solche Nachricht so unbegreiflich macht. Er dreht die Lautstärke seines Radios auf, so daß eine Rocknummer – ein Musikstück, das er noch nie gehört hat, ein lautes, atonales

Musikstück mit ihm unverständlichen Worten – seine
Ohren füllt.

Allem Anschein nach sind sämtliche Frauen des
ganzen Bezirks, die keinen Swimmingpool und keine
Klimaanlage haben, im Einkaufszentrum zusam-
mengeströmt. Es ist innen klimatisiert, so daß man
binnen Minuten das Wetter vergessen kann. Junge
Mädchen im Schulalter zu dreien und vieren mit
Paketen beladen, schieben sich in Trauben von
einem Laden zum nächsten, befühlen die Waren,
reißen ihre Witze darüber und machen aus dem Einkaufszentrum eine Freizeitbeschäftigung für den
Nachmittag. Babys in Kinderwagen lassen ihre Mütter nicht aus den Augen, die auf Betonbänken sitzen,
Eiskrem essen und Zigaretten rauchen und hier und
da den Kinderwagen träge anstoßen und darüber
nachdenken, was sie zum Abendessen nach Hause
bringen sollen, um in der Hitze nicht kochen zu
müssen. Männer gibt es in dem Einkaufszentrum fast
überhaupt keine, beobachtet Andrew, und die wenigen, die er sieht, tragen kurzärmelige Hemden und
Krawatten, Geschäftsführer der verschiedenen
Läden, nimmt er an. Oder vielleicht auch Sicherheitsbeamte in Zivil. Er selbst trägt immer noch sein
schweißdurchtränktes T-Shirt und seine Jeans mit
den Grasflecken, und inmitten all der sauberen
Frauen und Babys und Mädchen wirkt seine Erscheinung irgendwie unpassend.

Das Einkaufszentrum ist ein langes Rechteck, dessen Mittelstreifen von Bäumen gesäumt ist. Zu beiden Seiten reihen sich die Läden aneinander. Er geht
die ganze Strecke hinauf und hinunter. Es gibt vier
Geschäfte, in denen Schuhe verkauft werden, das

Sears-Warenhaus am einen und das von Caldor's am anderen Ende nicht mit eingerechnet. Außerdem gibt es noch einen Laden, in dem Glückwunschkarten verkauft werden, einen für Bücher, einen für Videospiele und schließlich einen, in dem nachgemachte alte Bauernmöbel angeboten werden. Die meisten anderen Geschäfte verkaufen Damenbekleidung, aber keine Schuhe.

Er fängt mit dem meistversprechenden Laden an, einem für Sportbedarf, und ihm wird klar, daß er Edens Schuhgröße nicht kennt. Er greift sich einen Turnschuh, der so aussieht, als wäre er für einen Astronauten oder von einem Astronauten entworfen, und liest die Größe: 38. Das kommt ihm richtig vor. Er fühlt sich zu einem Regal mit einfachen Turnschuhen aus Segeltuch in Weiß, Rosa und Blau hingezogen, aber eine Verkäuferin mit drahtigem Haar, die der Anblick eines einigermaßen jungen männlichen Wesens aus ihrer nachmittäglichen Starre gerissen hat, steuert Andrew von den einfachen Turnschuhen zu einer Reihe von High-Tech-Laufschuhen an der linken Wand.

»Jogging? Nein, ich glaube nicht«, sagt Andrew, der sich die in subtilen Blau- und Grautönen gehaltenen Laufschuhe mit dicken Sohlen an Eden nicht vorstellen kann. An Martha, ja, da wären sie perfekt. Seine Augen schweifen begehrlich zu dem Regal mit den einfachen Segeltuchschuhen, aber die Verkäuferin, offenbar von seiner kurzzeitigen Unaufmerksamkeit angestachelt, stürzt sich in eine Diskussion über die Technologie, die hinter (oder, besser gesagt, in) einem Paar weißsilbernen »Laufschuhen« steckt. Um die Verkäuferin nicht zu beleidigen, die sich zwischen ihn und das Regal mit den Segeltuchschuhen

226

gestellt hat, murmelt er etwas, daß er sich nur umsehen wolle, und verläßt den Laden.

Andrew geht in sämtliche Schuhgeschäfte und in die Schuhabteilungen von Sears und Caldor's. Einige der Geschäfte sucht er zweimal auf, läßt sich mit der Wahl Zeit, ist unfähig, sich auf einen Schuh festzulegen, den er für perfekt hält. Er möchte wirklich, daß die Schuhe genau die richtigen sind, und überprüft jedes Angebot mit einer Gründlichkeit, wie er sie bislang nur bei den Ausflügen in Spielzeugläden an den Tag gelegt hat, wenn es darum ging, Geburtstagsgeschenke für Billy zu kaufen. Er befingert Segeltuchschuhe ohne Schnürsenkel und überlegt, ob sie nicht vielleicht eine vernünftigere Wahl wären. Dann denkt er, daß hohe Schuhe vielleicht praktischer sein könnten. Dann wird ihm bei Caldor's plötzlich bewußt, daß Farbe ohne Belang ist, und das veranlaßt ihn, in einer Geste der Ungläubigkeit über seine eigene Dummheit den Kopf in den Nacken zu werfen. Eine Zeitlang sieht er sich trotz seiner natürlichen Antipathie von den endlosen Regalen mit Sechzig-Dollar-Laufschuhen angezogen, und er läßt sich die Feinheiten von Senkfußeinlagen erklären. Einige Male geht er an dem ersten Schuhgeschäft vorbei, das er aufgesucht hatte, in der Hoffnung, die Verkäuferin dort könnte Pause machen. Schließlich, nach schier endloser Zeit und nachdem er bei Burger King einen Hamburger und einen Milchshake zu sich genommen hat, geht er zielstrebig in das erste Schuhgeschäft und dort auf das Regal mit den einfachen Segeltuchschuhen zu. Er läßt der ehrgeizigen Verkäuferin keine Zeit, ihn aufzuhalten, greift sich das Paar blauer Turnschuhe und sagt: *Größe achtunddreißig, bitte*, mit einer Stimme, die er normalerweise dazu benutzt, um Taxifahrern Anweisungen zu erteilen. Er argwöhnt, sie könnte ihn damit überlisten, daß sie lächelnd aus dem Lager kommt und sagt, sie seien ausgegangen. Aber vielleicht interessiert sie sich weniger für ihn, als er annahm, denn sie kommt eine Minute später mit einer Schachtel zurück. Er sieht nach, ob sie tatsächlich blau und Größe 38 sind, was der Fall ist. Er bezahlt für die Schuhe und geht mit der Schachtel unter dem Arm hinaus.

Dann ist die Sonnenbrille an der Reihe.

Die Suche nach der Sonnenbrille nimmt nicht so viel Zeit in Anspruch, aber als er dann an der Kasse Schlange steht und mit anhört, wie ein Mädchen einem anderen höchst geheimnisvoll schildert, wie es seine blaue Seidenbluse verbrannt hat, sieht er auf die Uhr und stellt fest, daß es bereits dreiviertel sieben ist. Um sieben soll er bei T.J. sein. Und dabei hat er noch nicht einmal den Wein. Er wird hetzen müssen, den Wein kaufen, zum Haus zurückfahren, ein sauberes Hemd anziehen, keine Zeit zu duschen und sich zu rasieren. Trotzdem wird er zu spät kommen.

Er bezahlt die Sonnenbrille und strebt dem Ausgang zu. In dem Moment, in dem er die Tür öffnet, trifft ihn die Hitze, als wäre er gegen eine Mauer gerannt. Beinahe sieben und immer noch glutheiß.

Er geht ohne Eile zu seinem Wagen und summt dabei ein Lied, das er in einem der Geschäfte gehört hat. Er hat die Turnschuhe und die Sonnenbrille und wird sie ihr morgen geben.

Er drückt den Klingelknopf neben T.J.s Haustür, dreht sich um und blickt die Straße hinunter. Jedes Haus ist in seiner Konstruktion mit dem daneben identisch. Jegliche Individualität, soweit es die überhaupt gibt, besteht nur aus der Farbe oder den falschen Scheiben in diesem oder jenem Fenster. Auf dem Schild an der Einfahrt stand: »Water's Edge – Center-Hall Colonials«, aber die Häuser haben wenig mit denen im Kolonialstil gemein, die Andrew vor Jahren in Massachusetts kennengelernt hat. Selbst die Einfahrt und die Rasenpartie und die Redwood-Terrassen hinter den Häusern wirken so, als wären sie aus derselben Maschine gekommen. Wie leicht kann es einem Mann doch passieren, überlegt er, eines Nachts spät betrunken nach Hause zu kommen, in die falsche Einfahrt zu biegen und an der falschen Tür mit den Schlüsseln herumzufummeln? Oder eine unversperrte Tür zu öffnen und ins falsche Bett zu steigen, neben die falsche Frau?

»Andy-Boy, Junge«, sagt T.J. und öffnet die Tür und läßt dabei einen Schwall eisiger Luft entweichen. »Komm schnell herein, ehe die Hitze ins Haus dringt.«

T.J. trägt einen weißen Baumwollpullover und hat die Ärmel bis zu den Ellbogen hochgeschoben, dazu Khakikosen mit einer Unzahl von Taschen. Die Hose sieht aus, als wäre sie dafür bestimmt, auf einer Safari getragen zu werden. Andrew überreicht ihm die in eine Papiertüte gehüllte Weinflasche. Er ist, verschwitzt wie er war, in ein sauberes Hemd geschlüpft. Seine Fingernägel sind noch schwarz, und er hat sich nicht rasiert. T.J. hebt die Brauen, sagt aber nichts. Der eisige Hauch der Klimatisierung, einer Klimatisierung, bei der man sich fühlt, als wäre es Ende November, läßt Andrew frösteln.

Aber er ist zu desorientiert, um sich ganz und gar auf die Kälte konzentrieren zu können. Die zwei Seiten des Flurs, in den T.J. ihn gedrängt hat, sind verspiegelt. Andrew hat das Gefühl, als schwebte er, als wäre er nicht an den festen Boden gebunden. Zwei schwarze Treppen (oder ist es nur eine, die sich im Spiegel wiederholt?) erwecken den Anschein, als stiegen sie ohne jegliche Stütze ins Obergeschoß. Ein Kronleuchter in Schwarz und Gold wiederholt sich schwindelerregend Hunderte von Malen im Spiel der Spiegel, die andere Spiegel reflektieren. Ein auf Hochglanz polierter schwarzer Sessel ist das einzige Möbelstück im Flur, und obwohl auch er viele Kopien hat, strebt Andrew auf ihn zu, um sich zu stützen.

»Andy-Boy«, sagt T.J.

»T.J.?« sagt Andrew.

»Also, was willst du trinken?« fragt T.J., noch ehe sie den Flur verlassen haben.

»Trinken?«

T.J. runzelt die Stirn. »Na, du weißt schon, ein Cocktail, ein Bier. Bist du in Ordnung, Junge? Wirkst etwas verstört.«

»Doch, ich bin schon in Ordnung«, sagt Andrew und greift nach der Sessellehne. »Wirklich. Ich habe mich verspätet, hatte keine Zeit mehr zu duschen. Ich wollte mich nicht noch mehr verspäten als ...« Der Satz verhallt, als er plötzlich sich und T.J. in der gegenüberliegenden Wand entdeckt. Er wirkt benommen wie ein Gefangener, den man aus einer abgedunkelten Zelle in ein Zimmer gebracht hat, in dem das Licht zu hell ist.

T.J. mustert ihn ein wenig argwöhnisch. »Wäre ein Erdbeer-Daiquiri okay, Andy-Boy? Didi hat zwei vorbereitet.«

»Fein«, sagt Andrew. »Fein.«

»Okay. Also. Dann führ ich dich mal ein wenig herum, und dann gehn wir in die Küche.«

T.J. greift nach einem schwarzen Handgriff im Glas und geht an der Spiegelwand vorbei ins Wohnzimmer. Andrew folgt ihm und stellt zu seiner Erleichterung fest, daß hier nur eine Wand verspiegelt ist. Seine Orientierung dauert aber nur einen Augenblick, bis ihm klar wird, daß der Boden, auf dem er steht, schwarzer Marmor ist oder ein Material, das Marmor ähnelt, und daß der größte Teil des Mobiliars im Raum ebenfalls schwarz ist; ein Effekt, der dazu führt, daß er ein kleines Tischchen übersieht und sich das Schienbein daran anstößt.

Die nicht verspiegelten Wände sind mit goldgesprenkelter Tapete bedeckt. Auf einem schwarzen Kaffeetisch stehen ein übergroßer goldener Aschenbecher und eine goldene Vase. An der gegenüberliegenden Wand türmt sich eine riesige Konsole mit einem ungeheuren Fernsehschirm auf, ähnlich dem im Vorführraum in seiner Firma, und darunter ist, wie in einem abgedunkelten Cockpit einer 747, eine Anordnung von Instrumenten mit Digitalanzeigen zu erkennen.

»Letzter Stand der Technik«, sagt T.J., der Andrews Blick gefolgt ist. »Wir haben allein hier zwei Videorecorder, und die Kinder haben ihre eigenen, und wir haben noch einen im Schlafzimmer. Das Bild ist phantastisch. Willst du es sehen?«

T.J. greift sich eine der drei Fernbedienungen auf dem Kaffeetisch und drückt einen Knopf. Nichts passiert.

»Warte mal. Es muß die andere sein.«

Er nimmt sich die zweite Fernbedienung und drückt einen Knopf. Wieder nichts.

»Da haben die Kinder wieder Unfug getrieben«, sagt T.J. etwas verwirrt und greift nach dem dritten.

231

Er drückt einen Knopf. Ein lebensgroßes Bild des Talkmasters einer abendlichen Talkshow erscheint auf dem Bildschirm.

»Klasse, hm?« sagt T.J.

»Klasse«, nickt Andrew. Ein paar Augenblicke lang denkt er über das Ausmaß an Technik und Kosten nach, deren es bedurfte, ein lebensgroßes Abbild des Talkmasters in T.J.s Wohnzimmer zu zaubern.

T.J. tritt durch einen offenen Türbogen in einer der goldgesprenkelten Wände, und als Andrew ihm folgt, findet er sich in einem Speisezimmer, wie er vermutet, während seine Hand unwillkürlich über den langen schwarzen Lacktisch in der Mitte streicht. Er entdeckt sein Spiegelbild in einer weiteren Spiegelwand auf der anderen Seite. Ein schwarzgoldener Lüster ähnlich dem im Flur hängt von der Decke.

»Wir stehen auf Schwarz und Gold«, sagt T.J.

Die Feststellung scheint eine Antwort zu fordern. »Und auf Spiegel«, sagt Andrew.

»Nun ja, Spiegel sind klasse. Da sieht alles viel größer aus.«

»Auf jeden Fall«, sagt Andrew.

T.J. öffnet eine weitere versteckte Tür. »Hier ist er!« verkündet er jemandem auf der anderen Seite.

Andrew hört eine weibliche Stimme, noch ehe er ihre Besitzerin sieht.

»Andy!«

Er tritt in einen Raum, der ganz in Schwarz und rostfreiem Stahl gehalten ist, einem Raum, bei dem es sich, wie er aus dem reichlich vorhandenen rostfreien Stahl schließt, um die Küche handeln muß. Didi Hanson, jetzt Jackson, umarmt ihn. Er nimmt

232

einen weißen Baumwollpullover wahr, identisch mit dem T.J.s. Sie tritt zurück und hält ihn auf Armeslänge von sich.

»Da sieh mal einer an!« sagt sie.

Andrew ist einen Augenblick lang um Worte verlegen. »Schön, dich zu sehen«, stammelt er. »Euer Haus ist ... Ich finde, Euer Haus ist ...«

»Ja, nicht wahr?« sagt sie und greift nach einem schaumig wirkenden rosafarbenen Getränk, das auf einer Theke aus rostfreiem Stahl wartet, und reicht es ihm. Er sieht den Kühlschrank aus rostfreiem Stahl, vor dem Didi steht. Einen solchen Kühlschrank hat er auch einmal besessen, denkt er.

Didis Haar ist immer noch blond in kurzen Locken, eine Frisur, wie er sie seit Jahren nicht mehr an einer Frau gesehen hat. Riesige goldene Ohrringe baumeln von ihren Ohrläppchen. Sie trägt ebenfalls Safarihosen. Als sie die Hand bewegt, klirrt ein goldenes Armband. Er nimmt einen Schluck von dem Erdbeerschaum. Das Frösteln, das schon im Korridor begonnen hat, erfaßt seinen ganzen Körper, als die eiskalte Flüssigkeit seinen Magen erreicht.

Zu schnell, ehe er sich darauf einstellen kann, hüllt Didi ihn wieder ein und drückt den Kopf unter sein Kinn. Dabei stößt sie an seinen Arm, und er bemüht sich, das Glas an ihrem Rücken ruhig zu halten. Ein Tropfen von dem rosafarbenen Schaum fällt auf ihren weißen Pullover.

»Das mit deiner Mutter tut mir schrecklich leid«, murmelt sie an seinem Hemd. Sie steht reglos da, unbehaglich lange, dann drückt sie ein wenig zu und läßt ihn los.

Andrew fällt keine Antwort ein. Hat sie seine Mutter überhaupt gekannt?

»Also Kumpel«, sagt T.J. und schlägt Andrew auf die Schulter. »Dann laß uns jetzt über dein Haus reden, während uns Didi ein Feinschmeckeressen macht.«

»Nun, wir werden nur grillen«, sagt Didi und wirft Andrew einen Nachsicht heischenden lächelnden Blick zu. Das Lächeln ist identisch mit dem Lächeln ihrer Jugend – eine strahlende Vorstellung, die ihm immer zu angestrengt vorkam.

»Komm, sieh dir an, wo ich wohne«, sagt T.J. und lenkt Andrew zu einer weiteren Tür.

So bemerkenswert die schwarzen und verspiegelten Interieurs der anderen Räume gewesen waren, ist für Andrew doch nichts so überraschend wie der Raum, in den T.J. ihn führt. Es ist, als wären sie beim Durchschreiten der Tür in ein anderes Zeitalter eingetreten, ein völlig anderes Haus. Andrews Mutter hätte den Raum wahrscheinlich als Bude bezeichnet, ein mit Kiefernbrettern verschaltes Zimmer mit einem »Early-American«-Sofa mit Ahornrahmen und kariertem Bezug. Neben dem Sofa stehen zwei passende Lehnsessel. Auf dem Boden liegt ein rostfarbener Zottelteppich, und in der Ecke steht auf einem Drahtgestell ein kleiner Fernseher. In einer anderen Ecke fällt Andrew eine Vitrine mit Gewehren auf.

»Das hier ist das Familienzimmer«, sagt T.J. »Hier halten wir uns die meiste Zeit auf.«

Durch eine Glasschiebetür kann Andrew die aus Redwoodbrettern bestehende Terrasse sehen, auf der ein Gasgrill steht, ganz ähnlich dem, den er und Martha in Saddle River hatten. Andrew fragt, wann, wenn überhaupt, die anderen Räume je benutzt werden.

T.J. setzt sich in einen Sessel und kippt die Lehne

zurück. Er nimmt einen langen Schluck von seinem Drink.

»Wir werden hundertdreißig verlangen. Sind die Möbel weg?«

Andrew starrt T.J. an. Er braucht ein paar Sekunden, bis ihm klar wird, daß T.J. von Andrews Haus spricht.

»Beinahe«, sagt er und setzt sich in den anderen Sessel. »Es ist alles veranlaßt.«

»Kannst du jemanden bekommen, der einmal richtig saubermacht? Wenn du willst, kann ich ein paar Leute empfehlen.«

»Sicher. Ganz wie du meinst.«

»Ich möchte Mitte nächster Woche anfangen. Bis dahin bist du doch weg, oder?«

»Vielleicht«, zögert Andrew. »Ich hoffe wenigstens.«

»Ich möchte gern loslegen. Schnell neue Leute reintun. Ich glaube, es wird ziemlich schnell gehen. Bis Anfang September jedenfalls sollte sich etwas rühren. Komm Montag ins Büro, dann klären wir noch ein paar Dinge.«

»Soll mir recht sein«, sagt Andrew.

»Du richtest es doch her, oder?«

»Ich mache ein paar Dinge. Die Hitze lähmt mich etwas.«

Andrew sehnt sich nach der Hitze und blickt begehrlich nach draußen. »Wo sind deine Jungs?« fragt er.

»Bei einem Freund am Pool. Vielleicht kommen sie, ehe du wieder weggehst.«

»Jagen deine Jungs?« fragt Andrew. Hinter T.J.s Kopf steht eine Vitrine mit den Gewehren. »Ich wußte gar nicht, daß du so viele Gewehre hast.«

T.J. dreht den Kopf herum und sieht den Schrank

235

an. »Die hab ich immer schon«, sagt er. »Erinnerst du dich nicht? Wir haben als Jungs doch gejagt.«

»Von damals erinnere ich mich nur an den Karabiner. Ich wußte gar nicht, daß du auch Schrotflinten hast.«

»Die gehörten meinem Vater. Er hatte seinen Gewehrschrank im Keller. Abgeschlossen. Ich geh jetzt hier und da mit Tom junior auf die Jagd, aber es macht ihm nicht so viel Spaß wie mir damals. Dir hat es auch keinen großen Spaß gemacht, jetzt wo ich daran denke, oder?«

»Nein, ich glaube nicht. Mir war eher die Geschicklichkeitsübung wichtig, aber es gefiel mir nie, wenn ich dann Tiere tot daliegen sah.«

»Ja, mein Junge ist auch so. Gelegentlich tendiert er zur Weichheit – aber damit will ich dir nicht zu nahe treten.«

Andrew hat nicht das Gefühl, daß T.J. ihm zu nahe getreten ist. Er denkt, daß T.J.s Sohn ihm wahrscheinlich gefallen würde.

»Du hast es zu was gebracht«, sagt Andrew in das Schweigen hinein, um das Thema zu wechseln.

»Kann mich nicht beklagen, wirklich nicht. Natürlich habe ich Hypotheken bis über die Ohren, aber haben wir die nicht alle? Hab das Haus günstig bekommen. Kannte den Bauunternehmer, bin sozusagen rechtzeitig eingestiegen. Aber den eigentlichen Blick hat Didi. Hat richtig was zum Herzeigen draus gemacht. Fabelhafter Geschmack, findest du nicht?«

»Bemerkenswert«, sagt Andrew.

»Sie hätte spielend Innenarchitektin werden können, mit dem Geschmack, aber wir haben uns dafür entschieden, daß sie zu Hause bei den Kindern bleibt. Arbeitet deine Frau?«

»Martha? Nein, eigentlich nicht. Aber in Zukunft. Sie fängt im Herbst an einer Privatschule in New Jersey als Lehrerin an.«

»Dein Sohn ist jetzt wie alt?«

»Sieben.«

T.J. nickt. »Genau«, sagt er. »Prima Alter. Er muß dir sehr fehlen.«

»Tut er auch«, sagt er.

Andrew und T.J. greifen gleichzeitig nach ihren Gläsern. T.J. leert das seine. Er beugt sich vor, als wolle er aufstehen.

»Soll ich dir noch einen holen?«

Andrew hält sein Glas in der Hand und sieht hinein.

»Als wir Kinder waren ...«, sagt er.

Da ist etwas, was er T.J. fragen möchte, eine Frage, die er stellen muß, wenn Didi nicht im Zimmer ist. Es ist eine Frage, die ihn seit gestern beschäftigt hat. Aber jetzt, in T.J.s Bude (oder Familienzimmer), scheint ihm die Frage zu vorlaut, zu persönlich.

»Als wir Kinder waren, was?« sagt T.J.

»Als Eden ... diese Phase hatte, vor Sean ... hast du da mit ihr ...? Ich meine, habt ihr beide je ...?«

T.J. sieht Andrew mit ebenso glasigen Augen an, wie Andrew sie vor einer Minute hatte. Dann schüttelt er den Kopf.

»He ...« T.J. zieht das Wort in die Länge, als hätte es vier Silben. »Hat das nicht jeder?« sagt er und grinst.

»Das hast du nie erzählt.«

»Du hast mich nie gefragt.«

»Das ist keine Antwort.«

»He, was soll das, ist das ein Verhör?«

»Tut mir leid«, sagt Andrew. »Wirklich, es geht mich auch nichts an.«

»Oh, das macht nichts«, sagt T.J. und macht eine weitausholende Bewegung mit dem Glas in der Hand. »Wahrscheinlich erinnerst du dich nicht daran, aber du warst damals recht reizbar, wenn es um Eden ging. Wie ein älterer Bruder. Ich meine, man läuft nicht herum und sagt dem älteren Bruder irgendeines Mädchens, daß man seine Schwester vögelt, selbst wenn es dein bester Freund ist. Nicht, daß wir das je getan hätten.«

»Dann habt ihr also nicht?«

»Nun, genaugenommen nicht«, sagt T.J. »Und ich will dir noch etwas sagen. Ich will dir ja keine Illusionen nehmen, aber ich war nicht der einzige. Bei weitem nicht ...«

T.J. lehnt sich in den Sessel zurück und hält sich das Glas an die Stirn. »So wie die Dinge sich für sie entwickelt haben, schätze ich, ist es ja ganz gut, daß sie so früh angefangen hat. Aber ich will dir etwas sagen. Damals war mir das nicht bewußt, weil ich zu unerfahren war, um es zu wissen, und außerdem – wie soll ich das ausdrücken? – zu *beschäftigt*, um über ihren Gemütszustand nachzugrübeln. Aber jetzt, wenn ich daran zurückdenke, dann hat es ihr nie richtig Spaß gemacht. Ich würde nicht sagen, daß sie es gemacht hat, weil sie scharf darauf war, verstehst du. Es war mehr eine Art Nummer, die sie abzog. Oder als würde sie etwas dazu treiben. Das ist das Gefühl, das ich bekam – als würde sie dazu getrieben, als versuchte sie etwas aus sich herauszubrennen. Aber es ist natürlich so, wenn man sechzehn oder siebzehn ist, wen interessiert dann schon, was die sich dabei denken, solang sie einen nur ran-

238

lassen, oder? Aber wie gesagt, jetzt, wenn ich darüber nachdenke ...«

Andrew sieht T.J. an. Didi klopft draußen von der Terrasse an die Glastür. Sie trägt eine Platte mit kleinen Steaks zum Grill. »Paß auf die Steaks auf«, signalisiert sie T.J., legt sie auf den Grill und verschwindet wieder in der Küche.

»Nun, du weißt ja, wie sie damals war«, sagt T.J. und steht auf. »Hast du sie schon gesehen?«

»Nein«, lügt Andrew.

Ein Bild von Eden, so wie sie jetzt ist, in ihrem blauen Kleid mit den weißen Knöpfen, das Haar gewaschen und sauber gescheitelt, füllt den Raum zwischen ihm und T.J. Er spürt, wie ihm das Glas weggenommen wird.

»Ich werd mal nachgießen«, sagt T.J. und sieht dabei Andrew an.

Sie essen von Tabletts im Familienzimmer. Andrew überlegt, wie wichtig man wohl sein muß, um in das verspiegelte Speisezimmer zu dürfen. aber ihm ist es recht, hier zu essen, von hier aus kann er wenigstens die Wärme draußen sehen und sich vorstellen. Trotzdem friert er so, daß ihm das Besteck in den Fingern zittert.

Didi serviert eine Flasche süßen, schäumenden rosa Weins zu den Steaks, und Andrew fragt sich, was wohl aus dem passablen Roten geworden sein mag, den er mitgebracht hat. Didi, entdeckt er, hat eine Begabung für Small talk; ein Talent, da Andrew zu schätzen beginnt, als der Abend sich in die Länge zieht und seine eigenen Konversationskünste versiegen. Sie plaudert liebenswürdig, reagiert auf Andrews höfliche Fragen nach ihren beiden Söhnen, nach dem Sommerlager, aus dem sie gerade zurückgekommen sind, nach dem Boom für neue Häuser in der Ortschaft. Sie lanciert ihrerseits ein paar höfliche Fragen. Wie er jetzt wohnt? Wie es ist, in New York City zu wohnen? Was er beruflich macht? T.J. macht ihn verlegen, indem er Didi Andrews Titel nennt und es fertigbringt, ihn wesentlich bedeutsamer hinzustellen, als er tatsächlich ist. T.J. schafft es auch, anzudeuten, daß Andrew eine Menge Geld verdient, was Didi zu faszinieren scheint. Sie mustert ihn mit neuem Respekt. Dann erkundigt sie sich nach dem alten Haus, fragt, was er damit macht, fragt, ob er Eden gesehen habe. Das Lügen bereitet ihm keine Schwierigkeiten.

Nein, sagt er wieder. Nein, er hat sie nicht gesehen.

»Wir nannten sie immer – eigentlich schrecklich –, wir nannten sie immer Goldleckchen.«

»Was?«

»Nun, du weißt schon – nicht Goldlöckchen – Leckchen.«

Didi wird rot.

»Oh«, sagt Andrew.

»Ich höre, sie ist entstellt«, sagt Didi mit einem Ausdruck, den Andrew für Ekel hält.

T.J. wirft seiner Frau einen Blick zu. Andrew will etwas sagen, klappt dann aber den Mund wieder zu. Er stellt seinen Teller weg, nimmt einen Schluck des rosa Weins und stellt das Glas auf den Boden.

»Ich gehe kurz auf die Terrasse hinaus«, sagt er. »Ehrlich gesagt, ich bin am Erfrieren.«

T.J. und Didi sehen sich an, als hätte er gerade vorgeschlagen, aus dem Fenster zu springen. »Aber sicher«, sagt T.J., der sich gleich wieder fängt. »Wie du meinst.«

Andrew öffnet die Tür einen Spalt und zwängt sich hindurch, um nur ja keine heiße Luft hereinzulassen. Er geht an das Geländer am Rand der Terrasse. Die Hitze hüllt ihn ein wie ein warmes Bad. Er steckt die Hände in die Taschen und blickt die Reihe von Redwoodterrassen hinter den Häusern hinauf und hinunter. Die Stille bedrückt ihn. Das Gras hat nichts von der Symphonie, die er hinter seinem eigenen Haus im Freien wahrnimmt. Es gibt auch überhaupt keine Menschenstimmen – nur das Dröhnen der Klimaanlagen. Die Tür hinter ihm gleitet auf und klickt wieder zu. T.J. steht neben ihm, jetzt in einem kurzärmeligen T-Shirt anstelle des weißen Baumwollpullovers.

»Tut mir leid wegen dem Spruch«, sagt T.J. »Sie hat es nicht böse gemeint, sich nur erinnert.«

»Das macht nichts«, sagt Andrew.

»Sie geht dir immer noch unter die Haut, wie?«

»Wer?«

»Du weißt schon, wer.«

»Eden? Nein, das liegt Jahre zurück.«

Nebenan läßt jemand einen Hund hinaus. Der Hund macht sofort kehrt und winselt, um wieder hineingelassen zu werden.

»Heiß hier draußen«, sagt T.J.

»Ja. Tut mir leid, daß du meinetwegen herauskommen mußtest.«

»Du wirst bald in die Stadt zurückfahren?«

»Ja.« Andrew dreht sich um, setzt sich auf das Geländer. Er sieht T.J. an. »Manchmal denke ich freilich, ich wüßte, ehe ich zurückfahre, gern, was wirklich in jener Nacht passiert ist.«

»In welcher Nacht?«

»Die Nacht, in der man auf Eden geschossen hat. Die Nacht, in der ihr Vater ums Leben kam.«

T.J. verschränkt die Arme über der Brust und sieht auf seine Füße hinab.

»Zum Beispiel«, sagt Andrew, »habe ich mich immer gefragt, warum Sean, wenn er es nicht war – und nehmen wir doch einmal an, daß er es nicht getan hat –, warum er die Stadt so schnell verlassen hat.«

T.J. blickt zu dem heißen sternlosen Himmel auf. Er steckt die Hände in die Taschen. Er sieht Andrew an.

»Vielleicht, weil er dachte, daß die Leute es ihm anhängen würden. Er war manchmal nicht besonders intelligent.«

»Aber wie wußte er denn davon?«

»Jeder wußte es.«

»So schnell? Hast du an jenem Morgen mit Sean gesprochen?«

»Worauf willst du hinaus?«

Andrew blickt durch die Glastür, sieht die Gewehrvitrine in der Ecke.

T.J. hatte Zugang zu Schrotflinten, denkt er.

Jetzt fang ich an, den Verstand zu verlieren, denkt er.

Er schüttelt den Kopf. »Vergiß es. Diese Ortschaft fängt an, mich verrückt zu machen. Ich muß in die Stadt zurück.«

»Schon gut«, sagt T.J. »Du warst unter Druck, mit dem Tod deiner Mutter und all dem.«

Andrew stellt einen Fuß auf das Geländer. »Wo ist das Wasser?« fragt er.

»Welches Wasser?«

»Das hier heißt doch Water's Edge.«

»Oh, das. Das ist nur ein Name. Du weißt doch, wie es mit diesen Siedlungen ist. Tudor Hills Fox

242

Run, Waverly Manor. Das soll so klingen, als wäre es irgendwo in England.«

Andrew sagt nichts. In der Stille hören sie beide ein kleines Flugzeug am Himmel.

»Du hast sie doch gesehen, oder?« sagt T.J.

Andrew zögert, zuckt die Achsel und nickt dann.

»Sei vorsichtig«, sagt T.J.

»Woher hast du es gewußt?«

»Immer, wenn du lügst, streichst du dir übers Haar. Das verrät dich sofort. Das hast du immer getan.«

»Danke für den Tip.«

»Wie ist sie denn?«

Andrew sieht seinen alten Freund an. »Das ist schwer zu sagen. In mancher Hinsicht ganz gewöhnlich. Aber nicht eigentlich.«

»Wie sieht sie aus?«

»Gut. Gut sieht sie aus. Da ist eine Narbe, aber sie sieht ... gut, sie ist nicht entstellt.«

»Das hatte ich nicht angenommen. Ich sagte dir doch, ich habe sie ein paarmal in einem Wagen sitzen sehen – nur im Vorbeihuschen. Da wirkte sie auch ganz normal auf mich, nur so, als würde sie schlafen oder so.«

Andrew setzt den Fuß auf den Boden und richtet sich auf. »Ich werde jetzt gehen«, sagt er. »Ich bin ganz erschöpft. Sag Didi ...«

»So früh? Sie hat wahrscheinlich eine Nachspeise«, protestiert T.J. Aber etwas in Andrews Gesicht läßt es ihn sich anders überlegen. »Ja, klar, ich werd es ihr sagen.«

Andrew schüttelt T.J. die Hand. Die beiden Männer sehen einander an, ohne sich loszulassen.

»Daß du mir nur ...« T.J.s Stimme verhallt.

243

»Daß ich was?« sagt Andrew.

»Sei vorsichtig«, sagt T.J. »Man kann nie wissen.«

»Was wissen?«

T.J. läßt Andrews Hand los. »Weiß nicht. Es war eine lange Zeit. Das hier ist nicht deine Welt, das sehe ich. Du wärst besser dran, wenn du wieder zu deinem Job zurückkehren würdest, zu deinem Jungen ...«

Andrew nickt. »Wir sehen uns dann Montag«, sagt er.

Er winkt, während er die Verandastufen hinuntergeht. Er geht um das Haus herum zu seinem Wagen. Als er hinter dem Steuer sitzt, schiebt er eine Miles-Davis-Kassette hinein und dreht die Lautstärke auf. Als er auf die Straße hinausfährt, fährt ein anderer Wagen in T.J.s Einfahrt. Zwei Jungs steigen aus. Die Jungs, in T-Shirts, das Haar feucht und zerzaust, jeder mit einem feuchten Handtuch in der Hand, gehen hinten auf das Haus zu. Keiner geht durch die Vordertür ins Haus.

Als er zu seinem eigenen Haus zurückgekehrt ist, geht er bewußt durch alle Räume, öffnet dabei jedes Fenster, läßt die Nachtluft – schwer, würzig – ins Haus. Binnen Sekunden ist seine Haut feucht. Er geht ins Badezimmer, zieht sich aus und dreht das Wasser in der Dusche auf heiß. Er tritt in die dampfende Duschkabine. Später, saubergeschrubbt und nackt, schaltet er in der Küche das Licht an. Die Küche ist leer; sie wirkt kahl. Andrew hebt einen Karton von einem Stuhl und setzt sich auf den Stuhl. Er beugt sich vor, um den Karton zu öffnen. Der Reihe nach nimmt er die einzelnen Gegenstände wieder aus dem Karton und stellt sie auf den Küchentisch. Als der Karton leer ist, holt er ein Bier aus dem

Kühlschrank. Er trinkt das Bier langsam und genüßlich, betastet dabei immer wieder die Gegenstände
auf dem Tisch.

Das feuchtschwüle Wetter ist jetzt, um fünf Uhr morgens, gerade erträglich. Andrew nimmt eine Tasse
Kaffee, geht hinaus, um sich hinter das Haus auf die
Terrasse zu setzen, und denkt, vielleicht könnte eine
verirrte Morgenbrise vorbeikommen. Der Himmel
wirkt perlig, mit einem Hauch von Rosa am Horizont. Er hat tief geschlafen, gleich nachdem er ins
Bett gegangen war, ist aber zu früh aufgewacht und
war zu munter, um wieder einzuschlafen. Die Landschaft ist still und friedlich, wenn man von den
ersten Vögel absieht. Und doch weiß Andrew, daß es
binnen einer Stunde unbehaglich heiß und feucht
sein wird. Er denkt kurz an all das, was er vielleicht
am Morgen tun könnte, um sich die Stunden zu vertreiben, bis der Plymouth wegfährt.

In der Ferne hört er ein Dröhnen – ein kleines
Flugzeug so früh am Morgen? fragt er sich –, aber
als das Dröhnen näherrückt, erkennt er, daß es eine
Maschine, ein Fahrzeug ist. Dann sieht er es auf der
anderen Straßenseite. Ein roter Traktor, der die
ersten Strahlen der Morgensonne auffängt, ein alter
roter Traktor mit seinem Fahrer, MacKenzie, in
korallenfarbenes Licht gehüllt, der zwischen den
Maisfeldern herankommt. Andrew geht mit seiner
Kaffeetasse ans Ende der Einfahrt und erreicht sie
gerade, als der Traktor im Begriff ist, umzukehren
und in eine Furche einzubiegen, die parallel zur
Straße läuft. MacKenzie, der das Land auf der anderen Seite bearbeitet, seit Andrew sich erinnern kann,
legt den Leerlauf ein, winkt Andrew zu und bedeutet

245

ihm dann gestikulierend, er solle über die Straße kommen.

Aus der Nähe ist das Dröhnen des Traktors zu laut, um ein Gespräch zu erlauben, also steigt Andrew neben dem Farmer auf die Sitzbank.

»Hab dich doch nicht etwa geweckt, oder?« fragt MacKenzie.

»Nein, überhaupt nicht«, sagt Andrew.

»Bei dieser Hitze muß ich früh raus«, sagt MacKenzie und streckt die Hand aus. Andrew nimmt die Kaffeetasse in die linke und schüttelt des anderen Hand. Er sieht MacKenzie an. Der Farmer, ein hochgewachsener, hagerer Mann, selbst jetzt noch, Mitte der Sechzig, hat ein langes, verwittertes Gesicht. Unter seinen Augen, die von wäßrigem Blau sind, sind tief eingegrabene blasse Halbmonde aus winzigen feinen Linien. MacKenzie trägt ein kariertes kurzärmeliges Sommerhemd und eine Mütze, auf deren Schild Budweiser steht.

»Das mit deiner Mutter tut mir leid.«

»Danke«, sagt Andrew.

»Wie ich höre, ist es schnell gegangen«, sagt der Bauer.

»Ja.«

»Gut. So ist's am besten.« MacKenzie holt ein Päckchen Carltons aus der Hemdtasche, zündet sich eine Zigarette an, inhaliert tief. »Tatsächlich hab ich erst gestern an deine Familie gedacht«, sagt er. »Hast du von dem Mädchen gehört?«

»Dem Mädchen?«

»Gestern haben sie ein Mädchen gefunden. Dreizehn ...«

»Ja, richtig«, sagt Andrew. »Das habe ich gehört.«

»Dabei kam mir in den Sinn ...«

»Ja. Mir auch. Schlimme Geschichte.«

»Ja. Und anscheinend glauben die, es war ihr Freund«, sagt MacKenzie. »Genau wie damals.« Der Farmer nimmt einen tiefen Zug von seiner Zigarette. Er hält sie wie einen Pfeil zwischen Daumen und Zeigefinger. »Aber meine Felder haben die trotzdem ziemlich zugerichtet.«

»Wieso?« fragt Andrew und nimmt einen Schluck von seinem inzwischen lauwarm gewordenen Kaffee.

»Nun, eines Morgens kamen die hierher, mit sechs Leuten und dann mit zwei Traktoren und haben die Hälfte meiner Felder umgegraben, ehe sie aufgegeben haben. Keiner hat mir etwas dafür gegeben. Du mußt damals schon weg gewesen sein.«

»Ja, wahrscheinlich«, sagt Andrew. »Ich erinnere mich nicht daran.«

»Arbeitest du in New York?«

»Ja.«

»Und das gefällt dir?«

»Bis jetzt schon. Wie geht's Sam?« fragt Andrew und lenkt damit auf MacKenzies Sohn.

MacKenzie stützt die Ellbogen auf die Knie und legt beide Hände auf die Stirn. Der Rauch von der Zigarette, die er immer noch zwischen den Fingern hält, kräuselt unter dem Schirm seiner Budweiser-Mütze hervor.

»Nicht mehr da.«

Zuerst denkt Andrew, MacKenzie meint damit, sein Sohn sei tot.

»Das tut mir leid«, sagt er. »Das hab ich nicht gewußt. Wann ist es passiert?« Andrew versucht sich zu erinnern, ob seine Mutter je den MacKenzie-Jungen erwähnt hat. War er nach Vietnam gegangen? Dort gestorben?

»Nein, nicht tot«, sagt MacKenzie. »Nur nicht mehr da.«

Andrew wartet, daß MacKenzie erklärt oder nicht erklärt.

»Ich und meine Frau wachten eines Morgens auf. Das war sein zwanzigster Geburtstag. Er hatte das Geld aus der Schreibtischschublade genommen. Sich ein Geburtstagsgeschenk gemacht. Nicht einmal einen Brief hat er hinterlassen.«

Andrew versucht sich einen Jungen vorzustellen, den er kannte, einen Jungen, für den er immer Mitleid empfand, weil er nie Sport treiben durfte. Statt dessen zwang ihn sein Vater, auf der Farm zu arbeiten, brauchte ihn zu Hause.

»Wissen Sie, wo ...«

»Kein Wort. In sechzehn Jahren kein Wort.« MacKenzie wirft die Zigarette auf den Boden. »Ich kümmere mich um diese Felder, aber warum, kann ich dir nicht sagen. Ich hab jetzt keinen, dem ich sie einmal hinterlassen kann.«

Andrew blickt über die Felder und spürt die Hitze, die bereits vor ihnen aufsteigt. Er fragt sich, ob dort draußen immer noch irgendwo eine Waffe vergraben liegt, unter den suchenden Zinken der Ackergeräte. All diese Väter und ihre Söhne, denkt er. DeSalvo, sein Sohn drogenabhängig und jetzt geschieden; O'Brien, sein Sohn mit siebzehn tot; MacKenzie, sein Sohn für immer weggegangen. Er denkt an Billy, und ein stechender Schmerz durchzuckt ihn dabei.

»Nun«, sagt MacKenzie, »ich glaube, ich mache jetzt besser weiter, ehe die Sonne höhersteigt. In meinem Alter kann man hier draußen einen Hitzschlag bekommen.«

»Ich denke, bei der Hitze kann man in jedem Alter

einen Hitzschlag bekommen«, sagt Andrew und springt vom Traktor. »Gruß an Ihre Frau.«

»Bleibst du hier, oder gehst du wieder weg?« fragt MacKenzie.

»Ich geh wieder weg«, sagt Andrew und muß schreien, um sich verständlich zu machen. »Bald.«

»Dann viel Glück«, sagt der Farmer und legt wieder den Gang ein und poltert langsam den Weg hinunter.

Andrew wartet, bis ein Lkw vorbeigefahren ist, und überquert dann die Straße. Im Haus der Closes ist noch nichts zu hören. Er blickt zu seinem eigenen hinüber und denkt an seinen Vater. Er fragt sich, ob sein Vater damit zufrieden war, wie sein Sohn im Leben vorwärtskam, oder ob er ihn auch für verloren hielt wie Sam MacKenzie.

Aber da ist niemand mehr, den er fragen kann.

Sie sitzt im selben Stuhl, trägt wieder das blaue Kleid mit den weißen Knöpfen. Er bemerkt, daß der Scheitel heute schief ist, aber daß ihr Haar frisch gebürstet ist. Er hält das neue Paar Turnschuhe und die Sonnenbrille.

Er ist erleichtert, sie in der Küche sitzen zu sehen. Er hat sich vorgestellt, sie könnte in ihrem Zimmer sein, nicht bereit, herunterzukommen, mit ihm zusammenzutreffen.

»Hat sie etwas gesagt?«

Eden schüttelt den Kopf.

»Ich hab dir etwas mitgebracht«, sagt er.

Er legt die Sonnenbrille auf den Tisch und bückt sich mit den Turnschuhen. Er nimmt einen Fuß in die Hand. Er hat Socken vergessen, stellt er fest, aber das macht nichts. »Es sind Turnschuhe«, sagt er und hält ihren Fuß umfaßt und schiebt ihn in den Schuh.

Er paßt, wenn auch nicht perfekt, so doch einigermaßen. Er zieht die Schnürsenkel straff und zieht ihr dann den anderen Schuh an. Er steht auf und betrachtet ihre Füße. Die blauen Turnschuhe heben sich von ihren langen weißen Beinen ab.

»Das hättest du nicht tun sollen«, sagt sie.

Aber er ist stolz auf seine Erwerbung. Als sie noch Kinder waren, denkt er, trugen Mädchen häufig Turnschuhe ohne Socken. Das war damals Mode.

»Und das hier hab ich dir auch mitgebracht«, sagt er. Er nimmt die Sonnenbrille vom Tisch und setzt sie ihr auf die Nase. Er schiebt ihr Haar über die Ohren, damit die Bügel halten.

»Wozu ist die?« fragt sie.

»Sie hat dunkle Gläser«, sagt er. »Um deine Augen vor der Sonne zu schützen. Ich habe mir Sorgen gemacht, daß die helle Sonne ihnen weh tun könnte.«

»Nichts kann ihnen weh tun«, sagt sie.

»Wie fühlen sie sich an?« fragt er.

»Wie fühlt sich was an?«

»Die Turnschuhe.«

»Gut.«

»Dann laß uns gehen.«

Etwas in ihr verspannt sich. »Wohin?«

»Ich gehe mit dir zum Teich.«

»Warum?« fragt sie.

»Es ist heiß«, sagt er. »Und mir ist nach Schwimmen zumute. Und ich möchte ihn sehen. Ich habe ihn seit Jahren nicht mehr gesehen.«

»Der Teich«, sagt sie.

»Du erinnerst dich daran?«

»Ich erinnere mich daran.«

Sie dreht den Kopf. Das Haar fällt ihr ins Gesicht und verdeckt eine Gesichtshälfte, so daß sie mit ihrer weißen Haut und der dunklen Brille, mit dem langen fahlen Haar und in dem einfachen blauen Kleid wie ein Filmstar aussieht, der zum ersten Mal wieder in der Öffentlichkeit auftritt, nach einem langen Aufenthalt in einem Rehabilitationszentrum.

»Das ist zu gefährlich«, sagt sie.

»Gefährlich? Sei nicht albern«, sagt er und weiß, noch während er es sagt, daß seine Bemerkung zu oberflächlich ist, zu flapsig.

Er nimmt ihre Hand; ihre Finger sind kühl. Er spürt eine rauhe Substanz an ihren Fingern und sieht sie an. »Was ist das?« fragt er und reibt über eine graue Stelle.

Sie zögert. »Das ist Ton«, sagt sie. »Ich ... ich mache Dinge daraus. Das hat man mir beigebracht, als ich weg war.«

»Was für Dinge?« fragt er.

»Oh«, sagt sie. »Einfache Dinge. Formen.«

Er zupft an ihr, um sie zum Aufstehen zu bringen.

»Wir werden so gehen wie gestern«, sagt er. »Nebeneinander, bis wir an den Weg kommen, und dann ich vorn und du hinter mir.«

Sie entzieht ihm die Hand, läßt aber zu, daß er nach ihrem Ellbogen greift. Sie sieht wie ein Filmstar aus, denkt er, den man vielleicht zu früh hinausgelassen hat.

Die Sonne brennt von einem zinkweißen Himmel auf sie herunter. Das Gras erscheint nicht mehr grün in dem grausamen Licht. An der hinteren Treppe hängen die Blätter eines alten Fliederbusches schlaff und welk herunter. Am Morgen hat er im Radio gehört, daß es in manchen Teilen des Bezirks infolge der Hitze bereits zu Stromausfällen gekommen ist. Das öffentliche Schwimmbad der Ortschaft hat gestern Rekordzahlen gemeldet. Ein Tennisturnier in einem Ferienlager in der Nähe ist verschoben worden. Mindestens eine ältere Frau ist an einem Hitzeschock gestorben.

Er wirft einen Blick auf Eden neben sich, auf die winzigen Schweißperlen auf ihrer weißen Stirn. Er starrt ihre kleinen blauen Füße an, die im schlaffen Gras Abdrücke hinterlassen. Die Zeit hat den Abstand zwischen ihnen verkürzt. Seit seinem siebzehnten Lebensjahr ist er nur mehr wenig gewachsen, während sie jetzt ein paar Zentimeter größer ist. Trotzdem reicht ihr Kopf ihm kaum bis zur Schulter.

Mit der freien Hand zieht er die Sonnenbrille aus der Hemdtasche und setzt sie auf. Er knöpft sein Hemd vorn auf und zieht es aus der Hose. Er wünscht, er würde Shorts tragen. Er hat gesagt und dabei improvisiert, er würde mit ihr zum Teich gehen, weil er schwimmen möchte; aber in Wahrheit war er bis zu diesem Augenblick überhaupt nicht auf die Idee gekommen. Er hat nicht einmal eine Badehose mit. Und doch ist der Gedanke, ins Wasser zu springen, jetzt, wo er ausgesprochen ist, verführerisch. Er fragt sich, ob kleine Jungs dort sein werden, die im Teich Abkühlung vor der Hitze suchen – oder ob die Jungs es heutzutage vorziehen, in ihren klimatisierten Häusern zu bleiben und sich Videos anzusehen. Er denkt an T.J.s verspiegelten Flur und sein eigenes Büro im siebenundzwanzigsten Stock in New York.

Als sie den Weg erreichen, macht sie eine Bewegung, um seine Hand von ihrem Ellbogen zu lösen.

Sie betastet die Maishalme zu ihrer Linken.

»Ich kann so gehen«, sagt sie. »Das ist einfacher für mich.«

Er geht langsam vor ihr her. Jenseits des Punktes, den sie gestern erreicht hatten, wird der Weg manchmal von kleinen Hügeln, abgebrochenen Maiskolben und ineinandergewachsenem Gestrüpp versperrt. Er zieht sein Hemd aus, um sich damit Kühlung zuzufächeln, und benutzt es schließlich als Handtuch, um sich die Stirn abzuwischen. Wenn er sich umdreht, um sie zu beobachten, wie er das oft tut, sieht er, daß Eden vorsichtig, aber mit gleichmäßigen Schritten geht, ohne sichtliche Furcht und ohne Zögern. Er versucht von ihrem Gesicht abzulesen, was sie wohl denken mag, aber er sieht nur die dunkle Brille und ihren Mund und kann daraus keine Schlüsse ziehen. Es scheint, als würde sie sich nur auf die Landkarte konzentrieren, die ihre Finger lesen, und darauf, wie ihre Füße sich bewegen.

Tief inmitten der Maisfelder – etwa auf halbem Weg zum Teich, schätzt Andrew – bleibt er einen Augenblick lang stehen, damit sie aufholen kann, und in diesem Augenblick wird ihm das Geräusch bewußt, ein eindringlicher Hymnus von Insekten und kleinen Bewegungen, hier und da vom Rascheln einer trockenen Garbe oder dem Flattern eines Vogels durchbrochen.

Der Weg ist kürzer, als er ihn in Erinnerung hat, und mündet in einen grasbedeckten Uferstreifen. Hinter dem Uferstreifen blitzt das Wasser wie poliertes Messing. Lange Schlingpflanzen haben die Bäume eingehüllt, und der Schatten am Rande des Wassers ist tiefer, als er ihn von vor Jahren in Erinnerung hat. Ein dickes Gestrüpp von wildwachsen-

den roten Lilien am Ufer, zwischen denen das gold-
farbene Wasser schimmert und glitzert, läßt ihn voll
Freude über ihre Schönheit und der schulderfüllten
Erkenntnis, daß sie das alles nicht sehen kann, ste-
henbleiben. Sollte er ihr diesen Anblick schildern,
fragt er sich, oder macht es das noch schlimmer?

Allein kann sie nicht weitergehen, da ihr die Orientierung der Maishalme fehlt, also nimmt er ihre
Hand und führt sie zu einem grasbedeckten feuchten
Stück Ufer unter dem höchsten Baum, dem, der am
meisten von Schlingpflanzen überwuchert ist und der
deshalb den kühlsten Schatten liefert. Sie setzt sich,
lehnt sich an den Baum, streckt die Beine vor sich
aus. Sie greift nach dem Saum ihres Kleides und
zieht ihn an ihr Gesicht, wischt sich die Stirn, die
Oberlippe damit ab. Ihre Schenkel, die jetzt unbe-
deckt sind, sind weiß, mit einem feinen Flaum goldener Härchen bedeckt. Sie schiebt ihr Kleid über ihre
Beine und bedeckt sie wieder.

»Du kannst es mir sagen«, sagt sie.

»Dir was sagen?« fragt er.

»Wie es aussieht. Ist es so, wie es war?«

Er mustert die Landschaft um sie. »Ja«, sagt er.
»Aber noch intensiver. Die Bäume sind mit Lianen
bedeckt. Das Wasser ist genauso. Erinnerst du dich
an die Farbe?«

Sie schüttelt den Kopf.

»Es ist wie Gold«, sagt er, »von den Mineralien.«

»Gold«, wiederholt sie.

»Und hier ...« Er steht auf und geht zu den Lilien
und bricht eine ab und bringt sie zurück. Er legt sie
in ihre Hand.

»Erinnerst du dich an die?« fragt er. »Es sind Lili-
en. Rot. Sie sind wilder und dichter an den Ufern

gewachsen. Es ist schwer zu sagen, ob in letzter Zeit jemand hier war. Es gibt keinerlei Abfälle zu sehen, und nichts ist zertrampelt.«

Die Symphonie von vorher ist hier nicht so laut. Sie fühlt die langen purpurfarbenen Blütenblätter.

»Du wirst schwimmen«, sagt sie.

»Oh, ich weiß nicht«, sagt er und hebt einen Stein auf. Er blickt auf das Wasser. Er würde gern schwimmen. Die Oberfläche des Teiches ist gläsern, glatt, nur winzige Kreise künden von Wasserkäfern.

»Du könntest auch kommen«, sagt er. »Du könntest in deinem Kleid schwimmen. Es würde in der Sonne trocknen, während wir zurückgehen, und du könntest dich umziehen, ehe sie nach Hause kommt.«

Sie schüttelt den Kopf. »Ich brauche nicht zu schwimmen. Ich fühle mich hier ganz wohl.«

Er wirft den Stein von einer Hand in die andere. Sie lehnt den Kopf gegen den Baumstamm, und er kann nicht sagen, ob sie hinter der dunklen Brille die Augen offen oder geschlossen hat. Ihre Hände liegen in ihrem Schoß bei der Blume, die jetzt bereits anfängt in der Sonne zu welken. Selbst im Schatten ist die Hitze entnervend.

Er wirft den Stein ins Wasser. Er steht auf und öffnet seine Gürtelschnalle. Das metallische Geräusch hallt zu laut in der Stille. Er schlüpft aus seinen Kleidern und läßt sie in einem Haufen zu Boden fallen. Dann legt er seine Uhr darauf. Er geht an den Rand des Wassers.

Das Wasser an seinen Knöcheln ist kühl, aber nicht kalt. Er watet hinaus, bis ihm das Wasser an die Hüfte reicht, und läßt sich dann langsam nach vorn sinken, bis er im Wasser treibt. Er hebt die

Arme und fängt an zu kraulen, schwimmt gemächlich ans andere Ufer. Die Distanz scheint ihm länger als früher, als er noch ein Junge war, aber das schreibt er dem Umstand zu, daß er nicht in Form ist.

Er taucht mit dem Kopf unter, fühlt, wie die Kühle die Hitze aus seinem Hirn verdrängt. Er versucht die Strecke zurück im Brustschlag, sieht sie durch das Wasser, das ihm jedesmal von der Stirn rinnt, wenn er auftaucht, um Luft zu holen.

Er wendet und schwimmt wieder zum anderen Ufer, denkt, daß die rhythmischen Schwimmstöße sich gut anfühlen. Aber nach der vierten Strecke beginnen seine Arme zu ermüden. Er erreicht das Ufer dicht bei ihr, wendet und überlegt, ob er es noch einmal versuchen soll, hält dann aber inne und stellt sich ins brusttiefe Wasser. Er sieht zum anderen Ufer hinüber, plätschert gemächlich im Wasser, spürt die Kieselsteine, wenn er die Füße auf den Boden setzt, und dann den tonähnlichen Boden am Grund des Tümpels. Er hebt die Füße wieder vom Boden, läßt sich langsam im Wasser treiben, mal über und mal unter den Wellen, und läßt dabei Luftblasen aufsteigen. Das Wasser schließt sich über seinem Kopf, bricht wieder, wenn er auftaucht, um Luft zu holen.

Er liegt flach auf dem Rücken, und das Wasser spült über seinen Bauch. Es kostet ihn kaum Mühe, seine Zehenspitzen über die Wasserfläche zu heben. Er rudert gemächlich mit den Händen. Wenn er die Augen zusammenkneift, kann er am weißesten, schmerzendsten Teil des Himmels eine Korona ausmachen. Sie erinnert ihn an etwas, aber er kann die Erinnerung nicht festhalten. Er schließt die Augen, läßt auch seinen Kopf treiben, läßt seine Stirn und die Augen unter die Wasseroberfläche sinken, so daß nur noch Mund und Nase zum Atmen frei sind. Die Empfindung ist köstlich: die heiße Sonne auf den freiliegenden Körperteilen und die Kühle darunter.

Hinter seinen Augen flackern Bilder, leuchten auf und verschwinden wieder. Ein Blatt, von der dahinter scheinenden Sonne durchsichtig gemacht ... Eden, die den Kopf wendet und lächelt ... Die Sonne, die sich in T.J.s Brille spiegelt ... Ein blitzender Reflex der Sonne in den Stoßstangen seines Wagens ... Billy mit Pennies in der Hand ... Ein Fenster irgendwo, das einen rostfarbenen Sonnenuntergang spiegelt ...

Ein Fisch gleitet unter seiner linken Schulter durch und erschreckt ihn. Er versucht sich aufzurichten, verliert das Gleichgewicht, wird von dem Wasser in seinen Augen geblendet. Seine Zehen stoßen an einen Felsbrocken auf dem Grund des Teiches. Es ist kein Fisch, es ist ihre Hand. Sie steht brusttief vor ihm im Wasser. Sie trägt ihr Kleid. Ihre Arme sind ausgestreckt, um ihr Gleichgewicht zu halten, aber ihm scheint, daß sie nach ihm greift.

Er faßt nach ihrer Hand, zieht daran. Sie schwimmt. Ihr Rock bläht sich auf, umgibt sie wie ein Fallschirm. Er führt sie, als wäre es ein Tanz, bis er keinen Boden mehr unter den Füßen hat und schwimmen muß. Er schwimmt auf der Seite, hält ihren Ellbogen, läßt sie paddeln und stützt sie. Er weiß nicht, was sie ins Wasser geführt hat – die Hitze, der Wunsch, nicht allein gelassen zu werden –, aber er ist froh, neben ihr zu sein, die Konzentration in ihren Gesichtszügen zu sehen, während sie sich in dem fremden Element bewegt. Er fragt sich, ob sie in den neunzehn Jahren auch nur einmal geschwommen ist.

Ein Drittel des Weges quer über den Teich löst sie sich von seiner Hand, hebt die Schultern und schneidet das Wasser mit schnellen Kraulstößen. Sie taucht das Gesicht ins Wasser, legt es zur Seite, um Luft zu holen, wiederholt die Bewegungen in perfektem Rhythmus. Von ihr zurückgelassen, schwimmt er schwerfällig nach, um aufzuholen. Vor Jahren war sie eine ausgezeichnete, unermüdliche Schwimmerin, die durch ihr Tempo ausglich, war ihr an Kraft fehlte.

»Jetzt mußt du wenden«, sagt er, als sie dem anderen Ufer nahe sind.

Sie wendet, legt sich auf den Rücken, krault jetzt mit eleganten Zügen auf dem Rücken. Er sieht zu, wie ihr weißer Arm immer wieder mit mathematischer Präzision aus dem messingfarbenen Wasser auftaucht. Ihr Haar schwimmt um sie, und ihre Beine bewegen sich auf und ab und treiben sie dahin.

»Jetzt kannst du stehen«, sagt er, als sie dem Ufer nahe sind.

Doch sie vollführt eine geschickte Wende und strebt wieder dem anderen Ufer zu. Er sieht ihr einen Augenblick lang zu, überlegt, ob er neben ihr bleiben soll, für den Fall, daß sie ermüdet und in Panik gerät; aber ihre Züge sind so gelöst, daß er wie hypnotisiert ist, wie angewurzelt. Er läßt sie ziehen.

Sie schwimmt ein dutzendmal hin und zurück, und er ist zufrieden, ihr zuzusehen. Schließlich steht sie auf und schiebt sich das Haar aus dem Gesicht. Ihr Atem geht schnell. Sie reibt sich das Wasser aus den Augen.

»Du bist immer noch die Beste«, sagt er.

Sie lächelt, ein echtes Lächeln.

Sie hat sechs Meter von ihm entfernt haltgemacht. Er versucht zu ihr zu kommen, aber das Wasser hält ihn auf. Sie dreht sich um und geht schnell auf das Ufer zu. Er sieht ihr zu, wie sie das Wasser aus ihren Haaren drückt und sich dann suchend durch das Gras bewegt, bis sie mit den Füßen einen von der Sonne beschienenen Flecken findet. Sie legt sich hin, ohne ihr Kleid auszuziehen.

Er stemmt sich aus dem Teich und stellt sich zu ihren Füßen auf, blickt auf sie herab.

»Ich glaube nicht, daß du das tun solltest«, sagt er.

Er meint, das Kleid schmutzig machen. Es ist feucht, und der Schmutz wird dann haftenbleiben. Aber er meint noch etwas anderes. Ihr Gesicht ist glatt, völlig gelöst. Die kleinen Knoten von Spannung, die er früher dort gesehen hat, sind verschwunden.

Sie gibt ihm keine Antwort. Er studiert sie. Er betrachtet ein Gemälde in einem Museum, ein Gemälde einer Frau mit Alabasterhaut in einem blauen Kleid auf trockenem Gras – ein Meisterwerk, das niemand außer ihm je sehen wird. Ihr Haar liegt wirr neben ihr. Er sieht die weichen Vorsprünge ihres Schlüsselbeins, ihre Brustwarzen unter dem feuchten Stoff. Er sieht den hohlen Raum unter dem Kleid, wo die Spalte zwischen ihren Brüsten sein muß.

Er kauert neben ihr nieder. Weiß sie, daß er da ist? fragt er sich. Kann sie seine verkrampfte Haltung »sehen«, verkrampft und ungeschickt wegen seiner Nacktheit? Er berührt ihr feuchtes Haar, ihre Stirn. Sie zuckt nicht zusammen, entzieht sich ihm nicht, und er nimmt dies als Zeichen dafür, daß sie wartet. Er berührt ihr Schlüsselbein über dem obersten Knopf ihres Kleides. Er hört einen Laut, so als würde ihr ein leiser Seufzer entweichen, und dann hat es den Anschein, als würde sie den Rücken beugen.

Er nimmt seine Hand weg. Eine Stimme rät ihm zur Vorsicht, sagt ihm, daß es kein Zurück gibt, wenn er das tut. An dem, was er tut, ist nichts Beiläufiges, sie ist buchstäblich ein Kind. Er sieht sie als Kind, spürt wiederum die geheime Furcht in sich, als wäre er im Begriff, etwas anzufassen, was er nicht sollte. Bilder aus seiner Kindheit kommen zurück: Eden, wie sie zum Bus rennt, sich am Teich über ihn lustig macht; wie sie sich gegen eine Ziegelmauer preßt.

Er öffnet den ersten Knopf, küßt die Haut darunter. Es scheint ihm, als würden ihre Beine unter ihrem Kleid sich zusammenschieben. Sie hebt eine Hand, läßt sie dann fallen. Der nasse Stoff spannt über ihren Brüsten. Er löst den zweiten Knopf, weiß, daß er jetzt nicht mehr aufhören kann, und schiebt den Stoff zurück. Er kniet nieder, senkt den Kopf, um sie zu küssen. Und während er das tut, spürt er ihre Hand an seinem Rücken.

Sie bewegt sich von ihm weg, rollt sich dabei zur Seite, erhebt sich auf die Knie, steht auf und schlüpft aus ihrem Kleid und ihrer Unterwäsche. Sie ist glatt, gutgeformt, aber nicht muskulös. Ihre Brüste hängen schwerer, als er sie aus seinen Träumen in Erinnerung hat, und irgendwie ist das für ihn beruhigend. Ihre Schultern sind dünn, und an der Stelle, wo ihr Oberarm am Körper ansetzt, ist eine Höhlung. Ihre Beckenknochen sind ausgeprägt. Um ihn spiegelt sich die Sonne grell im Wasser und im Blattwerk und läßt ihn kurz schwindeln. Sein Mund ist nur wenige Zentimeter von ihrem flachen Bauch entfernt, und er läßt sich sie dort küssen. Er läßt seinen Mund an ihr entlanggleiten, während sie vor ihm auf die Knie

260

geht. Er umschlingt sie mit den Armen, zieht ihr Gesicht an seinen Hals. Er ruft ihren Namen, eindringlich, als würde er ihr über den Teich hinweg zurufen oder zurück über die Jahre. Ihr Name, so ausgesprochen, läßt sie schaudern, und in dem Augenblick verliert sie ihre Sicherheit. Er fühlt sie zerbrechen. Es ist eine subtile Bewegung in ihren Schultern, ein Loslassen, so daß er ihr Gewicht tragen muß. Sie beginnt zu weinen. Er preßt sie fester an sich. Er ist froh, daß sie weint. Da ist zuviel, um das sie weint, aber er ist froh und kann nicht aufhören, ihren Namen zu sagen. Er küßt sie. Er macht sie ihren Mund öffnen. Er schiebt sein Knie zwischen ihre Schenkel. Sie zieht einmal ihren Mund weg, um Luft zu holen. Er spürt jetzt kein Zögern mehr, nichts, was ihm zur Vorsicht rät. Dies ist es, wohin ihn seine Träume geführt haben.

Sie hat es vor mir gewußt, denkt er. *Sie hat es vor Jahren gewußt, als ich noch ein Junge war.*

Sie scheint jetzt keine Angst zu haben, obwohl sie gesagt hat, daß es gefährlich sein würde, zum Teich zu gehen, und er sie mißverstanden hat. Jetzt, wo er sein Gleichgewicht verloren hat, zieht er sie mit sich ins Gras. Ihr Schenkel gleitet wie Seide über den seinen, und ihr Haar verbirgt ihre Gesichter wie ein kühles Zelt. Um sie ist Hitze und die Feuchte des Grases, und eine Krähe krächzt gereizt aus einem Baumwipfel. Sie klammert sich an ihn, und er fühlt die traurige Verzückung der neunzehn Jahre, die sie verloren hat, aber sie ist zu scheu, um ihn zu lenken, oder weiß nicht, wie sie es tun soll, und so sucht er sich selbst seinen Weg, versucht behutsam zu sein, versucht in ihr nicht ein Kind zu sehen.

Später wird er sich erinnern, wie sich ein Zittern

von ihrem Bauch erhob und hinausebbte bis zu ihren Fäusten an seinem Rücken. Aber er wird sich noch an ihre unerwartete Zerbrechlichkeit erinnern. Sie gibt keinen Laut von sich; eine Stille, die er als berauschend empfindet.

Nachher liegt sie in seiner Armbeuge. Er streichelt über die feinen Härchen auf ihrem Oberarm. Sie riechen beide wie der Teich. Möglicherweise schläft sie; er kann es nicht erkennen. Er will nicht sprechen. Im Geiste borgt er einen Satz von ihr aus, einen, der ihm immer gefallen hat. *Ich fühle mich gerade wohl,* sagt er zu sich.

Sein Körper ist müde, und er hält es für möglich, daß er mit ihr einschlafen könnte – etwas, vor dem er sich hüten muß. Er weiß nicht, wie spät es ist, vermutet aber, daß sie höchstens noch eine Stunde übrig haben, wenn überhaupt so viel. Er fragt sich, ob sie auch hier die Zeit bestimmen kann, wo sie in Jahren nicht gewesen ist, wo die Geräusche sich von jenen in den Häusern unterscheiden müssen.

Er hört ein Rascheln in den Büschen. Ein kleines Tier, vermutet er. Bis er den Jungen sieht. Der Junge ist elf, zwölf. Er kommt ganz nahe bis an den Rand der Lichtung, bleibt stehen, als er Andrew und Eden sieht. Er hat braunes Haar und eine Brille und Sommersprossen unter seiner sommerlichen Bräune. Er hat ein Handtuch um den Hals. Seine Brust ist nackt. Er starrt Andrew an. Andrew erwidert seinen Blick, bewegt sich aber nicht. Dann macht der Junge kehrt und huscht durch das Unterholz davon, so wie er gekommen ist.

Andrew lächelt und wünscht bei sich, daß der Junge sich sein ganzes Leben an diese Szene erinnern möge.

Nach einer Weile legt er ihren Kopf ins Gras und löst sich von ihr. Seine Uhr liegt drüben bei seinen Kleidern, und als er nach der Zeit sieht, ist er etwas bestürzt, als er erkennt, daß sie nur noch vierzig Minuten übrig haben.

»Eden«, sagt er, weckt sie. »Wir müssen jetzt gehen. Schnell.«

Sie stützt sich auf einen Arm. Sie scheint benommen, desorientiert. Er hilft ihr aufstehen und holt das immer noch nasse Kleid aus dem Gras. Das Kleid ist schmutzig, zerdrückt. Sie hebt das Kleid über ihren Kopf und schlüpft mit den Armen hinein, und in diesem Augenblick hat er seine ersten Zweifel. Das Kleid hängt an ihr und läßt sie plötzlich sehr verletzbar aussehen. Sie steigt in ihren Schlüpfer. Ihr Haar ist feucht und zerzaust, mit Grashalmen darin und Schmutz. Ihr Gesicht ist vom Schlaf zerdrückt. Eine Minute lang scheint sie ihm wie jemand, den zu berühren er kein Recht hatte.

»Ich weiß nicht, wo der Baum ist und wo meine Schuhe sind«, sagt sie.

Er findet die Turnschuhe und die Sonnenbrille an der Stelle, wo sie sich ursprünglich gesetzt hatte, reicht sie ihr aber, anstatt sie ihr selber anzuziehen. Die lockere Zuversicht, die er vorher empfand, oder besser das aufgeputschte Selbstbewußtsein – das, wie er fürchtet, manchmal an Herablassung grenzte – hat ihn verlassen. Sie ist wieder ein von ihm losgelöstes Ding.

»Wenn wir zurückkommen«, sagt er und bemüht sich wieder um einen Tonfall der Autorität, die er nicht empflindet, »werde ich das Kleid nehmen und es waschen und es dir morgen zurückgeben. Dein Haar sollte auf dem Rückweg völlig trocknen. Du mußt es nur gut ausbürsten und etwas anderes anziehen. Aber wir müssen uns beeilen.«

Sie nickt und läßt ihn ihre Hand nehmen. Er drückt ihre Hand fest, um die Intimität aufs neue einzufangen, die sie gerade verlassen hat. An den Maisfeldern geht sie vor ihm und bewegt sich diesmal schneller und geübter. Er beobachtet ihre ausgestreckten Arme, ihre Finger, die sachte an den Maisstauden entlangstreichen. Auf der anderen Seite der Felder nimmt er wieder ihre Hand und rennt fast mit ihr zu den Häusern zurück. Nach seiner Rechnung haben sie nur noch fünf Minuten Zeit. Hier, auf vertrautem Grund, kann auch sie die Zeit erkennen, das sieht er in ihrem Gesicht.

In der Küche angelangt, beginnt sie ihr Kleid aufzuknöpfen. Sie schiebt ihr Hemd auf die Hüfte und tritt dann in einer Bewegung aus dem Kleid und ihrer Unterwäsche. Sie reicht Andrew das Bündel wie ein Kind, das seiner Mutter die Kleider gibt, ehe es ins Bad geht. Er nimmt sie, von der Leichtigkeit gerührt, mit der sie dies getan hat, und davon, wie sie ihre Nacktheit nicht mit den Armen bedeckt. Und dann ist er auch, wenn auch in anderer Weise und tiefer, von ihrer Schönheit bewegt, ihrer Schönheit, die in dieser armseligen Küche unpassend wirkt, ihren Füßen in den blauen Turnschuhen, die so fest auf dem abgetretenen Linoleumboden stehen. Er lechzt danach, zu verweilen, sie wieder zu berühren. Er küßt sie auf die Schultern, streicht ihr mit der Hand über den Rücken. Ihm will nichts einfallen, was er jetzt sagen kann.

»Jim war mein Vater«, sagt sie ruhig.

Er tritt zurück, ohne ihre Schulter loszulassen. »Ich weiß.«

»Nein. Du verstehst nicht«, sagt sie. »Ich gebe dir etwas.«

Er schweigt. »Was sagst du?« fragt er nach einer Minute.

»Ich war sein Kind.«

»Er war dein richtiger Vater?«

»Deshalb haßt sie mich.«

Was sie damit sagen will, ist klar, aber sein Verstand lehnt sich dagegen auf, kann es nicht verarbeiten.

»Wie ist das möglich?« fragt er. »Ich kann mich noch an den Tag erinnern. Ich war da, als sie dich in den Garten brachte.«

»Das Mädchen, das mich aussetzte, war jemand ..., mit dem er zusammengewesen war.«

»Mädchen?«

»Sie war sechzehn.«

»Wie kommt es, daß du das weißt? Hast du das all die Jahre gewußt?«

Sie neigt den Kopf zur Seite, lauscht. »Das ist alles«, sagt sie. Sie entwindet sich seiner Hand, und dann sieht er zu, wie sie durch die Tür entschwindet. Halb erstarrt geht er durch die Hintertür hinaus, die Treppen hinunter und über den Hof zu seiner eigenen Hintertür. Er ist gerade mit seinem Bündel im Haus, als er den Plymouth in die Einfahrt biegen sieht.

Er läßt das Kleid in die Waschmaschine fallen. Der Keller ist kühler als der Rest des Hauses. Er hofft, daß sie sich rechtzeitig daran erinnert, daß sie noch die Turnschuhe trägt. Er sieht die Maschine an und versucht sich für die richtige Wassertemperatur und den passenden Waschzyklus zu entscheiden. Aber er kann sich nicht recht entscheiden. Er drückt Knöpfe. Die Maschine bäumt sich auf, erwacht und beginnt dann rhythmisch unter seiner Hand zu pulsieren.

Oben in der Küche ist die Luft stickig, zu dick zum Atmen. Zwanzig nach zwei. Die heißeste Zeit des Tages. Er sitzt am Küchentisch, greift sich mit der Hand an die Stirn, sieht zu ihrem Haus hinüber. Er sieht Jim auf der Treppe sitzen, darauf wartend, daß Eden nach Hause kommt. Jims langes, flächiges Gesicht wird kurze Zeit scharf sichtbar und verblaßt dann wieder. Andrew hätte gesagt, und die Leute sagten das auch, daß Eden Edith glich, nicht Jim. Aber jetzt hätte er gern das Gesicht gesehen, um nach Ähnlichkeit zu suchen. Aber alles, was sich einstellen will, ist das Bild von Größe, Schlaksigkeit, ein lockerer Charme, wenn er nicht betrunken war. All die Jahre, und niemand wußte es. Oder doch? Hat seine Mutter es geahnt? Hat Edith es ihr gesagt? Er sieht den Rücken seiner Mutter am Ausguß, leicht nach vorn gebeugt, die Hände in einem Wasserstrahl unter dem Hahn. Ein Sehnen nach seiner Mutter, mit dem er nicht vertraut ist, verkrampft ihm den Magen. Er geht an den Kühlschrank, denkt, daß er etwas essen sollte, wählt statt dessen ein Bier, das einzige, was ihm zur Verfügung steht. Immer noch am Kühlschrank stehend, schüttet er es in sich hinein, wie eine Cola, und nimmt sich sofort das nächste.

Schon verwischen sich seine Erinnerungen an Jim, verändern ihre Gestalt, um diese neue Information einzugliedern. Er denkt an eine Szene, an die er sich aus seiner Kindheit erinnert – Jim, wie er mit Geschenken für Eden, die auf der Schaukel sitzt, von einer Geschäftsreise zurückkehrt –, aber jetzt bedeutet diese Szene etwas anderes. Tatsächlich ist alles, was Jim betrifft, jetzt anders, verschiebt sich etwas, weicht etwas anderem.

Die Hitze und sein leerer Magen und das zu schnell getrunkene Bier erzeugen in ihm ein Gefühl von Leichtigkeit. Er beginnt in der Küche auf und ab zu gehen, von der Anrichte zum Tisch, ganz langsam. Er zieht sein Hemd aus, legt es über einen Stuhl. Er kann immer noch den Teich an seiner Haut riechen. Er stellt sich vor, daß er auch Eden noch auf seiner Haut riechen kann. Er läßt sie in sein Bewußtsein eintreten, und sein Kopf ist von dem Bild wie benommen. Er kostet ihre Haut, erinnert sich daran, wie ihre Schultern sich anfühlten, als sie zerbrach. Ihr Haar war dicht, beschattete ihn. Und dann lag sie auf dem Rücken, bäumte sich ihm entgegen, als könnten sie ineinander verschmelzen. Sie war entspannt, völlig entspannt, und so still. Nichts, um ihm zu zeigen, was sie empfand, nur das Zittern.

Er lehnt sich an den Ausguß, nimmt den Kopf in beide Hände. Sein Kopf schmerzt im Nacken und an den Schläfen.

Sie erinnern sie an die Vergangenheit, hatte Edith gesagt; Sie werden Hoffnungen in ihr wecken, Erwartungen.

Er denkt an Billy, der auf ihn wartet, ihn braucht. Er denkt an Jane in seinem Büro, an seine Arbeit, zu der er zurückkehren muß. Er sieht seine Mutter, die sich jetzt umdreht, um ihn anzusehen, um ihn zu fragen, was er immer noch hier täte. Aus dem Keller kann er hören, wie die Waschmaschine in den Spülzyklus schaltet.

Er glaubt zu wissen, daß er sie nicht hätte lieben sollen. Er fühlt sich trocken und leer. Er hat das getan, was Edith gefürchtet hatte, mit Recht gefürch-

tet hatte. Er blickt auf. Zum ersten Mal wirkt der
Raum auf ihn genau so, wie er ist; nicht länger ein
Ort, an dem Erinnerungen aufbewahrt werden – nur
eine schäbige, verblaßte, lieblose Küche.

Er kann die Stille nicht ertragen. Er schaltet das
Radio ein, fast so laut es geht, und rennt die Treppe
hoch, nimmt mit jedem Schritt zwei Stufen. In seinem
Zimmer schlüpft er in ein Hemd und Khakihosen. Er
leert die Schubladen aus, stopft seine Unterwäsche
und Socken in seine lederne Reisetasche. Im Korridor
rutscht er auf dem Läufer aus und schnappt sich ein
Schachtel mit Erinnerungsstücken vom Bett seiner
Mutter. So vollbeladen, geht er die Treppe hinunter,
zur Hintertür hinaus, läßt sie zuknallen. Er stellt den
Koffer und den Karton in den Kofferraum des BMW.
Wieder zurück in der Küche, läßt er die Tür erneut
zuschlagen. Im Zimmer seiner Mutter ist ein weiterer
Karton und einer im Wohnzimmer. Er trägt sie zum
Wagen hinaus. Ungeduldig zwängt er die Kartons in
den Kofferraum. Er schwitzt stark. Der Stoff fühlt
sich feucht an seiner Wirbelsäule an. Er kehrt in die
Küche zurück, öffnet den Kühlschrank, denkt daran,
alle Lebensmittel wegzuwerfen, die verderben könnten; statt dessen nimmt er sich wieder ein Bier und
schließt schnell die Tür. Er nimmt den Telefonhörer
auf, beginnt, T.J.s Nummer zu wählen, legt den Hörer
wieder auf. Er wird T.J. morgen aus der Stadt anrufen.

Er findet seinen anthrazitfarbenen Anzug in dem
Schrank im Schlafzimmer, greift sich eine weitere
Schachtel im Zimmer seiner Mutter. Dann zieht er
die Küchentür zu, läßt die Gittertür ein letztes Mal
knallen. Er wirft den Anzug und den Karton auf den
Rücksitz, wobei ein Teil des Inhalts herausfällt.

Er steckt den Schlüssel ins Zündschloß, aber er verklemmt sich. Er zerrt daran, versucht es erneut. Ein Schmerz schießt bohrend durch seine rechte Schläfe. Er legt den Rückwärtsgang ein. Er fährt im Sitz herum, um rückwärts hinauszufahren, läßt die Kupplung zu schnell kommen und würgt den Motor ab.

Er schlägt mit der linken Hand aufs Steuer.

Er sieht seine Mutter auf sich zukommen, und da ist etwas Wichtiges, das er ihr sagen will, aber das Bild verblaßt, ehe er sie erreicht. Er sieht Billy unter der Tür des Hauses in Saddle River stehen, Andrew dabei beobachtend, wie er an dem Tag, an dem er auszog, seine Sachen packte. Er fühlt Eden zerbrechen, etwas beklagend, war er nicht begreifen kann. Sein Kopf sinkt unter die Oberfläche, und er weiß, daß er im Begriff ist, zu ertrinken. Billy ruft ihm etwas zu, aber er kann die Worte durch das Wasser nicht hören. Er darf sie nicht verlassen, nicht jetzt, wo sie ihn zum Ertrinken bringt. Er läßt zu, daß das Wasser über seinem Kopf zusammenschlägt. Er spürt das Gewicht seines eigenen Körpers. Er gestattet sich die Empfindung des Sinkens, des Loslassens.

Er lehnt den Kopf an die Kopfstütze und öffnet die Augen. Er stellt fest, daß er geweint hat.

Er sieht, daß er den Rasenmäher neben der Garage hat stehenlassen. Eine Wespe fliegt durch sein offenes Fenster und beginnt innen an der Winschutzscheibe entlangzukriechen. Er atmet tief ein, schaudert in einem letzten Kampf. In der Ferne, aber nicht weit von ihm, sind Maisfelder, und über ihnen flimmert die Hitze.

Du denkst, meine Welt sei schwarz. Aber das ist sie nicht. Wenn meine Augen offen sind, ist da dicker

Nebel. Dunkler Nebel, der zu weißem Nebel wird, wenn ich ans Fenster gehe und die Sonne am Himmel steht. Ich kann ihn hell machen und dann dunkel. Der Nebel wird dunkel, wie vor einem Regen.

Du bist etwas Warmes, das über mir schwebt.

Du hast meinen Namen gesagt, und bis dahin hatte ich vergessen, wie er klingen konnte. Hungrig warst du auch, noch mehr, als du sagen konntest. Du bist nicht wie die anderen, nicht wie meine Erinnerungen, aber ich habe immer gewußt, daß du nicht so sein würdest.

Jetzt habe ich Angst, von dir zu träumen.

Ich hörte deine Tür zuschlagen. Und noch einmal. Und ich dachte, du würdest mich verlassen.

Im Wasser war ich frei.

Ich war sein Kind, ich wußte es und wußte es doch nicht. Sie hat mich damit verbrannt, als sie dachte, die richtige Zeit wäre gekommen.

In meine Welt kommt Licht, aber auch Dunkelheit.

Fünfter Teil

Sie liegt auf der Seite, von ihm abgewandt, das eine Knie angewinkelt, das andere Bein ausgestreckt, und er zeichnet mit den Fingerspitzen kleine Muster auf ihren Rücken. In den sechs Tagen, die sie miteinander am Teich hatten, hat er das über sie gelernt – und, nimmt er an, hat sie dies über sich selbst gelernt: daß sie es mag, wenn man ihr sanft den Rücken streichelt, nachdem sie zusammengewesen sind.

Sie liegen auf einer Baumwolldecke, die er jeden Tag mitbringt, und sie haben den kühlsten Teil der Lichtung gefunden. Manchmal staunt er darüber, daß sie bis jetzt noch niemand entdeckt hat, abgesehen von dem Jungen mit der Brille, der sie an jenem ersten Tag sah und weglief. Er läßt die Hand über ihre Seite gleiten, an ihrer Hüfte entlang. Ihre Haut ist glatt wie Glas, trotz der Hitze und der Feuchtigkeit. Er würde gern sein ganzes Leben hier liegen, denkt er, und nur diese Handbewegung wiederholen. Sie hebt die Schulter, läßt sie dann wieder fallen. Das soll ihm sagen, daß er ihr weiter den Rücken streicheln soll. Sie sagt ihm, was sie mag, nicht mit Worten, sondern mit kleinen Bewegungen und Gesten, und er hat sich auf diese Art der Kommunikation eingestellt, läßt sich von ihr dirigieren. Diese

Sprache ist ihm neu, ist aufregend für ihn und steigert sein Wohlbehagen. In all den Jahren mit Martha hat sie nie gesagt, was ihr gefiel, so als müßte er blind ihre Wünsche ahnen, in der Hoffnung, sie richtig zu verstehen, obwohl er sich daran erinnert, daß sie zu oft von ihm enttäuscht schien.

In den heißen Tagen, die er mit Eden zusammen war, haben sie sich gegenseitig über ihre Wünsche nichts vorgemacht. Ebenso wie sie nicht die Gabe besitzt, Belanglosigkeiten zu sagen, versteht sie es auch nicht mehr, sich schüchtern zu geben. Am Sonntag, dem ersten Tag, nachdem sie am Teich gewesen waren, wartete sie in der Küche auf ihn. Er hatte die Decke mitgebracht, von der er ihr erzählt hatte. Sie gingen schweigend zum Teich, und als sie die Lichtung erreicht hatten und er vor Begierde beinahe benommen war, begann er sofort ihr beim Ausziehen der Bluse, der Shorts und der Turnschuhe zu helfen. Seine Begierde war wie eine scharfe Messerscheide – er fühlte nur, daß er ihr zu viele Stunden fern gewesen war –, und dem entsprach etwas in ihr, das gleichzeitig verkümmert und großzügig war. Und obwohl in ihr eine Art von Zurückhaltung ist, die er noch nicht überwinden kann – Dinge, die sie sieht und die ihm noch unklar sind –, ist ihre Intimität intensiv, ganz anders als alles, was er bisher gekannt hatte. Erst viel später erinnert er sich in jener Mittagsstunde an die Decke, die verlassen am Rande der Lichtung lag. Er schüttelte sie aus und entfaltete sie, um darauf auszuruhen, und begann an jenem Tag ein Verhaltensmuster, das darin bestand, daß sie nachher ruhten und dann schwammen.

Als sie an jenem Sonntag schwamm, zwang er

sich, mit ihr Schritt zu halten. Er wollte nicht, daß sie ihn hinter sich zurückließ. Zweimal beim Schwimmen rief sie etwas, was er nicht ganz verstehen konnte, und als sie dann innehielt und so heftig atmete, daß er sehen konnte, wie ihre Rippen sich hoben und senkten, lachte sie fast. Ein erstaunliches Glück, denkt er, daß sie den Teich wiedergefunden hatten und damit gemeinsam etwas entdeckten, was ihr so viel Vergnügen bereitet.

Manchmal haben sie geredet, obwohl ihn, wenn er ihr fern ist, überrascht, wie lange ihr Schweigen anhält, so als hätten sie Jahre zusammen, die sich weit in die Zukunft erstreckten, eine Zukunft, in der sie einander all das enthüllen können, was es zu wissen gibt. Gelegentlich verspürt er den Drang, ihr Fragen zu stellen, um ihre Geheimnisse zu verstehen, um vielleicht zu einer anderen Art der Intimität zu gelangen, aber er hat gelernt, daß – selbst in der kurzen Zeit, die sie zusammen hatten – Fragen sie aus dem Gleichgewicht bringen, sie dazu veranlassen, sich ihm zu entziehen. Was sie gibt, gibt sie dann, wenn sie es will, kleine Päckchen Wissen.

»Sie hat es mir im Frühling gesagt, im letzten Frühling«, sagte sie, als sie am Sonntag zu den Häusern zurückgingen.

Er fing bereits an, sich ein paar Sekunden Zeit zu nehmen, um zu ergründen, wovon sie redete.

»Das mit Jim, meinst du?« fragte er.

»Wir haben gestritten, und sie hat es mir an den Kopf geworfen. Ich griff nach einem Glas und warf es nach ihr. Ich habe gar nicht erst versucht, sie zu treffen, und es zerbrach im Ausguß.«

Er war nicht sicher, aber er dachte, er würde sich vielleicht an jenen Tag erinnern, einen Tag, an dem

275

er unter dem Wagen arbeitete und Glas splittern hörte.

»Warum gerade dann?« fragte er. »Warum hat sie so lange gewartet und es dir dann doch gesagt?«

»Sie hatten gemeinsam beschlossen, es mir nie zu sagen, wegen dem, was er getan hatte. Aber sie konnte es nicht länger ertragen. Sie wollte, daß ich wußte, wie er war«, sagte sie. »Damit ich ihn mit anderen Augen sehen sollte.«

Er hat ihr auch Päckchen gegeben, wenn auch Päckchen anderer Art. Eines Tages bereitete er eine Art Picknick aus Thunfisch, Brot und Trauben und kaltem Wasser in einer Thermosflasche und Keksen aus einer Bäckerei zum Nachtisch. Am Dienstag brachte er ihr ein goldenes Halsband, das sie beim Schwimmen trug. An einem anderen Tag brachte er ihr, nachdem er den ganzen Bezirk danach abgesucht hatte, aus einer Bücherei in einer fast zwanzig Meilen entfernten Ortschaft ein Buch in Blindenschrift. Es war *My Antonia.* Sie hatte ihm auf seine Frage gesagt, daß man ihr im Krankenhaus Blindenschrift beigebracht hatte, aber daß sie seit Jahren kein Buch mehr gehabt hätte, nicht seit Edith aufgehört hatte, Bücher mitzubringen, nachdem Eden ins Haus zurückgekehrt war. Er beobachtete sie dabei, wie sie die vorstehenden Punkte betastete und versuchte, sich an die Buchstaben zu erinnern. Jeden Tag hat er ihr das Buch gebracht und ihr beim Lesen zugesehen. Er wollte, daß sie das Buch mit nach Hause nehmen und in einer Schublade verstecken sollte, aber sie sagte nein, sie wollte nicht riskieren, daß Edith herausfand, daß sie zusammengewesen waren.

»Sie muß etwas ahnen«, sagte er.

»Sie sagt nie etwas. Ich bin sehr vorsichtig.«

»Warum sagen wir es ihr nicht einfach und bringen es hinter uns?«

»Ihr was sagen?«

»Nun, daß wir immer, wenn wir es wollen, zusammensein werden.«

»Dann wird sie nicht mehr weggehen. Sie wird nicht zur Arbeit fahren.«

»Aber warum?«

»Sie hat Angst vor dir.«

»Angst vor mir? Das ist doch lächerlich.«

»So einfach ist das nicht«, sagte sie.

Sein Leben ist jetzt von einer Einfachheit, wie er es bislang für unmöglich gehalten hätte. Er lebt für die Stunden zwischen zehn und zwei. Er wacht früh, bei Morgendämmerung, auf und arbeitet am Haus. In den kühlsten Stunden des Tages hat er die Gittertür repariert, die Dachrinne fertiggemacht, die hintere Terrasse gestrichen und den Balken über dem Kamin im Wohnzimmer mit Sandpapier bearbeitet. Manchmal wird ihm vage bewußt, daß er all diese Arbeiten verrichtet, um das Haus verkaufen zu können. Aber in den sechs Tagen, seit er versuchte wegzufahren und es nicht geschafft hat, hat er sich einfach davon abgehalten, an die Zukunft zu denken. Er kann sich jetzt nicht vorstellen, in den BMW zu steigen und für immer wegzufahren, noch ist er imstande, die Folgen abzuschätzen, die eintreten werden, wenn er es nicht tut. Demzufolge hat er sich fest entschlossen, nicht darüber nachzudenken, jeden Tag auszukosten, wie er kommt, seine Tage einfach zu erleben, ohne jeden Plan. Aber er hat festgestellt, daß die Dinge in den Schachteln angefangen haben, wieder herauszukommen, sich allmählich über das Haus zu verteilen. Und am Morgen ist er wie geplant zu T.J.s Büro gefahren, aber nicht, wie T.J. das vorgehabt hatte, um den Schlüssel abzuliefern; statt dessen sagte er T.J., der sich in einem grauen Sessel drehte und ihn argwöhnisch musterte, daß er noch ein paar Tage brauche, um sämtliche Reparaturarbeiten an dem Haus fertigzustellen. Er hatte das Gefühl, er sei es seinen Eltern schuldig, das Haus in gutem Zustand zu hinterlassen, erklärte er ziemlich fadenscheinig. T.J. hatte seinen Sessel mit einem knackenden Geräusch hochschießen lassen und war aufgestanden und hatte sich den Gürtel zurechtgezogen. »Mir soll's recht sein«, hatte er gesagt, ohne Andrew dabei anzusehen. »Wenn du wirklich weißt, was du tust.«

Seine Nachmittage verlaufen ebenso rhythmisiert wie die Vormittage. Jeden Tag, nachdem er und Eden zusammengewesen sind, fährt er in das Einkaufszentrum, um Geschenke für sie auszusuchen, die sie nicht behalten kann. Als Folge dieser Gewohnheit ist er ein Stammkunde des Einkaufszentrums geworden. Er hat ein pfirsichfarbenes Baumwollkleid gekauft und eine Ausgabe von *Ethan Frome*, die er ihr vorzulesen beabsichtigt. Er hat ihr eine Schachtel Pralinen gekauft, die sie eines Tages nach dem Schwimmen gemeinsam verschlangen. Er hat ihr Sonnenschutzcreme für ihr Gesicht und einen breitkrempigen Strohhut gekauft. Heute hat er ihr etwas ganz Besonderes mitgebracht, seinen bisher genialsten Kauf.

»Ich gehe schwimmen«, sagt sie, streckt sich und setzt sich auf.

»Ich komme mit«, sagt er.

»Nein, ich kann es allein.«

Er will schon protestieren, läßt es aber bleiben. Es gibt überhaupt keinen Grund, sie nicht allein schwimmen zu lassen. Ihr Richtungssinn ist geradezu unheimlich. Er hat festgestellt, daß sie jeden Tag an genau derselben Stelle wieder aus dem Wasser gekommen ist, wo sie hineingegangen ist. Er fragt sich, wie sie es macht: Ertastet sie sich den Weg mit den Füßen, oder hört sie ihn?

Auf einen Ellbogen gestützt, sieht er ihr zu, wie sie in den Teich geht, bis zur Hüfte hineinwatet, sich dann nach vorn beugt und anfängt, zur anderen Seiten zu kraulen. Es macht ihm Spaß, ihr beim Schwimmen zuzusehen. Ihre Schwimmstöße sind sauber, geradezu mathematisch exakt, und er ist stolz darauf, daß ihre Kräfte jeden Tag wachsen. Sie schafft jetzt spielend zwanzig Längen, und wenn sie mehr Zeit hätten, würde sie vielleicht dreißig schaffen.

Er legt sich zurück, die Hände unter dem Kopf. Er denkt, er könne ganz schwach in der Ferne den Donner grollen hören. Die erdrückende Hitzewelle, die jetzt schon acht Tage anhält, hat alle Rekorde gebrochen. Es ist, als wartete der ganze Ort samt Umgebung mit angehaltenem Atem, daß die Belagerung abgebrochen wird. Er hofft, daß das, was er gehört hat, Donner ist und daß das Gewitter bald kommen wird, diesen Nachmittag, und daß es viel Regen mit sich bringt. Er malt sich den Regen aus, wie er vom gesprungenen Boden abprallt, wie er aus den feuchten Blättern tropft, ihm auf Gesicht und Schultern fällt, während er mit geschlossenen Augen das Gesicht dankbar dem Wolkenbruch entgegenwendet ...

Er zuckt beim Aufwachen zusammen und ist verstimmt darüber, daß er eingedöst war. Er hat keine

Ahnung, wie lange er geschlafen hat: Sekunden? Minuten? Er steht schwerfällig und zu schnell auf und fühlt sich dabei ausgeholt. Seine Blicke suchen den Teich ab. Nirgends eine Spur von Eden. Er sieht sich auf der Lichtung um, aber da ist sie auch nicht. Er ruft ihren Namen; das erste Mal zögernd, das zweite Mal abrupt. Und dann rennt er an den Rand des Wassers.

»Eden!« schreit er, als hätte er sich über sie geärgert.

Die Teichoberfläche ist von gespenstischer Glätte.

»Herrgott!« schreit er jetzt und stürzt sich in den Teich. Sein Herz hängt locker in seiner Brust. Seine Lungen sind riesige Ballons, die gegen seine Rippen pressen. Das Wasser ist zäh wie Sirup. Es ist wie in den Alpträumen, die er als Junge hatte, wenn er in seinen Träumen nicht schnell genug laufen konnte. »Herrgott!« schreit er und weiß nicht, in welche Richtung er schwimmen soll.

Zu seiner Rechten sieht er eine kleine Welle, dann eine Hand. Sie schießt keine sechs Meter neben ihm aus dem Wasser, keucht. Sie lächelt. Sie lauscht nach ihm. Dann winkt sie in die Richtung, in der sie ihn vermutet.

»Was zum Teufel machst du?« herrscht er sie ärgerlich an und versucht Atem zu holen.

»Ich schwimme bloß«, sagt sie, von seinem Ton überrascht. »Was ist denn?«

»Ich dachte, du ...«

Er macht kehrt und schwimmt zurück zum Ufer. Er hält sich die Brust, wo sein Herz schlägt, und geht um die Lichtung herum, die andere Hand auf die Hüfte gestützt. Sie folgt ihm nicht, bleibt im Wasser. Als er sich dem Ufer nähert, sieht er, daß sie mit den Fingern Wellen macht, über das Wasser streicht. Er rennt in den Teich, zieht die Füße in die Höhe, bis das Wasser ihm über die Knie reicht. Dann wirft er sich nach vorn. Er taucht vor ihr auf, hebt sie hoch, wirft sie in die Luft und läßt sie mit dem Bauch ins Wasser platschen. Sie kommt wieder hoch, prustet, bespritzt ihn mit Wasser. Er taucht, packt sie am Knöchel, zieht sie hinunter. Dort hält er sie fest, küßt sie, aber sie stößt nach seinen Schultern, steigt wieder auf. Als er auftaucht, lacht sie. Er packt sie um die Hüften, zieht sie auf den Rücken, gleitet über sie. Sie dreht sich ruckartig herum, drückt seinen Kopf unter Wasser und springt über ihn hinweg. Als er sich aufrappelt, sieht er, daß sie bereits auf halbem Weg zum Ufer ist. Triefend rennt sie ins Gras, tastet schnell mit den Füßen nach der Decke und setzt sich, zieht die Knie an.

»Manchmal bist du ein rechtes Arschloch, weiß du das, Andy?«

Das Wort ist wie ein Lied, von dem er dachte, er würde es nie wieder hören. Es hebt ihn hoch, macht ihn so leicht wie das aufblasbare Spielzeug eines Kindes in einem Planschbecken. Er läßt sich vergnügt im Wasser treiben, sieht sie an und huscht dann aus dem Wasser zur Decke. Er setzt sich neben sie.

»Ich bin eingeschlafen.«, sagt er. »Und als ich aufwachte, war ich ganz verwirrt. Ich dachte, du wärst ...«

»Ertrunken?«

»Ja.«

Sie berührt ihn an der Schulter, streicht mit der Hand über seinen Arm. »Es tut mir leid«, sagt sie.

»Ich fühle mich einfach ...« sagt er.

»Ich bin für mich selbst verantwortlich.«

»Es ist mehr als das.«

»Das ist jetzt schwer zu glauben«, sagt sie. »Aber einmal wünschte ich, *du* würdest ertrinken.«

Er blickt auf den Teich, dessen Wasseroberfläche jetzt wieder wie Glas und golden aussieht. »Ich liebe dich«, sagt er.

Sie drückt seinen Arm. »Du glaubst mich zu kennen, aber das ist nicht wahr.«

»Ich weiß genug.«

»Ich könnte sagen, ich liebe dich auch, aber ich weiß nicht, was das ist.«

»Ich schon«, sagt er.

»Ich wünschte, ich könnte dein Gesicht sehen, wenn du mich liebst«, sagt sie nach einem langen Schweigen.

Er dreht sich herum und sieht sie an, lacht schallend. Dann legt er den Arm um ihre Schulter.

»Ich bin froh, daß du das nicht kannst«, sagt er. »Wahrscheinlich sehe ich dabei lächerlich aus.«

Nach einer Weile sieht er auf die Uhr. »Ich hab dir etwas mitgebracht«, sagt er. »Ich sollte es dir jetzt besser geben.«

Sie protestiert jetzt nicht mehr, wenn er ihr Geschenke macht, und das gefällt ihm. Er greift nach dem Plastikbeutel, den er mitgebracht hat.

»Es ist ein batteriebetriebener Kassettenrecorder«, erklärt er und nimmt ihre Hand und läßt sie den kleinen rechteckigen Gegenstand betasten. »Er ist ganz leicht zu bedienen, und ich habe dir ein paar Bücher auf Band mitgebracht, die du dir anhören kannst.« Er holt die Kassetten aus dem Beutel. »Kurzgeschichten von Tschechow«, liest er. »Und *Smiley's Leute* von John le Carré. Sie hatten keine große Auswahl.«

282

Sie betastet die Knöpfe an dem Kassettengerät.

»Und hier ist das Beste daran.« Er holt ein Paar Kopfhörer aus der Tüte. Er schiebt ihr das Haar hinter die Ohren, stülpt ihr die Kopfhörer über und stöpselt sie ein. »Hör dir das an«, sagt er.

Er drückt die Tschechow-Kassette in den Recorder. »Du muß nicken, wenn die Lautstärke richtig ist«, sagt er. Er dreht langsam an dem Stellrad, und sie nickt. Er sieht ihr zu, wie sie lauscht. Dann drückt er den Stop-Knopf und zieht ihr die Kopfhörer von den Ohren.

»Wenn du die benutzt, kann niemand das Band hören. Du kannst es in deinem Zimmer abspielen, und sie wird dich nicht hören. Das Gerät ist klein, also läßt es sich leicht verstecken.«

»Ich weiß nicht«, sagt sie vorsichtig.

»Du kannst mir vertrauen. Hier, gib mir deine Hand, dann zeige ich dir, wie man es bedient.« Er nimmt ihre Finger und zeigt ihr, wie man die Knöpfe liest. Play, Stop, Eject, Record, Play. Sie hält den schwarzen Kasten, lauscht den Worten der Kassette. Wenn er die richtigen Kassetten finden kann, kann er ihr eine ganze Welt geben, die für sie all die Jahre verloren war.

Sie drückt den Stop-Knopf, nimmt die Kopfhörer ab.

»Wann fährst du weg?« fragt sie.

Wegfahren. Das ist ein Frage, der er sechs Tage lang aus dem Weg gegangen ist. »Ich weiß nicht«, sagt er.

»Du wirst gehen müssen. Du hast ein Leben, in das du zurückkehren mußt. Du hast einen Beruf und einen Sohn.«

Er läßt sich auf die Decke zurückfallen und reibt

sich die Augen mit dem Handrücken. »Ich will jetzt nicht darüber reden«, sagt er.

»Jetzt hast *du* Dinge, über die du nicht reden willst.«

»Das ist etwas anderes.«

Sie legt das Tonbandgerät beiseite und schlägt die Beine übereinander, sützt ihr Gewicht auf eine Hand.

»Am Anfang«, sagt sie, »schlief ich. Dann weinte ich lange Zeit. Und dann fühlte ich mich schuldig und wußte, daß das die Strafe war.«

»Die Strafe wofür?«

»Dafür, daß ich so gewesen war.«

Er bleibt stumm.

»Du erinnerst dich doch«, sagt sie.

Er grübelt über dieses Geständnis nach. Das ist wieder ein Stück, ein kleiner Teil des Puzzlespiels. Sie hat es ihm gegeben, denkt er, weil sie möchte, daß er ihr etwas sagt; daß er ihr einen Hinweis darauf gibt, welche Gestalt ihre Zukunft haben wird. Aber es hat die entgegengesetzte Wirkung. Es irritiert ihn, veranlaßt ihn plötzlich, mehr wissen zu wollen, so als hätte sie sich nur über ihn lustig gemacht.

»Das reicht nicht«, sagt er, ohne sie anzusehen. »Sag mir, wer.«

»Es gibt nicht ...«

»Sag mir alles.«

»Es gibt nicht mehr.«

»Das glaube ich nicht. War es Sean?«

»Ich erinnere mich nicht.«

»Du weißt aber doch, daß du es gesagt hast. Jemand hat dir gesagt, daß du es gesagt hast.«

»Ich weiß, daß ich es einmal gesagt habe, aber ich erinnere mich nicht. Ich habe keine Erinnerung an

284

jene Zeit. Bitte, tu das nicht.« Beim letzten Satz hebt sich ihre Stimme.

Selbst mit geschlossenen Augen ist die Sonne hinter seinen Augenlidern so grell, daß er sie zusammendrücken muß. Er setzt sich schnell auf, weiß, daß er zu weit gegangen ist. Er berührt ihren Schenkel und bemerkt, daß ihre Hand zittert.

»Es tut mir leid«, sagt er.

Sie sitzt völlig reglos da – obwohl er weiß, daß in ihrem Inneren ein Sturm toben muß, den er nur ahnen kann. Diese scheinbare Gelassenheit, denkt er, ist eine perfekt entwickelte Fähigkeiten, ein Mittel, um mit zuviel Dunkelheit zurechtzukommen, zuviel Stille, zu vielen schlimmen Erinnerungen.

»Ist das Donner?« fragt sie.

Er lauscht und hört nichts. »Ich weiß nicht. Vorher hab ich etwas wie Donner gehört. Aber hoffentlich ist es welcher. Dann hört diese schreckliche Hitze vielleicht auf.«

«Ich will nicht, daß sie aufhört«, sagt sie.

»Warum?«

»Weil dann alles anders sein wird, und wir werden dann auch anders sein.«

Er läßt seinen Arm über ihren Rücken gleiten und zieht sie herunter, so daß sie jetzt auf ihm liegt.

»Wir haben keine Zeit«, sagt sie. »Das fühle ich.«

Er streckt den linken Arm aus und sieht an ihrem Kopf vorbei auf die Uhr. »Es ist genau sieben Minuten nach eins«, sagt er. Er küßt sie, zieht ihren Kopf mit den Unterarmen auf sein Gesicht herunter. Sie bewegt sich leicht, rückt sich zurecht, um Platz für ihre Brüste, ihre Hüftknochen zu finden.

»Ich glaub, der Platz hier mag uns«, sagt sie. »Ich glaube, er will, daß wir hierbleiben.«

Und wie er an ihrem Kopf vorbei auf die Bäume über sie sieht, glaubt er, daß was sie gesagt hat, wahr ist – daß an dem Teich und der ihn umgebenden Lichtung ein unverkennbares Wohlwollen ist. Früher hat er ihnen die Spiele der Kindheit geschenkt, und jetzt, Jahre später, vernachlässigt und überwuchert, bietet er ihnen als Liebenden Zuflucht.

Als er seine Küche betritt, vollbeladen mit Einkaufstüten aus dem Supermarkt und einem Plastikbeutel aus dem Einkaufszentrum, der an einem seiner Finger baumelt, klingelt das Telefon. Er läßt seine Einkäufe auf den Küchentisch fallen und nimmt den Hörer ab.

»Andrew?«

»Jayne.«

»Sie klingen außer Atem.«

»Oh, das ist nichts. Wie geht es Ihnen?«

»Gut geht es mir, Andrew. Ich glaube, die eigentliche Frage ist: Wie geht es Ihnen?«

»Besser. Besser«, sagt er vage.

»Man hat mich gebeten, Sie anzurufen ...«

»Ich weiß. Ich hätte mich melden sollen.«

»Sie *kommen* doch zurück?« sagt sie.

»Ja. Bald. Ist es sehr schlimm?«

»Alles, was schiefgehen kann ...«

»Und Geoffrey?«

»Das übliche. Aufgelöst.«

Durch das Küchenfenster kann Andrew am westlichen Horizont eine lange Decke angelaufener Silberwolken heranrücken sehen.

»Jayne, ehe Sie noch etwas sagen – ich habe beschlossen, etwas von meinem Urlaub zu nehmen. Ich habe noch eine ganze Menge gut, aber ich denke an vielleicht eine Woche oder zehn Tage.«

Auf der anderen Seite herrscht Stille.

»Jayne?«

Er denkt, man hätte sie vielleicht getrennt. Aber gerade als er auflegen will, hört er eine Männerstimme in der Leitung.

»Andrew.«

Das eine Wort läßt Geoffrey, seine ganzen ein Meter neunzig, deutlich vor ihm erscheinen. Er steht jetzt bestimmt an Jaynes Schreibtisch, und die Hand, die den Hörer nicht hält, zupft am Krawattenknoten. Andrew kann die schwarze Pilotenbrille mit den rauchgrauen Gläsern sehen, den ordentlich gestutzten schwarzen Schnurrbart mit den grauen Sprenkeln, die schwarzen Wing-Tip-Schuhe auf Hochglanz poliert.

»Geoffrey.«

»Mein herzliches Beileid wegen Ihrer Mutter.«

»Danke.«

»Aber das ist nicht der Grund meines Anrufs.«

»Nein.«

»Jetzt ist gar keine Zeit für einen Urlaub. Die Agentur bricht unter diesem Projekt buchstäblich zusammen. Vielleicht müssen wir sogar sehen, daß wir den Auftrag wieder loswerden und mit jemand anderem anfangen. Wir brauchen Sie, Andrew, um die Zügel zu straffen, um diese Geschichte unter Kontrolle zu bringen. Das Produkt ist schon seit sechs Wochen fertig.«

»Ich weiß.«

»Dann werden Sie also kommen. Morgen?«

»Nein.«

»Wann dann?«

»Nicht.«

»Wie bitte?«

»Ich kann nicht. Nicht jetzt sofort. Es tut mir leid, Geoffrey.«

Langes Schweigen.

»Ich glaube, Sie sollten noch einmal darüber nach-denken, Andrew, überlegen Sie sich, was ich gesagt habe.«

»Das werde ich.«

»Ich will, daß Sie morgen wieder hier sind. Rufen Sie mich noch einmal an, sobald Sie darüber nachge-dacht haben. Wenn das vorbei ist, können Sie einen Monat Urlaub machen.«

»Es geht nicht um den Urlaub an sich, Geoffrey. Es ist nur so, daß ich hier im Augenblick einfach nicht weg kann.«

»Ich würde wirklich ungern sagen, daß Sie Ihre Stellung riskieren.«

»Nein.«

»Wir wollen nicht, daß Sie das als Aspekt Ihrer Überlegungen betrachten.«

»Nein.«

»Also drängen Sie mich jetzt nicht in die Ecke, okay, Kumpel?«

»Nein.«

»Ist das alles, was Sie zu sagen haben?«

»Ich glaube schon. Das hat nichts mit Ihnen per-sönlich zu tun, Geoffrey. Ich will wirklich keine Schwierigkeiten machen.«

»Dann tun Sie es auch nicht.«

»Ich rufe wieder an.«

»Tun Sie das.«

Andrew hält den Hörer noch lange am Ohr, nach-dem er das Klicken am anderen Ende gehört hat. Dann legt er auf und geht ans Fenster, um die Wolken-decke am Horizont besser sehen zu können. Er hört den langen, rollenden Donner in der Ferne diesmal ganz deutlich. Es ist, als würde eine Stadt auf eine näherrückende Armee warten, die sie befreien soll.

Im Büro muß es schlimmer aussehen, als er dachte, daß Geoffrey ihn so unter Druck setzt – obwohl Andrew weiß, daß es sich fast mit Sicherheit um eine leere Drohung handelt. Er hätte viel länger fahnenflüchtig sein müssen, als daß Geoffrey ihn gehen lassen würde; doch dieses Wissen ist eigenartig enttäuschend. Jetzt entlassen zu werden wäre eine Erleichterung für ihn, würde ihn der Verantwortung für die Zukunft entheben.

Das Telefon klingelt wieder.

»Andrew?«

Die chemische Reaktion in seinem Kehlkopf drückt seine Stimme um eine halbe Oktave.

»Martha.«

»Wo bist du?«

»Hier natürlich.«

»Ich meine, warum bist du nicht in der Stadt? Du wolltest dir doch nur eine Woche nehmen.«

»Ich habe beschlossen, eine Weile zu bleiben, etwas Urlaub zu nehmen.«

»Urlaub? Aber was ist mit Billy? Er hat dich erwartet.«

Andrew zuckt zusammen. Diese Tatsache, die sechs Tage lang in seinem Hinterkopf lauerte, von seinen Bemühungen um das Haus zurückgedrängt und auch dadurch, daß er sich um Eden gekümmert hat, schiebt sich aus ihrem Winkel hervor und erfüllt Andrews ganzes Bewußtsein.

»Nur noch eine Woche«, sagt er mit einer Stimme, die wieder eine Spur kräftiger geworden ist. Er räuspert sich. »Ich muß hier noch einiges ausmisten.«

»Andrew.«

»Was?«

»Du klingst so seltsam. Ist alles in Ordnung?«

»Nein. Eigentlich nicht.«

»Was ist denn los?«

»Ich kann jetzt nicht darüber reden. Tut mir leid. Sag mir, wie es Billy geht.«

»Großartig. Er ist braungebrannt und gesund. Aber ich glaube, du wirst mit ihm reden müssen.«

»Ich weiß. Gib ihn mir.«

Er wartet, alle Fasern angespannt, auf die Stimme seines Sohnes.

»Papa?«

»Tag, Billy. Was machst du?«

»Ich und Mama bauen mit meinen Legosteinen ein Schlachtschiff. Ich kann nicht hinaus, weil es regnet. Kommst du mich jetzt holen?«

»Nein, Billy. Heute nicht. Ich bin noch in Omas Haus.«

Andrew hört einen langen Seufzer, wie von einem alten Mann. Der Seufzer dringt in seinen Körper ein, trifft ihn bis auf die Knochen.

»Billy?«

»Aber morgen kannst du kommen?«

»Ich kann morgen nicht. Aber bald. Ich komme, sobald ich kann. Ich hab dich lieb, und du fehlst mir.«

»Ich hab dich auch lieb, Papa.«

»Ich war heute in einem Teich schwimmen. Rate mal, welche Farbe das Wasser hat.«

»Grün?«

»Es ist golden.«

»Sind Fische drin?«

»Eine Unmenge Fische.«

»Können wir da mal hingehen?«

»Sicher. Wir werden sehen.«

»Opa war mit mir im Meer fischen.«

»Hast du etwas gefangen?«

»Nee. Na ja, eigentlich schon. 'ne Menge Seetang.«

»Sei schön brav, ja, Billy?«

»Okay.«

»Dann komm ich bald.«

»Okay.«

»Darf ich jetzt Mama noch mal haben?«

»Okay. Wiedersehn, Papa.«

»Wiedersehn, Billy. Ich hab dich lieb.«

Andrew läßt sich neben dem Telefon in den Sessel fallen.

»Du weißt also nicht, wann du herkommen wirst«, sagt Martha. Ein tiefer Atemzug, und dann ein Ausatmen. Sie hat sich, während er mit Billy sprach, eine Zigarette angezündet.

»Ich sag dir Bescheid.«

»Weißt du, Jayne hat heute morgen hier angerufen. Sie wollte wissen, ob ich wisse, was eigentlich los ist.«

»Gar nichts ist los. Ich bin nur erschöpft, das ist alles. Ich brauche Zeit.«

»Sagst du. Ich werd versuchen, mit Billy klarzukommen. Aber warte nicht zu lang. Du bist noch nie einfach nicht gekommen, wenn du es versprochen hattest. Ich weiß nicht, ob er das versteht.«

»Laß mir noch eine Woche. Ganz bestimmt nicht mehr. Bis dahin bin ich hier sicher klargekommen.«

»Du klingst nicht so, als würde es dir gutgehen.«

»Aber es geht mir gut. Das ist ja das Komische daran.«

»Ich weiß nicht, wie ich das verstehen soll«, sagt sie. »Sehr viel Sinn macht es nicht, was du sagst.«

291

»Mach dir keine Sorgen. Alles wird in Ordnung kommen. Gib Billy einen Kuß von mir.«

»Andrew?«

»Ja?«

»Paß auf dich auf.«

Er steht auf und geht sofort zum Kühlschrank. Er nimmt ein Bier heraus, reißt die Dose auf, hält sie mit einer Hand, während er mit der anderen die Einkäufe aus den Tüten holt und sie im Kühlschrank und den Schränken verstaut. Ein Karton Eiskrem, den er ganz vergessen hat, ist undicht geworden, und sein Inhalt ist in die Tüte gelaufen. Als er halb fertig ist, öffnet er die Gittertür und tritt ins Freie. Von hier aus kann er fast den ganzen Horizont sehen, wo die Armee heranrückt. Das Gewitter kommt nur langsam näher und fängt gerade erst an, die Blätter in den Bäumen rascheln zu lassen. Bald werden die Blätter den Rücken wenden und silbern glänzen, während die Wolken über die Sonne gleiten. In der Ferne kann er einen Blitz sehen und wieder ein dumpfes Donnergrollen hören.

Das Telefon klingelt wieder. Er regt sich nicht von der Stelle. Es klingelt siebenmal, dann hört es auf. Als er sicher ist, daß der Anrufer aufgegeben hat, kehrt er in die Küche zurück und wirft die leere Bierdose in den Papierkorb. Er hat die Küche auf dem Weg ins Schlafzimmer fast durchquert, als das Telefon wieder zu klingeln anfängt.

»Andy-Boy.«

»T.J.«

»Alles klar, Kumpel? Ich hab schon gedacht, du wärst inzwischen abgehaun.«

»Noch nicht ganz.«

»Nun, ich hab jedenfalls gute Nachrichten für dich.«

»Was denn?«

»Deine Nachbarin hat gerade angerufen. Edith Close. Sie will auch verkaufen. Sie zieht sofort aus, sagt sie. Das ist phantastisch. Jetzt, wo beide Häuser zu verkaufen sind, können wir einen viel besseren Preis herausschlagen.«

Die ganze Nacht hindurch rütteln Gewitterstürme an der Ortschaft, stürmt eine Welle nach der anderen gegen ihre Tore an, verhält eine Weile und beginnt dann aufs neue. Die Scharmützel – obszöne Lichtspektakel außerhalb seiner Gittertür, immer wieder durchsetzt mit ohrenbetäubendem Donner – zerreißen Andrews Träume, lassen ihn vor Morgendämmerung ein dutzendmal auffahren und aufwachen. Am Morgen hat sich nichts verändert, nur daß sich ein grauer Lichtvorhang hebt, der das wilde Tosen der Bäume erkennen läßt und den mit Unrat übersäten Rasen – Äste, Zweige, Blätter und abgefallene Blütenblätter. Er wacht ein letztes Mal auf, mit trockenem Mund und von einer hartnäckigen Feuchtigkeit durchtränkt, die nicht verschwinden will. Die Laken auf seinem Bett sind von zu vielen Tagen stickiger Feuchte klebrig. Er wälzt sich aus dem Bett und schlüpft in die Jeans, das Hemd und die Turnschuhe, die in einem Haufen auf dem Boden liegen. Er taumelt in das düstere Badezimmer, knipst den Schalter an und ist einen Augenblick lang verwirrt, als die Deckenlampe nicht aufflammt. Dann, um sich zu vergewissern, daß nicht nur eine Birne ausgebrannt ist, greift er hinter sich nach dem Lichtschalter im Flur und findet auch dort nur einen toten Stromkreis. Er geht mit schweren Schritten die Treppe hinunter, durch das Wohnzimmer, in die Küche hinaus und bleibt dort nur einen Augenblick, um ein Glas Wasser zu trinken.

Draußen fühlt die Luft sich geladen an: Er bildet sich ein, eine schwache Spur von Ozon zu riechen. Es regnet nicht, aber ein Blick zum Himmel über der Ortschaft verrät ihm, daß die Stille täuscht, weil die Wolkendecke nirgends durchbrochen ist. Er geht den Kiesweg hinunter, vorbei an einem verblaßten grünen Laden, der in der Nacht von einem oberen Fenster im Haus der Closes heruntergefallen ist. An der Straße bleibt er stehen. Er hat kein Ziel, nur den Drang, die zwei Häuser eine Weile zu verlassen, um denken zu können. Zu seiner Rechten liegt die Ortschaft mit ihren Reihen von Wohnstraßen, die sich weiter und weiter an der geraden Straße entlang vorschieben, auf sein Haus zu. Zur Linken führt ein fast freier Straßenstreifen durch Weideland und Maisfelder in die nächste Ortschaft. Er biegt nach links. Er geht auf dem Asphalt, die Hände in den Taschen, und zieht sich hier und da in den Straßengraben zurück, wenn er ein Fahrzeug kommen hört. Er staunt über den Schutt auf der Straße und fragt sich, wo die Drähte gerissen sind, die den Stromausfall zur Folge hatten. Er fragt sich auch, ob der Imbiß geöffnet worden ist, ob T.J. und seine Frau in ihrer isolierten Kapsel überhaupt wahrgenommen haben, daß Stürme das Land gebeutelt haben. Er versucht sich vorzustellen, wie sie wohl ohne ihre Klimaanlage überleben werden, falls auch sie ohne Elektrizität sind. Er fragt sich, ob die Frauen und ihre Babys sich bereits darauf vorbereiten, zum Einkaufszentrum zu gehen, ober ob sie heute zu Hause bleiben werden.

So schlendert er lange Zeit dahin, vielleicht fünf

oder sechs Kilometer, ehe ihm bewußt wird, wie weit er gegangen ist. Er hat es fertiggebracht, nicht zu intensiv nachzudenken, und das, erkennt er jetzt, ist, was er die ganze Zeit wollte. Er hat einen Punkt auf der Straße erreicht, wo zu beiden Seiten nur Getreidefelder sind. Ein Donnergrollen überrascht ihn, weil er den Blitz gar nicht bemerkt hat, der ihm vorangegangen ist. Es scheint ihm, daß der Donner ganz nahe ist, ein Stück links von ihm. Auch der Himmel verdunkelt sich, so als wollte es schnell wieder Nacht werden. Er denkt jetzt, daß er umkehren sollte, daß er in seinem halbbenommenen Zustand zu weit gegangen ist. Es ist unsinnig, das weiß er, wenn sich ein weiterer Sturm ankündigt, auf einer offenen Straße zu gehen, weitab von jeder schützenden Zuflucht.

Er will schon kehrtmachen, als er mitten auf der Straße, keine fünfzehn Meter entfernt, einen kleinen Gegenstand sieht, der ihm den Eindruck macht, als gehörte er nicht dorthin, etwas, das nicht wie ein Ast von einem Baum oder eine Maisstaude aussieht. Er kneift die Augen zusammen und versucht zu erkennen, was es ist, hin- und hergerissen zwischen dem Wunsch, nachzusehen, und dem, zu seinem Haus zurückzukehren. Er tritt ein paar Schritte vor, um deutlicher zu sehen, und glaubt, er könne die Umrisse eines Tieres ausmachen. Es bewegt sich ein wenig, hebt den Kopf. Andrew tritt näher, bis er es erkennen kann. Ein bleistiftdünner Blitz in den Maisfeldern zu seiner Linken beleuchtet die Szene: die nasse Straße, die in Wellen wogenden Felder, die zusammengekauerte Gestalt. Er spürt Regentropfen im Haar, auf den Schultern – die Ankündigung eines weiteren Gewitters – und gleich darauf einen pras-

295

selnden Regenschauer. Er rennt auf den Umriß zu, kauert sich daneben zu Boden. Der Kopf eines Beagle wendet sich ihm zu, die Augen ruhig und traurig.

Der Hund sieht Andrew an, als erwarte er von ihm eine Erklärung dieser Kalamität, und legt dann den Kopf wieder auf den Boden, beobachtet den Mann dabei immer noch. Ein Blitzschlag scheint keine dreißig Meter von Andrew entfernt die Straße zu treffen und erschreckt ihn. Das Krachen des Donners kommt so plötzlich und so gewaltig, daß der Hund erneut den Kopf hebt. Andrew sieht, daß die Hinterbeine des kleinen Geschöpfes zerquetscht sind, und auf dem Asphalt ist ein Blutfleck zu erkennen, vielleicht einen Meter lang – der Regen fängt bereits an, ihn wegzuwaschen –, dort, wo das Tier versucht hat, sich wegzuschleppen. Andrew blickt die Straße hinauf und hinunter. In der Ferne, von der Ortschaft herkommend, sieht er die Scheinwerfer eines Fahrzeugs. Wieder ein Blitzschlag, und dann noch einer, ein Paar zackiger Drähte, die den ihn und den Hund umgebenden Raum durchschneiden, lassen ihn unwillkürlich schaudern. Er hat schon immer, auch als Junge, Angst vor Blitzen gehabt. Er beugt sich nieder und versucht, die Arme unter den Hund zu schieben. Der Hund gibt einen schwachen, klagenden Laut von sich. Die Scheinwerfer des Wagens sind jetzt deutlicher, kommen schnell auf ihn zu. Andrew hebt das Tier auf, spürt das leblose Gewicht hinten. Der Hund hebt den Kopf, versucht mit der Nase Andrews Gesicht zu erreichen. Er trägt ihn zu einer grasbedeckten Stelle neben der Straße und legt ihn, so behutsam er kann, hin. Der Wagen zischt vorbei und bespritzt Andrew und den Hund mit feinem Wasserstaub. Das Zentrum des Gewitters ist jetzt direkt über ihnen, schleudert seine Blitze mit voller Wucht. Andrew kauert sich nieder, um kein Ziel abzugeben, und legt sich dann neben den Hund auf den Bauch ins Gras. Der Donner ist so laut – oder seine plötzliche Furcht vor den ihn begleitenden Blitzen so lähmend –, daß er sich nicht von der Stelle bewegen kann, höchstens um den Kopf mit Armen und Händen zu bedecken. Er entschließt sich, nicht hinzusehen, weiß aber mit angehaltenem Atem, daß rings um sie Blitze über die Felder tanzen. Er spürt ein Prickeln im Nacken bei der Vorstellung, sein freiliegender Rücken wäre ein elektrisches Feld, das sich einladend diesem wütenden Sperrfeuer darböte. Er streckt die Arme vor sich aus, spürt die Erde. Der Donner schwillt an wie das Crescendo eines wahnsinnig gewordenen Orchesters. Er preßt die Stirn ins Gras und wartet.

Als er hört, wie der Donner nachläßt, richtet er sich langsam zum Sitzen auf. Er versucht sich mit den Ärmeln den Regen aus dem Gesicht zu wischen. Die Augen des Hundes sind geschlossen. Er legt die Hand auf den Kopf des Tieres, streichelt den leblosen Körper. Der Hund hat zu hecheln aufgehört, atmet überhaupt nicht.

»Es ist schon gut«, sagt er und streicht über das nasse Fell. Der Regen weicht sie beide auf, ohne Rücksicht auf Leben oder Tod. Er denkt über das Schweigen des Hundes am Rande des Todes nach. Haben seine Hinterläufe nicht weh getan? fragt er sich.

Und dann, so völlig durchnäßt, daß er anfängt zu frösteln, denkt er über Verletzungen und getanes Unrecht nach. Die Gedanken strömen warm und vertraut in sein Gehirn; das war es, wovon er die ganze

297

Nacht zu träumen versuchte: ein Auskundschaften, das durch das nächtliche Chaos des Gewitters immer wieder unsanft verhindert wurde.

Kann man ein Unrecht tilgen, wiedergutmachen? fragt er stumm.

Und wer von uns ist nicht irgendwie angeschlagen? fragt er laut.

Er denkt an T.J., der seinen Glauben an die Ethik materieller Dinge verloren hat.

Er denkt an Martha, die von frühester Jugend an von einer Wut besessen war, die sich weder erklären noch sie loslassen wollte.

Er denkt an Geoffrey mit seinen Wing-Tip-Schuhen und seinen teuren dunklen Anzügen, der zehn Stunden am Tag dem Schauspiel im obersten Stock eines Gebäudes aus Glas und Stahl ergeben ist.

Und er denkt an sich selbst, der sich so lange im selben Unternehmen engagiert hatte und dafür das aufgab, was ihm das Wichtigste war – das tägliche Vatersein für seinen Sohn.

Ist Eden stärker angeschlagen als er selbst? fragt er sich. Mehr als alle anderen? Und war es eine Torheit, sich vorzustellen, er könne, indem er sie liebte, die Schmerzen ihrer Vergangenheit lindern? Oder sie die seinen?

Ein verrosteter grüner Pickup-Truck rauscht an Andrew vorbei, hält an, gerät auf dem feuchten Asphalt beinahe ins Schleudern und setzt zu der Stelle zurück, wo Andrew sitzt. Ein Mann in mittleren Jahren in einem T-Shirt, das einmal weiß war, und einem braunen Filzhut lehnt sich über den Beifahrersitz und kurbelt das Fenster herunter. Andrew kann die grauen Stoppeln auf seinen Wangen sehen und einen fehlenden Eckzahn.

»Das Ihr Hund?« fragt er.

Andrew schüttelt den Kopf.

»Was wollen Sie damit machen?«

»Ihn begraben«, sagt Andrew.

»Nun, dann werfen Sie ihn hinten auf. Wohnen Sie hier in der Gegend?«

Andrew nickt, sagt ihm, wo er wohnt.

»Steigen Sie ein«, sagt der Mann.

Er begräbt den Hund unter dem Hortensienbaum. Im Regen ist das ein mühsamer, qualvoller Prozeß, weil das Loch, das er mit dem Spaten gräbt, sich immer wieder mit Wasser füllt und an den Seiten einbricht. Es muß ein großes Loch sein und ziemlich tief, damit der Hund hineinpaßt und auch um streunende Tiere davon abzuhalten, ihn auszugraben. Als es wieder zu blitzen anfängt, muß er sich in die Küche zurückziehen, um dort eine Tasse Kaffee zu trinken. Er sieht zum Fenster hinaus auf den Hund und das halb gegrabene Loch. Die Blitze werden seltener, und er geht hinaus, um weiterzugraben. Hier und da wünscht er, er hätte sich nicht dazu entschlossen, weil er weiß, daß er jetzt denken muß, planen, Listen machen für die unmittelbare Zukunft. Er hat Angst davor, eine Idee zu haben und sich später nicht daran erinnern zu können. Aber als das Loch schließlich gegraben ist und er den Hund hineingelegt und wieder Erdreich über den Kadaver gehäuft hat, ist er froh, daß er es getan hat.

Als er die Küche betritt, sitzt sie nicht auf dem Stuhl. Sie steht am Ausguß und dreht sich sofort herum, als er die Tür öffnet. Ihr Gesicht scheint erregt, schwer zu durchschauen. Sie trägt einen langen blauen

Bademantel und reibt sich die Arme mit den Händen, als wäre ihr kalt. Er hat sich den ganzen Morgen Sorgen gemacht, Edith würde nicht zur Arbeit fahren. Und als er schließlich hörte, wie der Plymouth angelassen wurde, hob er dankbar den Kopf zur Deck.

»Was ist los?« fragt er sofort. Er geht nicht zu ihr, er fühlt, daß sie das jetzt nicht will.

»Sie hat das Tonbandgerät gefunden.«

»Wie?«

»Ich dachte, sie würde ein wenig schlafen. Das hat sie gesagt. Ich habe die Kopfhörer aufgesetzt und mir die Geschichten angehört, als sie ins Zimmer kam. Ich hätte sie, lange bevor sie mein Zimmer erreichte, hören müssen, aber mit den Kopfhörern konnte ich das nicht.«

»Das tut mir leid.«

»Sie hat es genommen.«

»Was hat sie gesagt?«

»Sie hat gar nichts gesagt. Sie ist nur weggegangen.«

»Weißt du, daß sie das Haus verkaufen will?«

Sie nickt. »Ich habe sie telefonieren hören. Aber woher weißt du es?«

»Sie hat T.J.s Agentur angerufen.«

»Ah.«

»Komm zum Stuhl herüber und setz dich«, sagt er. »Wir müssen reden.«

»Was gibt es denn jetzt zu reden?«

»Gehen wir hinauf«, sagt er, »in dein Zimmer. Ich möchte mich mit dir hinlegen und so mit dir reden.«

»Nein«, sagt sie schnell, »nicht in mein Zimmer. Ich setze mich auf den Stuhl.«

Sie geht zum Stuhl und setzt sich etwas widerstre-

bend, als müßte sie sich jetzt einen Vortrag anhören,
den sie nicht über sich ergehen lassen will. Sie faltet die
Hände im Schoß. Ihr Gesicht, das sieht er jetzt, ist an
der Oberfläche ausdruckslos geworden, und sie müht
sich ab, ein Gesicht darunter im Zaum zu halten.

Er greift nach ihrer Hand, und sie überläßt sie
ihm widerstrebend.

»Heute abend«, sagt er, »werde ich endgültig alles
im Haus einpacken. Wenn ich morgen komme,
werde ich dir packen helfen. Dann werden wir in
meinen Wagen steigen und in meine Wohnung nach
New York fahren. Wir werden Edith eine Nachricht
hinterlassen. Wenn wir dann in der Stadt sind, lasse
ich mich für kurze Zeit von meiner Firma beurlau-
ben. Wir werden für dich ein gutes Blindenprogramm aussuchen, aber wir werden zusammensein,
zusammenleben.«

Er improvisiert jetzt. Bis zu diesem Augenblick
war er außerstande, über die Fahrt nach Süden hinaus zu denken.

Sie fängt an den Kopf zu schütteln.

»Was?« sagt er.

Sie sagt nichts, aber er kann spüren, wie sie sich
weiter zurückzieht, Zentimeter um Zentimeter.

»Was ist?« fragt er eindringlicher.

»Das kann ich nicht tun«, sagt sie. »Ich kann hier
nicht weg.«

»Aber warum?«

»Ich wüßte nicht, wie man das macht.«

»Ich werde jeden Schritt des Weges bei dir sein. Es
braucht auch nicht die Stadt zu sein, wir können
überallhin fahren.«

»Du hast einen Sohn«, sagt sie. »Und ich habe
Edith.«

301

»Du hast Edith?« fragt er ungläubig.

»Ich brauche Edith, und sie braucht mich. Es gibt hier Dinge, die du nicht verstehst, Dinge, die mich betreffen, die dir gar nicht gefallen würden, wenn du sie wüßtest.«

»An dir ist nichts, womit ich nicht fertig würde. Ich liebe dich. Das habe ich dir gesagt. Das ist einfach.«

»Nein, genau das ist es«, sagt sie. »Es ist überhaupt nicht einfach.«

Sie entzieht ihm ihre Hand, steht auf und geht wieder zum Ausguß.

»Ich werde hier nicht ohne dich wegfahren«, sagt er. »In meinem Leben gibt es nichts Wichtigeres für mich.«

Sie läßt die Schultern nach vorn sinken, stützt ihr Gewicht auf ihre Hände, die den Ausgußrand umfaßt halten. Unter dem Bademantel kann er die Umrisse ihres Rückens und ihrer Hüften sehen. Ihr Haar ist zerzaust, nicht gebürstet. Im Ausguß stehen Teller und Schüsseln, die sie noch nicht abgespült hat. Sie streicht mit den Handflächen über den Porzellanrand. Sie greift nach dem Wasserhahn und streicht mit dem Handrücken darüber.

Die Stille macht ihn unruhig. Er spürt, daß er im Begriff ist, an Boden zu verlieren. »Ich werde nicht ohne dich wegfahren«, sagt er erneut, »und ich werde nicht zulassen –«

Sie fällt ihm ins Wort. Sie dreht sich blitzschnell herum, so daß der Ausguß jetzt hinter ihr ist. »Ich habe es mir anders überlegt«, sagt sie. »Ich will jetzt hinaufgehen.«

Er vermutet, daß sie das tut, um ihn aufzuhalten, um ihn von seinem Ziel abzulenken. Aber er stellt sich vor, daß sie, wenn sie neben ihm liegt, einfach nicht anders können wird, als ihm zuzuhören.

Er folgt ihr durch das Eßzimmer, das Wohnzimmer, die Treppe hinauf und, im Obergeschoß angelangt, durch eine dunkle Tür.

Ein Blitz, der durch das einzige Fenster hereinleuchtet, erhellt das Zimmer, beleuchtet Hunderte verblaßter rosafarbener Rosen an den Wänden. Die Tapete ist vergilbt und abgeblättert und läßt eine andere, grauere Tapete darunter erkennen. Vor Jahren, als Eden vielleicht noch ein Baby war, dachte jemand daran, die strenge Tapete mit einer zu überkleben, die besser zu einem kleinen Mädchen paßte, deckte aber, weil er nichts vom Tapezieren verstand, wie das bei Jim und Edith der Fall war, die eine Tapete nur mit der anderen zu. Eigenartigerweise hat der Betreffende auch die schräge Decke über dem Bett mit tapeziert, aber dort haben sich ganze Partien gelöst, so daß darunter zerbröckelnder Verputz offen daliegt. Das Bett ist unter die Mansarde gezwängt, mit einer Seite an der Wand und mit nur wenig Zwischenraum über der Bettkante bis zum Mansardenansatz. Das Bett hat kein Kopfteil, nur ein weißlackiertes eisernes Fußteil, das an so vielen Stellen abgewetzt ist, daß es eher gesprenkelt als lackiert wirkt. Eine abgewetzte rosafarbene Chenille-Überdecke ist ordentlich bis zum Kopfkissen hochgezogen. Der Boden, breite Dielen, ist schokoladebraun gestrichen. Auf der anderen Seite des Zimmers steht ein kleiner Schreibtisch aus Ahornholz mit einer fleckigen grünen Schreibunterlage darauf. Auf der Schreibunterlage steht ein Radio, und davor liegt eine Haarbürste. Neben der Haarbürste ist eine zugeklebte Plastiktüte, in der sich offenbar feuchter Ton befindet. Auf dem Stuhl vor dem Schreibtisch liegt das blaue Sommerkleid.

Wieder ein Blitz, dem fast unmittelbar dröhnender Donner folgt. Er sieht zum Fenster hinaus, in den Regen und auf die hin und her peitschenden Bäume. Der Vorhang oben am Fenster ist eingerissen, und er sieht, daß die Scheiben schon lange nicht mehr geputzt worden sind.

Fast Mittag, und es ist so finster wie in der Abend-dämmerung.

Dies ist das erste Mal, daß er als Erwachsener in ihrem Zimmer ist, obwohl er manchmal als Junge hier war, wenn Eden sich einen Baseballhandschuh oder ihre Fäustlinge holte. Damals war das Zimmer nicht kahl, wenigstens nicht so, wie er es in Erinne-rung hatte. In jenen Tagen stand ein Plattenspieler auf dem Schreibtisch, und darüber hinaus war er mit Schallplatten und ihren Sportgeräten übersät. Aus dem Schrank hingen Kleiderärmel und Hosenbeine. In der Ecke, daran erinnert er sich, bewahrte sie ihren Hockeyschläger und die Schlittschuhe auf. Er muß auch einmal an einem stürmischen Tag wie die-sem hiergewesen sein, denkt er, aber er kann sich nicht im geringsten daran erinnern, was sie hier taten. Er erinnert sich undeutlich an endlose Mono-poly-Spiele, die sich weit über den Punkt hinaus-dehnten, wo er froh gewesen wäre, sich geschlagen zu geben, wenn er es nur fertiggebracht hätte – oder gingen sie an verregneten Tagen in *sein* Haus?

Er sieht sich wieder im Zimmer um und kehrt damit zur Gegenwart zurück. Jetzt erdrückt es ihn beinahe. Er malt sich aus, wie sie hier sitzen muß und sich die Dunkelheit auf sie senkt. Er fragt sich, ob er imstande sei, das zu ertragen, oder würde er

304

ein Licht finden müssen? Es gibt Licht, eine Wand-
lampe über der Tür. Sie muß für Edith sein, wenn
sie abends herkommt.

Er beobachtet Eden, wie sie sich auf den Bettrand
setzt, als überlegte sie gerade, und dann legt sie sich
hin, dicht an die Wand. Sie hebt leicht ein Knie, und
der Bademantel öffnet sich dabei. Sie streckt einen
Arm aus, um ihm damit zu bedeuten, daß er zu ihr
kommen soll. An ihrer Haltung ist etwas Unbehagli-
ches. Er versucht in ihrem Gesicht zu lesen. Schon ist
sie Lichtjahre von ihm entfernt.

Er setzt sich auf den Stuhl am Schreibtisch. Er
würde gern wissen, was sie in den Schubladen aufbewahrt, wo die »Dinge« sind, die sie macht. Das Radio
ist alt mit einem runden braunen Plastikgehäuse und
einem Stecker. Er wünscht, sie könnten in die Küche
zurückgehen und noch einmal von vorn beginnen.

»Ich bin einsam hier hinten«, sagt sie.

Die Stimme ist eine, die er Jahre nicht gehört hat.
Er erinnert sich so deutlich an den Nachmittag, als
wäre er in diesem Augenblick am Teich. *Du kannst
meine Bluse anfassen*, sagte sie, und die Stimme war
dieselbe. Aber damals war er ein Junge und widerstand ihr.

Er beugt sich vor, um seine Schnürsenkel zu lösen;
von dem langen Marsch auf der Straße sind sie
immer noch naß. Er denkt an den Hund unter dem
Baum. Er würde ihr gern von dem Hund erzählen.
Er zieht sein Hemd aus, schnallt seinen Gürtel auf.
Er legt seine Kleider auf den Stuhl.

Er geht zum Bett, legt sich neben sie. Er denkt
nur, daß er sie halten will, sie zurückholen. Aber als
er sich auf sie zubewegt, ächzt das Bett plötzlich laut
in das Schweigen hinein – die alten Eisenfedern, die

gegen das zusätzliche Gewicht eines Mannes protestieren. Gestern, denkt er, hätten sie zusammen gelacht, aber jetzt läßt das Geräusch sie erstarren, als hätte sie einen schlimmen Fehler gemacht, als hätte sie dieses Echo nicht vorhergesehen. Seine Hand greift nach ihrem Rücken, versucht sie an sich zu ziehen, aber sie bleibt steif in seiner Umarmung.

»Eden«, sagt er, aber sie antwortet ihm nicht.

Er kann ihre Furcht fühlen – oder etwas wie Furcht, spürt es in den Sehnen und Muskeln ihres Rückens. Die Furcht ist ansteckend und wandert seinen Arm hinauf, zu seiner Brust. Erschrocken meint er, er könne den Strom mit einer beherzten Geste aufhalten oder indem er sie fester an sich drückt, und preßt unsanft ihre Hüften unter die seinen. Das Bett ächzt erneut. Er küßt sie, aber ihr Mund ist leer.

»Was ist?« fragt er, und wie eine Wolke ballt sich die Furcht in seiner Brust zusammen.

Er hebt ihre Arme und preßt ihre Hände hinter das Kissen.

»Was ist?« fragt er noch einmal und schüttelt ihre Handgelenke.

Sie hebt ein Knie, wie um ihn von sich zu schieben, aber er preßt ihr Bein mit dem seinen nieder und drückt sie auf das Bett. Er schaut auf ihr geschlossenes Auge, das Mandelauge. Sie wendet das Gesicht ab.

»Wer war vor mir hier?« flüstert er ihr hart ins Ohr.

Sie stößt einen kleinen Schrei aus und dreht sich zur Wand. Er läßt sie los, schlingt aber den Arm um ihren Bauch und zieht ihre Pobacken zu sich heran. Seine Hand greift ihr von hinten an den Hals, beugt sie nach vorn. Er schiebt den Bademantel hoch, bis er an ihrer Taille zusammengeschoben ist. Eine

Empfindung, so schnell wie ein Tritt, zieht durch seine Brust, als er sie so weiß und verletzlich vor sich sieht. Aber ihn lenkt jetzt nicht mehr Vernunft, nur noch seine Furcht. Während er mit der freien Hand ihren Hüftknochen festhält, dringt er von hinten in sie ein. Sie schreit wieder auf, als ob er sie verletzt hätte, aber er glaubt nicht, daß er ihr weh getan hat. Es ist etwas anderes, dem sie sich widersetzt. Er kann die Knöpfe ihrer Wirbelsäule von den Pobacken nach oben wandern sehen, bis sie unter ihrem Bademantel verschwinden. Er schiebt seine Hand an die Stelle, wo ihr Schenkel in ihre Hüfte übergeht, und hält sie fest.

»Sag mir, wer es war«, drängt er, und seine Stimme ist jetzt lauter geworden, flüstert nicht mehr.

Sie greift nach dem Bettrand an der Wand, um sich festzuhalten, und er sieht, wie ihre Schulter zittert vor Anspannung. Hinter ihrer Schulter sieht er die verblaßte Tapete mit den Rosen und den winzigen Rissen. Aber er ist plötzlich verwirrt, ist nicht mehr in ihrem Bett, sondern im Teich, und greift nach ihrer Hand, weil sie untergegangen ist.

»Ich habe ihm gehört!« schreit sie hinaus. Die Stimme ist angespannt, schrill.

»Wem?« sagt er heiser an ihrem Rücken. Er hält sie jetzt fest an sich gepreßt, taucht unter die Wasseroberfläche, um zu ihr zu kommen, hat sie fast erreicht.

»*Jim.*«

Es ist wie ein Klagelaut, der quer über den Teich zu ihm herübereilt. Er bricht durch die Wasseroberfläche. Der Schrei erreicht ihn, braust in seinen Ohren wie der Wind. Er nimmt den Namen, sieht ihn an, erinnert sich an ihn.

Er hält inne, und seine Augen erfassen jetzt plötzlich wieder die blauen und weißen Streifen des Stoffes. Sein Körper gleitet wie von selbst von ihr weg.

Er gibt einen Laut von sich, wie jemand, der auftaucht, um nach Luft zu schnappen. Er rollt sich auf den Rücken.

Draußen blitzt es wieder, aber das ist nichts, und er nimmt es kaum wahr. Der Donner ist schwächer als vorher, als sie das Zimmer betraten. Der Sturm, denkt er, muß weiterziehen. Die Scheiben klirren in dem lockeren Fensterrahmen, als würde die letzte Bö sich verabschieden. Er blickt zu ihrem Schreibtisch hinüber, auf die Kleider auf dem Stuhl, auf das Stück Ton auf der Schreibunterlage. Seine Augen schweifen zu der Mansardendecke direkt über ihm zurück. Er sieht mit zusammengekniffenen Augen die Tapete an. Jetzt sieht er die winzigen Löcher, die den zerbröckelten Putz umgeben. *Natürlich*, denkt er, *von dem Schuß*. Und da werden noch andere winzige Löcher im Zimmer sein.

Er zwingt sich dazu, sich aufzusetzen. Er steht auf und geht durch das Zimmer zum Fenster. Zuerst leistet es ihm Widerstand, dann öffnet es sich. Auf dem Rasen zwischen den beiden Häusern kann er kleine Wirbel von Ästchen und Blättern sehen, die der Wind zu Staubfontänen aufpeitscht. Am Horizont ist ein heller Lichtsaum unter der Wolkenbank zu erkennen.

Ihr Bademantel ist immer noch bis zur Hüfte hochgeschoben. Er geht zum Bett zurück und beugt sich darüber. Er löst ihre Hand vom Bett, wo sie sich festkrallt. Er schiebt den Mantel über ihre Beine. Dann geht er zum Stuhl und setzt sich.

Er sieht zu, wie sie sich auf den Rücken dreht. Sie

wischt sich mit der Handfläche Schweiß von der Schläfe. Schon deutet sich durch das offene Fenster ein Hauch von Kühle in der Luft an.

Zu beiden Seiten des Schreibtisches sind Schubladen, die untersten sind dabei die tiefsten. Er öffnet die Schublade zu seiner Rechten; in ihr ist ein Wald grauer Tongebilde. Er nimmt eines der kleinen Stücke heraus und stellt es auf die Schreibunterlage. Es ist eine nackte Frauenfigur, die auf einem Stuhl mit gerader Lehne sitzt, ähnlich dem, auf dem er gerade sitzt. Ihr Kopf ist nach vorn gebeugt und ihr langer Rücken gekrümmt. Das eine Bein ist ausgestreckt, das andere gebeugt. Die Skulptur ist vielleicht dreißig Zentimeter hoch, aber er kann die feinen Eindrücke neben einem Auge ausmachen. Das Haar strömt hinten über die Stuhllehne. Die Ähnlichkeit ist verblüffend, aber es ist nicht nur die Ähnlichkeit – es ist die erstaunliche Weichheit des Körpers vor dem kantigen Stuhl.

Er sieht zu Eden auf dem Bett hinüber. Sie muß gehört haben, wie er die Schublade aufzog. Er zieht die nächste heraus. Es ist wieder ein Selbstporträt, eine Frau in einem Sommerkleid mit Knöpfen vorn, die sich bückt, um ein Hemd aufzuheben. Er streicht mit den Fingern über die Rockfalten und bewundert die Art und Weise, wie sich der Rock an der gebückten Frau vorn öffnet.

»Die sind wunderbar«, sagt er.

Sie sagt nichts, wendet ihr Gesicht leicht ab.

»Das hast du gemeint«, sagt er.

Er holt eine weitere Figur aus der Schublade. Es ist eine Frau im Nachthemd, die auf der Seite liegt.

»Sie bringt mir Ton«, sagt sie. »Aber nach einer Weile trocknen sie, und dann brechen sie.«

»Aber man könnte sie doch im Ofen brennen, oder? Oder in Metall reproduzieren? Sie sind wunderschön.« Er empfindet so etwas wie Erleichterung darüber, daß sie dies hatte – und dann eine andere Empfindung: Bewunderung, daß sie in diesem kahlen Raum solche Schönheit schaffen konnte.

Sie preßt die Arme an sich, als wäre ihr wieder kalt. Sie setzt sich auf. Wieder pfeift ein Windstoß gegen das Fenster.

»Es tut mir leid«, sagt er. »Ich hätte dich nie so zwingen dürfen.«

»Schon gut«, sagt sie.

Er streicht mit den Fingerspitzen über das Nachthemd aus Ton. »Ich habe heute morgen einen Spaziergang gemacht«, sagt er, »und dabei fand ich einen Hund, der mitten auf der Straße lag. Ein Wagen hatte ihn überfahren, und er konnte sich nicht mehr bewegen. Aber er lebte noch. Ich trug ihn an den Straßenrand. Ich habe mich danebengelegt, während ein Gewitter über uns hinwegtobte, und als ich mich wieder aufsetzte, war er tot.«

Sie zieht sich den Mantel um die Beine.

»Ein Mann kam mit einem Pickup-Truck vorbei und ließ mich den Hund mit nach Hause nehmen. Ich habe ihn heute morgen unter dem Hortensienbaum begraben.«

Sie drückt die Schultern nach vorn und reibt sich die Arme.

»Aber der Hund hat die ganze Zeit keinen Laut von sich gegeben«, sagt er. »Kannst du dich an irgend etwas erinnern – das Schlittschuhlaufen, die Eisenbahngleise, den Baseball?«

Sie reckt das Kinn vor, als würde sie nachdenken.

»Heute morgen«, sagt er, »nachdem ich den Hund

fand, erinnerte ich mich an den Tag, an dem der Puck dich am Backenknochen traf. Erinnerst du dich? Sean hatte ihn geschlagen, und er traf dich unter dem Auge. Dein Gesicht wurde weiß, aber du hast nicht geweint. Das werde ich nie vergessen. Keinen Ton hast du von dir gegeben.«

Sie steht auf und geht ans Fenster, wendet ihm den Rücken zu. Ihre Arme hat sie an die Brust gepreßt.

»Er war immer in meinem Bett«, sagt sie, »von Anfang an. Als ich klein war, legte er sich zu mir, um mich zu wärmen, und manchmal schliefen wir Seite an Seite.«

»Du brauchst es mir nicht zu sagen«, sagt er.

Sie reibt mit einem Finger an einer Fensterscheibe. »Es gefiel ihr nicht, daß er bei mir war, aber sie konnte nichts dagegen tun. Sie selbst wollte mich nicht berühren.«

Er beobachtet sie vom Stuhl aus. Sie zeichnet perfekte Kreise auf das Glas.

»Als ich älter war, sagte sie ihm, er solle es nicht mehr tun, ich sei zu alt dafür. Da konnte sie es sagen, also hörte er auf damit. Aber dann fing sie an, nachts zu arbeiten, und er kam, wenn sie weg war. Damals fing es an, als wir beide wußten, daß wir uns vor ihr versteckten.«

So, wie wir es getan haben, denkt er plötzlich, sagt es aber nicht.

Sie wendet sich ihm zu, lehnt sich an den Fenstersims. »Ich habe nie nein gesagt, das erste Mal nicht und auch später nicht. Ich konnte es ihm nicht abschlagen. Ich konnte es keinem abschlagen.«

Er reibt die Figur, die er in den Händen hält. Es gibt nichts, was er sagen kann. Er könnte sagen: *Es*

311

war nicht deine Schuld, aber der Satz scheint ihm bedeutungslos, das Wort *Schuld* ohne Bezug. Es ist eine Art von Intimität, die er nicht ganz begreift. Er weiß, daß dieses unnatürliche Leben, das sie gelebt hat, Folgen haben muß, und vielleicht könnte man sagen, daß das sie so gemacht hat, wie sie damals war; aber das wären nur vage Vermutungen ohne tieferes Verständnis.

Sein Blick fällt auf die schokoladenfarbenen Fußbodenbretter zu ihren Füßen. Irgendwo auf diesen Brettern ist Jim gestorben, und Edith hat ihn gefunden. Und dann hat sein Vater sie alle gefunden. Der Boden schwankt unter ihm, als er versucht, Jim vor sich zu sehen. Er wird seine Erinnerungen an Jim revidieren müssen. Und die an Edith auch, denkt er benommen.

»Wußte sie es?« fragt er.

Sie antwortet ihm nicht direkt. Sie lehnt den Kopf ans Fenster. »Ich hatte all diese Jahre, um mich zu fragen, *warum*, und ich kenne die Antwort noch immer nicht. Damals kannte ich die Antwort eher; ich konnte sie fühlen. Jetzt kann ich es nicht. Sie wies ihn nicht ab, das war es nicht. Er mochte junge Mädchen. Er mußte etwas trinken, ehe er zu mir kam, aber er war immer vorsichtig und sanft und hat mir nie weh getan. Es war nicht so, wie du denkst. Ich weiß nicht, wie du es nennen würdest. Ich erinnere mich jetzt nicht einmal mehr an sein Gesicht.«

Er stellt die Figur auf die Schreibunterlage und geht auf Eden zu. Er legt die Hände auf ihre Schultern, zieht ihren Kopf an seine Brust. Er hat Angst, die Frage zu formulieren, weiß, daß ihre Antwort unwiderruflich und für immer sein wird. Aber er muß es wissen.

»Du wirst jetzt mit mir kommen«, sagt er. Er versucht es beiläufig zu sagen, obwohl sie hören muß, wie sein Herz unter seiner Stimme rast.

Sie läßt ihn nicht warten. Sie nickt, eine kleine Geste.

Der Ballon in seiner Brust dehnt sich aus, platzt. Er hebt sie hoch, überrascht sie damit beide und trägt sie zum Bett. Sie ist schwerelos, widersetzt sich ihm nicht länger. Er legt sie behutsam auf die rosafarbene Überdecke. Er sitzt auf der Bettkante, blickt auf sie hinab, hält sie am Handgelenk fest. Dann beugt er sich über sie, küßt sie, während er den Gürtel ihres Mantels löst. Seine Hände finden ihre Haut, und sie rutscht, um ihm Platz zu machen, damit er neben ihr liegen kann. Er versucht ihre Arme aus dem Mantel zu befreien, und sie hilft ihm. Sein Bauch und seine Brust sind von Wärme durchflutet – sie muß die Hitze spüren, die von seinen Poren ausstrahlt. Er gleitet über sie, und sie befühlt sein Gesicht, liest ihn. Er kostet das Salz am Rande des Mandelauges. Sie murmelt etwas, das er nicht ganz ausmachen kann. Er glaubt, sie sagt seinen Namen in sein Ohr. Sie öffnet ihre Schenkel und lenkt ihn, und während sie ihn in sich hineinzieht, fühlt er, wie sich mehr Liebe in ihm sammelt, als er für möglich gehalten hätte. Sie schiebt sich ihm langsam entgegen: Es gibt keine Zeit, mit der man das messen könnte. Ihre Arme halten seine Schultern von unten umfaßt. Er fühlt, wie ihr Fuß sich um seine Wade legt. Bald werden sie auf der Fernstraße nach Süden fahren, auf die Stadt zu. Er wird ihr Kleider kaufen, und sie wird sie tragen, und sie wird ihre Porträts in Edelmetall gießen. Es wird alles wiedergutmachen; er wird ihr geben, was man ihr genommen hat. Das

Bett ächzt vergnügt und laut unter ihrem doppelten Gewicht. Er sieht zwei Gestalten in einem leicht obszönen Stück vor sich, das er vor Jahren gelesen hat, und will ihr dieses Bild schildern. Er beugt den Kopf vor, um ihre Brüste zu küssen. Er will ihr von der Fahrt nach Süden erzählen, von alledem, was vor ihnen liegt. Er ist voll von Bildern, wie ein Kaleido-skop. Sie sind mit Billy zusammen, und Andrew macht für sie alle drei Pfannkuchen. Sie liegen unter der Steppdecke seiner Mutter auf seinem Bett in der Stadt und trinken Wein. Sie sind in einer Konzert-halle. Er läßt seinen Mund an ihrem Hals entlang-gleiten, greift mit den Händen unter sie, um sie fest-zuhalten.

Aber sie schiebt seine Schultern von sich. Er ver-steht nicht. Er ist verwirrt, zu schnell von ihr wegge-schoben, von den Bildern weg. Er fühlt, wie ihre Fin-gernägel sich in seine Haut graben.

Er richtet sich auf, um ihr Gesicht zu sehen, und es ist von Schrecken erfüllt. Er hört jetzt, zu spät, was sie gehört hat, auf den Bodenbrettern. Er wirbelt herum, zur Tür.

Edith steht auf der Schwelle, mit etwas Großem, Fremdem in den Armen – ein Anblick so unbegreif-lich und bedeutungslos in dem Universum, das sie gerade geschaffen haben, wie ein Code, den er nie entziffern wird. Er müht sich um Klarheit und Ver-ständnis. Er hört Eden hinter sich aufschreien. Instinktiv hebt er den Arm, die Hand, um sich von der Erscheinung unter der Tür zu trennen, während sie das große fremde Ding näher an sein Gesicht hält. Er will schreien, *Halt*, und vielleicht tut er es auch. Dann erreicht das Adrenalin seine Schenkel, seine Waden. Er springt auf.

314

Es ist der Sprung eines Athleten, eines Verteidigers auf dem Fußballplatz, eines Torhüters, den sein Wille vom Eis hochkatapultiert, um den Puck zu fangen. Er wird den Ball erreichen, den Puck fangen. Er weiß es. Ein Versagen ist undenkbar.

Aber die Waffe gilt nicht ihm.

Sechster Teil

Die Luft ist beißend wie kaltes Wasser. Selbst an diesem zweiten Samstag im September kann er seinen Atem sehen, den Dampf, der von der Kaffeetasse aufsteigt. Die Ahornbäume nehmen in der Sonne bereits eine durchscheinend rosa Farbe an, und er weiß, daß unten am Teich die Birkenblätter die Farbe von Messing haben werden.

Er findet T.J. im Speisezimmer des Hauses der Closes. Er steht da, die Hände in den Taschen, und mustert die leeren Wände. Man hat die Vorhänge und Jalousien des Zimmers entfernt, so daß die Sonne die frischgeputzten Fenster glänzen läßt. Ein paar letzte Überreste der alten Tapeten füllen eine Plastiktüte an der Tür.

»Die hab ich dir gebracht«, sagt Andrew und reicht T.J. ein Paar schmutziger Jeans und ein altes blaukariertes Flanellhemd. »Und eine Tasse Kaffee hab ich dir gebracht.«

»Danke.« T.J. umfaßt die Tasse mit beiden Händen. »Ich habe Didi angerufen und ihr gesagt, daß ich eine Weile mit dir hier draußen sei. Die Küche sieht übrigens großartig aus. Wie eine Anzeige für Rustikales Wohnen oder so was.«

Andrew lacht. Aber er ist mit der Küche zufrieden. Er hat die grüne Farbe an den Wänden und

Schränken abgeschabt und alles weiß lackiert. Das rissige Linoleum hat er entfernt und den alten Dielenboden darunter wieder hergerichtet. Die Gardinen hat er weggeworfen und den Tisch und die Stühle der Heilsarmee gestiftet. Die Küche ist jetzt unverfälscht und einfach und wartet darauf, daß neue Besitzer eintreten und sie sich zu eigen machen. Es gefällt ihm, in der Mitte der Küche zu stehen und dort seinen Morgenkaffee zu trinken. Er bedauert nur, daß Eden nicht sehen kann, was er getan hat. Sie hat mit nackten Füßen den seidenen Glanz der Bodendielen ertastet, die Farbe an den Schränken berührt und den frischen Duft von neuer Farbe im Zimmer gerochen. Aber wenn er ihr ins Gesicht blickte, konnte er sehen, daß für sie der Raum immer noch grün und dunkel war und immer noch zu viele Erinnerungen enthielt. Danach hat er sie nicht noch einmal aufgefordert, seine Arbeit zu »sehen«, und sie ist nicht in ihr Haus zurückgekehrt, nicht einmal, als er ihr eigenes Zimmer leerte und ihre Habseligkeiten einpackte. Sie wohnt jetzt bei ihm im anderen Haus, auf der anderen Seite des Gartens.

T.J. leert die Tasse und stellt sie auf den Fenstersims. Andrew sieht zu, wie T.J. seine braune Lederjacke auszieht, seine teuren Safarihosen und den grellen grün und blau gemusterten Pullover. Er schlüpft in das Flanellhemd, das Andrew gebracht hat, und zieht den Reißverschluß der Jeans zu.

»So siehst du besser aus«, sagt Andrew. T.J. nimmt das Kompliment mit einem schiefen Grinsen entgegen.

Eigentlich, denkt Andrew, sieht T.J. überhaupt nicht gut aus. Sein Gesicht hat seine Bräune verloren, und auf seiner Stirn sind neue senkrechte Linien aufgetaucht. Obwohl seine modischen Kleider noch dieselben sind, scheint die Großspurigkeit dahin.

»Wie geht es ihr?« fragt T.J.

»Gut. Sie schläft.«

»Ich fand, daß sie sehr gut aussah, als ich vorbeikam ... du weiß schon, gleich nachher. Ich wäre früher wiedergekommen, aber ihr beide habt so ausgesehen, als müßtet ihr eine Weile allein sein.«

»Danke. So war es auch. Aber jetzt geht es schon besser.«

T.J. sieht sich im Eßzimmer um.

»Wo fange ich am besten an?« fragt er.

»Ich habe die Wände bis auf den Verputz sauber und das Holz geschliffen«, sagt Andrew. »Ich werde die Wände in gebrochenem Weiß streichen und die Zierleisten in derselben Farbe, nur glänzend. Aber ich habe nur eine Rolle. Was würdest du lieber machen – die Wände oder die Leisten?«

»Ich übernehme die Wände«, sagt T.J.

»Dann hilf mir mit dem Abdecken.«

Die zwei Männer entfalten das Tuch, ziehen es bis an die Sockelleiste. T.J. beugt sich nieder, öffnet eine Dose Farbe und fängt an, mit einem Holz darin umzurühren. Andrew macht mit seiner Farbdose dasselbe.

»Du hast das großartig gemacht, was auch immer du getan hast«, sagt T.J. »Ich habe die Geschichte jetzt zwanzigmal gehört, und jede Version ist ein klein wenig anders. Du bist verdammt noch mal ein Held im Ort, weißt du das?« Die Feststellung ist wie eine Aufforderung. T.J. sieht Andrew an.

Andrew zuckt die Achseln, eine Geste, die die Erinnerung an jenen Augenblick Lügen straft – die

ungeheure Erkenntnis in jenem einzelnen eingefrore-
nen Sprung.

»Ich hab den Lauf mit der Hand weggeschlagen«,
sagt er. »Der Schuß wurde zur Decke abgelenkt.
Dann hab ich ihr das Gewehr weggenommen, und
wie ich das tat, hat sie sich einfach hingesetzt.«

Er erinnert sich daran, wie sie zum Stuhl ging und
wie sie die Hände im Schoß faltete und sich entschieden weigerte, Eden anzusehen, die während dieses
Handgemenges aufgestanden war und den Gürtel
ihres Morgenrocks festband. Andrew, nackt, hat das
Gewehr mit zu Boden gerichtetem Lauf festgehalten
und Eden mit nicht gerade gefaßter Stimme gesagt,
sie solle ans Telefon gehen, die Vermittlung wählen,
sich DeSalvos Nummer geben lassen und dann De-
Salvo anrufen und ihn bitten, sofort herauszukommen. Wenn er nicht zu Hause sei, solle sie den
Schnellimbiß anrufen. Seltsamerweise hatte ihn seine
Nacktheit vor Edith Close nicht verlegen gemacht –
zurückblickend stellte er sich vor, daß das daher
kam, weil sie alle in einem einzigen Augenblick auf
eine andere Ebene von Schuld und Scham übergegangen waren –, aber er ging nichtsdestoweniger auf
den Stuhl zu, auf dem Edith saß, und nahm seine
Kleider hinter ihr weg. Er setzte sich auf das Bett,
das Gewehr neben sich, und zog sich an, wobei seine
Hände so zitterten, daß er seine Schnürsenkel nicht
zubinden konnte. Er hatte Edith aufgefordert –
wobei er sich jetzt, mit dem Gewehr in der Hand
und auf sie gerichtet, wie ein Schauspieler vorkam –,
sie solle in die Küche hinuntergehen. Während er ihr
nach unten folgte und noch nicht genau wußte, was
geschehen würde, wenn DeSalvo eintraf, begann er
Bruchstücke von Darstellungen zusammenzufügen,

um zu sehen, ob sie wohl glaubhaft schienen, bis er die Küche erreichte und zu Eden in ihrem Morgenmantel am Tisch hinübersah und an ihrem Gesicht und ihrer Haltung sah, daß sie wußte, daß sie jetzt frei war. Sie würde sagen, was sie sagen würde, das zu sagen sie sich lange gesehnt hatte.

»Du hast die Polizei gerufen?« fragt T.J.

»Ich rief DeSalvo an. Ich dachte, ich würde an dem Punkt Rat brauchen, mehr als alles andere. Später hat er dann die Polizei gerufen, und dann sind sie gekommen und haben sie abgeholt.«

»Und sie hat die ganze Geschichte erzählt?«

»Nein. Das hat Eden getan. Nachdem sie Edith abgeholt hatten, setzten DeSalvo und ich uns mit ihr hin, und sie hat uns alles gesagt. Sie war sehr ruhig, ganz klar. Für sie war es eine Erleichterung ...«

T.J. schabt die Tropfen von dem Holzspan, mit dem er die Farbe umgerührt hat, und legt ihn auf ein Stück Zeitung. Er gießt etwas von der dicken cremigen Flüssigkeit in die Farbschale. »Dann ist es die ganze Zeit Mrs. Close gewesen«, sagt er.

Andrew nickt und hält seinen Pinsel an die Zierleiste.

»Sie hat sie zusammen im Bett gefunden?« fragt T.J. Es ist eine rhetorische Frage, die höchstens eine Bestätigung verlangt. Diesen Teil der Geschichte hat T.J. schon mehrmals von Leuten im Ort gehört. Für die Ortschaft waren die Enthüllungen prickelnd und zutiefst befriedigend.

»Er war im Begriff, Eden zu verlassen, um in sein eigenes Zimmer zurückzukehren, weil er wußte, daß Edith bald nach Hause kommen würde. Aber sie war früher gekommen, und sie hatten sie nicht gehört.«

»Wir alle dachten, Mr. Close sei im Kino gewesen

und in jener Nacht mit Mrs. Close nach Hause gekommen«, sagt T.J.

»So hat sie es dargestellt.«

»Ich vermute, daß niemand die Darstellung einer trauernden Witwe und eines schwerverletzten Kindes in Zweifel ziehen wollte.«

»Nun, das haben sie auch nicht getan.«

So, als würde plötzlich vor seinen Augen ein Blitz-licht aufflammen, taucht das Bild von Edith Close, die von den Sanitätshelfern zu Boden gedrückt wurde, einen Augenblick lang vor seinem inneren Auge auf. Er zögert und meint dann, zu T.J. gewandt: »Sie kamen gar nicht auf die Idee, die trau-ernde Witwe zu befragen, weil sie *wirklich* trauerte. Dir ist doch klar, daß sie nicht auf Jim schießen wollte?«

Der Drang, T.J. diese Dinge zu berichten, über-rascht Andrew – schließlich haben er und T.J. jetzt nur so wenig gemeinsam –, aber dieses Weitergeben bringt auch ihm eine gewisse Erleichterung. Viel-leicht erzeugt die gemeinsame Arbeit diese Atmo-sphäre des Vertrauens oder vielleicht auch nur, daß er T.J. in alten Kleidern sieht.

T.J. legt die Walze weg und dreht sich zu Andrew herum. »Und er kam dazwischen?«

Andrew nickt. »So ähnlich.« Andrew fragt sich jetzt, ob auch Jim aufgesprungen war, um sie zu ret-ten.

T.J. schüttelt den Kopf und pfeift langgezogen. »Was für ein Alptraum! Sie hat versucht, ihre eigene Tochter zu töten?«

Andrew nickt. »Seine Tochter.«

T.J. starrt Andrew an und versucht das in sich auf-zunehmen. Er dreht sich um, befeuchtet die Rolle

324

wieder in der Schale und hebt sie an, um die nächste Bahn zu streichen. »Hast du das je vermutet?« fragt er. »Er und Eden?«

Das ist eine Frage, über die Andrew in den drei Wochen nachgedacht hat, seit Eden von sich und ihrem Vater erzählt hatte. Er weiß, daß die Antwort darauf nein ist. Er hätte ihr dies nicht zugetraut. Und doch mag es Hinweise gegeben haben, denkt er jetzt. Er erinnert sich daran, wie seine Mutter Jim dabei zusah, wie er seine Tochter auf der Treppe streichelte. »Widerwärtig«, pflegte sie zu sagen, und er dachte, sie meine, wie Jim das Kind verwöhnte. Aber vielleicht spürte sie auch noch etwas anderes, etwas, das sie nicht artikulieren oder auch nur für sich selbst zur Klarheit bringen konnte.

»Paß auf, daß es nicht tropft«, sagt Andrew. Er öffnet eines der Fenster, um die Farbdämpfe hinaus- zulassen. Sofort füllt die frische Luft seine Lungen. Wenn er mit dem Streichen fertig ist, wird er sich noch einmal das Schleifgerät mieten und die schma- len Eichendielen herrichten. Die Heilsarmee hat den Teppich und die Möbel mitgenommen – tatsächlich haben sie den größten Teil des Mobiliars abgeholt. Fast nichts, abgesehen von einer Mahagonianrichte im Eßzimmer, war für die Versteigerung gut genug.

»T.J.«, sagt Andrew, »da ist etwas, was mir Bauch- weh macht.«

»Was denn?« fragt T.J.

»Nun, eine Zeitlang, eine halbe Stunde vielleicht oder einen Tag lang, ich erinnere mich nicht so genau, da dachte ich, du hättest es gewesen sein kön- nen. Diese Gewehre …«

»Vergiß es. Du warst mächtig unter Druck. Du konntest nicht klar denken.«

»Du hast es also Sean nicht gesagt?«

»Nein. Und ich weiß auch nicht, wer es getan hat, obwohl sich die Nachricht an jenem Morgen sehr schnell verbreitet hat. Sein Vater vielleicht. Ich vermute, daß er durchgedreht hat, als er es hörte, daß er nicht mehr wußte, was er tat.«

Andrew sieht zu, wie die glänzende Farbe die stumpfe geschliffene Fläche zudeckt. Malen, denkt er, ist wie Mähen, eine sehr befriedigende Arbeit. Er kann T.J. gar nicht sagen, wie ihn dieses Haus gepackt hat – die Vorstellung, es umzuwandeln, es sauberzuschleifen, es so gründlich zu lüften, daß die Vergangenheit so wie die Farbdämpfe zu den Fenstern hinausweht und sich in der sauberen September- luft verflüchtigt. Die Arbeit war angenehm, abge- sehen von dem einen Tag, an dem er gezwungen war, Ediths Zimmer zu betreten und ihre Habseligkeiten dort zu holen. Das Zimmer mit den zugezogenen Vorhängen, den düsteren Möbeln und dem einsamen Foto von Jim auf einer Kommode deprimierte ihn so, daß er minutenlang auf der abgenutzten Überdecke saß und einfach außerstande war, weiterzumachen. Der schlimmste Augenblick war, als er die oberste Schublade ihrer Kommode öffnen mußte, so wie er es im Schlafzimmer seiner eigenen Mutter getan hatte. Er war versucht, einfach den ganzen Inhalt der Schublade in Tüten zu packen und alles zu ihrem Anwalt zu bringen, damit man die Sachen zusammen mit den Koffern voll Kleidern Edith im Krankenhaus geben konnte. Aber da war eine Art lüsterne Neugierde, die ihn dazu drängte, sich mit den Gegenständen zu befassen, sie zu berühren, sie sich als Hinweise auf eine rätselhafte Frau vorzustel- len: eine Postkarte von Jim aus Buffalo aus dem

Jahre 1959; ein blaßblaues Nylonnachthemd, das allem Anschein nach jahrelang nicht gewaschen worden war; eine Karte mit einem Herz von Jim; ein Zertifikat, auf dem bestätigt wurde, daß Edith Close eine lizenzierte Krankenschwester war. Erstaunlicherweise – oder vielleicht war es gar nicht so erstaunlich – gab es in dieser Schublade keine einzige Spur, so wie in der Schublade seiner Mutter, daß die Frau je ein Kind großgezogen hatte, daß jemals eine Tochter ihr Zuhause mit ihr geteilt hatte. Kein einziges Andenken, nichts aus der Schulzeit, keine Fotos. Er tat alles in eine Einkaufstüte und ließ die Schublade offen, außerstande und nicht bereit, sie noch einmal zu berühren.

»Was, glaubst du, wird mit ihr geschehen?« fragt T.J.

»Du meinst Edith?«

»Ja.«

»Ich nehme an, sie werden sie irgendwo einweisen.«

»Die Klapsmühle?«

»Wahrscheinlich. Selbst wenn es zu einem Verfahren kommt, und ich bin gar nicht sicher, daß es dazu kommen wird. Eden will das nicht. Niemand will das eigentlich.«

»Ist sie jetzt dort?«

»Sie steht unter Beobachtung. Sechzig Tage.«

Er versucht sich Edith unter Beobachtung auszumalen, erinnert sich an sie, wie sie in der Küche darauf wartete, daß DeSalvo kam. Sie stand die ganze Zeit, weigerte sich, am Tisch zu sitzen. Andrew hielt immer noch das Gewehr in der Hand, obwohl er wußte, daß es nicht nötig war. Es gab für sie jetzt keinen Ort mehr, wo sie hingehen konnte.

Er war vorher nie mit den zwei Frauen in einem Zimmer gewesen, und ihm fiel auf, wie spürbar die Spannung zwischen ihnen war, wie ein elektrischer Strom, der vom Tisch zu der Stelle hinüberführte, wo Edith stand, ein Strom, der so lebendig war, daß er ihn nicht unterbrechen wollte. Und doch waren die Minuten, die sie auf DeSalvo warteten, stumme Minuten. Keine der beiden Frauen sprach zu der anderen oder wandte auch nur den Kopf in ihre Richtung. Andrew hatte das Gefühl, daß er in diesem Raum ein Fremdkörper war, und wußte, daß die beiden auch ohne ihn passiv auf das gewartet hätten, was als nächstes passieren sollte. Tatsächlich schienen die Schüsse jetzt wie etwas, das er vielleicht geträumt haben könnte, jedenfalls nicht wie ein wirkliches Ereignis – und dies so sehr, daß er leicht verlegen war, als DeSalvo, übergewichtig und atemlos, aus seinem winzigen Wagen an die Hintertür schoß, den Revolver in der Hand. Diese Geste und seine eigene Haltung mit dem Gewehr schienen übertrieben – zuviel für die kleine, einfache Küche. De-Salvo spürte es auch, wie er zuerst den Blick von einem Gesicht zum anderen wandern ließ und dann langsam die Waffe senkte. Er hatte Handschellen, aber Andrew sagte, er sei sicher, daß sie nicht nötig seien. Er dachte freilich, daß es besser wäre, wenn man Edith wegbrachte. Und da rief DeSalvo auch die Polizeistation an. Wieder warteten sie in der Küche. DeSalvo war so klug, noch nicht zu fragen, was vorgefallen war. Andrew dachte, daß er DeSalvo fragen sollte, ob er eine Tasse Kaffee wolle. Er sehnte sich danach, ihm die Schrotlöcher in der Schlafzimmerdecke zu zeigen, um ihrer Wache in der Küche Glaubwürdigkeit zu verleihen, aber er wußte, daß das warten mußte, bis die uniformierten Beamten da waren.

Nach einer Weile hörten sie die Sirenen. Andrew zog eine Jalousie hoch und sah, wie zwei Fahrzeuge in die Einfahrt bogen. Männer sprangen aus den geöffneten Türen, wie sie es gelernt hatten, und dann waren auf einmal zu viele Leute in der Küche. De-Salvo übernahm dann das Kommando, erteilte Befehle, und sein Tonfall und die blitzenden Lichter draußen erinnerten Andrew an das andere Mal, als Polizeifahrzeuge zu den beiden Häusern gekommen waren. Ein Mann nahm Edith am Ellbogen, ganz behutsam, als wäre sie selbst das Opfer, als wäre sie diejenige, die den Schock erlitten hatte. Sie sagte die ganze Zeit kein Wort, sah sich die ganze Zeit nicht um, hatte keinerlei Abschiedsgeste für die Frau am Tisch übrig, die Frau, die ihre Tochter hätte sein sollen, die Frau, von der sie sich zweimal zu befreien versucht hatte.

»Aber das Haus will sie immer noch verkaufen?« fragt T.J.

Die Frage bringt Andrew in die Gegenwart zurück. »Das hat sie ihrem Anwalt gesagt«, meint er. »Ganz gleich, was geschieht, ich glaube nicht, daß sie hierher zurückkehren könnte. Nicht jetzt.«

»Nein.«

T.J. nimmt die Walze und streicht über die Wand. »Woher hatte sie denn das Gewehr?« fragt er.

Andrew tritt einen Schritt zurück und betrachtet sein Werk. »Es war hier«, sagt er. »Es war immer hier.«

»Wo?«

»Meinst du, daß das Weiß in Ordnung ist?« fragt er T.J.

T.J. mustert die Leisten. »Ich finde schon.«

Andrew taucht den Pinsel wieder in die Farbe. »In einem Geheimfach unter den Bodenbrettern von Ediths Kleiderschrank im Schlafzimmer«, sagt er. »Jim hatte das Gewehr Jahre früher gekauft, auf dieselbe planlose Art, wie er alles kaufte. Er besaß ein Farmhaus in einem abgelegenen Teil der Ortschaft, also dachte er, daß er eine Waffe haben sollte – so wie er immer Samen kaufte und sie dann nie ausbrachte. Er zeigte Edith, wie man mit dem Gewehr umgeht, für den Fall, daß ein Einbrecher käme, während er unterwegs war, und ließ meinen Vater einen Behälter – eine Art Safe – unter den Bodenbrettern anfertigen. Das Komische ist, daß ich mich daran *erinnere*, daß mein Vater das machte. Ich hatte nicht gemerkt, glaube ich wenigstens, daß der Behälter für ein Gewehr bestimmt war. Aber als Eden uns davon erzählte, erinnerte ich mich an das Wochenende, an dem mein Vater das Fach gemacht hatte. Wir machten uns zu Hause darüber lustig, wie Jim die Anleitung in einer Zeitschrift entdeckt hatte, aber wie immer meinen Vater dazu gebracht hatte, die Arbeit zu machen.«

»Also hat Edith die Waffe dort versteckt, nachdem sie Jim erschossen hatte?«

Andrew hört zu malen auf und wirft T.J. einen Blick zu. Er fühlt ein leichtes Unbehagen. Das gehörte nicht zu der Geschichte, die Eden erzählt hatte oder hätte erzählen können. Sie muß damals bewußtlos gewesen sein. Das Unbehagen steigt in ihm auf, in seinen Nacken.

»Ich weiß nicht«, sagt er zu T.J. »So muß es wohl gewesen sein.«

T.J. stellt die Walze in die Schale und tritt einen Schritt zurück, um seine Arbeit zu begutachten.

»Na, was sagst du?« fragt er Andrew.

Andrew sieht die Wand prüfend an. »Wie ein Fachmann«, erklärt er.

»Macht wirklich Spaß«, sagt T.J. »Ich hab so etwas seit Jahren nicht mehr gemacht. Ich will dir was sagen: Ich mach jetzt noch eine Wand für dich, und dann muß ich gehen. Tom junior hat ein Fußballspiel.« T.J. nimmt die Walze und macht sich an die zweite Wand.

»Ich beneide dich, weißt du das?« sagt er.

»Du beneidest mich? Warum?« fragt Andrew.

»Weil du neu anfängst. Dein Leben ist wie dieses Zimmer.«

Andrew will etwas dazu sagen, aber T.J. fällt ihm ins Wort.

»Ehrlich gesagt, würd's mir auch guttun, jetzt von vorn anzufangen.«

»Warum?« fragt Andrew. Er sieht T.J. an, der ihm den Rücken zuwendet.

»Die Kasse ist leer, Andy-Boy. Schlimmer als leer, wenn du weißt, was ich meine. Ich hab ein paar ungünstige Investitionen gemacht ...« Eine Pause. »Könnte sein, daß ich das Haus verliere.«

Andrew sieht zu, wie T.J. bedächtig die Walze ansetzt und so tut, als würde er eine Unebenheit ausgleichen. Das Flanellhemd ist an der Schulter aufgerissen. Er spürt, daß es T.J. einige Überwindung gekostet hat, ihm das zu sagen.

»Ich und Didi, uns hält das, was wir haben«, sagt T.J. »Wenn das weg ist, weiß ich nicht. Ich weiß nicht, wie wir ohne all das Zeug miteinander klarkommen, aber ich hab da kein gutes Gefühl. Manch-

331

mal hab ich das Gefühl, daß da die Kasse auch leer ist.«

T.J. tritt zurück, um sein Werk erneut zu betrachten, weicht immer noch Andrews Blick aus.

»Keiner fängt völlig von vorn an«, sagt Andrew vorsichtig. T.J. sagt nichts. »Ich bin jetzt beurlaubt«, fügt Andrew hinzu, »aber ich muß bald wieder an meine Arbeit zurück. Vielleicht nicht mehr ganztags. Höchstwahrscheinlich sogar nicht – als Berater vielleicht. Ich brauche ein Einkommen, und das ist die wirksamste Art, die ich kenne, um im Augenblick eines zu bekommen. Ich habe einen Sohn zu versorgen – ich *will* für ihn sorgen ...« Er denkt an Billy, und in seiner Brust verkrampft sich etwas. Er ist noch nie so lange wie jetzt seinem Sohn fern gewesen. Aber Andrew und Eden werden bald nach New York fahren, und er wird Billy dorthaben. Er weiß, daß es für Billy schwer sein wird, Edens Anwesenheit zu verstehen, aber das kann er seinem Sohn nicht ersparen. Es gibt jetzt Dinge, die er nicht unter Kontrolle hat, so wie Marthas Eröffnung gerade vor einer Woche, daß sie wieder heiraten werde – einen Psychiater. Sie hatte vorgehabt, mit dieser Ankündigung noch zu warten, sagte sie, bis sie Andrew persönlich zu Gesicht bekäme; aber dann waren ihr seine dauernden Verzögerungen unangenehm geworden. Andrew stellte am Telefon fest, daß er auf diese Nachricht nicht reagieren konnte – er sah sich sofort von Vorstellungen bedrängt, wie ein anderer Mann mit Billy Ball spielte, wie ein anderer Mann seinen Sohn abends zu Bett brachte ... Andrew hofft, daß der Psychiater, wer auch immer er sein mag, nicht einer von jenen Hirnspenglern sein wird, der darauf besteht, daß jedes Familienmitglied sich bei ihm von

332

der Last seiner Gefühle befreit. »Ich muß dafür sorgen, daß Eden gute Lehrer bekommt«, sagt Andrew und schüttelt das unerträgliche Bild eines anderen Vaters für Billy damit ab, »oder ein gutes Blindenprogramm findet. Ich möchte, daß sie ... warte einen Augenblick.«

Andrew legt den Pinsel weg, eilt ins Wohnzimmer und kommt mit einem Gegenstand in der Hand zurück.

»Was hältst du davon?« fragt Andrew.

T.J. tritt näher, um besser sehen zu können. Er berührt die Oberfläche, streicht mit den Fingern über den geschwungenen Rücken und die gerade Stuhllehne.

»Das ist schön. Wo hast du es her?«

»Eden hat es gemacht. Das ist ihre Beschäftigung.«

»Jesus.«

»Aber das ist Ton. Sie sagt, es wird nach einer Weile zerbrechen. Sie hat im Lauf der Jahre Dutzende davon gemacht, und sie sind alle weg. Wenn ich daran denke...«

»Kann man es nicht mit etwas einsprühen, damit es hält?« fragt T.J.

»Ich versteh nicht viel davon, aber ich glaube, man muß es entweder in einem Ofen brennen, und dazu hatte sie nie Zugang, oder sie könnte sie in Wachs herstellen und sie dann in Metall gießen lassen, in Bronze beispielsweise. Meine Vorstellung ist, daß ich meine Wohnung verkaufe und uns irgend etwas Größeres in der Innenstadt besorge, damit sie mehr Platz für ihre Arbeit hat.«

»Ja«, sagt T.J. Er hebt den Blick von der Skulptur und sieht Andrew ins Gesicht. Es ist ein kurzer Blick, aber er ist nackt. Andrew sieht im Gesicht seines alten Freundes einen Ausdruck, in dem sich Neid mit Bedauern mischt. Dann löst T.J. den Blick von ihm, und er dreht sich zur Wand.

Andrew wickelt die Skulptur in eine Zeitung ein und legt sie wieder in die Schachtel im Wohnzimmer. Er und T.J. arbeiten schweigend. T.J. streicht drei der Wände, so daß Andrew nur die Wand um das Fenster bleibt, das auf die Einfahrt hinausblickt. Dann zieht er wieder seine eigenen Kleider an. Er gibt Andrew die Jeans und das Hemd, als würde er damit eine andere Ausprägung seiner Person überreichen.

»Hör mal«, sagt er zu Andrew, »hast du Lust, später, vielleicht gegen vier oder so, eine Runde mit mir zu laufen?«

Andrew nimmt die Kleider entgegen und sieht T.J. dabei zu, wie er in seine Lederjacke schlüpft. T.J. nimmt eine Sonnenbrille aus der Tasche, setzt sie auf. Mit dieser Geste scheint er etwas zurückzugewinnen.

»Klar«, sagt Andrew. »Warum nicht? Ich hätte schon Lust.«

T.J. legt die Hand auf Andrews Schulter. Er klappt den Mund auf, als wollte er etwas sagen, scheint sich aber dann dagegen zu entscheiden. Andrew begleitet ihn durch die Küche. Er hält ihm die Gittertür auf und sieht T.J. nach, wie er zu seinem Prelude geht. Seine Schritte werden jetzt schneller. T.J. lehnt sich an den Wagen, läßt die Schlüssel in der Hand kreisen. Er sieht zu Andrews Haus hinüber. »Du hast wirklich eine Menge für Eden getan. Ich finde, du hast sie wirklich gerettet.«

»Nein«, sagt Andrew schnell, »ich glaube, es ist genau andersherum.«

334

T.J. blickt zum Himmel auf, als suchte er eine Wolke. »Warum ist Eden nicht weggegangen?« fragt er. »Warum ist sie nicht einfach ausgezogen?«

Andrew zögert, aber nur eine Sekunde lang. »Wo hätte sie denn hingehen können?« sagt er. »Was hätte sie denn tun können?«

T.J. überlegt und nickt dann langsam. »Ich komme dann gegen vier zurück«, sagt er und setzt sich hinter das Steuer. Andrew blickt dem roten Wagen nach, wie er rückwärts hinausfährt und dann Richtung auf die Ortschaft nimmt. Er läßt die Gittertür hinter sich zuschlagen, bleibt auf der kleinen Terrasse stehen, die Hände in den Taschen seiner Jeans. Die Treppe ist jetzt wieder in Ordnung, er hat sie letzte Woche repariert. Er lehnt sich an das Geländer und blickt nach Norden über die Maisfelder – eine weite Ockerfläche vor dem hellblauen Himmel. Die Antwort reicht nicht aus, das weiß er. Den wahren Grund spürt Andrew zwar, kann ihn aber nicht ausdrücken. Um sie so zu begreifen wie er, hätte T.J. Eden an jenem ersten Tag sehen müssen, an dem Andrew zu ihr in die Küche kam. Er könnte sagen, es war Schuld, Angst, daß Edith ihr wieder weh tun würde – aber Andrew weiß, daß es mehr als das ist: Es war, denkt er, eine absolute Aufgabe des Willens – ein bewußt gebrachtes Opfer, um den Verlust zu überleben.

Er geht über das Gras, das schon wieder nachgewachsen ist und bald geschnitten werden muß. Der BMW in der Einfahrt fängt an zu verstauben, so wie das immer mit den Fords seines Vaters geschah. Bei diesem Anblick kommt ihm unwillkürlich der Gedanke an das erste Mal, wie er mit Eden damit ausfuhr, und das liegt erst zwei Wochen zurück. Es war ein klarer Tag, frisch wie der heutige, mit den ersten echten Spuren des Herbstes. Vielleicht war es die kühlere Temperatur oder ein Gefühl, daß die Zeit dafür gekommen war – jedenfalls wußte er, als er an jenem Morgen aufwachte, daß er mit ihr eine Fahrt machen würde, daß sie reif war für einen Ausflug. In der Woche seit dem verhinderten Schuß hatte er ihr Kleider gekauft, und so trug sie an jenem Tag ein Paar neue Jeans und einen lebhaft gemusterten blau-grünen Pullover, den er ausgewählt hatte, weil er zu ihrer Augenfarbe paßte.

»Wir fahren einfach nur«, sagte sie und suchte damit seinen Zuspruch, als sie in den Wagen stiegen.

»Wir werden sehen«, sagte er, ohne sich festzule-gen, und fuhr rückwärts die Einfahrt hinaus und bog in die gerade Straße durch die Weiden und die Getreidefelder. In der kurzen Zeit, die er mit ihr zusammengewesen war, hatte er entdeckt, daß sie auf neue Erfahrungen besser reagierte, wenn er ein-fach ankündigte, daß sie jetzt kommen würden. Sie zu fragen, ob sie etwas tun wolle, pflegte sie ängst-lich zu machen – obwohl es bis jetzt noch nichts gegeben hatte, das er vorgeschlagen hatte, was ihr am Ende nicht auch Spaß gemacht hatte.

Auf der Straße war nicht sonderlich viel Verkehr. Er brachte den Wagen auf neunzig Stundenkilome-ter, ging vorsichtig auf hundert zu. Die saubere Luft ließ die Weiden und Felder wie gewaschen aussehen, und er wünschte sich, so wie er wußte, daß er es sich in den kommenden Jahren hunderttausendmal wün-schen würde, daß sie sehen könnte, was er sah. Er war mit Beschreibungen immer noch vorsichtig und war nicht sicher, ob sie ihr halfen – ja, nicht einmal,

336

ob sie nach neunzehn Jahren seine Porträts »sehen«
konnte. Die sichtbare Welt, das begriff er jetzt immer
klarer, würde es nicht sein, was sie miteinander teilten.

Er drückte einen Knopf, um die Fensterscheibe
auf seiner Seite herunterzulassen, damit sie die
Geschwindigkeit, die Luft und den Tag fühlen konnte. Der Wind zerzauste ihr das Haar; sie hob eine
Hand, um es aus der Stirn zu wischen. Langsam ließ
er das Fenster auf ihrer Seite herunter und meinte,
wenn es ihr zuviel sei, solle sie es sagen. Ihr Haar,
das leuchtete, wenn die Sonne es traf, wirbelte wie
Seide um ihren Kopf. Sie versuchte mit den Händen
ihr Gesicht vor dem Luftzug zu schützen, gab es
dann auf und ließ den Kopf an die Kopfstütze sinken. Er brachte den Wagen auf hundertzehn. Zum
ersten Mal, seit er erwachsen war, wünschte er, er
hätte ein Cabriolet.

Er fuhr eine Stunde lang, wechselte die Richtung,
wechselte immer, wenn es ging oder wenn es ihn dazu
drängte, auch die Straßenart. Er nahm eine kleine
Nebenstraße, von der er wußte, daß sie hundert Bie-
gungen und Kurven hatte, fuhr eine Spur zu schnell,
damit sie sie spüren konnte. Sie lachte, wenn die Zen-
trifugalkraft sie gegen die Tür preßte; einmal griff sie
nach etwas, um sich festzuhalten, und erwischte den
Schalthebel – er nahm ihre Hand. Er empfand ein
Gefühl der Unbekümmertheit, beinahe wie ein Teenager, der den Wagen seines Vaters fährt; ein Gedanke,
der ihm Freude bereitete – die grobe Erinnerung an
den Jungen, der so tat, als wäre er ein Mann, sein
Mädchen neben sich im Wagen –, bis der Gedanke
ihn traurig machte und er ihn schnell wieder von sich
schob. All das war ihr entgangen, all das, was zu

jenen Jahren dazugehörte, und ganz gleich, wie oft er mit ihr ausfuhr, ganz gleich, wie schnell er fuhr, das würde er ihr nie zurückgeben können.

Nach einer Weile nahm er wieder die Hauptstraße zurück, aber als er die Häuser erreichte, sagte er nichts und fuhr an ihnen vorbei. Er sah zu ihr hinüber, um zu sehen, ob sie es wußte, aber ihr Kopf lehnte immer noch an der Kopfstütze, ihre Augen waren geschlossen und schienen die Bewegung des Wagens nicht wahrzunehmen. Erst als sie näher an die Ortschaft kamen und an einem Schulspielplatz vorüberfuhren, wo gerade Fußball gespielt wurde, lehnte sie sich vor und lauschte.

»Wo sind wir?« fragte sie.

»Das wirst du schon sehen«, sagte er.

Sie blieb nach vorn gebeugt sitzen, interessiert, lauschte jetzt den einstmals vertrauten Geräuschen von Männern mit Heckenscheren, Kindern, die einander beim Radfahren etwas zuriefen, dem etwas dichteren Verkehr des kleinen Ortes. Er parkte vor dem Schnellimbiß.

»Wo sind wir?« fragte sie wieder.

»Ich dachte, wir sollten eine Kleinigkeit zu Mittag essen.«

»Nein«, sagte sie unmißverständlich und schüttelte dabei den Kopf.

»Ich habe im Haus nichts zu essen«, sagte er.

»Das ist nur ein Vorwand.«

»Schau, irgendwann muß es doch einmal sein.«

»Vielleicht. Aber nicht hier, nicht jetzt.«

Er lehnte sich im Sitz zurück und sah zur Tankstelle hinüber, überlegte einen Augenblick.

»Ich werde hineingehen und essen«, sagte er. »Du kannst mitkommen oder im Wagen sitzenbleiben.«

338

Er strich mit den Fingern über die Buckel im Steuerrad und wartete auf eine Antwort.

»Also gut«, sagte sie nach einer Weile.

Er wußte nicht, ob das »also gut« bedeutete, also gut, sie würde im Wagen bleiben, oder also gut, sie würde mitkommen; also beschloß er die Antwort in seinem Sinne zu deuten. Er ging um den Wagen herum, öffnete die Tür. Sie zögerte, stieg dann aus. Er nahm ihre Hand.

»Hab Vertrauen zu mir«, sagte er.

»Das sagst zu jetzt schon seit Tagen.«

»Nun?«

Das Ereignis lag erst eine Woche zurück; sie war eine Berühmtheit, hatte reichliches Gerede ausgelöst. Wenige hatten sie in den vergangenen neunzehn Jahren gesehen; aber mit Ausnahme des Vietnamesen hinter der Theke, der nicht wissen konnte, wer sie war, vielleicht nicht einmal all die Geschichten verstanden hatte, die in jener Woche von einem Hocker zum nächsten gewandert waren, blickten alle in dem Lokal auf und starrten Eden an.

Keine Frage, dachte Andrew, es gab Zeiten, wo er froh war, daß sie nicht sehen konnte.

Aber sie wußte es. Sie nahmen einen Tisch am Fenster, etwas abseits von der Theke.

»Sehen sie mich an?« fragte sie mit gesenktem Kopf.

»Du mußt den Kopf heben«, sagte er. »Sieh auf meine Stimme.«

Das tat sie.

»DeSalvo ist hier«, sagte er. Der ehemalige Polizeichef hatte ihnen zugewinkt, als sie eintraten. Er würde ihnen eine Minute Zeit lassen, das wußte Andrew, und dann zu ihnen herüberkommen; eine

339

Geste der Solidarität ebenso wie der Freundschaft.

»Und ein paar Männer, die ich nicht kenne, und ... hm ...«

»Wer?«

»Henry O'Brien«, sagte er schnell.

»Oh«, sagte sie.

O'Brien funkelte Andrew und Eden an, wie erstarrt, wie vom Anblick eines unwillkommenen Gespenstes aus der Vergangenheit gelähmt. Die anderen Männer hatten sich höflich wieder ihren Sandwiches zugewandt – obwohl Andrew bemerkte, daß sie es fertigbrachten, indem sie nach dem Salz oder dem Serviettenbehälter griffen, verstohlen in Edens Richtung zu blicken. Nur O'Brien fuhr fort, sie unverhohlen anzustarren.

»Wird er eine Szene machen?« fragte Eden.

»Nein«, sagte Andrew. »Das glaube ich nicht.« Aber in Wahrheit wußte er es nicht. O'Briens Augen waren wäßrig; er hatte bereits einiges getrunken.

Der Vietnamese kam an den Tisch. Andrew las Eden die Speisekarte von der Tafel vor. »Ich empfehle das Truthahnsandwich, aber nicht das Pepsi«, sagte Andrew.

»Gut«, nickte sie.

Andrew bestellte.

»Den Kopf hoch, sieh auf meine Stimme«, sagte Andrew wieder zu Eden.

Das tat sie, hielt den Kopf aber etwas zum Fenster geneigt, weg von den Männern.

»Du bist schön«, sagte Andrew. »An dir ist nichts, dessen du dich schämen mußt.«

Sie zuckte die Achseln.

»Du bist die schönste Frau im ganzen Lokal«, sagte er.

Sie schnitt eine Grimasse und lächelte dann. »Mir klingt das eher so, als wäre ich die einzige Frau im Lokal«, sagte sie.

»Nun, das auch«, sagte er und genoß ihr Lächeln.

Aus den Augenwinkeln sah er, wie O'Brien einen Fuß auf den Boden setzte, sich anschickte aufzustehen. Andrews Muskeln spannten sich, aber er wandte den Blick nicht von Eden. Er hatte nicht gewußt, daß O'Brien hier sein würde; er hätte sich vergewissern müssen, ehe er Eden hereinbrachte.

O'Brien drehte seinen Hocker herum, stand ganz auf, schwankte etwas. Selbst wenn Andrew Eden hinausbringen wollte, war dafür keine Zeit mehr. Einen unglaublichen Augenblick lang dachte er tatsächlich, er würde sich mit O'Brien schlagen müssen. Er versuchte sich die Szene auszumalen, konnte sich nicht vorstellen, daß er dem Mann die Faust ins Gesicht setzte.

Aber DeSalvo hatte auch gesehen, wie O'Brien sich bewegte, vielleicht sogar vor Andrew. »Henry«, sagte DeSalvo sofort hinter O'Brien und schlug dem rothaarigen Mann auf den Rücken, drückte ihn auf den Hocker. »Wie geht's denn? Wie geht's denn?«

O'Brien, den DeSalvos schwere Pranke einen Augenblick lang an der Bewegung hinderte, murmelte etwas, was Andrew nicht hören konnte.

»Al, 'ne Tasse Kaffee für meinen Freund Henry«, sagte DeSalvo mit lauter Stimme, so daß alle es hören konnten. »Wir sprechen uns gleich, Henry, aber ich muß meinem Freund Andy guten Tag sagen, ehe er uns wieder verläßt.«

DeSalvo ging an Andrews Tisch und beugte sich zu Andrews Überraschung vor, um Eden auf die Wange zu küssen, so wie ein Mann wie DeSalvo viel-

341

leicht beiläufig die Frau eines alten Freundes begrüßt.

»Danke«, sagte Andrew und meinte damit O'Brien, aber auch den Kuß.

»Widerwärtiger Bursche«, sagte DeSalvo halblaut, »aber ich will Ihnen einen Rat geben.« DeSalvo richtete sich zu seiner ganzen Länge auf und zerrte an seinen dunkelblauen Jogginghosen. »Lassen Sie sich Ihre Sandwiches schmecken«, sagte er. »Lassen Sie sich ruhig Zeit. Das ist schon in Ordnung. Aber Henry ist selbst unter den günstigsten Umständen ein Pulverfaß, wenn Sie wissen, was ich meine.«

Andrew nickte. Er sah DeSalvo nach, wie er an die Theke zurückkehrte und sich auf den Hocker vor O'Brien setzte, so daß er ihm den Blick auf Eden versperrte. Andrew konnte nur O'Briens Hinterkopf sehen, das zu lange Haar, das sich über seinem Jackettkragen kräuselte, und die rosafarbene Haut bis zu seinen Ohren. Niemand konnte O'Brien jetzt helfen. Das war ein Schaden, den man nicht auslöschen, nicht ungeschehen machen konnte.

Als DeSalvo gegangen war, biß Eden in ihr Sandwich und sagte: »Ich hab dir doch gesagt, daß es keine gute Idee ist.«

Er sah zu ihr hinüber. Ihr Haar war vom Wind ziemlich übel zugerichtet worden. Eine andere Frau hätte sich im Wagen gekämmt, ehe sie ausstieg. Andrew begriff, daß er sich für sie um diese Sachen würde kümmern müssen. Der blaugrüne Pullover saß ordentlich, so daß man am Hals einen kleinen weißen Halbmond ihrer Haut sehen konnte. Sie hatte die Ärmel zu den Ellbogen hochgeschoben. Er griff nach ihrem Handgelenk, rieb ihren Handrücken. Sein Herz schlug höher, wie er sie sich gegenübersitzen sah, wie sie das Sandwich zum Mund führte, wie ihr Haar von einem Coca-Cola-Poster an der Wand eingerahmt wurde – schlug höher beim Gedanken daran, daß sie beide etwas so Alltägliches taten.

Andrew biß von seinem eigenen Sandwich ab.

»So schlecht war die Idee auch nicht«, sagte er.

Beim Betreten seines eigenen Hauses lauscht er nach Geräuschen, hört keine. Im Ausguß sind Teller, die er später abwaschen muß. Er geht durch das Haus und die Treppe hinauf, geht leise durch den Korridor und denkt, daß er sie noch nicht wecken wird. Aber als er das Zimmer seiner Mutter betritt und sie unter der Steppdecke liegen sieht, das Haar in einem Zopf auf dem Kissen, gibt er dem Impuls nach, sich neben sie auf die Bettkante zu setzen. Sie regt sich leicht im Schlaf, und er sagt: *Ich bin's, Andrew.* Sie lächelt im Schlaf, ehe sie ganz wach wird.

Er sieht auf die Uhr. Er *sollte* sie jetzt wecken, denkt er. Er hat entdeckt, indem er mit ihr einschlief, daß sie nicht zwischen Tag und Nacht unterscheidet. Sie schläft nur drei oder vier Stunden an einem Stück, zweimal am Tag, und steht häufig um drei Uhr früh auf, um sich eine Mahlzeit zuzubereiten. Er würde sie gern wieder an einen Rhythmus gewöhnen, den sie miteinander teilen könnten.

»Wo warst du?« fragt sie schläfrig und streckt sofort die Hand aus, um ihn irgendwo zu berühren. Das ist ihre Art, ihn anzusehen, Kontakt herzustellen. Sie reibt mit der Hand über seinen Ärmel.

»Ich war mit T.J. zusammen. Er kam zu Besuch und half mir mit dem Eßzimmer. Du solltest jetzt aufstehen. Es ist fast Mittag.«

343

Sie lächelt wieder. Er glaubt, daß seine Versuche, sie in eine normale Routine zurückzulenken, sie manchmal amüsieren. Er fragt sich, ob sein Bemühen nicht seine Art ist, eine gewisse Ordnung in sein kleines Universum zurückzugewinnen. Dies waren außergewöhnliche Tage, außergewöhnliche Ereignisse, außerhalb seiner bisherigen Erfahrungen – und er hat sie noch kaum unter Kontrolle.

Sie gähnt, hält sich die Hand vor den Mund.

»Ich habe Hunger«, sagt sie.

»Gut«, sagt er.

Er geht ans Fenster, schiebt es in die Höhe. »Heute ist ein phantastischer Tag«, sagt er. »Man kann es fühlen.«

Er beugt sich vor, späht in den Garten hinunter. Vielleicht kommt es daher, daß er durch das Gitter sieht – vielleicht bringt das das Geräusch unwillkürlich in sein Bewußtsein zurück. Im Traum war es richtig, erkennt er plötzlich. Er hatte im Schlaf zuerst eine Frauenstimme aufschreien hören und dachte, es hätte vielleicht seine Mutter sein können. Dann war da ein zweiter Schrei, ein heiserer Schrei, der eines Mannes, und unmittelbar danach das erschreckte Kreischen einer weiteren weiblichen Stimme, eines Kindes, wie er selbst es damals war. Und schließlich nach den Schüssen das schrille Klagen, wie ein Rauchfaden, der sich zum Himmel kräuselt und stärker wird – die gequälte Stimme von Edith Close. Wieder hört er das schreckliche Wehklagen.

»Eden«, sagt er zu laut und schüttelt damit das andere Geräusch von sich. »Es gibt da noch etwas, was ich dich fragen muß.«

»Was?« Sie stützt sich auf die Ellbogen und zieht

344

die Steppdecke hoch, um die nackten Arme zu bedecken. Die Kühle von draußen hat sie erreicht. Er geht ans Bett zurück, setzt sich neben sie auf die Kante.

»Nachdem Edith auf Jim geschossen hatte, was hat sie mit dem Gewehr gemacht? Ich meine, wie ist sie es so schnell losgeworden? Mein Vater war binnen Minuten da.«

Sie zieht die Decke enger um sich. Sie sagt nichts.

»Eden?«

»Ich wünschte, du würdest das nicht fragen«, sagt sie.

»Warum?«

Sie gibt ihm keine Antwort. Er wartet.

»Sag es mir«, sagt er. »Ich muß es wissen.«

»Es war dein Vater«, sagt sie schnell. »Es war dein Vater.«

»Mein Vater?« Er hebt ruckartig den Kopf und sieht sie an. »Mein Vater?« fragt er erneut und äfft sie unbewußt nach.

Sie beißt sich auf die Lippen und gibt dann auf.

»Er sah, was sie getan hatte, glaubte zu wissen, warum sie es getan hatte. Vielleicht wußte er das mit Jim oder hatte es geahnt. Er nahm das Gewehr und legte es in den Behälter, den er gebaut hatte. Nachdem die Polizei am nächsten Tag mit ihm fertig war, kam er zurück, holte es und bewahrte es in seiner Garage auf. Ich glaube, er fand, sie solle nicht dafür ins Gefängnis, weil sie ihn erschossen hatte. Das mit Jim und mir hätte ihn abgestoßen. Er hat nie geahnt, damals nicht und auch später nicht, daß es nicht Jim war, den sie töten wollte.«

Andrew legt den Kopf in den Nacken, um die Decke zu studieren. Er sieht das Gesicht seines

Vaters, wie er quer über die kiesbedeckte Einfahrt zurückkehrt, den Gewehrlauf schlaff nach unten gerichtet. Soll denn gar keine Erinnerung, gar kein Bild intakt bleiben? Seine Phantasie entgleitet ihm, segelt durchs Zimmer.

»Und meine Mutter?« fragt er schließlich. »Wußte sie es?«

Eden nickt.

Andrew sagt nichts, wartet.

»Nachdem dein Vater gestorben war, kam sie mit dem Gewehr an die Hintertür. ›Ich brauche das nicht mehr‹, sagte sie und ging wieder.«

Auf der Kommode seiner Mutter steht eine Uhr. Er kann sie ticken hören. Er sieht seine Mutter über die andere Bettseite gebeugt, wie sie das Bett macht, die Steppdecke glättet, zu ihm aufblickt. Schon ist in ihrer Haltung etwas, in ihrem Gesicht, das sich für immer verändert hat. Er erinnert sich daran, wie sie sich immer von ihm abwandte, ihm auswich, wenn er sich nach Eden erkundigte. Mit der Zeit wird Eden ihm andere Geschichten erzählen, kleine Geschichten von diesem oder jenem Gespräch, von diesem oder jenem Ereignis, so daß in der Ferne auch die Häuser sich verändern werden und der Landschaft seiner Kindheit Äste wachsen, aus denen Flügel sprießen.

»Gibt es noch etwas?« fragt er.

»Nein.«

»Hättest du es mir gesagt, wenn ich nicht gefragt hätte?«

»Ich weiß nicht. Ich hoffte, daß du nicht fragen würdest, aber ob ich es nie gesagt hätte, weiß ich nicht.«

Von der Stelle aus, wo er sitzt, kann er den größten Teil des Zimmers überblicken – des Zimmers, in dem seine Eltern schliefen, sich liebten, ihn zeugten: die zwei Fenster, die blaßgrüne Tapete, die Lampe an der Decke. Lagen seine Eltern hier und diskutierten in unterdrücktem Flüsterton, fragt er sich, und versuchten den Gegenstand zu begreifen und zu besitzen, den sein Vater in die Garage getragen hatte? Einen Gegenstand, der den einfachen, vertrauten Rhythmus ihrer Tage ändern würde, der nicht zulassen würde, daß man ihn auch nur einen Tag lang vergaß, ganz gleich, wie gut er verborgen war? Und hat ihr sein Vater wohl anvertraut, wie er die Szene erlebt hat, deren Zeuge er geworden war, ihr sein Verständnis jenes Schreckens mitgeteilt?

Edens Haarbürste liegt jetzt auf der Kommode seiner Mutter; seine eigenen Toilettenartikel und eine Liste, die er erstellt hat, liegen auf der seines Vaters. Einige seiner Kleider sind noch in seinem Koffer auf dem Boden, ihre in einer Schachtel auf dem Stuhl. Sie werden bald wegfahren, Richtung Süden, in die Stadt.

Er schiebt die Hand unter die Decke, findet den Saum von Edens Nachthemd und zieht ihn bis zu ihrer Hüfte hoch. Er legt die Hand auf ihren Bauch, fühlt die Wärme dort. Die Vorstellung, daß er bereits gerundet, angeschwollen ist, gefällt ihm, aber er weiß, daß noch Wochen vergehen werden, ehe die Form sich ändern wird. Er wartet voll Ungeduld, daß das geschieht, wartet ungeduldig auf die sichtbaren Zeichen.

»Dies ist alles«, sagt er, ohne die Hand wegzunehmen.

Der Schlaf oder ihr Zustand hat die volle Schönheit ihres Gesichts hervorgebracht. Sie legt ihre Finger auf seine Hand.

Er beugt sich vor, um sie auf die Wange zu küssen, dabei bewegt er sich in einen Sonnenstrahl, der durch das Fenster hereinkommt und der auf dem Kissen und dem Kopfteil ein helles Quadrat hervorzaubert. Die Sonne berührt sein Gesicht, wärmt es. Er schließt die Augen. Er spürt ihre Haut mit seinem Mund, unter seiner Hand.

Wenn mein Glück nur anhält, denkt er.

Deine Hände löschen die Erinnerung an andre.

Du bist in mir, und das werde ich immer haben.

Du hast mich dazu gebracht, all die Geheimnisse aufzugeben, und ich fühle mich erleichtert.

Du sprichst von Tagen, die sich in eine ferne Zukunft reihen, und du glaubst an sie. Ich glaube nicht an sie, aber ich glaube an diesen Tag.

Die Steppdecke deiner Mutter duftet süß. Deine Mutter hatte auch Geheimnisse, und sie ist erleichtert, froh, daß ich sie dir erzählt habe.

Dein Gesicht schimmert im Wasser, und manchmal glaube ich, daß ich es sehen kann.

Ich werde mein Kind fühlen und riechen, aber nie werde ich sein Gesicht sehen.

Wir verlassen diesen Ort und kehren nicht zurück, und in unseren Träumen wird er sich in Staub verwandeln.

SERIE PIPER

Anita Shreve

Das Gewicht des Wassers

Roman. Aus dem Amerikanischen von Mechthild Sandberg.
292 Seiten. Serie Piper

»Anita Shreve ist eine clevere Mischung aus schaurigem Kriminalfall und psychologisch ausgefeiltem Beziehungsdrama gelungen.«
Der Spiegel

Gefesselt in Seide

Roman. Aus dem Amerikanischen von Mechthild Sandberg.
344 Seiten. Serie Piper

Maureen, eine junge Journalistin, lebt mit ihrem Mann Harrold und ihrem kleinen Töchterchen Caroline in einer trügerischen Idylle. Denn niemand ahnt, wieviel Gewalt und Mißhandlung Maureen von ihrem Mann ertragen muß. Und sie schweigt, vertraut sich niemanden an, entschuldigt seine Handlungen vor sich selbst. Erst nach Jahren flieht sie vor ihm. Für eine kurze Zeit findet sie in einem kleinen Fischerdorf Unterstützung, Zuneigung und Liebe. Aber Harrold spürt sie auf, und die Tragödie nimmt ihren Lauf.

Eine gefangene Liebe

Roman. Aus dem Amerikanischen von Mechtild Sandberg.
253 Seiten. Serie Piper

Durch Zufall stößt Charles Callahan in der Zeitung auf das Foto einer Frau, die ihm seltsam bekannt vorkommt. Es ist Siân Richards, die er vor einunddreißig Jahren als Vierzehnjähriger bei einem Sommercamp kennengelernt hatte und die seine große Sehnsucht blieb. Überwältigt von den Erinnerungen schreibt er ihr und bittet um ein Treffen. Auch für Siân war die Geschichte mit Charles nie beendet, sehr zart sind die Bilder der Vergangenheit, sehr heftig das Verlangen. Und aus der unerfüllten Liebe von einst wird eine leidenschaftliche Affäre. Aber beide sind inzwischen verheiratet haben Kinder und leben in verschiedenen Welten. Sie geraten in einen Strudel von Ereignissen, die unaufhaltsam auf einen dramatischen Höhepunkt zu steuern. Am Weihnachtsabend entschließt sich Charles zu Wahrheit – und zwingt damit Siân zu einer lebenswichtigen Entscheidung, die tragische Folgen hat.